德川家康

〔日〕山冈庄八 著

王维幸 译

第五部 龙争虎斗

南海出版公司

新经典文化有限公司
www.readinglife.com
出 品

目 录

一　众子夺嫡 …………… 1
二　家康东进 …………… 18
三　柴田发难 …………… 35
四　女人如草 …………… 46
五　右府大殡 …………… 59
六　利家出使 …………… 73
七　胜丰入彀 …………… 86
八　猎场密会 …………… 101
九　风雪之城 …………… 115
一〇　出兵江北 …………… 127
一一　贱岳合战 …………… 137
一二　玄蕃溃败 …………… 153
一三　佛心巾帼 …………… 163
一四　胜家殉城 …………… 184
一五　初生去意 …………… 202
一六　作左荐使 …………… 215
一七　三河使者 …………… 228
一八　信雄中计 …………… 241
一九　斩杀三家老 …………… 255
二〇　德川出阵 …………… 272

二一	犬山策谋	……………………	285
二二	龙争虎斗	……………………	300
二三	筑前旋风	……………………	310
二四	合战长久手	……………………	329
二五	池田入套	……………………	345
二六	名将覆殁	……………………	360
二七	家有猛将	……………………	375
二八	英雄识英雄	……………………	384
二九	太平之供	……………………	393
三〇	茶道三略	……………………	406

一　众子夺嫡

天正十年六月二十五，羽柴筑前守秀吉在山崎剿灭明智光秀之后，旋以迅雷不及掩耳之势进入清洲城。秀吉是年已四十七岁，假若他无非同寻常的体力和意志，在刚刚击败光秀的那一刹那，他恐已力竭而倒了。然，秀吉乃一个永不知疲倦之人。他一鼓作气，陷坂本，降安土，夺长滨，入美浓，通过交涉，使岐阜城织田信长嫡孙三法师及上葛等人也向自己靠拢，最后，方堂皇进入清洲城。

此间，秀吉当然不曾忘记寻出光秀的人头，架在本能寺的废墟上示众。此乃秀吉的政治手腕，他想借枭首示众来向世人夸耀自己的卓越武功，令世人知道一个事实：明智光秀的蓝色桔梗旗仅仅飘扬了十余日，就偃下了。对光秀党羽的打击更是同时进行，生前和光秀私交甚笃的连歌师里村绍巴、为光秀担任特使的吉田兼和等人悉数被搜了出来。但都只是略微引起世人的一些骚动而已，过了不久，就把他们释放了。

秀吉志在京城，对其他人，他只需威抚并用便已足够。他采取了两条措施：一是简化军纪，鼓励将士立功；二是惩罚恶行。然后，他马不停蹄，直指清洲城。

秀吉超常的精力，源自他从不把辛劳作为辛劳来看待，在他的胸中，从来就无"辛劳"之辞。他夜以继日，每进一步，都会感到无比的快乐，也感到莫大的欣慰。这种"辛劳之乐"非但不会令人疲劳，只会磨炼人的意志，鼓舞人的精神。从这个意义上来说，秀吉仿佛一名无我之人，而他的喜悦便如登高回望之情。在四十七载沉浮中，他深深地体味到了这种"辛劳之乐"的功效，一直将其奉为座右铭。

秀吉为何会军指清洲？

清洲城本乃信长次子信雄的居城。信雄和三子信孝乃同父异母兄弟，年龄相同。在继承织田大业之事上，二人形同水火。从性情来看，信孝霸气十足，信雄则平易近人，但二人实力却不分伯仲。因此，无论是倾慕信雄的仁人，还是心向信孝的志士，定会立刻聚集到决定继统织田大业的地方，此处便是织田氏的发祥地——清洲。

因此，清洲就成了秀吉的第二个目标。秀吉在山崎建立了丰功伟业，向天下充分展示了自己的实力，二十五日体体面面进入清洲城。刚一进城，他就眉头紧锁，捂住肚子，"咦，是不是劳累过度，坏了肚子？"他赶紧让人铺好被褥，早早地歇息了。

柴田胜家也于二十六结束了北陆的战事，急匆匆赶到了清洲城。丹羽长秀早就和信孝一起来到了清洲，池田信辉也随秀吉进了城。若是泷川一益到达，织田氏家老宿将就到齐了。不巧的是，一益于回军途中，在武藏神流川遇到了北条氏直的挑战，故还未能赶回。

"现在乃非常时日，不必再等泷川了。"柴田胜家道，"大家都是奋力击败敌人，匆匆赶来的，聚到一起很是不易。去探问一下羽柴大人，倘无大恙，让他赶紧来这里商议大事。"

在家老胜家的提议下，二十七上午巳时四刻左右，关于家督之位及信长遗领分配的大会，在清洲城本城的大厅里召开了。信雄、信孝及二人的近臣被请离席，只留三个供使唤的和尚在大厅的侧席待命。

此日，秀吉显得神色恍惚，他快步来到大厅，坐在了胜家面前，"急匆匆地赶来，真是难为您了。北陆的情况如何？"

胜家瞥了秀吉一眼，故意岔开话题，道："听说你正在闹肚子……你的情况怎样？"

这一问正中秀吉下怀，他探出身子，道："当时我正和毛利大军对峙……没想到光秀居然谋反弑主。千钧一发之际，容不得半点犹豫，我便立刻设计说服了毛利，昼夜兼程赶回京都，方一举剿灭了光秀老贼，为主公报了仇。"

"……"

"可是，到底上了年纪，经不起劳顿，近日里常常闹肚子。"秀吉把剿灭光秀的功劳全都记到了自己身上，他那神气、那眼神不禁惹怒了胜家。可谁也无法抹杀秀吉的功劳，胜家把视线移到了丹羽长秀的身上。"那么，先谈主公继承之事。因信孝和五郎左一起，协同羽柴大人剿灭了逆贼，给主公报了仇，而且修为也比信雄老到，故，我想应由信孝继主公之业。你认为如何，丹羽大人？"

丹羽长秀飞快地看了一眼秀吉，"筑前大人，您意下呢？"

"哎，您刚才说什么？"秀吉拿开一直捂在肚子上的手，目光闪烁。

"柴田大人的意见，是让信孝继承先主大业。"丹羽长秀道。

"要信孝……继承哪里的家业，神户家的？"

"筑前！"胜家转过身来，恶狠狠地瞪着秀吉，"你是反对信孝继承先主大业？什么神户，哼！"

秀吉笑笑，又使劲往前探了探身子。"说笑？修理大人说的好像是先主的继位吧？"他明知故问，看到胜家沉默不语，又道："不知修理大人为何会说出这等话来，秀吉却是不敢苟同。主公刚刚归天，诸位重臣就随意改变主公的决定，这恐不大合适吧？"

"什么？筑前大人的意思，是右府大人生前已有立信雄之意？"

"我看您越说越奇怪了，怎会有这样的道理？"

"既非如此，我们这些老臣就应该好好地商量一下，为了主公，为了避免织田氏将来产生混乱，必须选出一名最好的家督。"

"我看修理大人的话越来越离谱了。"说罢，秀吉拍拍手，把伺候的和尚叫了过来，"天太热了，把拉窗打开透透风。把药汤给我端来。"不大工夫，和尚端来了香熏散和药汤。秀吉眯眼看着院子里的绿叶，慢悠悠地把汤药喝完，再次盯着胜家。"呀，心口舒坦了，头也不沉了。修理……织田氏的嫡位乃城介信忠，此事先主在生前早就嘱咐得一清二楚了。"

"可是，城介大人已经故去，我才提出另立他人啊。"

"我不这么看……既然已明确决定城介乃是嗣子，城介大人又有三法师这样一个尊贵的嫡子。假如城介没有这个嫡子，而夫人正怀有身孕，怀的孩子若是男儿，由于事关先主继承之位，除了等待，我们别无他法……可是，现在城介已经有了嫡出的长子，纵然只有三岁，可也应是织田氏理所当然的家督。我们这些老臣不当对先主的决定说三道四。故，我以为，今日商议的目的，实际上不是决定继承先主大位之人，而是商量如何辅佐三法师。这便是秀吉个人的看法。"

一番话说得胜家哑口无言，只是默默沉思，良久，方道："那么，依你之见，如来辅佐三岁的幼主，你看有谁能让织田氏所有人都信服呢？"

"当然有。如实无人可担此重任，秀吉我可以辅佐，保证让大家服服帖帖。你说呢，池田入道？"

此时的池田信辉早已剃掉了头发，更名为胜入了。听了秀吉的话，他不住地点头。"关于先主继位之事,在下完全赞同筑前守的意见。如按照从城介到三法师的顺序,我想大概无人反对。一旦打乱了这种顺序,立信孝公子,则信雄公子不能接受;如让信雄公子继位,则信孝公子定会不乐。弄不好,还会令织田氏陷入混乱。所以,对继位之事,我完全同意筑前守。"

池田这么一说,胜家不禁脸色发青。

这时,不知秀吉心里在想什么,只见他捂着小腹,眉头紧锁,站起身来。"疼……疼死我了,我的腹疼又犯了……反正我的意见业已说明,我想中途退场,多有得罪,失陪了。"

秀吉这次闹肚子,无论在谁看来都是假装的。

胜家觉得,秀吉从未把人放在眼中,这一次他也是故意装病。胆敢藐视他人的猴子!可是,就是这只猴子,却在实力上明显超过了织田氏其他宿将,而且痛快地给信长报了仇。秀吉的这种性格,却成了让胜家最头疼的地方。

秀吉一旦想说点什么,在信长面前也是从容不迫,甚至会当面令信长难堪。当然,信长也不会纵容他,一旦生起气来,便一声断喝:"住口,猴子!"但是,胜家却不能这么做。

这只"狂妄的猴子"本是身价五十六万石的显贵,又因力挫毛利而获得了难以计数的新领,还把光秀的五十四万石领地完全纳入了名下。胜家却只有七十五万石。若无视现实,也像信长那样大喝一声,秀吉定会冷笑一声,立刻拂袖而去。

设若一万石钱粮可以供给三百人,那么,凭胜家的实力,顶多只能养活两万三千人,而秀吉却能轻松地拉起一支五万人的队伍。正因如此,他才故意装病离席。"我走了,看你们怎么商量!"

胜家非常恼恨,但他又不能明确表达自己的愤怒。

"羽柴的意见大家都明白了?"过了一会儿,胜家主动和长秀说起话来。他认为,丹羽长秀和信孝同在大坂,也参加了山崎决战,当然会支持自己。"羽柴的意思倒是明白,可是不管怎么说,织田一氏乃天下第一的右大臣领,一个三岁的幼主无论如何也不能令人放心。如有人打着辅佐幼君的幌子图谋不轨,才会闹出大乱子来呢。所以,我认为,只有拥立信孝,才能巩固织田氏,才是我们这些老臣在对先主尽忠啊。五郎左,你对此有何看法?"

"这……"丹羽长秀谨慎地埋下头,思量片刻,"看来,柴田大人担心的，是辅佐幼主之人可能假辅佐之名，大权独揽，独断专行……"

"说的是，此种先例数不胜数。一旦如此，过不了几年，织田氏就会四分五裂。"

"柴田大人真可谓老臣谋国啊。我有个主意，你看如何。若咱们不让辅佐幼主的人权柄过盛……"

"哦？你是说，要将幼主当作一个……你觉得国中会有如此人物？我可把丑话说在前头，像羽柴大人这样的人，你便是费尽心机，他也断难乖乖听人摆布……"

"若让羽柴秀吉辅佐幼主，即使是你我，也不会服气。若是让堀秀政来辅佐，你看如何？若是他来担此重任，我倒是支持，而且他也有这个能耐……"

"堀秀政？"这时，胜家已经急了，"这么说，丹羽大人也赞成拥立三法师了？"胜家万没想到五郎左也是这样的态度，他非常吃惊，脸色越发难看了。到此时，他方才明白，大家都在按照秀吉的意思行事。

池田胜入从一开始就反对胜家，目下泷川一益又不在。万万没有想到，不等一益到来就急着议事的胜家，竟然掉进了秀吉早就设下的圈套。现在，四位家老的意见是三对一。可是，若是让信孝和信雄加入进来，也须让代表三法师意见的人参与讨论才是。信孝当然会赞同胜家，可是信雄为了和信孝对抗，定会反过来拥立三法师。如此一来，支持三法师的就是五个人，而支持信孝的却只有两人。一旦形成这样的局面，信孝当然会主动提出放弃，如此一来，胜家自是孤掌难鸣。

"哦……丹羽大人的意见，也是拥立三法师？"

"既然如此，那就立三法师为先主的继位人吧，由堀秀政来辅佐。至于实权，待到三法师成人之后再返还给他也不迟。我们再从京都各界选出一些代表，和我们四家老一起商谈一下，然后就去执行。大家意下如何？"长秀这么提议。

"赞成！这才是正话。好主意！"池田胜入当场拍手赞成。

"这么一来，想必羽柴大人也不当有异议了。"胜家冷冷地说道。

"不，这只是我们的意见，筑前意下如何，都还未知呢。"丹羽长秀立刻反驳道。

三人的态度已非常明确。

事到如今，胜家方后悔不迭——若是我亲手剿灭了光秀，怎会有今日这个局面？"哦，既然是三对一，那胜家也只好让步了。如我一人反对，那才是不明事理呢。哈哈……"他笑了，表情却极不自然。为了掩饰尴尬，胜家慌忙向和尚招了招手："你去，羽柴大人正在那边歇息，你请他过来。就说关于继位之事，我们都赞同羽柴的意见，已经决定了。接下来要商议光秀遗留的领地……你去这么说，估计对他的腹痛，会比香熏散效果好得多。"

和尚恭敬地施了一礼，出了大厅。

正如胜家所言，秀吉正盖着被子在茶室午睡，看起来心情不错。

"筑前大人……"和尚上前把他摇醒。秀吉伸出两只手，打了个呵欠。"事情有结果了？"

"是。完全按照大人的意思决定了，所以……"

"知道了，知道了。是柴田修理亮让你来叫我，对吧？"说罢，秀吉站了起来，一副若无其事的表情，打了个呵欠，伸了伸懒腰，然后慢悠悠地踱回大厅。他今日的目的，与其说是决定拥立三法师，不如说是要分配光秀的遗领。

三法师继位，已是顺理成章之事，秀吉也早就跟池田胜入、丹羽长秀打了招呼，早已彼此心照不宣，所以断不会有什么问题。可是，遗领的分配能否顺利，秀吉的心里却也没底。这一次，他一改刚才病恹恹的神态，神情庄重地回到大厅。"听说终于谈到分配光秀遗领的问题了。对于此事，我有一个好主意。"还没等胜家宣布家督之位，秀吉就从怀里掏出一张早就准备好的纸来，"在发生了此次意外之后，我想恐无人觊觎先主的遗领了吧？故，此事一定要得到信孝、信雄二位的认同方可，一旦决定之后，立刻把三法师公子请来，把所有的决定向新主报告。"

"把三法师公子请到这里来？"

"是，三法师公子马上就会驾临，秀吉早就安排好了，请诸位放心。"秀吉打断胜家的话，把手中的纸高高地举过头顶。他的样子太庄重了，池田胜入都不禁扑哧笑出声来。

其实，胜入早就和秀吉一起拜访了岐阜城，亲眼目睹了秀吉哄三法师的奇特本领。彼时，三岁的三法师一看见秀吉，似乎就被他那奇怪的表情，或是那张被硝烟熏得黑黝黝的脸给吸引住了，直直地盯着他，良久，方才"哇"的一声，抱着奶妈大哭起来。

"哎哟哟，我的小主公怎么哭了，爷爷送你好玩的东西。"说着，秀吉让人拿来一个小盒子，拿出一个不知是何时、也不知是在何处准备的偶人，递到三法师的眼前，"喜不喜欢这个娃娃啊？"

三法师依然怯生生的，单是回过头看，却没有接过。秀吉立刻把娃娃递给了奶妈，孩子勉强收下了。接着，秀吉又拿出另一个娃娃往三法师的手里塞。三法师还是没有伸手来接。秀吉又拿出第三个，这一次三法师就不再害怕了，高兴起来，主动伸出手来。当秀吉拿出第五个偶人的时候，三法师已经被他抱在怀里了。就这样，秀吉只花了片刻工夫就和三法师混熟了。在如此激烈的战阵期间，秀吉居然能弄到这么多偶人，他到底是怎么想到的，又是何时准备的？这种细心周到令池田胜入连连称奇。这次也不例外，秀吉把同样的惊讶送给了胜家，令人拍案叫绝。

秀吉瞥了胜家一眼，朗朗读了起来："在先主遗留的领地当中，拿出安土附近坂田郡的两万五千石供三法师日常开支，由堀秀政代为掌管。除了北伊势的旧领之外，次子信雄加赐尾张一国，三子信孝加赐美浓一国。"

"分得好啊……"

"池田入道此次作战有功，除摄津之池田、有冈之外，加赐大坂、尼崎、兵库三处领地。堀秀政亦有战功，加赐佐和山的二十万石。泷川一益由于在途中战败，尚未赶回，暂不加赐新的领地，只恢复长岛伊势的所有权，另，将其从家老中除名！"秀吉铿锵有力地读着，不时从纸缝里瞟一眼胜家。只见胜家浑身哆嗦，放在膝盖上的右手直打颤。

秀吉对泷川一益太狠了，虽然泷川没有战功，可是为了赶回，甚至舍弃了上野、信浓的新领。秀吉却只给他一个伊势长岛，更有甚者，居然把泷川从家老当中除名，这简直就是对胜家的嘲讽。因为现在聚到一起的四人当中，没有参与讨伐光秀的，仅有胜家一人。

这只猴子，已经和我对着干了！胜家甚至都不敢往下听了。如他无法控制愤怒，被迫和秀吉一战，结果会怎样？他真是想都不敢想。

秀吉用洪亮的声音继续往下念："细川藤孝、细川忠兴父子严厉拒绝了光秀的引诱，服从大义，勇气可嘉，原有的领地不变。森长可和毛利秀赖，由于失去了新领，故只恢复从前的旧领。筒井顺庆对先主忠心耿耿，毫无二心，可继续经营旧领。若大家有何异议，可以当面提出，另行商议。"

"……"

"下面是丹羽大人，丹羽大人除了从前的若狭，加赐近江高岛、滋贺二郡，以表战功。中川清秀、高山右近等人，从秀吉的份额中拿出一部分适度封赏。最后，便是秀吉本人了，由于本人一直与毛利征战，原先的播磨不作变更，另，因在此次战争中家臣增加了不少，故加赠山城和河内的一部分，还有，光秀的旧领、丹波也一并接管。"读到这里，秀吉喘了口气，飞快地环视了一圈，当然，无人吱声。

丹羽长秀和池田胜入早已事先和秀吉商议过，对其想法心知肚明，而柴田胜家却不知底细，如果不明就里插上一句，不知秀吉会说出何等话来。秀吉看到胜家双目紧闭，眼皮不断地颤动，不怀好意地笑了。"对了对了，我这个贪婪鬼，光顾着算计自己的事情，居然把最重要的柴田大人给忘记了。这一次，柴田大人虽然没有赶上诛叛，可到底也是织田氏一等一的功臣，故，除越前的旧领以外，北陆的新领当然不用说了，再将近江长滨原本属秀吉的六万石旧领，连同城池一并转于大人。可是，这样一来，泷川、森等人可能会抱怨有失公允，不过秀吉自会努力说服他们，胜家放心就是。"

听到这里，胜家不禁睁大了眼睛，直直地瞪着秀吉。巧舌如簧，城府如海！所谓如若泷川和森发起牢骚来，一切由他来承担，弦外之音便是："你们二人也没有赶上平叛啊。"这种决定，是令人怒不可遏的辛辣讽刺。

"我想大家定没有异议吧，如是一盘棋，一步不慎，全盘皆输。那就把佑笔叫来，让他来写新领定分状。三法师公子大概已经驾临了！"秀吉清了清嗓子，放声大笑。

年过六旬的胜家万万没有想到，比信长更为可怕的秀吉，正在暗中恶狠狠地向他压过来。把三法师放在安土城，让他继承织田大业，由堀秀政来辅政，再把安土附近的长滨城让给第一家老柴田胜家，秀吉的安排还真是滴水不漏。胜家若表示不服，秀吉会怎么说呢？

"正是因为考虑到你乃第一家老，才把三法师公子身边秀吉旧领让渡于你。"秀吉定早就想好了话，来堵他的嘴。

"看来大家是没有异议了。"秀吉又道，"那么，将信雄和信孝两位大人请来，把大家的决定记在新领定分状上。丹羽，请二位大人前来。"

可是，丹羽长秀并没有站起身来。

"怎的，你有异议？"

"没有异议，右府大人仙去，只要筑前守大人来主持大局，自是万无一失。"池田胜入抢道。

"筑前守大人，长秀还担心一事。"丹羽长秀觉得这么简单就决定了，对胜家似乎有点过分，便插了一句，"这次决战，德川大人也把大军开到了津岛……"

"哈哈，"秀吉又笑了，"德川还是老样子，他不会有任何异议。与其闯进来硬插一脚，得罪大家，还不如在东面白捡别人丢弃的领地划算。这些事情，家康早就盘算好了。"

"言之有理……"

"还有，现在的当务之急，是赶紧重建安土城，迎接三法师公子，昭告天下，织田氏后继有人。在此之前，先把三法师公子安顿在信孝的岐阜城内。安土城的重建一定要快，若不赶紧……你说呢，柴田大人？"

"哦。"

"我明天立刻把长滨城转交给你，还望大人笑纳。"

丹羽长秀起身去迎接信雄和信孝。他二人自也心存不满，只是抵挡不住秀吉的能言善辩，最后只能哑口无言而已。

议事进行了大约两个时辰，本以为会有一场唇枪舌剑，没想到进展得如此顺利。下午申时左右，所有的人都已经集中到了大厅。厅中，正面的中央乃三法师的坐席，信雄、信孝分坐左右，家老以下都面对着三法师而坐。

随着侍从高声通报三法师驾临，正面的隔扇被轻轻地打开，秀吉抱着三法师从后面悠然走了出来。大家不约而同地低头行礼。甚至坐在最前列的胜家，都似受到了大家的感染，伏在地上，可他还是禁不住想放声大笑。此时的柴田胜家，就像是做了一个既滑稽又悲惨的梦。那个中村的农夫，所作所为仿佛村祭时的狂言滑稽剧，让人忍俊不禁。但是，他做得又如此巧妙，怀里抱着三法师接受大家的跪拜，既让人生气，又让人好笑。

柴田胜家却不敢笑，一旦笑了出来，他的下场可能就更惨了。三十年河东，三十年河西，现在的形势已经不同以往。向来讨厌门第论的信长公曾孜孜以求以实力论英雄，现在，先主的这种努力已经开花结果。其实，光秀对先主的不满，也在于他认为自己是土岐的豪门贵族，在于他对虚荣的一味追求。胜家心道：莫要动怒，忍耐一二。

"哎，胜家，三法师公子有话要跟你说。"

正当胜家心口发热、泪眼朦胧的时候，秀吉说了一句，那表情俨然就是信长公。

"在，在。"

"你，对那个老爷爷说句话。什么？不用害怕。你别看他样子长得吓人，他可是个为织田氏永远尽心尽力的好爷爷，不用怕，说两句。"

三法师怯生生地看了一会儿柴田胜家，终于叫了一声："爷爷。"然后，孩子大大地舒了一口气，拼命地搂着秀吉的脖子。

"哈哈……"秀吉笑了，又道，"真是不可思议，三法师公子竟然对我秀吉如此依恋，天真无邪的眼睛简直如同神佛，看来他是了解秀吉的脾气……"

池田胜入低下头，极力不让自己笑出声来。秀吉特意到岐阜城去，用玩偶征服了三法师的事情，众人中只有他一个人知道。秀吉简直就是个孩子……可是仔细一想，就会觉得十分可怕。如此细微的地方，他都想到了，世上还会有比他更精明的人吗？在激战之隙，他心中竟然能描绘出一幅直到今天才发生的图画，这样的人，岂可久居人下？

"那么，现在就由秀吉来代替新主公封赏新的领地。"

此时的信雄，在正面规规矩矩地坐着，而信孝则明显不快，时不时地抬头望着屋顶。再看胜家，早像一块磐石一样，一动不动了。

接下来被秀吉喊到名字的人，不知从何时起，已经习惯了秀吉的行为，他们甚至产生了一种错觉，觉得听从秀吉的安排乃是理所当然。

一开始时的滑稽感已经消失，当侍者上来掌灯的时候，秀吉自己都产生了一种凛然不可侵犯的感觉。"下面，由主公为大家赐酒，希望诸位不要拘束，尽情畅饮。"说罢，秀吉抱着三法师，环视了一圈跪拜的人，悠然退到了里面。

现在，天下已经完全由信长时代进入秀吉时代了。

清洲会议完全成了秀吉一人的舞台。他成了会议的策划者、组织者、主持者。但是，若是把事情原原本本地记录下来，那就索然无味了。在秀吉眼中，天下就是惊涛骇浪的大海，是他英明地掌着舵，才平安地躲过了这场劫难。历史记录不应只局限于表象，应把隐藏的真实记录下来，传承后世。

大村幽古对于这一段旧事的记录，在很大程度上受到了秀吉的影响。

"今天的会议，能够心满意足的人大概没有几个。可是，那些心怀不满之徒却全都被秀吉的威严慑服，没有一个人敢说出口来。这一点才是最重要的，你要擦亮眼睛，好生地写写这一点。还有，认生的三法师唯独喜欢秀吉一人。秀吉笑起来，就连幼儿都十分留恋，而一旦发起怒来，则是惊天地，泣鬼神。这才是秀吉的真面目。"

在这个世上，估计没有人会如此露骨地夸奖自己。可是，秀吉夸奖别人时从来都不加掩饰，称赞自己时更是无所顾忌。"我的内心毫无私心，永远与神佛相通。啊，我乃如此令人景仰之人啊！"秀吉甚至被自己感动了。但，不能老是这么算计，也应该做一点实事了。

当日夜里，秀吉愉快地跟黑田官兵卫聊了起来，他声音洪亮，唬得官兵卫战战兢兢。"官兵卫，你看着吧，信孝一定会强行把阿市嫁给柴田修理。由此可以看出信孝心中是否不平。"这里提到的阿市，乃是信长的妹妹、浅井长政的遗孀小谷夫人。现在，她正在织田信包处和三个女儿过着平静的生活。

官兵卫只是笑笑，不语。可以看得出，秀吉依然像个孩子一样，对小谷夫人有一种难以割舍的情结。这一点，和秀吉对其他事情的淡漠形成了鲜明的对照。秀吉也算得上是一个异常执著之人。

第二日，二十八日，秀吉把三法师安置于信孝处，然后，按照计划和三位家老交换了誓书，接着迅速撤回了长滨，立刻着手办理城池和领地交接之事。当时，秀吉和母亲、妻子见面的情形也是非常独特，恐只有他才做得出。

"呀，母亲，你怎的在这里？"原来，藏在野濑大吉寺的秀吉夫人宁宁已带着婆婆回了长滨城。秀吉一看见母亲，就把她背了起来，旁若无人地在房间里高兴得又蹦又跳。"啊呀，宁宁你也平安无事吧，我心头的一块石头就落地了。宁宁，从今以后，天下所有大名的领地，你都可以随心所欲地划分了。这样的日子已经到来了，这样的时代已经到来了。你稍加忍耐就是了。"秀吉仿佛是一个十七八岁的少年，抱着妻子又蹦又跳，高兴得涕泗横流。

秀吉并未沉溺于此。

在长滨，秀吉把浅野长政留下来担任奉行，七月初八赶回山城、丹波接管新的领地，十一日他已回到了京都，在本国寺构筑了大营，然后立刻把细川藤孝父子招来，神情严肃地和他们会面。对于秀吉来说，拥立三法师和分配领地两个任务完成以后，接下来的大事就是完全掌控细川父子了。

只要细川父子二人明确态度，与己结盟，丹羽长秀就更不敢背叛秀吉了，大和的筒井顺庆也定会誓死效忠。而且，细川父子系出名门，与京城公家的交情也可利用。

当秀吉在本国寺的客殿接见二人时，好长一段时间，眼里都噙着泪珠，说不出话来。这眼泪并不是出于内疚，事实上，这是怀念的眼泪，和在政事中拉拢二人完全有别。

"啊呀，藤孝……"秀吉无限感慨，唏嘘良久，方才开口说话。所有的感动和意志汇集成一股洪流，他滔滔不绝地讲了起来："今天能在这里平安地跟二位大人见面，恐是先主有意撮合。秀吉以摧枯拉朽之势，眨眼之间诛明智，平近江，逼美浓，入尾张，方于上月二十七，在清洲将织田氏的后事安排得有条不紊。"

"藤孝也是深有感怀。创造如此辉煌的业绩，除了筑前守大人以外，恐再也无人了。"

"哪里哪里……这次能胜利，只是我的运气好。可是，这样还不足以慰藉先主的在天之灵。先主的遗志乃是一统天下，是想迎来永无战乱的太平盛世……右府大人为了实现这个愿望，可谓鞠躬尽瘁。故，我们在平稳地处置了织田氏的旧领之后，就当立刻为右府大人举办葬礼……这才是最重要的大事。如此一来，右府大人的在天英灵，必会保佑我辈完成统一。这样，整个天下同心协力，统一大业指日可待。"说着说着，秀吉就失言了，把野心全部暴露了出来。他仿佛是个从不拘小节之人。

"哦，我又忘了一事。"突然，秀吉似是记起了什么，不住地拍着大腿，"你们父子二人的大志，别人尚不清楚，秀吉却明察秋毫。无论别人怎么说，你们起码也得保住原有的领地啊，而且，我想再把光秀的丹后暗中送与你们。大致的意思，都在誓书里面写好了。"一口气说完，秀吉叫来侍从，亲自在写好的誓书上签上名字，才一本正经地交给与一郎忠兴，"与一郎，签个字吧。"

"是。"

"啊呀，真是太令人敬佩了。这次你们父子能够深明大义，不出任何差池，实在令人景仰啊。不过，此事只能这样……啊，对了，忠兴，尊夫人现在怎样了？"

"这……"忠兴飞快地看了父亲一眼，"正幽禁在三户野的山中，闭门思过。"

"哦，夫人还在闭门思过……真是可怜。要是光秀，即使五马分尸也不解恨，可是，女儿能有什么过错？罢了罢了，罢了罢了……"只见秀吉眼圈发红，不住地点着头，"夫人……从容貌到气质，都和右府大人的浓夫人一模一样，其艳丽简直可以和月华媲美。"

与一郎忠兴故意神情严肃地坐在那里，听若未闻。

"才貌俱佳的女子往往性格软弱。可是，我记得右府大人说过，尊夫人的坚韧却胜过男子，甚至超过了浓夫人……记得你们成婚之时，右府大人曾说你们乃是天下第一的新郎和新娘。"

忠兴听着秀吉的话语，不知不觉中，妻子的音容笑貌一一浮现在眼前。诚如秀吉所说，二人的生活是在一片祝福声中开始的，他们从未想到会出现这样的悲剧。忠兴爱自己的妻子。他现在能回忆起来的，全是对自己的情意投以热烈回报的新婚妻子的倩影。在来本国寺的途中，忠兴最担心的就是自己的妻子。忠兴总觉得秀吉对他令桔梗幽禁反思感到不满，总忧惧秀吉会杀了妻子。

"你们两人的情意，天下之人莫不羡慕，可是，光秀却做出如此荒唐的事情。我秀吉一进攻，他却无半点招架之力，居然还想夺取天下，真是自不量力……"秀吉说着，用他那粗壮的手指拭了拭眼角。

忠兴心中一颤：能够为桔梗流泪的武将，除了秀吉，天下还有何人？如同襁褓中的婴儿还不懂世故，女人也是无辜的。可是，人情薄如纸，就连侍女都不敢为弑主者的女儿开脱罪名，断不会在他人面前哭泣。可是，秀吉却哭了……

"与一郎……你再忍耐一阵子，怎样？如果我现在就答应放了夫人，恐会激起民愤，骂我偏心，袒护于你。因此，暂且让她再反省一些时日……她有什么罪？一丝罪都没有。主持完右府的葬礼之后，设若无人出来反对，我立刻为她解禁便是。"

"是……是。"

"不说也罢，对此我向来很是明白。夫妻之爱非常特别。我筑前也一样，甚至在激战的时候，我都经常想起拙荆。在清洲的长屋成婚时，我们在一堆稻草上铺上一床薄被，就算作洞房。我现在还常常梦见此情此景。至于你们这对人人羡慕的天下第一夫妻，那自是不用说了，这些我都明白。"

与一郎忠兴不知从何时起，已经垂下了头，脸上泪水纵横。原来秀吉竟是这样一个体贴的大将，若为这样的大将效力……年轻的忠兴，已经被深深地感动了。

"与一郎，那么咱们就此告辞吧。"藤孝静静地说道，"筑前守大人公务繁忙。"实际上，藤孝也已在心里把秀吉看作信长的继任者了。

把细川父子送走以后，秀吉把蜂须贺彦右卫门和黑田官兵卫叫来喝茶。泡茶的人是一直跟随左右的大村幽古。

"您不累吗？"等着秀吉放下茶碗的幽古问道。秀吉却眯缝起眼睛，拍着胸脯道："人锻炼身体的方法不同。你以为我是寻常人吗，是不是你自己累了？"

"不，小的是觉得，您如累了……"

"幽古，人想不累，秘诀就是乐于辛劳。如你感到疲劳了，可以换另外一件事做。你去通知堺港的茶人，就说近畿一带已经没有战乱了，他们可以放心地享受茶道了。"说罢，他又转过身，对官兵卫和彦右卫门道，"下面咱们谈谈筒井顺庆吧。顺庆已经把人质带来了吗？"

"是，已经带着养子定次来了，气势汹汹的。"

"嗯？居然桀骜不驯。"

"他还说，这次他的战功连大人您都不得不承认。他还说，光秀派到大和去的使者，被他一脚给踢回去了，还有，出兵洞岭的时候，他巧妙进退，筑前守心里当十分清楚。"

"好，好。"秀吉听了，像孩子一样点点头，"你们二人到外间好好听着，看我待会儿怎么对付他。我先喝杯茶歇息一下，稍后再见他。佐吉，过来，把筒井父子叫到这里来。"

官兵卫和彦右卫门退了下去，只留下幽古一人。

"幽古，我筑前的对策可以千变万化，甚至会令人瞠目结舌。到时，你休要插话，只管听着便是。"

"是。"

不大工夫，石田佐吉就把筒井顺庆带了来，顺庆身后果然跟着个十三四岁的少年。

"啊呀，顺庆啊，你来了。"

顺庆没摘下头巾，就走到秀吉的身边，笑道："筑前守大人心想事成，立下了丰功伟绩，真是可喜可贺啊……"

不待顺庆说完，秀吉就把他的话打断了："住口，顺庆！"

"筑前守大人……"

"心想事成的战功，你是在揶揄秀吉？"

"筑前守大人想到哪里去了，在下是从心底里佩服，便说了出来。"

"别说了，别说了！心想事成，丰功伟绩，那得等到继承了右府的遗志，将东起陆奥，西至九州、琉球之地悉数平定之后，方可论及。此次的战功，到底是属秀吉，还是属顺庆，在下看谁都不敢断言。"

"大人这么说，好像承认了在下略有片功？"

"哈哈……承认，当然承认。你出兵到洞岭，坐山观虎斗，牵制了光秀，早已街传巷议了。"

"过奖了，过奖了。"

"谈不上过奖。这远远不值得我夸奖。我且问你：你为何在半途突然想和我联手了？"秀吉探出身子，严肃地问道。顺庆顿时脸色大变，他万万没有想到，秀吉会如此露骨地揭开他的伤疤。

这时，秀吉收起了笑容，挺起胸脯，变得威严，"细川父子和你相比，可算正直坦荡。他们从一开始就大义凛然，剃掉了发髻，监禁了妻子，诚惶诚恐。今天也刚刚来过了一趟，涕泗交加，说要赶紧帮我办理右府大人的后事。再看看你，用兵狡诈，态度骑墙，只想看最终谁有实力。真是令人佩服啊，佩服！"

"这是意外。在下本想服从大义，尽绵薄之力……"

"我明白，别说了！你的心思我还不清楚？我问你，你是如何看出我会取胜的？"

顺庆狼狈起来，左顾右盼，始终摆脱不掉秀吉那火辣辣的目光，只好强作笑颜，声音干巴："筑前守还是老样子，得理不饶人啊……"

"当然！"秀吉斥责道，"别再说什么心想事成、丰功伟绩之类的话了，一切都才刚刚开始。我已把京城的政事委托给了家臣桑原治左卫门，十三日我就要赶赴姬路。然后，立刻和中国、四国、九州方面联系，十七八日回来，在山崎修筑城池——估计洞岭一带能清楚地看到山崎吧？若是拖拖拉拉，怎能继承右府的大志？"

"顺庆深感惭愧。那么，葬礼的事情，起码得准备一百天吧？"

"那是当然。若非如此，右府大人在天之灵便不得安宁。羽柴秀吉办事向来雷厉风行，只要是我想办的事，从没有办不到的。牛鬼蛇神一扫而光。

大概也是我性子急的缘故，我可不像光秀，慢条斯理，尽吃败仗。"

"是，是。"

"顺庆，这次你来干什么？"

被秀吉一问，顺庆又慌了，不断地眨着眼。虽然已做好了被秀吉挖苦的准备，却没想到秀吉的讽刺如此辛辣，他一时支支吾吾，答不上话来。"这……当然……"

"当然什么？像你这等胸有城府之人，我想决不会轻易甘心做我属下。你是不是还想像从前待光秀那样，暂时归顺于我，相机而动？"

"筑前大人！"

"顺庆，我就是这样，既无智慧，亦乏策略，口无遮拦。我真想听听你那时的想法。"

"筑前大人……"顺庆又叫了一声，声音却苍白无力，连他自己都觉得难受，"想必筑前大人也看到了，顺庆此次是带着人质来拜谒的，希望大人能解得我的苦衷。"

秀吉一下坐直身子，盯着顺庆。顺庆只觉得被盯得浑身难受，心中混乱不已。乱世的武将追随强大的主人，这难道不是理所当然吗？想必秀吉比自己还清楚这一点，可是，为何还一个劲冷冷盯着自己？是否想故意激起自己的怨恨，趁势动兵刀？

一旦把大和交给别人，那么，最令人担心的就是泷川一益了。一益的领地被削减到只剩伊势长岛的消息，顺庆早就有所耳闻。这会不会是秀吉的奸计？故意让二人争斗，却背地里支持一益……顺庆想到这里，眼前秀吉的面容已经模糊不清了。

"秀吉刚才说的话，是不是惹你怒了？"

"大人……"

"哈哈……虽然你结党营私，见风使舵，可是我的话也有些过头了，你休要动怒。见谅。好了，我现已接纳你了。把人质留在这里，赶紧回大和去吧，加强防备，不要让人有机可乘！"

顺庆只觉得脖根一阵发凉。刚才秀吉说十分清楚他的心思，其实丝毫不夸张，他的确是那样想的。顺庆终于露出一丝苦笑。"大人把我吓坏了。我还在想，大人为何会生这么大的气呢……今后我小心谨慎就是了。"

"这就对了。势力分配已成定局，今后就是以心归心了。要实现右府大人的大志，统一天下，如不团结起来，实了无指望。"

"大人所言极是。"

"好了。佐吉，写一下确认领地的誓书，先这样吧。"

顺庆恭敬地接过誓书，退了出去，秀吉把顺庆的养子定次交给彦右卫门，又把官兵卫叫进来，捧腹大笑。

"和尚，顺庆在回去的舆中，定会后悔不迭，你看出来了吗？哈哈哈……"

"后悔……"幽古纳闷不已。

"是的。无论如何，顺庆已经成了我秀吉的家臣了……那厮的狗脑子，估计到现在才明白这一点呢，接下去三天，他定会恨得咬牙切齿。但是胳膊扭不过大腿，恼恨也是无用，哈哈哈。"

黑田官兵卫没有回答，单是眯起眼睛凝望着院子里。夏日的阳光透过树枝的空隙，把刺目的光线投射到地上，使官兵卫想起了方今的秀吉。此人运势极强，又有超群的能耐，今后的动向，值得一睹……

二　家康东进

　　本国寺的羽柴秀吉将誓书交给细川父子和筒井顺庆之时，德川家康也在马不停蹄地向东进发。天正十年七月初九，家康抵达甲府。

　　家康的做法却与羽柴秀吉截然相反，从六月下旬回到滨松城，到七月初三，约十天的时日里，他一直和儿女待在一起。就连身边的人都一头雾水，弄不清主公究竟在想什么。当然，这异常重要的十天，家康也并不是白白地浪费掉了，实际上，他正在耐心地等待甲、信两州的反应，等待出兵尾张时就已派往甲信的探马的消息。

　　家康认为，最重要的事情，就是甲信的百姓究竟如何看待信长之死。由于这两个地方是甲斐源氏历代的领地，百姓当然不欢迎信长的强硬政策，但是，对信长的反感到底到了什么程度呢？只有清楚世人的真正反应，才能正确决策。

　　家康最先把触角伸向甲府，是在信长归天后的第六日，也就是家康狼狈地从堺港逃回冈崎之后的六月初七。他派出的是本多百助信俊和名仓喜八郎信光二人。表面上，二人的任务是去问候甲府城代川尻肥前守秀隆。

　　"百助，这次出使可不一般，你一定要豁出命来。"家康这么一说，本多百助大惑不解，好大工夫没有答上话来。家康的葫芦里到底卖的什么药，百助猜测不出。

　　"你的一切行动，将决定甲州究竟是成为德川的朋友，还是变成敌人。我派你去，并不希望你把他们转变成敌人。你要开动脑筋，仔细琢磨，看怎样才能让他们成为朋友。我要你不惜生命去做这件事。"

　　百助一听，面带愠色。"为了主公，百助还从来没有珍惜过性命呢。大人为何拐弯抹角，不直接吩咐？"

　　"糊涂！"家康苦笑了一声，"我又不知对方的人气和动向，怎么吩咐你？我认为你乃一个不用我吩咐，也不会出错的人，才派你去。"

　　百助不好意思地挠了挠头。"是啊，我为何问如此愚蠢的问题？那么告辞……"

百助从冈崎出发，刚到甲府，就暗中调查川尻秀隆的人气，结果发现，秀隆的人气远比他预想的坏。由于信长曾经无情地烧毁信玄的菩提寺、惠林寺，把武田的残党全部搜出施以严刑，人们对信长的评价自然差矣。其后派来的城代秀隆则更是有过之而无不及，依然威以兵刀，对百姓严加镇压。百助调查清楚之后，六月初十进城拜谒了秀隆。

甲府谷地里一丝风都没有，热得像蒸笼。这是本多百助和织田氏的甲府城代川尻秀隆第一次谋面。

当百助被领进客室的时候，他又回忆了一遍家康的嘱托。

秀隆最令人反感的地方是出尔反尔、不讲信用，入城之后刚刚发布通告约法三章，转眼之间就不认账了。他的通告文字如下：

> 此次甲州已归信长公治辖，家臣川尻肥前守秀隆奉命出任城代。本城代决定，凡隐藏在国内各乡、各村之武田武士，即刻到肥前守府邸锦町拜谒。凡前来拜谒者，一律发给确认旧领的印章。特此通告。

通告一贴出，到锦町报名的人络绎不绝。大家都以为告示的意思是既往不咎，以前的领地还可继续拥有。人们对秀隆交口称赞，不仅信以为真，甚至还奔走相告，让家臣、知己也前去拜谒。可是，后来就有传闻说，等到这些人进了秀隆的大门，无论老少，一个个都被带到后院，统统杀掉了。

"你们这些缩头乌龟，我略施小计就把你们钓了出来，我真会留你们一命？"他为此大笑不已。

"秀隆那个恶鬼，还让他活着回去不成？"

"这次信长公被害，可见秀隆恶鬼也气数已尽。看着吧，必有人前来清算恶鬼的罪孽。"

由民间的风评可以推测，秀隆其人必然残暴刻薄，难以接近。那么，他究竟会如何迎接我百助呢？

大约等了半个时辰，秀隆终于露面了，对百助极尽殷勤，当然，其目的只是想刺探家康的动静。"遭遇如此意外的变故，秀隆十分彷徨，不知何去何从。不知家康公有何远见？"

没想到秀隆出言如此谦恭，这令百助深感意外。他就把家康已经率兵从安土向京城进发的消息告之。

"啊呀，我可真羡慕你们啊。这样一来，右府多年经营的基业就有救了。"

"这次我家主公派我来，是向肥前守大人问安。"百助看到对方态度谦恭，暗暗地舒了一口气，深施一礼。此时，他早已满头大汗了。"此次始料不及的动乱发生后，想必肥前大人定会即刻撤回京城，参加平叛决战吧。可是，信浓大道已被封锁，所以大人可经过三河领地西上，这次我家主公派我前来，就是与大人详谈这件事的。"

听百助这么说，秀隆恭敬地施了一礼，嘴角现出一丝尴尬的笑容。其实，刚才他让两人等候时，早已在门缝里把两人琢磨了一遍。"哦，家康公是这么说的？"秀隆若无其事地说道，连忙收敛了笑容。

秀隆欲以信长为圭臬，却不能洞彻信长的真正精髓，因而甚是苦恼。纵然他能把信长苛烈的一面模仿得惟妙惟肖，却始终无法理解信长理想的精髓。

"哦，家康公是这么说的？"秀隆又重复了一遍，态度平和，实际却满腔怒火。他认为，本多百助和名仓喜八郎有可能是家康派来的刺客。就连信长都另眼相看的家康，在秀隆的眼里，却是一个阴险狡诈之人，人与人的看法真是迥然不同。"这么说，家康公向安土紧急行军时，还忙里偷闲，特意为秀隆着想了？"

"正是。"诚实而又鲁莽的使者答道，"即使西边的逆贼被讨，若东面依然支离破碎，不还是违背已故右府大人的意愿？故，主公立刻派遣我等到这里来了。"

"可真是太感谢了。来人，先给二位汲些冰凉的清水，速速准备酒菜。我想先向二位了解一下凶变以来世间的动态，再决定西上的路线。"秀隆一面命令侍者立刻准备酒席，一面接着道："风闻穴山梅雪乃同家康公返回的途中，被人暗杀……"

"是有这么回事。正是考虑到这一点，我家主公才派我出使贵地。"

"呵呵，看来家康公似和穴山遇刺大有关系啊。"

"正是。"百助昂首挺胸地答道，"我家主公把与武田氏关系密切的穴山介绍给右府，都是为了甲斐以后的安泰。主公劝说穴山同路，从堺港撤回。穴山却听不进去……以在下的推测，定是怀疑我家主公，便拒绝了主公的邀请,却在半路上遭遇暴徒袭击,枉丢了性命。"

川尻秀隆点了点头,嘴角再次浮出一丝狡诈的微笑:愚蠢的东西,不打自招,乖乖地把家康的秘密给我摆了出来。"咦,怎么会发生这样的事!"

酒菜摆上来之后,秀隆极尽殷勤,亲自为百助和喜八郎把盏。"因为有了前车之鉴,你家主公便想劝我也通过贵领地,就派你们来到这里,在我身边守护,是这样吗?"

百助昂然点头。"无论如何,不能让甲州也卷入战乱,这是我家主公最大的心愿。如果有我们俩在您身边誓死护卫,大人便可高枕无忧。只是,肥前守西征之后,甲府如何维持秩序,大人可有良策?"

"二位的言外之意是,我出发之后,这里立刻会陷入混乱吗?"

"正是。"百助依然直直回答。他只有一身正气,丝毫不讲策略,也从来不怀疑别人。他认为,川尻秀隆是和他一样直率的人,也和他一样信任家康。因此,他既没有丝毫掩饰,也不懂得灵活应对,有的只是三河武士的固执。

"由于大人刚刚上任,领民对大人依然很是恐惧,不容丝毫马虎。当然,各地还有不少武田残众,这些人会趁着肥前守西征的时机,和北条氏勾结,把兵火引入甲府,这样一来,右府大人的苦心就会付之东流。我家主公担心的就是这一点。"

川尻秀隆听后,眉梢不禁一个劲地颤动。他坚信已摸透了家康的心思:先用花言巧语欺骗他秀隆,再把军队开进甲府,接着把他诱入自己的领地除掉。

人,总是跳不出自己的思虑之茧。从这个意义上说,百助和秀隆毫无二致。一个太信任他人,另一个则疑心太盛,可是,两人都没有意识到这一点。

百助擦了擦汗。"来此之前,我家主公再三叮嘱在下,豁出性命也要保护好大人。大人如有什么良方,百助愿效犬马之劳。"

"你侠肝义胆,令我万分感动。但无论如何,这也是十分意外的大事,恐怕我一时之间难以作出决定……"秀隆故意小心翼翼,含糊其辞,"家康公可有什么良策示下?"

"没有。"百助依然像个孩子,句句实情,"我家主公让在下好好地跟肥前守商量,再作决定……主公还说,正是认为在下能胜任,才派在下来的……"

秀隆放下酒杯，抱起胳膊。狡猾的家康，究竟是出于何种考虑，竟让百助说出这样的话来？家康一定认为，既然信长这棵大树已经倒下了，我秀隆定会弃城而逃。否则，我一日在此，家康一日不便插手甲府之事，否则定招来非议，因此借机把我巧妙地引诱到他的领地……秀隆仍然围绕着自己的生死来思考问题。"本多……"

"肥前守是否想出什么妙计了？"

"此事的确如你所说，关乎双方生死存亡。"

"何止关系到我们，这是关乎所有领民的祸福及右府大人伟业的大事。"

"言之有理！看来我还是考虑不周啊……能否给我两三天的时间，容我仔细考虑。二位也好好想一下，看看有什么好的对策。"在说这些话时，秀隆早就作好了打算。此后，他只和二人喝了几杯就离开了。

川尻秀隆此时的兵力只有两千。但是，他的后台信长一倒，两千人马军心动摇，无不为自己打算，即刻便四分五裂了，对于这一点，秀隆似乎并没有真切的认识。他已经下定决心：无论如何，也要团结军心，粉碎家康的阴谋。

在秀隆的心里，家康的意图已经越来越清晰。因此，他的面前只有两条路：要么杀掉本多百助和名仓喜八郎，放弃西上；要么果断地采取行动，趁势从信州路撤回美浓。我可不能像穴山那么愚蠢！秀隆一直坚持以为穴山梅雪是太信任家康，才被家康所害。

到了光秀被剿灭那天，即十三日，秀隆向本多百助和喜八郎的下处派来了使者。

"事到如今，依然毫无良策。因此，先把城池托付给二位，请德川军帮着守卫城池。当然，我则完全按照家康公的指示，通过贵领地西上，参加为主公复仇之战。另，我欲在明日当面交待甲府交接的具体事宜，斯时请两位前来面谈。"

然而，就在这一天，有一名浪人悄悄地拜访了本多百助和喜八郎二人的下处积翠寺。积翠寺位于相川、浊川的源头，乃是要冲。此前，武田氏的山城就建在此处，大永元年（一五二一），骏河今川氏发动叛乱，据传信玄的母亲就曾躲藏于此，生下了信玄。故，此地跟武田氏十分有缘。两人在正殿接见了这名浪人。

"事出有因,请恕我不能将姓氏告知二位。总之,两位大人把我看作跟川尻肥前守积怨颇深的乡民便是。"简单的开场白之后,浪人说明了来意。原来,秀隆正密谋在甲府暗杀两人,浪人叮嘱他们要格外小心。他的主要目的并不是前来告知暗杀的阴谋,而是告知,他想率领乡民发起暴动,袭击川尻肥前守,希望两人到时不要插手此事。"我们绝非欲与德川大人对抗,只是不想让百姓深恶痛绝的川尻肥前守平安离开这里。"

二人把这些话记在心里,就把浪人打发回去了。"我看这事有些麻烦。"名仓喜八郎变得慎重,"本多,我看明天还是不要去见秀隆为好。"

"不,这样不妥。"百助轻轻地摇摇头,"如果我们听信了浪人片面之言而不去城里,万一他所言为虚,那怎么办?就等于背弃了川尻,成了乡民的同党。那样,我们还配做武士吗?"

"可是……若是我们前去,那不等于白白送死吗?"

"莫要说了。怎会白白送死?万一秀隆把我们杀了,自己逃之夭夭,反而会引起乡民对川尻更大的愤怒。川尻不可能做出如此愚蠢之事。休要随便怀疑别人。你我还是如约赴宴为是。"百助总是听不进喜八郎的话。这就是三河武士的倔强。他一点也不想违背家康的嘱托,仍然固执地以为,秀隆同他一样,是个诚实正直的汉子。"难道你忘了吗,主公曾再三叮嘱说,甲斐一地的安危全系于你我二人,所以我们得豁出命去,不可贪生怕死。因此,我决不后退半步,即使真的陷入川尻的圈套,我也在所不惜!我们应该用炽热的真情去打动对方,让川尻大人全身而退,防止甲府陷入骚乱。"

百助慷慨激昂。名仓喜八郎则固执地摇着头。"既然如此,我不阻止你,你想去就去吧!"

"这么说,你似是不去了?"

"我为何要去?"喜八郎带着几分怒气,"我们一起来,并不是说非得绑在一起行动不可。你一个人去就行了。若你有个三长两短,我也好照应一下。"

"好,去就去。只是,我去了,若万事大吉,且看你怎么向我交待?"

"真若万事大吉,"喜八郎指了指脑门,毫不含糊,"你冲我这儿来一拳就是。"

"好,你等着。我百助的拳头可不是吃素的。"

这种谈话的气氛和秀吉的旗本大将之间的争论截然不同，有一种滑稽感，他们如此固执，不禁令人想起凶猛的看门狗。

第二日，十四日。此时光秀早已在小栗栖毙命，而本多百助对此一无所知。他出了积翠寺，只身到了甲府城内。身边只带了十二三个随从，走到大门的时候，他把他们全都留下了。被领到秀隆的面前，百助豪爽地笑道："实际上，我此次前来，是跟名仓喜八郎打赌。"

"哦，赌什么？"

"喜八郎说，听传言，大人故意设下圈套，想要杀我，故他拒绝与我同行。"

川尻秀隆一听，顿时狼狈不堪。"真是岂有此理，胡说八道！我分明是诚心诚意地要交出这座城，然后经过家康公的领地西征……若杀了二位，我还能通过贵领吗？"

"哈哈哈……莫要生气，喜八郎就是多疑。虽然怀疑有时会带来麻烦，可还真不可麻痹大意。因此，主公才派我们二人前来……"本多百助依然想努力地传达家康的诚意，以真情打动对方，"我们二人打了一个赌，由我全权代表主公和大人协商所有的事情，如能平安地回到积翠寺，我就给喜八郎的脑门一拳头。"

川尻秀隆不禁大笑。饶是如此，他还是千方百计想从百助的话里挖出什么来。"你们俩打的赌可真有意思，看来名仓这回得吃苦头了。所谓传言，你们究竟是从哪里听来的？"

"是一个密谋起事的浪人告诉我的。"百助越发放下心来，笑着往前挪了一步。

秀隆一听，顿时大惊失色。"那人有没有告诉你，他叫三井弥一郎？"

"这……我倒是没有询问那人的名字……叫三井的到底是什么人？"百助似乎没怎么放在心上，道，"如果单听那个浪人捕风捉影的谣言，就怀疑连我家主公也深信不疑的川尻大人，岂不违背我家主公的初衷？所以，我连那个人叫什么名字都没问，就把他打发走了。"

"哦，其实这个三井弥一郎又叫十右卫门，以前曾经侍奉过山县三郎兵卫昌景，是个喜欢搬弄是非的家伙，面色黝黑，颧骨高，目光锐利……"

"对！那浪人的确目光锐利，是个瘦瘦的男子。"

"定是三井弥一郎无疑。"秀隆边说边思索，看来不得不改变计划了。

百助越是光明磊落，秀隆就越是小心谨慎。虽然秀隆已对乡民起事有所察觉，没想到百助却在他面前说得如此清楚，这足以说明他们已和乡民达成了密谋，才有恃无恐。如是这样，名仓喜八郎当然不会来了。他们一定早就商议好了，让百助留在城里和秀隆周旋，喜八郎则在城外指挥起义。把他们二人诱入城里除去的谋略就要泡汤了，只好用第二计。

秀隆拍了拍手，把侍从叫来。"赶紧把酒菜摆上来。今天大家都来作陪。这也是咱们在此城的最后一次酒宴了。今天务必把城池交到德川公的手上，然后我就要赶赴京城，加入平叛之战。你说对吧，本多大人？"

百助听了，感动得直拍大腿。"川尻大人，您能这样做，那我此次真没有白来。临行时分，我家主公还屡屡嘱咐，要以诚相待……百助信俊给大人行礼了。"

"你太见外了，应是我给你行礼。来，干杯！名仓喜八郎不是说我要加害你们二位吗，为表诚意，你看看酒里到底有没有下毒。"秀隆端起一杯酒，一饮而尽，才给百助斟上，"我出发之后，贵方打算让哪里的军队先进驻此城？"

"这……按照依田信蕃和本多正信大人的吩咐，穴山的人马不久就会赶来。"

"穴山的人马？"

"对。但是大人不用担心。甲府人决不会憎恨我家主公。他们也一直在祈祷莫要发生骚乱……就连庶民都憎恨混乱。乡民不可能和我们作对。"

"呵呵，如此说来，已故右府大人和我都讨人嫌，好人都让家康公去做了……"秀隆立刻转移了话题，"啊呀，这是我们在这里的最后一次酒宴了，大人和我的家臣也多干几杯吧。"他似故意想把百助灌醉，再考虑对策。

世上，再也没有比士兵的风气更能反映大将的性情了。织田信长从出生以来，就是一个喜欢让人大吃一惊，且屡屡成功的旷世奇才。可是，那些在气量上比信长逊色好几等的家臣们，如也醉心于此，走同样的道路，结果会如何呢？

秀吉是一个完全吸收了信长的长处，并且活学活用的英才，气势如日中天，而他人如也想模仿信长，注定以悲剧收场。光秀举兵叛乱，也不知不觉受到了信长的影响，而川尻肥前守似也把自己看成了信长。这是信长的气概在部下中有强大影响力的体现。

当然，百助的顽固和纯朴也反映了家康的一面。"为了庶民的太平"，家康在所有事情上都坚持这一心愿，而本多百助一切行动则无不是"为了主公"。百助每次举杯，都不停地赞颂家康，体现出他对主公的百般景仰。他的这种正直，有时甚至让人有点反感。

"能够继承已故右府大人鸿鹄之志的人，普天之下，恐唯我家主公一人。"他甚至毫不避讳地断言，"右府大人毕生的愿望，就是终结应仁之乱以来的乱世。这种终结乱世硝烟的雄心壮志，与企图谋取天下的狂妄野心，有着天壤之别。这是一种匡正武士本来面目，全力以赴保护黎民百姓的仁爱之心……我家主公已经完全继承了这种仁心。"

秀隆一面含含糊糊地应着，一面不住地向百助劝酒。酒宴一直持续到亥时左右。

听到钟声，百助懒洋洋地站了起来。关于甲府城的交接，因秀隆几乎没有异议就答应了，百助的心情很是不错。

当日夜，百助住在了城里，他打算次日晨再派人到积翠寺，让名仓喜八郎作好后期的安排。

依田信蕃和本多正信的部队已经调动了冈部次郎右卫门，并已控制了穴山的旧领，又邀请了曾根下野守昌世，应已作好了进入甲州的准备。因此，一旦名仓喜八郎那边有消息，两三天之内就可以接管甲府，把秀隆平安地送出去……百助心里打着如意算盘。

"呀，您辛苦了……我高兴，我醉了。"在秀隆的带领下，百助来到巽馆的卧房。他把刀挂在枕边的刀架上，抚摸着大肚子，笑个不停。"名仓喜八郎这小子，他大概不会想到，我在这里居然受到了如此优厚的待遇，他现在大概正在做噩梦吧。肥前守大人没想到比传闻中好得多，是个如此有器量的君子，令人佩服。"百助一边对侍从说着醉话，一边入了铺。当侍从放下蚊帐的时候，屋里已经鼾声如雷了。

白天炎热，夜里却变得非常凉快，让人觉得仿佛换了季节，也有蚊蝇。不久，喝得烂醉的百助就把被褥踢到了一边。

"大人，我给您送水来了……"第二次进来的是一名年龄尚小的侍女。她把茶碗放在百助的枕头边，悄悄地掀起蚊帐，探进头来。

"哎。"侍女又恭恭敬敬地喊了一声，没有回音。此际风俗，若有客人留宿，当有女人陪着说话。因此，若百助醒来，他必以为站在面前的乃是一个陪侍女子。侍女望着熟睡中的百助，脸上流露出一丝困惑，然后悄悄地放下蚊帐，蹑手蹑脚地离去了。不大工夫，百助卧房的两侧各出现了两条人影，都全副武装，两个持枪，两个握刀。

"睡得死猪似的。"其中一个嘀咕了一句，其余三个则点点头，然后，几人猫着腰，分别从三个方向摸向蚊帐。留在走廊的人，则站在能看见室内的位置望风。

这并不是前来刺杀百助的全部人马，只是第一拨刺客。第二拨早已埋伏在了四周的围廊附近，第三拨人马则有三十多人，从院子里包围了这座别馆。

川尻秀隆的计划是，先在这里结果本多百助，天亮之后，再到积翠寺以百助的名义把名仓喜八郎引诱到城里杀掉。然后，弃城而去。他的计划胜利在望了。

此时，从三个方向逼来的袭击者已经举起武器，而蚊帐中却依然鼾声如雷。只见站在走廊的头目做了个手势，小声地说了一声："上！"话音未落，蚊帐就被砍了下来，昏暗的灯光下，两条枪齐齐刺向了熟睡中的百助。

"啊……"蚊帐中顿时响起野兽般的嚎叫，"什么人？卑鄙小人，居然连名字都不敢报！"

但是对方并不回答，紧接着又刺。

"呜……"这次蚊帐中发出的不再是悲鸣，而是愤怒的呻吟。接着，蚊帐像波浪似的翻滚了起来，百助的一只大手从里面伸了出来，想从刀架上拿过长刀。此时藏在廊上的人影跳了进来。

"呀！"只见寒光一闪，百助的一只胳膊掉了下来，血流如注。

"什么人？"不愧是久经沙场的武士，本多百助在右臂被砍掉的一瞬间，已经跳出蚊帐，左手抄起了长刀。可是，两杆枪依然如影随形，像魔鬼一样死死缠住他不放。

"来吧！"话音刚落，百助嘴衔刀鞘，以左手把刀抡到身后。

"啊……"持枪的两人，其中一个往后一仰，另一个则退后。

"百助……"从廊上跳进来的人握着刀，狞笑一声，"怎么，认出我来了？"

其实百助不仅被斩下一只胳膊，胸口也中了一枪。但他仍是十分清醒，"你是秀隆？"

"哈哈……"秀隆笑出声来,"家康的诡计,你都清楚告诉我了。他是想除掉我,然后把甲信两国纳入手中……哼,哪能那么容易就让他的阴谋得逞!"

"不,不是……"

"别天真地以为我乃软弱之人,我是已故右府大人派到这里的得力干将。除掉你以后,我再以你的名义诛杀名仓喜八郎,然后撤回京都,举兵讨伐德川。你的伤势已经没救了,虽说如此,在你临终前,我还是要送给你一个礼物,就是让你知道,我的才智要远远地胜过你。"

"不,不是这样的。秀隆……"百助出了蚊帐,可再也无力站稳,扑通一声,跪倒在血泊之中,"杀了我,你也活不长。"

"哼!到这时你还嘴硬,还敢狡辩!"

"我未狡辩。信浓路已不通。杀了我,就连我家主公的领地你也没法走了,你是自绝后路。你可以忘掉……杀我之事,可我家主公依然是光明磊落的。你莫要怀疑。"

"哈哈……你死到临头,还要狡辩!"

"唉!实在不信,我只能有辱使命了……"

"看在你我都是武士的情分上,我来给你介错吧。"

"秀隆,我再说一遍。希望您莫要怀疑我家主公,断了后路。您听见没有……啊,我的眼睛看不见了,耳朵也听不见了。你可以忘记杀我之事,但望你莫要怀疑……莫要怀疑……"

看到此情,就连持枪的人都忘记了进攻,呆呆地站在那里。秀隆三两步走上前去,也不说话,抬手就是一刀,把百助的人头从脖根上砍了下来。

这时百助才扔了刀,尸体扑倒于断臂上。他的嘴唇仍然在剧烈地痉挛,仿佛还想拼命地说些什么。

就在这时,轰隆一声,从远处传来一阵异样的声音,既不是雷鸣,也不是风声。

"报!"一条人影从走廊那边飞跑过来,跪倒在秀隆面前。

秀隆也是吃了一惊,他回过头,手里依然拎着血淋淋的刀。"怎的了?"

"像是暴徒。一伙人从浊川岸边冲来,另一伙则从大泉寺的树林里杀出,他们高举着旗帜,喊着口号,向别馆逼来。"

听手下这么一说,秀隆吓得差点摔倒,他拄着刀站在那里。这定是本多百助和名仓喜八郎早就安排好的。"立刻紧闭四门，不可让一名暴徒闯进来。他妈的，家康这个浑蛋！"秀隆吞了一口口水，气得嘴都歪了，浑身打着哆嗦。按他的思路，这次乱民暴动同样是家康极其阴险的阴谋。

但事实上，家康此时正在尾张，而名仓喜八郎也在积翠寺为本多百助担心，他们与这次起义毫无关联。若说间接的关系，倒还有渊源，这便要说到信长和家康性情的差异，甚至可说，正是信长之死导致了暴乱。

对于武田的遗臣，信长一直采取彻底的严惩。他始终信奉"实力"，要凭借实力终结战乱。此种意志会对川尻秀隆等家臣产生影响，使他们的性情扭曲、虚伪、狡诈、滥杀无辜。

无论是从信仰出发，还是从性格出发，家康都不会保持沉默，他十分清楚信长所尊奉的"实力"之短。无论是从前为穴山梅雪求情，还是这次热心地安抚依田信蕃、门奈左近、冈部正纲、初鹿野信昌、小幡昌忠等甲州本地武士，使他们摆脱信长的控制，都可说是家康巧妙的政治手段，但在本质上，是家康从他的祖母乃至母亲继承而来的仁爱之心。家康与信长性格上的巨大差异，在信长死后立刻卷起了一场波澜。就在本多百助被杀的当夜，这场风暴波及甲府城。

川尻秀隆匆匆离开别馆，回到住处，披挂整齐，赶赴城门。城中现还有两千多名士兵，秀隆觉得，只要能赢得充分的准备时间，便能把那些乌合之众击溃。

当秀隆赶到城门时，暴动的先头部队已经抵达城门。

"织田氏的城代川尻肥前守快出来！"

听到城下的喊声，秀隆把手里的薙刀狠狠地插在地上。"我就是川尻肥前守秀隆，你是暴乱的头目？"

"正是。"城外的声音异常冷静，令秀隆很意外，"我乃山县三郎兵卫的旧臣三井弥一郎。"

"前些日子让你成了漏网之鱼，今天你居然又来煽动愚民造反。三井弥一郎，你我到底有什么好谈的，说来听听。"

城下传来了三井弥一郎越发清朗沉着的声音，与秀隆慌张而沙哑的嗓音形成了鲜明的对比。"上面的人若是川尻肥前，请不要慌张。"弥一郎示意周围的人安静下来，"今日夜里，本多百助信俊大人到城里做客，当住在城里。请将本多大人带到这里来。"

"要他来干什么？"

"我有事要请教他。"

"你，就凭你一介暴乱之徒……"说到这里，秀隆突然改变了主意，"本多大人刚才在酒宴上喝得不省人事，现在正在歇息。他是我尊贵的客人，怎么能轻易带到你这暴徒面前。快说，你到底想知何事？"

"我听说……"城下的人垂首沉思了一会儿，"不妨告诉你。我想询问你开城投诚之事。我不想听别人讲，要亲自从本多大人那里打听一下。"

"我要是告诉你，穴山的人马一到，我就把此城交到他手上，然后穿越德川的领地，撤回京城，你能怎的？"

"我要请本多大人亲口告诉我。"

秀隆气得连腿都哆嗦起来。"这……这是名仓喜八郎的命令？"

"莫名其妙！这是起事者商量的结果。"

"那我要是无可奉告呢？"

"就只能说明，你已经把本多大人……那么，我们便不客气了。"

不知何时，城内和城外的堤下燃起一堆堆篝火，把夜空映得通红。侍从牵来的战马，眼睛里也映满了红红的火焰。秀隆看到这些，心头涌起一阵阵不安和愤怒。看来，自己下手确有点早……可是如今，百助已经成为一具尸首了。

"不行，你这是在胁迫我……如都听了你的支使，那我肥前守的面子往哪儿搁？你们这样舞刀弄枪的，我怎么能告诉你！"

一瞬间，城外安静了下来。看来这决非一群乌合之众——武田的残众已经控制了民众。

城下之人窃窃私语了一会儿，然后道："城里的人好好听着！"

这次不再是弥一郎的声音，而换成了另一个粗声大气的声音。"如本多百助还活着，我们就按照他的指示，放川尻肥前守一条生路。如见不着本多大人，那就不用再问了。明日夜里，我们就杀进城，砍下肥前守的人头，以解心头之恨。如城里还有不少与武田氏有关系的人，就请肥前弃城逃命，免得我们费事。听清楚了？只有一天时间。"

这一声喊话立刻让整个城内鸦雀无声。川尻秀隆简直气得要发疯了，可还是故作镇静，笑了起来。"混账东西……以为我肥前守这么容易就把城交给你们这帮暴徒吗？凭什么只给我一天时间！为何不立刻前来决战？"他正大喊大叫，突然发现有些不对，侧耳一听，对方果然如所说，已开始井然有序地撤退了。

趁势杀出去？转念一想，秀隆又使劲地摇了摇头。跟这些熟悉地形的暴徒们夜战，岂不愚蠢透顶。他在城里的部下还有人不知百助被杀。一旦乱起，有人放火，势必乱作一团。

"给我严守城门！"秀隆一边命令士卒，一边不住地咂嘴。他突然感到一阵慌乱，对前途充满了迷惘。他一直坚信家康、名仓喜八郎和三井弥一郎之间有密切联系。想到这里，本多百助那张苍白的脸又浮现在秀隆眼前。他认为，当务之急是先除掉百助的所有随从，虽然不知暴徒今后会如何行动，但绝不能让城里出现内应。

回到房里，秀隆依然身着盔甲，苦苦思索应敌之计。刚才如此喧闹，百助的随从们一定都未睡。若再请他们喝酒，只会使之更加怀疑。他们一旦清醒过来，就会立即发现情形不对。"先把他们骗进牢里关押起来。现在城外吵闹，若将他们换到百助的外间睡，定会毫不疑心……"

大功告成之后，秀隆才安心地躺了下来。这几天他太疲劳了，当再次睁开眼睛的时候，太阳已经升得很高了，衣服里面湿淋淋的，全是汗。

秀隆立即起身吩咐道："就这么定了。趁晚上有月亮，傍晚时分打开城门，把队伍开出去。若遇阻拦，立刻击溃他们，走信浓路，奔美浓。打本多百助的旗帜，还要做出百助在队伍中间的样子……粮草到路上再筹集。"

秀隆洗了手，漱了口，噗一声把水吐到地上，旋又捶了捶胸膛，对侍从道："幸亏女儿没有跟来。吃完饭，立刻让大家集中到大厅里来。这次的撤退可是表现个人才智之时。"

然而，此时川尻秀隆的命运已不再掌握在他自己手里了。他悠然地踱进大厅，不禁大吃一惊：本来至少有一百二三十个中级以上的武士集中到这里，现只有十八人。

"怎么回事？赶紧让他们集合。这是非常时期。"

"报。"从小就在秀隆身边侍奉的侍童头目福田文吾伏在了地上，"其余的人早在今日天未亮时，打开城门逃走了。"

"逃走了？"

文吾伏在地上，哭了起来。

"别只顾着哭！他们到底有何不满？"秀隆厉声道。此事着实令他意外。不必多问，城里定有内应。他们必是觉得秀隆根本没有胜算。

剩下的十八人都垂头丧气，谁也不说一句话。过了一会儿，文吾方抬起头来。"他们逃跑时，劫了狱，把本多的随从也带走了……"

"什么？百助的随从？"

"剩下的人，算上下人，也就八十来个了。大家都已作好了赴死的准备。请主公也要痛下决心。"

"你的意思，是要我切腹？不！"秀隆大喊了起来，接着又无言了。眼前一切太令人意外，他只顾愤怒，甚至连思维都有些停滞了，只是全身哆嗦，仰天长叹。

天气格外闷热，大厅里不通风，散发着一股奇怪的霉味。

"我不自杀！我决不自杀！"

"那么，主公的意思，是要我们和敌人同归于尽？"

"留下来的人至少已下了决心，要与我同生共死。虽然只有这么几个人，可是，我还是要让家康大吃一惊，让他知道我的厉害。"

现在，摆在秀隆面前的只有两条路。一是乖乖地自杀，二是落荒而逃。怀着对家康的无比憎恨，秀隆义无反顾地选择了后者。他把八十多人分成四组，等到夜幕降临的时候，在四面的城门处燃起熊熊大火，以壮声势。"他们不知我们的人数，便不敢贸然杀进来。我自有锦囊妙计。"说罢，秀隆压低了声音，把自己的计谋告诉了八十几个弟兄：到时候，就对起义的头目三井弥一郎诈称秀隆已经自尽，佯装把人头交给他，趁机结果他的性命，这样一来，其余的暴民必会一哄而散。"到时候，你们就骗他们说，交接织田氏的城代川尻肥前守首级之时，若人多手杂，恐出乱子，故只能让五个人进来。他们不想烧城，必会中计前来，就手起刀落……"

八十几个人在各个城门堆放了很多柴草，等待夜幕降临。

"估计暴民们半夜才会来。先打个盹吧。"一切准备就绪之后，秀隆回到房里打了一个盹。蚊子很多，他睡得迷迷糊糊的，也不知过去了多长时间。突然，外面传来一阵杂乱的脚步声。

"秀隆！秀隆在哪里……"

秀隆一听，一下蹦了起来，感觉青竹枪的锋芒在眼前划过。他把被子一掀，赤着脚就跑了出去。这时，一伙人已从后面追了过来。毫无疑问，都是起事的暴徒。但令人不解的是，这些人究竟是何时、从何处进来的？

"你们这些亡命之徒，休要过来！"秀隆又磕磕绊绊地逃起来。

月亮已经升起，四周亮如白昼。由于在慌乱之中出逃，秀隆既没带刀，也没穿盔甲，显得更是狼狈。"你们到底是从何处进来的？站住，不许过来！"他像是一只被猎犬追赶的野兔，绕着一棵小罗汉松转了两圈，想乘机溜走。此时，"噗"一声，他右边的大腿像是被烙铁烧着，热辣辣地疼——一支竹枪已结结实实地刺入了他的大腿。

"啊！"秀隆惨叫一声，扑倒在草地上。事到如今，他仍觉不可思议。在月光下，他看得很清楚，每个城门都已按照他的吩咐燃起了熊熊篝火。

秀隆倒地之后，五六个人飞速冲了过来。

"不要过来，你们这些蛮人！"

"到底谁是蛮人？我看你才是蛮人！"

"揪住头发，把他拖回去。"

"踢他，使劲地踢，把他踢死。"

"让他这么早就死太便宜了他，好好地收拾收拾，让他尝尝受罪的滋味。"

几个人一拥而上，有的用矛头使劲地戳，有的用脚拼命地踢，还有的则狠狠地揪他的头发……就在这时，只见一个人手里提着刀，气喘吁吁，大喊一声跑了上来。"住手！等等，大家且等一等！"此人正是三井弥一郎，"川尻大人，按照事先的约定，我是来取你首级的。"

"约定？"

"你不是已在白天下令了吗，只限我们五个人进城接受你的首级。"

"你……你……你是从哪里听说的？"

"从你手下的嘴里。八十多个士兵嫌你没有一点儿骨气，居然害怕切腹，都觉你根本不配做武士，差不多都逃走了。"

"逃走？"

"对，现在你用不着惊诧了。在开战之前，就有五十五人逃跑了，现在，这座城里除了你，只剩下二十二人了……不，其中的八人已经为你送命，其他的，则是受伤的受伤，投降的投降。"

秀隆似乎还想说点什么，却已说不出来。这些不忠的家臣，定是受了家康的诱惑，才起了背叛之心……

"肥前守大人。"弥一郎接着道，"没有领民，焉有领主。领民可不是你想杀就杀，想剐就剐的玩物。你现在该明白了吧?"

"不……不……不明白。"

"那么，就请你用这把匕首，痛快地自行了结吧。"三井弥一郎似略带伤感，抬头望着月亮，"就像那纯洁的月亮一般，跟着你那些先行一步的家臣们一起去吧。弥一郎会为你介错。"

在燃烧着愤怒火焰的竹枪之下，秀隆慢慢地捡起了匕首……

三　柴田发难

打开五层的天守阁的窗户，苍穹下的大淀河立刻映入眼帘。前方是男山八幡郁郁葱葱的森林，森林的对面则是连绵不断的大和山脉。

"当这些青山被红叶染遍之时……"秀吉看起来心情不错，回过头看了黑田官兵卫一眼。这里就是秀吉刚刚在山崎筑成的宝寺城，还处处洋溢着木材的馨香和泥土的气息。

黑田官兵卫似笑非笑，一副暧昧的表情，对秀吉的话有些心不在焉。"煞是诱人的景致啊！"

今日，秀吉突然心血来潮，说风景不错，非得让官兵卫也来品评一番，于是也不带随从，两个人登上了天守阁。

"那恐是我印象中的老街。"

"莫谈街道了。我听说胜家正在不断向家康派遣使者。"

官兵卫看了秀吉一眼，笑道："从这里望去，街上的行人显得多么渺小啊，仿佛豆粒。"

"家康可不是豆粒。你是在说我小得像豆粒？"

"啊，岂敢……"

"好了好了，过来！"说着，秀吉回到大厅——甚至连建筑样式都模仿了安土城的天守阁，一屁股坐了下来，"一不留神，连北条氏直竟也差点被家康给吞了。"

官兵卫没有立即回答，单是拖着他那多年残疾的腿走到秀吉面前，默默地从怀里摸出一张地图和一张密密麻麻写满人名的纸片，慢慢地展开来。

"哎，这不是北条氏直和家康、上杉景胜的对阵图吗？"秀吉弯下腰，大致看了一下，"如此看来，北条真的要与家康讲和了。"

"会在十一月之前吧。"

"坚持不到年底了？"秀吉的眼睛落到了一个人的名字上，"你给我念一下，图上四方汉字太多了。"

官兵卫点了点头,开始念起来。

原来,纸上写的都是七月初三家康从滨松向甲信发兵以来,加盟到家康麾下的甲州重要武将的名字。原武田氏的亲族就不用说了,信玄的近侍、远山部、御岳部、津金部、栗原部、一条部、备中部、直参部及其子女、典厩部、山县部、驹井同心部、城织同心部、土屋部、今福、青沼、迹部、曾根、原、甘利、三枝诸部,以及寄合众、御藏前部、二十人等,全都跟随了家康,这样,甲斐一国已被家康尽收囊中。

秀吉看了,不住地点头。"看来右府大人的做法不得人心哪。饶是如此,家康还是干得不错。"

"这是我们最大的对手。一旦德川和柴田联手……"官兵卫像是完全置身事外似的,慢慢地直起身子,脸上又浮现出暧昧的微笑。

"你说,家康这次成功的原因是什么?"

"尽管北条的四万三千大军与他对立,令他数次遭遇危机,他仍然如愿把甲斐和信浓之一部握在手中。我看他成功的秘诀,就在于两个字:宽容。"

"宽容?到底是什么意思?"秀吉有些不解,"那么,我成功的秘诀又是什么呢?"

"是智略。"

"是二字对二字。"

"主公,德川这次好像要给义愤填膺的众人以高官厚禄,作为安抚。"

"用此来收买人心,秀吉也不比别人逊色。只是必须赶紧行动。"

"主公刚才说什么?"

冷不丁被官兵卫反问了一句,秀吉才意识到说漏了嘴,不禁哈哈大笑。当务之急当然是尽快铲除柴田胜家,只是还没有找到合适的借口。还得借鉴信长的做法——以"谋求天下统一"为借口。秀吉已非常自信,他自认,能够完成统一大业的人,只有他一人,如有人不服从他的意志,就是他的敌人,必须铲除。

"官兵卫,这就是你的不是了。怎么能说胜家和家康联起手来,就成了大敌呢?"

"看来主公没有理解我刚才的话啊。"

"哦?"

"在下是说,若是按照德川大人的做法,他定会巧妙地吞并修理,不知不觉之中把修理变成他的家臣。"

"哦，有意思。这么说，我就不如家康了？"

"也可以这样理解……"

"我倒要听听怎么不如他。快讲！"

"不管怎么说，修理也是织田氏首屈一指的元老家臣，这次又娶了右府大人的妹妹阿市，整个家族都身份尊贵。因此，他可以在德川的门前拴马，却绝不可能在您的门前拴马啊。"

听了这话，秀吉的火气腾的一下就上来了。不管遇到什么事，总有人在背地里说"那个农民的儿子"云云，这是最令他恼火之事。"哼，是这个意思？看来，你我的想法一样。如胜家真的那样，那我必须尽快动手了。"

"应该尽快行动……主公，决不能再这样悠然地等下去了。"

"哈哈哈，明白了，明白了。"

"主公，如继续放任德川发展，他日后恐会成为您继承右府大人大志的障碍。"

"有这么严重？"

"修理和德川就已不可小觑了，如果泷川一益和信孝联合，还有北条氏政、氏直父子加盟，他们的力量就太大了。"黑田官兵卫仿佛要吃人，表情极其夸张，秀吉则笑眯眯地听着。

黑田官兵卫时时做出一些滑稽的表情，秀吉也毫不示弱。这大概便是二人的性格。他们用丰富的表情和幽默的言语相互逗弄，仿佛逗孩子玩似的。

"那么……就这样吧。"秀吉道，"首先在胜家的身上下点工夫，然后，看看信雄和信孝，谁最可能成为祸根，就在他身上做点手脚，再动动脑筋，让家康去讨伐小田原，最后再平定九州和四国也不迟。对吧，官兵卫？"

"我不明白您的意思……"

"哈哈……你赶紧去一趟堺港，在堺港豪商身上做些盘算。小西弥九郎也要跟着一起去。当然，在智慧和经验上，他远远比不上你。现在必须夜以继日为右府做百日祭了。我要在大德寺为右府举行盛大的葬礼，寺院也得修建。这得花费巨额钱财。如不好好地做些准备工作，经费必是不足，届时不免捉襟见肘。"

官兵卫郑重地点了点头。"这些准备做完，其余的就不成问题了。"

秀吉又笑嘻嘻地做起鬼脸来，"有你一个官兵卫，我能不放心？"

"您这么一说，好像我不是个……"

"嘿，要想打入敌人内部，就得你这样软硬不吃的人。回来时，你顺便去一趟大坂，找淀屋常安谈谈，看看能否把米市的行情做到如咱们所期。无论如何，我要继承右府的遗志，在大坂建一座天下第一的城池。你告诉他，大坂一定会成为和堺港齐名的繁华之地。"

"主公想得可真周到。"官兵卫拖着右腿，慢慢地站了起来，"主公高瞻远瞩，在下今天算是开了眼。那么，恕我告辞。"

"你现在就动身吗？辛苦你了。"秀吉亲自把官兵卫送到楼梯口，拍了拍他的肩膀，哈哈笑了，接着，对站在下一层的侍卫大喊了一声："我还要再欣赏一会儿风景，你们就不用上来了。"

说完，秀吉返回了大厅。现在他既不再发笑，也不再轻松，而是换了一副非常严肃的面孔，踱到回廊处，直直地望着天空，那眼神看上去甚至有点急切。

此月十二，秀吉让过继给自己做养子的信长之子秀胜做丧主，在大德寺为信长举行了百日祭。秀吉本希望信孝或者胜家会对此说三道四，他好趁机寻找借口，不料到他们竟然一丝怨言都没有。事后一打听，方知胜家在信孝的命令下，以新嫁的阿市的名义，在妙心寺供奉了信长。而且信孝在岐阜，信雄在清洲，似也都做了些祭祀。这样一来，秀吉就得再动脑筋了。

黑田官兵卫担心的是胜家和家康的联合，尤是清洲的信雄与家康的接触。他觉得，一旦北条氏和德川氏讲和，信雄就会坐收渔利。

两家和解之后，家康就没有了正面的敌人，他自然会转向西面，以信雄的不满为契机，干预织田氏的内部纷争。现在，织田氏内部的问题，就是岐阜的信孝不服从清洲会议的决定，老是制造借口，不想把织田氏的家督三法师放走。

这对信雄来说，相当令人泄气。若是让三男信孝以拥立三法师的名义继承了织田氏，信雄作为信长的次男，就太没有面子了。因而，信孝和信雄兄弟之间的关系变得越来越凶险，秀吉则必须站在另一立场，把三法师和信孝二人分开。若是三法师真的落到了信孝的手里，织田氏的人气就会集中到胜家、信孝一边，这样一来，秀吉所谓"继承信长遗志"的幌子就不再有号召力了。

阿市已经成了柴田胜家的正室，而且，已控制甲斐和骏河的家康如再把手伸向西边，那就麻烦了，因此，已经到了刻不容缓的地步。家康一定先听取信雄的不满，当然，按照家康的性格，他肯定不会让二人争斗下去，定出面在信孝、信雄兄弟之间斡旋。

这样，如果信孝、信雄兄弟共同拥立三法师，胜家和一益也定会加入，并且，那些慑于秀吉的威压而摇摆不定的人，也会加入进去。若真是那样，秀吉的处境就极其微妙了。

一旦秀吉费尽心思拥立的三法师被对方利用，为主公报仇的大义名分甚至也会被抹杀，而被反咬一口，说他是妄图夺取天下的居心不良者。这就是秀吉突然变得严肃的原因。

秀吉静静地转到北面的回廊，放眼眺望着京都方向的天空。那里河流和田野纵横交错，再往远处则是层峦叠嶂。"家康这人，拥有大山一样的胸怀，是个大丈夫。"

秀吉原本以为，降伏武田的残众非常棘手，因此家康今年一年定会全部消耗在甲州，可是，他万万没有料到，家康神通广大，眨眼之间就降伏了甲州，又腾出手来集中力量对付北条氏。动作之神速，令秀吉深感不可思议。

"我自己的行动就够快的了，没有想到家康竟比我还神速，看来对他不能大意啊……"虽说如此，秀吉也断然不会轻易放弃进展顺利的大业。

如果信孝继续揪着三法师不放，信雄的事可以暂且搁到一边。办法只有一个，那就是秀吉作为施主，为信长举办隆重的葬礼，以此来对抗信孝和胜家的责难。当然，这次的葬礼应该具有强大的威力，足以慑服那些意志不坚决的人，另外，还要激起胜家和信孝的不满。

葬礼务必得到天下的肯定。在这一点上，秀吉拥有明显的优势，即他的大义名分非常具有威慑力，且此前的战役已经深入人心。

"他们不遵守清洲会议的决定，只顾沉迷于争夺家业，甚至连父亲的葬礼都不好好地办，秀吉实在忍无可忍，方才为已故主公举行了隆重的葬礼。"这样一来，信孝就会落得一个不孝之名，胜家也会沦为一个不忠之徒。故，葬礼的准备容不得丝毫马虎。

秀吉从北面转到西面，又从西面转到南面，绕着天守阁整整转了一圈。

"报。"是石田佐吉的声音。

"什么事？"秀吉立刻变得和颜悦色，转身问道。

只见佐吉双眼闪烁着光芒，他似乎已敏锐地看穿了秀吉的心思。"佐和山的城主堀秀政来了，正在前面的书院等候。"

"哦，久太郎来了？"

"是。他还忧虑不止，一直询问主公心情可好。"

"你去告诉他，说我的心情极差，正在发火呢。让他先候着。"

石田佐吉冷峻的眉宇间浮现出一丝微笑，然后施了一礼，下了天守阁。秀吉伸了伸懒腰，又望了望远处的天王山，俯瞰了一下山崎的大道，才慢悠悠地下了楼。

清洲会议之后，秀政被秀吉安排在以前丹羽长秀所在的佐和山城，成了一个二十万石的大名，而且身为三法师的辅政大臣，受到和家老们一样的优待，他已完全为秀吉折服。可是，秀政依然没有办法把三法师从信孝手里接过来，因此，他忧心忡忡。

秀政来了，究竟发生了什么事情……秀吉现在最希望的，就是最好发生一些纷乱。越是有纷乱，就越易分散注意力，这样，实现计划就容易多了。

秀吉走近书院，故意咳嗽了一下，让随从们把门拉开。秀政连忙深施一礼，可是，秀吉却睬也不睬，径直走到上座坐下，突然问道："久太郎，你们这些家伙到底在干什么？"

"大人的意思是……"堀秀政早就得到了佐吉的通知，非常惶恐。

"作战要善于抓住战机，政事也是一样。一旦犹犹豫豫，整个天下又会陷入战火。"

"筑前守是说三法师的事……"

"安土城的事。"秀吉敲打着扶几。别人说右他就说左，别人若说左他就偏偏说右，虚虚实实，让对方琢磨不透。"你跟丹羽五郎左好生说说。坂本城的修缮暂时放一放，先修整安土城。如不早一天把三法师接到安土，天下就有可能重新陷入混乱。世间总有一些意外之事，你看，秋高气爽，天空忽然风起云涌。决不能对此熟视无睹。东面，我说的是东面的天空！"

秀政非常困惑。跟往常一样，秀吉的话总是像天空的雨云，让人既抓不住，也摸不着。说起东面的天空来，既有可能指上杉氏，也有可能指的是北条、德川氏。如此看来，无论是柴田，还是清洲、岐阜，似都瞄准了东面。

"你还不明白？"秀吉不住地咂舌，"这片乌云一旦扩展开来，立刻就会遮天蔽日，变为狂风暴雨，右府大人的所有功业，眨眼间就会付诸东流。"

秀政不禁低下了头，他没有一点空隙来说自己的事情。

"你们办事也太拖沓了。天下所有的事情，须像不断流淌的清澈溪水一般，才能有活力。流水不腐，才会有众多的人前来打水。万万不能让人心倦怠……要让他们不断地前去打水。如不像清澈的溪流，政事就谈不上是政事！"秀吉还在高谈阔论，不时露出雪白的牙齿。听着听着，秀政终于放下心来。他觉察到，秀吉其实并不像佐吉所说的那样生气，在心情极差的时候，秀吉根本不会有这么多的话。

"当没有达到百姓的期望时，为政就会失败。这跟战争完全一样。只有给百姓以意外的惊喜，百姓才会拥护你。反之，如果压迫百姓，让他们做这做那，跟他们要这要那，无论你怎么做，都会失败，百姓决不会拥戴你。如果你老是不能满足，贪得无厌，百姓不但不拥戴你，甚至会在无意间播下天下大乱的种子……这些道理，你要牢记在心。以前的乱世会持续到今天，就是因为没有一个英雄能顺应时代，没有一人愿以万众之望为己任。而右府就是这样顺应历史潮流的人，只可惜他英年早逝。所以，我必须继承右府的遗志，不断前进，努力实现万众之愿。'快看啊，快看啊，那才是我们的希望。'得不到百姓拥护的人决不能继承右府的遗志。"秀吉慷慨激昂，滔滔不绝，"你说吧。今天为我带来了什么好消息？"

听着听着，秀政也想说"快看啊，快看啊，这就是我们的未来"。多么灵活的头脑，多么雄辩的口才啊！"可是，大人，我今天带来的实非令人心旷神怡的清澈溪水。"

"这么说，那就是已开始腐烂的死水了？没关系，只要我动一下嘴，它就会流动起来。"

"是这么回事，柴田修理给我派了使者。"

"哦，原来是柴田这摊死水啊。他说了些什么？是不是说，要在你和岐阜之间斡旋，想把三法师转交给你啊？"

秀政听了，不住地咂着舌，摇了摇头。秀吉明知胜家不会说出这样的话来，却偏偏这样问，实是可憎。

"我猜，他恐想借我之口来告诉大人吧。他写了五条罪，让我带了来。"

"什么，五条……没想到这摊死水的怨言比我预想的要少。"

"跟您刚才讲的一样，他写的这五条，每条都是怨言，说您玩弄阴谋，假公济私，践踏清洲会议的规矩。"

"哼，那倒是有些意思。"终于，秀吉的表情不再严肃。胜家前来诉苦，这说明死水已经动起来了，这无疑是一个令人振奋的消息。"好！快说来听听。从第一条开始说。"秀吉从扶几上探出身子，闭上眼睛，催促秀政。

秀政瞥了旁边的侍从一眼，看到秀吉没有让他们退下之意，便从怀里掏出本子来。由于秀吉不大识字，秀政只是把大致的意思转达给他。"第一条是……修理大人首先强调，他丝毫没有违背从前跟您达成的协议。"

"嗯，从一开始就跟我争辩，这才像'死水'的做法。那么第二条呢？"

"第二条说，现在，引起家臣不满的原因，并非您和胜家的不和，而是因为清洲的誓言没有得到很好的履行，他还强烈指责您通过政事牟取私利。"

"说得好！"秀吉就像是在听别人的事情，插了一句，"这是他写给你的文书，故而如此措辞。不管我是否牟取私利，除了我秀吉，到底还有没有人能顺应万民的意愿，顺应天下太平的历史潮流，还真不好说。"

秀政怕秀吉说起来又会滔滔不绝，急忙道："第三条说，胜家除了接受您让给他的领地长滨之外，从未为己争夺一粒米、一文钱。无论是领地还是武士，也均未牟取过。而您却大肆封赏，对中川、高山等人就不用说了，甚至连细川、筒井等人都加赐领地，使他们成了您的臣下……总之，措辞很是激烈。"

"哈哈，我明白了，明白了。一潭死水终究会腐败变质。中川和高山且不说，无论细川还是筒井，我都没有要求他们成为我的部下。他们只是信赖我，觉得我有终结乱世烽火的能力，才来帮助我实现右府的遗志……哼！"

"第四条是关于把三法师公子接到安土城之事。虽然丹羽长秀频频向信孝提议，可似有误会。胜家已经私下和信孝达成了协议，所以绝不会反对把三法师接到安土。胜家从一开始就完全赞成，只是信孝对大人以权牟私十分愤慨。因此，只要大人发誓不再玩弄阴谋，这个问题就能迎刃而解。"由于这是胜家言辞最激烈的一条，秀政边说边注意秀吉的脸色。奇怪的是，秀吉的表情却没有丝毫变化。

"哦，真是糊涂了，我看这摊死水真是腐烂了。那么，第五条呢？"

"第五条……他希望您好生反省一下，不要搞内讧，大家应携起手来，帮助家康讨伐北条氏。"

"呵呵，这个主意真是令人耳目一新啊。帮助家康讨伐了北条氏，那又能怎样？"

"右府大人在世的时候，北条氏政还能够老老实实，可是右府刚一归天，他就立刻翻脸，跟家康对着干。如讨伐北条，则是对右府在天之灵的莫大安慰。"

听到这里，秀吉突然捧腹大笑。"这个主意可真是奇怪，久太郎居然把帮助家康讨伐北条说成慰藉右府在天之灵……莫名其妙！"狂笑了一会儿，他接着问道："讨伐北条氏的战争似乎对胜家极其有利。以你的判断，如果真的按胜家所言，帮助家康讨伐了北条氏，结果会怎样？"

堀秀政盯着秀吉，并没有立即回答。

"怎不说话？我在问你，大家帮助家康剿灭了北条氏，之后会如何？胜家的如意算盘是先帮助家康消灭北条，再让家康帮他来对付我秀吉。想得倒是很美，哼，他的如意算盘落空了。家康没有那么傻。他把自己养得膘肥体壮之后，与其来对付我这个硬骨头，还不如去找手边的软柿子捏呢——当然不会是我，而恰恰是胜家领地中的越中、加贺到越前一带。我看胜家真是老糊涂了，竟然搬起石头砸自己的脚。"

秀吉这么分析，也确有道理。可是，不管怎么说，胜家也是织田氏的首席家老，居然被秀吉说得一无是处，实令人不敢苟同。

秀政一面留意秀吉的神情变化，一面继续往下讲："第五条还有下文呢。"

"都快把自己葬送了，还有什么下文？"

"他说，这一点无论如何也要请您解释清楚……他问，筑前守究竟凭什么在山崎筑城？那是织田氏的领地，既没有给什么人，也没有什么人要发动叛乱，可是，大人却擅自做主在京城附近筑城，居心何在？如他在筑前守的领地之内，在姬路城的附近筑城，筑前守能坐视不管吗？这件事情，不能不了了之。"

"说得在理。"秀吉略微显出一点儿严肃的神情，"若是你站在我的立场，你会怎么回答他，久太郎？"

秀政皱了皱眉头，依然沉默不语。

"你大概也明白我的初衷吧，我为什么要在这里筑城，按照你的理解，但说无妨。"

"是为了守护右府大人的城池吧？"

"那还用说！但若只是为了守护先主的城池，不用我秀吉，别人也行。

可令人遗憾，目前除我之外，何人能担得此任？大家都在领内忙得一塌糊涂，心有余而力不足，只会发牢骚而已。大家都糊涂了。为了继承右府遗志，我只好在先主城池旁边筑修了一座城，以防万一。能够明白右府大志的人，除我之外，家康可能也算其中之一。"

"那么，德川大人对此事……"秀政非常吃惊地反问一句。秀吉毫不掩饰地点点头，"别的不知，可是，他早就把西边全权交付予我了。家康也希望早日统一天下。他早就暗示我，在我平定天下期间，他是决不会让东面的敌人来干扰的。你要把所有玄机给胜家讲一讲。如他还不明白，就让他也来姬路建一座城。他若有这个能耐，我秀吉无话可言。既然想插上一脚，就要拿出能阻止我的实力。"

秀政听了，无言以对。若告诉胜家，说家康已给秀吉转达了只可意会、不可言传之意，也太侮辱人了。这岂不是搬弄是非，故意在秀吉和胜家之间挑起争端？如再把秀吉的原话说出来，"如你有这个能耐，你愿意到哪儿建城就到哪儿建。"胜家听了，只会暴跳如雷。

当初秀吉和胜家都是信长的家臣，可仅仅过了四五个月，二人就已有了天壤之别。如胜家现在挑起事端，和秀吉对峙，丹羽长秀和秀政都不可能站在他一边。中川、高山、细川、筒井，再加上蜂须贺、黑田、池田、宇喜多，只这么粗略地一算，便可以看出，现在秀吉的实力，早已膨胀到和山崎决战之时不可同日而语了。胜家根本毫无胜机。

正是因为看到没人能战胜秀吉，秀政和长秀才都离不开秀吉了。在这种时候，胜家的一纸诘问状到底有多大的威力呢？仔细一想，确如同秀吉所说，此时的胜家已糊涂了。仅仅五个月的时间，胜家变成了一汪死水，而秀吉却发展成为一条滔滔大河。

"你明白了吧，秀政？"秀吉笑呵呵的。这次他不再喊久太郎，而是直呼其名了。"我的意思是，胜家其实并不可怕。织田氏的名声要匡正，右府的遗志也要继承，只要有这个能力，谁都可以来继承。如果把那些琐碎的情感也牵扯进来，那么谁也不会有好果子吃。这样一来，别说是葬礼，就连供养恐都不能了。说了半日，我的意思你恐也明白了，一起用些便饭再回去，把我的意思好好地转达给胜家。"

秀吉的情绪看来没有什么变化，依然吃得很香。"我每天都在天守阁望着京城的方向。望着望着，就从自己那吝啬的根性当中逃脱出来，右府的雄心壮志在我的心底生机勃勃地复苏了。右府大人不愧是一位伟人啊……"秀吉一边吃着饭，一边不住地赞美信长，"无论如何也要为右府的葬礼建一座大寺，要让世间大吃一惊，这样才能与右府的雄心壮志匹配。除了我，还有何人能胜任？"

秀政用完饭，离别山崎，把秀吉刚才讲的一番话牢牢记在了心里。出了正门，他禁不住又回头看了看新城。在天守阁的顶上，秀吉大概又在向京城那边瞭望吧。

秀政总觉得能在什么地方看见秀吉的身影，于是把马勒住，停了下来。这座城原本就是秀吉向以胜家为首的织田氏家臣们示威的象征——大家都来看看，这就是我秀吉的实力和智慧。

如果真是这样，胜家可就上了大当了。秀政不禁自言自语："危险，太危险了。"

四　女人如草

天正十年十月，越前地区降霜的日子多了起来，在北庄城内，院子里的枫树已被秋霜染得一片火红。天空特别晴朗，偶尔抬头凝望，就会发现碧空被红枫映衬，色调十分迷人。阿市望着绚烂的天空、呆呆地出神，她觉得自己那已经淡漠的人生，似也融入了这令人无限遐想的天空。

前夫浅井长政在近江小谷城自杀身亡，一晃已过去了十年。尽管如此，如梦般淡去的往事，却如发生在昨天，令阿市久久不能忘怀，难以自拔。她本想做一个带发修行的女尼，带着三个女儿了此一生，却不料又成了柴田修理亮胜家的妻子。她总觉得此事就像噩梦。

一个女人在一生中居然经历了两个男人，真是不可思议。她一直以为丈夫只有浅井长政一人。一切都是为了织田氏的安定……信孝这么一说，她居然心动了，这令她自己都难以置信。或许是遭遇了兄长和侄子信忠的不测，她的神志已有些错乱了。又或许是她本能地恐惧战事，为了保护孩子们，下意识地作出这样的决定？今后，自己究竟会走向何方呢？

如真是恐惧战争，这里确是一个安全之所。

北庄原本是足羽御厨的地盘，自从朝仓教景之弟——远江守赖景据守此地之后，其子孙六世一直居住在这座城中。

本愿寺之乱时，下间法桥曾在这里躲避过一时，后来在信长的特许之下，胜家占据了这里。

"越前这个地方，人心险恶，容易发生叛乱，又是阻击上杉氏的要害，除了胜家，别人都治理不了。"信长对这一带的一向宗镇压得太狠了。若不是老谋深算的猛将，根本就镇不住这一带。因此，信长把第一能臣胜家安插到了这里。这一点，阿市十分清楚。

而且，加贺的佐久间玄蕃盛政和越后府中的前田又左卫门利家二人是胜家的坚强后盾。因此，信长被杀之后，尽管美浓到近畿一带再次陷入了战乱，独北庄依然十分安定，有胜家守卫着阿市母女。大概是想找个避难所吧，阿市再次出嫁，成了柴田夫人。

可是，改嫁之后，阿市却陷入了尴尬的境地。十年的岁月未给她带来什么变化，她依然是二十四岁时那个有洁癖的年轻女子。在跟胜家同房的那天晚上，她才明白，无论如何克制自己，她的感情始终也不能接受这个年过六旬的老头的身体。因此，她至今还没和胜家有过夫妻之实。想为母女四人寻找一个避难所，却又在拒绝胜家……怎么会有这样的矛盾心理呢？阿市自己都无法解释。

带着孩子与长政之灵终生厮守的梦想，被嫁给胜家的事实无情地打碎了，还不如死了的好。每次胜家把手伸向她，不知为何，她就突然变成了另外一个人，坚强无比。

可以想象，一个被女人拒绝的男人会多么愤怒。虽说年过六十，可是胜家那铁骨铮铮的身体依然保持着壮年时的强悍。刚开始，胜家就像发疯似的，屡屡向阿市发起挑战，可是不知何故，最近一段时间以来，他却不再向她伸手了。

这样的异常反而令阿市不安。她总觉得胜家是把对她的愤怒转移到了长女茶茶身上，把魔掌伸向了茶茶。茶茶是年刚刚十五岁，虽说身体的发育还称不上成熟，却比阿市开朗得多，一点儿也不怕生人，有时甚至以男孩为伴。

无论如何，自己必须小心，阿市心道。因此，她应该心甘情愿答应才是，却难以接受胜家……越想越乱。

"母亲，我有话想问问您。"正当阿市心乱如麻，茶茶笑嘻嘻地走了进来。茶茶的脸庞比阿市的还要圆，也非常娇媚，气质却比母亲略差一点儿，两只眸子显得格外有神，似比母亲更机智一些。

"我明白修理……啊，不，父亲不高兴的原因了。"还没有坐下，茶茶就耸着脖子扑哧扑哧地笑了起来。

阿市的心里咯噔一下，是否女儿已知自己和胜家之事……但她仍然装出很平静的样子。"以后你小心一些，别直呼父亲名讳。你到底明白了什么？"

"猴子……不是。"茶茶又耸起脖子，"所有的事情，都让筑前守抢了风头，因此，我感到非常兴奋。"

"让筑前守抢了风头……你在说些什么？你是听谁说的？"

"前田大人从府中来了。我刚才去给他们斟酒了。"

"谁让你去斟酒的?"

"父亲……"茶茶接着道,"父亲让右府大人外甥女斟酒,无非想在前田面前摆摆谱。因此,我就毕恭毕敬地在酒席上斟酒,给父亲挣了面子。真是太有意思了!"

"啊……原来如此。以后得让妹妹们都学着点。"

"母亲,筑前守那边来了书函,语气似乎很强硬,仿佛向父亲下命令。说本月中旬要给右府大人举办葬礼,要父亲进京。"说着,茶茶的表情变得严肃起来。

"哦,右府大人的葬礼……"阿市不明这葬礼对他们而言,究竟有什么意义,若无其事地喃喃道。

茶茶却显出一副十分激动的样子,探出身子,睁大眼睛。"修理……不,父亲又让人给抢了先。"

"抢了先?"

"对,是让人给抢了先……父亲太老实了,老实得甚至连筑前守都敢对他指手画脚了。"

"别瞎说!"

"可是,想一下,岐阜的大人和父亲没有想过给右府举办葬礼,怎么说也是落了后手。筑前守便立刻抓住这个把柄,气势汹汹地向父亲和岐阜的大人兴师问罪。呵呵呵。"

"这有什么好笑的,莫名其妙!"

"如果您还不明白,我来讲给您听,母亲。"茶茶又往前探了探身子,她似乎带着点恶作剧之态,骨碌骨碌地眨着眼睛,"岐阜的大人和父亲责难筑前守不遵守约定,随意增加家臣,擅自在山崎筑城,并以此为由,拒绝把三法师交到安土城。他们似乎担心把三法师交出后,不知道筑前守会做出什么举动来……居然这样想,真是太老实了……呵呵,筑前守就抓住了这个机会。筑前守可是个头脑灵活的人,比岐阜的大人和父亲灵活多了。"

"原来你是因此而高兴啊。"

"谈不上高兴,但是觉得有趣。是这样吧,母亲?岐阜的大人仍不把三法师交到安土,还在争夺家业的继承权。这些事情,世上已有公论。于是筑前守忍无可忍,就自己建了庙,为右府大人大办葬礼,还让父亲前去参加……父亲让人狠狠地涮了一把。秀吉已经抓住了把柄,'你们才不守约定,迟迟不把三法师交给我筑前。'父亲已被堵住了退路。"

阿市一愣。"你说的可是真的,茶茶?"

"我为何要撒谎……"茶茶抬高了嗓门,"前田大人也收到了同样的书函,不知怎么办好,才前来和父亲商量。那个老实人正在发火呢……真有趣。"

这次阿市没有再责怪她。她总觉得女儿似对胜家持有反感,这或许是嫉妒或憎恨母亲被人夺走使然。

不过,筑前守和丈夫的关系恶化,却给母女的生活带来负面影响。她嫁到这里来,就是为了躲避战火,若这里再次燃起战争的硝烟,那么她的命也太悲惨了。"大人是怎么回答的,和前田一起前去参加葬礼?"

茶茶轻轻地摇摇头。"父亲还不屑一顾地说,到底是谁在猴子那里出馊主意呢……"

"茶茶,你父亲居然这样说?"

茶茶当然不解母亲的不安,对于秀吉犀利的进攻,她反而觉得很痛快。她又探出头来。"筑前守那么有心计,所以,这次的葬礼定是十分华丽,令天下大吃一惊。"

"哦?"

"这样一来,父亲和岐阜的大人就要颜面尽失了……而且,人们对织田氏争夺家督之位的评判,也会随着这次葬礼传向四方。"

"……"

"这些事情,母亲最好还是跟父亲好生说说,让父亲多用用心思,想个办法让筑前守也大吃一惊。否则,就只有筑前守独出风头了。"

"茶茶。"

"母亲?"

"你……你觉得我和你父亲不和吗?"

"我可不这么想。对于夫妇之间……我向来不感兴趣。"

"你……你把两个妹妹都喊过来。我想问一问你们姐妹三人的想法。"

"好的,我现在就去。"茶茶走了出去,阿市舒了一口气,望着院子里的秋景。当然,她并不在意眼前的风景。若一不小心,战争的烽火不是又要燃起?

顿时，一股忐忑不安之感袭遍全身。眼前的枫叶红艳艳的，看着看着，小谷城陷落时惨绝人寰的血色又浮现在眼前……真打起来，那该怎么办？若连这里都成了战场，信孝的居城岐阜也断然不会安宁。

正在这时，茶茶领着十四岁的高姬和十二岁的达姬赶了过来。三个女儿中，二女儿高姬的长相最像母亲，而三女儿达姬则和父亲长政一模一样，也就是姿色要比两个姐姐差一些，性格却是最好的。

"母亲，我把妹妹们带来了。您想吩咐什么啊？"茶茶说完，三女儿达姬小心翼翼地问了一句："母亲的脸色不大好啊，是否心中有不快之事？"

"没有。"阿市又看了姐妹三人一眼，不禁一阵心酸。孩子们好不容易长到这么大……"达姬、高姬，你们来到这座城之后，觉得幸福吗？"

二女儿高姬和姐姐对视了一眼，觉得有些诧异。还没等姐姐们说话，达姬又开口了："母亲为何要问这些莫名其妙的问题？只要母亲觉得幸福，我就觉得幸福。"

"母亲的意思是，如果你们觉得幸福……不，我只有一个愿望，希望你们姐妹三人都幸福。你们不要遮遮掩掩的，说心里话就是了。有一些事，我还要和你们商量后再拿主意。"

听到这里，茶茶不禁笑了起来。

"茶茶，有什么好笑的？"阿市问道，"你现在已是大人了，也当明白母亲的心情。"

"嘿，对不住，母亲。正是因为明白您的心情，才禁不住笑了起来。你说是吧，阿高？"

"不，我不知。"

被小自己一岁的高姬顶了一句之后，茶茶沉下脸来，拿眼瞪着高姬。"你狡猾，阿高，竟然把所有的事情都推到我身上……平时你不是老在背地里说母亲我行我素吗？"

"哎，我在背地里说母亲？没有！为何说是我说的？我必问个清楚。"

阿市转过身对着二人，紧绷着脸，嘴唇直打哆嗦。这也难怪，为了孩子们的成长，她费尽了心力，而孩子们却在说她我行我素，实令她太意外，太伤心了。

"呵呵呵！"茶茶又带着一种挖苦的表情笑了起来，"阿高，平时怎么说现在就怎么说呗，还装什么？"

"我没有装！"

"呵呵呵，阿高，那你的脸怎么红了？母亲，阿高听说羽柴筑前的养子秀胜前来提亲，被母亲拒绝了，就一直怨恨母亲。"

"你胡说些什么呀，我怎么会怨恨母亲？"

"母亲，您自己嫁到这座城里来，却不让阿高嫁到关系不睦的筑前家。您为了自己的幸福，竟然不顾阿高的感情……你说是吧，阿高？"

高姬一下子羞得脸红到了脖子根，连忙转向一旁。看来茶茶并非全是胡说八道。此事太让人意外了，阿市顿觉头晕目眩，差点摔倒在地。的确，织田信包曾经托人捎信来说，羽柴秀胜向二女儿高姬求婚，当时被自己拒绝了。

"茶茶，你……你也和高姬想法一样？认为母亲独断专行，不让阿高嫁给秀胜？"

茶茶做出一副木然的样子，笑了。这反令市姬更加气愤。"那么，我就原原本本地告诉你们。母亲拒绝羽柴的提亲，是有理由的。秀胜和阿高是表兄妹，原是一桩好姻缘。可他同时又是筑前守的养子，因此，我无论如何也不能答应！你们的亲生父亲是被谁杀死的？筑前守！他就是你们的杀父仇人！"

茶茶和高姬对视了一眼。阿市本以为这句话定会令孩子们大吃一惊，没想到两个女儿脸上依然带着笑容。"难道你们还不明白？还认为母亲是为了嫁到这座城，才拒绝把阿高嫁到自己憎恨的筑前家？"

一听这话，茶茶极其反感，顿时拉下脸来。"我来替阿高回答，母亲！我认为母亲所有的错误想法，都来源于您的独断专行。"

"哦？那我倒要听听！"阿市的脸上毫无血色。茶茶也毫不示弱："母亲刚才不是说，我们的杀父仇人是羽柴筑前守吗？"

"难道不是吗？"

"当然不是！"茶茶也变得脸色铁青，"如说我们有仇敌，那应是右府！如把筑前守说成仇敌，那么我们住的这座城的主人，也应是我们的仇敌。他们都参加了同一次战役，筑前守只不过是先行一步，攻陷了小谷城而已。而下令攻城的人，正是舅父右府大人。"

"姐姐，你怎么能跟母亲说这样过分的话……"小女儿达姬实在听不下去了，插了一句，可是茶茶根本不听。"不，如不说出来，母亲的心结永远也打不开。您如果怨恨筑前守，应该先怨恨右府大人才是，应该先怨恨这个战火纷飞的乱世……我们不是小孩子了。如果母亲再执拗地错下去，即使您再为我们着想，也会事与愿违。我们母女间的隔阂就会越来越大，只会让您越发担心。"

阿市一边听着，一边打着哆嗦。不知何时，完全不同的想法，竟然在母女之间筑起了一道高墙。诚然，如果站在茶茶的角度来看这个问题，确实可以认为，阿市是一个独断专行的母亲。

茶茶止住话，四周一片沉寂。高姬昂着头，达姬则一会儿看看姐姐，一会儿又望望母亲。大家就这样沉默着，没有一个人起来批驳茶茶。

阿市感觉自己仿佛被扔在了寒风呼啸、草木萧瑟的旷野中。女儿们全都背叛了她。她们现在都成了旁观者。她感到无助、寂寞，仿佛有一个人在命令她：为了女儿们，你去死吧！

决不能服输！女儿们一定是误解了，一定要解开这个结……阿市闭上眼睛，沉思了一会儿，静静地说道："明白了。母亲考虑得不是很周全。你们先下去吧，让我再好好地想一会儿。"

"那么，母亲一个人静一会儿吧。"

"我们去了，母亲。"

三人离开了阿市的房间。大约有半个时辰，阿市一直呆呆地望着院子出神。不知不觉，阳光暗了下来，枫叶的红色也变得越来越沉重。

对，无论如何要为孩子们着想！阿市突然十分坚定地点了点头，然后站起身来，急匆匆地走进前面的大厅——她以为丈夫还在那里招待前田利家呢。

看样子利家刚刚离去，桌上的残羹冷炙狼藉一片，只有胜家一人有气无力地坐在那里发呆。阿市在胜家的身边坐了下来。看上去胜家心情极差。他尽管两鬓生满了斑驳的白发，但依然气宇轩昂。他那宽宽的额头为烛光映得发红，青筋暴跳。

"大人，我听说，筑前守要为右府举办葬礼……"阿市小心翼翼地问。

"哦？"胜家依然闭着眼睛，"你是从何处听来的？"

"是茶茶刚才告诉我……"

"如这是真的，你有什么想法？"

"我不知道前田大人说了些什么，可我认为当务之急，是忍耐。"

"忍耐？是要我坐视不管，还是要我忍气吞声地前去参加葬礼？"

"您应该暂且忍耐一时，待葬礼结束之后，再谋求对策也不为晚。"

听到这里，胜家才微微地睁开眼睛，仔细地审视起阿市来。"你是担心我们会打起来？"

"这……是的。"

"一旦仗打起来，就会不可避免地给你们母女一生再次抹上阴影。这些事情，我心里也十分清楚。"

"那么，您决定前去参加葬礼了？"

胜家并没有回答，单是再次合上眼睛，像一尊塑像一样呆在那里，陷入了沉思。"筑前守这个人啊……"

"他怎么了？"

"虽然是我的敌人，却是一个难得的军师、一个旷世奇才。"

"大人的意思是……"

"无论我去不去参加葬礼，都会钻进他早就设下的局……我早就想过了，秀吉可不是个好对付的人啊。"

"即使您去参加了葬礼，事情也不会得以解决？"

"哪能解决得了！"胜家愤愤道，"若我去了，他就会得意扬扬地坐在我的上座，对我指手画脚，在众人的面前像对待家臣一样来羞辱我。"

"他竟然干出这样的事情来……"

"如我不去，他就会以此为借口，到处宣讲，说我乃是个不忠的家臣。无论如何，这次我是注定栽到猴子的手里了。"

阿市禁不住往后退了退，重新打量了一下眼前的胜家。说着说着，胜家气愤至极，咬牙切齿。"我……胜家，叫权六时就开始追随右府，从未想到会落到这样尴尬的境地，都是因为那个农家出身的猴子……"

"……"

"阿市，我已经决定了。无论如何，我是断然不去……一旦前去，就难免和他争执，让他抓住把柄，挑起战争。为今之计，只有忍耐，绝不去参加葬礼。可是，这会不会又中了他的诡计呢？"

不知不觉，四周已经暗了下来。几个侍女和侍从端着灯前来收拾桌子。

"你们不要进来，都给我退下！"胜家转过脸去，厉声训斥。他大概是害怕别人看见他流泪的样子。

阿市又退了退，灯影下，她发现胜家的脸色越来越难看了。虽然她不知是否正如胜家所说，筑前守正在千方百计置胜家于死地。她却清楚地看出，起码在胜家的眼里是这样。不久之后，战争的硝烟恐会再次点起。她不得不再次为女儿们作打算。

"阿市，你还有话想说？"

"有……不，没有了。"

"那我有几句话想说给你听听。"

"大人有话只管说吧。"

"我不想把你们母女也卷进这场战争。"

阿市一愣，抬头看了胜家一眼，又慌忙低下头。胜家如此一说，阿市才突然意识到此次来的目的：万一真的打了起来，自己想离开这个是非之地……她不敢正视胜家。

"要想避免你们母女卷入战争，只有两个办法：或是你我各奔东西，或是你们母女搬到京城。"

"这……"

"究竟哪一个办法好，现在我也拿不定主意。可是，阿市……"

"大人。"

"我绝不会让你和女儿们成为牺牲品。无论如何，我都会为你们的安全考虑，决不会让你们受一点儿委屈。你只管放心好了。"

阿市听了，不禁颤抖。对于一个徒有虚名的妻子，胜家居然说出如此肺腑之言，实令她十分意外。阿市一直担心，胜家在内心一定对她恨之入骨，必在战争时期爆发。

"我胜家……"胜家语气凝重，"有些时候，曾经非常恨你，阿市。真的，那时我觉得自己白活了。可是仔细一想，这其实也不是你的错。毕竟，你对过去太留恋了。"

"……"

"我十分明白你的心思。浅井长政绝对称得上顶天立地的男子汉，他有一个你这样的好妻子，还有三个好女儿。这些我都很明白。你是右府大人的妹妹，女儿们则是右府的外甥女。筑前守不会伤害你们。还有我在身边保护你们，你就放心吧。"

突然，阿市伏在地上，遮住脸。她万万没有想到，一直以为会对她恨之入骨的胜家，居然舍身来保护她。"大人，大人，请原谅我！以前都怪阿市太任性了……我太自私了。"

不知何时，胜家又闭上了那双红肿的眼睛。

北国的天气可真是多变，屋檐上啪啦啪啦地落下雨点来。"大人……"阿市又深情地叫了一声。胜家依然没有回答。

阿市的一生无疑是悲惨的，而胜家的生涯又何尝不是如此，甚至比阿市更悲惨。按照前田利家的说法，目前已旗帜鲜明地站到秀吉一边的，决不仅仅是细川父子和筒井顺庆等人。池田信辉自不待言，堀秀政、丹羽长秀等人似也尽在秀吉掌握之中。甚至连前来通报这些事情的前田利家本人，也是秀吉年轻时的好友，正摇摆不定。

"我是不会去的。如果去了，一定会和秀吉争执，落进他精心设计的圈套。"胜家说完，有好大工夫，利家似乎显得非常迷惘。"那么，我也不去了……"过了一会儿，前田利家才说道，话语中明显夹杂着一声叹息。

"你不要顾虑我，最好还是去。"

"不，我还是不去为好。"之后，利家又道，在葬礼结束之后，他愿意在秀吉和胜家之间斡旋一下，尽力让他们和解。

在这种情况下，与其说是和解，毋宁说是胜家妥协。他面前只有两条路，一是主动向秀吉道歉，甘拜下风；二是和秀吉决一死战。总之，现在是进退维谷，左右为难。

"大人，我以前太任性了，请您原谅。"

"你在说些什么呀！这哪里是什么原谅不原谅之事。"

"不，是阿市太任性了。我没有理解大人的苦心，刚才您说要与妾身各奔东西……"

"我清楚，只有这样，你们母女才会平安。"

"不，我现在终于明白，我的所作所为，是不能原谅的，您骂我吧！"

"不可原谅……"

"是，我现在终于明白，我必须做您的好妻子，否则，我死也不能安心。"

听到这句话，胜家大吃了一惊，他转过脸来打量了一下阿市。秋雨越下越大，风似乎也越刮越猛了。

"大人，现在妾身的心已经属于您了，我一定要做您的好妻子。只是女儿们……"

她的心到底是在何时、何处发生如此大的变化，就连阿市自己都不知道。或许是由于胜家太苦了，她不知不觉地产生了同情之心，亦或是出于对女儿们的挂怀。

胜家瞠目结舌，呆呆地望着阿市。突然，他一下子把桌上剩下的饭菜掀到一边，伸出他那粗大的手，抓住了阿市的肩膀。"你莫要忧心。我定会用心地照顾好你和女儿们。我柴田胜家也是条响当当的汉子，说到做到！"

"大人！"

"你……你刚才的一席话，顿时让我鼓起了勇气。来，你给我斟一杯酒。"

"是。"阿市心甘情愿地拿起酒壶来，胜家则大笑了。这绝不仅仅是高兴，之中或许隐藏着大喜大悲。所有的一切，所有的人，似都已背叛了胜家。可是唯独此前一直无情地拒绝他的阿市，却在突然之间靠近了他。胜家心里就像是打翻了五味瓶，不知该哭还是该笑。

"大人……"阿市看见胜家高兴地端起了酒杯，大大地舒了一口气，"葬礼结束之后，如果秀吉还来挑起战事……"

胜家又笑了。属于他一方的佐久间和前田等人的领地，无论是越前、加贺，还是能登，全都是严寒的雪国。因此，一旦秀吉选择在冬天出兵，那他胜家的军队根本没法动弹，而且，跟岐阜的信孝、泷川一益，还有长滨城的养子柴田胜丰订立的盟约也根本无法实施。因此，如此时有人问他可有胜算，他定会无言以对。而阿市不知是怎么想的，依然在劝酒。

"阿市，我想起了很久以前的事……那还是右府二十七岁时，算起来，已是二十三年前了……"

"那时候，我才十二三岁啊……"

"难道你忘记了？永禄三年的五月十九……"

"右府大人在田乐洼大败今川治部大辅的那一天？"

"对。我一辈子也忘不了。那一天，右府大人身上那种大义凛然的气概，到底是出于必胜的信念，还是对生死的彻悟，至今都是个谜。"

"大人今晚怎么偏偏想起这些来了……"

"哈哈，我忽然记起右府那天的舞姿来了。对了，我给你跳跳看吧。那时，你没在场……来人，给我拿小鼓来！"说罢，胜家大叫一声，站了起来。

"是。"外面有人答应，是茶茶的声音。原来，她一直站在外面偷听。不一会儿，阿市从茶茶的手里接过小鼓，胜家便摇摇晃晃地舞了起来。舞的是信长经常挂在嘴边的《敦盛》：

　　常思此世间，
　　飘零无定处。
　　直叹水中月，
　　浮生若朝露。

胜家一面舞蹈，一面呜咽着唱起来："人生五十年，如梦亦如幻……"当唱到信长不喜欢的一节时，胜家突然踉跄一下，在桌前跪了下来。"大人，权六竟然活过了六十岁，还依然如此……如此活着。"他浑身打着颤，慢慢地抬起头，盯着晃动的烛台。

阿市的眼睛湿润了，她不忍心看下去，连忙背过脸。而茶茶姬的眼睛则像一把利锥似的直盯着胜家。在胜家回到卧房之前，茶茶一直冷冷地观察着继父和母亲的一举一动。恐怕她是从和阿市完全不同的角度观察着胜家。不仅是继父，甚至连红肿着眼睛跟在继父身后的母亲，她都想挖掘出其真意来。

看到二人的背影从厅里消失之后，茶茶离开座位，走到回廊的一头。"这雨多阴冷啊……不久之后，就会变成冰雪袭来了。"茶茶突然打了个寒战，两行热泪流了下来。

茶茶发疯似的穿过走廊，禁不住又回头望了一眼母亲的房间。一片静谧，只有昏暗的灯光从窗缝里透出来。茶茶放慢了脚步声，悄悄地折回自己的房间。

"阿达。"她小声地把妹妹喊到廊里。

"姐姐？"

"果然，和我预料的完全一样。"

"哎，什么一样？"

"母亲终归是太软弱了。你的确看走了眼。"

"那么，母亲她……"

茶茶使劲地点点头，如风中的一片荷叶。"当这场冷雨……变成皑皑白雪的时候，战争就要开始了。"说着，茶茶用手指了指母亲的房间，"到那时，我们必须另谋生路了。"

达姬并不回答，单是睁大了眼睛，抬头盯着姐姐。舅父信长的去世及其所带来的风波，绝不可能令姐妹三人平静度过此生。

"女人的命运生来就是可悲的，阿达。"

"姐姐？"

"你大点声！"

"如果打起仗来，这座城会不会陷落？"

茶茶轻轻地摇摇头。"胜败早已在人们看不见的地方决出了。"

"那么，有无办法拯救母亲？"

茶茶依然轻轻地摇摇头。"因此，我才说女人是可悲的……"

"敌人是不是就是筑前守，姐姐？"

"即使不是筑前守，也会有别的敌人逼过来。男人是天生的战争胚子。一个柔弱女子，是没有办法扭转乾坤的。"

达姬听了，转过身去，沉默了。茶茶伸出手，在屋檐下接了五六滴雨在手掌心里。

"你猜下次进这座城的人，到底会是谁？是丹羽长秀还是堀秀政，是秀吉自己还是秀吉的使者？"

"姐姐，你怎么老说些不吉利的话。"

"不是不吉利，这是现实。正是因为这样，这个世间才有意思。这个让人流泪的世间……"说着，茶茶突然放声痛哭。

狂风不断地在天守阁的上方哀鸣。

五　右府大殡

随着洛北紫野的龙宝山大德寺之内的菩提所总见院的开工，为信长举办葬礼的传闻，也在京都百姓之间沸沸扬扬地传开。

从天正十年十月起，建寺的材料就源源不断地从粟田、伏见、鸟羽、丹波、长坂、鞍马、大原等京城七处口岸运了过来，眨眼之间，一块荒地上便耸起了一座辉煌的庙宇。人们都以为这次的葬礼是在织田一族的全力支持下举办的。

"这下好了，各处的钱币要贬值了。"人们议论纷纷。

甚至是光秀被剿灭之后，京城里也没有引起如此大的轰动。那时只有近卫前久卿一人，由于被怀疑窝藏明智的残党，听任明智进攻二条城，早就落荒而逃了，现在不知隐藏到何处。剩下的人都不了了之。

因此，一听说要为信长举办葬礼，百姓都在合计：全国的大名一定都会来京城参拜，豪华的别馆、寓所一定会相互攀比，数不尽的金银都会涌进京城……

可是，听说葬礼的日程只是从十一到十七七天，人们又议论纷纷："听说这次葬礼，只有羽柴筑前守和秀胜父子二人来操办。"

不知从哪里传来的流言蜚语，转眼间，又使京城蒙上了浓浓的阴云。

虽说山崎之战的胜利非常耀眼，可是，织田氏却并非只有羽柴父子二人。于是，人们开始担心：葬礼的过程当中，会不会有筑前守的反对者闯进城来，和他发生冲突？顿时流言四起。

"听说这次的葬礼，岐阜的信孝公子早就等候多日了，他早就欲加阻拦了。"

"是啊，我也听说和信孝一伙的越前柴田大人，已经让佐久间玄蕃盛政、前田又左卫门利家、佐佐陆奥守成政等人发兵，据说从北庄出发了。"

"这么说，这次是神户侍从和筑前守养子秀胜争家督之位了。"

就在流言蜚语四起之时，黑田、蜂须贺、浅野、大谷、神子田、仙石等秀吉的大将，全副武装地率领军队出现在京洛一带，人们的不安又逐渐演变成凝重的沉默。

在这样的气氛之中，十月十九，秀吉亲自来到了大德寺，一切安排妥当之后，又骑马返回了山崎。然后，他把养子秀胜和佑笔大村幽古叫到房里。"我有话要讲，秀胜。你要牢记在心。幽古，为了让后人知道历史，你要用心参透我的意思，仔细地记录下来。"秀吉的语气沉重而严肃。他整了整桌案，闭上了眼睛。"幽古，准备好笔墨了吗？"

幽古答应一声"是"，然后提起笔来，凝视着纸张。

"右府去世之后，是我和秀胜一起在本能寺安葬了右府大人，当时我们父子二人相拥而哭，泪如雨下。对吧，秀胜？"秀吉闭眼道。信长十六岁的四子秀胜应一声，顿时眼泪汪汪。大村幽古抬眼看了一下二人，然后飞快地记录。

"你知我为何流泪吗？我想你也能猜得出来。秀吉原本出身低微，承蒙右府大人的提携，才有了今日。右府对秀吉恩宠有加，还把你于次丸秀胜过继于我，这实是秀吉天大的荣幸……我的心情，你能明白吗？"

"明白，很是明白。"

"就这样，羽柴家和右府家合为了一体。因此，哭泣不能解决任何问题，如果只会哭泣，那简直类似女人……"

"大人言之有理……"幽古附和道。他想诱秀吉说出后面的内容，无论是语气还是态度，都显得极其诚恳。

"那么，秀吉就把这次给右府举办丧礼的缘由给你讲一讲，秀胜。右府大人的兄弟本来就少，而老臣却有很多，因此，若我主动提出这个问题，恐会招来误解，故我一忍再忍，一直忍到了今日。没想到这世间之人太令人失望了。无论我如何苦口婆心地劝说他们，终无一人主动出来为右府操办丧礼。真令我伤心欲绝啊！"

"……"

"你明白了吧，秀胜？于是我就苦思冥想……昨日的亲友已变成了今日的仇敌，昨日的鲜花已化为了今日的尘土。即使秀吉本人，也不知明日究竟是何等命运！当然，我现在根本来不及考虑这些事情。贫贱之士尚有葬父之志，难道我羽柴秀吉就眼睁睁看着右府大人让人耻笑？我考虑再三，觉得若不为右府举办丧礼，九泉之下亦无颜面对右府！幽古，这些话非常重要，你要好好地记下。秀吉承蒙右府大人眷顾,有幸与织田氏结成一家,若连这一丝勇气都拿不出,一味地顾忌老臣闲话,该为右府大人办的事情却不敢办,岂不是猪狗不如?由此,我毅然决定和秀胜一起,为右府举办丧礼。你明白我的心情吗,秀胜?"

"父亲大人的心情,孩儿十分理解。"

"既然要办,就应倾尽全力为右府祈祷冥福。倾尽我的所有,倾尽所有的真诚……"

"是。"

"因此,葬礼安排为七日。当然,秀吉到底是否心无杂念,满怀诚意地为右府举办葬礼,后人自有公论。幽古,这些也要一丝不苟地记下来。"说着,秀吉一只手按在额头上,道,"第一日,十月十一日,转经。"

"是,记下了。"

"第二日,顿写诸经,施饿鬼。第三日,忏法……十四日,入室。十五日阇维。"

"记下了。"

"十六日宿忌,十七日升座拈香……也就是说,丧礼共七天。这也是秀吉最大的努力了……"说罢,秀吉的眼角淌下一行泪来。

看到秀吉的眼泪,幽古不禁为之一动。秀胜也眼噙着泪水,定定地看着秀吉。

幽古想,这若是一种策略,真可谓天衣无缝。但这绝不仅是策略。秀吉的性情和智慧,及他的信心,都已浑然一体,达到了神奇之境。尤其是近一段时日,秀吉似更加出神入化了。

"我啊……"秀吉顾不上擦拭眼泪,继续道,"一万石禄米作为杂用,名刀'不动国行'也供奉进了大德寺。菩提所总见院那边,我已经捐了白银十一锭,用作为右府的卵塔做法事,还捐赠寺领五十石作为香火钱,除此之外,我还吩咐大坂的商人籴进五百石米,以备他用。"

"是……五百石?"幽古以为自己听错了。

"对,这些米已经陆续运过来了。其实,我想捐赠的东西还有很多,我最大的愿望就是,无论如何,只依靠咱们父子二人的力量,来举办这次葬礼。对吧,秀胜?"

"对……对。"

"即使是五百石，恐也还是少了些。总之，五山十刹的僧人就无须说了，洛中洛外的禅律八宗的僧侣们都会云集于此。"

"云集于此……这样记录可以吗？"

"等一下，你就记作不知有几千几万。"

"几千……几万？！"

"当然，如此盛大的葬礼，京城的百姓应是头一回看到。尽管如此，我仍不足以表达心意。不管怎么说，这是应仁之乱以来，把混战不休的乱世引向太平之路的旷世英雄右府大人的葬礼啊。可惜我秀吉目前仍然势单力薄，难以担当右府那样的大任。说来真令人汗颜……"说到这里，秀吉才睁开眼睛，唇边露出一丝微笑，"在举办此次葬礼的过程中，为了避免外界可能出现的干扰，我已作了充分的安排。醍醐、山科、船冈、梅津、东寺、四冢、西冈等地，我已经安排了黑田、蜂须贺、浅野、大谷、神子田、仙石等人严密把守，一旦出现什么闪失，大军立刻前去保卫大德寺，不会有一丝差池。"

幽古又现出异常惊愕的表情。秀胜则还在恭恭敬敬地倾听。

"只是令我不安的，是举行葬礼的场所，我总觉得有些欠妥。我老是唯恐慕名前来参拜的男女老少感到不安，因此，已任命小川土佐守、羽田长门守、桑山修理介、木下将监等人为将，前来严守大内禁地，这样，百姓就可以安心参拜了。"

说到这里，秀吉的声音和态度突然都异样起来，脸上的泪水已经干了，只剩下泪痕，眼中熠熠闪光，声音也高亢了。"我还派了杉原七郎左卫门、桑原右卫门、副田甚兵卫担任寺内的法事奉行，委派生驹新八、小西弥九郎等率领一千余人，负责维持治安……我的安排怎么样？这样一来，还有谁敢前来寻衅滋事？若是一般的凡夫俗子，光看见这种阵势，就会吓得屁滚尿流了。你说是吧，幽古？"

秀吉一旦情绪激昂，一些他完全不可能知道的华丽辞藻、汉语、俚语，都会像激流一样，滔滔不绝地从他口中奔泻而出。"要想办得圆满，就要力求万无一失。麻痹大意乃是大敌，世上从来就没有后悔药。对吧？别以为这样就完美无缺了。我还特意任命舍弟羽柴美浓守秀长为总奉行，率领一万余人负责特别警戒。寺院外面，三步一哨，五步一岗，围着狮子墙不停巡逻。四面的大门全部挂上帷帐，严密把守，关卡、哨卡的侍卫武士人人手执长枪，数百支火枪早已剪好引信，随时待命。怎样，秀胜？那些蚤贼鼠辈们还敢前来吗？"

"当然不敢。"

"这方是万无一失。有备才能无患。这样，前来祭拜的大名们也可以安心了。到时候，由你和池田的儿子辉政所抬的棺材也已做好。现若从我口中说出，未免有自负之嫌。幽古，这些东西在当天亲眼看到之后，你再详细地记录下来。棺中盛放着用以焚化的沉香木像。在莲台野的大火屋火葬之时，馥郁的香气一定会弥漫整个海道。"

"整个海道……记不记？"

"糊涂！我不是早就告诉你了吗？话若从我口中说出，就会显得我太自负了，这是说话的分寸。"

"在下多嘴。"

"作为一个记录者，只注意事物的表象就足够了，绝不可擅自作出真假的判断。你明白吗？我选择沉香木给右府雕刻木像，是想把右府的伟大抱负和美德撒向天下每一个角落，让整个海道香飘万里。如果连这一点都不懂，世人会说秀吉只是胸无大志的一介武夫。"

"在下记下了。"

"右府大人的宏伟志愿，就是终结乱世的硝烟，给万民带来太平。你觉得现在的天下，会有人不希望太平吗？"

"应该不会……"

"若是没有，那么，我所说的让沉香的香气飘遍海道，也就没什么可奇怪的了。其实这也是我向右府发的誓言，向世人宣告秀吉继承右府大志、平定天下的豪迈誓言。这些就不要记了。"秀吉摆了摆手，"若是把这些也记录下来，岂不显得我太狂妄自大？一旦有人认为我有觊觎天下的野心，岂不麻烦？"

幽古迟疑了一下，慌忙点了点头。秀吉觊觎天下的野心，已是路人皆知了，自己断不可对这个旷世英才的心胸妄下结论。

"幽古，我看你有些迷惘啊。"

"是……啊，不不……"

"哈哈哈，我看你看待问题还是太肤浅了。我并非一个觊觎天下的狂人，只是一个想继承右府遗愿的有志者而已，休要本末倒置。当然，在继承遗志之时，若天下真到了我手中，也是没有办法。"

"大人教诲得是。"

"这决非自命清高。世上还是有真情在的。好了，今天的记录就到此为止吧。"

幽古恭敬地低下头，搁了笔。

天正十年十月十一。这一日，京城人流如织，大家都直奔紫野而去。

天空响晴，没有一丝风。红叶季节已过，只剩裸露树干的荒原上挤满了人。随着人们一步步接近大德寺，赞叹之音也渐渐高涨。

"真是气势非凡，这么多军队，到底有多少人啊？"

"听说这一带有五万多人。加上城里的军队和京城七口的守卫，怎么说也得有十万人。"

"哦，十万大军……京城里从未驻扎过这么多军队啊。"

"是啊，真是闻所未闻。听说这些军队都是自带干粮，这四五天里，淀川的河面上，黑压压的全是船。"

"是啊，否则恐怕早就麻烦了。京城里这点粮食，还不够他们吃两三天的呢。"

"快看快看，那一列进寺的和尚们。多么漂亮的禅杖啊！光和尚就不知有多少呢。"

"听说光和尚就有一万多人！"

"我也听说了，和尚们的斋饭就有五百多石呢。现在，无论是什么事情，都是由大坂的淀屋来筹措大米，我还听说，一万贯杂用都是堺港商人出的。"

"这样一来，天下大势已定……"

"那还用说。我看，就连故去的右府大人都没有这样庞大的阵势。真是鸿运齐天的大将军啊！"

"我看，这决不仅仅凭运气。筑前守不但为主公报了仇，还把主公供养了起来。我看，是筑前守的诚心感动了上苍。"

"我还听说，这次供养结束之后，筑前守就要着手处理城镇之事。说是要恢复应仁之乱以前被烧毁的城镇的繁荣呢。我看，不出半年，筑前守就会着手解决……不，就会完成这个计划！看大人如此磅礴的气势，哪有办不到的事情？"

这些人似乎不全是京城的百姓，其中好像还混杂着小西弥九郎、纳屋蕉庵，以及淀屋常安的人。他们巧妙地宣传，鼓动着大家的情绪，给那些担心战争爆发之人的心里，播下了一缕缕灿烂的阳光。其手段之高明，直令人拍手叫绝。

虽然这次盛大的活动没有通知德川家康，可他的心腹茶屋四郎次郎早就以绸缎商人的身份混到人群中去了。

令人不可思议的是，这样隆重的场面，让人不知不觉地就把柴田胜家、织田信孝、织田信雄等等全都抛到脑后去了。秀吉滴水不漏的安排、秩序井然的军队，让人感到非常安心。在这样的情形下，怎会有人攻进来呢？百姓似也都这么认为。

从这层意义上说，秀吉的精心安排就像一个大斗篷，从第一天起就把人们包了个严严实实……更精彩的是，阇维日的队伍，不仅让京城百姓大开眼界，也让汇集到此处的各地大名与细作叹为观止。

从十三日到十四日，天空还略有些云彩，可是到了十五日，晴空万里，艳阳高照。紫野上人山人海，到处挤满了前来观看盛大葬礼的人。

巳时前后，集中到大德寺的大名们排着整齐的队列，从围观的人群面前经过，华丽的队伍把葬礼装扮得更加恢弘壮丽。最惹眼的自然是盖着金纱金绢的灵柩。四方下垂的璎珞和栏杆全都镶金嵌银，八角的柱子绘满了绮丽的丹青，绚烂的色彩在阳光的照耀下折射出一道道七色彩虹。自然，灵柩里面放置的是最令秀吉骄傲的沉香木像。

灵柩的前辕扛在池田辉政的肩上，扛后辕的则是羽柴秀胜。紧跟其后的就是秀吉自己。只见他神情庄重，手里捧着信长的牌位和名刀"不动国行"。身后则跟着三千名全副武装的武士，头戴一色的乌帽，身着麻布丧服，个个神情严肃。

总之，仅仅在从大德寺到莲台野的一千五百间道路的两侧，就投入了三万多名守备的步兵，可想而知，这一带已经成了刀、弓和火枪的森林，威风凛凛，令人不寒而栗。

紧跟在乌帽麻衣的武士后面的，是号称一万人的五山十刹、禅律八宗的僧侣队列。只见他们分门别派，身着盛装，各自高诵着宗派的法语，蔚为壮观。头顶是耀眼的七色天盖、五色旗幡、袅袅紫烟，还有无数的明灯、佛具、龟足、造花、七宝，仿佛天上的仙境搬到了人间，让那些平日里被生活所困的老百姓们飘飘欲仙，恍如被带至净土。

这一日，家康的心腹茶屋四郎次郎当然也来到了莲台野，他夹在人群中间，正在观看那十二间见方的火屋。

僧侣们长长的队伍终于抵达了莲台野，随后而来的则是大名的队伍。每个人身后都率领着身穿无袖肩衣的一百五十名家臣，有丹羽长秀、池田信辉、细川藤孝、细川与一郎、堀秀政、筒井顺庆、中川清秀、高山右近……不胜枚举。茶屋四郎次郎目瞪口呆，看样子，大局已定。

其实，茶屋早就估计到了这种场面，按理说他应不会羡慕，也不会多么反感，尽管如此，他依然觉得眼前一切恍如梦中，大感震动。茶屋并不是一个单纯的人，他并不认为这是秀吉对信长忠心耿耿的表现，这分明是对信孝、胜家、一益等人的示威和挑战。

茶屋不禁啧啧称赞秀吉的高明。直到现在，他才终于明白深谙忍耐之道的主人家康为何没把目光投向西面。刚愎自用的信孝、豪气冲天的胜家、怀才不遇的一益，定会因此勃然大怒，挑起战争。可是这样一来，反而会使百姓更加确信：天下人必秀吉无疑。即使他们明白了自己的不利处境，战争仍然会发生。人们肯定会以为信孝举起了反旗，并坚信他一定会被秀吉剿灭。秀吉是一个多么可怕的智者……

正在茶屋陷入恍惚之际，突然从莲台野的火屋里窜出一股馥郁的香气。尽管他事先已听说秀吉让人做了一尊信长的木像，但万万没想到那木像居然是用沉香做的。

这到底是什么香味？就在茶屋使劲地抽着鼻子纳闷之时，香味已经弥漫四周。

"啊，这好像是从遗骸上发出的气味！"突然，有人大喊了一声。

"哎，是真的？"

"啊，多么神奇啊，真是个奇迹！"

"这怎么能是奇迹呢，这是施主的祈祷到达了上天的明证。"

"那是什么？那不是花儿正在飘落下来吗……"

"哦，那是从鹰峰山上涌到释迦谷山一带的紫色祥云。"

"太神奇了，太神奇了！"

"当然神奇了，那可是佛祖之物啊。是因为筑前守的忠诚和诸山僧侣们的祈祷感动了神佛，这是佛祖显灵。"

"真不敢相信，恍如梦中一般。"

"这怎么能是梦呢？这是真的！筑前守大人不但为右府大人报了仇，而且还代替只顾忙着争权夺势、连葬礼都忘记举办的北畠中将信雄和神户侍从信孝，举办隆重的丧礼。再没有什么奇迹出现的话，神佛也就不存在了。"

"我说的并不是有无神佛之事。我是说，这香气太浓了，让人仿佛置身于梦中。"

"因此我才说这不是梦——右府大人在天之灵定在说：'你对我的忠诚我十分清楚。好吧，你就替我处理天下之事吧。'所以说，这奇迹是右府大人的在天之灵故意显现的。"

有人手捻着念珠窃窃私语。一听就知这是秀吉的精心安排。

茶屋四郎次郎拨开拥挤的人群挤过去。终于，他解开了香气之谜。那具木像一定是用香木做的，而且，木柴里或许也藏了不少香木……

秀吉居然连这一步都能想到，并以此来诱导风评的方向，真是可怕。这难道真是与生俱来的仁德吗？有传言说：秀吉出生时正是猴年元旦，而且是伴随着日出而诞生的，所以是太阳之子。

"让一让，请让我过去一下。"

可是，人们早已陶醉在梦境之中了，根本没有人搭理茶屋。有好长一段时间，茶屋被困在那里，进退不得。

大约过了半个时辰，狮子墙中的刀枪之林终于开始移动，围观的人群也随之掉过头，向大德寺的方向涌去。此时的茶屋四郎次郎早已挤得汗流浃背了，太阳正高悬头顶，肚子里也开始咕咕地叫唤起来。饿肚子的决非我一人……可是，秀吉的仁德却产生了一种不可思议的魔力，似乎让人们忘记了饥饿。

"啊，这不是茶屋先生吗？"

当茶屋四郎次郎费尽九牛二虎之力挤到本法寺附近时，突然有人拍了一下他的肩膀。回头一看，一个人正笑眯眯地和他打招呼，原来是淀屋常安。淀屋常安运来五百石米的事，他早就听说了。"没想到在这里遇上了，真是太巧了。我的下处在本法寺内，先进去歇息片刻吧。"

"原来是淀屋啊。"四郎次郎舒了一口气，"没想到你住在这里。这下可好了。哎呀，今天的人可真多！"

于是，在常安的引领下，茶屋钻进了本法寺的山门。

"真是太好了。里边请，茶屋先生的一位老友也来了。"

"哦，我的老友？"

说话间，二人钻进了右手的幔帐中。只见里面堆满了米团子，对面有五六个人正谈笑风生，一边高声议论一边悠然地喝茶。其中一个是堺港的纳屋蕉庵，另外几个，一看就知道是堺港的商人。

"哎呀，蕉庵先生。"

"哦，是茶屋啊。我就料到你会来。"蕉庵深知四郎次郎和家康的关系。

"是啊，这么大的事情，我怎么能不来……"

"我们刚才还在谈论呢，这样一来，京城的修复就会顺利多了。"

"哦，京城的修复……您的意思是……"

"这次盛大的丧礼结束之后……说起来，这也可称为开始修复京城的前兆啊。"

"您……您的话，我怎么一点也听不明白。"茶屋四郎次郎连忙追问道。蕉庵微微一笑，似乎在暗示茶屋。"茶屋先生，筑前守的'仁德'可不能大意。他已经作好了京城的规划，就连我这个向来隐居乡间的人都藏了一份图纸呢。"说着，他在茶屋面前展开一张简单的图纸。

"这是什么？西阵一带画了一个四方框，五条的川东一带也有一个框……"

"哈哈哈……"一旁的淀屋也笑了，"从应仁之乱以来一直荒废的西阵内，要建一个织造城，这边的川东，也要建一个这么大的城。茶屋先生，我看这两处的事情还要委托你来出出力。"

四郎次郎的表情渐渐不自然起来。"这么说，这……这次的供养结束之后，筑前守就要立刻按照图纸上的规划建造了……"

蕉庵故意做出一副庄重的表情。"话可不能这样说，你若说此次供养是为了建城，让筑前守听到了恐有后忧。对于那位大人来说，他所做的一切，全都是为了继承右府遗志……他不仅是这么说的，心里也是这么想的。对吧？哈哈。"

"这么说，大家从一开始就商量好了？"

"对。"淀屋又接了一句，"建城池可是赚大钱的好买卖，就连筑前守都想到这一点了。得集思广益才行啊。"

茶屋心里不禁暗暗叫苦。这到底是谁在利用谁，很难说清。但是，有一件事非常清楚，秀吉已经把手伸向豪商了。他禁不住急切地往前探了探身子。"如此说来，这次大供养可说是繁荣京城的前奏了？"

"这些事情必须立刻报告给主人家康……"茶屋又往前挪了挪。纳屋蕉庵则笑着摇了摇头。"虽说茶屋先生住在京城,而我们却都是堺港住户,故,若仅仅是筑建京城……"

"什么意思?"

"当大家都认为这是为天下安定之大计,自然就在暗地里帮忙了。当然,大家都会在这里开分号的,分号再进一步开到筑前、肥前。若非如此,国必不富。我们正在议论这些。"

"什么,把分号从筑前开到肥前……"

"对。因此,我们必须拥有一支具有强大实力的朝廷军队才行。我们是在看清此事之后才开始行动的,你明白吗,茶屋?"说完,蕉庵又换了一副教导似的口吻,"要增加国家的财富,有两个办法。一是做交易,另一则是把埋藏在地下的财富挖出来。关于第二个办法,早有人不远万里赶赴天川(澳门),在那里学到了先进的采银方法和冶炼术。听那人说,在石见的大森和但马的生野一带都蕴藏着无穷的财富。"

茶屋四郎次郎把惊愕埋藏在心里,拼命地随声附和着:"是啊,怎么连这个都差点给忘了。咱们已有人到天川学到了先进的技术。"

"对极了。要想做交易,就需要银子。可绝不能让银子躺在地下睡大觉啊。"

"'那人'到底叫什么名字?"

"此人叫神屋寿贞,现在继承其衣钵的是其孙宗湛善四郎。白银采掘出来,如只让它在海内流通,那么,整个国家的财富不会增加。要想大量增加财富,必须跨海交易。"

"言之有理……"

"话虽如此,交易并非如此容易就能开展。如大名小藩割据一方,整天忙于征战,人们手头的银子便不会流通。因此,必须统一天下。"

"我看这天下人非筑前守莫属了,我想各位当无异议吧?"

茶屋四郎次郎终于明白了大家的意思。眼前这群人都有着敏锐的眼光。当武士们正在忙着争夺天下,他们却在从完全不同的角度看待世事,思考问题,想方设法地赚大钱。其力量绝不能小觑。就说现在,如没有他们在背后大力支援,秀吉此次葬礼不可能举办得如此成功。

"茶屋先生是我们的老朋友了,我们在京城里的生意,今后还要仰仗茶屋先生多多关照,我建议请茶屋先生也入伙,大家意下如何?"看到蕉庵对茶屋格外看重,机敏的淀屋立刻帮腔。

"既然纳屋和淀屋都大力推荐,那么我们当无异议。"一个年龄最长的人语重心长道。

"承蒙大家厚爱,鄙人实诚惶诚恐。"蕉庵忙替四郎次郎致谢。

"既然武将们都已经有了平定天下的志向,我们这些商人也决不能落后,应该大力协助才是。那些平素交往甚笃或有过生意往来之人,我们都应与其建立最亲密的关系,订立友好盟约。"

蕉庵接口,主动为四郎次郎做起解说来:"友好盟约并无特别复杂的条款。只是需要提醒一下,不要只为了一己私利而损害大家的利益,不要制造流言蜚语,诽谤他人。需要做的只有两件事:大家在赚钱的同时,也要使全日本和自己的行业繁荣起来。另,在与人交往时,要一视同仁。"

"完全可以,如果只是这些要求,茶屋决无异议。"四郎次郎答道,"因此,此次商议的结果,就是帮助筑前守实施复兴京城的计划了?"

"真是卓识!"淀屋夸赞道,"总之,不利于天下统一的话题,我们不谈。先帮助筑前守振兴京城,然后再复兴我所居住的大坂。"

"那么,筑前守想把大坂建成一座什么样的城池?"

"大坂原本是石山御堂的门前町,在织田右府和本愿寺发生冲突之时,被取缔……当时,右府曾在那里筑起一座很大的城池,一面为京城做警备,一面又可以用来压制堺港。筑前大人也深知这一点。因此,众人的意见是:等京城的事情差不多了,就把大坂作为大营,也就是说,要把它建成京城的'城下町'。想必茶屋先生没有什么异议吧?"

"这样一来,堺港会不会不方便呢?"

"关于这个问题,我们也仔细考虑过了。"

"怎样?"

"为了平定天下,即使筑前守,也不能不需要财富吧。总之,就是请筑前守尽量不干涉我们赚钱,换句话说,我们互为所用。"

"若真有此良策,那就太好了。"

"当然有了。"蕉庵答道,"假如你的交易获利一千两,那么你不用交给筑前守一文钱,但即使你把这些利润据为己有,充其量只得到了一千两。可是,如果你能获利十万两,即使你交上两万,也还剩八万。若有办法把一千两变成八万两,谁会去计较那两万两呢?"

"说的是。"

"因此,先请筑前守在大坂筑城,然后再致力西征。即使没有我们的请求,没有我们的援助,筑前守迟早也会这么做的……接下来就是筑前的博多,再往后就是肥前的唐津、平户……"

"对。那些地方也时常有外国船只来往。因此,筑前守首先会派大军平定那里,使朝廷的政令通达顺畅,再修缮港口码头,便于停泊船只,这样一来,那里不知会成为多么繁华的街市呢……筑前大人的设想多么诱人啊!"

茶屋并不认识说话的人,但是从蕉庵对那人的称呼"神屋"来看,此人定是那个从事银山生意的唐津神屋的当家人——善四郎。此人十分豪放,令茶屋都刮目相看。

"让筑前夯实了根基,就等于为我们自己夯实了基础。故,行动越快越好。"被称为神屋的年轻男子刚刚说完,另一人对茶屋道:"我居住在博多,叫松永宗也。虽说博多也有岛屋、末次等大商人,可在这种局面下,却很难大展身手。"

"就说现在的神屋善四郎先生吧,虽说拥有一座取之不尽的银山,可是一旦挖出银子来,就会不知被多少人盯上呢。尼子来了,毛利也来了,争得不可开交。等到毛利被收拾得差不多,大友又来了。那些家伙只知舞刀弄枪,毫无生意头脑……那还是善四郎十四岁时的事吧。"

"啊,你说的是小早川攻进,烧毁博多时的事?"

"是。结果你的宅子被焚烧殆尽,他们还强令你采银,帮他们绘制银山地图,后来,你就躲起来了?"

"是啊,那时我正好十七。如为那些家伙挖银子,只会扩大纷争。我就趁机溜了。"不等别人插话,年轻的神屋善四郎继续道,"所以,当前之计,必须找出一位有前途的武将,以武力平定天下。否则,国将不国。若做不到这个,别说贸易,恐怕连日本也会被西洋人占领,举国投降了。"

听着这些话,茶屋四郎次郎环视一下在座者。显而易见,眼前这些自命清高的商人,骨子里都极端鄙视武将,却一致赞同帮助秀吉,究竟是为何?真是令人费解。是因为他们低估了秀吉的能力,觉得其容易操纵,还是觉得那个农夫出身的草莽英雄有非同寻常的过人之处?

就在茶屋百思不得其解之时,只听淀屋又说出了令人瞠目结舌的豪言壮语："虽说筑前守对生意一无所知，却是一张质地不错的白纸。只要我们这样跟他一说，他立刻就会明白。而且，他和堺港百姓的关系也不错，大家只管放心就是。他对宗易（千利休）、天王寺屋（津田宗及）等人也言听计从。故若不先跟咱们透个风，料他必是一事无成……"

"淀屋先生，我也想见筑前大人一面。"年轻的神屋插了一句。

"那得等到大坂城建成之后。在茶道大会上，让宗易或宗及等人传个话，无论什么时候，他都会高兴地接见你。"

"哈哈，"蕉庵突然笑了起来，"总之，我们已经开始巩固根基了。"

"对，先在这一带巩固咱们的基础。"

"虽说柴田处还是有些问题，可是别管他们，只要我们根基已固就行了。"

说罢，蕉庵飞快地看了茶屋一眼，恐是暗示他得赶紧把这些消息报告家康。

"我听说神屋先生正在京城物色美人……是否看到自己根基已固，想买个美女回去？哈哈哈……"

当富商们高谈阔论之时，那些陶醉在盛大丧礼中的人正潮水般地返回京城。

六　利家出使

　　天正十年十月十七，羽柴秀吉为信长举行完隆重的葬礼，立刻于第二日给织田信孝的老臣斋藤利尧和冈本良胜二人送去书函，表明了态度。

　　是月八日，信孝曾给秀吉下过书，想调和秀吉和胜家之间的关系。故，表面上，这是一封给信孝的回函，内容却明示出秀吉对信孝和胜家的抵触。

　　这是一封长函，共有二十五条，前七条是对胜家表示不满，剩下的十八条则是对讨伐中国地区的自己的溢美之辞，以及关于给右府大人举办丧事的解释。大意便是，本来想与信孝和信雄商量，却没有得到回音，而胜家也不主动出面操办，他是不得已而为之，全是为了报答信长的恩宠，毫无私心杂念。若无右府大人的赏识，就没有今日的秀吉……

　　这封书函当然被立刻通报给了胜家。胜家也早已明白和秀吉一战在所难免，果断地采取了应对措施。他一边紧锣密鼓地和信孝、一益联络，对堀秀政、丹羽长秀等人也不停地进行游说，一边不断地对毛利辉元、吉川元春示好，甚至和远在奥州的伊达政宗都保持着联系。

　　当然，这一切都在秀吉的预料之中。他也在一刻不停地忙着备战。十七日结束信长葬礼的同时，他的战备也已彻底完成，才有恃无恐地给胜家写了措辞强硬的书信。

　　二十一日，秀吉给大本营诸将下了备战令；对于畿内的高山右近、中川清秀、筒井顺庆、三好康长等人，则分别向他们索取了人质；池田父子就不用说了，甚至和近江的丹羽长秀都约好了，让他绝对服从命令；对于长谷川秀一、山崎片家、池田孙二郎、山冈景隆等人，则知会他们要坚守城池。

　　二十二日，秀吉又给本愿寺光佐、光寿父子送去了书信。在表达了对父子二人赠礼的谢意之后，指责了信孝的不当行为，并声称，他因此不得不为信长举办葬礼，并且加强了同畿内五国的联络。他还通知父子二人，附近的中村一氏、筒井顺庆都已一心归顺，二人最好不要与他为敌。

日月如梭，转眼已进入了十一月，北陆各地纷纷扬扬地下起雪来。

此时的胜家，虽然已下决心和秀吉一战，却万万没有料到，秀吉的行动竟然如此神速，几乎在举办完葬礼的同时，就完成了战备。若是立刻开战，必会迎来最困难的冬季作战。这样一来，他和信孝、一益的合作方略就将失败。

"决不能让其肆意妄为！"要想方设法渡过这段困难时期，待到来年冰雪融化之后，一切都好说了。因此，胜家决定，让以前主动提出为他和秀吉斡旋的前田利家带上不破胜光、金森长近，以及养子——长滨城主柴田胜丰，前去与秀吉议和。

十一月初二，一行人抵达了山崎城。

当日，秀吉并没有面见他们，第二日，才在大书院接见。一开始，秀吉就满脸堆笑。"哎呀，老熟人又见面了。"

前田利家正了正身子，正想说明来意，秀吉却摇着手制止了。"尊夫人想必身体很安康吧。宁宁很是想念她，去姬路城的时候，还说不知何时太平的日子才会到来，她们才能相见呢。我们都是老夫老妻了，你说是吧？"

秀吉边说边坐了下来，视线转向了胜家的养子胜丰。"听说你还在病中，却不辞辛劳地赶到这里，有劳你了。你莫要担忧，只要修理心向太平，就绝不会有事情发生。秀吉并非不讲道理之人。总之，局势是可喜的。我已经让人准备好了，今晚就在这里好好地歇息一下。"

听了这些，不破胜光和金森长近不禁互相递了个眼色。原本以为秀吉会像他书函中所写的二十五条似的，咄咄逼人地诘问，不料竟跟他们预想的大相径庭。

"不破和金森二位也辛苦了。其实我也一心想避免与修理及其一族不和。这次修理委托诸位来到我这里，就足以说明他和秀吉心心相通。哎呀，再也没有比这更让人高兴的了。佐吉，赶快让人准备酒宴。"

尽管如此，利家依然毕恭毕敬，小心翼翼。

"利家，先讲讲你的想法吧……"秀吉道。

此时的利家真是感慨万千。想当年，他刚由犬千代更名为又左卫门的时候，在信长的面前突然出现了一只"猴子"，没想到，当年的那只"猴子"已经具备了相当的威仪，迫使利家不得不尊敬起他来。这一切既恍如梦中，又实实在在——"猴子"确该得此尊位。

"反正冬夜漫长,那就边喝边聊,一直聊到天亮。"

"多谢,有了您这句话,利家这次没有白来一趟。那么,我先说说柴田大人的想法……"

"他的想法……"

"修理对您绝无敌意。在利家看来,他只是为了织田氏日后的安泰而虑。"

"对了,这就对了,理应如此。我秀吉也一样,一直承蒙右府眷顾,除了忠于织田氏,决无二心。为了织田氏的安泰,就必阻止内乱,继承右府的遗志!除此之外,什么想法都不该有。右府为我们指明的道路,只此一条,若明白了这一点,各位就会理解我的所作所为了。我所做的一切,都光明磊落,毫无不可告人的阴谋诡计。是吧,又左?猴子从来就不是那种玩弄权术的小人,那不是猴子的性格。我做事从来坦坦荡荡……请莫要拘束。咱们聊聊以前的事吧,在那些往事中,右府的遗志在熠熠放光呢。"

说话之间,许多侍从和侍女端着美酒佳肴进来了。秀吉越发高兴。"好好好,赶快摆好酒宴……哎呀,今天我要和老知己又左喝个痛快。战争的极致是什么,就是不战而胜啊。虎之助、市松、助作……把他们都给我叫来。让又左见见那些毛头小子们长大后的模样。哎呀,真是机会难得。"

听秀吉这么一说,不破和金森的心里不禁一颤,对视了一眼。秀吉引以为荣的年轻爱将们,加藤虎之助、福岛市松、片桐助作、加藤嘉明、胁坂安治、平野长泰、糟谷助右卫门等人,此时正值年轻力壮,勇武早已天下闻名。不破胜光和金森长近听说要把这些人叫来同饮,心里不禁咯噔一下:秀吉不会是叫他们来杀了我们吧?

如果秀吉真的动了这个念头,在这里斩杀了胜丰和利家,柴田一方的实力就会削减大半。金森长近对不破胜光使了个眼色,悄悄地拍了拍胜丰。虽然身患肺病的胜丰一直闭着眼睛默然地坐在那里,可也忐忑不安。

"哎,您的气色……"

不料胜丰却静静地摇了摇头,止住了长近。他也在反复思虑秀吉的性格和刚才的话。虽说养父胜家不至于看错秀吉,可是,眼下左右着胜家的人是他的外甥佐久间盛政。盛政乃一条血气方刚的汉子,曾经对秀吉大骂不休:"秀吉充其量不过是个狡猾的农夫罢了,居功自傲,投机取巧。一旦对他心慈手软,必会后悔莫及。"在现在紧张的气氛中,比起奉劝别人自重云云,还是这样颇具煽动性的言辞更容易让人接受。

"不，不可把秀吉看成如此卑鄙的小人。"

胜家的头脑比胜丰清楚一些。现在看来，胜丰必须推翻佐久间盛政的观点，冷静下来，重新看待秀吉的器量。

"胜丰，来，你先干……"

听到秀吉的话，胜丰轻轻地睁开眼睛，只见酒菜已经摆好，向右边望去，一排年轻人的英武脸庞映入了眼帘。

坐在上首的定是秀吉母家的亲戚、铁匠的儿子加藤虎之助。他身长足有六尺，体格健壮，一双桀骜不驯的眼睛死死地盯着胜丰。接下来是桶匠的儿子福岛市松，据说此人凶残无比，一副跋扈之态，胜丰觉得面前仿佛摆放了一扇岩石屏风。接下来恐是片桐助作了吧。此人似比前两个稍微温和一些，可是眼神中却藏着睿智，对他微微点头致意。

"怎样，虎之助、市松……"秀吉一边让侍女往酒杯里倒酒，一边道，"这下我总算安心了。双方的紧张气氛也都烟消云散了。原本大家都很紧张，以为我非取下修理的首级不可。没想到，不用开战就把问题解决了。"

胜丰神色温和，平静地扫了一眼秀吉及他的三个侍卫，端起酒杯。

秀吉笑了。从他的笑中，胜丰敏锐地捕捉到了五分威吓与五分天真。"怎么，大家都不高兴？是不是听到不打仗了，心里不服气？哎呀，又左，你不要介意，这些年轻人向来就是这样。"说着，秀吉转向利家，"太平这两个字，对这些年轻人来说，恐是毫无意义。如这天下本来就是太平盛世，虎之助说不准会是个铁匠，正在打镰刀呢，市松也没准一边和村民们玩相扑，一边学着箍桶。正是这个乱世，才把他们推到了风云战事之中。市松，过来！"

"是。"

"你们希望天下大乱吗？"

"是。"

"混账！怎么能由着性子胡说八道！"

"是。"

"不要以为你们希望打仗，仗就打得起来！要扪心自问，时时反思右府大人的遗志。"

"是。"

"为了平息天下的战火,我羽柴秀吉无论何时都会舍生取义,杀身成仁,毫不含糊。可是,一旦明白对方有渴望太平之心,我会立刻放下武器,和人言归于好。秀吉从无一丝私心。你明白吗,虎之助?"

"明白!"虎之助清正清了清嗓门,声音就像打雷一般,"是我等误会主公……愿意尊奉主公的话为天理,与主公生死与共!"

"哈哈。"秀吉又笑了,"多么正直憨厚的家伙。可我并不是天理,已故右府大人才是天理哪。秀吉只是代右府实现他的宏愿而已。"

秀吉说到这里,以石田佐吉为首的一群侍从端着馈赠客人的礼品走了进来。胜丰依然微微地眍着眼睛,冷静地观察着在场之人的一举一动,留意着气氛的变化。不大工夫,礼物就放到了四人面前,是一些衣服,上面还放着一张类似礼单的东西。金森和不破相互使了个眼色,越发觉得秀吉的用意难以琢磨。而胜丰则似洞察了秀吉的真正用心。秀吉定是把胜家派来的使者看做前来降伏的了,他的一言一行似都在向大家传递这个信息。

这跟养父的初衷相差太远了!胜丰心道。胜家是想先把眼前这段最困难的时期打发过去,等到明春冰雪融化再想对策……

秀吉的礼物放在了大家的面前,但谁也没有去碰一碰。

"就连我自己的家臣都不解秀吉的良苦用心,世间能有多少人懂得我的赤胆忠心呢……又左,胜丰,即使没有一个人理解我的心,都没有关系,可是修理却能明白我,这就难能可贵了。来,喝,一醉方休。"

秀吉一个劲地吩咐侍女倒酒。在端起第二杯的时候,胜丰终于忍不住了,猛地转身对着秀吉。"请筑前守恕在下鲁莽。胜丰实在是愚昧,有几句话不明白,想请教大人。"

"啊呀呀,都怪我说得不清楚。不要拘束,只管问就是。"秀吉往前凑了凑,仿佛早就等着这话。

"这……"胜丰故意没有看三个同伴,单是冷冷地望着坐在秀吉一侧的旗本武士们,"当然父亲心中也自然是希望太平,万一,我是说万一,有一些行动让大人不满,大人打算怎么办?"

"哦?"秀吉显出意外之态,"如真的这样,最好是由你——他的儿子去对他讲明利害啊。"

"大人指的是……"

"秀吉继承了信长公的遗志,除了平定天下以外,决无半点私心。正因如此，山崎之战才取得了大捷，日后也还会不断取得胜利。我已具备了实现这目标的实力。这一点，修理应该心里有数吧……"

"……"

"假如修理当时改变立场，讨伐了光秀，他就是今日的秀吉，那时，即使秀吉心里有一百个不服，也不得不与他合作。与之敌对，势必会大大妨碍右府遗志的实现，沦为不忠之臣，修理当然也不会答应。如此而已。"

秀吉的一番慷慨陈词，不禁令金森、不破二人大为震惊，更令胜丰心痛。唯独前田利家保持着沉默，还在不慌不忙地喝酒。之后，他还要和秀吉单独谈话，商议说服胜家之法。

但是，胜丰却彻底弄清了刚才谈判的结果。秀吉根本没有改变初衷、向养父让步的意思，他早就下决心夺取天下了。因而摆在胜家面前的，只有两个选择，一是承认秀吉的地位，在帐前听命；二是和秀吉决一死战，灭亡。

秀吉接着向大家劝酒，看见胜丰已是满头大汗，他终于缓和了语气。"胜丰……你还年轻！你好好想想。我羽柴秀吉是右府大人发现并一手提携的。你看一看现在列席的这些旗本武士们，大概也会明白。正如右府讨厌门阀出身而起用我一样，我也是重视实力之人。实力第一，人品第一，我都是跟右府学来的。因此，右府故去之后，代替他平定天下的重任，除了秀吉，谁能承担？胜家是个可悲之人，他除了与我合作，别无他途。他此前的所作所为，想必你都清楚，你就应该说服令尊。光秀因为错解右府苦心，轻视我羽柴筑前的存在，招致败亡。胜丰，如你不想让令尊也落得如此下场，就当采取行动。这可是你尽孝道的最佳时机啊。"秀吉这一番话，听来比劝说养子秀胜时还诚恳，还感人。

听着听着，胜丰禁不住浑身哆嗦。世上难道还有如此殷勤，却又如此盛气凌人的威吓吗？秀吉除了夺取天下之外，对其他事情不屑一顾，竟把胜丰劝说父亲归顺，说成在尽孝心——他居然能以如此平静的语气，说出这样不知廉耻的话来。

"你明白了吧？"

"明白，但有些不知所措。"

"哦，不知所措，那怎么能行！当马上去做才是，否则今后活得可就没有那么舒坦了。"

"是。"胜丰心里涌起一股难以抑制的情感，"即使不这样，胜丰病体羸弱,从来没想过会舒坦地活下去。"

"哦,这话有意思。既然不想活下去了,你究竟打算怎的?"

"留在这里做人质,请筑前大人养着我。"

一句话顿时打破了平静的气氛,连利家都大吃一惊,急忙放下了手中的酒杯。"胜丰,你说什么?"

"无他,大人早已下决心和家父断绝关系了。"

"哪里会有这样的事,修理大人不是说,只要能争取到太平,他决不讲任何条件吗?"

"哈哈……我觉得这可不像是从前田大人嘴里说出来的话啊。您所说的太平,指的就是屈服,若不屈服就决一死战,是不是,筑前大人?"

这一句问得太突然了,就连一向沉着老练的秀吉都慌忙摆了摆手。"实是庸人之见!秀吉从未想过要他归顺我,最多协力而已。"

"如不合作,自然就会成为筑前大人的障碍。筑前方才说了,对妨碍之人,决不容情,要坚决消灭,对吗?"

"你是说,胜家不会跟我合作了?"

"似是不能。"咬牙说出之后,胜丰一下子感到轻松了好多,眼睛也湿润了,"人各有志。即使知道正义掌握在对方手里,也未必都去遵从,家父恐就是这样的性子。"

一听此话,秀吉的心仿佛被人用刀子剜了一下。在秀吉身上,也有一种不愿追随别人的性格。病体恹恹的胜丰,分明已清楚看到了二人性格的悲剧。

可怜的年轻人……秀吉突然对胜丰产生了一种好感,其愈加强烈,充溢胸间,"你的意思是说,先把你留在这里做人质,再和胜家商量合作之事?"

"不,您误会了。"胜丰断然地摇了摇头,"终归是要一战,若再把我放回长滨城,那实在是愚蠢之极……这就是胜丰对大人好意的回报。"

"你瞎说些什么呀?"前田利家慌忙阻止。胜丰口无遮拦的一番话,弄得大家傻了眼。面对这个满脸病容的年轻人,老谋深算的秀吉都似一筹莫展。他万万没有想到,自己的想法竟在此人面前暴露无遗。"胜丰,你的意思我明白了。"秀吉收起了笑容,"的确如你方才所言,为了继承右府的遗志,我秀吉和令尊,谁也不会让对方一步。"

"因此,今天就先把我留在这里,再把我杀了,岂不是妙计?"

"不，我当然不会这样做。"秀吉摆了摆手，"你听我说。"

"在下洗耳恭听。"

"并非为了别的。只因我当年好友前田利家也是作为使者前来的，所以……"

"为了给前田大人面子，才先把我放回长滨城，再攻进长滨城将我除去，我猜得可对？"

"哈哈……那倒不是。即使真的到了那一步，我现在还是会把你平安送回。"

"恭敬不如从命。那我就回去恭候筑前守的大军了。"

"胜丰，你现在大病未愈，疲劳得很，我看你暂时离开这里，歇息一下吧。"利家终于忍不住插了一句，"现在，双方持有什么样的想法，我都有了大致的了解，这次谈判决不会那么容易。此前修理大人也对我透露了不少消息，因此，谈判还远未结束。我再和筑前大人商议，然后告知你结果。这里的事情，就先交给我。"

"那么，在下……就暂时告退了。"胜丰似也觉得今日说得太多，他浑身颤抖，脸色苍白，拿出怀纸来擦拭了一下额头的汗水，缓缓地站起身来，"请前边引路。"

石田佐吉赶忙过来，搀扶着胜丰退了出去。

看着胜丰渐渐地远去，不破和金森二人的心里一下子没了底，利家也沉默无语，又让侍从给自己倒了杯酒。秀吉则表情木然。"又左。"

"请讲。"

"胜丰真是个可怜人啊……"

"若他冒犯了筑前大人，还请多多原谅。他毕竟是带病之人，心绪不佳。"

"不，他说的全是心里话，也是为他的父亲着想。"

"既然连您都这么看重他，他这份孝心的确令人敬佩，您是不是要褒奖他？"

"有这个想法。给他点什么好呢？胜家喜欢他的外甥佐久间盛政胜过喜欢胜丰……实在是很难办啊。"

"筑前大人。"

"怎么，语气如此郑重？"

"您从小就上知天文，下知地理……这个世上想必没有您不知的事。"利家的眼睛突然变得通红，语气听起来也有点奇怪，"世人都说，在这个世上，既没有您不明之事，也没有您办不到之事，这话丝毫不假。即使您不看在又左的面上——就当是给犬千代一个面子，让一步，让我带点东西回去吧……"前田利家噙着泪，又用那怪异的声调说了一遍，然后若无其事地用酒杯遮住脸，强作笑颜。

秀吉的心里像插进一把利锥般，煞是难受。诚恳的利家在想什么，要说什么，他一清二楚。但是，这和他的想法相差太远了。现在，秀吉和胜家已经错失了共存的良机。但是，在胜家帐下听命的利家别无他法。

"我明白你的苦衷。我定会满足于你。你是我最要好的朋友，既然已经开了口，我怎么好意思驳你的面子。"说完，秀吉又吩咐佐吉："今夜我要和利家彻夜长谈，你铺两套被褥。"

秀吉分明是想封住利家的嘴，不再让他说下去。利家也立刻觉察到了。"实是诚惶诚恐。那么，今晚就好好地聊聊吧……"

接下来，他们各自畅谈着得意家臣的故事，戌时四刻左右，酒宴终于结束。秀吉和利家二人都喝得有些醉了，因此，刚一入铺，顿觉困意袭来。

两个人对视了一眼，会心地笑了。

"你说奇怪不奇怪，利家？"

"是啊，是奇怪得很。"

利家用被子的一角包着膝盖。"在这个世上，人们不应恣意妄为，各行其道，可是……"

"利家，刚才的礼物……"

"筑前是已看出我的意思？"

"让我写一封誓书，保证不让秀胜继承织田氏的天下，对吧？"

"哦，果然瞒不住你啊。自从右府的葬礼结束以来，修理始终担心的，就是这个。"

"你……你认为我们两人能共处吗？"

"……"

"那好，我写。你要多少份我也写。我断然不会让已经改姓羽柴、成了我儿的秀胜来继承织田氏的家业。"

"筑前，你把这个送给我做礼物，便已足够。"

"但是，我也不想骗你：虽然我不会让改姓了羽柴的秀胜来掌管天下，却极有可能直接以羽柴的名义，夺取天下！"

"啊？"

"其实这天下还不是织田氏的，虽然统一天下是右府的大志，可无论是右府的亲族，还是老臣，大家似都还没有这种想法……你认为修理会这样想吗？"

"……"

"如他不这样想，只好一战。为了天下一统而战。我可以等到来年冰雪融化之时，但，我心已定。"

不知从何时起，利家把两只手放到了膝盖上，陷入了沉思。

"利家，如非要我写下誓言，不让秀胜继承织田氏家业云云，那么你有足够的把握说服修理吗？如有，我当然不会大动干戈。"

"……"

"日后，我羽柴秀吉可能会有很多敌人，但绝不会有一个私敌。即使对方穷凶极恶地向我扑来，只要他能明白这个道理，我也会不计前嫌，委以重任。可若他不明事理，莫说是他本人，就连他的家人，我也决不容情。这样方能平定天下……这就是右府传下来的法宝。你明白吗？"

听着听着，坐在被窝里的利家竟然叭嗒叭嗒地掉起眼泪来。秀吉如此直率，把心里话都抖了出来，而他利家，对秀吉又何尝不是肝胆相照？其实，利家心知肚明。胜家无非为了避开在冬天和秀吉决战，暂时装出别无异心……秀吉早已看穿了这一点，年轻的胜丰被一顿奚落，而利家也陷入了同样的困境。

到底是胜家有理，还是秀吉正确？仍然疑问重重，可重要的并不是这些。一旦打起来，究竟谁会获胜？秀吉已看穿了胜家的心机，他决不会坐等来年冰雪融化，若秀吉不肯等下去，胜家必败无疑。

"利家，我还是写下誓书吧。其实我根本没有让秀胜继承织田大业的打算。我早就对神明发过誓了。可我的妥协只能到此了，也就是说，我绝不会保证不把信孝当作敌人，那得看他的具体行动而定。可是，一旦明确地说出口来，你也就无颜面对北庄的父老了。"

"是啊。"

"关于不对信孝发难的誓书，若只是我秀吉一人，即使写了，也没有多大意义。不如这样,你回北庄告诉胜家,就说秀吉同意和池田胜入、丹羽五郎左三人联名写下誓书。不知这样胜家会不会接受。若能接受,柴田家就平安了,当然,如再把三人联名的誓书送给信孝,你自然也就保全了颜面。如他依然不肯改悔,那,柴田家的败亡之日就到了……"

利家的肩膀不禁剧烈地颤抖,自己的处境是多么尴尬啊!肩负艰难的使命前来出使,尽让秀吉想方设法保全他的颜面。这是一个怎样的老朋友?他既感慨万分,又担忧战争不可避免,只觉无地自容。

"我明白。"过了一会儿,利家活动了一下腿脚,道,"天好冷啊。请恕我先躺下了。"

"你睡吧。我也觉得后背直冒凉气。"秀吉点点头,整理了一下枕头,躺下了。

侍从都退到了外间,屋里一片沉静,甚至连灯烛燃烧的声音都能听见。

"真是不可思议。"利家自言自语起来,"出身于有三千贯俸禄的豪族前田家的我,现在竟然为人出使……而出生在贫苦农家的你,现在心里却装着天下。"

"比这些更为奇怪的,不是还有一个胜家吗?"

"这……"

"如果他能理解秀吉的大志,就会像家康那样,成为东海道的豪强了,可他却把本应指向上杉氏和北条氏的矛头对准了我。"

"是啊……"

"如果他向东面扩展,自会欣欣向荣,如向西面扩张,恐怕连他的老巢都保不住。这就是他和家康的差距。总之,若不是右府的调教,他恐还是一介侍从呢,对吧,利家?"

"嗯。"

"你也得为自己的前程算计算计了。"

"不,我还不想听这些。我现在还在胜家帐下,是为他来出使的。"

"我知道。你还是老样子,这是你的优点。只有重义理才是处世的根本……你回去之后,好好跟尊夫人讲讲。胜家为何非要和我秀吉为敌不可,为何不把眼光转向上杉和北条,早日统一天下,光宗耀祖?阿松虽是一介女子,却有超凡脱俗的见识。她应会明白胜家的迷惘。"

"如果你和修理真打起来,会把我也看成敌人吗?"

"哦?"

"我若是跟阿松讲了,她定希望不要和你发生冲突。你是故意想让她那么说,才提到她的?"

"可能吧。"

"筑前……不要说这些无关紧要之事了。"

"那就算了。"

"我看这样吧,我带着你的誓书回去,至于信孝那边,完全按照你所说,告诉他三人署名之后,再把誓书付于他。"

"只好这样了。"

"然后,我就把誓书硬塞给胜家,再向他倾诉我的难处。你看这样如何?"

"嗯……"

"我才疏学浅,根本无法和你相比,因此只会尽我最大的努力,用真心去打动胜家。你也觉得战争是愚蠢的,对吧……所以,也请你答应我。"

秀吉终于忍受不住,悄悄地藏到了被窝里。利家啊利家,真是不开窍……

"筑前……"利家又似想起了什么,长长地吐了一口气,"万一你和修理非动武不可,我就舍弃红尘,遁入佛门,不会偏向你们任何一方。"

"哦。"秀吉应了一声,脑袋仍有一半埋在被子里面,"我知你乃重情义者。我非常佩服你。但是,你在对我和柴田修理讲义理的同时,却忘了更大的义理。"

"更大的义理……是右府?"

"没错。也可以认为与右府有关。换句话说,右府的大志,事实上就是对天子的义理、对百姓的义理、对天下人的义理。这个义理表面看去有三种,实际上却只是一个……也就是说,是对国家的义理。"

"你是说我不懂此义理吗?"

"你并非不懂。你非常明白,只是在更小的义理面前迷失了。你擦亮眼睛,扪心自问,右府建立洋教堂,故意穿上夷人的服装跳舞,这些都是为了什么?制造大铁船,为平定天下而耗尽心力,这些又是为了什么?都是为了让国家早日富裕,然后走出去,与世界诸国互通有无,让所有的日本人都体会到什么是真正的幸福。那么我秀吉……"

"嗯……"

"你当服从大局，尽快醒悟。我决不嫌弃你。可是，如果你一味地沉迷于小情小义，妄图逃避现实，那才会遭世人耻笑。这样，利家就会丧失犬千代的梦想，被人嘲笑为一介懦夫。"

利家依然沉默不语。诚然，男人的一生当正如秀吉所言。但是，人生来就各有各的器量，有的人生来就像信长、秀吉一样，胸怀鸿鹄大志，有人只会囿于眼前琐碎感情和小事，不能自拔……很明显，现在的利家就属于后者。为何胜家不能像利家一样理解秀吉的良苦用心呢？为何秀吉不能像利家那样来怜悯胜家呢？

"世上之事啊……"秀吉又说道，"当你站在一个岔路口时，应该努力选择最宽阔最有前途的道路，选择能为整个天下百姓带来福泽的道路。如只考虑自己的得失而行，你仍是不幸的。利家，我劝你还是慎重地重新考虑。"

利家并没有回答，只是微微摇了摇头。或许，他已经被秀吉的话语所打动，现在正处于矛盾之中：自己明明是胜家的使者，却觉得胜家败局已定……我是不是太自私了？不，如一个人连自己脚下的这点义理都坚持不住，还有什么资格谈论天下大事？

想到这里，利家耳边传来一阵安然的酣睡声，不知何时，秀吉已经睡熟了。

七　胜丰入彀

当柴田胜丰在山崎城的客房里醒来之时，不破胜光和金森长近等人早已起来了。

"您醒了？"在一旁服侍的侍从正定定地望着胜丰，"天气不好，我家主公担心您病情恶化，特意从京城请来了名医。请允许小人把他叫来，给您诊断一下。"

"特意为我从京城请来了名医？"胜丰吃了一惊，连忙爬了起来。金森长近和不破胜光的被褥早已收拾得整整齐齐，大厅一角炉子上，水壶在轻轻地发出鸣声。

唉！胜丰咬了一下嘴唇。对于秀吉的心思，他已然了如指掌。秀吉已完全成了他和养父的敌人。他却在这里接受敌人的恩惠……到底该不该拒绝呢？胜丰陷入了迷惑。一合上眼，就浮现出各种各样的幻象来。梦幻中，胜丰看见秀吉的党羽都向自己包围过来。有加藤虎之助，有福岛市松，还有石田佐吉，都在向他瞪眼，片桐助作持枪向他扎来……这难道就是我的葬身之地吗？与其被困而死，不如索性一战。于是他率领士兵迎了上去，那些人却掉过头，立刻逃到远处去了。

"你们往哪里逃！给我回来！"

自己已了无胜机，为何这些人却不来追杀呢？胜丰气急败坏地大声呼喊，却见他最宠爱的侍女阿美乃来捂他的嘴。"放手！你这个贪生怕死的家伙！反正我胜丰时日无多！放手，快给我放开！"

胜丰猛然醒来。一睁眼，已大汗淋漓，又不住地咳嗽。这里可是敌人的地盘，绝不能再睡着了。每次胜丰都不住地责骂自己。大概是发烧的缘故，咳嗽之后，他又立刻迷糊起来，看见加藤虎之助瞪着大眼向他逼来……

"筑前大人特意从京城请来的名医，叫什么名字？"胜丰又一次抬起头来——身体能撑得住，自己才可出发。

"叫曲直濑正庆，听说是一个专给贵人把脉的名医。"

"是筑前大人特意请来的？"

"是。我家主人觉得您还年轻，不应自暴自弃。"

"真令我诚惶诚恐。唉，在同筑前大人决战之前，我当好好地珍惜性命。既然这样，那就恭敬不如从命了，让名医过来诊断一下吧。"

侍从似听非听，轻轻地施了一礼，出去了。不大工夫，带了一名医士来。

盛传曲直濑正庆乃当世无双的国手，秀吉的意图非常清楚：一定是想把我和养父分开，有意拉拢我。如此明显的用意，只会招人反感……正庆进来以后，柴田胜丰仍心潮起伏，无奈地苦笑了一下。

"您感觉如何？"正庆带着柔和的微笑，走近胜丰，默默地伸出手来为他把脉。他那略微发凉的手刚一搭在手腕上，胜丰立刻感到一丝凉气。烧还没有退去，年轻的他心中充满强烈的反感。

"请让我看一看您的舌头。"

"看吧！"

正庆依然和颜悦色，简单地看了一下，回过头对不知何时进来的老嬷嬷和石田佐吉示意道："胸口。"

佐吉使了个眼色，老嬷嬷恭敬地走到胜丰身边，轻轻地解开他的衣襟。

正庆依然不动声色，把他凉凉的手伸进去，仔细地从胸部摸到腹部，摸完之后，重新搭起脉来。胜丰对正庆的动作极其反感，但更令他反感的，是站在正庆身后的石田佐吉。

"怎么样，若是筑前大人攻去了，我还能否漂亮地反击啊？"胜丰带着嘲笑的口吻快意地问。

不知正庆有没有听出胜丰的言外之意，他仍然面带微笑。"听说您还要返回长滨城？"

"正是。没想到在这样一个意外之处，给意外之人添了意外的麻烦。"

"如果实在要回去，路上当多多注意，天气很冷。"

"什么病？"

正庆似乎没有听见。"我马上给您开药，在路上服用，回到长滨之后，再好好调养一下……另，至少静养半月。"

"多谢你了。"

"不必客气。"

"在这半月里,别说是生病,决定生死的大事都随时会发生。"说到这里,胜丰的视线才和正庆的碰到一起。

"武士的生死不关医士的事……总之,一个人应该善待自己,直到死去。"

"我患的是什么病?"

"肺病。"平静地说完,正庆把手伸进侍女早就打来的水里洗起来,不再正眼看胜丰。

胜丰默默地望着屋顶。大厅一角的炉子上,茶炉依然发出咻咻的鸣声,正庆、老嬷嬷,还有石田佐吉,早已离去多时了。

"肺病……"胜丰呆呆地躺在铺里,自言自语。他一脚把被子踢开,坐了起来。侍从慌张地跑了过来。

"慌什么,休要这么毛手毛脚的……"刚说了一半,胜丰又拼命地咳起来。刚才起得有点急,一口痰噎在了嗓子里,引起一阵猛烈的咳嗽。这阵咳嗽来得太猛,咳得胜丰喘不过气来。他一面让侍从捶背,一面悄悄地把痰吐在袖子上,以免邻室的人知道。

咳嗽止住了,胜丰拿出怀纸擦痰液,不经意地一看,发现里面竟然夹着缕缕血丝。他心头不禁咯噔一下,耳里也嗡嗡地响了起来。令人不可思议的是,他砰砰乱跳的脉搏和邻室的说话声却异常真切。

"我原本一直以为,筑前守只是一个鼠目寸光、自私自利的小人,没想到我竟犯了一个大大的错误。"是一向寡言少语的不破胜光在向金森长近倾诉心声。

"说的是啊。"金森长近随声附和。

"我也是第一次看到真正的筑前守。以我看来,筑前守绝非常人,他是一个见多识广、博学多才的智者。"

"这个谜团终于解开了。"利家接过二人的话茬道,"恐连胜丰也知这一点了吧。若筑前守只是为了一己私利而玩弄手段,绝不会取得今日的成就。凡遇到筑前守的人,都对他非常倾慕,都感受到了他那浓浓的人情味,心自然也就被吸引住了……背地里诽谤的人,才是自私自利的小人。"

胜丰推开揉背的侍从的手,坐了起来。"烧已经退了,不必挂怀。"

"是。那我现在就去叫侍女来。"

"不必了。我自己能换衣服。你现在就到隔壁,告诉他们,就说我一会儿就到。"

"是。"侍从答应一声，出去了。胜丰这才悄悄地擦了擦眼泪。他觉得心里有一种深沉的愤怒和孤独。早知如此，就不来了。父亲和筑前守就像是朽木上的树叶与布帛，差距太大了。若硬要把二者缝合起来，朽木的树叶更易破碎。利家、胜光、长近等人，正是因为这次出使，才拉大了和父亲的距离。甚至连胜丰的心里，都似产生了剧烈的波动。

筑前也许并不是故意笼络他们。虽然筑前并不诚心，可是，三人对他的称赞，让人觉得他"魅力"的可怕。秀吉淡淡吐露的一点儿心声，却成了他智慧与诚心的表现，为他们筑起了一条光明大道。

胜丰颤颤巍巍，好几次才穿上衣服。"看来不回去是不行了。必须赶紧回去……"他自言自语，轻轻地走到廊下。他在这里多待一刻，父亲的力量就会多削弱一些。

"胜丰，根据曲直濑的诊断，你的病情似乎不轻啊。"利家一看见胜丰就说道，"但已能起床了，当无大碍吧？"

"前田大人不要担心，烧已经退了。"

"哦。现在筑前守已经派出快马，让人拿着药方到京城去抓药了。我看你最好带着药回长滨。"

"不，不用了。"胜丰摆了摆手，断然拒绝，"我已经消受不了筑前守的好意了。筑前大人对我越好，我心里就越难受。父亲一定也正在北庄担心咱们呢，我看咱们赶紧回去吧，越快越好。"

虽然胜丰脸色难看，而利家脸上却阳光灿烂。"昨夜我和筑前守倾心交谈过了，我看太平世道就要到来了，请您不要担心。"

"竟有这样的好事？"胜丰故意显出担忧之态，"这和我的预感可大不一样啊。见到父亲之后，我也说一说我的想法。"

"你的看法是……"

利家一问，胜丰绷起了他那苍白的脸。"用投降筑前守来换取柴田家的安泰……"

"你是说笑？"

"是正经话。已到了这地步，还有什么好顾忌的！万一讲和不成，我宁愿战死长滨，而父亲亦会战死越前，这一点也请您告诉筑前守。"

"你是不是太草率了？"

"不，毫不草率。还要告诉筑前，决战之时，绝不要求他人帮忙。丹波和堀不用说，其他的，譬如利家、金森、不破等人，也绝不插手……请把这些全部告诉筑前大人。"

利家的脸色一下子变得难看起来，瞥了一眼其余二人。大概是生病的缘故，胜丰极其敏感，一番话像一把刀子插进了利家的胸口，让他无比难受。这话虽听起来很是意气用事，但极有可能成为事实。利家道："总之，我利家也有自己的想法，无论如何，请你先听完我的话，再去向筑前守说吧。"

"拜托了。我立刻赶回长滨城，要坚守城池，随时待命。然后……"说着，胜丰转过脸去，"遵照父亲的意愿，血战到底。"

"明白了。"

"那么赶紧准备启程吧。"

"筑前守好意派人去京城给你抓药了，你不再等一等？"

"我心里很是畏惧。我畏惧接受筑前的恩惠。哪怕只剩我一个人了，我也想……站在父亲一边。"

利家叹了口气，面无表情地向侍奉在门口的家臣吩咐道："快去准备行李，准备启程。"

胜丰的预感终于应验了。秀吉最终还是把与胜家和平相处，不让秀胜继承织田家业的内容写在了誓书上，交给利家。

十一月初四，一行人离开山崎城之后——当然，利家回到了越前，胜丰则回到了近江的长滨，秀吉自己也随即离开了山崎，火速赶往京都。初四、初五，秀吉把丹羽长秀召到本国寺。至于会谈的内容，不言自明。

秀吉的实力显而易见，击败胜家当然不在话下。他的意图也非常明显，为了防止天下重陷战乱，必须和长秀达成一致，这样一来，谁还敢对他说半个不字？他是先下手为强，从战略上压制长秀。

十一月初九，秀吉亲自率兵进入近江，还对外宣称，这次出兵是因为他觉得让信孝公子一直待在岐阜实为不妥，故特意前去，将信孝接进京城。

百姓却不以为然。街头巷尾到处能听到这样的窃窃私语：秀吉和胜家的关系依然不和，这次出兵，就是为了夺取长滨城。

秀吉出了山崎城，立刻派兵驻进濑田和安土，十一日进入堀秀政的居城佐和山城，十二日便迅速包围了胜丰的长滨城。

胜丰听到被围，哑然不语。利家刚刚返回越前，还不知和胜家有无联系，秀吉就以迅雷不及掩耳之势包围了长滨城，同时让人修筑横山城。只是，包围之后，秀吉并不急于开战。十六日，他亲自赶赴美浓，至氏家直通的居城大垣城，奉劝信孝的家臣投降，其势咄咄逼人，让人望而生畏。

胜丰非常难受。他自己都说不清这到底是一种怎样的心情。他明知毫无胜算，但早就下了决心要与父亲同生共死，轰轰烈烈地据城一战。没想到秀吉却围而不打，这反而令胜丰坐立不安，每天都仿佛置身于噩梦中。

这一日，胜丰依然有些发烧。因此，他没有让侍从近前，而是一个人躺在铺里，只让侍女阿美乃为自己捶背。胜丰已把她看成爱妾。

"筑前真是个行为怪异之人。"胜丰似是自言自语，"分明是修筑横山城来监视我，却连一个使者也不派过来。"

阿美乃沉吟了一会儿，像是在思索如何回答。"听说昨天北庄那边派来了使者，到家老那边去了。公子没有听说吗？"

"父亲派来了使者？为何不来通知我？"

"可是，并不是派到这里来的使者啊，听说到家老木下半右卫门和德永寿昌府上去了。"

"哦？我也有话要传给父亲，你去把半右卫门叫来。"

一听这话，阿美乃皱起了她那迷人的秀眉。"这……这……"

"你莫不是听到些什么传闻了？"

"是……啊，不，没有。"

"他们让你瞒着我？"

"是……他们说，您已经暗中投降筑前守大人了。"

"啊！"胜丰一听，不禁一把抓住阿美乃的手，目眦欲裂，"什么？说我背叛父亲，私通筑前守？"

胜丰一追问，阿美乃低下了头。"听说家老已经明确告诉使者了，说这都是些谣言……是没影儿的事，还说，您尚在病中，请不要听信谣言……奴婢实不该告诉您这些，请公子恕罪。"

胜丰依然紧紧地抓着阿美乃的手，身子在不住地发抖。难道真是空穴来风？想着想着，他感到心口一阵憋闷。父亲和秀吉，到底谁对自己好些？自从回到长滨城，每当他发烧时，就会突然产生这样的想法。在山崎的时候，胜丰能那样随心所欲地对秀吉慷慨陈词，是因为在他内心某处已经认同秀吉了——无论我多么放肆，秀吉终有容人之量。这一点，父亲丝毫没有看到，而秀吉却看到了。我却要留下背叛父亲的污名……

"公子怎么了，您流泪了……"

"作为一名武将，我是不是太软弱了？"

"不，您虽然很善良，却是一位坚强的大丈夫。"

"坚强的男子怎么会在你面前流泪呢？好了，快把半右卫门叫来吧。我不会训斥你。但无端受到父亲的怀疑，让人怎么接受？我必须亲自解开这个结。"

"是。我去去就来。"阿美乃走了出去，胜丰这才悄悄地擦了擦眼角的泪痕，坐起来。他方才觉察，秀吉、他和父亲之间，纠葛不休。在这场决战中，究竟谁最强大？

"听说您叫老臣来……"老臣木下半右卫门那副神情表明，他似已预感到了胜丰叫他来的原因，"听说您的烧退了不少，我正好有一事想告诉您。"

"关于北庄使者之事？"

"哦？是。"

"我也听说有使者来了。"

"在下想说的正是此事。我也认为佐久间盛政只是凭空猜测。听说使者平谷文左卫门来了，是来监视您……"

"监视我……"

"是。主公说，前些日子曾经到筑前守那里出使的人，前田、不破、金森等人，回来之后，一个个似都变成了山崎的人……听说当时佐久间盛政怒不可遏……"

胜丰听了，苦笑一声，眼泪都快要下来了。看来，父亲喜欢外甥盛政远远超过自己，但又有什么办法呢？既然父亲已经怀疑他了，只能设法解释。"半右卫，怎么办才好？这样下去可不行啊。"

半右卫门点点头，向前凑了凑。"关于此事，公子不必太着急。我和德永大人已经好好地跟使者说了，说这定是个误会。不过，这还要看佐久间大人在中间所起的作用……"他皱了皱眉，苦笑了一下，"公子也看到了，筑前守虽然加强了附近的武备，但是并不一定立刻发起攻击。最好能忍就忍，静观其变。为今之计，要谨慎小心，莫要刻意挑起事端。"

"你也认为筑前守没有挑起征战之意？"

"这要视我方的行动而定。如我方不主动出击，我想筑前守决不会主动进攻。"

"我们怎么会主动出击呢？"

"对啊。因此，虽然筑前守各方面的准备都已妥当，仗却迟迟还没有开打。濑田、长滨、佐和山、大垣等地都没有打起来。还有，根据今天才得到的消息，清水城的稻叶一铁大人、今尾城的高木贞久父子、兼山城的森长可等人都站到筑前一方了。归顺筑前是避免受攻的最上策。我看，不久之后，信孝也会放下武器的。"

"你是否又听到了什么风声？"

"是。我听说信孝公子的老臣斋藤利尧已经进谏，说信孝根本没有力量和秀吉一战……因此，若岐阜的信孝和筑前讲和，那么，无论越前的佐久间如何向主公进言，战争也决不会打起来。因此，我们最好静观其变，先用不着向主公汇报，这方是上上之策。"

"哦，站到筑前一边，就能免遭打击？"胜丰浮现出一丝苦笑，那是自嘲。

"禀告公子。"另一位老臣德永寿昌进来了。

"哦，寿昌，我正想找你呢。你有何事？"

"羽柴筑前守派来了使者。"

"嗯？果然。"

"对方自称是筑前守的侍卫加藤虎之助，说是从京城的名医那里抓来了药，顺便送了过来。"

"来送药？"

"是。于是我就说，这么点小事，用不着特意面禀您，由我转交就行了。可是，他怎么也不肯交付于我。"

"为何？"

"他说，不是一般的东西，而是药，万一公子身边的侍从从中使坏可就麻烦了。一旦掉了包，换成了毒药……不但害了您，还违背了主公的命令。因此他说要亲自交给您，才能放心。他强烈要求我来禀报，看来是个非常倔强之人。"

"加藤虎之助……好，马上见。你告诉他，就说我在病中，府里比较乱，对了，你们也一起去吧。美乃，你也作陪。不要让他看出我们存有戒心。"说完，胜丰轻轻地闭上了眼睛，"哦，特意给我送药来了……"哪怕这是个谎言，也足以看出秀吉的诚心！想到这里，胜丰的眼睛又湿润了。

"鄙人就是此前在山崎城与公子见过面的加藤虎之助清正。"在德永寿昌的引领下，清正走进大厅，飞快地扫了在座的人一眼，向胜丰施了一礼。

"哦，记得记得。你是筑前大人引以自豪的武士嘛，听说你一人就顶得上千军万马，真是个大英豪，真是羡慕啊。可惜胜丰身体病弱……"

"是这样，我要赶往大垣的主公那里，正好路过此地。因为我家主公一直惦记着公子的病情，特吩咐我，无论如何也要把这些名药给公子送过来，就贸然前来。"

"真令我诚惶诚恐，感激不尽。请务必向筑前大人转达谢意。"

"那么，我就把药交给您了。"果然如同寿昌所说，清正特意跪行到胜丰的面前，把药包亲手交给他，又退回原处坐下，"我家主公说，公子患的是肺痨，最忌寒气。等到开春之后，一定会再请曲直濑先生来看一看。请公子定要保重身体。"

"筑前大人的好意，不知怎么谢才好……"胜丰的眼前又浮现出父亲的面容，他叹了口气。父亲监视自己，而秀吉则是对父亲心怀敌意、磨刀霍霍，却又为他这敌人之子寻医送药……

"我得立刻赶赴战场了，就此告退。"

"要去战场？！"

"是的。参加会战。"清正毅然道，他满脸真诚，看来丝毫不像撒谎。

"我怎么没听说有打仗的事，到底是在哪里……"

"这……"清正迟疑了一下，不知他是否觉察到胜丰的不安，"泷川一益有背叛信雄公子的迹象，我正要赶往北伊势去讨伐泷川，然后再赶往岐阜。"

胜丰不知不觉向前探出了身子。"一益背叛了信雄……"他知道，和一益结盟，共同谋划讨伐筑前的不仅有信雄，还有父亲，可是，他又不能随便说出来。尽管如此，讨伐了一益之后再征讨岐阜，这样重大的机密，一个侍卫竟然如此口无遮拦地说出来，世上有这样的事吗？

虎之助这次来，是特意来提醒胜丰，筑前要先打岐阜，再攻北庄，好让他作好准备的。这定是秀吉让他说的……胜丰的胸口突然一阵燥热。这分明是筑前在大战之前挑明重要战略，是在对自己示威？一旦岐阜陷落，胜家就会立刻陷入孤立，士气受到沉重的打击。在此之前，胜丰则只能以养病为借口，静观局势发展。如此一来，就和方才木下半又卫门所说的完全相符了。原来，不仅是前田利家、不破、金森，还有柴田老臣站到秀吉一边……

"其实我并不知对公子说些什么好，可是我家主公吩咐小的说，公子您很随和，我就直言不讳了……"清正语气郑重地说道。

胜丰一听，慌忙阻止了清正。"至于一些闲话，以后再谈……"

"哎，我家主公说了，我说什么都可以……"加藤又说起来。

胜丰的脸色顿时变得苍白，连忙摆了摆手。"我可是筑前大人的敌人柴田胜家的儿子啊。"

"这些事情，公子完全不必担心。"清正缓缓道，"我家主公根本没把令尊看作敌人。"

"不看作敌人？"

"是，主公时常在我面前称赞柴田修理大人乃是传统武士的典范，重义理，让人敬服。因此，我们务必提醒修理大人，莫要让他误入歧途。"

一番话，说得同席的木下和德永两位老臣目瞪口呆，更为吃惊的则是胜丰，他的脸都扭曲了。"你说什么，提醒家父不要误入歧途……筑前真是这样说的？"

"正是。"清正爽朗地笑笑，点点头，"修理大人重义理，又是右府生前重臣。主公说，应该让修理大人仔细想一想，不要一时迷了心智。而且，胜丰公子机敏、聪明，要为处于两难境地的前田大人着想。总之，事情涉及几方，应该好好地考虑，最好不要伤了和气。主公说，如有机会，可以把有些话告诉您。"

德永寿昌从旁插了一句："是应该听听，您说对吧，木下大人？"

"不要乱言！"胜丰立刻阻止了二人。

"不用你说，我也知道。你回去告诉筑前大人，就说我说的，胜丰怎么会是个聪明人呢，现已成了被父亲怀疑的傻子了，这些草药多谢了……"

"那怎么能行？"清正一下子反客为主，"我还没有说，公子就已知道了。一旦您的理解和我家主公的意思有别，虎之助还有什么脸面去见主公？既然开了头，就请允许我说下去。"

"既然说到一半了……"木下半右卫门怕两个年轻人闹僵，赶紧出来打圆场，"为了使者的面子，就暂且让他说完吧……"

"好吧，那就听听吧。"

旁边的阿美乃战战兢兢地望着大家。其实，胜丰心中想的是，如让清正把话讲完，他的处境就会更艰难了。而老臣们则完全不同，他们的眼睛里似乎都闪着好奇的光芒，想知道秀吉的真正意图。

清正发出一阵爽朗的笑声。"啊呀，公子这么说，实令鄙人诚惶诚恐。那就不客气了。我家主公的心，就像晴朗的天空，完全没有什么阴霾。鄙人想告诉公子的就是这些，请恕鄙人鲁莽。谋求柴田家安泰的道路在于……"

虽然嘴上说着"不说我也知道"，胜丰还是禁不住好奇，不知不觉地向前探出身子。

"其实，柴田修理大人最初的预测有误。我家主公在剿灭了光秀之后，立刻平定了近畿，那时，修理大人不但看不见我家主公的功劳，还被信孝的野心蛊惑，稀里糊涂地和信孝达成了支持他继承织田家业的约定。"

"是啊。"德永寿昌在一边附和道。

"由于修理大人乃是看重义理的人，这个约定就把他死死地束缚住了，让他动弹不得。信孝当然知道这一点，但他不但不为修理大人解开束缚，反而一个劲地鼓动他。总之，所有的原因就在于令尊的传统武士性情，看错了信孝。因此，我家主公果断地采取措施，匡正信孝的不义之举……这就是我家主公的英明见地。"

"这么说……筑前大人在攻打了北伊势之后，还要亲自讨伐信孝公子？"

"正是。"清正若无其事道，"尽管我家主公此前一再向信孝申明大义，可是信孝觉得有修理大人在背后为他撑腰，非但没有克制野心，反而更加膨胀。因此，先教训他一下，好让他清醒清醒。"

"教训他一下……"

"对。我家主公看到此前和您一同到山崎出使的前田、不破、金森三位大人都有倦怠之意，便果断地下了决心。现在，黑田孝高、蜂须贺正胜大人正率军全速向美浓挺进。丹羽长秀和堀秀政二位就不用说了，氏家直通、稻叶一铁、高木贞久等人也都加入了我们，估计筒井顺庆、细川忠兴、池田胜入等人也已率领五万精兵包围了岐阜城。一旦战争开打，胜负眨眼之间就能决出。因此，争取赶在下个月大雪之前开战……"

事态的发展太令人惊骇了，胜丰咬着嘴唇，浑身直发抖。没想到他带领三个人到山崎出使，不但没有拖住秀吉，反而加速了其行动，多么讽刺啊！如此看来，父亲怀疑他和其余三人投降了秀吉之事，也就顺理成章了。冬季已经来临。在大雪即将降临的北国，父亲无论多么勇武，估计也没救了。

"我想公子已明白了吧。"清正自以为他的一番好意定让对方万分高兴，得意地问了德永寿昌一句，"在大雪来临之前，信孝为了自身安危，定会投降。只要信孝放弃野心，我家主公就会尽弃前嫌，与之言归于好，最多让他留个人质。这样一来，柴田修理大人也能从痛苦的义理中解脱出来。我家主公绝非对令尊及公子抱有成见的人。在大雪来临之前，请公子切切好生养病，不要轻举妄动……"清正静静地向胜丰施了一礼，从座位上站起来，就要离去。

德永寿昌和木下半右卫门慌忙起身相送，胜丰则呆呆地发愣。这时，他似乎又发起烧来，浑身发抖，只觉得后背袭来阵阵寒气。

"公子……"阿美乃急忙拿来一件棉袄给胜丰披上，"您气色不佳，是否觉得身上发冷？"

可是，胜丰似乎没有听见阿美乃的问话。清正那趾高气扬的身影还在他的眼前晃来晃去，那铿锵有力的声音还在耳畔回荡。

"公子，刚才那位武士送来的药，现在就煎上吗……"

"我一旦吃了他的药，就非死不可了。"

"送来的是毒药？！"

"美乃。"胜丰突然把脸伏到了桌案上，他的咳嗽又犯了。美乃慌忙转到背后为他捶起背来。

"这些药啊……"咳嗽好不容易止住了，胜丰那布满血丝的眼里却淌下两行亮晶晶的泪水，"这不是毒药……我是真的想服用啊。"

"我马上去给您煎上。"

"不，你且等一等……想是想，可是万万不能服用。筑前守是父亲的敌人，我若服了他的药，不就等于真的背叛了父亲，私通了筑前守？"

"哦……"

"筑前守就这么诡诈、可怕。"说着，胜丰又抖了起来。或许，这是筑前精心设计的圈套。蓦地，对秀吉的怀疑像闪电一般划过胜丰心头。

"筑前……他到底怎么了？"

"够了，休要再问他。"

"那么……请您歇息一下吧。"

"多么羡慕清正那健壮的体魄啊。"

这时，半右卫门和寿昌一起回来了。"公子，您说今天怪不怪？"说话的是寿昌。半右卫门则痛苦地皱了皱眉毛，背过脸坐了下来。"我怕再惹您犯病，就擅自做主，把使者打发回去了……"

"使者？是刚才的清正吗？"

"这……"半右卫门迟疑了一下，"不，从岐阜城来的使者。"

"岐阜也来了使者？！"

"是。秀吉的军队已动起来了，估计大战在即，岐阜那边便专门派来了老臣冈本良胜传话。冈本说，一旦打起来，希望长滨也立刻举旗呼应。"

"你是如何回他的？"胜丰脸颊泛红。

胜丰问得太急，寿昌飞快地瞟了半右卫门一眼。"我答复他，公子尚在病中，不能立刻就答应他们的要求。等病情好转，我立刻向公子禀报，商议之后，再给他回复。"

"你们……如此重大的事情，怎能不向我禀报就擅作主张？"

"公子！"这次说话的是半右卫门，"早就料到公子会责备我们了，可还是想替您做一回主。"

"你们早就料到了，竟还……"

"是的。就连前来出使的使者冈本良胜都说大局已定，我们就……"

"什么大局？"

"横山城已修起来了，长滨城也被包围了。因此，岐阜城派来什么样的使者，我方如何应对，筑前守都了如指掌。"

"你是说，正因为他了如指掌，我们就不能一战？"

"如我们起来一战，三日之内，城池必陷。"

"不要说了！"虽然胜丰制止了半右卫门，可自己也没了话。他也和老臣想着同样的问题。

"公子……"半右卫门又道，"这座城池原本是筑前守所筑。哪里是防御工事，哪里有河，筑前守比我们都清楚。其本是防御北陆方向的敌人，防御北面敌人的能力固然极强，可是，一旦敌人从佐和山和大垣方向包围，我们就如同瓮中之鳖了。"

"你的意思是说，秀吉这个老东西把我放回这座城，就是为了让我背叛父亲？"

"公子，恕我直言。"寿昌态度强硬，比半右卫门还不留情，"对于一座不出三天就能拿下的城池，筑前守却围而不攻，反而给您送药过来，对于筑前的心思，公子究竟如何看待？"

"这是筑前的策略！"

"公子也太年轻了！"寿昌的态度依然异常强硬，"您不要忘了，不出三天就可以拿下这座城池。筑前守围而不攻，是因为不想杀掉对他没有敌意的人，公子不认为这乃武士之道吗？"

"德永大人……"见寿昌越说越激动，木下半右卫门连忙举起手制止了他，"公子尚在病中，今天就先说到这里吧……"

"不行！半右卫门，你到底是何居心？你的意思是，我们最好不去接应父亲的盟友信孝公子？"

"算了，我看今天就到此为止吧。"

"不行，今天你必须给我说清楚！"

"那么，请恕我无礼。"

"哦，我倒要听听。"

"筑前守认为公子比北庄的主公更深明大义，才想让您尽孝道……"

"笑话！我已经被父亲怀疑了，还谈什么孝道……"

"越是这样，才越要尽孝道呢。主公一旦轻举妄动，就会立即招致家灭族亡，因此，万不得已之际，公子完全可以挺身而出，说服主公，维护柴田家族的荣誉……这一点，就连岐阜的老臣冈本良胜都和我意见相同。"半右卫门说完，傲然地板起那张老脸，盯着胜丰。

"好了，你下去吧。"空气紧张得令人窒息。双方僵持了一会儿，胜丰迸出来一句。他已经没有勇气问下去了。就连前来请求救援的信孝的老臣，都认为信孝和胜家不智，对秀吉怀有敬意，还有什么可说的？

若秀吉的怀柔之手伸了过来，无论岐阜还是长滨，眨眼之间就会从内部分崩离析。是啊，胜负早在决战之前就已决出……秀吉是个具有何等智慧的人物啊！不，这不仅仅在于他个人的能力，还在于他深邃的洞察力，及对时局的精确判断。

"美乃，我要歇息。"

"是。"

胜丰让美乃扶着，站了起来，向屏风里的铺席迈了一两步。"我看我还是服了吧。"说着，他停了下来。

"哎，您说什么？"

"我说，我还是收下吧。"

"公子说的是药吗？"

"对，是药。你去给我煎了。我服了就去歇息。"

"是。"阿美乃终于松了一口气，她把胜丰搀去坐下，立刻走到北面角落里的炉子前煎起药来。川芎的香气弥漫开来。

风声大了起来，冬季已完全包围了湖水北面的天地。

"美乃，我为何又想服用筑前守的药了，你明白其中的缘由吗？"

"这……"美乃低头沉思起来，"终究还是身体要紧。"

"不。如弄不明白筑前守的心思，我死不瞑目。"

"啊呀，不要老说死……"

"世上哪有不死之人。我看死并非不吉之言。"

"我希望您……希望您永远活着。"

"那好啊。把药给我端过来。"

"是。"阿美乃把放在桌上的汤药端过来，胜丰小心翼翼地接过，轻轻地呷了一小口，小声地念叨着："父亲，胜丰决非输给了筑前守。如果人对我好一点儿，我便趋之若鹜，岂不被神佛笑话……因此，我先喝了他的汤药，一旦事有不测，我必然回报他一刀。"

阿美乃似懂非懂地听着他自言自语，并没有说一句话。

八　猎场密会

深秋的天空湛蓝湛蓝，湖畔的原野上，野草已经枯黄，不时飞起几只雉鸡和山鸟。

"今日的狩猎可真不寻常啊。"一个负责驱赶鸟兽的猎童，在滨名湖强烈的反光下眯起了眼睛，对着两三间开外的同伴大声喊道。

"主公十二日才从甲州赶回，本以为初四初五这两日定会好好地歇息一下，不料第二日便兴致勃勃地狩起猎来，主公的精力可真是非同一般啊。"

另一个猎童并不回答。

"你说，现在全天下最大的大名是谁？"

"那还用说，肯定是主公了。"

"这么说，比羽柴筑前守、中国地区的毛利还大？"

"身份不同。可是论起福分来，就不好说了。你想，甲州、信州，还有骏河、远江、三河，都到手了，可吃的仍是麦饭。我听头儿大久保彦左卫门说，现在天下所有的大名，没有一个不前来取悦主公的。"

"取悦主公……"

"当然。就说北条氏直吧，表面上看是讲和，却与投降差不多。还有越前的柴田胜家，不久前还派使者来祝贺主公平定了甲州，送了不少礼品，有三十卷绸缎，一百捆棉，五条鳕鱼。这不是取悦主公，想投靠咱们吗？"

"有理。这么说来，尾张的织田信雄、岐阜的织田信孝也不断地派人前来，简直都让人烦了。"

"就是。羽柴筑前守也不断派使者来甲府……都是来取悦主公的。"

两个人正在议论，又有一个猎童一边驱赶着猎物，一边靠了过来。

"你们说怪不怪，不知怎么了，今天主公不放鹰了，是不是有了别的想法？"

"什么想法？"

"是不是在寻找女人？这可是大久保大人猜的。"

"女人?"

"不知。这些事情谁知道!只是,听说在甲州时,鸟居元忠大人抢在主公之前,把马场美浓守的女儿给抢走了。从那以后,主公就频频物色女人。"

一听这话,其中一个猎童张开嘴笑了,"你这个家伙,居然把自己的事说成是主公的事。战斗最激烈时都不忘寻找女人的,不正是你吗?"

"等等,等一下。"另一个叫道,"人们常说,英雄爱美人。我在甲州亲耳听说,鸟居大人横刀夺爱,把主公看上的马场美浓守的女儿抢走了。"

"就连你也……"先前的猎童听了,不禁咂舌,"如你胡说,可就是诋毁主公。到时候不让你切腹才怪呢。"

"哦,这么热闹……"正说着,一个衣着华丽的武士抱着胳膊走了过来。

"哦,是大久保彦左卫门大人。"刚为家康辩护的猎童气不打一处来,"我有一事想问您。"

"何事?"彦左卫门很神气地松开胳膊。

"我家主公好色吗?"

彦左卫门煞有介事道:"是有些好色。我们也没有一个不好色的啊,这有什么好奇怪的。"

"那么……大久保大人,还有主公,和我们这些凡夫俗子就没有什么区别了?"

"嗯,没啥区别。我好色,主公也好色。"

"这么说……咱们主公,在甲州和鸟居大人争夺马场美浓守之女的事是真的了?"

"是真的,又能怎样?"

"这样一来,鸟居大人岂不成了不忠之臣?"

"哈哈哈。"大久保彦左卫门眯起眼睛,得意地笑了,"主公听说马场美浓守有个绝色女儿藏在某个地方,本想立刻接过去,不料早已被元忠弄走了。其实元忠也知道主公好色。可如主公太过分,恐怕会激起民愤,为了维护主公的名誉,元忠就舍却道义,先于主公把美女劫走了。你们不认为鸟居大人是忠义之臣吗?"

"哦,原来鸟居大人的考虑如此深远啊。"

彦左卫门捧腹大笑。"你这个小子真无聊……"

"我无聊?"

"是啊。当时，主公一下就火了，把元忠叫去，狠狠地一顿臭骂。"

"哦。"

"元忠的回答也很巧妙。"

"怎么回答的？"

"他说，在战场上纵横驰骋，第一个杀入敌阵，这是武将的最高荣誉，而遭受训斥则是最大的耻辱。而他就是第一个杀入敌营的大将。当然，主公也丝毫不比他逊色。主公曾吩咐过，收缴的战利品要好好保管，美人也是战利品，所以他就好好保管他的美人，并问对于他的功劳，主公如何评判。"说着，彦左卫门乐呵呵地坐了下来，"哦，这里不错，吹不着风，挺暖和的。大家都在这里睡个午觉吧。"

一听这话，三个人面面相觑。"那么，不狩猎了？"

"嗯，主公的目标好像不是打猎。"

"您这么说，还是指物色女人？"

"糊涂，哪有这么简单？即使是打猎，也没人敢说定能打到兔子野鸡。说不定主公正在等待仙鹤出现。主公在想事时，咱们最好是找个地方睡觉。大家都给我躺下！"言罢，彦左卫门在枯草丛中仰面躺下，眯起了眼。

彦左卫门这一不寻常的举动，让几个猎童面面相觑，大惑不解。虽然彦左卫门的怪异和鲁莽在侍卫当中是早就出了名的，甚至有人在背后说他是本多作左卫门的嫡传弟子。可不管怎么说，也不能在狩猎的途中睡起觉来。

"想什么呢？"彦左卫门又微微睁开眼睛，向几个人摆了摆手，"现在主公正在和他钟情的女子相会呢，不要老转来转去的，哼，让主公看见了，要挨骂。"

"我还想问一问……"

"何事？"

"您刚才说主公和喜欢的女子相会……"

"不错。你们想，甲州、信州的问题解决了，和北条氏也已经议和了，还会有什么事？自然是男儿本性了。"

"这么说，在这样的穷乡僻壤藏有主公的女人了？"

"当然，我方才不是跟你们讲了吗。躺下，舒服哩。"

大家你看看我，我看看你，将信将疑地躺了下来。

"那么，您说的那个女子，到底是谁家的？"

"是农民的女儿,已经嫁给骏州金谷的铁匠了。可是,那铁匠去年跟岛田的人争水时,被人装到麻袋里打死了。"

"她又回了娘家?"

"一个人在家里守寡。你想,都有三个孩子了……听说还有人不断地怂恿她回娘家呢。还听说这个女子正在向主公诉苦,让主公给丈夫报仇呢。"彦左卫门半睡半醒、含含糊糊道,"主公现在正在一户农夫家里和那个寡妇交谈呢。他也太……"

"喂!"一直为家康辩护的那个猎童极为不满,"您是说主公正在农夫家里,和那个铁匠寡妇交谈?"

"那还有错?"

"胡说,主公绝不是这样的人!"

"那是什么样的人?"

"绝不会有这样的事!"猎童又愤愤道,"主公可不像我们这些凡夫俗子,在农夫家里和寡妇交谈……他怎会做出那等愚事来?"

"你这个人真讨厌。少啰唆,睡觉!"

"城里又不是没有服侍的女人,还有那么好的西乡夫人……"

"你这厮这么啰唆!自己不睡,还搅得别人睡不成!"彦左卫门一骨碌爬了起来,恨恨地朝天打了个呵欠,"在好色这方面,主公和我们唯一的不同之处,就是多了些心计。"

"心计?"

"当然。主公可不是仅让一个女人生三五个孩子的人。不信你等着瞧,那个女子都已插手政事了,我看恐怕要重蹈筑山夫人覆辙。当然,主公的所作所为都是经过精密计算的。"大久保彦左卫门不屑地说完,等待大家的反应。

"大久保大人,您说话太过分了。"一个猎童很厌恶地扭过脸去,另一个则颇有兴致地转向彦左卫门,"为什么?不让西乡局生好多孩子,就是主公精于算计?"

"这里当然有玄机了。你们这样的人哪能弄明白?女人的权力是由孩子的多少决定的。若一个女人生了三个甚至五个孩子,必有佞臣前去巴结逢迎她。主公在世,也许没有什么问题,一旦主公不测,整个家族便要乱作一团了。"

"可是，主公……"

"主公可不是这样愚蠢的人，他高明着呢。他的第一个原则，就是不娶上司的女人……这是从筑山夫人那里得来的教训。第二条原则，就是不让一个女人生很多儿子。因此，主公就在这穷乡僻壤寻找好女人了。所以，有时说是出来打猎，实际上并不打猎，这也没有什么好奇怪的。你们想，西乡局已经有了两个儿子……"

"哦。"刚才愤愤不平的那个猎童不禁呻吟一声。

"按照大久保大人的说法，主公身边的女人会不断增加？"

"废话！主公的身体那么健壮。"

"接下来的女人生完两个儿子之后，又要被主公冷落了？"

"当然。我的算盘也不比主公差。噼里啪啦这么一拨，不就算出来了吗。"彦左卫门似对风凉话很感兴趣，"这寡妇已生了三个孩子了，还有为亡夫报仇的决心，可见绝不是一个寻常女子。身份卑微，孩子数量众多，这很合主公的心意。对吧？再让这个女人生两个儿子，如此一来，儿子与母亲，再有同母异父的儿子，自然个个发奋图强，为德川氏尽心尽力。这就是主公和我们不同的地方。你们明白了？"

"好像明白一些了。"

"还是不明白吗？就说已故的右府大人吧，他可是个急性子，可是他总是从出身贫寒的人当中寻找人才。"

"是啊……羽柴筑前守大人不就是其中一个吗？"

"对呀。我们主公的性子慢多了，但仍然喜欢从穷人中寻找人才。不同的是，主公不会从能用得上的男子中寻找，而是从女人中寻找。"

"大久保大人，我怎么听不大懂啊……"

"嘿，似懂非懂吧。哈哈，从女人中寻找人才，再把自己的种子种在她的身体里，让他生长发育。在孩子出生之前，教育好女人，这就是主公的精明之处。怎样，这下该明白了吧？"彦左卫门又咧开大嘴笑了。

"咱们再仔细地搜搜看吧，有没有主公射落的猎物。"说罢，几个人扒开草丛，慢慢地搜寻起来。

此时的德川家康，正在筱原村里，在一个叫宇田川与左卫门的农家屋檐下，和那个因争水被打死的铁匠的遗孀阿浅谈话，闲杂人等早已被他支到远处了。当然，剩下的并不只是他和阿浅两个人，屋檐下还有一个，此人就是一副商人打扮的茶屋四郎次郎。

阿浅这个女人也算有几分姿色，两颊胖乎乎的，珠圆玉润，眼睛细长，皮肤白皙，闪着诱人的光泽。她看起来有二十二三岁的样子，因已有了三个孩子，实际年龄应该有二十四五，或是更大。

家康一边听茶屋四郎次郎说话，一边不停地打量着阿浅。"这么说，信孝还没开战，就投降秀吉了？"

"是。听说一开始似还想打一仗，可怎么也难敌五万大军，家臣中也不断出现私通秀吉者，所以……"

"秀吉可是一个绝不能掉以轻心的人啊。那么，和秀吉一起出来的大将除了丹羽、筒井、细川、池田，还有谁？"

"堀秀政、宇喜多秀家，还有黑田孝高、蜂须贺正胜等。"

"哦。这么多人把城一围，真是插翅难飞。"尽管在和茶屋说话，家康的视线还是没有离开阿浅。"莫要老想那些不快的事了，高兴一点儿。茶屋都这样说了。过一阵子我准会把你接进城去的。"

"是……是。"听家康这么一说，阿浅不由得羞涩起来，显得非常拘谨。

"然后呢……"家康催促茶屋四郎次郎道，"投降的条件完全取决于秀吉，应是非常清楚了。"

"大人说的是。至于条件，听说就连信孝都感到非常吃惊。第一条，是要遵守清洲会议的决议，交出三法师。第二条，是要交出信孝的生母和一个女儿为人质。第三条，是以向信孝进谗为名，把老臣冈本良胜和高田彦左卫门交出来作为人质。"

"哦。"家康的视线落在了阿浅的脖颈后面，"这么说，冈本和高田两位老臣都私通秀吉了？"

"正是。"茶屋似乎有些难以置信，往前探了探身子，"世间都在传言，说如把两位老臣留下来，肯定会被信孝斩杀，所以秀吉就以人质的名义把他们救了出去。"

"这样，局势就非常明朗了。虽然秀吉一度退回，可是到了正月中旬或下旬，定会卷土重来。"

"大人的意思是……"

"先把手脚砍下来，再斩身体。若非如此，双方的伤亡就难以估量。把战争分作两个阶段，秀吉不损失一兵一卒，却可以从敌人内部得到重要人质。秀吉的做法非常人道，只是信孝的命运可就悲惨了。"

四郎次郎睁大了眼睛，舒了口气。实际上，在把柴田胜家派来的使者前田利家送走之后，秀吉就率领大军，一边压制胜家的老巢北伊势，又以迅雷不及掩耳之势包围了岐阜城。以秀吉的军事优势，击败信孝简直易如反掌，他却接受了非常简单的条件，就退了兵。秀吉的葫芦里究竟卖的什么药，就连茶屋四郎次郎都想不通。

可是，家康竟然不假思索地断言：这不是真正的撤兵。

茶屋四郎次郎沉思了一会儿，仍是一副大感不解之态，往家康的面前凑了凑："若只是为了不损一兵一卒就发动大军，花费也有些太大了吧？"

家康笑着摇了摇头，"正因为这样，才体现出筑前守战术的高明啊。"

"大人的意思是，秀吉第二次出兵，还有别的意图？"

家康简洁地回答："首先，这是对柴田修理亮的一种威压。修理有了顾虑，自不敢轻易背叛秀吉。其次，是对清洲城的信雄的牵制。第三……"说着，他轻轻地笑了，"就是给我德川家康施加压力。"

"给大人施压？"

"正是。下次出兵，无论如何，首先要打击信孝。接下来就是柴田修理亮。把修理的问题解决之后，目标就是我了。这样一来，就连我也不可轻易和秀吉对抗了。秀吉的招术丝毫不乱。"

"哦。"四郎次郎不禁叫了一声，"如果筑前守前来向大人挑战……那么，他会以何为借口？"

"他要么会鸡蛋里挑骨头，让我把寄身于滨松城的近卫前久卿交出来，要么就命我前去讨伐小田原，要么会在灭掉信孝之后，在信雄的身上做文章。总之，决不可麻痹大意。"家康突然压低了声音，"你交游甚广，万一我和秀吉产生了摩擦，你认为谁能担当和秀吉谈判的重任？"

"这……"

"我手下虽家臣众多，打起仗来谁都不含糊，可一旦到了谈判桌上，都会一筹莫展。以前不正是因此，才被右府钻了空子，眼睁睁地看着信康被赐死？虽不敢奢望有人和秀吉打个平手，可哪怕找出一个能看穿他心思的智者也好……你有没有好主意？"

茶屋四郎次郎只是一动不动地盯着天空。的确如此，三河武士的勇武决不会输于秀吉，可是在谋略与外交方面，却没有一个智者。刚毅朴素的家风，有时会在外交中起反作用。

"你想起什么人没有？"

在家康的一再催促下，四郎次郎终于道："信孝的老臣就是一个典型的反例，首先，必须是一个立场坚定的人……"

"正是。如从我们这边派出去的人，回来后竟成了秀吉一伙，岂不被人耻笑？"

"大人所言极是。筑前守最擅长施离间计。现在正传得沸沸扬扬的，说前田大人和胜丰都已被秀吉牢牢控制了。"

"本多作左立场坚定，倒是令人放心，但他会无意间把事情搞砸，引发战事。而井伊直政，我打算让他率领武田的旧臣去镇守东面，平岩亲吉太正直了，酒井忠次又落于陈腐……"

"依我看……"

"谁？"

"石川伯耆守数正，怎样？"

"嗯？"家康听了，低声嘟囔了几句，低下头来。

"怎么，和大人的想法相差太远吗？"

"我想让数正担任冈崎的城代……"家康总是这样含糊其辞，没有明确的态度，"那么，咱们回城吧。"

四郎次郎听了，恭敬地施了一礼。"稍后我把这女子单独送进城里？"

"不，不必了，和我一起回去吧。"

"可是，民妇现在这样的身份……"阿浅越来越紧张，头越来越低，声音也怯生生的。

"没事，就这样罢。"家康若无其事地摆摆手，"人的气质不取决于身份，而发自内心深处。阿浅，若我不亲自带你回去，别人定会给你脸色看。何况到处都是秀吉的探子。我家康就是故意做出这副样子给他们看，让他们觉得我家康已经暂时休战，正沉溺于女色……让秀吉捉摸不透，这样多有趣。"

茶屋拍了拍膝盖，站了起来。实际上，阿浅是他向家康推荐的。因为茶屋已被秀吉的探子盯上，为了和家康见面，便演了一出阿浅向家康告状，为丈夫报仇的好戏。家康四处寻美的传言越多，对茶屋的行动就越有利。

四郎次郎正要命令手下准备回城。家康笑着阻止了他："等一下。"

"大人还有什么吩咐?"

"你给我介绍的这女子,我甚是满意。既然是茶屋给我物色的女人,所以,今后就称作'茶阿'吧。"

"'茶阿'?"

"对,叫'茶阿',有韵味。"

"哦,也可叫茶阿局了?"

"对。'茶阿',你认为怎样?"家康发出了少有的一阵大笑。

家康带着铁匠的未亡人返回滨松城的消息,当天就传遍了城内外。

"你看,主公的毛病终于露出来了,竟然去找个寡妇带回来,唉……"

家臣中既有眉头紧皱忧心忡忡的,也有对此不以为然的。

"这样有什么不好,这样才有味儿嘛。"

"什么味儿?"

"当然是麦饭的味道了。除了骏、远、三之外,还拥有甲信二国,身为尊贵的五国之守,却每天还吃麦饭,这样的人天下还能有第二个?"

"当然不会有了。你想,人们至今还在谈论今川义元公的奢侈呢。"

"说的是。主公自己吃麦饭不说,还让长松丸和福松丸也吃。一旦娶进一个非吃白米饭不可的夫人,家风不变才怪呢。"

"言之有理。"

"一旦不再节俭,刚毅的家风也就不复存在了。可以说,主公纳一个乡下女人,就是考虑到了家风的重要,对不对?"

"不错。如是一个铁匠寡妇,定不会奢侈浪费。主公真会算计,让夫人也吃麦饭。"

虽然众说纷纭,但是没有一个人敢像大久保彦左卫门那样讽刺挖苦。总之,寡妇阿浅跟随家康进了德川府之后,立刻换上了整齐的衣服,专门挑了几个侍女伺候她,并且当天晚上就让她出席了酒宴。

这天晚上的酒宴,家康是和近卫前久卿一起吃的,石川数正、神原小平太等人作陪。家康是为了让他们适应一下风雅的生活,为将来出使大名作些准备。

酒馔摆上来之后,近卫在正面就坐。

"近卫大人,今天我获得了一件让您意想不到的猎物,请您过目。"家康用半开玩笑的语气,把阿浅引见给前久,"这虽说不是都市的风物,但也称

109

得上是可爱的野鹤啊。"

"啊……"前久一时之间没明白过来，眨巴眨巴眼睛，良久，才弄明白家康的意思，自己反倒尴尬起来，"我也很想请德川大人到京城里打打猎啊。"

"和乡下的仙鹤风味不一样吗？"

"这因人而异了……"

光秀谋反的时候，曾经把大军开进了近卫的府邸，从那里向二条城发起了总攻。由于被秀吉怀疑，这位前任关白最后落荒而逃。现在受到了家康的优待，近卫便一直想为家康做点什么，帮着家康改改土气之弊。家康深知这一点，一直在有意从近卫那里获取些京城生活的常识。

"您是要我先别忙着在乡下打猎，还有比这更重要的事情，对吧？"

"确有此意，筑前守诡计多端，一不小心就会被他抢了先。我有一步很是重要的棋。"前久往前探了探身子。在什么时代大概都一样，但凡亡命者，总想为自己的庇护者做些事情，以报恩德。

"一时疏忽大意，竟不曾留意到这么重要的事。数正，你知道我指的是什么吗？"家康低下头问石川伯耆守数正。数正低头沉思起来："主公的意思，是不是要和本愿寺携起手来……"

"正是。"

近卫前久看到家康明白了自己之意，便向前凑了凑。"自从一向宗暴动以来，右府对其一直严加打压，解除其禁锢，允许他们在这里传教，将会对我们日后大有助益。"

家康似乎才意识到这个问题。"对对对……我怎么就没有注意到这一点呢？"他不住地点着头，"潜藏在德川五国内的一向宗信徒数量众多，一旦跟他们闹僵了，那可麻烦不少。"

"问题不只在于和他们闹僵，还有……"前久巧妙地顺着家康的话道，"一旦让筑前守抢了先，大人自会后悔终生。值此筑前守觊觎北陆的关键时刻……"

"听说筑前守已经悄悄把手伸向了越前、加贺、能登各地。"

"没错。那些地方原本就是一向宗的老巢，固若金汤，右府用了何等残酷的手段，才把那些地方征服，想必德川大人不会忘记吧？"

"我怎能忘记呢，记忆犹新啊。"

"右府把柴田修理亮派驻那里,也是为了防止一向宗再次举兵闹事……北陆人对右府和修理都恨之入骨。一旦筑前守意识到这一点,便会立即在那里寻找一个替身。"

"言之有理,说得真是太好了。"

"为了在修理背后捣乱,筑前守一定会挑拨一向宗的僧徒们,他不会错过机会。如果大人提前行动,让本愿寺与咱们联手,就不用再担心筑前守耍阴谋了……这可是重要的一步棋啊。"

"好,果然是好棋!"家康又瞥了数正和小平太一眼,"呀,多谢大人传授妙计,我马上就出这步棋。"说着,他又给前久斟了一杯酒。

数正飞快地向小平太使了个眼色,禁不住想笑,便赶紧低下头。其实,家康不仅没有忘记这一手,且早就付诸行动了。现在,本愿寺的光佐派来的使者已在赶赴三河的途中了。

在两边来回牵线的不是别人,正是数正的祖母,即石川安艺守清兼的遗孀。实际上,自一向宗起事以来,清兼的遗孀就一直请求家康重建损坏严重的念佛道场,并已初见成效,一直以来和一向宗之间的紧张关系也大大得到了缓和。当然,这是家康出于对秀吉的防备才做的,是未雨绸缪。

"哎呀,今天真是受益匪浅啊。"家康又道,"马上就要迎来新年了。初春之时,我定搭设舞台请来能剧,为近卫大人助兴……"

阿浅哆哆嗦嗦地往家康的酒杯里倒着酒。在她眼中,家康乃是高不可攀的大人物,如今竟又与京城来的达官显贵近卫前久大人同席……她总觉得恍恍惚惚的,犹如梦中。此时,家康又若无其事地开起玩笑来。"你的肌肤如此细嫩,手指怎的这般粗糙?"

阿浅一听,慌忙把手缩了回去。

"莫要难为情,说不定何时你这双手还能派上用场,或者,还能喂马呢。你说是吧,近卫大人?"

听家康这么说,前久故意把视线移开,佯作未见。

"最近这段时间可有好戏看了。"

"好戏?什么戏?"家康佯惊道。

"筑前守的招术已经清楚了,可是柴田修理亮到底在想什么,会如何出招?"

"如此说来,实是一出好戏。"

"首先，他必和越后的上杉氏议和，可是上杉这边，筑前守早已派了使者……"

"是啊。"

"毛利氏也深知筑前守的实力，因此决不会轻易答应修理之邀，说不定，四国的长曾我部倒有可能与他合作呢。"

家康像是突然间想到了什么，"假如近卫大人您取得了天下，您会采取何种措施来巩固京畿？当然这只是说笑，我是想问问大人的看法。"

"若我得了天下……"

"对。京城里绝不能蓄养众多的武士。前朝的木曾将军就是前车之鉴，应仁之乱也是如此，赖朝公才特意把幕府设在了镰仓，故，我个人的看法是，京城里最好不要驻军，不知大人如何看。"

"此事右府大人也曾不止一次地提过。京城里很难驻扎大军，才有人想在大坂筑城……"

"在大坂筑城，您的意思是……"家康一本正经地反问道，"我说的是筑前守。可是，假如中国地区的毛利氏实力超过了筑前，一旦朝廷的密敕下来，筑前守的天下立会倾覆。"

"哈哈……"前久毫无顾忌地笑了，"我有一个好主意。"

"哦？"

"德川大人，假如我得了天下，我定在京城七口安插密探，就是说，要在东三条口、伏见口、鸟羽口、丹波口、长坂口、大原口、鞍马口分别安插密探。"

"安插密探……"

"而且绝非寻常的密探，必是一代风流人物，或厌倦尘世的风流才子；可以是茶人，也可以是舞文弄墨的文人，还可以是喜欢造园或陶器的高雅之士。总之，要招募那些可与宫内人士交往的人……"

"哦，全是一等一的风流人物？"

"对。如不是可与宫内人士交往之人，就丝毫没有意义了。这样才能和那些喜好高谈阔论、经常出入皇宫的贵族们搭上话。这样一来，今天有什么人进宫，都和什么人说了些什么话，就一清二楚了。方可谓运筹帷幄之中，决胜千里之外。宫里下达密令，自然不会不知了。"神气活现的前久好像猛然意识到了什么，显得有点局促，稍微收敛，低下了头，"虽然如此，可这对于我来说，终究是梦啊，我只不过是一个从京城流落至此的食客……"

家康似乎没有在意前久的感慨，道："啊呀，今晚真是谈了不少，所谓听君一席话，胜读十年书。近卫大人想必也乏了。今天的晚宴就到此为止，散了吧。"说着，家康把酒杯翻了过来，又忙里偷闲地看了阿浅几眼。

无论是家康的眼神还是话语，都显出一副陶然的雅士模样，丝毫看不出粗野鲁莽的武将之态。若按照大久保彦左卫门的话，这是一种旁若无人的"好色"之态。

今日的晚宴，家康还是依照他节俭的习惯，只给近卫一人单独做了白米饭，家康自己，以及数正和小平太三人，吃的都是添加了三成小麦的米饭。饶是如此，家康仍然津津有味地吃了三碗。

把前久送走之后，家康道："数正，本愿寺的使者什么时候到达？"

"最早也得在月底。"

"跟相模法桥同行的是谁？"

"下间赖廉的函上说，是井上勘介。"

"哦。这样，咱们和本愿寺的关节就打通了……数正，小平太，今天晚上近卫大人在最后透露的消息，对谁也不可讲出去。"

"京洛七口之事？"

"对。出入宫内的显贵都喜欢有趣之物。用一等一的风流才子去京城做密探，真是高见，又还有趣。只要这件事做好了，'天下人'的居城就无须建在京城附近了。安土、骏府、镰仓都无关紧要。而且，可以知道很多有趣的事情。"说着，家康站了起来，"那么，大家都退下去歇息吧。今晚我也喝得很痛快，快要醉了。也该舒展一下筋骨，好好地歇息了。"说完，他神情严肃地走进了内室。

小平太和数正心有灵犀地对视了一眼，不禁笑了起来。"舒展一下筋骨……"说罢，二人突然觉得正在向新来的女人房间走去的主公，实令人难以琢磨。

"我看主公又表现出那清淡的爱好了。"说完，小平太觉得自己似乎有点儿恶毒，笑了起来，数正也忍不住笑出声来。"哈哈哈……别说了，小平太。什么清淡的爱好，我看像猪油一样油腻。"

"可是，做正事时却出手不凡，丝毫不出差错。"

"这是两码事。小平太，你嗅出战争的气味了吗？"

"战争的气味……你说的是筑前守和修理……"

"不是，那有什么好担心的，我说的是再往后的事。"

"再往后？"

"筑前守和咱们主公啊。一旦打起来，那可不是小打小闹。"

"主公和筑前……"

"咱们主公说了，柴田和筑前守的战事估计会在明春四月结束，届时必须派使者向筑前守道贺……你猜主公会派谁去？当然，不是我数正，就是你小平太了。看样子，主公似想派你去啊。"说着，数正似乎又担忧起什么来，皱纹爬满了眉宇。

九　风雪之城

　　这几日，越前的北庄连一丝阳光都看不到，凛冽的北风卷着鹅毛大雪漫天飞舞。无论窗户关得多紧，无论室内放几重屏风，第二日清晨一觉醒来，枕边总是落满了雪，被边上也是雪白一片。

　　茶茶早就厌倦了这样的大雪。她的耳边老是回响着寒风的呼啸，城里城外都笼罩在一片阴郁的暗灰色之中。每天除了下雪，还有各地的使者络绎不绝。每次听到的都是些令人窒息的话，她觉得呼吸都快要停滞了。无论多么焦急，也得等到冰雪融化之后，在此前是没有一点办法的……每当看见继父柴田胜家来到母亲的房间，茶茶就觉得他是个疯狂的恶鬼。可是母亲却似渐渐爱上了这个恶鬼。女人是多么不可思议啊，那么容易就喜欢上了一个男人！

　　今日清晨也和往常一样，一睁开眼，被子上又落满了湿漉漉的白雪。茶茶仿佛没有看到雪一样，伸出手来，拧了一下睡在旁边的高姬的鼻子。"还睡啊，高姬。"

　　高姬似乎还想睡，眼睛半开半闭。"起来也没事做。"

　　"是啊，能有什么事呢？"

　　"姐姐，最好你也再睡一会儿吧。天还这么暗，连书也不能看啊。"

　　"阿高。"

　　"怎的了，这么郑重其事？"

　　"你听着。我们在这座城里，顶多也就待到明年的春天了……你不这样想吗？"

　　"姐姐不是一直这么说吗？"

　　"到了春天，无论会到哪里去，都得好好地考虑一下，不是吗？哪怕是一只鸟儿，也得决定自己的去处……"

　　"姐姐一个人决定这些事情就行了，反正我会跟着你的，就像大雁一样。"

茶茶叹了口气。"阿高老是喜欢这样打断人家的话。你也应该仔细考虑一下才是。"

"考虑有什么用！"阿高从来没有这么伶牙俐齿过，"人的命，都是上天注定的。"

"这么说，即使嫁一个像修理那把年纪的人，你也不嫌弃？"

"那能有什么办法，如我命中注定要那样……姐姐你打算怎么办？"

茶茶没有回答，单是把头扭到一边，沉默了。她的头脑比常人要灵活许多。正因如此，最近，她已隐约感到自己将来会落难，因而又恐惧又悲伤。

近来，母亲似乎有意要拉近继父和女儿之间的距离，他们夫妻二人的谈话，阿市全都有意无意地透露给茶茶。茶茶从中也获取了不少消息：在这个难熬的冬天里，经过明争暗斗，筑前守和胜家之间的胜负已经决出，估计等到来年春天，城池就会陷落，她会再次陷入悲惨的境地。一旦真的落到那种地步，自己又能为母亲和妹妹们做些什么呢？这种担心和恐惧，就像一条绳索勒住她的脖子，越勒越紧。

眼前的高姬又呼呼地睡了起来，茶茶不禁厌恶起她来。难道眼前的这女子也和母亲一样，听天由命，随波逐流？

"阿高。"茶茶试着喊了一声，没有回应，只听见轻微的呼吸。她伸出胳膊，狠狠地拧了一把阿高的鼻子。

"哎呀，痛死我了。姐姐也太狠了。"

"阿高，你什么事都让我一个人拿主意，你也太奸猾了吧？"茶茶每说一句话，嘴里都吐出一股白气，一会儿就在被子边上结成水珠。她气呼呼地擦了一把水珠，道："快起来！再这样下去，咱们母子四人灭亡的日子就不远了，必须想日后的出路。"

茶茶起来之后，阿高才极不情愿地跟着起了床，坐在被子上。"你再怎么吵也无济于事。我和姐姐的想法一样，姐姐怎么做我就怎么做。"

"你这是不负责任的盲从，白痴也应该想一下，如是自己能做的事，就应该努力去做做看，不要老是指望别人。"

"可是，我还是愿意把一切都托付给母亲和姐姐。你们有什么决定，我都服从。"

"阿高！"茶茶终于发起火来。她的脸上没有女人的妖冶，过于庄重的表情让她显得十分严肃，有一种令人难以亲近之感。

"你是真的服从我们的决定了?"

"当然。除了服从,我还能有什么办法?"

"那好,你现在最好独自逃出这座城,逃得远远的。"

"啊?!这么大的风雪……"

"对。逃到京城里去,去给筑前做小妾。"

"姐姐你太过分了……"

"做了筑前的侧室,你就让他写一封誓书,让他保证,即使天塌下来,也要保全我们母女四人的性命。"

"姐姐,你说的是真心话?"

"那还有假?怎么,你害怕了?"

"这种事情……"

"做不到,你就别说什么服从云云。你和我都一样,即使跟母亲商量,也商量不出什么结果来。阿达又小,能和我说话的,就只你一人了,你应该好好想想才是。"

听茶茶这么一说,高姬耷拉下肩膀,只是抬眼看着姐姐,沉默无语。外面仍然寒风呼啸,雪粒打在窗户上的声音不断传到耳朵里。"姐姐,天很冷,裹上被子暖和暖和吧。"不知是意识到了自己的懦弱,还是见气得两眼通红的姐姐可怜,高姬站起身来。

刚才一直睡着的小妹妹突然骨碌一下爬了起来,跪在被子上。"嘘——"达姬一边支起耳朵,一边对高姬道。

"怎么了,阿达?"

"嘘,父亲和母亲……"

"哎?!"

"好像正在争吵。你听……"

听达姬这么一说,茶茶也站了起来。"哐啷"一声,从仅有一条走廊之隔的母亲的房里,传来了茶器的破碎声。

三个女儿不约而同地站了起来。高姬在前,三人悄悄地走到寒冷的走廊里。继父和母亲正在吵架……这种事情以前从来没有发生过,三人都忍不住了。

走廊里,被风吹进来的雪已经冻结,踩上去咯吱咯吱地响,地上留下一串串脚印。姐妹三人凑到一起,把耳朵贴在母亲房间的窗子上,想听听里面到底发生了什么。

"即使再难,我柴田修理也断然不会听从妇道人家的盼咐。你不觉得你说得太多了吗?"胜家似正在怒气冲冲地训斥阿市。

"可是,若德川大人站在我们这一边,筑前守就不至于这么难对付了。"

"这还用你说!这步棋我早就走过了。"

"尽管大人已经走出了这一步,可是德川大人根本没有反应,这和没走有什么分别?我是为了大人的利益,才建议您向家康派遣使者的……看看您派去的使者都带去了什么?!绸缎三十匹、棉一百捆,五条鳕鱼,只送去区区礼品,不被家康笑话才怪呢!即使不笑话,他也只会看做是祝贺他平定甲信二州的贺礼……要派就应该派些像模像样的人,光明正大地向他求援。此事并不迟!"

站在廊里的三个女儿听了,不禁面面相觑。母亲如此直言不讳,还是头一回。

不愧是我们的母亲!高姬和达姬心中有数了,唯茶茶更加悲伤,她的心里像打翻了五味瓶一样,说不出是什么滋味。初始一再拒绝修理的母亲,已经完全变成了一个体贴丈夫的贤妻。在这一出悲苦的乱世之戏中,她表现出了多么正直的性情啊!

"既然夫人如此坚持,我就实话告诉你。其实,胜家所有家臣中,根本无一人能说服德川。"

"不,我不这么认为。富山的佐佐成政、您的嫡子权六郎胜久、金泽的佐久间盛政、大圣寺的拜乡五左卫门、小松的德山五兵卫、敦贺的尾藤知次等人,均可以胜任。"阿市掰着手指头说出一串名字。

"不行!"胜家的犟脾气终于爆发了,手里的茶碗也摔到地上,就差把榻榻米也踢出来了。三个女儿慌忙逃回了房间。

"你口口声声说是为我着想,实则是为你们母女四人着想。如你这样在意你们的性命,那么你最好到筑前那里去做人质,向筑前乞怜,他必留得你们性命。"愤怒的声音把三姐妹房间的墙壁都穿透了,母亲伏在地上痛哭的声音也传了进来。

茶茶忿忿地咬着嘴唇,最争强好胜的达姬却一下子扑到地上,抽泣起来。

"阿达,别哭了!"茶茶终于忍不住叱责起妹妹来,"他们不吵架,我才受不了呢！他们本来就应该吵，怎可能夫妻和睦？……这样一来，我反倒是松了口气。"

达姬懵了，一边抹眼泪，一边吃惊地望着姐姐。

"啊，只剩下母亲一个人了。待会儿我回来还有话要问你们。你们两个先作好准备就是了。"等胜家那粗暴的脚步声完全消失，茶茶急忙套上一件棉衣出了房间。

四周依然是一片阴暗。

"母亲，打搅您一下。"茶茶故意生硬地说。阿市一看见茶茶进来，吃了一惊，赶紧擦了擦眼泪。

"母亲，我有件事情想问您。"茶茶几步走到母亲的面前坐下，把火炉向自己这边挪了挪。也许是侍女们都故意躲开了，旁边一个人也没有。

"怎么了，茶茶？"

"母亲，您为何流眼泪？"

"茶茶，怎么突然问起这个来？"

"是不是被继父说中了心事，用淌眼泪来掩饰？"

"茶茶，你今天中了什么邪，怎么净问些莫名其妙的问题？"

"那母亲为何流泪？"

"你既非问不可，我就告诉你：我现在彻底明白了，你父亲天生就好战。"

"男人们大概都是这样。如不让他们打仗，那让他们干什么去？战争是绝不会从世上消失的……神佛都知道这些，才把这些臭男子造出来的。只是，我问的并不是这个，是母亲为何流泪？"

"刚才无论我怎么劝，他都听不进去。"

"母亲便哭了，是这样吗？"

"这……"

"母亲越为他着想，他就越不为母亲着想……您感到很悲伤，就哭了，对吗？"

"茶茶，你问这些有什么用？"

"有些事情我不明白：究竟是为了咱们母女四人的安危，您才和继父吵，还是因为继父的话伤了您的心，您才哭了？答案只能是这二者之一……您究竟为何流泪，请母亲切切告诉我。"

119

阿市呆呆地望着茶茶，一会儿，她的脸蓦地红了。茶茶分明是在质问她，到底是爱女儿还是爱丈夫。这也不能怪女儿们。她们只有一个相依为命的母亲，怎么割舍得开呢？

"茶茶。"阿市努力现出一副严肃的样子，"我要是告诉你，我既爱丈夫，也爱孩子，两者我都割舍不下，才流泪……你当如何？"

阿市觉得，现在必须让茶茶理解她的心情。否则今后的误会就更大了。

茶茶听了，连凌乱的头发都没理一下，就锐声答道："哦。如果母亲的心情真是这样，我就不用再问了。"

"茶茶……"一种新的不安袭上阿市的心头，"你到底明白了什么？是明白了我既爱丈夫又爱你们的心情？"

"明白了。"茶茶再次斩钉截铁地回答，"如是这样，母亲已不再是我们的母亲了。既然您想享受夫妻生活，那我就成全您。您只管做爱丈夫的女人好了。您既不再爱我们了，我们也不想强求。"

"什么……"阿市一听，不禁睁大了眼睛，喘不过气来——这个孩子到底在想什么？

茶茶已经大了，已经学会体谅母亲，关心妹妹们了，因此她的感情也越来越激烈了。可是，她今天的态度，却有些反常，阿市已经明显地从茶茶的话中感受到了一种冷漠，这种冷漠，既不像是因继父夺走了母亲的爱而嫉妒，也不像是因担心母亲而焦虑。

"茶茶。"

"怎的了？母亲的心情我已经非常清楚了，我没什么好问的了。"

"母亲却有话想问你。你是否有什么心事？是否下了什么决心？"

"呵呵。"茶茶边笑边从座位上站了起来，"当然是为活命。茶茶和妹妹们都想活命。当然，该下决心的时候我们会下决心。可这和母亲您已无任何关系……您只要为丈夫活着就够了。"说完，她头也不回地疾步走出了房间。

这一切来得太突然了，阿市连叫住她的机会都没有，甚至没想到要追出去。自从阿市来到北庄，就诸事不顺，尤其是入冬以来，不仅总下大雪，就连母女四人之间也闯进一个肆虐的白魔，一刻不停地投下冰冷之气。

"该下决心的时候，我们会下决心的。"在这斩钉截铁的话后面，一定隐藏着什么，一定是她们姐妹三人有了决定。达姬嘴很严，别人不让她讲，她是断然不会讲的。高姬则不同，事后问一问高姬，自然就知道了。

阿市拍了拍手把侍女叫来，续上炉子里的火，呆呆地捂手。这时，又有一名侍女走了进来。"少主来了，说想见一见夫人。"权六郎胜久乃胜家嫡男，幼时直接把父亲的乳名权六当成了自己的名字，他比长滨城的胜丰小两岁。

"少主来了……会有什么事，快请进来。"阿市像是揣着只兔子一样，心怦怦地跳个不停。不一会儿，权六郎胜久在侍女的引领下走了进来。他远比父亲有涵养，一本正经地伏地施礼。"母亲大人，每天都下这样的大雪，心情可好？"

"是，每天都在下个不休……"

"是，似乎连老天爷都在和咱们柴田家过不去。都到了二月中旬，还这样下个不停……"

"快过来烤火，暖和暖和。少主这次来有什么事？"阿市惴惴道。

"孩儿是奉父亲之命，前来和母亲大人说几句话。"权六清清楚楚地说完，恭敬地把手放在膝上。

"大人的命令？"

"父亲命我好好地问一下母亲大人的意思。"

"我的意思……不知已经和大人说过多少遍了，今天早晨还刚刚跟大人吵了几句。"

听阿市这么说，权六郎的表情似乎微微明朗了一些。"不是这些事。父亲让我先给母亲讲一下目下局势，再询问一下母亲以及妹妹们的打算。"

"哦？"

"我就和盘托出了。大概母亲您已经知道了，岐阜的信孝公子去年年底就和秀吉议和了……"

"我已听说了。"

"可是，到了正月底，秀吉又降伏了胜丰。"

"啊，胜丰公子……他也降了？！"

"传言说，胜丰的病情恶化，连起床都十分困难了。于是，秀吉抓住这个机会，特意从京城请来名医为胜丰调养治病，巧妙地掌控了他，胜丰交出人质，投降了。不仅如此，在他的重臣之中，竟然有人成了丹羽长秀的走狗，在越前和近江的交界处片冈天神山修筑起工事来，妄图阻碍我军出击。"

"胜丰的家臣……"

"母亲大人,还有更严重的事。估计我那刚愎自用的父亲一直瞒着母亲。真是雪上加霜,刚刚又得到一个更加不利的消息。"

"到底是何事,少主?"

"在秀吉的猛攻之下,自称永不会被攻陷的伊势龟山城也失守了,还有,泷川一益的长岛城也陷落了……现在,在越前地区和我们并肩作战的,只剩近江北部了,近江南部已全与我们为敌。故,父亲已经有些方寸大乱。这些,就是父亲让我来告诉母亲大人的。"

听到这些,阿市只觉得后背凉飕飕的。原来局势已经恶化到这种地步了,她却一直蒙在鼓里。

"请母亲原谅。"权六郎忍住眼泪,正了正坐姿,"若是连我也乱了阵脚,就没有人可以担当出使的重任了。可值此危难之际,无论泷川如何请求,父亲也拿不出一兵一卒来支援他了,父亲的焦虑,想必母亲不会不明白吧。"

"明白。看来我终究还是个女人啊……"

"不,母亲的这种担忧,在我看来,也是难能可贵的。只是,和平已经逝去了。等到冰雪融化,即使咱们的军队不杀出去,秀吉的大军也会逼上来。形势已经很明朗了。"权六郎依然郑重而沉着。

阿市只听得呆若木鸡,心里怦怦直跳。原来只有我一无所知啊……不知何时起,胜家变得异常暴躁,茶茶也无情地宣布和母亲一刀两断。在这样的风雪和严寒之中,只有权六郎胜久仍然稳如泰山。

所有这些,如狂风暴雨一般,无情地摧残着阿市脆弱的心。即使权六郎再沉着,阿市也听不进去了,她有些茫然了。

"本来,伊势的龟山城由佐治新介把守,虽然兵力最多只有一千,可是,龟山城的箭楼却位于险要之处,城墙也不同寻常。因此,泷川曾在书函中说,龟山城可保万无一失。可是没想到,为了攻陷这区区一座小城,秀吉竟然调动了四万大军,将城池围了个水泄不通。然后,一面雇佣数百矿工不断挖坑道,一面在地上连续发动进攻。即使再坚固的城池,也禁不起秀吉这双管齐下。最后,一益不得不劝城守佐治新介弃城逃回长岛。"

"四万人攻打一千人……"

"对,这就是秀吉的可怕之处,也是他的不凡之处。表面上看,秀吉的妙计似乎层出不穷。可实际上,历来都是以多胜少,以强胜弱,从来没有以少数攻打多数。"

"……"

"而且，秀吉向人发起挑战，必定率领数倍于敌人的兵力，一方面从内部扰乱军心，一方面从外部发动攻势。因此，只要是秀吉出兵，从来都是战无不胜。"

"哦……"

"随着冰雪融化，那个战无不胜的秀吉就要来了……"说罢，权六郎不再吱声，直直地看着面前这位年轻的继母。阿市听了，不由得一阵剧烈地震颤，三个女儿的身影又浮现在眼前。

"不知母亲能否明白眼下局势的严峻。战无不胜的秀吉，即使有一分败迹、也断然不会出兵的秀吉，必定会在冰雪融化之时杀来……"

"我明白。"阿市慌忙咽下口水，调整了一下心绪，"这样一来，摆在我们面前的，只有两条路，要么投降，要么死守，是吗？"

"不。"权六郎轻轻地摇摇头，微笑道，"只有一条路。"

"一条路？"

"父亲决不会甘拜下风，他只有这一个想法。"

阿市觉得像是有一把尖刀突然刺进了心脏。"看来只有一个选择了。"

"对。只有一个选择，就是英勇战死。母亲还记得吧，浅井父子若归顺了右府大人，就不会有杀身之祸，他们十分清楚，可最后还是在小谷城……"

"是……"

"现在，同样的命运又降临到了北庄……这样一来，母亲和妹妹们就会第二次遭遇悲惨的命运。"权六郎轻轻地闭上了双眼。外面，狂风卷着细碎的雪粉粗暴地抽打着窗户，整座建筑也不时发出鬼哭狼嚎之声。权六郎不忍再看阿市那扭曲的表情，便闭了眼睛，调整了一下呼吸。"父亲说，他不想让母亲，更不想让妹妹们再次遭受悲惨命运。否则，他就会输给浅井长政。因此，父亲想让您离开他……这只是父亲一人的意见，如母亲还有什么意见，我会转达给父亲。"

"什么，离开……"

"如现在就作出决定，还可以通过府中的前田利家，把母亲和妹妹们送到丹羽长秀或细川藤孝那里。一旦战争开始，恐会影响到士气，这条路也就走不通了……这才是父亲一直担心的。"

一切来得太突然了，阿市只是呆呆地愣在那里，忘记了回答。

权六郎的语气变得更是沉着，他大概不想让这位年轻的继母受到更大的惊吓。"实际上，茶茶也私下里和我谈过了。"

"她……她都对少主说了些什么？"

权六郎闭上眼睛。"她大概觉得，年轻人的心比较容易沟通。我一哄她，她就很直率地讲了真心话。"

"那……那她都说了些什么？"

"她说女人并不是男人的玩物。"

"这是她的口头禅。还说了些什么？"

"她还说，由于亲生父亲浅井长政公和舅父右府大人的争斗，使一无所知的她们无辜地陷入了悲惨的境地。这次又是一样，明明和她毫无关系，却又要沦为继父和筑前守之争的牺牲品……既然这样，为何降生到这个悲惨的世上来呢？"

"她居然这样说?！"

"对于这些，权六郎也十分清楚。在这个纷争的乱世，男人对女人的意见……即使想听也听不进去，一切都陷入了前所未有的窘境。后来我向她道了歉。尽管很可悲，我还是想请她原谅。"

"那她理解你了吗？"

权六郎微笑着摇了摇头。"我向她道歉，并不是想强求她的同意。茶茶的心思我十分清楚，我答应她，一定会尽全力保全她们三人的性命。"

阿市突然禁不住尖叫起来。"如此说来，我明白了。难怪刚才她来责问我，到底是做孩子的母亲还是做丈夫的妻子。当我告诉她，我既想做良母又想做贤妻之时，她竟然回答说，那我就无须做母亲了，只管做妻子好了。甩下这样一句话，就气呼呼地走了。"

但权六郎听了，并没有阿市预想的那样吃惊。这话完全有可能从茶茶口中说出来，还能引起他的共鸣。眼前这位既担心丈夫又留恋孩子、一步步走向迷惘的女人，实是太可悲了。

"那么，母亲究竟有何打算？如打定主意，或许胜久还能想一些办法。"

阿市依然沉默。她只是刚刚明白了茶茶的话，还没有想好该如何回答权六郎。

权六郎已经彻底明白了父亲的决心——宁为玉碎，不为瓦全！所以，父亲必定会等到冰雪消融，和筑前守决一死战。当然，生死早已置之度外了。虽然父亲誓死也要捍卫名节，他也并不想强求阿市母女一起走向死亡，如果强求她们，就会在武士道上输给浅井长政，因此，他提议各自散去。

阿市呆呆地望着天空，过了好大一会儿，才把视线悄悄地转移到放在膝盖上的双手上。小谷城陷落之日，熊熊火焰那毕毕剥剥的声音又隐隐传来，风声夹杂着战火席卷而来，响亮地在耳畔响起。那时进攻的大将就是秀吉，而今天，把绝望的大网无情地撒向她，挡住她去路的，同样还是秀吉！难道自己和筑前守有不解的前世之仇？他竟然还是她的兄长一手提拔起来的、为兄长报了仇的人……

阿市只觉得天旋地转，差点晕倒，她赶忙把手支在扶儿上，闭上了眼睛。

"母亲，如果您心情欠佳……"

"不，没什么。只是突然有点……"

"如您身体不适，就把侍女叫过来。您一时难以决断，过一两天我再来一趟。"

"不，没事。"阿市用手支着额头，摇了摇头，"只是想起了从前……小谷城的战火。"

"战火……"

"是。我看见那些战火中黑黢黢的尸骸，一动一动。不，是密密麻麻地停留在尸骸上的苍蝇，在蠕动。"

权六郎没有听懂继母的意思，皱起了眉头。"我看今天就先谈到这里，孩儿告辞了。"

"不用担心，我没事。"阿市似乎变得害怕一个人独处，"人终有一死，终究会变成丑陋的尸骸。"

"是啊……确是这样，谁也逃脱不了。"

"我，即使这座城池陷落也……"

"母亲。"

"同样的命运一定又在等待着我了。我已不想离开这里了。"

"母亲，您……您不愿离开父亲？"

"对，三个女儿怎样都可以，只有我，我……"阿市紧咬嘴唇，两只手伏在扶儿上。

权六郎胜久再次闭上眼睛，正襟危坐。他的心里也像刺进了一把利锥一般，疼得难受。这个女人备受磨难，走投无路，已经陷入了绝境。她的回答实际上就是一个字：死。作为一个女人，她绝不可能具有男子那样坚强的意志。无论从哪个角度来看，她的选择都只能是绝望的死亡。

"母亲，您的决定，过一两天再禀告给父亲吧。"

"不必了，我已经决定了。"

"我跟父亲挑明了，您不后悔？"

终于，阿市的眼神坚定起来，一动不动地盯着权六郎。"请少主把我的意思明白无误地转达给你父亲。我早已想好了，我是柴田修理亮的妻子，孩子们则是浅井长政的遗孤。"

权六郎点了点头，在心里不断叹息，这就是她最后的决定吗？这难道不是世上最悲哀的放弃吗？

阿市似乎害怕自己反悔："我是一个命运悲惨的女人，头顶有一颗永远摆脱不掉的悲惨之星。而孩子们到底有怎样的命运，我不知道。因此，女儿们……"

"请母亲放心就是。我拼死也要保得三个妹妹的性命。"

"我作出这样的决定，也不知大人能不能答应我……"

"这……"权六郎一时无语。恐父亲不会轻易答应。父亲既拘泥于武士道，又受到义理的约束，定会坚持与母亲分手。可是，父亲的内心一定哭泣不已——只有他的好妻子在临终时给了他莫大的安慰。

"母亲！"权六郎努力控制着，尽力不让阿市觉察出自己的声音在颤抖，"母亲的决心，胜久已是非常明白。虽然父亲是一个十分固执的人……但是我会尽最大的努力说服他。"

"那就仰仗少主了。"

"请母亲放心就是了。那么，胜久告辞了。"说罢，权六郎恭敬地施了一礼，站起身来，"天这么冷，小心着凉。来人，点上炉火。"他击掌把侍女叫来，整整衣服，出了房间。

来到走廊上，权六郎忍耐多时的泪水才如泉水一样喷涌而出。

人情、义理、武士道、毅力，被这些桎梏束缚的人生是多么滑稽，多么可笑！然而，正是在这些束缚之下，人生的价值才得以体现。

"对，就这样决定了。无论筑前从哪里进攻，由他去吧。"权六郎一边念叨着，一边静静地走了出去。

一〇　出兵江北

柴田胜家原本计划在天正十一年三月十七出兵，可是，后来计划提前，二月二十八就发兵了。

虽然在越前和近江的交界处，到处都是残雪，可田野里已隐约可见野草的嫩芽。冰雪融化，河里贮满了清澈的雪水。

胜家命令越中富山的城主佐佐成政防守北面，以牵制上杉景胜；先头部队则主要是越前的人马，由前田利家之子利长率领，直奔山中。山谷中，胜家的先头部队踏着残雪不断前进。

三月初三，佐久间盛政率领加贺的人马从北庄出发。第三路人马，前田利家率领的能登、越中的军队也出发了。

从北庄出发的军队一切准备就绪，初八夜，胜家在内庭举行了一个告别晚宴。参加宴会的主要是其家人。胜家和阿市二人被簇拥在中间，此外，还有权六郎及其夫人，阿市的三个女儿，府中、金泽、小松、大圣寺交来的人质。

"夫人，弹一支曲子给大家听听吧。"

去年冬天一直风雪不断的北庄城，现在终于迎来了春风，窗外的桃花、樱花正含苞待放。

"是。那么恕我献丑了。"阿市背对着窗户，静静地拨弄起琴弦来。胜家则眯着眼睛，入神地望着她。他绝不是陶醉于琴声中，那是对自己最钟爱的女人的脉脉深情。今夜，女儿们对母亲和继父也没有表现出特别的反感。

就这样一别……每个人的心里都藏着这样的感慨，不知不觉，也变得相互理解、体贴起来。母亲的琴声一停下，茶茶就饶有兴致地和胜家说起话来："父亲，您期盼已久的春天终于来了，恭喜恭喜！"

"是啊。这次我可得给筑前守些颜色瞧瞧。"

"跟岐阜和伊势的联络有消息了吗？"

胜家听到茶茶这个问题，使劲点了点头。他知道，在茶茶的心里，绝不会对自己抱有任何取胜的希望。如此一问,恐是想让胜家说自信之言,让母亲看到一丝希望。因此,胜家十分高兴。"无论是岐阜的信孝,还是泷川一益,都已经联络上了。而且,近江、甲贺的山中长俊也已率领伊贺人马与我们遥相呼应。我已经郑重许诺,对于帮助夺取长滨城的有功之人,要大大地奖赏。"

"什么样的奖赏?"

"对于兵不血刃就能成功夺取长滨城的人,赏金子一百锭、俸禄七千石。当我柴田胜家的军队逼近五里之内时,能够里应外合,在本城放火,助我成功占领该城的人,赏金子二十五锭、俸禄五千石。另,如在本城和外城一起放火,并且归顺胜家的人,赏金子五锭、俸禄千石。"

"是啊,长滨城可是兵家必争之地。"旁边的权六郎一边给胜家倒酒,一边插嘴道。长滨城原本不就是胜家之子的城池吗?胜家作为一个父亲,竟然沦落到用重赏来诱惑儿子的地步。权六郎实在不忍心看下去了。

"除此之外⋯⋯"胜家开心地端起酒杯。

"是不是还有盟军的消息?"茶茶巧妙地掩饰着感情。她是为了减少母亲和妹妹们的不安。

"当然⋯⋯我已经通过前幕府将军足利义昭公的近臣,催促毛利辉元尽快出兵。四国的长曾我部元亲和其弟长曾我部亲泰也答应同时起兵策应。此外,高野山的僧徒们也答应在筑前守后方起事。所以,现在是教训筑前守的时候了。"

一听这些,茶茶似乎越发显得高兴,道:"母亲,这可是预祝父亲凯旋的酒宴,快给父亲斟上一杯。"

茶茶今天的表现太好了,简直令阿市觉得有点羞愧。阿市满足地看着大女儿,端起了酒杯。对一直陷于绝望之中的阿市来说,茶茶从未有过的懂事贤淑,让她感到分外惊喜。这样,即使天塌下来,自己也不后悔了。她已经作好了和此城同归于尽的准备,而且,一旦城池危在旦夕,就让三个女儿悄悄地逃走,一切准备也已经安排妥当。丈夫今夜也悠然地端着酒杯,完全一副胸有成竹的神态——战争的胜负,女人是永远也搞不懂的⋯⋯

"来,干杯!"

"夫人你也干一杯吧。"

"遵命。"

觥筹交错，大家尽情痛饮。当酒杯转到权六郎面前时，他和茶茶交换了一下眼色，笑了。现在，二人几已心心相通。他们已经超越了悲伤，想的是尽可能去安慰为荣耀而活着的人。

宴会一直进行到亥时，大家都散去，胜家和阿市携手回到了卧房。

第二日，当第一遍号角吹响，三个女儿都被惊醒了，起来一看，城内外到处人喊马嘶。母亲站在三层高殿的廊前，目不转睛地望着出征的人马。六十二岁的胜家精神矍铄，正骑在马上，手搭凉棚眺望着九层高的天守阁楼顶。究竟是什么让这位老将如此激动？

突然，茶茶心痛了起来。在这位既刚愎自用，又泰然自若的胜家的身上，她窥探不到任何东西。

第二遍号角吹响了，士卒们熄灭了手中的火把，排好了队列。最前面的是阵容整齐的步兵，其次是以长枪队和火枪队为主的主力，最后则是绵延不绝的粮秣部队。

假若这次出征不是悲剧，筑前守的如意算盘恐会被彻底地粉碎。在今日的天下，敢悍然向筑前守发起挑战的，恐只有这位北国的猛将了。

茶茶目光锐利，定定地目送着出征的队伍。

身在伊势的秀吉一得到胜家从北近江出兵的消息，立刻让织田信雄和蒲生氏乡留下对付泷川一益的残众，他则亲自率兵返回，准备迎击胜家。

三月十一，秀吉进入堀秀政的佐和山城，立即下达彻底击败最大的敌人柴田胜家之令。

第一路人马是佐和山城的堀秀政；第二路人马是长滨城主柴田胜丰；第三路是秀吉麾下的木村隼人、木下昌利、堀尾吉晴；第四路，前野长泰、加藤光泰、浅野长政、一柳直末；第五路，生驹政胜、黑田孝高、明石则实、木下利匡、大盐金右卫门尉、山内一丰、黑田甚吉；第六路，以秀吉的外甥秀次为大将，率领着岸和田的城主中村一氏；第七路，秀吉的弟弟姬路城主羽柴秀长；第八路，大和郡山的城主筒井顺庆、伊藤扫部助；第九路，蜂须贺家政、赤松则房；第十路，神子田正治、赤松则继；第十一路，丹后宫津城主细川忠兴，摄津高规城主高山右近；第十二路，秀吉的养子丹波龟山城主羽柴秀胜为大将，淡路洲本的城主仙石秀久为副将；第十三路，摄津茨木的城主中川清秀。

在秀吉的周围，除了这些铜墙铁壁，另设火枪队八组，右手边是亲兵，左手边是侍卫队。队伍浩浩荡荡，向江北进发。当然，如此庞大的兵力，不仅在数量上压倒了北部之柴田胜家，秀吉的拿手好戏——发动百姓，也在战前就已派石田三成做好了。

"北军必败，所以，到时候，余吴、丹生等地的农夫就不用说了，即使是诸寺和尚也可以奋勇杀敌，勇立战功。摘取有名有姓的武士首级者，不仅会受到本将重赏，还特赐终生免除徭役。"

因此，三月十七，当秀吉的大队人马抵达木本，北军的一些军情源源不断地从称名寺及其他地方传来。秀吉早就料到越后的上杉景胜会和自己呼应，刚一抵达木本，就满怀自信地给越中松仓的守将须田满亲写了一封书函。

"织田信雄已向伊贺发兵，秀吉则打算攻占贱岳，给已出兵到柳濑的胜家一个迎头痛击。对比双方力量，不难看出，我必胜无疑，不久就会把敌人追赶到加贺、越中一带，所以能登和越中之事交给上杉景胜斟酌处理则可。只是，贵方似乎没有必要起兵呼应秀吉。故特意提醒。"

"贵方似乎没有必要起兵呼应"——巧妙的一击，这就是秀吉的谋略。这么一说，即使上杉氏不想发兵，恐也不能了。

"这样一来，我已稳操胜券。"秀吉一抵达木本就满面春风，笑盈盈地望着左首的贱岳和山间的羊肠小道——越前路。"一旦胜家出了门，加贺、越前、能登和本愿寺就要乱成一锅粥了。"他真是善于煽动人心，讲话会随着听者多少和身份不同而变化。如果是在庶民和杂兵的面前，他就会满怀自信，笑嘻嘻道："这样一来，我方必胜。"

可是，一旦撤回木本的大营，秀吉就会立刻变得严肃，所有的举动都会来个大转弯。他急匆匆地把弟弟羽柴秀长，以及细川忠兴、蜂须贺彦右卫门正胜及熟悉当地地形的黑田官兵卫孝高召集到大帐内。

"不要把这次出兵看作寻常战事，否则，我们将有大麻烦。"秀吉慢慢地在桌案中央展开双方的对阵图，慎重地思考起来。

"尽管如此，敌人兵力充其量不到两万人啊……"秀长似乎没有听懂秀吉的意思。

"虽然我们的兵力占据绝对优势，但单凭数量上的优势并不能完全压倒对方，况且，万一敌人依靠天险，躲在深山里永远不出来，我们也束手无策。"

"敌人不出来……"蜂须贺彦右卫门似乎没有听懂,"敌人不是已等不及冰雪融化,迫不及待地出兵了吗?"

"不错。可是,彦右卫门,你好好想想,敌人只是出兵到这里就不动了,你看到他们再往前一步了吗?"

"这……佐久间盛政乃是一个自负之人,他从美浓到京都,一路烧杀抢掠,无恶不作,我看他必不会躲藏起来,定会前来挑战。"

听到这里,秀吉轻轻地摆了摆手。"官兵卫,你以为呢?"

黑田官兵卫就出生在附近,对这一带非常熟悉。只见他沉吟片刻,方道:"主公的意思是,柴田修理在柳濑的大本营和佐久间玄蕃在行市山的阵营,都作好了打持久战的准备。"

"何出此言?"不知为何,秀吉显出一副火气很大的样子,训斥起官兵卫来,"我还没说到佐久间玄蕃的阵营呢。那处地势险要,易守难攻,高一千七八百尺,站在那里,东面的官道可以一览无余,是一块难啃的硬骨头。可是,柳濑胜家的大营却位于能监视佐久间动向的位置,由此可见,目前胜家根本没有出来和我军决战之意。"

"哦。"黑田官兵卫似才恍然大悟。

"柴田修理特意出兵至此,到底为何?"秀吉咂了咂舌,扫视了一下众人,"他是想与伊势及岐阜遥相呼应,让我军疲于奔命。"

"但是,我们也有盟友啊。"

"谁说我们没有!官兵卫,你的话也太过了。胜家的真正用意,是想让我们白跑一趟,他想凭借天险来嘲笑、戏弄我们……这只是他的一厢情愿。明白这一点,各位就会理解我方才的话了。也就是说,如按照寻常战法,我们绝无胜机。"

"既然不能用寻常之策,主公到底有何非同寻常之策?"

"大家都近前来。"秀吉压低了声音,嘴角露出一丝微笑。

羽柴秀长和蜂须贺正胜二人长长地松了一口气。细川忠兴和黑田官兵卫则故意严肃起来。因为他们二人明白:秀吉现在非常自信,这种自信,在短时间内决不会消失。按照经验,此时秀吉心中定是妙计迭出……

"大家都明白了吧?柴田修理让佐久间玄蕃在行市山扎营,而自己却把大营安在了柳濑,意图有二:其一是担心玄蕃急躁,贸然向木本或长滨进攻,因而在后方牵制他;其二,如在柳濑扎营,他能源源不断地从北庄或是敦贺供给粮草，以解后顾之忧。"

"哦。"黑田官兵卫恍然大悟，"因此，修理在短时间内，决不会出战。实是高见！"

"不仅如此。"秀吉又扬扬自得道，"如现在不下决断，一旦等到阳春来临，不但泷川一益和信孝的元气会大大得以恢复，中国地区的毛利、四国的长曾我部，还有滨松的家康，想法也会随之改变……一旦如此，柴田修理就会有恃无恐。因此，我认定他目前不会动。"

"您的锦囊妙计是……"

"这事我早已吩咐佐吉了，让他到处散布流言，说这次出兵，我们原本想一鼓作气，一两天内就击溃北军，可是到此一看，又改变了主意。"

"怎么个变法？"秀长再次紧张起来，插了一句。

"我会让散布流言的人说，胜家依赖天险，坚守北国，固若金汤，秀吉根本无处下手。"

"这样一来，敌人就会士气大涨，会削弱我方锐气啊……"

"秀长，你的性子太急了，接着往下听——然后就说：秀吉无隙可乘，不得不改变作战方略，看来是要打持久战了，于是先让筒井顺庆回到大和休养，让细川与一郎忠兴也回了本国，秀吉本人也要休养一些时候。这自然会引起久经沙场的修理的注意。那么，与一郎……"

"在。"细川忠兴一听到秀吉喊自己，立刻紧张起来。

"你乘船从宫津悄悄绕到敌人背后，从那里发起攻击。你带着这道密令，现在立刻出发！"

"主公，您的意思是说，这也是流言吗？"

"那还用问！秀长，天太冷了，再把火烧旺一些。"

临时搭建的简易营房，当夜幕降临的时候，寒气逼人。

"来人，把灯掌近一些。如果敌人先后夺取了行市山、别所山、中谷山、林谷山、橡谷山，我方天神山的工事也就没有任何意义了。于是秀吉不得不改变主意，决定打阵地战，先行攻打岐阜，亲自绕到了那边……这样就会使敌人动摇，因为他们苦苦等待的就是这个。即使修理躲在那里不出来，佐久间玄蕃也会忍耐不住，必定会追杀到近江平野。胜利必在那里决出。这就是我的第一条妙计。"说罢，秀吉用锐利的目光扫了大家一眼。

这一次，就连黑田官兵卫都不禁暗自叫好，连连点头。看来，他对秀吉的策略完全赞同。"果然是妙计！筒井返回大和，细川急行军至宫津，然后主公赶往岐阜……这三步棋一下，我们就可以从天神山派人到佐久间玄蕃那里做内应了。"

"哈哈……你也看出来了，官兵卫。"秀吉像孩子一样露出得意的笑容，"工事里面的人，原本就是柴田胜家的家臣。胜家已经许诺，要封赏攻下长滨城的人。如果兵不血刃就能拿下长滨城，赏金子一百锭、俸禄七千石。果真有内应出现，他自然就成功了。"

"主公英明。或许修理还能慎重行事，可是，佐久间玄蕃恐再也坐不住了。"

"官兵卫，你明白这条妙计了吧——秀长。"

"在！"

"无论发生何事，你都不可让木本失守。别的不用你管，你切切要坚守此处。"

"这么说，您要亲自赶往岐阜？"

"这还用说?! 可是不要担心，只要一听到敌人出兵平原的消息，我便会以迅雷不及掩耳之势返回。"

一听这话，蜂须贺正胜也不禁高兴地拍一下大腿。一向谨慎的他似终于明白了秀吉的用意。"真是条妙计！"

"此战可以和已故右府大人在田乐洼的那场大战媲美。"

对于这些赞美之辞，秀吉似乎充耳不闻。"在我回来之前，总大将的重任就交给你了，秀长。"

"是，秀长肝脑涂地，在所不辞！"

"军师由官兵卫担任。敌人首先进攻之处，不是左祢山的堀秀政，更可能是大岩山的中川清秀。"

"我也这么认为。"官兵卫道。

"你一定要牢牢记住，这里才是最重要的。我去进攻岐阜城，表面上看，似乎掉进了胜家设下的陷阱，实际上反会令他心惊胆战。即使他再有自制力，只想让我们白跑一趟，如果岐阜失陷，一定会对他造成极大的冲击，他必会动摇，亲自留下来阻击左祢山的堀秀政，并允许佐久间玄蕃攻打大岩山。"

"战斗必先在这一带展开。"

"总之，届时这里会成为厮杀最激烈的战场。与一郎！当我去进攻岐阜城时，你带人乘船绕到越前海岸，在那里放几把火，然后撤回。这就足以让对方焦虑了。关键在于，要把敌人从那些无法下手的山谷里引出来。大家都明白了吗？今天的安排就这样，大家早些回营，好好安排一下，要确保万无一失。明晨我会到营里去巡查，把所有事情都安排得像流言所说——胜家固若金汤，我方无隙可乘。"吩咐完毕，秀吉双手击掌，让侍卫们把早就准备好的饭团端上来。

次日晨，秀吉骑马巡营，察看双方的排兵布阵情况。随从的人员中既有年轻的旗本武士，也有秀吉的养子秀胜、外甥秀次、小西行长、石田佐吉等人。秀吉可真是善变之人，昨天还意气风发，今天却满面严霜。

"看来，战胜胜家绝非容易之事啊。"秀吉皱起眉头。或许，他是故意做给手下看的。这些年轻的武士一向心高气傲，自负轻敌。不能让他们太狂妄了，否则会对战局不利。"胜家不愧是善战的老将。一旦我们贸然出击，这一带的山野恐成为人间地狱。"

顺着秀吉所指望去，只见北国的官道像一条带子，从木本的大营里飘出来，在山涧里蜿蜒盘旋。道路两侧是漫无边际的巍巍高山。

路西侧，贱岳的旁边就是中川濑兵卫清秀驻守的大岩山，东侧则是秀吉的弟弟秀长的别动队屯驻的田上山。贱岳往前是岩崎山、神明山、堂木山、天神山，天神山和东侧的左祢山就是秀吉的最前线了。

从前面的中谷山、别所山、行市山、林谷山、橡谷山望过去，映入眼帘的是胜家驻扎在柳濑的大营，再往前就是内中尾山。其上还残留着白雪，那里依然掌握在胜家手中。虽然每一座都不是多么险峻的高峰，可如在山顶上构筑起工事，就易守而难攻，可说都是天险。

秀吉时而低头沉思，时而目测山的高度，催马前行，最后来到了位于左祢山的最前线，察看堀秀政的布防情况。他站在山顶上，俯视着脚下玉带一样延伸到内中尾山麓的官道。过了一会儿，他又手搭凉棚，眺望胜家在内中尾山顶迎风招展的旗幡。

"吉继。"

"在！"冷不丁被秀吉一喊，原名大谷平马的吉继吓了一跳，正要下马，却被秀吉阻止了。"不用下马了。有什么感觉？"

"主公的意思是……"

"从敌我双方的布阵来看，你认为哪一方容易获胜？"

"这……当然还是我方处于优势……"

"你心底就是这样想的？"不知何时，近臣们都来到了二人的身边，屏息凝神听着。秀吉显然是意识到了，故意提高了嗓门，严厉地反问道。

"当然。否则，吉继为何还追随主公呢？"

"哼……说的也是。如果连你都已经看出优势在于我方，这次战事定是一场持久战了。"

"啊，我们占据优势，却成了持久战……主公的意思是……"

秀吉使劲地点点头。"敌人所看到的，一定会跟你现在所看到的一样。他们更不会轻易出来了。"

"主公慧眼……如果敌人也这么看，这场战争恐要演变成一场持久战了。"

"不错。一旦双方对峙起来，我们的方略也当改变。毕竟，战争不仅仅只发生在这里……"

"是啊，还有北伊势和岐阜啊。"

当大家都在全神贯注地倾听二人交谈时，大概是受到了明媚阳光的诱惑，一阵清脆悦耳的黄莺啼声从面前的山谷传来。

秀吉当然也注意到了黄莺的啼声，他却听若未闻。"我率领大部队，急匆匆地赶到江北，是为了一举歼灭柴田修理。可是，胜家却不打算出战。如我军被他拖住，势必对我方十分不利。故，我们应该先返回岐阜，一面和信孝议和，一面出其不意，攻其不备。你们说呢？"

大家面面相觑，无人吱声。其实，大家都非常明白秀吉的想法。如果大队人马被钉在了这里，信孝的部队就会从美浓绕到秀吉背后，发动偷袭，秀吉必陷入腹背受敌的困境。既然已看出这是一场持久战，不如索性一改以前的方略，先从势力薄弱的岐阜下手，然后各个击破。这样做究竟有无必要呢？本来，驻扎在这里，就可以一方面压制北国的军队，一方面着手准备进攻信孝，现在却……没有一个人贸然回应秀吉，而秀吉也很清楚。

"总之，我意已决。希望大家忠于职守，把守好工事。"说完，秀吉看了一眼跟在身后的堀秀政，慢慢地掉转马头。"我们先进长滨城休整一些时候，然后攻打岐阜。我们不在之时，定不可对胜家掉以轻心。"

当日夜，秀吉在堀秀政的阵营里住了一宿，第二日，又到天神山西边的高地文室山察看敌人的情况。只见他一边察看，一边不住地在军事配备图上点点画画，记一些奇形怪状的符号，然后就急匆匆赶回木本大营了。

撤回木本以后，秀吉立刻下了几道让敌人和自己人都莫名其妙的命令：筒井顺庆的人马撤回大和，一边休整一边待命；细川忠兴撤回本国，带领水军在越前海岸登陆……

随着一道道命令传下去，秀吉的大队人马都动了起来，当然，各种各样的传言也随之传向四面八方。

"主公到底在想些什么，我怎么觉得完全不对劲啊。"

"没有什么不对劲。让筒井的部队返回大和，是为了防备泷川一益。让细川回去，是想让他从背后向胜家发动袭击。"

"可是，眼下明明已经控制住了北国，完全没有必要退回大和嘛……"

"没有这么简单。泷川可是诡计多端。而且，主公把主力全都带到这里来了，对泷川的防御自然也就减弱了。如泷川和岐阜的人马在这时合到一处，就会汇成一股不可小觑的力量。"

就在流言漫天的时候，三月二十八，秀吉也以休整为名，撤到了长滨城。

四月初四，筒井顺庆撤回了大和。

此时，信孝也与胜家遥相呼应，四月十三四日前后，攻击清水城的稻叶一铁、大垣城的氏家直通，到处杀人放火。

就这样，两军决战的机会，渐渐地在披满新绿的美浓和近江一带来临了。

一一　贱岳合战

这一日，柴田胜家一起床就写了一封书函，派人送给留守北庄城的中村文荷斋。"你把这封书信交给文荷斋，告诉女儿们，就说我平安无事，正闲得无聊呢。"

十七、十八、十九三日，柳濑的雨断断续续下个不休，眼看树芽越来越绿了。阿市觉得，最好还是提前把姐妹三人安排好，便让胜家写了这封书函确认一下。根据来自北庄的报告，细川忠兴的水军现在正在海岸四处放火。当然，这只不过是虚张声势，可是，在这种时候，把姐妹三人交到忠兴的手里，却是最合适不过了。

真是巧极了，胜家刚把使者派出，雨便彻底停了。他命人在营房的前面撑起幔帐，立起风幡，欲步出营外。这几日不是下雨就是阴天，胜家一直想出来察看一下，始终不得机会，今日天一晴，就迫不及待地想到处转转。

正当胜家双手支在案上，望着逐渐放晴的天空时，一个近侍来报："佐久间盛政兄弟从行市山的阵营赶来了。"

"兄弟二人都赶来了？"

"是，还带了山路将监。"

"好吧，待会儿再见将监和安政二人，先让盛政一人进来。"

"遵命。"近侍出去之后，胜家情不自禁笑了起来。虽然还没见玄蕃盛政，可是他早就知道其来意了。这家伙定是让这场雨憋坏了，此次定是来请命攻打某处……

"舅父大人，外甥打扰了。"

"哦，进来吧，山路将监是不是归顺我方了？"

"舅父真是料事如神。"随着盔甲的铿锵声，盛政大步走进了胜家的大帐。"舅父，雨过天晴，机会终于来了。"只见盛政昂首挺胸，砰砰地用铁扇敲打着胸脯。

"莫要着急，盛政。这次战事其实是双方耐性的比拼。"

"哈哈……怪不得外边的人都称您为鬼柴田,您真是太小心了。可是,这一次却不同以往,您不想动也不成了。"

"山路将监带来了什么礼物?"

"是啊,秀吉果然中了信孝的计谋,乖乖地出了长滨城,去攻打信孝了。"

"筑前出了长滨城?"

"不错!岐阜那边早就按照与咱们商量好的计谋,向清水的稻叶一铁和大垣的氏家直通的领地出兵,大张声势。看到这种情形,秀吉火冒三丈,在十六日便带领近身侍卫和两万人马出了长滨城。如现在出击,定会打他个出其不意。这可是绝好的机会,请舅父决断。"

"不行!"

"啊,为何不行?"盛政对胜家的回答深感意外,一个箭步窜到了桌案前面,全身上下都似散发一股虎虎生气。"舅父是在担心那只猴子又在打咱们的鬼主意?他们剩下的人马已和我们的差不多了。如果北国的鬼柴田竟害怕细川忠兴从背后搞什么鬼把戏,不敢出击,到了岐阜信孝面前,怎么抬得起头?"

"现在还为时尚早。"胜家绷起脸,道,"谁说害怕细川了?我们越沉得住气,就越有好处可捞。即使筑前是真心想攻打岐阜,咱们也不怕,可是万一这两三天之内大雨不停,楫斐川必定洪水泛滥,筑前无法渡河。这样一来,到达不了岐阜,极有可能驻扎在大垣。"

"驻扎在大垣也没什么不好。他尚未从大垣赶回来,我们便已攻陷长滨城了。"

"你也太着急了。比起长滨城,还是这里更容易防守。等到确定筑前确已渡过楫斐川之后,再行动也不迟。我们现在切切忍耐一下。"

盛政听了,不屑地咂着舌。"这些小事,盛政早就想到了。外甥可以让山路将监带路,不然,先让将监亲口跟您说说吧。"随着盔铠哗啦哗啦的响动,盛政站起身来,大声把山路将监和弟弟安政叫进来。山路将监是从秀吉在堂木山的阵营特意赶过来的,其真实身份是胜家打入秀吉内部的内应。将监一看到胜家,慌忙伏在地上。哪怕只是一次诈降,他大概也对自己的行为深感不安。

"哦,将监。你回来得正好。你假装归顺秀吉的具体情形,我已经来不及听了。先说说，是不是得了新的敌情？"

"正是。"

"你有没有打探到胜丰的消息？"

"打探到了。胜丰公子已经在上月的二十八，在长滨城……故去了。"

"什么，胜丰他……是被秀吉斩杀的，还是病死的？"

"听人说，好像是病情加重，胜丰公子觉得自己再也起不来了，又对不起筑前守与大人您，便在病笃之际切腹自尽了。"

"啊！"胜家不禁呻吟了一声。由于长期病魔缠身，渐渐地变得心智大乱的胜丰，身为一名武将，的确可恨，可是作为养子，他却着实可怜。"唉！就不谈这件事了。"胜家想平息杂乱的心绪，接着道："盛政，你把二人叫来，到底想对我说些什么？"

"将监，猴子这次究竟想干些什么，把你探听到的情况一五一十说给舅父。"盛政这么一说，山路将监这才抬起头来："刚才，打入秀吉内部的人飞马来报，秀吉认为木曾川的洪水会在二十日消退，为了赶时间，他决定在二十日拂晓时分就开始渡河进攻岐阜，正整装待发。"

"舅父，您听到了吧？我们也应该在二十日开始行动……形势已经十分明了，想必您也沉不住气了吧。所以，请舅父立刻召集众将，商量对策。"盛政又砰砰地用铁扇敲打着胸膛。

已是十九日，刚过正午。

在明天拂晓，趁着秀吉的部队渡河之际，一举攻入长滨城……外甥佐久间玄蕃盛政这么一催，胜家不禁闭上了眼睛。胜丰那病得奄奄一息，使尽最后一丝力气，把匕首刺进腹部的情形一下子浮现在眼前。如果真的投降了秀吉，胜丰也可保得一命了。

"舅父大人……"盛政已经急不可耐，盔铠又哗啦哗啦地抖动起来。"万一猴子趁我们按兵不动之时攻陷了岐阜城，舅父打算如何应对？堂堂的鬼柴田还有什么面目活在世上？若敌人在明晨渡河，我方也应该相机而动，才能让猴子方寸大乱，才对得起岐阜的信孝公子啊！大好的机会就摆在面前，您还犹豫什么？"

"盛政！"胜家轻轻地阻止了盛政，"将监的手下所报告的消息，完全属实？"

"外甥对此坚信不疑！不仅将监这么说，同是长滨出身的大金藤八郎也送来了确切的报告。"

"那好!"胜家终于下了决心,"立刻召集众人。只是,盛政,这怎么说也只是些前哨战,不能因为顺利地拔掉敌人的一两座城寨,就被胜利冲昏了头脑,贸然向平原出兵。"

"何时该进,何时该退,外甥心中自然有数。"

"一旦贸然出山,被秀吉杀个回马枪……我担心……"

"担心什么?"

"我担心丹羽长秀。他驻扎在对岸海津,一直按兵不动,对此处和敦贺虎视眈眈。一旦我们出击,长秀渡湖掐断退路怎么办?一旦我们陷入山谷,失去立足之地,纵有万般能耐,却也无可奈何。朝仓的人马陷入穷途末路的前车之鉴,可是你我亲眼所见。"

"哈哈……"盛政笑了,"盛政也和舅父一样,混了个'鬼'的虚名。进退之事,外甥决不敢麻痹大意。我也会像舅父那样避实击虚。那么,马上点燃烽火,集合将士吧。"

"好。我再说一遍,切忌孤军深入、穷追不舍。另,万不可燃放烽火,否则会被敌人洞察我军的动向。安政,赶紧派遣使者!"

就这样,四月十九,雨过天晴,北国的胜家终于决定在二十日拂晓时分开始进攻。当天,胜家召集众将士,在内中尾山的大帐议事。会议决定:原先驻扎在别所山的前田利家父子移兵至茂山,用以防备秀吉驻于神明山的木村隼人、堂木山的木下一元。橡谷山、林谷山、中谷山的小松城主德山五兵卫、不破胜光、越中原森城主原彦次郎的人马分别加入盛政麾下,二十日拂晓袭击秀吉的最前线——大岩山中川清秀的阵地。

是夜,连日的阴翳终于散去,夜晚的天空显得格外迷人,月亮从已泛出嫩绿色的山上升起来,柔柔的银光撒满了山野。

回到行市山的营地后,佐久间玄蕃盛政立刻向众将下达了作战命令:"真是天公作美啊。连月亮都为我们照路。明天丑时,准时行动!"除了新加入麾下的不破、德山、原之外,再加上弟弟安政的人马,盛政的兵力达一万五千人。

为了支持盛政,胜家同时南下了八里,把大营移到了狐塚,用以加强对左祢山堀秀政的防御,前田利家父子也从别所山前移四里,移至神明山西北的茂山,以防敌人偷袭。

二十日丑时从行市山出发之时，佐久间盛政不禁仰望着明月，道："月神啊，您今天大概能看见鬼玄蕃作战了。您可一定得好好看看。盛政多么希望明夜在木本的猴子大营再次与你相会。在此之前，只求你为我照亮山路。"

祈祷完毕，盛政猛地掉转马头，朝向大家。

"众位，卯时以前，把马蹄裹好，神不知鬼不觉地把大岩山中的中川清秀和岩崎山的高山右近，以及贱岳的桑山重晴等，统统给我包围起来！然后把睡得迷迷糊糊的敌人一举击溃，午饭就在秀吉的大本营木本吃了！"言毕，盛政刷的一声合上军扇，一马当先，直奔南面而去。

盛政的主力从行市山顺着山坡向大岩山压过去，另一部则从集福寺坂西下，绕盐津谷，越权现坂，直指东面余吴湖。柴田胜家的部队则西出大岩山，力图压制贱岳的桑山重晴。

果如盛政所愿，在大队人马悄然行动的时候，皎洁的月光一直默默地为他们照路。天快亮时，山谷里又不断涌出浓雾，把他们的行踪包裹得严严实实，真是神不知，鬼不觉。当第一声枪响在山谷之间回荡时，山顶的浓雾早已躲得无影无踪了。

大岩山上是中川清秀，岩崎山上是高山右近，离湖最近的贱岳上则是桑山重晴。每处都有一千多名士兵把守。眨眼间万枪齐发，每支枪都瞄准了大岩山上的守军，紧接着，天地间传来了惊天动地的喊杀声。这突如其来的袭击，果然打了守军一个措手不及。虽说如此，中川濑兵卫清秀也是久经沙场的悍将。

"火速向岩崎山和贱岳告急。来敌定是佐久间玄蕃。大家要合力把敌人击溃！"派出使者后，中川清秀立刻组织火枪队予以还击，又命令长枪队为先锋，向山脚的薄雾处突击。

然而，三处堡垒之间的联系已完全被掐断。使者不得不中途返回，把情况报告给中川清秀。清秀一把抓起一杆枪，问道："敌人的兵力大约有多少？"他问话的声音听来有些滑稽可笑。

"从山顶到山谷……所有的山路上，都是敌人的士兵和旗帜，恐至少有两万以上……"

"闭嘴！看上去有两万，实际只有其三成。我还正闷得发慌呢，想不到敌人竟然主动前来送死。"中川清秀一边自言自语，一边登上瞭望台观察形势。此时连山脚的薄雾也无影无踪了。

"噢——"突然，山四周喊声骤起。

"哦，上来了，上来了。"中川清秀手搭凉棚，眯起了眼睛。

嗵嗵嗵的枪声震耳欲聋，敌人的旗帜像溃堤的洪水一样向山顶涌来。

"鲸波撼大地，狼烟翳长空。"

"大人说什么？"跟到望台来的侍卫拢耳问道。

"没什么。我是在说敌人进攻的气势，真如同洪水猛兽一般。虽是我们的敌人，气势却是异常壮观。"说罢，濑兵卫清秀把视线移到西面的贱岳。

贱岳上面也缭绕着几条雾带——不，那不是雾带，而是白烟，也有几条枪炮的白烟从山顶飘向山脚，成群的小鸟不时从山谷冲向空中。

"嗯，桑山也遭受了攻击。奇怪的是，山顶的官兵却鸦雀无声……"清秀又把目光转向北面的岩崎山。在绿树之间，许多彩旗若隐若现。"哦，高山右近似已杀向了敌人。或许……该杀开一条血路，弃山而逃了。"

清秀的判断是正确的。高山右近看到此时的岩崎山堡垒难以守住，便决定一举突围，与木本的羽柴秀长的主力会师。

"大局已定！"清秀一边自言自语，一边点了点头，下瞭望台。他把身边的人召集起来，按照惯例下达了一条简单明了的命令："现在，告急的消息正在从木本大营飞向羽柴大人的营地。各位要竭力赢取时间。不要急着送死，即使想投降的、想逃跑的，也要尽量拖延时间。一旦让敌人到了跟前，立刻会陷入混战，根本无法指挥，所以望各位各尽所能，积极应对。火枪、弓箭定要赶在敌人逼上来之前放完。好，让咱们在阴曹地府里相会！"

言毕，清秀立刻按照先前商量好的那样，"一旦陷入重围，决不死守"，点起了三柱狼烟，然后奔向东口。此时的敌人距离他们已经不到四五町了，士兵们早已按捺不住，急急开枪放箭。

"敌人还远着呢，先不要瞎放！"

清秀出了辕门，下了马，挥舞了一阵长枪，突然僵在了那里。中川清秀征战几十年，回想起来，能活到今日，已是难能可贵。本以为在山崎合战的时候会追随信长而去，不料秀吉的善战竟使他死里逃生，看来这次恐要为秀吉而死了。人生真是变幻莫测。

面对成千上万的敌人，清秀面无惧色，哈哈大笑。他坚信，自己死后，秀吉一定会隆重地为他举办丧礼，歌功颂德。

"轰轰轰"，"嗵嗵嗵"，清秀的脚下又升起几股烟，几发子弹呼啸着擦过耳际。

在清秀的指挥下，一度停止射击的弓箭又如飞蝗般射向敌人。仅有的十几支火枪也在向三个方向喷涌着火舌。

当敌人的前锋逼到二三十间远时，清秀的士兵们一齐后退了两三町。当然，这并不是清秀下的命令。这群在乱世中坚强地活下来的男儿，早就深谙战争的秘诀，像是听到了谁的命令一般，只见他们自发地七八十人凑到一起，然后奋不顾身地冲向敌人。

"杀——"

"杀——"

双方的喊杀声在晴空下难分彼此，可是，只持续了片刻。冲下去的士兵们再也没有一个人回来。

敌人又一次冲锋了。

太阳已经升得很高，阳光火辣辣地炙烤着清秀的头盔。他依然手持九尺长枪，巍然不动。

第二队人马从清秀的右边冲向了敌军。箭已经射光了，火枪也哑了。

不知急报送到秀吉那里没有……当清秀突然想起这个时，第三支敢死队又冲向了敌军。完全是一场混战，敌我双方的怒号淹没了他。

"大人！"一人急匆匆地从身后赶来，"北口已经失守，敌人已绕到我们身后了。"

听到告急，清秀才攥了攥枪，猫下腰。"八幡大菩萨，请看我中川濑兵卫清秀的最后一刻。"言罢，他手持长枪，径直冲向进攻的敌群。几个零零散散的侍卫随之跟了上去——已经不到二十人了。不消说，这已是清秀在世上的最后一刻。

大岩山陷落，为已时四刻左右，正午快要来临，新绿的树叶熠熠反射着太阳的光辉。

就在大岩山陷落的同一时刻，相邻的贱岳的堡垒里也迎来了佐久间玄蕃盛政的使者，守卫主将桑山重晴正与之周旋。他出身于但马竹田，领有一万石领地，此时编在丹羽长秀的麾下，负责守卫贱岳。他不像中川清秀，从一开始就没有血战到底之意。当柴田盛政西出余吴湖，向他发起挑战，他不但没命令士兵们前去迎击，反而下令准备撤退。

进攻的一方自然也察觉了这样的气氛。"奇怪啊，他像是要逃跑。"

双方都想尽量避免死伤，于是，盛政便派直江田右次郎为使者，前去与桑山重晴谈判。"请贵军即刻撤退，交出堡垒，便不再追赶。"

在山顶的小屋里，使者表明盛政的意思。

"我们也并非好欺负的武士……"颇有些家康之风的重晴不禁沉思，对方越是咄咄逼人，他就越是不慌不忙，"不管怎么说，羽柴筑前守大人已经前去攻打岐阜了，主公不在。"

直江田右次郎一听，不禁吃惊，追问道："是不是因为筑前外出了，才命令你坚守贱岳？"

"如我不交出来，你们能怎样？"重晴深深地低下头，似有些犹豫不决。

"这还用说。高山右近已经逃了，大岩山的中川清秀也必死无疑。若你拒绝交出堡垒来，只好等死了。这些，还用我告诉你吗？"

"虽说如此，可是大本营木本还没有陷落，丹羽长秀也还在。"

"你的意思是说，要和大岩山一样，即使全军覆灭，也要与我们一战？"

"却又错了。"

"错了？"

"是啊。左祢山的堀秀政在监视着我，筑前守一得到消息，恐会立即返回。若我毫不抵抗就逃走，一旦传扬出去，我还有何脸面活在世上？"

"你的意思，到底是战是逃？"

"这才需要琢磨啊，使者大人。哈哈哈！"突然，重晴极不自然地笑了起来，"想必你也是武士吧……"

"正因为是武士，才极尽礼仪，在我军明显占优势的情况下，还与大人谈判。跟您这样捺下性子来谈判，在下还是头一次呢。"

"你的心情我很是明白。可是，世上没有后悔药。我反复思量，目前似还不能立刻把堡垒交给你们。"

"那就是说要战了？！好！我们大人枕戈待旦，早就等得不耐烦了。既然如此，我只好下山，咱们战场上见！"

"啊呀呀，脾气又上来了。我的想法才说了一半呢。如立刻交出来，显得有些仓促。光天化日之下投降，多让武士为难！"

"你说该怎样？"

"在太阳落山之前，请贵方在山下放放空枪，暂时等待一下。我方也不时地呐喊一阵，放几阵空枪，胡乱放放箭，佯装和贵方交火。"

"大人的意思，是要到了夜里再逃，在此之前，先待在这里，装作决战？"

"你刚才也说了，都是武士，光天化日之下，轻而易举地就把阵地交了出来，必遭人耻笑。"

"一言为定。日落之后，定把阵地交与我们。"

"无论是交是守，总之，日落之后，我方自会悄然撤退。这样，双方的面子都保住了，还不损一兵一卒，你意下如何？能否转达给佐久间大人？"

使者直江田又次郎无语，盯着重晴，片刻，不禁扑哧一笑。

"请转告给佐久间大人。"

"哈哈哈……真是个妙主意。我作为使者，岂有不报告之理？只是，还请大人严守约定，以日落为限。"

"我当然明白。我已毫无回旋余地，绝不会如此执著，拿兄弟们的性命当儿戏。"

"好，真是一位开明的大将，佩服！"奚落像刀一样刺向重晴，使者又哈哈大笑起来。

重晴依然一本正经。"如果佐久间大人答应，鄙人万分荣幸。双方都是吃禄米长大的家臣，而且明摆着胜负分明，一旦厮杀起来，实在是惨不忍睹。还请你与佐久间大人好言几句。"

直江田又次郎觉得重晴虽愚钝，想法却合情合理。"如我们大人答应了，就以空枪为信号。可是，万一真有枪弹飞了上来，就说明我家大人没有答应，我们发起进攻了，亦请重晴大人作好准备。"

"那是当然。如果是空枪打上来，我们当然高兴。如果……"

"好，我暂且接受这个条件。"

"这样我也放心了。请代我向玄蕃大人问安……晚上子时左右，我军会自动撤离。"

就这样，两个人长久的交涉终于结束了。

直江田又次郎回去后不久，山下的火枪就不断地冒着青烟响了起来，山上也频频地予以还击。明眼人一看，就知道双方是在互射空枪，可是，山顶上又不时响起一阵阵喊杀声，山下也与之遥相呼应，在外人看来，双方正处于对峙状态，大家似都在寻找最好的战机。

就在佯攻与佯守之中，双方约好的时间终于到了。耸立在湖水对面的比良山脉被落日的余晖映得通红。暮色渐浓，桑山重晴慢悠悠地站了起来，下达了撤向湖对岸的命令。

"就这样不声不响地撤离吗？"

"对，还能怎样撤？"他对自己人说话，也照样是慢条斯理，让人无法忍受。

"今晨从木本发出的告急文书，可望在正午时送达羽柴大人。然后，大军立刻返回……"重晴一边说，一边掐指计算，"如是寻常之将，或许要明日傍晚才能赶回……他可不是寻常人等，他乃是屡创奇迹的大将羽柴大人啊……"

"您在说些什么？"

"我在计算援军何时到达……或许，黎明时分就能赶回来。好，尽量拖拖拉拉地撤吧，到了明早或许还得回来呢。若走得太快了，可就失算了。"

大军慢吞吞地开始拔营起寨。

此时，山下的佐久间正在瞅着山上的动静。胜利在望的佐久间的人马此时已完全包围了贱岳，正在歇息——说野营可能更准确些。

从钵峰到大岩山、尾野路山，从庭户滨到贱岳西边的壕沟附近，全部是佐久间的兵营。太阳落山了，到处是士兵点燃的红彤彤的篝火。

"真奇怪。只是互放一阵空枪，就丢弃阵地……"

"大人心里一定有什么好主意。总之，服从命令就是了。"

士兵们都揣摩不透桑山重晴的心思，慢吞吞地向西边移动。正沿着山路撤向山下湖岸，大家突然发现湖面上有一些影影绰绰的东西，真是不可思议。原来是一些军船在不断地向这边靠过来，目标似乎是葛笼尾崎的水边。

暮色已经逼过来，天黑得连脚下都看不见了。而眼前的湖面却映着天空的余晖，明晃晃的，一片灰白。虽然无法识别船上的旗号，但从随之而来的船列可以看出，那是从西南的海津方向驶来的船只。

"报，湖面上发现大量的船只。"报告立刻传给了桑山重晴。重晴一听，急忙骑马登上了一块可见湖面的突兀岩石。

"奇妙啊，真是奇妙！"桑山重晴深感不可思议，转眼往身后一看，只见茫茫的夜色中，岩崎山和大岩山的山寨中，跳跃着一堆堆红彤彤的火焰。

"到底是敌人的船队，还是自己人的船队？"身旁的一个士兵问道。

"那还用说！分明是从海津方面赶来的丹羽长秀大人的援军嘛。这样一来，完全用不着交出阵地了。羽柴大人可真是位吉星高照的福将啊！"

"这些援军是咱们请来的吗？"

"不是，他们是不请自到，因此才奇妙无比啊。真是太令人感慨了……"

正如重晴所感慨的，这是不可思议的偶然。原来，为防万一，秀吉特意让丹羽长秀负责守卫敦贺道的海津。他临走之时，也特意叮嘱长秀，要看好木本的大本营。其实，长秀并不知佐久间的人马会在此日凌晨发起攻势。

"万一在筑前守出门后有了异样……"由于心有顾虑，长秀便命一千余士兵分乘六艘船，在琵琶湖上不间断地往返巡逻。

正在巡逻之际，长秀军队突然听见从桑山重晴守卫的阵地上传来阵阵枪声。

"坏了，出大事了，敌人正在进攻贱岳，赶快把船靠过去。"说毕，长秀立刻上了岸，命令船队返回海津，调大半主力绕到这里。

长秀登陆的时候，已过了中午。现在，他的主力已源源不断地渡过湖水，直奔贱岳而来。

"大家都给我撤回！这次要放实弹，给我狠狠地打！啊呀，真是妙不可言啊！"重晴兴奋地命令完毕，返回一度丢弃的阵地。

佐久间玄蕃盛政正在大岩山的山脚下野营，密切监视着贱岳的动向。他早已和驻扎在山谷中的狐塚的总大将柴田胜家联络过多次了。

"你这使者可真啰唆，既不说答应，也不说拒绝。我就是弄不明白，舅父为何听不进我的建议，为何不抓住大好机会发动进攻。说来听听！"盛政在胜家最后一次派来的使者原彦次郎面前大动肝火，脸涨得通红，一个劲地责问。

原彦次郎不想卷入舅甥之争，只是不慌不忙地打量着幔帐的四周，拿起一块木柴添到火堆里。

"大人说，我们应该就此打住，不能再动了。还说，您正在气头上，应该冷静下来好好想想。"

"不是我在气头上，而是舅父他老人家已老朽了。现在猴子正好不在，是一个大好的机会，我们应该好好把握才是，费了那么大的劲才拿下这块阵地,应该把它作为据点,乘胜向长滨的平原出击。我就是弄不明白,舅父老是躲在这里,到底想干什么?"

"此事,大人是这样盼咐的:羽柴秀长和蜂须贺彦右卫门还驻留在木本,眼前的山上又有堀秀政把守,现在不应采取行动,当立刻撤回行市山……"

"这不跟没说一样吗?!"盛政气得两眼喷火,咬牙切齿地摇着军扇,床几的腿都被压到泥土里去了。"堀秀政也不是铁罗汉,只要舅父一行动,他定也会动起来,立刻到木本与其他人马会合。我们应该合力攻打他。这个秀政有何可怕,你再去跟舅父说一声!"

"虽说如此,可是……"原彦次郎并没有站起身来,依然不慌不忙地往火堆里添着木柴。"如按照大人所说,我们杀出峡谷,进攻木本,可是万一还没有攻取之时,秀吉就带领大队人马杀回,我们就会失去立足之地。因此,必须撤回……"

"住口!在猴子从岐阜返回来之前,难道就这样畏首畏尾地干等?即使告急的文书今日就送到了秀吉手里,他最快也得明天才能撤兵,后日晨从岐阜动身,三日之后方能赶到这里。长滨城早就是我们的囊中之物了,长滨以北各地的防卫,我们也早就做好了。我决不撤兵!"

"既然如此,那么事先的约定……"

"什么约定……战争的胜负本是天定,谁说了也不算。现在不乘胜追击,更待何时?"

"唉……"彦次郎无奈地摇摇头,"总之,希望大人要严守决不贸然深入的约定。主公盼咐,若今日取得战果,也不要被胜利冲昏了头脑,应该适可而止。"

"够了!"盛政气得把脸扭到了一边,"怎么也说不到一起……好,明日我想怎样便怎样。用不着跟舅父去谈了。舅父就是个呆子、老顽固!"

正在这时,一度停止的枪声,不知为何又从山顶向山谷里猛烈地射击起来。

"哪里来的枪声,快去看一下!"

"是。"一个近侍应一声,慌忙奔了出去。"嗵嗵嗵……"又是一阵枪声,打破了夜间的宁静。"嗯?好像是从贱岳传来的……"

原彦次郎有些纳闷,站起身来。

二十日正午时分，秀吉便接到了佐久间的人马出击的消息。

按照佐久间的计算，二十日中午，秀吉当已出了大垣城，渡过了楫斐川，并且进攻到了渡口一带。可实际上，秀吉早就命令全军作好了准备，一旦发生意外，可以随时投入战斗。最初的计划是要渡河，可是到了第二天，秀吉竟然突然下令，终止渡河："洪水还没有退去，再等一天看看吧。"

一听这话，身边自然有许多将士不服。"区区洪水，还能阻挡我们的大军？大人也太过小心了。"

秀吉却笑了。"我此次出兵，并不是为了和洪水争斗。渡河的时候，哪怕掉下去一个人，也会遭人耻笑。虽说如此，却也不能解甲休息。或许到了下午，洪水就退下去了。说不定今日咱们就得渡河。"

就在大家的注意力都集中在洪水消涨之时，西边送来了加急密报——北军已向江北出击。

秀吉一听，立刻现出一种复杂的表情，会心地笑了。"啊？那可不得了，竟然趁我不在，突然袭击，决不能这样便宜了他们！传我命令，立刻返回，我要与佐久间决一雌雄！赶快从步兵中给我选出五十名腿脚快的。"

吩咐完加藤光泰之后，秀吉来到大帐前，手扶着桌案，等候大家集合。此时他真是心花怒放，嘴角带着掩饰不住的笑意。信长在世的时候，就曾说，胜家喜贸然进攻，可称得上是野猪战术，而佐久间玄蕃盛政却比年轻时的胜家有过之而无不及，是一头更有勇无谋的野猪。因此，秀吉才费尽心思，故意设下圈套来让盛政钻。

这头蠢猪终于上当了！秀吉从来就是一个不打无把握之仗的好手。在战争之前，他必定先在人数上压倒对方，然后在敌人内部处处撒下诱饵，安插内应，最后再像信长那样采取奇袭。因此，每次准备就绪，秀吉都会发出豪言壮语："不战则已，一战必胜！"且每次都会成为现实，他甚至已成了部下崇拜的偶像。

不大工夫，选拔出来的五十名飞毛腿陆续集中到了幔帐之中，秀吉斗志昂扬地发出了第一道命令："你们立刻出发，从大垣到木本沿路的所有村子，都要辛苦一番。吩咐村民在每家门前，每隔一间放一口锅，做一升米的饭作为军粮。当然，这是为跟在你们后面的弟兄们准备的。队伍赶到小谷的时候，估计已经入夜。所以，从小谷到木本的所有村庄，除了煮好米饭之外，还要准备好草料，村民们要高举火把，等待我们到达。另，从小谷到木本的所有村落之间的道路，在我们到达之前，均要用火把照亮。全部的费用，此后十倍奉还。你们告诉百姓，就说这是新的天下人羽柴秀吉的命令，要坚决执行。这是决定天下的大战，胜负早已分出，战胜者必是秀吉。"

选拔出的飞毛腿们争先恐后地出发后，秀吉才放声大笑。要从这里返回木本，一路上几乎全是夜间急行军。万一路上有人出来阻挠，即使五十人、一百人的野武士或成群的庶民，也会意外地减慢行军速度。

为了清除可能出现的障碍，应让所有的人都坚信，胜利者一定就是秀吉。而且，如命令各家各户为士兵做饭，既可有效解决急行军的将士的饥渴，又会在不知不觉中营造军民和谐之象。真是一箭双雕的好主意。并且，从长滨到木本一路上都点亮火把，这既能方便士兵们行军，又可以鼓舞士气，简直是一举数得。

更妙的是，在大队人马赶到之前，恐怕敌人一望见耀眼的火把，就会产生一种错觉。

"秀吉来了！"敌人以为秀吉的主力已回，定会军心大动。

"太好了，我军胜利在望！氏家呢，把氏家叫来！"秀吉站起身，把大垣城主氏家直通招了过来。

氏家直通眨着眼睛，战战兢兢地走到秀吉面前，倒身便拜。他已收到了信孝的密函，说一旦秀吉撤回了江北，希望他投靠岐阜。秀吉当然也深知这一点，却全然不当一回事。

"氏家大人，看来天下马上就要到我手上了。"秀吉又开始了他的鼓动，"你说奇怪不，就连洪水都通人情，来帮我。若我们按照原先计划，今日清晨就早早地渡了河，怎么能赶在明日清晨重回木本，予柴田和佐久间以致命一击？想必你也都亲眼看见了吧，虽说如此，如我把三万部下全部带回去，你就会惶恐。故，在我砍下柴田的脑袋返回之前，先留下一万五千人交与堀尾吉晴。万一信孝前来骚扰，也好有个照应。你说呢，氏家大人？"

"对！"氏家直通慌忙移开视线。他觉得自己已完全被秀吉看破，后背直冒凉气。

"吉晴，听我的，好好把守这里。"

"是。"

"天晴了，河也不渡了，佐久间也出来了，早就作好战备了……哈哈，神佛真是垂青于我。秀吉可真幸运啊，所有的人，都准备好了粮草在等着我。要马不停蹄赶回木本,边跑边吃,边跑边喝,这样,江山就打下来了。回想起来,已故右府大人取得田乐洼大捷之时,也是这样。将士们,现在正是立功的大好机会,准备出发!"

天空晴朗,几只苍鹰频频在天上盘旋,明媚的阳光撒在绿油油的叶子上,熠熠闪光。

检阅全军之后,秀吉带着加藤光泰和一柳直末等数名近臣,一马当先,出了辕门。此时还不到申时。

秀吉快马加鞭,一口气跑过长松、垂井,快要赶到关原的时候,他接到了第二次急报,是中川濑兵卫清秀战死和佐久间盛政出兵之讯。

一听中川噩耗,秀吉不禁在马上仰天长叹:"濑兵卫,我对不住你啊。我定要为你报仇,定要厚葬你,为你歌功颂德。"

此时天已经黑了下来,各个村庄都如吩咐好的那样,处处升起了炊烟,路旁堆满了小山一样的饭团。

秀吉在每个供饭处都要停下马来,大声向百姓道谢:"乡亲们,辛苦了,辛苦了。这么好的饭团,没有比这更好的了。不过,要是有酒就更好了。马料里也请掺上些糠,好好地犒劳犒劳它们。到时候我会十倍偿还你们。大家都听明白了吗?这次决战之后,天下就要归我秀吉了。希望大家要多准备些饭团,好让后面赶过来的士兵们都填饱肚子。"

言罢,他又快马加鞭赶到下一个村子。

"哦,你们这里连红豆饭和糯米糕都准备好了。好,真是想得太周到了,你们的深情厚谊,秀吉都记在心里。"

在前一个村子致完谢,秀吉又赶到下一个村子。"乡亲们,赶紧向贱岳进发。大家都把草袋子扎起口来,拦腰分成两半,在盐水里泡一泡,装上米饭,驮上马背。行军的士兵们过来时,大家要主动上前,热心地招呼他们吃饭。即使有人吃得多了,一人吃了两人份,乡亲们也不要介意。劝他们吃完之后再带上些,无论是包在衣服里,还是包在毛巾里,反正都是带到战场上去,决不会浪费。还有,马料要够格,须掺上糠。若士兵们要带走也可。大家都听清楚了吧!饭钱、粮草钱过后十倍奉还。到时不要报个人的名字,只报郡、村的名字就够了。快,乡亲们,快快向贱岳进发!"

就这样,从秀吉身后赶来的士兵都按照吩咐,边吃边跑,边跑边喝,如同疾风暴雨一样不断进击。

队伍路过关原，天已经漆黑一片了，道路的两边点燃了明亮的火把。从关原穿过春照，再赶到长滨、木本，大约有百里路程。可是，倘若秀吉真的渡河向岐阜城发起攻击，返回木本的时间正好跟佐久间盛政所计算的一样，再快也得在三日之后。

戌时左右，队伍从春照出发，经过野村、尊胜寺、小谷、马上、井口，到达木本已经是后半夜了。另一方面，粮秣部队也相继从长滨赶回了木本。

一万五千士兵仅仅用了几个时辰，就走完了百里路程，真是神速。因此，从春照到木本，从钵峰再到美浓官道，全都是火把的长龙，就像万灯会似的，远远望去，格外迷人。秀吉最先抵达木本。

"你怎可使得中川濑兵卫战死，真正气死我也！"一回到木本，秀吉就狠狠地骂起弟弟羽柴秀长来。秀长刚要开口说话，秀吉又道："休要说了，你也得行动了！"

说话间，秀吉已经掉转马头，检查起前来参战的将士来。"有没有饿着肚子的？好好慰劳累垮了的战马。从此刻起，到天亮之前，天下大势就在贱岳决出。大家都穿好草鞋，扎好绑腿！"

秀吉转来转去，大声喊话，充满了自信，仿佛一个永不知疲劳的三头六臂之人。

一二　玄蕃溃败

当佐久间盛政正在做着美梦，等待着桑山重晴乖乖把贱岳的阵地交给自己，不料丹羽长秀的援军突然出现，而一度撤向山下的桑山人马也杀了个回马枪。无奈之下，盛政只好放弃了当晚的进攻。

由于从拂晓时分就开始激烈的山地战，佐久间的部下早就人困马乏了。另外，前田利家的手下也作战不力。胜家恨不能将所有的部队都撤回去，哪还有出兵到平原之意。

于是，部队决定在大岩山的山麓宿营，待到次日天亮之后，再从贱岳撤下来，以确保岩崎山、大岩山、贱岳一线，加强长滨平原出口的防守。当天晚上，部队很早就睡下了。

半夜，四周突然吵吵嚷嚷地骚动起来。侧耳一听，原来是杂兵在高声说话。"奇怪啊。你看，那边的火龙像万灯会的灯火一样，我看要出大事了。"

"好像是前来增援的大军啊。这么大的声势，得有多少人马！"

"能够率领这么多大军的人可不是寻常大将。会不会是秀吉的人马？或许，他在美浓是做给咱们看的，他实早在什么地方躲起来了。"

"你胡说些什么啊。秀吉的确是从大垣出兵东征了。他就是插上翅膀，明天也赶不回来。不过，美浓官道上的火把到底是怎么回事？"

"大人知道了吗？"

"大概早就有人告诉大人了吧。"

听到这些窃窃私语，佐久间盛政一下子坐了起来。"来人，快到瞭望台上看看是怎么回事。"说着径直出了营帐，登上左手边一块大岩石。果然如同士兵们所议论的，眼前一片火把的海洋。真的出大事了！

"秀吉回来参战了！"一个手持长刀的小卒慌慌张张地前来报告。盛政一听，顿时惊出一身冷汗。"胡说八道！秀吉又不是神仙，从大垣到这里那么远的路，他怎会这么快赶回来？你是不是让秀吉吓破胆了！"

虽然嘴上在严厉地斥责，可他的心里也不由得发毛，立刻派人前去打听。

"左近，你马上派个精明的人出去打探一下，查一查到底是什么人前来增援，赶紧向我汇报！"

"遵命！"左近慌忙领命离去。盛政还独自望着火把的海洋发呆，悔恨无情地咬噬着他的心。"将敌人击败之后，立即要撤军，答应这个条件，你才可行动。"舅父一再奉劝他，他却偏偏听不进去，还擅自摆开了夜阵。如果这真是秀吉的援军，他也顾不上面子了，只好等月亮出来之后撤兵。

正当盛政心中无限感慨之时，安井左近回来了。"报告大人，打探的人回来了。"

"快让他过来。"盛政大声应着，急不可待地迎上前去，"左近，真的是筑前守？"

"大人猜得丝毫不错。"左近似乎怕被旁边的人听到，故意压低了声音。

"消息可靠吗？"

"千真万确。难以置信……听说秀吉已经回到了木本，连汗水都没有擦一把，就登上了田上山。"

田上山位于木本的北方，在北国官道的东沿，是监视北国军队动向的要地，秀吉不在之时由羽柴秀长把守。秀吉上了田上山，一定是为了察看北国方的阵形。但他到底是如何出现的呢？盛政百思不得其解。而且，赶回来的不只是秀吉一人，数万大军已经全部开到，正在向山野这边压过来。

"左近，月亮快出来了吧？"

"是。"

"士气如何？"

"恐怕……"左近低下头，支支吾吾。

"我想也会是这样吧……老猴子总是和他的大军形影不离。"

"大人所言极是。本来，即使是秀吉不在，他们的兵力也远远多于我们，再加上丹羽长秀又从湖上压了过来。秀吉带着大队人马杀过来……"

"唉！"盛政眼睛血红，叫苦不迭，"把原彦次郎叫来。看来必须得让他到吾弟胜政和安政那里走一趟了——啊，那边怎么燃起了烽火？"他把手放在额头上，向东北方向的天空望去。

只见田上山一带，一股火红的烟柱冲天而起。烟柱的左边，紧接着又有两条火龙直冲云霄……

"唉！"盛政长叹一声，"那里正是前田父子和不破的阵地，不料他们也叛变了！"当初他就觉得来自长滨城的内应者的话有些可疑，其人还煞有介事地报告说秀吉离开了大本营，二十日拂晓就从大垣出发，进攻岐阜……

"左近，立刻下令全军撤退，月亮一出来就撤！赶紧让士兵们准备！"说着，盛政飞也似的下了岩石。他本想即使冒着全军覆灭的危险，也要在黎明时分和秀吉决一死战。只是慑于胜家的命令，他有些犹豫。但既然要撤退，那就刻不容缓。一旦决定，盛政立刻变成了那个名副其实的"鬼玄蕃"。"月亮一出来，各队就立刻沿着余吴湖向西迂回撤退！"

火速向原彦次郎、拜乡五左卫门、柴田胜政、德山五兵卫的阵地派出使者之后，盛政独自牵着战马，定定地望着天空，急不可待地等候月亮出现。

当月亮终于从伊吹山脉的北面姗姗升起时，秀吉急匆匆地从田上山下来，又爬上茶臼山去察看大岩山和贱岳的敌情。其实，如何牵制出兵到狐塚、并在狐塚安下大营的胜家，他早就部署好了。并且，秀吉早就看出佐久间迟早要退，因此一旦他开始撤退，秀吉就会立刻发起追击。

如果消灭了佐久间盛政与其弟柴田三左卫门的主力，那就如同斩掉了胜家的左膀右臂。但是，如此时胜家的主力杀了出来，秀吉将不得不面临两面作战。因此，他打算让左祢山堀秀政和田上山羽柴秀长大约一万兵士出击东野和狐塚，以阻止胜家的出击，他自己则在余吴湖的西岸追击佐久间，力图全歼佐久间部。

"月亮出来了，佐久间的人马动了吗？"秀吉一登上茶臼山，就催马赶到山的西北端，向山下弥漫着银白色雾霭的洼地望去。

"主公，快看，他们动起来了。"

"嗯，不错，果然动起来了。他们偃旗息鼓，看来是想悄悄地撤向尾野路山啊。"在年轻侍卫们的簇拥之中，秀吉静静地站在那里，聚精会神地计算着佐久间撤退的速度。"怎么说，盛政也是一个可悲之人啊。"他看似在自言自语，其实是故意说给手下听，"这头蠢猪和年轻时的胜家一模一样，又乖乖地中了我的圈套。"

"虽说如此，他的撤退阵形依然井然有序，看不出丝毫漏洞。"

"谁？这是谁在说话？"

"报告主公，是虎之助清正。"

"哦，虎之助，今天我教给你一招。看见没有，千万不能等到月亮出来才开始撤军。"

"为何？"

"这不同于月亮出来才发动进攻。如是前进，或许你能感受到，越是在月光下，士气就越是高涨。可如是撤退，那就截然不同了，看去再怎么井然有序，士兵的心里也惊慌不已，必会露出破绽来。现在是什么时辰？"

"估计已是丑时了。"

"又是谁在插嘴？"

"福岛市松。"

"市松，依你看来，敌人以目前的速度，在天亮之前大概能撤退到哪里？"

"依在下看，在天亮之前，他们至多撤到贱岳左首的壕沟附近。"

"那就太好了。壕沟附近有谁？"

"盛政之弟三左卫门胜政。"

"负责为盛政断后的人又是谁？哦，这不是兵助（石川贞友）吗？说说你的看法。"

"估计仍然是原彦次郎吧，刚才大家还在议论呢。"

"和我的想法差不多。助作（片桐且元），从敌人的撤退情况来看，何时开始追击为好？"秀吉的兴致似乎很高，不断地向年轻人征求建议。

片桐且元十分谨慎，埋头沉思起来。"我认为，既然敌人已经行动，我们不妨也秘密向贱岳方向转移，悄悄地埋伏起来，等天亮时，向敌人发起袭击。我认为这样乃是万全之计。"

"你的意思是，我们先不向他们发起攻击，而是绕到贱岳以北埋伏，对吧？虎之助，你怎么认为？"

清正往前探了探高大的身躯，道："我觉得助作的主意不坏。"

"你的回答似有些草率。市松，你呢？"

"我认为，应该兵分两路，一队人马按照助作所说，绕到北边的山脚埋伏起来，一队人马现在立刻追击，让敌人从此刻起就胆战心惊。若是缩手缩脚，我们绝不会取得胜利。"

"好！"秀吉听了，高兴得直拍大腿，又回头看了一下身边的人，"那我就采用市松的主意，立刻从后面追击，另一队人马则急行赶到贱岳之北，在敌人溃不成军之际，再给他们当头一棒！大家都听见了吗，凡是刚才我叫到名字的人，各自带领手下先行出发。"

秀吉似永远不知疲倦,从大垣到木本的百里路程,他只花了几个时辰就走完了,而且一刻也没有休息,就立刻从田上山赶到了茶臼山,向敌人发起了挑战。

"大家都鼓起劲来!敌人昨天已经苦战了一天,还没来得及喘口气,现在又如履薄冰般地撤退。平时我对你们要求严厉,不许擅自行动,今天我可以格外开恩,允许你们充分发挥聪明才智。凡是我刚才叫到名字的人,无论用什么办法,只要能够立功,早一点消灭敌人就行。早一刻消灭敌人,大家就早一刻休息。"

"明白!"

"那么,我点名了。凡是我喊到名字的人,大声喊'到',站到右边去。福岛市松。"

"到!"

"加藤虎之助。"

"在!"

"加藤孙六,片桐助作。"

"到!"

"胁坂安治、平野长泰。"

"到!"

"在!"

"糟谷助右卫门……助右卫门?"

"报,助右卫门正在草丛里方便。"

"嗯?好,需要方便的就慢慢地方便,方便完之后,通知大家绝不可迟到。"

"是,明白!"

"然后,石川兵助,兵助之弟长松。"

"在!"

"你们九人,都是秀吉的贴身侍卫,肩负着捍卫自己荣誉的使命,要奋勇立功,以免其他的家臣笑话。"

"是!"

"助右卫门来了没有?"

"报,助右卫门还在……"

"那就算了。大家都听着，天亮之前，秀吉也会跟大家一起冲锋陷阵，亲自指挥大家作战。出发！"

"是！""是！""是！"

只见这些精选出来的勇士们，一个个在月光下振臂高呼，摩拳擦掌，争先恐后地跨上战马。

此时，山下的敌人依然在悄悄地撤退。

果如秀吉预料，为佐久间盛政断后的大将正是越中原森的城主原彦次郎和加州大圣寺的城主拜乡五左卫门。

为了让盛政的部队平安地撤回行市山的高地，盛政之弟胜政率领三千士兵，在贱岳西北大约五十间宽的壕沟东西两边严阵以待，以防敌人尾随追来。对于盛政来说，一旦这次撤退失败，不仅没有脸面去见总大将胜家，其指挥才能也会受到他人怀疑。因此，他加倍小心。意外的是，这次的月下撤退居然异常顺利。

盛政一面让断后的部队顽强抵抗追来的秀吉人马，一面有条不紊地沿着余吴湖岸快速撤退，终于，在黎明时分，大队人马平安地撤到了权现坂。

秀吉为何没有对盛政进行打击呢？其目标明明就是盛政的人马，难道是想避开黎明时分的浓雾吗？

撤退到权现坂之后，佐久间盛政立令在壕沟两侧作掩护的两支队伍合兵一处，迅速撤退，以免落在后面。命令一传达给胜政，他立刻组织撤退，然而，此时他钻进了秀吉早就设好的圈套。

其实，秀吉的人马早就绕到了这里，悄悄地完成了对壕沟两边敌人的包围。等到胜政开始撤退，早就按捺不住的勇士们就如同下山的猛虎，一齐冲向敌人。

加藤清正、福岛正则等人——天下闻名的贱岳七杆枪，如同阿修罗一样杀向敌人。

时间是天正十二年四月二十一，上午寅时四刻。

一时间，撕心裂肺的悲鸣、惊天动地的枪声、互通姓名的呐喊声、大声下令的斥骂声，从山谷传到村庄，又从村庄传到山下……

当然，胜政的军队和断后的军队也并非没有想到这一点，只是刚刚成功地护送盛政的主力撤离，自然略有些放松，再加上一夜未歇的疲劳，部队连口气都还没来得及喘，竟突然遇到了敌人袭击，士兵们的混乱程度可想而知。

一旦对方乱作一团，秀吉的勇士们就更加所向披靡。

"这可是千载难逢的立功的大好机会，我岂能让给别人！"甚至连向来只考虑全军的利益，全然不把个人功名放在心上的石川兵助贞友也一反常态，"反正主公已经说了，今天可以格外开恩。"只见他挥舞着三尺四寸的武刀，左冲右撞，一口气冲杀到了断后的队伍中。

"我乃羽柴筑前守帐前近侍石川兵助贞友，让你们尝尝我三尺四寸武刀的滋味！"随着石川的一声呐喊，敌人那边眨眼间就倒下了八匹战马。接着，石川催马来到一名敌方大将的面前。

"休要撒野，越前安井左近的兄弟四郎五郎在此，尽管放马过来！"话音刚落，那名大将右手举起长枪猛刺过来，兵助眼疾手快，一跃而起，迎了上去。

"啊！"四郎五郎还没有把枪撤回去，就被石川当胸砍了一刀，顿时血溅当场，人也倒了下去。

兵助被喷了一身鲜血，变得活像个赤鬼。他却顾不得擦一擦，又向骑马的大将杀过去，抡刀就砍。"我乃羽柴筑前守近侍石川兵助贞友，今天让你尝尝我武刀的滋味。"

而对方大将身穿紫褐色盔甲，胯下骑着桃花马，手持十文字长枪，威风凛凛。就在兵助长刀横劈过去的一瞬间，战马也腾空而起，对方却巧妙地一拨缰绳，一下子闪到了左边。

"小子，还敢通报姓名。我乃加贺大圣寺的城主拜乡五左卫门久盈。小子，你放马过来！"

话音刚落，长枪已刺了过来。兵助原本打算闪向左边，已经迟了，对方的枪尖已经穿透了右肩，疼痛顿时袭来。

"你！"转眼间，拜乡五左卫门把大枪往后一撤，兵助顿时血流如注，身子亦猛撞到了对方的马上。战马受到惊吓，前蹄腾空跃起，把兵助的长刀也撞掉了。

"大人，杀了他！"

"杀了这厮！"

二十多名家臣一下子拥上来，呼啦一声把受伤的兵助围了起来。这些负责断后的家臣，刚刚成功护送佐久间撤退，还没吃过什么苦头，士气十分高涨。

在惨叫声中，兵助像鱼篓中的鱼一样拼命乱滚，不久便被野兽般的家臣们乱刀分尸，他的生命悄然消失在了早晨的浓雾之中。

"哪里走，站住！"又有一名持枪之人从五左卫门后面追了来，"福岛市松正则，特来为石川兵助报仇。"

"哦。我乃大圣寺的拜乡五左卫门。"

话音未落，福岛市松就催马冲了上来。顿时一片尘烟滚滚，挡住了人们的视线。原来，这一带正是湖岸的红土路。只见漫天的尘土之中，人喊马嘶，刀光剑影。突然，战马一声长鸣，向北面急驰而去，只留下一具无头尸体横躺在路中央，正是拜乡五左卫门。

"羽柴筑前守的近侍福岛市松，砍下了大圣寺拜乡五左卫门的首级……"

不久，双方展开了混战，阵地频频被夺走，又频频被夺回，在此胶着混战中，战场逐渐向北方移动。北国军队的人数也眼看着逐渐减少。

此时，加藤虎之助清正拼命地追赶山路将监，到清水谷口的古松下时，终于追上。"哪里跑，你这个胆小鬼！"

清正两脚一踩马镫，猛地窜到对方前面，劈头就是一枪。"羽柴筑前守贴身侍卫加藤虎之助清正在此，你乃何人？"

"哦，居然连我都不认识？我乃山路将监，放马过来吧！"

"谁怕你！"清正用他沙哑的嗓子应了一声，跳下马来。

这里已经没有了先前的尘土飞扬，双方的一举一动都能看得真真切切。此时溃败的士兵如同一股止不住的洪流，只有这两人还在你来我往地打斗。

"这里不适合单打独斗，到那边去决一雌雄。"

"好，奉陪到底！"

二人在松树下你来我往，一场恶斗，最终，山路将监的首级被加藤虎之助砍落。

灿烂的朝阳升起来了，照射着嫩绿的树叶。清风徐来，余吴湖的湖面波光粼粼。一切都那么美好，只有人还在残忍地打斗，还在上演着一场场人间地狱的悲剧。从山坡到山谷，从道路到草丛，到处都淌着殷红的鲜血。

当撤退到权现坂附近，佐久间玄蕃盛政终于舒了一口气，不时就可以撤回行市山了。盛政打算撤回之后，和亲兄弟胜政合兵一处，再谋求反戈一击。当撤军的命令传达给胜政，胜政正准备撤退之时，不料风云突变。

此前一直蓄势待发的秀吉及时吹响了进攻的号角,顿时万枪齐发,千军万马像下山猛虎般冲向敌人,眨眼间就把敌军的队伍截成了几段。

胜政的军队从昨日起就一直苦战,还担负了掩护盛政的任务,全军上下都已经疲倦到了极点,在决定撤军之时,却突然遭受袭击。一时间,武士们倒还可以勉强应战,杂兵们可早就丧失了斗志。

若盛政知道正中秀吉的圈套,定会恨得咬牙切齿。

辰时四刻,树丛和山谷里的雾已然散去。

消息不断传来,可是全都是己方大将战死的噩耗。

"报。"一个近侍慌慌张张地前来报告。

"有什么人战死?"

"不,大事不好。原驻扎在茂山的前田利家父子舍弃了阵地,开始向我军撤退的方向移动。"

"前田利家父子……这不是叛变吗?"

"是,正是。"

"胡说!这怎么可能!前田父子怎么会……"说着,盛政慌忙跑出大帐一看,果然如侍卫所说,前田的人马已经下了茂山,正在向北面移动。

"唉!"盛政紧咬嘴唇,发出了绝望的惨叫,"不料胜败竟决于战场之外!舅父一直担心的就是这个……"他顿时呆在那里,如磐石一般。

胜家一再命令他撤军,就是担心这种事。盛政自然明白,可是现在,一切都已迟了。眼下,前田的军队已经完全抛弃了阵地,正在陆续下山,看样子是想沿文室山山谷直指盐津。局势陡转,就连盛政的主力部队都无心恋战了。不仅如此,还有更坏之事——一条条恶讯接踵而至,像一把把利刃一次次插在盛政的胸口。

"桑山重晴和丹羽的军队已经从贱岳的要塞上下来,也加入了追击之列。"

"又有三千新的兵力来追击我们。"

"神明山的敌人已经倾巢出动,欲切断我军后路。"

急报一道道传来,佐久间盛政一言不发,突然仰天大笑。回想起来,前田的军队从一开始就似无战意。前田父子虽听命于柴田胜家,对秀吉却怀有更深厚的感情。

若真如此,他定不会为任何一方损失一兵一卒。他必定在胜负决出之前先撤回越前，再谋求善后之策。

而且，秀吉的军队正从神明山上一口气掩杀过来，大有掐断佐久间退路之势。尽管前田利家父子没有从背后对盛政一击，可是，对秀吉而言，这已经足够了，他已从中获益——前田的行为跟叛变简直没有两样。

"哈哈哈……"盛政又是一阵发疯似的狂笑。现在，一切已明了：在战场上见风使舵的家伙，或许不只是前田父子，金森长近、不破胜光，以及小松城的德山五兵卫秀现，恐也怀着跟前田父子一样的心志……

"大人，这里危险！敌人正以破竹之势，从三个方向向我军压来。"

"我当然明白！"盛政收敛起笑容，不屑地吐了口唾沫，"我鬼玄蕃真是瞎了眼，居然把这些心怀叵测之人当成自己人。胜政、安政，跟我来！"说罢，盛政突然从近侍手里扯过缰绳，拨马转向敌人，一溜烟下了权现坂高地。

这样一来，整个佐久间的军队就完全崩溃了。有的继续跟在盛政身后，有的则混进前田的军队悄悄地逃跑了，还有的藏到了山谷里，更有甚者，干脆把大旗一卷，就地降了敌人。

不久，秀吉威武的马队迎着灿烂的太阳，像怒涛一般扑向了北方。这样辉煌的进击，究竟要持续到何时呢？或许，他会一直像眼前这般，以排山倒海之势，一口气杀到越前。

可是，当所有的军队都汇集到文室山，一鼓作气拿下此山，并把山上的敌人赶下去时，一路马不停蹄追赶到集福寺坂的秀吉，却突然命令部队停止追击。

时近正午，秀吉在文室山麓的一个小山丘停了下来。"好了，大家好好歇息一下，准备开饭！"

疲劳了几天的秀吉立刻让人支起帐篷，安好座位，然后摘下头盔，交给近侍。"现在不到午时，那就还是早上嘛……哈哈哈，我们终于赶在早上实现了目标。"

说话间，在战场上大展神威的武士们都陆续赶了过来。不久，从集福寺坂的森林到村落，全都躺满了歇息的士兵。由于此前大家都豪气冲天，勇立战功，也没怎么感觉劳累。可是一旦歇了下来，所有的人才感觉身心已经疲惫到极点了，瘫软得像团棉花。

一三　佛心巾帼

当接到羽柴秀吉援军到达的消息，柴田胜家不禁怒骂一声："混账！"然而，这并非对秀吉的咒骂，而是对佐久间盛政的愤怒，对固执己见、不听撤兵之令的外甥的怜悯。

虽然狐塚的营地距离内中尾山的大营只有八里，可是，他既不能扔下盛政撤军，也无法独自出击。

这样一来，连我自己都晚节不保了……这样想着，胜家立令盛政后撤，同时他也须一边牵制敌人，一边撤退了。

"天亮之前决不许擅动。天亮之后才能确定盛政的位置，再撤退。这个混账……"虽然嘴上这么说，可是天还没亮，胜家已经把所有的事情都安排好了。

要想让盛政平安地撤回来，就得先把秀吉的右翼羽柴秀长和堀秀政的两支队伍死死钉住，让他们不能动弹半分，然而，这样的安排在战略上到底有何种意义，已经没有时间考虑了，关键是和秀吉一战。

"——与其在你威压之下窝囊地活着，不如壮烈一战，哼！"即使拼个鱼死网破，也要狠狠地打击一下秀吉的嚣张气焰。如是秀吉负责指挥，胜家定会一马当先，向其发起挑战。可是没想到，秀吉却把应付胜家一事交给了堀秀政和其弟秀长，独自去对付盛政了。因此，无论嘴上怎么骂，胜家都觉得不解恨。

胜家太熟悉秀吉的习惯和战术了，盛政怎能斗得过他？故，胜家早就认定：趁着秀吉不在，打一阵就退回来，再打一阵，再退回来，如此反复不断地骚扰，搅得秀吉心神不宁，再寻求战机。

岐阜的事情，秀吉也不能完全抛在一边。因此，如秀吉退了回去，他也缩回去，秀吉出来，他再去骚扰……这样反复几次后，秀吉就会气得火冒三丈，要么会气势汹汹地向胜家发起总攻，要么找个借口和他讲和。胜家正是看透了秀吉此一弱点，才再三命令佐久间盛政撤军。不料盛政过于贪功。按照他最初的打算，只要盛政老老实实地服从撤军之令，那些见风使舵的诸将也只能稳住阵脚观望。只要他们不露出三心二意的迹象，整个军队就会显示出强大的震慑力，这就足够了，可是……

从黎明到中午，胜家一直拿着令牌不动，他一边听着前方传来的恶讯，一边坐在那里沉思。最后，当听到前田的队伍已经逃离战场的消息，才从座位上站了起来，把毛受家照叫到跟前。"看来，今日就是我的死期了。"

家照只是低着头，沉默无语。

"这个混账小子，怎么也听不进我的话，现在终于掉进了秀吉的陷阱。连前田父子都感觉没有指望了。"

毛受家照依然什么也没有说，只是伏在地上，等待胜家的命令。

"一旦前田父子撤退，德山秀现和不破胜光也会扔下阵地逃走。这样一来，盛政的军队就会土崩瓦解，秀吉亦会在稍事歇息后，绕到我们背后。这些，你已想到了吧。"

"这……我想会如此。"

"堀秀政也深知这一点，所以此前一直没有向我们发起攻击。尽管他与我为敌，却是个可恶的聪明人。"

家照见胜家迟迟不下达命令，不禁有些焦急。"再过半个时辰，估计堀秀政和羽柴的两支队伍就会行动了。"

"当然。就索性赶在敌人行动之前，率先发起行动。杂兵一旦获知前田退却，定会开始动摇。我非常后悔。"

"主公的心情，家照十分明白，可胜败乃兵家常事，无论如何，请大人速速下令，撤回北庄。"

"既然连你都这么说了，胜家恐就更难下这道命令了。你能明白我的心情吗？莫要再说了。胜败并不总是兵家常事，此次战败，一切都结束了。"

"主公，我并不这么认为。"

"莫要再说。"

"不，在下要说。对于为避开毫无意义的战争而脱离战场的前田利家父子，在下非常理解。"

"竟是如何理解的？"

"前田父子对主公和秀吉都讲求义理，因此处于两难境地，为了不负任何一方情义，他只好收起刀枪，退出战场。他的撤退无异于无言的进谏，他是在向大人提出撤兵之谏。"

"家照，你的话怎么听来这般奇怪？"

"其实丝毫不怪。若主公暂时退回北庄，前田父子自然就会在府中城阻止秀吉的进攻，再撮合您和秀吉讲和……因此，主公应该断然决策，速速下达撤兵之令。家照求您了！"

胜家没有回答，他只是默默地抬着头，无力地从帐中走了出去。

"主公，无论如何，请速下命令吧！一刻值千金，每一刻都会决定大人的命运啊。"

"家照！"

"在。"

"我绝不能答应你。你想一想，我柴田胜家乃一个抛弃五六十年来苦心维持的名誉，被秀吉吓跑的人？当然，命令我是会下的，但绝不是撤退。若有人想逃，就请自便吧，我不阻拦。无论如何，我胜家绝不会逃跑，我只能迎着秀吉的马首倒下去。这才是我的荣耀！可悲的荣耀！无与伦比的荣耀！"

此时，中村与左卫门慌慌张张地跑了进来。"报，文室山已落入敌人之手。"

"文室山丢了……"还没等胜家发问，家照先愕然地问道，"那么，佐久间大人的去向呢？"

"生死不明。军队已经七零八落、晕头转向了。汇集到狐塚的已没有多少了……"

"主公！"不等与左卫门说完，家照后退一步道，"请主公速下决断。否则，已经从左祢山上下来，并在东野一带挡住我军去路的堀秀政部，就会向我军发起进攻了。秀吉也会与之遥相呼应，切断我们的退路，这样一来，我们可就……"

然而，胜家并不回答，依然仰着他那硕大的脑袋，默默地望着天空，在草地上踱来踱去。他已什么也不想了。消息一个比一个坏，让他愈加陷入悲惨境地。帐外混乱起来，想逃跑的士兵们已经行动了。

这种迹象一旦被敌方嗅到，右翼的羽柴秀长和堀秀政必会一齐发起攻击。秀吉也会立即从左翼掐断他的退路。对敌人的这种战法，胜家心里再清楚不过了，他对自己的无能为力感到莫大的悲哀。

若此时胜家想的是大义，是应在这里赌上自己的性命，他恐也不会如此迷惘。可是，在他内心膨胀的，并不是大义，而是光荣。为何他不能服从大义，致力于终结乱世的战火，甘心屈服于秀吉呢？为何他这样执著呢？

"主公，莫再犹豫了，时间已经急急过去了，机会也要随之消逝。若不速下决断，将士们就会无所适从，局势亦会更糟啊！"

"牵马！"突然，胜家一声怒号。这是一名在战场上出生入死几十年的老武将悲惨而迷惘的怒号，"把冲锋的旗帜插到我的马鞍上，要用乌骓马！家照、与左卫门，不必再说。看，堀秀政已经向我们开枪了。快，备马！"

头顶的太阳普照着大地，绿叶迎着东风飒飒作响。不大工夫，侍卫牵来了一匹健壮的坐骑，胜家飞身上马。"请大家见谅。"这时，他的语气又柔和起来，"今生今世，胜家已无以回报各位了，只给各位道歉，让我们来生再会！"说完，他一勒缰绳，马首朝南。

此时秀吉已经从背后展开了进攻。可是，胜家并没有把马头转向秀吉的方向，他分明是想驶向东野的堀秀政的阵地，想战死在那里。

"嗵嗵嗵"又是一阵猛烈的枪声，从堀秀政和羽柴秀长的阵地上响起。

"主公，等一下！主公！"毛受家照也跨上一匹战马，狂追而去。

此时的队伍中已经有人陆续脱逃，七千人的主力现已不到三千了。正是因此，胜家才没有看自己的身后，他恐惧。

已开始进攻的堀秀政的部队，正是看到对方军心已动摇，才果断地发动了攻击，然而，还没等他们完全投入战斗，却被对方来了一个反击，堀秀政不禁深感意外。跟在胜家身后的顶多五百骑兵，可尘土滚滚，根本看不清有多少人。山谷里尘土漫天，看来似有千军万马。

"不许后退，给我顶住！区区几个敌人，把他们击退！"

然而，那头"野猪"执著的反击似已显示出强大的威力，令堀秀政的军队心惊胆寒。前面的士兵顿时崩溃，后面的也开始后退。

胜家依然一马当先，既不呐喊，也不通报姓名，只手舞大刀，奋勇杀敌。

"主公！"突然，毛受家照的战马一下子窜到了胜家的前面，挡住了他的去路。战马受到惊吓，一声长鸣，前蹄高立。家照翻身下马，猛地抓住了胜家的马辔。"主公，求您了，您还不撤兵吗？"

"不撤，我绝不撤！闪开，家照！"

"您不退，我也不闪。"看来家照也豁出命去了，"若主公坚持认为，不前进就是对您的侮辱,那就干脆请您先杀了我。"

"家照,不要难为我了,你让我去死吧!"

"不,我绝不答应。在这样的山谷里,把粘满泥巴的首级交给敌人,这谈得上是什么荣耀,不行!"

"你再敢阻拦,就休怪我不客气!"

"那就请前进吧,请主公先杀了我!"

胜家心头火起,猛地抡起大刀,而家照依然紧紧地贴着马首,两手死死地拽着马缰不放。"主公,现在不撤就永无机会了,敌人已经退下去了。请主公速换战马。家照愿意代替主公顶着头盔,打着军旗,冲锋陷阵,实现主公的意愿。请主公先撤回北庄……我们就此一别。唉,您怎么如此糊涂啊!"家照声嘶力竭地喊着,拽住胜家的大腿使劲摇晃。

胜家悲鸣着,大刀飞到空中,又落到了地上。"家照……"

"主公,首级上沾满了泥巴,这可不是武士真正的荣耀啊!毛受家照愿做主公的替身,决不会辱没主公的勇武,请相信我,快把头盔给我!"

听家照这么一说,胜家茫然地站到了路边。家照戴上胜家的头盔,捡起大刀,把战马交给胜家,自己跨上乌骓马。"侍卫们,保护好主公!莫要犹豫了,赶快撤离,毛受家照绝不会给诸位丢脸。"

胜家站在那里,茫然地望着自己的金幡马印。对于毛受家照来说,最大的荣誉就是捍卫胜家的荣誉。老将看重声誉,其可悲的性情,已经深深地影响了家照。就连秉性倔强的信长都不得不把家老首位给胜家。胜家的心里,总是充满了对信长的无限思慕。

尽管胜家受到性情的羁绊,有不利于大局之举,家照在感情上可能也对胜家产生了几丝厌恶,但无论如何,在他的眼里,胜家依然是武士的楷模,是值得为之殉死的英雄。

为了赢取胜家撤退的时间,家照一夹马腹,突入敌阵。这是关键的一瞬间。如没有家照这般拼命,胜家恐早已被人追赶到濑户内海的边上,无处可逃了。

奔进了大约五六町之后,看到胜家的影子已经从背后消失,家照这才急率残众,驰到距离狐塚九町左右的林谷山,把它当成了临时据点。林谷山原为越中原森城主原彦次郎镇守,现已空了出来。家照让跟随的士兵屯驻在这里,欲在此处阻击敌人,掩护胜家向北庄撤退,不过,此时他手下已经不足三百人了。

秀吉在集福寺坂附近稍事歇息，重新把队伍集中起来。他观察了片刻战局的变化，然后亲自出击北国官道，并在那里将左右两翼合兵一处，便向林谷山发起猛攻。

"胜家就在那边，别让他逃走了，杀了他！"木下一元和小川佑忠的手下率先进入林谷山，在火枪的掩护下，精神抖擞的武士们向林谷山的阵地发起了猛攻。大约午时四刻，二人的部队终于攻到了林谷山的堡垒。而此时的胜家，早已丢弃了工事，撤退到了后方的橡谷山。

在此关键时刻，当然是赢得的时间越多越好，因此，家照尽他最大的努力顽强地阻击着敌人。他看见敌人的大队人马不断压向林谷山，方松了口气。"这样也好，总算没有丢我的脸。"说罢，家照让哥哥茂左卫门拿出装在竹筒里的残酒，自己先喝了一口。

天空依然没有一丝云彩，阳光从树叶的缝隙里漏下来，白亮亮的，非常刺眼。"主公已经安全撤离了，我们兄弟喝口饯别酒，然后，兄长也去追随主公吧。"说着，家照给茂左卫门斟了一杯，自己咂着舌头，一饮而尽。

"家照，我也要留在这里，决不撤离！"哥哥茂左卫门笑着放下酒杯，"如留下你一人在这里拼命，我却活着回去，岂不被母亲笑话？"

"这是两码事。我在这里战死，是为了我的名誉，我已经发誓，要坚决为主公的荣耀而战。可是，如果年迈的母亲得知你我都战死，一个还是白白送死，不骂我才怪！"

"哈哈……"茂左卫门笑了，"好了好了。死了一次，就不用死第二次了。"

这时，惊天动地的呐喊声和枪声又从不远处传来，家照本能地站了起来，估量一下双方的大致距离，敌人距他们不到一町了。"兄长，不行，无论如何你得听我的。"说着，他抄起大刀站了起来。这既是为了掩护哥哥赶快撤离，以奉养老母，又是为了击退敌人的杂兵，免得自己切腹之时受到干扰。"兄长，难道你不明主公的名誉吗？不明我捍卫主公名誉之举吗？"

若细细考量一番，这种说辞真是奇怪。家照恐也没有认真思量这荣耀的真意。因此，对局外人来说，这些似都是愚蠢的笑料。然而，无论胜家还是家照，都把这种荣耀看作一种壮举，无论何时都要保住它。这是一种自我主张,是一种坚定的信念。在乱世武士的心中,只有拥有这种信念的人,才是"有气节",才是真正的武士。

家照站起来,往手心吐了口唾沫,抄起大刀。"兄长,我说不行就是不行,你竟还不明白吗?"

"我不明白。"茂左卫门看都不看弟弟一眼,"这种荣耀不仅你有,兄长我也有!"此时,眼前的树林里已能隐约看见刀光剑影了。茂左卫门飒然端起长枪,抢先冲向了敌人。

"唉,多么残酷的兄长!这真是老母亲的悲哀啊!"家照不禁为之悲叹。片刻,他的悲叹变成了怒号,也高举起大刀冲向敌人。"来吧,让你们尝尝天下第一鬼柴田大刀的厉害,不怕死的就上来!"

"哐啷"一声,来犯之敌的刀已经断为两截,接着是第二个、第三个……敌人退了下去。

此时,家照身边只剩下二十多名随从了。"兄长!"

"何事?"

"赶紧走,为了母亲……"

"休要再啰唆了,家照,你万不要错过切腹之机。"

"我若是切腹,你就回去?那好!"家照后退了二三十间,突然坐了下来。

短暂的沉寂之后,当进攻者再次冲上来的时候,已经看不见一个活着的士兵了。目之所及,只有七零八落的尸体,还有从树隙射下来的阳光,这真是一种具有讽刺意味的静谧之美。

"啊呀,这不是修理亮,是他的家臣毛受家照,是他的替身。"

"哼,原来是故意自尽给我们看啊,哟,这个人是他的哥哥茂左卫门吧。"

可是,家照再也听不到了,他的兄长也听不到了。为了追求那可悲的荣誉,他们已在橡谷山的草地上静静地死去了。

秀吉继续向北国官道进击,经过兄弟二人的尸体旁边时,他默默地注视着,一言不发。

来到北国官道后,秀吉并没有立刻追击胜家,而是拨马来到狐塚,巡视战场。一切都在他预料之中。太阳还很高,这里已结束了战斗,灿烂的太阳给他的胜利增添了绚烂的光彩。其实,早在去年清洲会议期间,秀吉就已在有条不紊地策划这次胜利了,而且结果完全跟他所料一样。知道这些内幕的,除了秀吉,还能有谁呢?

此时,正在狼狈地撤向北庄的胜家不知作何感想?他能想得到当初秀吉把居城长滨轻易让给他,不久之后长滨又成了秀吉的据点,然后导致他惨败的玄机吗?

秀吉把长滨城让给胜家,是因为他熟知这一带的地理人情,如把这里作为和胜家决战的主战场,将最有利。然而,胜家及其子胜丰反以为秀吉乃是对他们让步……去年冬天,作为胜家使者而赶赴山崎的前田利家、不破胜光、金森长近等人,无一例外从这里脱逃了,没有一人向秀吉的人马放一枪,哪怕是射一支箭。也不知胜家在逃亡过程中如何看待这些……

秀吉催马来到位于狐塚的胜家阵地,看着漫山遍野的尸体,不禁又想起在树林间切腹自杀的毛受兄弟来。

"主公真是神机妙算,又是一场大胜!"跟在身后的一柳直末奉承道。

"这样一来,柴田的队伍近乎全军覆灭了。修理亮这个糊涂蛋,他怎么没有想到要吃败仗呢?"加藤光泰也随声附和。然而,秀吉却沉下脸来,把头扭到一边:"不愧是鬼柴田哪。你等不可口出狂言。"

"可是,他不知我军实力……"

"给我住嘴!你们以为胜家不知我的实力吗?他太清楚了,他是在为他的体面而战……这才是最强大的敌人!"

光泰和直末不禁面面相觑,赶紧住嘴。

秀吉那满是汗渍和尘土,只有一双眼睛还在闪闪发光的脸上,现出一种与平时截然不同的哀愁。"明白事理、贪图功利的人毫不可怕。最可怕的,是那些既不遵从义理,也不喜爱金钱,只知一味地追求所谓荣耀的人。再也没有比这更麻烦的了。直末,你赶紧到黑田官兵卫那里走一趟。"

"黑田官兵卫……"

"你去告诉黑田官兵卫,大家合力把所有的尸体集中起来埋了。另,命令村里的人,不管是碰到自己人还是敌人,只要是还在喘气的,尽量给一些蓑衣或斗笠之类,力所能及地帮助他们,明白吗,否则,我羽柴秀吉的脸往哪儿搁?"秀吉的眼里射出刚毅的光芒,再次催马转向北方。

"光泰。"

"在!"

"即使秀吉占尽所有的天理和正义,胜家也绝不会甘居我下。为了平定天下,我不得不出兵讨伐他,并不是为了别的,你莫要误会。"

光泰盯着秀吉从未有过的严峻表情,点了点头。

事情确如秀吉所说。无论是胜家还是毛受兄弟,都是为了"荣耀"二字而战。还有一个人,也是为了荣誉而战,此人就是羽柴秀吉。

命令一下,大家立刻打扫战场。所有的尸体都被集中一处,伤员们被村民们转移到树荫下或者山谷里,悉心地予以照料。

"不愧是羽柴大人,真是大慈大悲啊!正因为大人有菩萨心肠,才会大获全胜啊。"

在村民们的啧啧称赞声中,秀吉跟在堀秀政的队伍后面进发了。

无论发生什么,也不会屈服……秀吉已经看透了胜家的心思,进击的脚步自然不会放慢。"佐久间盛政、胜家之子权六郎等人,只把他们找出来就行了,留他们性命。"

在路上,秀吉通知所有的人。"誓死不降的其实只有胜家一人,剩下的都可用真情打动。"

当天夜里,秀吉进入越前,宿于今庄。

当毛受家照誓死阻击敌人的时候,胜家带了百余名近侍,逃到了柳濑,然后翻越木芽岭,进入越前。一路上,他始终沉默无语,一口气赶到提前一步撤军、进入府中的前田利家的城下。利家该不会切断胜家的退路,置胜家于死地吧?近臣中有人在暗暗担忧。当从大道上赶到城下,胜家突然停住战马,回头看了一眼柴田弥左卫门。"去见见利家吧。你去城里跟他们说一声。"

"主公,万万使不得。他们可是在战场上望风而逃的人。如看见我们这个样子,还不知会有什么企图呢?"

"你去城里说一声就是了,少啰唆!我有一事须告诉他。"

"那太……"

"安下座位!"胜家翻身下马,在一个大户人家宅院的高墙下,急急地来回踱步。

"主公真要见前田吗?"

"此事如不告诉他,胜家没脸活着见人。快去!"

近侍们慌忙安下座位，胜家坐下来，再次呆呆地望着天空出神。近臣们怕发生意外，都背对胜家，围成了一堵戒备森严的人墙。

炎炎烈日无情地照射在败军之将身上。尽管坐在阴凉之处，四周的光芒却令人头晕目眩。人马、盔甲以及武器，都似霜打的茄子一般，看去无比惨淡。

胜家静静地坐在烈日下，耐心地等待着无情抛弃了自己、提前撤回府中城的前田利家。

看到这种情形，前田家的卫士紧走几步。"来了来了。"

"还穿着盔甲呢，当心点！"

利家从城里带了约三十几名近侍出来，看来他已经休整过，连马也换了，整个人精神十足，与萎靡不振的胜家形成了鲜明的对比。"啊呀，修理大人，您可来了。"下马之后，利家只带了几个带刀护卫，健步走到胜家面前，在安好的座位上坐下，"时间紧迫，还请大人赶紧撤回北庄，我还要在此等待筑前守。"

胜家听了，没有回答，只是一动不动地望着天空，良久，方道："利家。"

"在。"

"你我多年交情，胜家无以言谢。"

"大人言重了。"

"不，你和我不一样。胜家从前就与筑前守不和。而你不一样，你年轻时就与他是无话不谈的好友。你能够一直跟随我至今，已经仁至义尽了。"

"……"

"不，不只是到今天。你连胜家的后路都想到了，为了我的今后，你果断地从战场上撤兵。"

"这……多谢大人理解我撤兵的苦衷。"

站在一旁的胜家的近侍们无不竖起耳朵，面面相觑——两人的每句话都令他们深感意外。

"武士的名誉是极其可悲的。"胜家把视线转移到利家的身上，"我知，你待在这里，是想阻止筑前守，为我们的和解作最后的努力。"

"请允许我这样做。这也是我对二位应尽的义理。"

"不，筑前守的大志已融入其身。我们已无妥协的余地了。"胜家的声音有些沙哑，口齿却非常清楚，"利家，天下大局已定。"

"已定？"

"尽管我不愿看到，可是天下还是被筑前守掌握。但是，胜家决不会心甘情愿地输给筑前，这是我的天性……筑前也容不下一个敢于在他面前永不言输的人，所以，斡旋的事，就罢了吧。然与生俱来的大志，胜家绝不会忘却。这就是我想跟你说的。"

"难道我就这样眼睁睁……"

"不，这只是胜家的愿望而已。其实，你已对我尽了义理。因此，你现在应该对筑前尽义理了，不要因我的固执而连累你。否则，胜家的脸面也挂不住。"

"还是因为面子？"利家的眼睛不知何时湿润了，不断叹息。

"利家，你能明白我的心思吗？"

"其实我最怕大人跟我说荣誉二字。"

"哈哈……这么说，以前可真是难为你了。因此，在我此生的最后一刻……请明白我的心思。"

"修理大人……您是否认为利家不知廉耻？"

"哪里哪里。不只是朋友，就连对普通人，你也从不背叛。你对人可谓仁至义尽。因此，我早就想在这最后一刻和你见一面。"胜家用他那脏兮兮的手擦了一把汗，"莫提这些。你的心思，没人比我更清楚了。你难道不想听听我最后的心愿？"

"最后的心愿？"

"我想让你请我吃一顿饭。"

"这有何难？"

"还有，请在今夜为我准备一匹能赶到北庄的骏马。"

"这些我早就想到了，已让人给您备了一匹好马。"

"还有……筑前守的军队赶来之后，你能否为他打头阵，首先进攻北庄？这是打消筑前守疑虑的唯一途径。不只因为这些，有一些人……我不用特意提名字了，想必你也清楚，她们就住在城里，一旦城池陷落，切不要伤了她们。务必悄悄地帮助她们逃脱，想法把她们带到筑前守的大营去。"

听到这里，利家已经明白，无论他说什么，胜家也听不进去了，他已铁了心。在城池陷落的时候，说什么也不能伤害的人，就是信长公的妹妹阿市和她的三个女儿。利家已经考虑到这一步了。

"这就是我最后的愿望,你可否答应我?"

"我怎能不答应,我答应大人。"

"这样,我就没有什么遗憾了。请为我备饭吧。"

"我已让人准备了。"

不大工夫,近侍从城里送来了一个平时带往阵营的三层食盒,招待胜家。利家也让人为胜家的随从们另外备了一些饭团。吃饭的时候,胜家还不时发出笑声,唯利家始终阴沉着脸。

酒也带了一些,因是临终的分别,当然要干上几杯。几杯酒下肚之后,再次返回北国官道的胜家,脸色跟刚刚下马时明显不同,渐渐红润起来。

"筑前行动神速,久负盛名。趁着他还没有追上来,赶紧撤退吧!胜家就此告辞。"胜家拍了拍为他准备的灰毛驹,翻身上马。

太阳已经西斜,余热依然,胜家等人头顶斜阳向东疾驰而去。利家神情严肃,默默地目送着他们。

难道这就是一个人的荣誉吗?在某一个时代,人们思想和行动从无固定之规,乃是各行其道,这恐就是所谓的乱世。身在其中,人们的行为和主张,往往会陷入攀比虚荣的悲惨旋涡之中。秀吉有秀吉的虚荣,胜家有胜家的虚荣……前田利家却觉得二人的追索都那么虚无缥缈。秀吉与信长一样,只重视平定天下,却有操之过急之嫌,而胜家则生来不愿屈居人下,过于执著。

胜家一行人的背影从眼中消失,利家又在城下巡视了一圈,方才返回城里。与秀吉、胜家相比,利家只有区区六万石领地,他只是一个永远远离争斗的旁观者。世事就是这样变幻多端,秀吉尚自称木下藤吉郎,被信长收留之时,前田犬千代已是信长的亲信了,而今,拥有二百万石领地的秀吉就不用说了,就连柴田都领有七十五万石、光秀五十四万石,与他们相比,利家的领地还不及其一成,可谓天壤之别。

但是,我如此活着也并无不妥之处啊……利家也开始深深地思量起来。他也曾是一员虎将,年轻时也曾深受信长秉性的影响,决非没有建丰功伟业的凌云壮志。可是,不知从何时起,一种无形的力量拉住了他奔放的缰绳,把他从群雄逐鹿的狂风暴雨中扯了回来。不是别的,是阿松的佛心感动了他,是在他斩杀了爱智十阿弥后流亡之时,与他相濡以沫的小女子阿松的佛心影响了他。阿松的心智并非多么超群，她只是拥有坚定的慈悲之心而已。

但凡生者，都是佛祖之子，都应力戒杀生。这种信仰如此单纯，反而成了一种难以撼动的执著。阿松曾不断地劝诫利家：无论你有多少理由，都应尽力避免杀生，这是一个人起码的良知……等到信长遭遇本能寺之变，光秀兵败山崎的时候，这些话就极其自然地溶入了利家的血液。利家觉得秀吉和胜家的虚荣都是可悲的，都空洞无物。

回城之后，利家把大刀和头盔交给侍从，让利长负责守护城池，自己径直走进内庭。

"怎么还这么热啊！"面对兴冲冲出来迎接的阿松，利家有气无力地说了一句，然后脱掉铠甲，放在柜子上。"修理大人恐已没救了……"说着，利家坐到了夫人身边。侍从见状，非常识趣地施了一礼，退到了外间。凭着多年侍奉利家的经验，他们敏感地察觉到，夫妻二人定有重大事情商量。

"没救了？大人的意思是……"

"他舍弃不了他的虚荣，放不下任何事情。"

阿松夫人沉默了，只是一个劲地给利家扇着扇子。过了一会儿，她静静看向院中，道："您把自己的想法跟修理大人说了吗？我想，世上本不会有无可救药之人。"

"这又是你的佛法吧？"

"只要以诚相待，咱们的人质定会平安地从北庄回来。只要彼此信任，便可以救得许多人的性命。"

"阿松，我……"利家突然想起了自己交到北庄的人质——女儿。"如有一丝可能，我真想拯救柴田一命啊！"

"我的想法也和您一样……可是，即使做不到，您亦莫要灰心。"

"你是说，即使我站在筑前的长矛前，也绝不要杀人，对吧？"

"您对筑前守已经尽了心意……弃阵而逃也绝非可耻之事。人绝不要滥杀无辜！希望大人把这作为前田家的家风，世代相传。"

利家没有回答，只是默默地望着天空的晚霞。"想必筑前大人已进入今庄了……"

"估计今晚会在今庄宿营，明晨就会前来和我们谈判了。他的条件必非常苛刻，不是一降，就是一战。"

"利长给你说什么了？"

"前来谈判的使者定是堀秀政……不光利长和我这么想，其他的重臣也都这么想。"

"难道连你也认为筑前守会放我一马？我想，我归顺之后，筑前守定会让我作为先锋去攻打北庄。"让他第一个去攻打北庄，这比开城投降更令人头痛。虽说如此，一直到今日晨，父子俩还装模作样地安营扎寨，摆出一副要和羽柴军队决斗之态。

这时，阿松夫人拍了拍手，把侍女叫来。"给大人倒茶。"说完，她若无其事地凝视着丈夫。

在感情方面，利家终究还是偏向于胜家。正因如此，他总觉得秀吉有几分可怕。在阿松夫人的眼里，秀吉也是一个可怕之人。很早以前，秀吉就比常人更能洞察世事，不管是什么人，他只要轻轻地一瞥，就能看穿对方的心思。遇事要么拍拍你的肩膀一笑了之，要么暗暗地下定狠心，二者必居其一。一旦他下了决心，恐会像对待胜家一样处置利家，即使留得其性命，也会毫不留情地流放。

"大人，茶来了，先喝茶吧！"

"哦，好吧……"

"大人！"

"你是否有了什么主意？"

"从一开始，我就有主意。请大人舍弃修理和秀吉，从心底里彻底舍弃他们。"阿松夫人嫣然一笑，笑容中依然保持着二十年前那个坚贞少女的气质。

"不可瞎说！"利家对妻子的话似乎不大满意，"如我能同时舍弃胜家和秀吉，寻得一条中庸之路，哪还会有烦恼？你就别说这些来烦我了！"

"我不是来烦你。"阿松夫人又微笑了，笑中洋溢着机敏和才智，"龙门寺的老和尚曾说，所有的迷惘都来自内心的犹豫。所以，请大人打定主意，莫再犹豫。我们的路只有一条，既不偏向胜家，也不偏向秀吉，只有一条，那就是不杀生……"

利家不禁焦急起来。"我早就说过，即使我想走这条路，可筑前守能答应吗？他定会让我第一个前去攻打北庄，哪里还谈得上什么不杀生？！"

"我并不这么看。"阿松夫人坚定地盯着丈夫，"如佛祖显灵，您说，佛祖会让什么人去打前锋？"

"不知,我怎知你的佛法!"

"并不是你说不知,事情就能完结。只有心里随时想着不杀生、慈悲为怀的大将,才是佛祖最满意的大将,既对己方有利,又对敌方无害。所以,明日的事情,恳请大人三思。"

"你的意思,也是让我打头阵了?"

"不,是在作出决定之前,请大人不要刻意迎合筑前大人。我和筑前大人阔别已久,想亲自为他做一碗泡饭,烧一份他最喜欢的腌鲑鱼,和大人一起去见一见他。"

"你……也想去见筑前守……"

"对。虽然筑前守乃名震天下的大将,可是,我身后却有佛法无边的佛祖。相信佛祖一定不会眼睁睁地看着我输给筑前大人。"

"你说什么?!"利家愣住了,不住地打量着妻子,这是阿松吗?真是可笑,全天下的男子一齐上阵,恐也不是秀吉的对手,而这个女人却笑嘻嘻地说要和秀吉对阵,还断言决不会输,她是不是疯了?

"经历这件事之后,我利家怕会胸无半丝斗志了,你明白吗?"

"正是因为明白,才恳求大人。"阿松夫人那娇媚的圆脸上,依然挂着迷人的微笑,"但是,大人,衰亡的背后却孕育着新生啊。"

"……"

"大人,您明白吗?如不杀生,我们就能往生极乐……如果我们遂了佛祖的心愿,佛祖就绝不阻止我们兴盛。无论如何,我都想尝试一下。"

利家无言,单直直地盯着妻子。阿松夫人似想以一人之力对抗秀吉,梦想着改变越前一国的命运。

我怎么娶了这样一个古怪的妻子?利家依然沉默不语。阿松夫人则伏在地上,满怀自信。"大人,我求您了!怎样,大人?……"

此时利家感慨良深。为何每次都是被这个女人慢慢说服呢?如这个女人自以为是,在他面前耍小聪明,恐早就被他疏远了。可是,与易被人情所困的利家相比,这个女人却拥有超过他的冷静和决断。

利家始终对信长夫人浓姬敬重有加。有一次,浓姬在他的面前对阿松赞不绝口:"你娶了阿松为妻,可真是造化。"因而他也时常庆幸娶了这么个好妻子。

阿松的娇躯所迸发出来的活力,总是让利家瞠目结舌。现在,这个女人仍然永不知疲倦，洗洗涮涮，缝缝补补。儿女、用度、家臣们的家事等，她都巨细靡遗，悉心照料。

这样一个阿松，说要和秀吉会面，就说明她有自信，她的微笑就是明证。她自信非但不会让前田家灭亡，甚至还会让它更加兴旺。

"大人是否觉得我乃女子，不敢相信？请您放心，从秀吉还叫藤吉郎的时候，阿松就是他的朋友，和秀吉的夫人宁宁也是至交，所以，阿松去见一见秀吉，也没有什么不妥。"

利家默默地点了点头，既然如此，就让她去试一试吧！

"大人答应阿松了吗？"

"你细细想过了？"

"大人，阿松还有一个请求。在筑前守到来之前，想必堀秀政会作为使者先到。到时，大人务必要告诉堀秀政，就说随时愿意把这座城池交给他……"

"这件事我早就想过了，恐我不说，也没有办法啊。"

"好，既然大人这么想，阿松就放心了。好不容易把人家迎来，一旦让人起了疑心，那便前功尽弃了。阿松得赶紧收拾一下，做出一副随时准备交予他的样子。"

一切都如同阿松夫人所料。第二日大清早，堀秀政就来到了府中，要求利家归顺秀吉。利家满口答应，而且把妻子阿松因好久没有和秀吉见面，想趁此机会叙叙旧，并想亲自做一碗泡饭敬献之意，也半开玩笑地说了出来。

堀秀政回去，便把这件事报告了秀吉。

当日辰时左右，秀吉千成瓢箪的马印随风招展，大队人马浩浩荡荡从今庄出发，直奔府中城。

这一日，天空晴朗，城门两侧种植的柳树在微风的吹拂下，带给人丝丝凉意。

一切准备都已就绪，随时可以交接城防。城门大开，利家父子和夫人阿松等人恭恭敬敬地在城门外列队迎接。秀吉带领着一群高傲的随从，昂首挺胸骑马而来。他看见阿松混在人群中，立刻停下马来，不禁皱起了眉头。一个是得胜的总大将，一个是不得不开城投降的败将的夫人，颇具讽刺意味啊。

目光相触之时，二人不约而同地"哦"了一声，似带着久别重逢的浓浓感慨。列队迎接的前田家的军队自不必说，就连跟在秀吉身后的侍卫、随从们也都连忙停止说笑，住了马。

"阿松啊，你还是这么年轻！"

阿松听了，慌忙出到前列，"筑前大人，阿松也甚是挂念您啊！"

"既见了故旧，不可这样走过去。大家都下马！虽说是在征战途中，可毕竟是旧识，不叙叙旧怎过意得去？大家说呢？"秀吉毫无顾忌地大声说着，率先下了马。一见总大将如此，所有的随从也都齐齐跟着下了马。胜利者如此奇怪地入城的场景，恐怕史所仅见。

秀吉走到阿松夫人面前，飞快地瞥了利家父子一眼，对夫人道："啊呀，像极了，像极了，简直一模一样！"

"跟谁一样？"

"当然是跟内人一样了，跟宁宁一模一样。"

"这……阿松怎可与宁宁夫人相比？快请进城吧，真是想念大人啊。已有许多年不曾见面了。"

"是啊，那还是我在长滨的时候哪，起码有十年了吧。你却一点儿也没有变。已故的右府大人曾经多次说过，天下最幸福的男人就数我和利家了。"

"这话从何说起？"利家惊道。

"我们二人都娶到了天下最好的妻子。宁宁是细心周到的女子，阿松更在宁宁之上。今日堀秀政告诉我，说夫人要在城里招待我吃泡饭，我都愣住了，想不到还能吃到那么好的东西……"

"呵呵……"阿松开怀笑了，"阿松为大人烧的鲑鱼怎会那般可贵，筑前大人过奖了。"

"你能不能看出'鲑鱼'价值几何？"

"阿松怎会有那样的本事呢？只是，已在北国住了一些时候，也算熟悉了，如大人非问不可，越前、加贺、能登、越中等地的民风，倒是略知一二。"

"越前、加贺，还有能登、越中，这些地方加起来，已经超过一百万石了。"秀吉捋着胡须，大笑了起来，"啊呀，真是令人刮目相看。可怕啊，可怕！"说着，由阿松夫人引路，秀吉穿过俯首迎接的利家家臣，向城里走去，秀政、利家、利长等人跟在身后，再后则是秀吉的随从和侍卫。

城里，有人正在认真地清扫街道。秀吉这次并不是专为察看城内而来。这次的战事，可说是他跟胜家意志的比拼。胜家的器量和他的器量孰大孰小，胜过男子的阿松心中自有一杆秤。

如秀吉故意刁难利家，检视城内，在这个世事洞明的女人面前，极有可能暴露出弱点。即使此时有意让我检视，我也坚决拒之！秀吉执拗起来就像个孩子，他感兴趣的，是对方究竟会在背地里说些什么。

如他命令利家第一个攻打胜家，阿松到底会怎么回答？秀吉还真想让在贱岳战场上没有作一丝抵抗就自动撤离的利家作为进攻胜家的先锋。这样一来，诸将对秀吉的实力就更加折服，也是明确告知胜家：抵抗毫无意义。

阿松夫人究竟会如何应对秀吉呢？或许，她会对秀吉赞赏有加，或许，她也会存心刁难。

"里边请。从这座城里望去，日野山的风景便是最美的了。这里还有家夫的一间小屋，家夫平常就在这里边喝茶边欣赏风光。"阿松故意没去大厅，把秀吉等人带到了十二叠大小的书院。

"不错，门廊面朝东南，微风徐来，是个好地方！"秀吉在阿松夫人亲手缝制的坐垫上盘腿一坐，方才接受利家父子的祝词。

礼仪上的祝词结束之后，阿松夫人道："筑前大人请看，这里香烟缭绕，处处都是寺院。不只是越前，从此往北，加贺、能登、越中等地，都有众多人笃信佛法。"

"哦？现在一向宗还有这么多？"

"是啊，很多。"说完，阿松夫人像是想起了什么，用袖子遮住脸，呵呵笑了起来。"就连右府大人都不敢轻视这一带的人心啊……真是不可思议。"

"说的是，仅凭武力是不能让人心服口服的。"秀吉道。

"阿松担心的正是此事。因为从今往后，此处都将是筑前大人治下，如阿松刚才所言能为筑前大人提供些许参考，阿松实在荣幸之至。柴田大人太过分……"

"怎么，连修理也没有看到这一点？"

"是啊，修理大人依然照搬了已故右府大人的失败之策，以威势弹压信徒。他凡事都依靠武力恫吓，至今也没有笼络住人心。一个没有信奉的人，永远不会明白佛教中人的心思。"

"言之有理。从明日起，秀吉也开始念佛吧。"

"啊，对了，有一件事情，阿松想求筑前大人答应。"

"何事？"

"此次进攻北庄，请大人无论如何也要让家夫和犬子打头阵。"阿松夫人亲自拿了一块侍女端上来的点心，放在秀吉面前，若无其事地切入了最关键的话题。

秀吉双眼炯炯有神，看看阿松夫人，又看看利家、利长和秀政。看来利家父子早就知道此事，却故意装作毫不知情。秀吉突然厌恶起阿松夫人来，她在这种场合，以这样过分的方式提出此事，完全出乎他的预料。这个可恶的女人如此多管闲事，且又做得滴水不漏。秀吉故意默默地思虑了一会儿，方道："让利家父子作为先锋？"

"是。阿松这样说，也是为筑前大人好。"

"阿松，我希望你施舍给我的恩情，只有泡饭加鲑鱼，不可有别的东西。"

"大人说到哪里去了，阿松说的是正经事，没想到大人却当成了儿戏！"

"正经事？"

"是。大人请想一想，阿松能和您说笑吗？您对战败之人如此友善，前田一门荣幸之至，无以回报，便向您表达这样的愿望。"

"哦，你越说我越糊涂了。如让利家父子打头阵，对我到底有什么好处？"

"筑前大人，若让家夫父子打头阵，就会使百姓深深地感到，筑前大人和柴田大人多么不同，必会非常拥戴您。"

"倒也是。"

"记得柴田大人刚入北庄，就已使领民忐忑不安了。百姓也会担心筑前大人是不是跟柴田一样。凡事第一步，往往最是关键。"

"不错，不错啊。"

"听来似有些自夸，可前田氏从来笃信佛法，奉行不杀生的戒条，始终对领民宽抚有加。如家夫父子攻打头阵，就会使百姓安心，也说明筑前大人乃大慈大悲的大将，要让普渡众生的佛光照耀四海，让百姓们安居乐业。由此，大人就不会像柴田一样，天天防备百姓起事了，而且还有助于消除他们胸中成见。这不正是大人和百姓亲善之良机吗？这样一来，北陆的百姓都会热烈欢迎、衷心拥戴大人。"

秀吉端着侍女递过来的饭碗，默默地盯着阿松。

"筑前大人，这就是阿松向您提出请求的缘由，请大人允准。"

秀吉突然发现，阿松夫人的眼里涌出了泪水，嘴唇也在不住地颤抖。见此情形，秀吉也不觉心头发热，泪水吧嗒吧嗒地滴到了泡饭上面的腌鲑鱼上，"阿松。"

"大人……"

"我佩服你，真的佩服。秀吉从一开始也是如此打算，竟是我误会你了，请你原谅……原谅……"

看见秀吉流出眼泪，阿松夫人后退一步，伏在地上。"难得听到大人的肺腑之言。大人答应了阿松的请求，前田举家都会感恩戴德，宣扬佛法，为大人尽忠。对吧，利家，利长……"

阿松夫人这么一说，前田父子也都郑重地点头。秀吉含泪笑了，他的心头涌起了一阵阵感慨。他想起了阿松夫人的心性。若说有才气的女子，世上也不少。可是，如此执著地宣扬自己的信仰，敢在他秀吉面前毫不讳言的女子，世上难道还会有第二个？这绝非寻常的才气，这一心为家的真意，豁达开朗的心境，甚至胜过男子。

"哈哈哈……"秀吉边笑边动起筷子来，"在此次的征途中，我遇到了天下第一的珍珠啊。对吧，利家。这样的珍珠可是无价之宝啊，你可真是有福啊！"

秀吉这么一说，利家有些尴尬。他做梦都没有想到，妻子竟会以此法巧妙地说服秀吉。如此一来，平时最不通人情世故的利家，也能接受作为前锋进攻胜家的安排了。胜家的体面保住了，秀吉的体面保住了，前田氏的体面自然也保住了。

利家把此前困扰之事一股脑抛开，此时他的内心已完全被一种义理占据，那便是主动要求担任先锋。

"大人，再吃一点，我来伺候您。"

"啊呀，这怎么行，竟然让阿松夫人亲自来伺候，我怎么过意得去。"

"大人莫要见外。"

"这样的珍馐美味，秀吉不好好品尝怎可？嗯，味道大好。这大概就是不杀生的美味吧。阿松，你的谏言让我终身难忘啊。我现在也想通了，无论是归顺我的，还是誓死不降的，我一律让他们好好地活下去。今天，你真是令我有醍醐灌顶之感哪。"

"筑前大人。"阿松亲自盛了一碗饭递到秀吉的手里，"阿松现在觉得，似是遇上了真正的佛祖。"

"秀吉……也能成佛？"

"真是难得。长期以来，北陆信民的祈祷终于感动了佛祖，为我们派遣了筑前大人这样一位大慈大悲的菩萨来……阿松万分感激，阿弥陀佛。"

"哈哈哈……好，我定不会辜负你的期望。"秀吉高兴地眯起眼睛，又让人盛了些汤，大口大口地倒进嘴里。

用完饭，秀吉当即召众将议事，由前田父子任前锋，自己则午时从府中出发。府中城就直接交给堀秀政接管，阿松夫人和女儿们留下来为质。前田的军队英姿飒爽地开始了讨伐胜家之旅。

一四　胜家殉城

　　二十一日夜，柴田胜家带领着不足一百人马悄悄返回北庄城，这副情景全被茶茶看在了眼里。当然，她没有表现出一丝惊愕。

　　这次的战事毫无胜机，从一开始就十分明了。尽管如此，茶茶依然期待胜家会在某处给秀吉沉重的打击。现在看来，这个愿望终也没有实现，胜家已狼狈地逃回来了。修理终究比不上生父浅井长政公啊……这并非仅仅出于对父亲的思慕，还出于茶茶争强好胜的性情。

　　继父明知必败无疑，却为了面子硬着头皮出击，这也罢了。如死在战场上，算是赚取了名声，可是现在，他竟然不顾廉耻，偷偷地逃了回来，茶茶深以为耻。若是生父，必定坚决地自尽，决不会忍受这种屈辱。

　　早晨起床后，茶茶若无其事地去探望母亲。令人意外的是，母亲仍然跟往常一样，洗漱、梳妆，按部就班，看不出半点慌乱。这样一来，茶茶对胜家就更是鄙视了。

　　长政不愧一个勇于为武士的荣誉而死的男子汉，他丝毫没有为难妻子的念头。可是眼前的胜家却不一样，从他身上一点也看不出想帮助妻子的迹象。对别人似也是如此。胜家刚一回城，便立刻将剩下的家臣集合，看来他是想把所有人都带上不归路。可即使把幼童和老人都集中起来，恐也不足三千人了。胜败已经无须赘言。

　　尽管如此，胜家还是要作最后的抵抗，如果这就是所谓的荣耀，那么，荣耀是多么残忍的东西，它会把所有人都拖向灭亡。胜家所谓的为荣誉而战，就等于让所有的人都去死。而面对这种毫无意义的战争，母亲却唯命是从。对此，茶茶深感惋惜。

　　茶茶到母亲房间探视完毕，回到了自己房里，然后，立刻把妹妹高姬和达姬叫到面前。"阿高、阿达，你们知道昨晚发生了什么事情吗？"

　　"知道。姐姐说的是父亲很晚回城的事。"最小的达姬小心翼翼道。平时非常谨慎，从来不多说话的达姬，今晨似乎有些兴奋。

"对。看来这次继父是吃了败仗,狼狈地逃了回来,因此……"茶茶故意指着窗外让达姬看。一阵阵清风从外面吹进来。"这些城镇,这些城池,还有所有的人,马上都要灭亡了。就这样结束了。"

达姬沉默无语。她在耐心地等待姐姐要说的话。

"你们明白吗,无论在胜家的身上发生什么,我们姐妹三人都要从这座城逃走。当然,到底怎么逃,只是我们一起逃走,还是带上母亲,我想征求一下你们的意见。"茶茶一边说,一边面色凝重地盯着高姬和达姬。

"你们知道吗,继父逃命回来,却把那么多家臣和武士的性命扔在了战场上。而且,昨天晚上召开了军事会议。你们看,前门和后门,那么多武士源源不断地涌进城来。上至六十多岁的花甲老人,下至十一二岁尚不懂世事的顽童,都扛枪着甲来了……"

听茶茶这么一说,高姬和达姬从三层的窗户往外观看。太阳刚刚出来,温暖的阳光洒在城里。透过树叶缝隙望去,一条条白亮亮的道路围绕在城四周,路上的人络绎不绝。

"你们都看见了吧,把这些人叫进城来干什么?不消说,肯定是来守城的。可是,能守得住吗?顶多三千人。而筑前大人的军队起码有三万,甚至五万……"

"看来,他们是要与城共存亡了……"

"因此我痛恨这个修理。为何他不死在战场上,还有脸回来,非把老人和孩子的性命也搭上?权六郎没有回来,佐久间玄蕃也没有回来,唯有他一个人逃了回来……"说到这里,茶茶缓和了一下语气,"你们明白吗,继父已经身处困境,我们当怎么办?难道就这样眼睁睁看着母亲死于战火?阿高,你有什么想法,说来听听!"

此时高姬已快要哭出来了。"这么说,已无一丝胜利的指望了?"

"你看有这种指望吗?不到三千人,守外城都不够,别说二道城、三道城了。一旦敌人在周围放火,整座城立刻灰飞烟灭。"

高姬整个身子瑟瑟发抖。"一定得救母亲!"她眼巴巴地望着姐姐,"姐姐,你得想个办法救出母亲。"

"阿达,你呢?"

达姬并不像高姬那样浑身发抖。她翘起圆圆的下颌,一动不动地望着天空。"我……我想听母亲的……"

"听母亲的?"

"如果母亲下了决心……"

"母亲的决心就是与此城同归于尽……你也要陪着母亲去死?"

"是。"达姬点点头。近来,她眉稍眼角已显成熟,有一种坚毅之色。"我想母亲一定非常不愿见到筑前守,听说筑前守对母亲垂涎已久。一旦苟活,母亲将被迫再嫁。我绝不能眼看着母亲被……我要陪着母亲赴死。"

"你说什么?!"茶茶一下子转过身,惊异地瞪着达姬,"我们明明是在商量如何救出母亲,怎么连你也搭进去了?我绝不答应!否则,我们还商量什么?阿达你不要胡来。"

看到姐姐愤怒的表情,达姬却显示出了一个十四岁女子少有的慎重,她垂目盯着膝盖,自言自语:"人,未必只有活着才会幸福。"

"这只是弱者面对不幸的屈服。阿达,人啊,是为了活着才来到这个世上的。所以,无论遇到什么,都应该努力活下去,紧紧抓住幸福才是。"茶茶对着达姬又是一阵教训。

达姬抬起头,"如果筑前守逼迫母亲从了他……你还要母亲活下去吗?"

"你的结论下得为时过早了。首先要保住性命,才能想不用屈服就可解决问题的办法。我们商量的不是让你去死,而是如何把决意去死的母亲拉回来。我的心都碎了,阿达,你却在这里捣乱。"

达姬有气无力地低下了头,"姐姐说还有更好的办法,到底是什么?"

"哦,如没有办法,我能把你俩叫来商量吗?我只是先问问你们的心思而已。"

"那么,姐姐快把你的主意说出来。"

妹妹一催,茶茶咂咂舌,看了看四周。"咱们三人一起去劝母亲逃走。"

"要是母亲听不进去呢?"

"若是听不进去,我们三个就和母亲,与这座城一起……"

"哎,这是姐姐的真心?"

茶茶使劲地点点头。她横眉竖目,全身透出永不服输的倔犟。"凭什么?谁愿为那个不知廉耻、灰溜溜逃回来的修理去死?如跟母亲说,我们三人愿意陪着她一起赴死,母亲必于心不忍,会跟着我们一起逃走。母亲一逃,自然会落到筑前守手里,到时,我自有好办法。"

"什么好办法?"

"我会代母亲说服筑前守。我会诘问他,'像筑前大人这样的大人物,怎能玷污右府妹妹的贞洁名声呢?难道不怕世人耻笑吗?'"

"筑前守定能听得进去?"高姬在一旁插了一句,"我听说,筑前守是个非常执著的人,他若想得到的东西,没有得不到的。"

"你在说些什么呀!"茶茶脸色苍白,苦笑,"人都有弱点。我听说他比常人更加珍视名誉。如我告诉他,让母亲保持贞洁,是显示他的器量,我敢断言,他绝不会胡来。这事就交给我好了。"

"那么,阿达,咱们三人一起去劝劝母亲吧。"

达姬沉思了一会儿,痛快地点了点头。茶茶皱起眉毛,催促着二人。

阿市一直呆呆地望着护城河对面的大路。

去年冬天,这里还是一座白魔肆虐的城。今日,已是一个掩映在浓绿之中的小城,风从足羽川吹过来,带来了丝丝凉意。从大清早起就三三两两进入城里的人影,此时终于看不见了,只有那漫天的尘土不时在白晃晃的路上飞扬。天空一片碧蓝,唯右面的金比罗岳和国见岳的山顶飘着淡淡的薄云。这座城不久就要陷落了!

城下连绵的屋檐掩映在望不尽的绿色中,形成一片碧绿的海。住在屋里的人们,知道自己的命运吗?

筑前的军队涌进之后,必定先在城下纵火。一旦防守一方决意死守,进攻的一方必首先焚烧城池,这已是战争的常识了。那时,慌乱的人群定会在大火之中哭号震天,极其悲惨。一想到这些,阿市就觉自己罪孽深重,好像是她害了那些无辜的生灵。

小谷城陷落的时候,就是这种光景,这一次,她不得不再次经历地狱之火。虽说如此,阿市所能做的,却只是死在这里。

曾经有谣传说,北陆是她兄长信长杀人最多的地方。倘若如此,她真想死在这里,为她自己,也为兄长减少一点罪孽。

阿市斜靠在面南而设的栏杆上,一直思索着——不想让她死的有两个人,一个是昨夜刚刚摸回城来的丈夫胜家,另一个则是女儿茶茶,两个人都非常执拗。

天还未亮,胜家就已经严峻地跟她说了:"事情有变,你必须逃出这座城。"

阿市笑了。

"不如我的家臣忠烈，我觉得很可耻。现在我打算把这座城当作棺椁，你却不该也钻进这口棺材。"不仅胜家激动地劝说她，茶茶一有机会也对她说：胜家败北之时，就是她赴死之日。

当然，阿市并不会因为二人的劝说就轻易改变决心，可是，这个世上竟然有两个人努力想使她活下去，她已经很宽慰了。

胜家也是一样，阿市非常清楚，他根本不会把秀吉当作对手，只是一笑置之。她突然预感到茶茶会过来。来之后，女儿会说些什么呢？

此时，侍女来报："夫人，小姐们来了。"

阿市听了，警觉地看向屋内。只见三个女儿并排站在绘着夕阳远山的隔扇前面，阿市的眼睛尚不能很快适应屋内的黑暗，每个女儿的脸看上去都很黯淡。

"母亲，我们有事来求您。"茶茶的声音听起来和平时明显不同，舒缓和气。

阿市早就料到，女儿们迟早会一起过来，会说些什么，她也猜到了。她本以为茶茶的话会尖酸刻薄、慷慨激昂，可是没想到，女儿的声音却异常舒缓。阿市松了一口气。"哦，你们来得正好，我正想让人去叫你们呢。"说着，她回头看了一眼侍女。"你去把我准备好的东西拿过来。"不消说，阿市已备好遗物了。

不大工夫，侍女捧来一个盒子，打开，里面放着两柄短剑和一个小小的药盒。一看见这些，茶茶轻轻地笑了，"母亲，这些东西已经没用了，我们不要。"

"茶茶，你怎又说些莫名其妙的话？"

茶茶回头看了一眼两个妹妹，二人也笑着相互点头。

"母亲，我们三个人都想错了，请母亲原谅。"

"什么？"

"我们终于明白母亲想在这里尽大义的心思了。"

阿市听了深感奇怪。"你们明白了母亲的心思？"

"是。如果母亲离开这里，那将是再次受辱。不仅母亲，已故右府大人，还有故去的父亲，他们的英名都将遭到玷污。因此，我们……"茶茶又一次回头看看两个妹妹，煞有介事地说道。

"你越说我越糊涂了。既然你们明白母亲的心思,究竟想怎么办?"

"我们不会阻止母亲。我们也想陪伴母亲走完最后一程。所以,请母亲原谅我们此前的错误。"说着,茶茶规规矩矩地伏在了地上,两个妹妹也学着姐姐的样子。

阿市听了,不禁哑然。她万万没有想到,这是茶茶明察秋毫的反语,她还以为这是女儿们的真实想法。

茶茶确信母亲现在一定甚是狼狈,便若无其事地把盒子还给她。"我们已经反复商量过了。难为情的是,只有阿达最是看得开。我们三人愿意一起陪伴在母亲的身边,永远都不分开。城池陷落的时候,想必母亲也会拿起刀与敌人战斗。我们也……"

阿市一听,非常后悔,既然茶茶已经说了出来,自己再说什么,她也不会后退了。不行,得赶紧想个主意!阿市不住地眨眼,以掩饰内心的慌乱。当她无意间把目光转向窗外的时候,发觉有些异样。大概是西南一带的花厅,那里浓烟翻滚,火光冲天,不知是狼烟还是有人纵火。"看,看那边!"

三个女儿不约而同地站起身,顺着阿市手指的方向看去。战火逼进的速度比母女可悲的谈判还快,眨眼间已经烧到北庄来了,走廊里已听见了慌乱的脚步声。

"报告夫人。"一名侍卫飞奔而来,盔甲铿锵作响,是和胜家一起出生入死、从战场上逃回来的小岛若狭。他顾不上礼节,径直推开隔扇,跪伏在地上,声如洪钟禀道:"主公吩咐,请夫人和小姐即刻出城,请收拾一下。"

"若狭大人,西南燃起的黑烟……"

"是敌人放火。请夫人莫要担心。现在,前田大人已经派来了使者,说如有逃生的家眷,请从乾门放行,门外早已派人在那里守护了。估计决战会在今夜到明日间开始,万请夫人小姐们在傍晚之前离开。请速速收拾行装。"说完,若狭就要离去。

阿市慌忙叫住了他:"若狭大人,我还有一事想问。"

"夫人只管问。"

"除了我们之外,这座城里肯定还有一些要逃命的人,能否请您把他们也带到这里?"

"是些什么人?"

"前田大人的女儿在这里做人质,还有柴田大人年幼的女儿们,请您把她们都带过来，我要带着她们一起离去。"

若狭听了，不禁一愣。胜家早就告诉他，即使浅井长政的三个女儿都会逃走，估计阿市也不愿逃走。因此，他既感到意外，又很是理解。阿市到底还是愿意逃命去了，不仅如此，她连胜家庶出的两个女儿胜姬和政姬也想带走……

这真是有点微妙。胜家从没想过让亲生女儿逃命——连右府大人的妹妹都殉死了，怎么能让自己的女儿活下去？因而，如果阿市愿意逃走，胜家的两个亲生女儿也就得救了。若狭松了一口气。"明白，在下一定把她们给夫人带来。"

"有劳大人了。"阿市放下心来，"茶茶，你都听到了，我也和你们一起出逃，和修理大人的亲生女儿们，还有前田的女儿一起逃走……你们赶紧去收拾行装。"

这时，远处传来了隆隆的炮声。听到母亲的承诺，茶茶心中怦怦直跳。如果只有母亲一人出逃，可能令人将信将疑。当听到母亲要带着前田家的人质，还有胜家庶出的女儿一起出逃，茶茶信以为真了。是义理还是体面让母亲动了心？

"阿胜和阿政也和我们一起走？"

"对。修理大人也是有情有义之人，他也希望女儿逃命啊。"

"我们也和母亲一起逃命吧，阿高、阿达？"

"赶紧去收拾。"

大概是枪声把她们二人吓慌了，两个妹妹已完全忘记了和姐姐商量好的话，立刻站起身来。阿市让女儿们分别把遗物带在身上，自己也去收拾东西了。

此时，城内的气氛已经骤变。

和茶茶预想的一样，在胜家的指挥下，所有人都撤离外城，守在了二道城和三道城。城中的老者、妇孺和外城的士兵家眷全都疏散到了城外。士兵们都留了下来，他们的妻子儿女，则多少分发了一些金银，委托亲戚们帮着疏散到安全地带。

日暮时分，最初在西南方燃烧起来的火焰，已经蔓延到十几处，熊熊的火光把落日后的天空映衬得分外迷人。太阳已经落山，二道城、三道城内的人们依然忙得团团转。有的在搬运防枪弹的竹捆，有的在紧闭的大门内打夯，有的在准备篝火用的木柴，还有的在忙着烧火做饭……

当小岛若狭和中村文荷斋把扎着绑腿、脚穿草鞋、头戴斗笠的胜家之女和利家之女带到阿市的房间，屋内已是漆黑一片了。"夫人，按照您的吩咐，我把她们全带来了。文荷斋会护送你们到乾门。赶紧出发吧……"

说话间，阿市和三个女儿都倚在薄暮中的窗前，若有所思地望着冲天的火焰出神。

"另，主公嘱咐说，今后恐再也见不着面了，请夫人坚强地活下去。"

"唉，请代我向大人致意。"

"夫人请放心。估计前田派来的人已经到达乾门了。请恕在下就此告辞。"

"保重……"

"保重。"

"孩子们，快，快跟在中村大人身后。"阿市话音刚落，女儿们早已围在了文荷斋的身边，走到了廊下。人喊马嘶不时从四处传来。大家急匆匆地下楼，齐齐拥到黑黢黢的院子里。

胜家正在二道城用榻榻米搭建成的厅里，指挥着将士守城。

"主公，夫人和小姐们都已平安离去了。"

胜家看都没看小岛若狭一眼，只点了点头。突然，他的心头升起一股难以名状的孤独：一个亲人都没有了！我竟然还期望夫人会留下来陪我……尽管三千名士兵留在城里，与他同仇敌忾，浴血奋战，可是此时胜家眼中，却是一个人也没有了。

"若狭，你去天守阁下堆好柴草。"

"天守阁下？"

"这样可以随时准备点火。最好把火药也装好。明白吗？"

"明白！"若狭回答一声，抬起头来，痛苦地望着胜家那白花花的眉毛。"在破城的时候点火？"

胜家决然点点头。"我总不至于把首级送给他们。点火的时候，我会再次通知你。"

"遵命。在下就去准备。"

"哦，你等一下。"

"主公还有什么吩咐？"

"估计今晚筑前的主力不会来。因此，准备完毕后，你去把储藏的美酒拿出来，全部分给将士们喝。"

"遵命。"

"点心之类的东西，也不要再吝惜了，都拿出来，所有的酒肴，都犒赏大家。"

待若狭离去之后，胜家有气无力地伏在了桌案上。若是阿市在身边，他还可以打起精神，最后给秀吉制造些麻烦。现在阿市走了，他也似突然厌倦了一切。已让该逃命的都平安逃脱，他心底只剩下失落。

一瞬间，死亡的感觉袭遍了全身，就连他历来执著追求的荣誉，光芒都变得暗淡。或许，他的荣誉是专门给阿市看的吧。如是这样，胜家还是个男人吗，岂不成了一个天真的顽童？

从一出生就只为征战的男人，到了临终，所剩下的竟然只有懦弱、懒惰和疲劳。胜家懒懒地闭上了眼睛。

传来一阵轻微的脚步声，似是他的侍卫。一股饭团的香气扑鼻而来。脚步声到了他身边，戛然而止。"大人，醒一醒，该用饭了。"

胜家猛然睁开眼睛，一下子惊呆了：恭恭敬敬地伏在面前，手里端着一盘饭团的，竟然是阿市！胜家以为看花了眼，慌忙闭了闭眼睛，还以为是在做梦。她明明已经和女儿们离去了，怎么会出现在这里？

"大人，您心情不好吗？"

胜家猛地睁大眼睛，该不是何种鬼怪要来窥探他的心思……

"啊呀，大人的脸色甚是可怕！"

"这难道是真的吗？真的是你，阿市？"

"是……是我，是阿市。"

"你不是已和她们离去了吗，怎么还留在这里？我已经命人封死了四面的城门……"

"请大人原谅。我从一开始就说过，我要留在城里，要和您在一起。"

胜家慌忙望了一下四周。大厅里只有两支烛台，昏暗的灯光里带着浓浓的阴气，有一种怪诞之感，身后的持刀侍卫，影子无力地在地上晃来晃去。昏暗之中，只有阿市的影子分外清晰。她那充满朝气的眼睛、高高的鼻梁、小巧娇嫩的朱唇，无不散发着迷人的温暖。一瞬间，一度蛰伏在胜家心中的悸动,像敲响的晨钟一般激昂,如熊熊烈火燃遍了全身。这是一种无与伦比的欢喜!是他纵横天下的一生中,从未经历过的欢喜!毋宁说,是狂喜!

"阿市!"

"大人!"

"为何你不听从我的命令……"话刚一出口,胜家立觉与心中所思不符,全身顿时躁热起来。

"请大人原谅!"

"有的话可以说出口,有些却不能说出口……事到如今,阿市,你竟愿和我胜家共存亡?"

"阿市愿意陪伴大人一生。"

"你……你……"胜家的嘴唇痉挛起来,眼泪吧嗒吧嗒地落下来。

"是的,阿市一直想亲眼看着大人……世事总是反复无常……"

"这么说,我的……早就天定了。你,早就看穿了我的结局?"

"请大人原谅,我只想作为柴田修理的妻子了此一生。"

胜家还想说些什么,可嘴唇只是哆嗦。"好……好,那就把晚饭给我吧。"他实不忍再看侍卫和眼前的阿市,慌忙抓了一个饭团。"这是你亲自做的?"

"是。是不是有种特别的香味?"

"哦,是有特别的香味。是你白皙的手上的……香味……"

果如胜家所料,二十二日,秀吉并没有立刻向城池发起进攻,这夜平安无事地过去了。为了试探胜家,先头小股部队只是随处放了几把火。可是,佯攻却起到了意想不到的作用,据说德山秀现和不破胜光当日就投降了。第二日,以前田利家父子为先锋的秀吉部队,先后渡过日野川、足羽川,向北庄逼压而来。

进军的途中,利家派出一支先行军到处招抚胜家残部,安抚当地百姓。包围了北庄城后,利家仍然不放弃最后的努力,又一次派出使者前来劝降,可是,此时胜家甚至连城门都不开了。

秀吉把大营驻扎在足羽川南岸的爱宕山,坐镇指挥全局。可以说,这次对阵是乱世双雄的意志比拼,是性格迥异、超越胜负之境的两位大将的荣誉之战,非比寻常。

秀吉首先命人集中火力，向石墙高筑、屹立在城池入口的九层天守阁猛烈射击。可是，对方却没有丝毫反应。

大概是距离太远了，枪弹打不到。于是，秀吉选出精兵组成一支突击队，带着火枪一举突入了城内，结果发现，城内竟空荡荡的，什么也没有。

接到报告，秀吉哈哈笑了。"嘿，跟我玩空城计，还想让我大吃一惊！好，我倒要看看你还会耍什么花招。"秀吉以为，胜家白天不敢和自己对抗，定是想等到夜里向大营发动偷袭。为名誉而战的胜家完全会做出这样的事。因此，秀吉命令严守各处，防止偷袭。就这样，二十三日一整天，依然是秀吉单方面的行动。

夜幕降临，一切都融入了夜色之中。

戌时左右，此前一直静谧地耸立在夜色之中的天守阁上，出现了动静，五层之上全都灯火通明。

"奇怪啊，他们鬼鬼祟祟的，到底想干什么。"

"哈哈，看来，他们是要商议夜袭的诡计了。"

"决不可麻痹大意。马上发动进攻，从哪个方位都可以，一定要拿下修理的人头！"

秀吉的军队不断燃起篝火，制造声势，可是，不久之后，传入他们耳朵里的，竟是出人意料的鼓声和悲悲切切的横笛之声。

"到底是怎么回事？"

"他们不至于在此时大行酒宴吧？"

正在秀吉一方满腹狐疑的时候，围绕在天守阁周围的箭楼也都掌上了灯火。

"真是奇怪啊……他们确是在饮酒弹歌啊。"

其实秀吉的猜测丝毫不错。此时的胜家，正带着残存的族人、近臣、女眷们，聚集在天守阁的九层，饮酒作歌。

"请大家原谅胜家。都是因为那只猴子，胜家才落到了今天这地步，虽是悲切，但是莫要慌乱。今晚大家可以开怀畅饮，尽情歌唱。明日，或许我们已经变成了朝霞，消失在这个乱世的尘埃里了。"

这就是一直拘泥于虚荣、戎马一生的柴田修理亮胜家的最后一幕，只见他脸上熠熠生辉，眼神十分满足。从知晓阿市留下来陪伴自己赴死的那一瞬起，胜家似又获得了新生，从死气沉沉中复苏了。

"文荷斋，所有的箭楼上都送去酒肴了吧？"胜家一杯接一杯地品味着美酒，不时地眯起眼，温情脉脉地看着阿市。

"是。每座箭楼上都送去了灯烛，大家都喝得不亦乐乎。"

"哦，等若狭和弥左卫门回来，我也要跳一支舞给你们看看。唉，好久没有跳过舞了……"

"估计他们二人不久就过来了。若狭大人说，分配完酒肴之后，再去察看一下堆在下面的柴草。"

"哦，真是难为大家了，都这么为我尽心尽力。是吧，阿市？"

"是。"

"姑娘们已经成功绕开了筑前，进了府中城，也没什么好挂怀的了。剩下的事情，就是狠狠地涮猴子一把。对吧，文荷斋？"

"是。筑前守就怕咱们发动夜袭，今晚他一定紧张得要命。他怎么会想到，我们正在这里举行别出心裁的庆功宴啊。"

"此话不假，想一想都觉得奇怪。可让那个猴子更为吃惊的，还在后头呢。"

"大人！"阿市喝完杯中的酒，把手伸到胜家的面前，"莫要再谈筑前守了。"

"哦，你厌倦了？"

"现在，阿市心里既没有筑前守，也没有城池。阿市只想变成一轮皎洁的月亮，挂在万里长空。"

胜家听了，频频点头。他明白，自己终是没有那般超脱啊。"好。不谈了，不谈了。我根本不把他当成对手。"

"来，大家开怀畅饮，不醉不休。阿市今夜也忘记所有一切，与大家尽欢。"

"好，好。拿酒来，胜家亲自给各位倒酒。大家都把酒干了。还叫权六时，胜家就一直绷着面孔、耸着肩膀，没有给过你们好脸看。今天，我要为所有的人斟酒。请大家宽恕胜家，原谅胜家，为了胜家一人的面子，让各位和那只猴子……"

胜家意识到又提到了秀吉，不禁哈哈大笑。"来来来，这是修理亲自斟的酒，喝，喝……"

胜家体魄强健，看来完全不像年过六旬的老人，可他那醉醺醺的站姿仍然透着悲凉。在胜家的六个侧室中，年纪最长的要数阿闲，当胜家把斟满酒的杯子递给她时，阿闲忍不住抽泣起来。

"哎，哭什么，你……"

"是……啊，我才不哭呢。我已经是年近五十的人了，为何还要哭泣？只是能喝到大人亲手斟的美酒，十分难得，妾身这是感极而泣。"

"哈哈哈……你在说些什么啊。好了好了，明日之后，所有想出逃的年轻人，我都会让他们逃走。我修理就是那皎洁的月亮……猴子、城池、所有的事情都忘却了，只剩那一轮静静悬挂在夜空的明月。来，下一个，给你倒酒。"

这时，柴田弥左卫门和小岛若狭已经分配完酒肴，登上天守阁。

"哦，你们两个来了。好，那你们先喝。我来倒酒，怎么样，我亲自来为你们倒酒，为你们跳舞助兴。人生五十年……右府大人在世时，逢事就要歌唱，他却在四十九岁时就去了。我已经六十二岁，多活了十二载，要不是这那猴子……"胜家又大笑起来。

柴田弥左卫门和小岛若狭看到胜家醉醺醺的样子，有些吃惊。平时豪饮不醉的胜家，现已醉得不成体统了。无论怎么狂饮都正襟危坐、从未醉过酒的胜家，现在竟然……

阿市渐渐忧郁起来。怎会这样呢？她把三个女儿安全地送走，回到二道城的大厅时，心底的每一个角落都如冬天的小河一样坦荡，可是现在……胜家已经不行了，曾经如此执著地追求荣誉的胜家，现在已经垮了！

开始时，胜家似还能悟出一些人生的真谛，渐渐地，他的酩酊醉意，让人看了不觉痛心、可悲。什么荣誉、意志，全都是些虚无飘渺的东西，都是鬼话！实际上，他内心里潜藏的是淤泥一样的迷惘、愚蠢和执著。

看来，不久之后痛哭的将会是自己了。阿市不禁恐惧起来。她一直要与之走完人生最后一段旅程的胜家，已经彻底变成了一个愚蠢、丑陋的老翁。阿市只觉得无穷的悔恨扑来，原来自己是被迫殉死，若有机会，该不该逃走呢？

鼓声不断地响起来。酒杯从侍女手里传到文荷斋手里，又传到弥左卫门的手里。横笛则由若狭在吹奏。女人们陆续跳起舞来，胜家也打着奇怪的手势，一边吟诵着歌谣，一边跳起了舞蹈。

然而，当大家都尽情欢乐之时，阿市却冷淡地避开，静静地反思。她欺骗了女儿们,没有和她们一起离去,究竟是对还是错?而眼前,人们似都不再拘谨,尽情地粉饰着生命的余晖,这难道不是更可悲吗?人,为何总是那么喜欢谎言?悲伤之时,不如索性静下心来,慢慢地品味这种悲伤,不更好吗?

"夫人。"胜家又塞给阿市一杯酒,"喝,多喝一些,今夜是咱们最后的宴会了。"

"大人,我想留下遗言。"

"说的是。"

"只剩今夜了。我想仔细体味最后的时光。"

"说的好。文荷斋,拿纸笔来。"

此时的文荷斋刚从若狭的手里接过横笛,正在试吹。他轻轻地放下横笛,站起身来。

夜近子时。

纸笔拿来了,四周顿时安静下来。每个人都被迫面对着一张薄纸,面对着一个"死"字,作最后的争斗。不,或许每个人内心都惧怕这种斗争,方强装笑颜、饮酒、唱歌、跳舞……

阿市拿着笔,默默地站起来,走进回廊。风儿在天空低声地鸣咽,敌人点燃的篝火,星星点点地点缀着眼前的黑夜,箭楼上的灯光都已经灭了。恐是大家都已喝完临终的美酒,沉沉地睡去了。

胜家站起身,走了过来,他深深地吸了一口气,望望天空,又俯视四方,"大家都歇息了。"

阿市并不回应,只是独自用心聆听着远处的钟声。这个纷纷扰扰的尘世,究竟是无情还是有情?几颗星星寥寥镶嵌在天穹,冷眼旁观着残酷的世间。

"那里就是爱宕山吧?"胜家指着南面的一片篝火说道,"也不知秀吉那只猴子,现在正在想什么呢?"他似早已忘记自己方才不再提起秀吉的约定。

"哦,阿闲,拿酒来!"胜家转过身,大声喊道。

又来了几人,宴会自然而然地转移到了回廊上。

阿市依然背对着胜家,站在那里,纹丝不动。

"不用拿灯过来。"弥左卫门道。

"他们的大炮怎会打到这里来呢?"胜家木然道。

就在这时,阿市突然觉得眼前有一个黑色的东西翩然而过,是杜鹃吗?杜鹃怎么会在此时,飞到此处来呢?

脚下的城池,已是陷入四面楚歌的一座孤城了。当沉浸于一种无声的悲凉时,当思绪万千时,若有什么东西靠近你,你必会以为那是天外来访的杜鹃。

阿市铺开卷纸,刷刷地写了起来。

　　茫茫世间事,
　　凄凄离别情。
　　夏夜郭公鸟,
　　声声断肠鸣。

"夫人写好了?"

文荷斋恭恭敬敬地双手接过,朗声吟诵起来。胜家听了,表情突然变得悲怆,黯然放下酒杯。

"文荷斋,拿笔来。"

"是。"

胜家一面反复吟诵着阿市刚刚写就的遗诗,一面转过身,面对着油灯沉思起来。在北国的寒夜与纷乱的心情中,他低吟片刻,写道:

　　夏夜梦路无绝期,
　　千古流芳亡亦值。
　　郭公若有真情意,
　　为我扬名天下知。

胜家写完,文荷斋用更加抑扬顿挫的语调诵读起来。此时,女人们的抽泣声此起彼伏。中村文荷斋轻轻地把两首诗歌放在胜家的面前,笑嘻嘻地低下头,道:"请允许文荷斋献丑写一首。"

"哦,怎么想就怎么写吧……"

"那么,请允许我写在主公和夫人诗篇的后面。"文荷斋就在二人的诗句下面写了起来。

前世有奇缘，
伴君悲凉路。
唯愿至后世，
亦能侍旧主。

写完，文荷斋依然用同样的调子诵读了一遍，放在了胜家的面前。胜家把三首诗从头至尾诵读了一遍，与其说他在品味诗意，不如说他是在努力恢复理智。

"好！天快要亮了吧。我也要小睡一下了。在此期间，若有……"说着，胜家看了看文荷斋和若狭，"想要逃命的，只管从这天守阁上逃去便是，任谁也无妨。"

"是。"

"筑前守必定于天亮时发动总攻。因此，当我醒来，无论是谁，只要还留在这里，柴田胜家会毫不留情地杀死他。你们明白了？弥左卫门，枕头！"厉声吩咐完毕，胜家走到了室内。他的脚步跟平常一样稳健，眼睛也炯炯有神。

侍女们摆放好屏风，拿来棉袄，战战兢兢地盖在已躺下的胜家身上。未几，屏风后面传来了熟悉的鼾声。阿市才舒了一口气，静静地走进屏风内。

当夜，从这里离去的只有侍奉侧室的四名侍女。

当夜色渐渐地褪去，爱宕山上号角长鸣、鼓声震天的时候，天守阁上则是一片女人念经诵佛的声音。

战斗从大清早就已开始。进攻一方的军队没有别的选择，只能破城而入。四处展开了白刃战。

二十四日辰时四刻，一支闯进的部队杀到了天守阁的入口处，此时的天守阁上，已经没有一个女人活着了。阿市已经被胜家亲手杀死，尸体却依然静静地坐在那里，双手合十。其他的女人则被乱刀刺死，柴田弥左卫门、小岛若狭等人也被介错而死。

就这样，近午，留在天守阁三层以上的，已不足三百人了。然而，每一个都是忠于胜家的精兵强将，都是心甘情愿殉死的勇士。

此刻，三百名勇士和攻到天守阁二层的敌人，在狭窄的楼梯展开了殊死搏斗。当进攻方突入到第三层，柴田一方拼死抵抗，向敌人猛烈反击，然而，每一次都被羽柴一方逼了回来。

敌人早已把城池围了个水泄不通，一阵阵喊杀声直冲云霄。这样的呐喊自然大大鼓舞了进攻方的士气，同时，柴田的人马渐渐地减少了……其中，有奋不顾身地杀入敌阵、一去不回者，有并非战死、缴枪投降者，也有落荒而逃者。

胜家自己也是三次追杀敌人，三次退回天守阁。与其说是为了杀敌，毋宁说是为了用尽所有力气，为自己寻得合适的死期。

不知何时，太阳已经西斜了，恐已是申时。中村文荷斋满头大汗地回到天守阁，来到胜家的身边。"主公，已到了申时。"

"嗯，知道了。"胜家已经脱去盔甲，正在撤去阿市躯体旁边的屏风。"文荷斋，你到下面检查一下，可以点火了。"

"遵命。"文荷斋应一声，再次向楼下奔去。胜家的额头上滴下豆大的汗珠，默默地把侍女们的尸体堆积到阿市后面，然后扶住阿市那毫无痛苦的苍白脸庞。

"阿市，你好好看着！"胜家突然自言自语，大口大口地喘着气。

此时，天守阁上除了胜家，只余三十多具尸身了。然而，在胜家心中，他们都没有死，都在凝视着自己的一举一动，都在和自己说话。胜家轻轻地抚过阿市冰冷的面颊，紧咬着牙关走到了回廊。

剩下的近侍们都已退到了四层、五层，为了不让敌人近前，为了给胜家赢得最后的时间，所有的人都在殊死拼杀。

突然，一股冲天的大火从四层升起。

"羽柴秀吉的士兵们，你们听着——"胜家的身影出现在了滚滚浓烟之上。进攻天守阁的士兵不约而同地手搭凉棚往上观看。

"你们都给我好好地看着，看一看英雄鬼柴田是如何切腹的……"

下面顿时一片哗然。

胜家一只脚踩在栏杆上，虽然此时下面有几千双眼睛在注视着他的一举一动，然而他觉得，只有身后的阿市在热切地望着他。我胜家决不会给你丢脸！阿市，你好好看着，看一个老武士悲壮的最后一刻……

阳光下，一道白刃一闪而过，喷涌而出的血柱在蔚蓝的天空画出一道虹光。从左肋刺入的短刀直直刺破右背，接着，胜家回手一刀，从胸膛到小腹,一气割破了腹部。他用尽最后一丝力气睁开眼睛,把刀用力抛向空中,一把将五脏六腑全抓了出来,伴随着一种奇异之声,抛向了楼下的人群。

就在这一瞬间,隆隆的爆炸声一阵接着一阵,把大地都震得摇晃起来,九重的天守阁轰然倒塌在滚滚浓烟之中……

一五　初生去意

　　天正十一年，夏。茶屋四郎次郎急匆匆地奔向矢矧桥。表面上他是为德川家筹措布匹的商人，而实际上，他是为德川家康打探京城消息的探子。

　　一登上桥板，茶屋立刻变成了一副商人的模样，敏锐的眼神也变得如富人般悠闲。两名贴身护卫俨然两个干练的伙计。迈着悠闲的步伐走到桥中央，茶屋停了下来。他望了望桥下的流水，然后抬头看着远处掩映在浓绿之中的冈崎城。"怎样，是否感觉这里别有一番天地？"

　　"是啊。战时与太平时就是不一样呀，就连迎面吹来的风，气息都截然不同。"

　　"但是，不知这一次会如何。"

　　"您的意思，这里也难免兵燹之灾？"

　　"德川大人当然不允许这样……怎么说，三河也是英雄汇集之地啊。"说着，茶屋四郎次郎在一个阴凉的地方弯下腰，紧了紧鞋带。

　　"掌柜的意思，是说筑前守处理完北陆的事之后，就要把魔掌伸向这里来？"

　　"估计是这样吧。反正岐阜的命运也已决定了。既然筑前守想平定天下，自然不容德川氏安然于东边。"

　　"如果真是这样，可要出大事了。"

　　"还不至于。但是估计在大人的一生中，也算是最大的麻烦了。不说了，快走吧！"

　　"好吧，反正咱们也不去冈崎城。"

　　说着，主仆三人继续往前走。没走几步，茶屋又回过头来。"我本不想在冈崎城逗留，直接去滨松，可是，又改变主意了……"

　　"掌柜是想顺便拜访冈崎城？"

　　"是。我必须进一趟城。现在，冈崎城代是石川伯耆守数正大人。有些事情我必须和石川大人密谈。"

"伙计"沉默了,茶屋继续道:"北庄城已经陷落,北陆的防御焕然一新。如果德川大人不立刻派出使者前去祝贺,恐会增加日后与筑前守之间的摩擦……"其实,这次茶屋专程赶赴滨松,就是为了把这些消息报告给家康,向其献策。他在路上盘算了好久,作为使者和秀吉进行交涉,既不损面子,又不伤感情,具有这种手腕的人才,目前在三河武士之中凤毛鳞角。若派去的人有勇无谋,单把秀吉看成一个投机取巧者,那可就坏了,说不定反被秀吉玩于股掌之上。秀吉在这一点上确是个天才,具有不可思议的魔力,若对方是那种正直朴实的人,他只要过去轻轻拍拍此人肩膀,恐很快便成了他的人。看来这趟差使非石川莫属,只是,他能否听得别人的建议?

今日的冈崎城看去与从前大不相同。随着德川氏的功业和势力蒸蒸日上,城墙气派了,箭楼也挺拔了,就连围绕着城墙的树木也似更加繁茂了,整个城池十分牢固。那坚固的城墙和深深的护城河,似在向人们讲述着松平氏三代人艰苦奋斗的故事。但如和刚刚陷落的北庄城相比,还是逊色多了,箭楼较矮,街道也不够宽阔。"其实胜败不在于城池的坚固与否,而在于城内的人心……"

不觉到了城代的府前,茶屋四郎次郎一边擦着脸上的汗水,一边走到府门前,殷勤地对门口的卫兵道:"在下是京城从事绸缎生意的商人,叫茶屋四郎次郎,有要事要见城代大人,麻烦禀告一声……"

"京城的绸缎商人?"看来守门的士兵并不认识茶屋四郎次郎,"你到底有何事?城代大人公务繁忙着呢。"

"是这样。我正赶往滨松向德川大人交差,刚好路过这里,想问候一下大人。"

"你以为我去通报了,城代大人就会见你?"

"是,我想城代大人一定会见我。"

"那好,既不怕白跑一趟,我就替你通禀一声。"

听了这话,茶屋不禁回头看了一眼两个伙计,苦笑了一下。这就是三河武士,为人朴实,而又有些蛮横无理,虽然也有可爱之处,但说起话来总有些伤人。连小小的走卒都具有这种气概,如果打起仗来,自然是勇猛无比。若是与人交涉,可就麻烦了。不乏这样的先例。到信长那里出使的酒井忠次和大久保忠世二人,就送掉了家康长子信康的性命。而这一次,对手是比信长更难对付的秀吉,且又非过招不可……

茶屋四郎次郎不得不在门外等。其实，门内就有专供来访者的随从等候的地方，也有接待室，哪怕这些看门人让他在那里等着也好，他们竟然连这都不通融一下。

"茶屋先生，进来吧。"

"我就说，大人一定会接见我的。"

"你是商人？"

"是。"

"你和城代大人是故交？"

"是，是多年的故交了。"

"难怪大人吩咐我好好带路呢。请。"

四郎次郎不禁又苦笑了一下。"我的两个伙计还在等着呢。"

"哦，还有两个？先在那里等着吧，他们二人的事我忘记禀告大人了。"

茶屋让两个随从在门口等待，自己进了本城的中门。这时，从大门内迎出来两名年轻的侍卫。"您就是茶屋先生吧，这边请。"语气和看门人一样。大概是看来客竟是个商人，便生了轻视。

此时，茶屋要造访的石川数正在本城的小书院里和佑笔畅谈。他一看见茶屋，连忙招呼。"啊呀，松本先生，稀客稀客。快请进来。"说着，向佑笔和侍卫使了个眼色，让他们退了下去。

此时，茶屋才抬起一直低着的头。石川数正比家康年长四岁，今年已经四十六岁了。十岁的时候，数正就在家康左右伺候了，家康做人质时，他也一直陪伴在身边。去骏府迎接家康长子信康回冈崎时，他也和信康同骑一匹马。可以说，他是德川氏的大功臣。在三河武士之中，数正算是最通晓世故的了，待人接物都十分老成持重。

"松本先生，北国是否大局已定？"

"是的，万事都在筑前掌控之中啊。"

"请再近前些。请放心，没有人会偷听。先说说你的想法。筑前把北国的事情委托给谁了？"

茶屋四郎次郎不慌不忙向前靠了靠，擦了一把涌出的汗水。"实际上，在下这次是要赶回去面见德川大人，不知大人在滨松城否？"

"主公应该从甲斐赶回来了。甲斐的制度想必也定好了。但，主公打算秋天亲自巡视一遍甲斐和骏河。"

"大人可真是闲不住啊。"

"是啊，我也这样想。主公曾说过，筑前守在那边攻城的时候，咱们这边也要好好地加强城防。"

"是。对于城防之事，我倒是丝毫不担心。我担心的是另外的事情……"

"筑前是否有什么异常？"

"倒是没有。筑前将越前和加贺的能美与江沼二郡赐给了丹羽长秀，长秀先前的领地若狭，还让他一并管辖，又从加贺拿出石川、河北二郡，外加能登，一并赏给了前田利家……"

"等等，那便是将整个越前都给了丹羽长秀？"

"对。加贺和能登差不多都给了前田父子。利家从能登的七尾迁到金泽筑城。利长从府中移至加贺的松任。七尾则由前田安胜、长连龙等把守。佐佐成政已经赶赴越中的富山，和上杉家谈判去了。"

"哦。这样，前田家的领地就更多了。那么，佐久间玄蕃怎样了？听说在战斗最激烈的时候，不知去向……"

"听说玄蕃和权六郎在途中被抓住了。刚开始，秀吉好像还不断地劝降。可是，玄蕃死也不降，便被带到了京城，枭首示众了。"

"这么说，柴田一族竟都灭绝了。"

"听人说，柴田家的人都死爱面子，考虑不周……"

"你认为此后的动态会如何？"

"这样一来，信孝也就完了……估计秀吉接下来要在大坂筑城了。他定会学着已故右府大人，在大坂筑起一座豪华的城池，以此号令天下。他要让所有人都知道，天下已经掌握在他羽柴秀吉的手中了……这样一来，就与德川氏的利益关系重大了。"说着，四郎次郎定定地盯着数正。

数正听了，缓缓地点了点头。既然战事已经结束，德川氏就不得不派出使者前去祝贺了。谁可担此重任？这不仅是茶屋关心的问题，也是数正忧虑之事。

"城代大人，"茶屋四郎次郎机警地四顾一番，方道，"这次出使，您看谁最宜当此重任？"

"本来，派谁去都可以，可是……"数正的视线从茶屋身上移开，"恐怕，去了之后会出些麻烦。"

"麻烦……"

"筑前守必定费尽口舌，逼使者要主公前去侍奉他。"

"我担心的也正是此事。"茶屋往前凑了凑。他担心的事情还不止于此。"万一使者迫不得已接受了筑前的条件……那怎么办，城代大人？"

数正轻轻地摇了摇头。"主公就不用说了，恐怕连老臣们也不会答应。所以，使者如果擅自做主，回来就只好切腹了。"

"大家都知道回来后要切腹，自然更没人愿去了。"

"我想是吧。"

"既然需特意前去祝贺，而对方又特意向我们发出邀请，这……恐怕难以回绝啊。"

数正黝黑的脸上浮现出一丝苦笑。

"如生硬地回绝，定会伤了筑前守的面子。这样一来就糟了，还不如一开始就不去祝贺。"

"这样自是不好。"茶屋也不禁皱眉苦笑，"但是，对方绝不会善罢甘休……"

"这倒是件棘手的事……"

"城代大人！"

"你可有什么好主意，松本先生？"

"没有。我只是觉得，若不派使者前去道贺，肯定不妥。"

"我也和你想法一样。可是，派谁去好呢？"

"是，一般之人不能胜任。如果大人问我谁最合适……"茶屋这么一说，数正不禁警觉地抬头看了他一眼："不知茶屋先生会列出哪些人？"

"这……"茶屋定了定神，伸出右手数起来，"井伊大人、神原大人都太年轻，如把他们派去，肯定会招致筑前守不满。"

"接下来呢？"

"本多大人太率直……因为此前少主之事，大人定不会答应酒井和大久保前去。"

"那么……"

"除了您和本多作左外，我再也举不出其他人了。"茶屋四郎次郎似已完全看透了数正的心思，便默不作声了。石川数正只是默默地望着院子，并没有回答。

茶屋继续道："这件事情，年轻人看不到它有多重要。即使在老臣之中，能明白无误地洞察筑前心思的人，也是凤毛麟角。不知从何时起，筑前已把自己完全看成为平定天下而生的太阳之子了。这种想法委实可怕……凡是不遵从命令的人，便是阻碍天下统一的人，便是他的死敌，他都绝不会放过。"

"……"

"在此次进攻柴田的过程中，茶屋终于看清了筑前可惧的一面。柴田大人是出名的猛将，而筑前也是异常强硬，一步也不肯退让。如只是这样，倒不可怕。可怕的是，筑前不仅拥有和已故右府大人不相上下的谋略，还有一种招揽人心的魔力。堺港、京城和大坂的所有商人，筑前招之即来，毫无例外……信孝家臣是这样，柴田家臣也是如此……"

石川数正盯着外面，可是茶屋的话令他点头不已。他太清楚不过了，秀吉不仅是一个旷世奇才，而且他所尊奉的天下太平的大志，就是神佛之意。神佛无语，但是渴求太平的万民的心意，就是神佛的意愿，那是秀吉最坚强的后盾。家康也怀着与秀吉相似的大志。不同的是，家康注目于现世，要在这个世上逐渐实现太平；而秀吉则坚信自己是为了平定天下而生。这一点差别，竟蕴藏着引发巨大冲突的危险。

"不管怎么说，茶屋先生列出的人选还是挺有意思的。"过了一会儿，数正舒了一口气，看着茶屋，"看来，这个重任就落到了我和那刚正不阿的作左身上了。"

"恕我冒昧。"四郎次郎笑着低下了头，"鄙人看来，你们二位可是十分相似啊。"

"哦，近来人们都说我越来越老了，作左却是老当益壮啊。我们二人竟然十分相似，这从何说起？"

"这种相似并不在于外貌，而在于胸中的赤胆忠心。"

"哦？"

"请恕在下直言，以我看来，二位大人最能代表三河武士的风范。"

"哈哈……"数正笑了，"松本先生不愧是喝过京城里的水啊，真是伶牙俐齿，怎会想到我这样的人呢……"

"大人此言差矣，二位既具有决不屈服于筑前的坚定，又有敢说敢为的气魄，所以……"

数正听了，又转过身去，默然地望着院子。

"城代大人，您刚才说，我喝了京城的水，口齿变得伶俐了，我却是意外。"说着，茶屋又往前凑了凑，"所谓一山不容二虎，我深有体会。如不仔细思虑筑前的力量和他的根性，我看德川氏怕要遭受三方原会战以来最大的灾难。"

"你是说，筑前会主动前来挑战？"数正依然望着外面，"我想主公不会轻易应战。"

"不，筑前才不会发起挑战。相反，他定会前来逼迫德川大人向他行臣礼。现在，无论是丹羽长秀还是细川藤孝，都已是他的家臣了。"

"你担心主公也会成为筑前的家臣？"

"这就要看德川大人的意思了。当然，众位家臣也绝不会答应啊。我是说，咱们不得不防……"

"哈哈……"数正又笑了，"你的意思我懂了。请先生只管放心便是，主公绝不是那样的人。当然，先生的话我也会牢记在心。如主公真的下令，我当然在所不辞。我看今晚先生最好在这里歇息一晚，明日一早再赶往滨松不迟。"

此时的茶屋意犹未尽，还想继续，可是数正已经这样说了，也就不好再说什么。他似有些失望——本来他期望数正会沉下脸，积极回应。"好，既然这样，那就由我去出使吧。我倒要看看筑前究竟是怎样一个不同寻常的大人物。"

但是，数正并没有认真回应。看来，他过于轻视秀吉了。数正已和从前大不一样。他变得柔韧了，刚劲的气魄消失得无影无踪。茶屋想到这里，摆在面前的佳肴没有了味道，美酒也不香了。

现在，德川氏的领地已经扩展到了四国，作为当世大藩，地位自然也提高了。难道因此就不需韬光养晦，就可妄自尊大了？

当日夜里，茶屋和两个随从住在同一间屋里，次日清晨出发时，数正竟连面都没露。因此，四郎次郎总有一种被冷淡的感觉，心里很是落寞。数正不至只满足于区区城代之职吧？

茶屋出发之后，数正若无其事地对儿子康长道："松本四郎次郎走了没有？那人的话太多了。"

其实，石川数正对茶屋四郎次郎的意思再清楚不过了，因为就在正月，数正已经就同样的问题和家康争执过。不知家康到底在想什么，他频频与清洲的织田信雄书函来往。这使得数正深感不安。信雄并没有像信孝那样，与柴田、泷川结盟，而是频频地和家康来往，其实，他的内心也和信孝一样，十分反感秀吉。早在家康和北条氏交战之时，信雄就已频频向甲斐阵中送来书函和礼物了。其意很明显，近畿的情况十分危急，希望家康赶紧与北条氏直议和，率兵助他一臂之力。

刚开始，家康巧妙地利用了这一点，让信雄在他和北条氏之间斡旋。可是，在数正看来，那无异于玩火自焚。柴田胜家正是因为与信孝结盟，招致灭亡。而家康与信雄走得太近，势必点燃秀吉心头之火。

"和清洲方面的交往，希望主公三思而后行。如因此招来无妄之灾，可不值得啊。"

没想到，一直对数正敬重有加的家康听了，竟然有些不悦，把脸扭到了一边。

去年年底，秀吉要向岐阜城发兵时，信雄竟多次派人前来，要与家康会面。没想到家康轻易就答应了对方的请求，而且在今年正月，特意把信雄迎进冈崎城密谈。更令人不解的是，会谈时居然不让一个重臣参加，究竟谈了些什么，至今尚不清楚。之后，二人便骑着马一同去吉良狩猎了。

那是天正十一年正月二十的事。

家康狩猎刚回来，数正就毫不留情地讽道："主公今日定收获颇丰？"

"哦，只打了几只野兔和野鸡。"

"不会就这么些吧？"

"嗯？"家康微笑着责备起数正来，"我和已故右府大人可不是寻常的关系。我只是想安慰一下失意的信雄……打不到猎物也没有关系。"

"既然没有猎物，在下看还是罢手为好。否则不是太无聊了吗？"

"无聊？"

"是。野鸡野兔这些无聊的东西，如拿最宝贵的家臣性命去换取，想必就不会无聊了？"

"住口，数正！你是何意！"

"那得看是什么情况。"

"闭嘴！我自有盘算，你休要再说！"

既然同住在一座城里，估计家康自会把他所谓的"盘算"告诉数正。可是，不久之后，家康回了滨松，此事也不了了之。因此，对于秀吉今后的动向，数正的判断与茶屋四郎次郎的无别。只是他变得出言谨慎了。

"康长，把阿胜叫来。"石川数正得知四郎次郎已经出城后，笑吟吟地看着儿子，"昨晚客人说了一件有趣的事。"

"父亲指的是刚走的那个多嘴的客人？"

"正是。不愧是主公的眼线啊，果真是个有器量的人才，只是这次的话有些多。他说，能够为德川氏出使，而又能让人安心的只有两位，便是为父和鬼作左。"

"这……有意思？"

"对，有意思，太与众不同了。在三河，像为父和鬼作左这样的人，可以说像河滩上的砾石一样，数不胜数啊。你去把阿胜叫来。"

数正有三个儿子。嫡子康长已经举行元服仪式了，次子胜千代、三子半三郎都还年幼。由于数正早年曾发过誓，家康出人头地后他再娶妻，所以很晚才成家。因此，数正父子之间的年龄差距特别大。

未几，康长领着胜千代走了来。胜千代虽然体格健壮，可毕竟只有十四岁，眼睛里依然闪烁着少年的纯真和幼稚。

"康长、阿胜……今日父亲想问你们二人一件事。"

"父亲，何事？"

"你们经常从祖母那里听到一些佛教的教义吧？"

"是。"弟弟胜千代抢先答道，康长则沉思起来。胜千代又道："经常听到，但是多不能理解，佛祖的教诲博大精深……"

"为父也这么认为。"数正点点头，"因此，我想问一下，你们到底明白了多少。明白什么，不明白什么，但说无妨。"

"是。"

"你们知道父亲为何豁出性命服侍主公吗？"

"知道。"康长答道，"是因为我们家祖祖辈辈都深受主公大恩。"

"嗯。阿胜你呢？"

"我和哥哥一样……还有，父亲敬主公，爱主公。"

数正点点头。"我再问你们。如果父亲已经开始厌倦主公，而且，现在有一个人给予父亲更大的恩惠，那么父亲可否离开主公，去服侍那个人？"

兄弟二人不禁面面相觑，低下了头，父亲怎会问这样奇怪的问题？

"不可。"康长说道，"即使有那样的人，父亲也不应该投奔他。"胜千代则留了个心眼，低头不语。

数正大声笑了。"哈哈……还是阿胜有心机啊。遇到拿不准的事情就沉默，有城府……哈哈。"

"不，不是心机！"胜千代孩子气地大摇其头，"孩儿正在考虑如何回答。"

"哦？那好，你再想一下。哥哥已经说了，这样不对，那必定有正确的想法。你们要好好想想，我再问你们。"说着，数正打开扇子，慢慢地摇了起来。

"我不明白这是为何！"过了一会儿，胜千代道，"我的想法也和哥哥一样，无论那人对父亲有多大的恩德，父亲也不应该离开主公……我只知如此，可个中原因，孩儿就不明白了。"

"好，阿胜已经回答了。康长，你呢？"

康长轻轻地擦了一把额头上的汗水，仰望着屋顶。"已经明白了，不用再说了吧？"

"哦，既然这样，那就不用回答了。"

"这……这得遵守武士之道。即使又有人施恩，以前的恩情也并不会因此而消亡。因此，是报恩，还是守节，必须考虑……"

"康长，如果父亲立一个大功来报答以前的恩情，之后，我就可到别处去了吗？"

"这……"

"你们想一想，父亲究竟是不是那样的人。"

"嗯，我想父亲绝不会是那样的人。"

"有道理。你们再想想看，父亲为何不能去？"

数正这么一问，康长答不上来了。"孩儿实在是说不上来，请父亲明示。"

"哈哈……你们的想法，父亲大致明白了。祖母教给你们佛祖的教诲，看来，你们还远远没有领悟啊。"

兄弟二人又面面相觑，急得抓耳挠腮。

"我发现，不知从何时起，主公开始遵循佛道。因此，无论主公多么无理，对我多么冷漠，我也绝不会离开他。"

"是佛道……"

"对。主公开始时只是勇猛，后来成了一位深谋远虑的武将，最近，又成了一位遵循佛道的仁者。你们知道吗，佛道提倡的是不杀生，不争斗，尽可能让每个人都活着、都安乐。徒有强悍的性情，并不是真正的武将。可喜的是，主公已经参透了这个道理，因此，我要永远追随主公。"

胜千代故意低下头，装模作样地沉吟道："父亲大人究竟想怎样？今天为何问我们这些问题？胜千代不能理解。"比起佛道，他对今天大谈佛道的父亲似更感兴趣。

"莫要打岔。"数正苦笑了一声。

"不是我在打岔，是父亲在故意打岔。"胜千代毫不留情地反击，"你说呢，哥哥？父亲刚才为何会问一连串问题呢？先要弄清楚这一点，至于做人之道，自另当别论了。"

康长怕自己失言，依旧沉默。他似也微微感觉到父亲的苦恼。

实际上，在茶屋四郎次郎这次特意拜访之前，数正早就与家康谈过了。那时，康长和父亲一起赶赴滨松，他在外间等待的时候，断断续续地听到了屋内二人的对话。

"看来上方的事情已完全按照筑前的意思解决了。因此，我们必须派一位使者前去道贺。我想来想去，总觉得别人都不合适。你就去一趟吧。"

"别的都好说，唯独此事，请恕我难以从命……"数正说。

"为何？"

"去上方谈判，无异于跨进了鬼门关。若这次在下去了，筑前必会令我们协助他修筑大坂。这种要求实在难以拒绝。如在下接受了筑前的条件回来，定会招致主公及老臣的埋怨；如拒绝筑前的要求，又势必拂了筑前的面子。这样一来，出使还有什么意义？因此，我不去……"

当时家康听了，就岔开话题，大约过了半个时辰，又扯了回来。"数正，这次的使者非你莫属，别人去，我不放心。"

关键是，这次出使，一方面要尽量减少因助修大坂而糜费的金钱，另一方面又要洞察秀吉的心情，不给他机会抓住把柄，刁难德川氏。

"别的都好说，唯独此事，请恕在下难以从命……"数正接着道，"当年修筑安土之时，酒井和大久保二人已有前车之鉴。只要是与筑城有关，使者无异是去鬼门关。"

家康似有些不乐，沉默了一会儿，他厉声道："你和作左商量一下，看派谁去好。总之，普通人担不起此重任。"

此话一点不假。这次秀吉筑城的目的，无疑是想向天下展示威风。因此，如果发现谁比他更富裕，或敢和他比试威武，他自然会加重谁的赋税。但德川氏目前也困难重重，既要加强无数新领地的防御，又要修筑众多的工事。

从家康的房里出来，数正又到本多作左卫门那里，密谈了半个多时辰，才打道回府。

虽然当时康长并没有听到谈论的具体内容，但是出城时，父亲的脸色显然不是很好，定是有什么令他痛苦的心事。

想到这些，康长沉默了。数正又苦笑着道："不知你们是否明白，为父为何会问你们这些……"

"孩儿们很想听一听。"

"为父可能要到羽柴筑前那里去出使一趟。"数正停了下来，又缓缓地摇起扇子。

"那……出使到筑前那里，真的就那么难吗？"弟弟胜千代睁大了眼睛，拼命地在父亲的脸上寻求答案。

"这……这次出使，远比以前到骏府迎回夫人和少主时要困难啊。"

"为……为何？"

"因为不久之后，主公就要变成筑前的眼中钉了。设若我是筑前，也会如此。要筑城，便可以堂而皇之命大名们出黄金、木材、石料，以及人夫。"

兄弟二人又陷入了困惑，面面相觑，对父亲的话依然似懂非懂，不知父亲为何会这么困惑。

"那么，我出使的时候，把你们也带上。然，你们一去，恐再也回不来了……明白吗？"

"只要父亲让我们去，我们就……你说对吧，胜千代？"

"嗯。"胜千代含含糊糊地答道，"这恐是'做人就要遵循佛道之理'吧。"

"对。"数正觉得孩子们似开始理解自己的初衷了，用力地点了点头，"你们知道吗，这次父亲怎么也下不了决心去出使，可一想到主公对我的大恩，一想到我冒着生命危险，把主公的嫡长子信康从今川家救出来的情形，我就羞愧不已。而且，主公为了德川氏，为了天下苍生，含泪杀了亲儿子……想到主公之苦，为父终于下了决心。"

弟兄二人似乎渐渐明白了父亲的心情，眼睛一眨不眨地盯着数正。父亲提起信康，眼里总是泪光闪烁。"不只是信长，换了别人也一样。一个人，若到了以修筑天下第一的城来向世人示威的时候，必与鬼神无异。筑前当然也要这样做。因此，即使你是鬼神，如果没有惊人的献身之志和才能，是断断不可贸然前去出使的。"

"父亲！"胜千代颤声道，"那就一起去吧。如真是那样，我们也可死在一起。"

"你急什么，胜千代！"康长连忙阻止道，"是生是死，父亲心里自然有数。我们只要按照父亲的意思去办就是了。别随便插话，好好听着。"

"我不是正在听嘛。到底什么时候去出使，父亲？"

数正的眼睛湿润了，他擦了一下眼泪，笑了。"听你们这样一说，我就安心了。我相信我有此才能。估计不久之后，主公还要让我去一趟滨松。届时和主公好好筹划完毕，才能作决定。就在三五天之后吧……"

"在此之前，我们也准备准备吧，胜千代。"

"是。"

数正看着两个孩子，宽慰地笑了。

一六　作左荐使

茶屋四郎次郎在滨松城见了德川家康，随即飘然离去。

他的报告详细而准确，想必家康又会作出一些新指示。不过，家康并未就此说什么，而四郎次郎也没有透露要去何处。

时值五月，柴田败亡的消息，早就被秀吉颁得天下皆知，而且，出兵伊势的刈谷水野总兵卫忠重，也已把秀吉在琵琶湖北的攻防形势绘成地图，详细地向家康作了汇报，因此，茶屋汇报的内容，家康此前已知了个大概，却装出一副全然不知的样子。家康自是还存留着一丝期待。因为不知从何时起，秀吉要筑大坂城的传闻，已经把每个旗本大将都弄得心情紧张。

其实，秀吉并没有像信长那样，对敌人表现出极强烈的憎恶，在这一点上，他大概是受到了家康的启发。家康对武田氏的遗臣采取了恩抚之策，结果获得了极大的成功，估计秀吉不会看不到这些。

虽然秀吉对胜家一人毫不留情，但是，那些举棋不定的胜家家臣，秀吉都拉拢到了麾下，现在，他已经牢牢地控制了二十余国。根据目前的实力，他完全可以动员三十余国的人力和物力来修筑大坂。

但可怕的并不在于修城，而在于筑城之后发动征战。一旦秀吉抬出"统一天下"的口号来，无论是东面的德川、北条，还是北面的上杉景胜、中国地区的毛利辉元，无一人敢与之争锋。当然，秀吉不到一年，就成功地把织田氏的遗领全部掌握在手中，立刻想让天下大名臣服于他，这样的事，秉性强悍的三河武士无论如何也不能接受。

"你看，天下又冒出来一个了不起的大强盗。"

"强盗？"

"除了筑前，还能有谁？他原本只是一个农夫的儿子，恐也不能懂得什么义理，没想到这样的一个人，竟然跳出来向世人大声疾呼，说明智光秀是逆贼，更令人惊讶的是，唾沫星都还没有干，这个农民儿子就已经悄悄地盗取了天下。真令人瞠目结舌啊！"

不知何时，这样的风评随着秀吉胜利的消息，传遍了滨松的大街小巷。对此，家康充耳不闻，不仅如此，还说要在七月去骏河、甲斐巡视。

天正十一年五月初，一个下午，淅淅沥沥的梅雨轻轻地敲打着书院的前檐。家康正在案前仔细研究甲、骏等地的军事要塞图。这时，本多作左卫门蹑手蹑脚地走了进来。其实，家康一眼就看见了，他却依然默默地用笔在图上圈圈点点，没有抬头。

"大人！"这一次作左没有叫"主公"。

"信雄想以大人为护身符。大人此次前去甲州，究竟是出于什么考虑？"作左的语气仿佛是在训斥人，毫不客气。

过了一会儿，家康才搁下笔，慢慢地合上砚台盖，仔细地卷起地图。其实，作左卫门话里的意思他一清二楚，根本用不着问，只要看看其姿态，一切就全明白了。

"作左。"终于，家康抬起头，"你见过茶屋了？"

听到这话，作左卫门呵呵笑了。"我和那个人又没有多亲密的关系。"

"哦，你又讨厌人家了，你这个毛病可不好。"

"什么讨厌，从一开始我就没喜欢过那人。我一看见他，就知道他到滨松为筑前夸功来了，像他那样的人，胆小如鼠，早就被筑前吓破了胆。这些都在他脸上清清楚楚写着呢。"

"作左，这些话到晚上再谈吧，我现在要去见一下孩子们。"

看到家康的反应如此冷淡，作左卫门不禁微惊，他无奈地摇了摇头。"大人，且慢。请先屏退左右，我有要事禀报。"

"要事？"

"是。现在情势紧迫，如一不留神，滨松恐也会出现私通筑前的人。"说着，作左带着不怀好意的目光，扫了侍卫和随从们一眼，"已经有人向我报告，说现在天下净是些胆小鬼……我这里有一份名单，上面记的都是那些被筑前吓破了胆的人，请大人屏退左右后再看。"

听到这话，家康机警地扫了四周一眼，皱着眉苦笑起来。"既然作左这么说了，你等就先退下吧。"所有的人都退到了外间。

"作左，你一定心有苦衷？"

这时，作左的脸色已经不像刚才那样阴沉沉的了。"大人！"他厉声叫了一声，旋又嘻嘻地笑了，"不知大人明白筑前胜利的原因了吗？"

"胜利的原因？"

"其实，这次筑前的胜利，与其说野战得法，不如说是攻城有术。但是，筑前真正的强项在于'位攻'。"

家康一听，现出怀疑的神色，旋又笑着点了点头。"你所谓的'位攻'，就是以多打少，在人数上绝对压倒对方，是人海战术吧？"

"大人说得不错，又不尽然。攻城的时候，进攻方的兵力须多于守城一方……可是，筑前的战术却有不容忽视的特殊之处。"

"不仅要在人数上占绝对优势，还要在对手中多寻些内应，是这样吗？"

听家康这么一说，作左顿时眉开眼笑。"既然大人已知，那我就不再啰唆了。一旦有了内应，守方的战斗力就会削弱大半。筑前才会连战连捷。希望大人千万不要忽视这一点。"

"你这个老头儿有些不对劲啊。你今天到底想说什么？让我立刻和筑前决战？"家康直盯着作左，故意把声音压得很低，似比他还会说笑。作左又呵呵笑了，偶尔显现出一丝揶揄的神情。

"你以为我是那样的人？我会说出和筑前决战之类的话来？"

"大人的意思是……"

家康收起微笑，一本正经起来。"你是不是已忘记了三方原会战，忘记了我的脾气？"

"忘记了……"作左木然点头道，"在下只记得那时的大人勇猛无比……还不如忘记的好，您说对吧，大人？"

"你今天到底想说什么，别卖关子了。"

"反正终究要和筑前一战，为防止我方陷入劣势，不知大人有何高见？"

"我没有，你呢？"

"作左怎能对已四十二岁的大人指手画脚？今日是向大人请教来了。如您实无高见，在下只好回家，切腹而死了。在这个无聊的世上活着还有什么意思，作左已厌烦透了……"

家康听了，只是呆呆地望着作左，沉默无语。这个老人平时总爱说些不着边际的话，家康已经习以为常了，只是今天他竟然说出切腹云云，也太过分了。

"老爷子……"

"大人？"

"你过来之前,是否见了什么人?"

"怎么,难道大人不许我见客?"

"不要老是这样大喊大叫,别人还以为我们在吵架呢。你今天来,是不是想告诉我,筑前这次胜利关系到德川氏的兴衰?"

"对。大人对目前的情势老是冷眼旁观。可是,您想过没有,在您坐观天下之时,筑前可在不断地酝酿着阴谋。我可不愿看到一个对筑前卑躬屈膝的大人啊。我想和您商量一下,我是不是该切腹。"

家康的眉毛猛地颤动了一下,可以看出,他已经发怒了。未几,他却仅是把视线转向了院子里的绿树,调整起呼吸吐纳来。作左不想看到一个在筑前面前卑躬屈膝的家康——这话的背后所隐藏的,仅仅是对家康的爱戴和信赖,因此,训斥他几句是不能解决问题的。

"老爷子……"

"有好主意了吗,大人?别忘了,信长公在世时,大人的身份也是信长在三河的亲家,而决非其家臣。因此,作左绝不想看到大人沦为筑前的家臣。这绝不只是我这个老头子一人的心情,而是所有与大人生死与共的三河武士的共同心愿啊!"

"这些我都明白。可是,我早就看出你脸上还写着别的东西。"

"别的东西……"

"不错,你早就看出我心中已有打算,只是你越老脾气越急,不问清楚就寝食难安,没错吧?"

"哦,既然大人已经看破了,那就把您的锦囊妙计告诉老臣吧。"

"主意倒是有了,只是还没有定下合适的人选。"

"这么说,还是派人出使之事?"

"遣使道贺只是武将之间交往的形式。我接下来还有些盘算呢,先莫着急。"

听家康这么一说,作左又用戏弄的眼神,直直地盯着家康。家康则用揶揄的眼神还以颜色。家康和作左卫门二人之间的感情,远非普通主公与家臣。有时二人像是难得的密友,有时则成了相互抨击的对手,有时又变成恨得咬牙切齿的冤家。

"作左,这次我打心底里为筑前的胜利高兴。"

"真是无聊。"

"因此，我想委托道贺使给他送些礼物……"

"再这样下去，大人就要把四国也悄悄地送给他当礼物了。"

家康并不理会作左的嘲讽，继续道："你看，我是送给他马铠五百件，还是黄金一千锭？"

"什么？！"

"我反复琢磨，觉得这些东西不足以表达我的喜悦之情，最后，终于狠下心来，决定把我最珍重的初花茶壶赠送与他。"

"哦……"作左睁圆了眼睛，"您说的是松平清兵卫赠送给您的那把茶壶？"

在这种急需物资的关键时刻，如果家康向对方赠送黄金、马铠之类的东西，作左一定会骂声大起。可是，一听赠礼竟是一把茶壶，他不禁笑嘻嘻地点了点头。"大人能下如此大的决心，可敬可佩！可是，大人……"

"你有什么苦衷，老爷子？"

"当然有，那把茶壶上还没有贴上金箔啊，大人。"

"还要贴上金箔？"

"当然要贴，但凡名器，都要在金箔之上再贴一层金箔。大人可还记得，您从清兵卫手里接过这壶之时，既没有笑容，也没有感激，因此，不贴金箔万万使不得。我看，得赶紧把清兵卫叫来，让他赶紧贴上。"

"言之有理……"家康也不知不觉探出了身子。二人似都变成了喜欢恶作剧的孩子，扑哧一声笑了起来。

"你有好主意吗，作左？"

"当然有。对于筑前守那样的迅速发迹之人，想把他哄得高兴，就要破费些。大人，那把壶可是名器啊，是清兵卫去堺港的时候，豁出性命才弄到手的。"

"这……是真的？"

"不清楚！"作左摇摇头，"若非如此，怎么会贴金箔呢？听说，很多堺港的名流，如宗易、友闲，以及很多茶人，一听说那把壶竟然到了清兵卫的手中，都扼腕叹息。"

"你不是非常了解吗？"

"我怎会不知！那可是茶人们都想争着献给新的天下人羽柴筑前守，以讨好他的天下第一名器啊，没想到清兵卫把它献给了大人。不知大人是否记得,当时您高兴得昏了头,张口就要赏赐清兵卫五千石领地。"

"等等,等等,老家伙,口下留情!"家康沉下脸,向作左吼道。作左则厚着脸皮,把头伸到图纸前面,继续喋喋不休。"那可不行。筑前那只老狐狸,净干些坑人的勾当,大人如果不给茶壶包上金箔,他必不会善罢甘休。对吧,大人可是天下闻名的铁公鸡啊,好不容易有赚取'美名'的机会,必不可错过。这就是此壶的说头……天下闻名的吝啬之人竟然张口就赏五千石,把松平清兵卫都吓得一哆嗦。"

"吓得他一哆嗦……"

"当然。您想,铁公鸡得意忘形,无意间说漏了嘴,定会非常后悔,或许会干出故意设计陷害的勾当呢。因此,赏赐给清兵卫的五千石领地,最后竟意外地被退了回来。"

"你这个老东西,信口雌黄。别说了,别说了!"

"马上就说完了,大人只管听着就是。于是,大人就问清兵卫有没有其他要求,最后,大人答应免去清兵卫子孙后代的库役、酒役,以及其他一切杂役……因此,滨松人把这把壶称为'五千石壶'。"

"我知道你的意思了,快住口!"家康终于抬起手来,"我知道,你今日来,就是让我把那把壶献出去。既然如此,你把那个敢去筑前那里出使的人说出来。我知道,你早就和那人商量好了。"

"大人明查,"作左卫门舔了舔发干的嘴唇,"不愧是大人啊……一下子直击要害。可是,不管能当此重任的人是谁,此人必须去施行您的谋略。您究竟想让谁带着那件天下闻名的名器'五千石壶',到筑前那里出使啊?"

"这次出使,等闲之辈势难当此任。"

"大人英明。"

"特意赶到你那里,和你密谈此事的那个人,想必不住滨松。"

"大人慧眼,确不是滨松的人。"

"那人从冈崎赶到你那里去的,他是……"

"石川数正……数正那个家伙。"

"作左!"

作左卫门应了一声,伏在地上。"数正是来求我担当出使重任的。可是,这么重的担子,我怎么担得起呢?但我也决不忍心把数正一人送入虎口。于是,我们俩约好,若数正亡我也亡,数正切腹我也切腹。筑前为人狡诈，数正回来之后，其定会到处散布传言，说数正已经投靠他。他不只想让大人斩杀数正一人，还会四处造谣，说家中和数正一同思变的人有很多。这样一来，就先从内部瓦解了我们的军心。"

"作左，这一点你不必顾虑。德川家康不是那种轻易就中筑前诡计的人，不是轻易就疑你和数正的糊涂虫。"

作左不禁泪如泉涌，泪水汩汩而出，滴落到榻榻米上。家康的人选和他的想法不谋而合。既已如此，本不该再说什么了，可是，作左却还有一事想说。

"大人现在日渐显贵，家臣也越来越多。可有一事大人千万莫忘记了，出使筑前的使者可只有一人啊……"

"我自然明白。"家康感到一阵难受，他把脸扭到一边。

"此事是三方原会战以来，德川家的大事。"

"作左还有一个请求，请大人斟酌。"

"什么？"

"为了一心向佛的数正和他的老母亲，我替老太太请求大人。"

"代替数正的母亲……"

"正是。一向宗的僧众现已平伏，个个潜心求佛，不再骚乱。因此，求大人看在数正鞠躬尽瘁的份上，重修三河的念佛道场，我想定会取得意想不到的善果。"

家康并没有立刻作答，但是也没显出反对之态。"作左，是否有人与你提过此事？"

"不是数正本人。"

"是他的老母亲吧？"

作左摇摇头。"这样的大事，数正怎么会告诉老母呢？是数正的一个心腹渡边金内。"

"渡边金内……"

"是，不愧是数正的好家臣啊。不仅是金内，佐野金右卫门、本田七兵卫、村越传七、中岛作右卫门、伴三右卫门、荒川总左等人无不承袭了数正的深谋远虑，无一不是数正多年相伴的心腹。大人知道是为何吗？这背后就是莲如上人创建的本宗寺的信仰……"

"我知。"家康又点点头，"你去告诉渡边金内，让数正速来滨松一趟，之后我再把具体安排透露给他。至于念佛道场之事，我已记在心里了。"

"大人仁慈，不愧是我们的主公……"作左的脸再次抽搐起来，眼泪吧嗒吧嗒往下滴。他却连擦都不擦，索性闭上眼睛任其肆流，身子也在剧烈地颤抖，过了片刻，才缓缓地站起身来。"作左马上通知数正，要他速来滨松面见大人。我先告辞。"说罢，作左径直走进走廊，他使劲直了直腰，自言自语道："哎，没想到竟和数正比拼起根性来了。"

恐谁也不会明白这句话的意思。它的含义就这样消失在历史的尘埃里。人真正的根性，除了神佛，还有谁能知道呢？不，有时甚至连神佛恐都不知……

作左径直向大门走去。出了本城的大门，他急忙赶回刚在东侧新建的自家宅院。

淡淡的希望和挥之不去的苦恼交织在一起，在作左心里掀起一层层波浪。其实，作左卫门一直死心塌地服侍家康，这次，一想到数正的事情，他就觉得仿佛身临其境，心一阵阵地痛。如果石川数正前去出使，秀吉恐怕又要拍拍数正的肩膀，把他当成亲人一样盛情款待。回赠的礼物也会比主公那个古壶不知珍贵多少倍，还要极力夸赞数正乃是德川氏的大忠臣，然后估计就是利用人的弱点和本能了。秀吉必定会说，他得了天下之后，一定告诉家康，要赏给数正几万石乃至几十万石的领地。

如果只有这些话，倒也不用担心，因为德川氏的人个个都是铁骨铮铮的汉子。简单地客气一下，然后退出来，不会有什么事。可是，秀吉绝非一个轻易放手之人，这一点在信长逝后，已经越来越露骨了。他定会巧妙地散布谣言，说数正已经投靠于他。

由于双方都在互派细作，所以，一些意想不到的秘密常常在无意间泄露给对方，令人防不胜防。

"一定是数正透露出去的。"

一旦真的出现此种情况，秀吉就会派人到处散布传言，也可能像信长那样写一些假函四处散发。人言可畏，不知不觉，德川氏就会对数正由警惕变为憎恶，坐卧不宁。这种先例并不少见。接着，秀吉就趁机加以诱惑，令人方寸大乱，左右为难，最终还是倒向他。这样一来，就验证了数正最初就投降秀吉这一"事实"。秀吉正是善于玩弄这种阴谋的鬼才。

作左完全看透了这一点，在和家康商量出使人选之时，他伤透了脑筋。

正在此时，数正突然向他派来使者。使者是其家臣渡边金内，还带着数正的亲笔书函，大致意思是说，他想去筑前那里出使，希望作左帮着说合。

看到书函的第一眼，作左简直不敢相信自己的眼睛，他只觉得心口像是插进了一把利刃。倘若不是数正，而是其他人，作左一定会疑窦丛生。"秀吉的动作可真是神速，眨眼间就把手伸到这里了……"

如果数正只想寻找一个安身之地，到秀吉那里出使，倒是一个绝好的机会。可是，数正绝非那等人，不知此行是否出于他的向佛之心，但不啻为一种悲怆的壮举。因为这样一来，数正恐怕就要被鬼才玩弄于股掌之间，身陷他早已布下的圈套了。

"我回来了。"走到府门前，作左大喊了一声，慢腾腾地进了大门。一走进内庭，他就喊过儿子仙千代。

"阿仙，数正的使者在干什么？"作左一边问仙千代，一边脱衣服。仙千代是作左的嫡子，出生得有些晚，和数正的孩子一样，也才刚刚剃落额发。

"刚才和孩儿下围棋。"仙千代答道。

"谁下得好些？是渡边金内吗？"

"渡边先胜了一局，又输掉一局，接着又胜了孩儿一局。"

作左苦笑一声。"那是因为你下得太差了。棋盘还在厅里？"

"一个时辰就下了四五个回合，最后下腻了，就把棋盘推到一边去了。"

"那么，金内让你吗？"

"我快赢的时候他就一声不吭，快输的时候，每次下子，他都要我悔两三次。"

"看来是个十分有定性的人啊。一手棋让你悔两三次，结果还输了，你自然很尴尬了。"

"是，他是有意输给孩儿的？"

"那还用说！你那么点能耐，赢了不知怎么赢的，输了自不懂得怎么输的。你输得哭鼻子多扫兴。"说着，作左哄着红了脸的仙千代，"好了好了，逗你呢。战场可跟围棋不一样，擅围棋的人打仗肯定不行。"说罢，作左出了房间。

"阿仙……"作左又回头看了孩子一眼，"如果父亲让你去和别人比忠义，比耐性，你吃得了苦吗？"

"我是母亲的儿子。"仙千代气呼呼地回答。

"怎么能这样说！你是不是觉得母亲比父亲还要坚强？既然这样，为父就无话可说了。"说着，作左走向使者所在的八叠大的简朴客室。他故意咳嗽了一声，拉开客室的门。

"大人回来了。"石川数正的使者渡边金内恭敬地向作左施了一礼。金内看来三十岁上下，是一个喜怒不形于色的人。他又小声地添上一句："大人辛苦了。"

"谈不上辛苦。"

"哦？"

"我是说，好好的为何自讨苦吃！"

金内琢磨不透作左的心思，纳闷起来。作左想，他在下围棋时恐也是这种表情。"我思来想去，总觉得数正向我请求的是件恶事。"

"大人说什么，恶事……"

"是。开始，我还想按照你所说的，求主公遣石川数正前去出使，可是一到主公那里，我就……"

"怎样……"

"一到主公面前，我怎么也说不出口来，一紧张，竟然说了反话，说我作左强烈反对数正出使。你说我这张嘴怎这么不争气……"

听到这话，金内一下子就呆住了，过了好大工夫才缓过神来，定定地盯着作左，仿佛要把他的心看穿。作左没有再看对方，单是连连用手拍打着袒露的胸膛。"作左怎会有这样的坏毛病，人家说右我偏说左，人家说东我偏说西。因此，你回到冈崎之后，请数正莫要见怪。"

"这……"金内的眼睛一眨不眨，"您这么说时，主公……主公是怎么说的？"

"哦，是这样，我刚说出数正，主公就手拍着膝盖直叫好，说他也正想派数正去。"

"那么，主公最后答应了吗？"

"你别着急嘛。"作左变得冷淡，"正因为主公那样说，我肚子里的虫子才又作祟了。"

"为……为何？"

"究竟是怎么回事，我自己也说不上来啊。或许本多作左卫门生来就是这样的人。我一到主公面前，不知怎的就说出反对派数正出使的话来。"

"居然会这样……"

"唉，当然。这就是我作左的怪毛病……如主公说派数正去心里没底，那我准会说数正去一定能行。可是，主公既然说数正能行，那我自然就反对了。"

"……"

"你明白了吗？这就是作左肚里的虫子作怪。主公问为何不行，我就回答说，在德川家中，我是第一硬汉子，而数正则是一条章鱼，是家中一等一的软骨头，做什么事都要依靠别人，想不到主公竟然派这等人到筑前那里！"

听着听着，金内愤怒起来，额头上暴起一条条青筋。可是他还忍住怒气，没有爆发出来。"哦。老爷子，在您的心中，我家大人真是那种人吗？"

"不，当然不是。我不是说过了吗，是虫子在作祟。之后，虫子又说了，如果让数正前去出使，肯定被那只猴子收买，一不小心，整个德川氏恐都得让他给出卖了。即使不这样，恐也得把长松丸公子交出去充当人质……光说好话，最后定会让人家抓住把柄。因此，作左强烈反对。"

不知何时，金内放在膝盖上的双手攥成了拳头，咯吱直响。

"总而言之……"作左继续道，"虽然我竭力反对，主公却有意派数正去。因此，你回去之后，按照我跟你说的向数正汇报。即使数正不直接来求主公，估计不久之后，主公也会下令召见你家主子……不管怎样，我不能跟主公吵起来啊，你说对吧？尽管我认为数正是个软骨头，可是主公硬要派他，那我只好恶语中伤了。今日已经有些晚了，明日晨得早早出发。对了，听说你会下围棋，吃饭之前我和你下上一盘如何？来，拿棋盘来。"说着，作左毫无顾忌地向气得浑身发抖的金内努努嘴。

一听说对方要自己取棋盘，渡边金内的脸上瞬间浮现出一股骇人的杀气。作左居然说他的主子是一条章鱼，说其要出卖整个德川氏，实在是欺人太甚！金内气炸了肺——他也是条流着三河血液的汉子啊！

作左瞥了一眼金内，继续喋喋不休："听说你故意输给我儿子，这次对我这个老头子，就不用客气了。快拿棋盘来！"

眨眼之间，金内已经起身拿来了棋盘，动作之中明显怒气未消。一会儿，棋盘在二人之间摆放好了。

"老爷子，您是执白，还是执黑？"金内的口气变得不再客气。

"嘿。"作左讪笑了一下。前面的捉弄原本只想试探一下对方，可是现在，这个老头竟有些上瘾了。"你喜欢什么就拿什么吧。我下棋从来都让着对方，不挑黑白。"

金内的肩膀猛地晃动了一下，但就在这一瞬间，他打定了主意。他还有事要问，还不到发火的时候。

"那么，由在下执黑吧。"

"这就对了嘛。来，开始。"

刻薄之言！好，我非胜了你不可！金内下了决心，啪的一声，下出了第一子。"这么说，虽然您老人家竭力反对，主公还是坚持非我家主人不可？"

"谁说不是呢，主公也是个倔脾气。"作左毫不在意地跟着下出一子，"主公答应了，数正又想去，我能有什么办法？"

"想必我家主人早就作好准备了。"

"你告诉数正，这可不是一般的准备啊。"

"这些东西都装在主人的肚子里，说也没用。"

"我已经说了，我肚子里有怪虫在作祟。既然这样，我就一直坚持到底，说说数正的坏话。你知道吗，数正这人靠不住，不久他就会被猴子收买了，不信走着瞧。"

金内突然抬起脸来，直盯着作左。虽然作左卫门嘴上轻松自在，可是下起棋来却毫不留情，步步充满杀机，是否有什么弦外之音呢？

"金内，人啊……"

"老爷子。"

"人如将错就错，坚持到底，倒也不失为人间至宝。在数正离开德川氏之前，我是一步不让，绝不对他心慈手软。当然，数正出逃以后，我也不会因此心安理得。这不是竞争，这其实是陷害他人，是极大的耻辱啊。"

说着，作左突然在右角杀入一粒棋子，金内不禁倒吸了一口凉气。难道，眼前的这位老者已经完全看透了主人数正的内心？金内顿时慌乱起来。

"你看看你这招棋能行吗，几步之后，就死定了。"

"不，我豁出去了。"

"莫急莫急，你还年轻，就这样战死了多可惜啊，就不能再服侍数正了。"

"好，那就听您的，让我好好想一下。"

"哈哈哈……现在也学会思考了吧。好好想想，莫要冲动嘛，别出昏招。"

这时候，仙千代端着烛台进来了。原来，天已全黑了。

"饭食已备好。"

"先等一等!"作左阻止了仙千代,"我正在为你报仇呢,再等一会儿。"说着,他像是突然想起什么似的。"你说是吗,金内?"

"哎,什么?"

"念佛道场的事啊,主公已记在心里了。"

"哦?老爷子,您说的是念佛道场的事?"

"我一说主公就明白了。来,接着下。"

不久,金内轻轻地落下一粒棋子,低下头来。其实老人的棋艺并不像他的嘴那样厉害。可如果在这里胜了老人,他这次出使极有可能失败,于是,金内故意输了四五子。

"摆饭。"老人看上去很满意,"怎样,你服了吧,年轻人?"

"心服口服。"

饭食上来之后,老人的脸又变阴冷了。这个老头葫芦里究竟卖的什么药?金内丈二和尚摸不着头脑。其实这老头的内心并不像嘴巴那么招人讨厌,也并不让人反感。

当天夜里,金内辗转反侧,仔细品味着作左卫门的话。思来想去,他只得出一个答案。除此之外,恐只留下"这个老人令人难以接近"的印象了。或许仅凭这些,主人便能猜测出其中的大概了吧……

第二日,金内早早起床准备出发,这时候,仙千代又端着早点走了进来。

"给你们添麻烦了,向令尊问好。"

吃完早点,仍然不见作左卫门的影子,金内只好直奔大门而去。快到大门时,金内不禁一怔。原来,作左卫门早已待在那里,似等候多时了。

"有劳老爷子特意相送,在下诚惶诚恐。"

"你就不要客套了。"

"啊……客套……"

"行了,迎送客人是作左的家风。路上小心些。"

"多谢,您老人家也要多多保重。"

"不用你说我也会注意的,我老头子自己的身体嘛。"

尽管作左口无遮拦,金内还是施了一礼,才出发。这时候,作左卫门才向着金内远去的背影深深地鞠了一躬。其实,在他心里,渡边金内是一位令他非常满意的、极为出众的石川家臣。

金内快马加鞭,不久,便消失在茫茫的晨雾之中了。

一七　三河使者

　　天正十一年五月二十一，石川伯耆守数正一行带着家康赠送给秀吉的礼物——天下第一名器初花茶壶、宝刀一柄、骏马一匹，浩浩荡荡从冈崎城出发。

　　当石川家臣渡边金内从滨松赶回冈崎的时候，不巧数正已应家康之命赶赴滨松。待到他从滨松返回，金内把本多作左卫门的奇怪言行转达给他，数正听得双眼发红。他和作左卫门心心相通，作左每一句话的意思，他再清楚不过了。可是，当金内说完，他却假怒道："哼！作左那厮竟然那么说？看来，他定是嫉妒我掌管这座来头不小的城池，真是小人之心！"

　　金内一听，吃了一惊。"不会吧，作左大人不至于是那样的人……"

　　还没等金内说完，数正就阻止了他："我看你是高估了他。他实乃一个顽固之人。凡以为只有自己才是忠义之士的人，嫉妒心极重。这次我出使筑前，他定又嫉妒得受不了。不信你等着，待我回来，他定又要对我恶语中伤。"

　　金内默默地盯着数正，不久，脸上浮现出一丝微笑。"大人实在是英明。"他附和了一句。数正这话的意思在他心底逐渐明晰。

　　从滨松取来家康的赠礼，数正在冈崎住了一晚。家康和数正到底谈了些什么，没人知道。总之，简单安排了一下，数正就出发了。

　　"那么，我去了。"数正有说有笑，表情轻松地出了城，他的身后跟着中岛作右卫门、村越传七、荒川总左卫门三名重臣，外加二十多名精挑细选的侍卫。嫡子康长和次子胜千代一直送到大门口，到了分别的时候，数正若无其事地在马上笑着和大家告别了。

　　可是，当一行人来到桥头时，渐渐地，数正的眉头皱了起来。再怎么谋划，直接面对秀吉也是很艰难的。在还没有看清对方动机的时候，自己就已经心力交瘁了，还能有什么用？数正反反复复地在心里演练该说的话，可是不一会儿，就觉得心里像是压上了一块千斤巨石，喘不过气来。

或许，秀吉早已成竹在胸。"家康定会如此。"

岐阜的信孝已在秀吉的命令下切腹自尽了，秀吉施计之巧妙，简直让数正寒毛倒竖。胜家败亡之后，秀吉就令信雄进攻岐阜城。当时，信孝的家臣全跑光了，信孝除了开门投降之外，别无选择。他仔细思量，料秀吉不敢对信长公之后动刀，便乖乖地按照信雄的要求大开城门，赶赴尾张知多郡的内海。没想到，秀吉竟毫不留情，让信雄令信孝在内海切腹自尽。信雄恐是做梦都没有想到此一下场。

信雄和信孝生于同日。虽信孝比信雄稍早出生，然其母出身卑微，只得以信雄为兄，但他性格要强，信雄仍被其看作弟弟。在信雄劝告下出城时，信孝曾对使者中川勘左卫门私下道："麻烦使者大人转告中将，就说信孝求他网开一面，我毕竟不是普通之人。"信孝始终相信，信雄和他乃骨肉兄弟，会前去求秀吉，至少会给他一座小城。可是，等信孝赶到知多郡内海之时，使者中川勘左卫门又来了，以信雄的名义，让信孝切腹自杀。口令说，信孝不服从清洲会议的决定，而且和胜家勾结，图谋不轨，蛊惑人心，信雄身为"兄长"，对做出如此不义之事的弟弟，实在难以饶恕，因此，特赐切腹。

"中将可是我的亲兄弟啊……"刚听到命令，信孝勃然大怒。其实这种结果原在情理之中。但如他知道会落得如此下场，怎会乖乖地开城投降？当时，城中还有太田新右卫门和其他的近臣，即使不能战而胜之，起码也可以据城一搏，大不了和胜家一样，与城池同归于尽。

信孝开城投降，是因为对骨肉兄弟信雄还残存着一缕希望。不，更是对秀吉心存几分信任。可是，秀吉却不亲自下手，而是以信雄的名义巧妙地逼迫信孝切腹，信孝怎不恨得咬牙切齿？"你去告诉中将，就说中将被秀吉耍了，是在用自己的手砍自己的身子……"

信孝怒极，在大御堂寺悲愤自尽。大御堂是一座颇有渊源的寺院，原本是前朝源赖朝公为其父修的家庙。因父亲义朝被家臣所害，为了纪念父亲，源赖朝修筑了此庙，不意如今在这里又上演了悲壮的一幕。信孝换上白衣切腹的时候，据说两眼绝望地望着天空，满腔悲愤，吟诵了一首诗。冈崎众人听后都不禁黯然。

往昔功高堪盖主，
如今伟业似曜星。

先主遗孤今何在，
岂料筑前断恩情！

　　数正想，或许这首诗是使者中川勘左卫门猜测主人信雄的心情，因死去的信孝悲愤而伪造的。或许这诗写得有些过分，但是在信孝的处境，却恰如其分地表达了他的心绪。当时的信孝仅二十六岁，风华正茂。

　　对于下定决心和他作对的人，秀吉是断然不会放过的，这就是他的性格。秀吉接下来会将矛头指向谁？如同信孝所说，大家都相信会是信雄。信雄的心里也没有底，因此，他频频和家康联系，企图依靠家康这棵大树。

　　德川家康似也有意拉拢信雄，不仅特意在冈崎会见了他，还和他一起打了好几天猎。如果秀吉觉得家康没有异心，接下来估计就是对付信雄了。

　　一路上，数正思绪万千，不免烦忧。最初，他还以为秀吉会在长滨城。毕竟，长滨城是秀吉亲自修筑并驯化领民的城池，因此，刚刚给了胜家，不到一年又立刻夺取回来。再也没有比长滨更容易夺回的城池了。而胜家却欣欣然接受了……可是，灾难不仅是别人家的事，恐马上就要降临到德川氏了。当听说秀吉已从长滨移师坂本城，数正不由得连声叹息。

　　二十八日，数正抵达坂本城。

　　秀吉笑眯眯地在丹羽长秀新筑的大厅里接见了数正一行。"哦，书函早就到了，我都有些等不及了。快往前来，快往前来！"秀吉不停地手舞足蹈，"对了，先说说家康的口信吧，这才是最重要的，我竟是忘了。今天实在太高兴了。"说着，秀吉就像顽童似的一会儿抓抓头皮，一会儿挠挠鬓角。

　　但是，数正却留意到一个重要字眼"家康"。像这样随便的称呼，先前秀吉从来不曾有过。只要提及主公，秀吉总是以德川大人相称。

　　"这次的北陆之战，筑前大人胜得酣畅淋漓，可喜可贺！"

　　"嗯，嗯。"

　　"我家主公闻听大人大捷，欣喜异常，本想立即前来道贺，可是无奈近来身体发福，行动不便，不胜暑热，便委派在下前来祝贺筑前大人。"

　　"家康身体发福？该不会大腿蹭着大腿了吧。"

　　"大人慧眼。"

　　"哈哈……我看是在甲骏之间奔波太多的缘故吧！人一上年纪，身子就不灵便了。我也是一样，在贱岳的那一阵子，才一百多里的路程，我竟赶了好几个时辰。"

"这已快得吓人了。若是我们，怎么也得花费十二个时辰，筑前大人竟然只用了短短几个时辰。"

"哈哈……那倒也是。都怪信孝命苦啊！"

"大人所言极是。"

"清洲信雄可真是大义灭亲，竟然让亲兄弟切腹……秀吉也是深为惶恐。"

"是。"

"家康现在也算德高望重了，有没有筑城的打算啊？"

"当前生活艰苦，还没有……"

"哦，是不是忙不过来？这个秋天，我可要筑大坂城了。这次池田入道父子立了大功，我让他们去别处观光了……对了，六月初二，不知你可否和我共赴京城？"

"去京城？"

"是啊，千万不可忘记，那是已故右府周年忌日啊。我要风风光光地在大德寺为右府操办，现已动员了三十余国的人力物力筑城，你也跟着我去看看盛况吧。"

数正被秀吉滔滔不绝的话说得晕头转向，全身大汗淋漓，甚至连呈送礼物的机会都没有。秀吉的话并无主题，刚刚说到一件事，一会儿又扯到另一件事。如不全神贯注，还真听不明白他在说些什么，甚至会觉得秀吉是不是糊涂了？可是，如果你仔细品味一下，就不难发现，他的话里蕴涵的全是炫耀和威吓。

令人感觉格外刺耳的，是秀吉竟然装模作样地责难信雄让信孝切腹之事。看来，秀吉恐是想除掉信雄，只留三法师一人了。这样一来，信长的旧序就要被彻底摧毁，新的天下就是秀吉的了。

"中国的毛利已向秀吉递交了盟书，越后的上杉也通过佐佐成政谈妥，还有四国、九州……天下就要统一了，这也算是我对右府大人尽忠义……"然而，每次秀吉都有意避开德川氏不谈，他是在频频暗示数正。

秀吉滔滔不绝地说了大约有半个时辰，数正才说出赠初花茶壶的事情来。

"初花茶壶？"秀吉睁大了眼睛。这究竟是在意料之中，还是意外的惊喜,数正无法判断。

"哦?那……那可是天下名器啊,我常听茶人们向我提及。百闻不如一见,我得赶紧向天下人展示一下。再把宗易找来,为这天下名器办一个盛大的茶会……不,在这里举办,太委屈名器了。冬天之前,我会筑成天下第一城池。到时候,我就在天下第一城池召集天下人,为这件天下无双的名器举办天下第一的茶会……你说是不是个好主意,数正?"

此时的数正,悄悄数着秀吉口中说出的"天下"的数目。"能合大人的心意,在下深感荣幸。"

"啊呀,家康真是太了解我的嗜好了。家康也酷爱收集名器,把它献给我,定也心疼得不得了吧?"

"不知。不过,关于这把壶,传言它还有一个五千石壶的别名呢。"

"五千石……"

"是。松平清兵卫把此壶献给我家主公时,主公张嘴就说要赏他领地五千石……"数正以为终于有机会讲话了。

"数正,"秀吉一下子打断了他的话,"你是说,家康要赏给清兵卫五千石?"

"正是,由此可见我家主公的欣喜之情啊。"

"哦,怎会这样?如此名器才值五千石?前一阵子,在贱岳凡是斩下敌人首级的侍卫,每个人我都奖赏了五千石。如此天下名器才赏五千石……"

秀吉这么一说,数正一下子哽住。如此说来,作左卫门给家康出的主意和秀吉"天下"不离口的喜悦比起来,简直差之千里。

"数正……"秀吉突然压低了声音。数正轻轻地抬起脸,秀吉则向前探出身子,"家康是不是有爱财如命的癖好?"

"是。我家主人平时都是粗茶淡饭,甚至与百姓并无差别。当然,我们那里地处偏僻,与近畿无法相比。"

"我问的不是这个,家康平时很吝啬,对待一直为之卖命的有功之臣也是这样?对他们的赏赐也不好?"

"虽说如此,可是家臣们都很满足。"

"哦。"听到这话,秀吉严肃起来,"好,那我要跟你开个玩笑,你看怎样?"

"玩笑……"

"是这样,我现在是求天下人帮我筑城,按照属国的多少来确定出钱的份额。家康所领的属国现在有三河、远江、骏河、甲斐,如果再算上美浓的那一部分,就是五国。而我名下的属国则有山城、大和、河内、和泉、摄津、近江、若狭、越前、加贺、能登、越中、丹波、丹后、但马、因幡、伯耆、备前、备中、美作、淡路等,加起来起码有二十余国。也就是说,家康的属国只有我的十之二三。因此,这次大坂筑城,想请家康承担十之二三的费度。你看如何?"

数正不禁出了一身冷汗。谁说秀吉糊涂了?他分明工于心计,在一步一步地收网。秀吉把自己新领的二十余个属国一一数给数正,并让家康承担十之二三的费用,这是多么巧妙的威吓啊!

看到数正难以作答,秀吉故意把声音压得更低:"数正,如我这么说,家康会如何回答?"

数正只觉得体内流淌的三河武士的热血沸腾起来,但他还是强压怒火。不能怒形于色,否则会掉入对方设好的陷阱。尽管此前数正已有思量,可他还是觉得心内动摇。"既然大人这么说,不如索性跟我家主公筹一半筑城费用,岂不更好?"

"家康有那么富有吗?"

"当然不富。只是,如果大人这么说,我们就可以和大人痛痛快快地来一场大战啊。"

"这玩笑可不能随便开。如果和我一战,贵方的花费不就更多了?"

"可是,如果我们拿到筑前的五国,不就可以补偿了?"

"哈哈。"秀吉大笑,"玩笑,玩笑,不要当真。现在家康正忙着巩固东面,定忙得不可开交。只要家康对我没有异心,秀吉当然也对他没有意见。对了,让我见识一下你说的天下第一名器吧。刚才说到哪里了,是不是正好说到家康要奖赏清兵卫五千石作为回礼?"

此时,夕阳已经西下,一阵阵微风掠过湖面,吹到大厅里来。

不久之后,待客的桌案就被搬进了大书院。

大概是对长期戎马倥偬生活的补偿,这里下人几乎全是女人。在女人们的簇拥之中,秀吉心情畅快地端起酒杯,递到数正手里,饶有兴趣地端详起家康敬献的茶壶。

难道他能分辨出这是否真正的名器？在酒杯的遮掩下，数正眼带嘲讽注意着秀吉的一举一动。

"数正。"

"在。"

"居然给这样的名器取如此混账绰号，什么五千石壶，真是瞎闹！回到滨松之后，可不能再这么叫了。"

"哦。"

"这是对名器的侮辱。即使家康手下每年只领五千石禄米的武士，他们本身的价值也不能说只值五千石，你说对吗？"

"这……"

"我和家康判定事情的尺度截然不同。若是换作了我，我定会高兴地给他十万石。"

"十万？"

"不错！"秀吉傲慢地点点头，放下茶壶，便没有再看它一眼，因而这"十万石"的真意，恐要好生思量一番。"我和家康的身份可不一样。如果我出四万石，而家康只出一万石，道理上还算讲得过去。我出十万石，而家康却只出五千石，仅仅是我的二十之一成，这样无论如何也说不过去。数正，你不这样认为吗？"

"有这样的道理？"

"有，有。如果你是我的人，我愿给你十万石的俸禄，城池任你挑选，让你做一个德高望重的大名。也就是说，你本应值十万石，而家康却只给你二十之一成的五千石，这难道不太过分吗……当然，我说的还是茶壶。因此，这把壶再也不能叫五千石壶了。我看，回到滨松之后，应该把它改成十万石壶才是。"秀吉兴高采烈地说道，"若是在家康那里说这样的话，别人根本就不信……我看回去之后，还是不要跟他们说为妙。"

此时的数正已经逐渐冷静下来。五千石比十万石，抛出如此肥厚的诱饵，一般的人谁不动心？开始时明明知道是诱饵，渐渐地就禁不住诱惑，被拖下水了。秀吉的手腕由此可见一斑。

数正故意沉着脸，小声道："这壶可真是有福啊！如不交到能真正赏识它的人手中，它一辈子就只能是一把五千石壶。大人可真是一双慧眼啊。"

"哈哈……若你也赞成我的观点，那么，只是为了这把壶，也应该取消它的旧名，你说是也不是？"

"明白，回去之后一定转达给我家主公。"

"家康可真是令人羡慕。即使送掉了名壶，而像你这样的好家臣却仍有很多。今后可一定要好好地尽忠义，做德川氏的顶梁柱。"秀吉语重心长地说道，像大人教训小孩一样。石川数正觉得此时正是由守转攻的最佳时机，于是哈哈一笑，然后交叉着双手，低头不语。

"数正，你怎么了？"

"没什么……"

"我看你眼泪汪汪的，是不是想起了伤心事？该不是喝醉了？"

"刚才眼睛不舒服，实在汗颜。只是，大人的一番话使我想起了……"

"让你想起了一些事情？"

"是的……大人就莫要再问了。"

"莫要拘束，有话直说。秀吉从不是见死不救之人。到底想起了什么，说来听听。秀吉的话伤到你了？"

数正慢慢抬起头，直直地盯着秀吉。"大人刚才已经说过好多遍了……如我再说，反而会坏了您的好心情。"

"不妨，你只管说就是。"

"刚才，大人不是说我家主公令人羡慕吗？"

"是啊，我说家康拥有很多你这样的好家臣。"

"然后，您又说，让我好好效力，争取成为德川氏的顶梁柱……我真希望能从我家主公嘴里听到这样的话啊。"

"哦，这么说，是家康疏远你了，真没想到！"

数正使劲摇了摇头。"正是因为信任我，才让我担当出使重任。可是，嘴上却总是严厉地斥责。我不知何故突然想起这些来，扫了大人的雅兴，实是无心。"

秀吉的眼里闪着一种难以琢磨的光。或许，他理解反了。他明显地带着冷笑。"你的意思是说，你家主公要是对你们更温和一些就好了，是吗？"

秀吉这么一问，数正的斗志越来越旺盛了。"不，大人理解错了。"

"错了？"

"是。人生来各有禀性，因此，如果我家主公说出温和的话语，那才令人讨厌呢。"

"那你为何哭泣？"

"还是因为大人刚才说要做德川氏的顶梁柱。数正有此怪癖，会突然间就落下泪来。请大人见谅。"

秀吉笑了。"哦，那我就不问了。"说着，他又令随从给数正倒酒，同时，眼睛越眯越细，目光越发深邃起来。

每当秀吉看及数正，数正就觉得身上一阵阵发紧。想当年姊川大战的时候，秀吉还只是一个滑稽可笑的农夫，看人时也是小心翼翼的。而如今，他的目光已经磨砺得异常深邃，其光芒令人胆寒。

一旦低头，数正就不好轻易再抬起来了。可是这样下去，他会变成一个任秀吉摆布的玩偶。

"怎样，数正？"酒杯里倒满酒之后，秀吉又若无其事地聊起来，"不知家康能否读懂我的心？"

"大人的心意，是继承右府遗志，实现天下一统，是这样吗？"

"对，对极。既然连你都读懂了，家康定能理解我的心思。"

"是。"数正又直视着秀吉，"正是因为主公深知大人的雄心壮志，才派我到这里来。"

"那么，家臣们怎样？家康倒是理解我的用心，可是其他家臣呢？"

"这个……"数正故意支支吾吾，沉吟起来。事情的发展实在微妙，秀吉既像是已经进入了数正设下的圈套，又不像。

"恐怕家臣们都不会像家康那样，理解我秀吉的心啊。"

"但是……"数正低着头反击了一句，"那就该让他们都明白。虽说主公的最大志向是振兴家门，可是，终止应仁以来的战乱，也是我家主公的夙愿……这才是最重要的事。"

"终止应仁以来的战乱……看来，家康和我志同道合哪。"

"这也是已故右府的遗愿啊。"

"我觉得，振兴家门才是家康的最大志向，你刚才也说了，统一天下则于其次。"

"大人此言差矣。"数正清晰地吐出一句，笑了：一切尽在他的掌握。"如果主公是那样的想法，必定会和信孝、柴田携手，并且鼓动信雄、北条，再联合上杉氏，一起向您发起挑战。可由于主公的志向和大人一样，所以，在大人还没有平定近畿之时，我家主公就压制住北条氏，牵制清洲，关注上杉，无论明里还是暗里，都在帮助大人完成统一天下的宏图大志。在这一点上，我家主公的功劳恐比直接参战的武将还要大些，甚至可说是战功第一啊。"

秀吉直直地盯着数正，重重地点了点头。"到底还是家康令人羡慕，有这么好的家臣……"

数正探出身子，继续道："我也算是德川氏的一位老臣，不想误导主公。因此，第一要务还是说服那些血气方刚的家臣们……"

"说的是，家康的家臣之中，还是有勇无谋的血性汉子多。"秀吉瞅准时机向数正抛出了诱饵，只听他若无其事道，"第一是酒井忠次、本多平八郎，接下来是神原小平太、大久保忠世……啊呀，都是脑子转不过弯的。"

"大人所言极是。这些人都是肯为主公出生入死，把性命看得比鸿毛还轻的血性汉子。"

"你有把握说服那些脑子不会拐弯的武将吗？"

果然来了！数正觉得一切都在他预料之中。"这要看怎么评判了。"

"你的意思是……"

"这要看大人能否真正继承右府的遗愿……只要大人能正确地履行右府的遗愿，别说是主公了，德川家臣们也绝不会有异心。"

"哈哈……"秀吉笑得前仰后合，"这么说，你是没有自信了？还是要看我的行动再作决定啊。"

听到秀吉的这句话，数正轻轻把酒杯放在案上，跟着笑了起来。"不错。"

"好，真是直截了当。能如此清楚地在秀吉面前说话的人，我看这世上只有数正一人。佐吉、弥九郎，你们也要好好学学人家的样子。来，给数正敬酒。"秀吉命令着小西行长和石田三成，又开心地笑起来。

数正接过二人端来的酒杯，慢慢把酒喝尽，再还给二人。恐怕，这杯酒就是最终导致自己灭亡的酒……来此之前，他早已作好最坏的打算了。既来之，则安之。看来今天不钻到秀吉的五脏六腑里去是不行了。无论秀吉对他多么警惕，他也要豁出性命去闯一闯。

"数正已经暗中归顺我了。"当这样的话从秀吉口中说出时，就是数正悲剧开始之时。

"万万不曾想到会受到大人如此礼遇，数正没齿难忘。"

"再喝一些。女人们，快给数正大人倒酒。"

"已经喝好了。承蒙大人美意，若喝得酩酊大醉，闹出笑话来，回去之后不被那些直肠子们骂才怪。"

"再喝，再喝！"秀吉站起身来，数正只得又坐了下来。快要到手的猎物，秀吉是决不会轻易放走的。他那深邃的目光让数正觉得如芒在背。

当夜，直到数正做出一副酩酊大醉的样子，秀吉才命人把他送进馆舍歇息。下处在二道城的客房。半夜，数正觉得口渴，睁开眼睛，发现身边有一个侍寝的女人正跪在那里打盹。

数正不想惊醒那女人，自己悄悄地伸出手，取过水壶。水壶是南洋产的，有棱有角，数正以前曾听人说起过，可亲手碰还是第一次。看来，堺港也完全在秀吉的掌控之下了……数正思来想去之时，女人突然抬起头来，慌忙请安。"啊，大人想喝水吗？"说着，一只玉手已如藤般缠住数正的手腕，另一只手则拿起壶，给他喂起水来。

"你，你是何时来的，是一直跟着我？"

"请恕小女子冒昧，待在大人身边。请原谅！"

"我刚才醉得不像样子，一定给你添了不少麻烦吧，恕我鲁莽。"数正这么一说，女人脸上浮现出一丝尴尬的笑意。

"您来到这里后，马上就睡着了，小女子没能伺候您。"

"无妨。好了，你退下吧。"

"可是……"

"我不需要伺候。天亮之前我还想再睡一觉，你就退下吧。"刚说完，数正突然发现，无论是自己盖的被子还是女人的衣裳，都是色彩艳丽的加贺绢。

"小女子求您了。"女人抓住数正的手，表情中透着一丝羞怯和执著，"请让小女子留在您身边伺候。"

"留在我身边……"

"是的。大人是尊贵的客人，上边命令我，必须把您伺候好……"

数正吃了一惊，重新打量了一下这个女人，柔和的灯光下，她面容格外妩媚，大概只有十八九岁。这是京里的女子吗？雇这样一个妓女来陪他过夜，秀吉究竟又在耍什么花样？

"小女子求您了。如果大人觉得小女子会玷污了您，不让我伺候也行，可是，求您让我待到天亮。"

数正问道："那如果我愿意，你又如何？"

"上面说，如果大人允许我陪伴您返回三河，小女子就要一直跟到三河去。"

"想得倒是很美。你是哪里人氏？"

"小女子出生在堺港。"

"一直混迹烟花巷？"

"不。小女子并非那种女人！"女子似乎有些生气，"因为仰慕大人武德高尚，智勇双全，故，小女子主动请求前来服侍。"

数正听了，心头愈惊。原来自己和秀吉的斗争还远未结束……秀吉派这个女人来，究竟想试探些什么？

"哦，原来你是良家女子，请恕我方才无礼。其实我对烟花女子也不很了解，我只是一个顽固的三河人……"数正一骨碌爬了起来。到底如何处理这个女子呢？他总觉得秀吉那一双锐利的眼睛在背后死死盯着。或许，秀吉是在不怀好意地试探，看他到底会光明磊落地宠爱这个女人，还是坚决拒绝。或许秀吉认为他是喜欢拈花惹草之人……总之，秀吉是一个十分难对付的人。如这是他有意安排的，可就不易收场了。

"哦，长得可真不错！如果在我们那里，你可是难得的美女啊！"刚说完这一句，数正立刻脸膛发热，觉得自己没出息，"敢问姑娘芳龄？"

"十八。"

"这么说，正是给我儿子做媳妇的年龄啊。你叫什么名字？"

"我叫阿吟。"

"哦，阿吟……你父亲是武士还是商人？"

"是刀剑师。"

"哦，你是刀剑师的女儿……"

女人轻轻地伏在数正的膝盖上，滚烫的手柔柔地缠住了数正的手腕。

"啊呀，真是越看越美。我今天真是得到了一件非同寻常的礼物。是筑前大人把你赏赐给我的？"

"是。"

"好，那我就收下了。一定让你跟我回去，给我儿子做媳妇。哎呀，真是一件难得的礼物。"

"啊?"

"当然,不能立刻就带你回去,三河人有三河人的规矩。"不知何时,数正后背已经大汗淋漓。如果让这个女子说下去,恐要出大事……他顿时警惕起来:"你告诉筑前大人,就说我收到礼物后欣喜若狂。本来我打算就这样把你带回三河,可未免太厚颜了。总之,筑城的时候,我定会再次出使来此,到时候,我定为筑前大人立一个大功,然后光明正大地把你领回去给我儿子。你明白吗?在此之前,我先把你寄放在这里,你定要好好地等着……懂了吗?"

开始,女子尖锐地盯着数正,可是不久,就渐渐地耷拉下头,看来数正决意把自己嫁给他的儿子……明白这一点之后,女子似不像刚才那么放肆了。

"既已明白我的意思,今晚就随你的便了。你待在这里也可,退下去歇息也行……哎,真是一段好姻缘啊,我太高兴了!"

女子再次抬起脸来。可是,这时她的脸上已经没有怨恨,也没有妩媚了,大概她也松了一口气。数正的唇边不由得浮现出一丝微笑:怎么样,筑前大人?

一八　信雄中计

西国的三井观音堂，位于近江滋贺郡近松寺西北约五町处，建造在高冈之上。已是隆冬季节，树叶尽落。难得的阳光像裁缝的针线一样穿过光秃秃的树隙，暖洋洋地投射在地上。在这里，右面可以望到近松寺，左面可以远远地俯瞰园城寺那高耸的殿宇。

可是，此时走在山冈之上的十五六人，却没有眺望这极致美景的心思。随从们都紧张地在主人身边护卫着。

"有没有发现形迹可疑者？"一个四十七八岁的武士小声问道。

"只有前来参拜的母子二人在那里歇息。"一个年轻的随从答道。

"哦，从山坡下面到左右树林，都好好地防备着。"

"遵命。"年轻的随从匆匆离去。

"主公，您看这一带可以吗？"

剩下的看来是主人和三个随从，主人看上去有二十五六岁，似是一个贵人。这伙人怎么看都不像是在游览，尽管他们脚步轻松，目光却十分锐利，不住地察看着四周的地形。四人相互点了点头，在路旁的一块石头上坐了下来。

"南面的这条山间小道一直通到逢坂山吗？"主人模样的人问道。

"是。不久之后，秀吉就该过来了。"

那人抬起苍白的脸，手搭凉棚朝着山路那边张望。这张面孔跟年轻时的信长极为相像。原来，此人正是被秀吉赏赐了伊贺、伊势、尾张三国，现任桑名郡长岛城主的织田信雄，后面的三个随从则是重臣津川义冬、冈田重孝和浅井田宫丸。

"秀吉的大坂城大概已落成了吧？"

"是。气势宏伟，超过了以前的安土城。有传言说，大坂城天守阁看来只有五层，可是内部却有八层。"说话的人正是年过四旬的津川义冬。义冬是信雄的重臣，手里控制着伊势的松岛城。

"父亲花了二十余年才建立的功业，竟被秀吉在一年之内就轻松地夺走了。"

"主公所言极是。没想到秀吉竟是一个大奸贼。"

"非也。世间之事全凭实力，在这一方面，我的确是差他一大截啊。"

"话虽如此，可是，民间盛传，煽动光秀叛乱的幕后人就是秀吉，一切都是那奸人的谋划。"

信雄听了，轻轻地咂了一下嘴，把脸扭到一边。他这次是为了会见从大坂出发、经由京城辗转而来的秀吉，才千里迢迢赶到眼前的三井寺的。现在趁着秀吉还没有来，四处走走。

以前，信长曾在富田的正德寺降伏了有"美浓蝮蛇"之称的斋藤道三。而今天，信长之子信雄要在三井寺会见的，却是父亲的部下秀吉，也不知这次交涉能否成功。当然，为了这次会见，信雄也是煞费苦心，甚至比三河的使者还要伤脑筋。今天带着三家老在这里散步，也是再碰一下头，为会见作最后的准备。

"有几件事，在下想确认一下主公的意思。"信雄抬头望着蓝天，旁边的冈田重孝插上一句，"第一，主公到底和德川大人订立了什么盟约？"

"这件事情，大家尽可放心。家康与秀吉之间既没有恩情，也不用讲义理，因此，家康会在背后大力支援我，我们已约好。"

"如果德川大人站在我们一边，与他关系密切的北条氏自然也会如此了？"

信雄回头看了一眼重孝，语气仿佛在斥责："那还用说！重要的是，你们派到大坂去的眼线不知有没有看错秀吉，这才是最让人担心的。"

这次说话的是浅井田宫丸，"眼线打探到的结果一致，请主公放心。"

"如秀吉没有异心，那他为什么自己进出安土城，而让我到大坂去？明摆着，他已把我看成家臣了。"

信雄的声音太高了，津川义冬警惕地望了望四周。"恐怕主公有些过虑吧。秀吉的所作所为都是遵照清洲会议，他不是曾信誓旦旦地说过吗，他所做的一切都是为了让三法师继承织田氏的家业。"

"他平时就爱胡言乱语，怎能轻易相信？"

"的确，秀吉说话是很随便。因此，这次他让主公到大坂去，是否不合常理啊。他一说，主公就轻易相信了，风尘仆仆地赶到三井来和他相见。"

"我确是不服。同样是见面,为何不到安土去?在安土当着三法师的面,把话都说清楚,那才是正理。"信雄慷慨激昂,义正词严,听得冈田重孝和津川义冬面面相觑。"秀吉为何会突然提出和我见面?我颇为怀疑他的用心。他定是有什么企图。大坂城筑起之后,便是号令天下。他称霸的障碍便是我信雄了,信孝已殁,三法师还只是个不懂世事的幼童。"

重孝和义冬坚定地点了点头。看来,自从三位老臣到秀吉新建的大坂城出使回来之后,信雄就对他们产生了些许怀疑。这让三人十分意外。秀吉甚至还让三位老臣给信雄带了一封书信,催促他到大坂去一趟。"信雄公子一定既想看一眼信孝公子的遗容,又想参观一下我新建的大坂城,所以,请三位回去劝一下信雄公子,让他来一趟。"

当时,信雄一看书函,不禁勃然大怒:父亲苦心经营了二十余年的天下,不到一年就被秀吉完全篡夺。这还不算,现在又要逼迫自己向他臣服。信雄气得两眼发昏,他立刻派遣三位老臣到秀吉那里,谴责秀吉的无礼。秀吉最终承认了错误,并给足三位老臣面子,答应到三井寺来和信雄会面。

可以说信雄已经达到了目的,赢了一个回合。可是,从三名老臣滞留在大坂起,风言风语就传开了:"信雄的三名重臣到大坂之后,看到秀吉雄厚的实力,不禁动摇,最后终于变了心。"

三位老臣回到长岛,才听到这些传言。不仅众人看他们的眼神充满寒意,甚至到信雄面前报告时,信雄都对他们冷言冷语:

"听说秀吉热情地款待了你们。"

当三人把双方到三井寺商谈今后事宜的决定报告给信雄时,信雄又道:"我凭什么到近江去找死?"

刚开始时,信雄无论如何也听不进去,三人只好苦口婆心地劝说:"现在同秀吉抗衡,无异于飞蛾扑火,主动往对方早就设好的圈套里钻。不管怎样,先按照秀吉所言,到三井寺去见一面,表示您没有异心,再施行我方的谋略,才是上策。"

这里所说的谋略,指的是竭力鼓动秀吉防范已与北条氏结盟的德川家康,而己方却公然去接近家康。

在三人的再三劝说下,信雄终于答应到三井寺和秀吉会面。可是,待到了山中,他又动摇起来,很明显,原因就在于那些关于三人叛心的捕风捉影的传言。

义冬对重孝使了个眼色，然后转向怒气冲冲的信雄，语气庄重地说道："我就狠狠心和主公说了吧。"

"什么事情？"

"我看主公对我们三人的怀疑似还未打消，索性向主公披露一下我们的打算。"

信雄的身子一震，站了起来。"好吧，你说，我洗耳恭听。你们不至于要我在这里把人头交给秀吉吧？"

义冬无视信雄的激动，依然镇定地说道："我们三人已经商量好了，既然连主公都怀疑我们变节，今天我们就把三井寺作为葬身之地，以此来证明清白。"

"你们……究竟是为什么？"

"当然是为了主公的安全。"

"我不明白，你越说我越糊涂了。"

"主公，我们已暗地里下了决心，等秀吉到达三井寺，便施杀手……"

"啊？"

"我们原本不打算告诉主公，直接动手，亲手杀死秀吉。却担心万一遇到不测，会累及主公，才跟您挑明。"

信雄听了，十分惊讶，脖子向前伸得老长。冈田重孝往后退了退。"我们三人都对秀吉恨之入骨。那个大奸人，表面上给我们三人面子，完全接受了条件，背地里却残酷地把我们推进陷阱。放出谣言来诬陷我们投降的不是别人，定是秀吉本人。不雪此辱，我们的道义就会受到玷污。"

听着听着，信雄也怒目圆睁，双拳紧握。

"等秀吉到达三井寺，和主公会面之后，我们就提出要拜谒，说有事要悄悄地向他报告。那个大奸人深知我们处境艰难，定会笑着答应。当然，秀吉的身边定有人保护，若说有重大事情要密报，他身边的人恐就不多了……我们三人同时向他发动突袭，哪怕有两个被当场杀死，也必有一人砍掉奸人的脑袋。详细情形，我们都已仔细议过了。"

不知何时，信雄眸中的忧郁和愤怒消失得无影无踪，代之以一种莫名的兴奋。恐连他也认为那并非不可能。信雄吐了一口气，透过树的缝隙仰望着天空，又凝视着三井寺层层叠叠的庙宇。

其实，信雄也不愿相信三位老臣与秀吉私通。三位老臣也都认为是秀吉一手散布的谣言,正是对秀吉的这种怨恨和憎恶,才使他们萌生了杀死秀吉的决心,这也没什么奇怪的。

思考了片刻,信雄舒了一口气,点点头。"你们真的决定了?"

"主公!"田宫丸瞪着眼喊道,"既然这样,我再求主公一件事,希望主公在和秀吉会面之时,尽量不要让秀吉那厮起了疑心。"

信雄坚定地点点头。"这我当然知道。"

"我们还有一个请求。万一我们三人都被敌人所杀……当然,这样的事情希望不会发生。但是,也极有可能在刺伤秀吉时,我们三人也遇难。总之,希望主公作好准备。"

"哦……那是当然。"这一次,信雄瞪大了眼睛,他也考虑到了这一点。若三人全部遇难,秀吉的人头也被砍了下来,天下局势又会走向何方?恐怕和光秀被诛时一样大乱,甚至有过之而无不及。

"对不住三位了。"信雄诚恳地对三人低下头,片刻之后,又慌忙摇了摇头,"我绝不怀疑你们三人的忠心。只是,听了方才的话,我才察觉到让你们受委屈了。我先向你们表示歉意。"

"您真能理解我们的心情吗?"

"怎会不理解?我的想法其实也和你们差不多。既然千里迢迢地赶到近江,无论如何也想手刃秀吉这个大奸人……但别忘了,秀吉可是出名的诡计多端啊。"

"既然主公能理解我们的苦衷,我们就安心了。"三人终于松了口气,"那么,请主公斟酌一下。万一出现浅井刚才所说的意外……请主公有些准备。"

"哦,我已经准备好了。"信雄昂然挺胸,"万一你们三人都被秀吉的侍卫所害,我立刻退出近江,火速赶回长岛,和德川大人商量,立刻举兵除奸。如你们三人同时遇难,但斩下了秀吉的人头,那我就直接进入安土城,拥立三法师,把诛杀窃国奸人秀吉的消息昭告天下。众人以前都是父亲的臣下,只是一时为秀吉所迷,大家自会从噩梦中觉醒,纷纷去安土拥戴三法师。我们有德川和北条做后盾,上杉、毛利也无机可乘。"

听了信雄的一番话,三人面面相觑,有气无力地低下头。恐他们想问的问题,和信雄的回答有些风马牛不相及。信雄似也明了,便加重了语气:"你们今后都将成为复兴织田家业的中流砥柱,我会给你们的儿子每人一个属国，让他们成为声名显赫的大名。即使你们没能成功诛杀秀吉，而是落荒而逃，只要我信雄有一条命在，也必会给你们每人一座城，决不会怠慢你们。明白吗？"

"明白了。"只有津川义冬嘟囔着应了一声，其余二人则沉默不语。

听到义冬的回答，信雄似乎放了心。三人却不知为何消沉下去。

"你们商量好的只有这些吗？"

"是。"

"趁着天还未黑，咱们赶紧回寺里吧。回到寺院，一定要小心，免得对方起疑心。"

"是。"义冬第一个站起身来，恭恭敬敬地向信雄施了一礼。信雄往前走去，三人又相互看了看，无力地耷拉下肩膀，脸上都挂着极其失望的表情。随从们稀稀拉拉地从前后聚拢过来，一行人开始下山，直奔三井寺方向而去。

浅井田宫丸和冈田重孝故意放慢了脚步，并肩走在后面。

"麻烦了。"重孝小声说道，"看来确是不一样的器量啊。"田宫丸没有回答，单是悄悄地点点头，把视线转向了远处的山脉。

他们所说的"器量不一样"，既是拿信雄和秀吉比，也是拿信雄和信长比。信长是高举"平定天下"的大旗，以"勤皇"为口号，和所有阻碍天下统一的诸藩势力不懈斗争。因此，因个人恩怨而起兵造反的光秀从一开始就不得人心，还未放射出一抹光辉就陨落了。

秀吉深知其中的缘由，因此举起"为主公报仇"和"实现右府遗愿"两杆大旗，一时应者如云。现在，其势力如日中天，正在有条不紊地推进他的计划。

和他们二人相较，信雄到底有多大的志向和气魄呢。三人刺杀秀吉后，信雄究竟与谁为谋，会有什么样的宏图大志？三人想从信雄的口中听到这些，信雄的答复却只是表现出卑微的个人感情："我会让你们的子孙都成为名高位显的大名……"

一行人到了三井寺后不久，秀吉也翻越逢坂山，进入近江。在侍卫们的簇拥下，他乘着轿子，趾高气扬地来到三井寺。其实，这次带的人总共只有三百多。万一发生大的冲突，说不定信雄一方反占有较大优势。因为信雄带来了六百多名侍卫，不过很多都混在了普通百姓当中。看到秀吉进了寺院，信雄信心百倍地回头看了看侍卫。

秀吉把大殿两侧的客房都留给了信雄,自己进了后面的厢房。

"没想到秀吉对主公倒是极尽礼数。"不知谁说了一句,冈田重孝装作没听见,把脸扭到一边。

第二日巳时,信雄和秀吉二人在正殿举行了正式的会面。

大殿的正面立起一道金屏风,双方各派八名重臣出席。秀吉先出来,到走廊边上恭迎信雄。"哎呀,中将大人,好久不见,一向可好?"秀吉先是深施一礼,然后眯起眼睛,哈哈地笑了起来。

会面没费多大工夫就结束了。秀吉几乎没让信雄开口说话,只是独自滔滔不绝。信雄为了不让秀吉察觉出杀机,从一开始就保持沉默。

秀吉先是咧开大嘴冲着信雄笑,然后像是斥责般,喋喋不休。"听说中将大人怀疑秀吉有异心,秀吉非常意外。从中将年少时起,秀吉就一直跟随已故右府大人左右,虽然和中将在年龄上有些差距,但是同样受到了右府大人的教诲,与中将可说是异体同心。我怎会怀有异心?秀吉此生的愿望,就是成全右府大人的遗愿,实现统一大业。可是,有人却十分嫉妒,在背后散布谣言。世上没有事能瞒得过我的眼睛。可以说,只有秀吉才是织田氏的忠良啊,我想中将对此也当心里有数。因此,若中将起了疑心,秀吉实在感到委屈。这些事情,咱们今天一笑了之……"

一番话说得信雄的脸一会儿白,一会儿青。信雄最担心的,就是秀吉的一句话:"世上没有事能瞒得过我的眼睛。"或许,秀吉是故意说给他听的?昨日在山中的密谈,他都知道了?

"既然筑前大人这么说,我想今后不会再有谣言了。当然,我信雄决没有对筑前大人起什么疑心,我可以发誓。"

"好,痛快!"秀吉听了,高兴得直拍大腿,"其实在中将派三位老臣到大坂之时,我就跟他们三人说好了,切切莫要引起中将的误解。今日拜见了中将,我还是要重复一遍。实际上,秀吉心里有很多话想与中将说。中将老是住在长岛城,恐多有不便,因此,我想把古城末森修葺一下,献给大人。或者,也可以把您接到大坂来,参观一下秀吉新筑的城池……对了,其实秀吉不应特意讲给中将听——中将的手下有三名器量超群的家臣,秀吉应该先跟他们好好谈谈,再让他们禀告您才是。"

听到秀吉这些话,信雄既觉安心,又觉像是有一把利刃插进了心口。三家老已经痛下决心,即使一死也要刺杀秀吉,而秀吉似乎全然不知,还一个劲地和三家老套近乎。这到底是吉还是凶?或许是秀吉命运不济,或许是有人已向秀吉密报了……信雄的脖根不禁阵阵发凉。

"请中将大人相信秀吉,秀吉决无半点异心。"秀吉竭力向信雄表忠心。信雄起身离去之时,秀吉亲自送到走廊之外,并在他身后鞠了好几次躬,大声道:"多么相像啊,秀吉仿佛又见到了年轻时的右府大人。一举手,一投足,真像当年的右府大人啊。"三家老听了,不禁侧目。

信雄从正殿退下去不久,秀吉的家臣石田佐吉就来叫三家老。

"我家主公现因大坂城的事宜,公务繁忙,因此想在明晨早早返回。还有,主公想请三位家老一谈,希望赏脸。"

使者回去之后,信雄紧绷着苍白的脸,依次看看义冬、重孝和田宫丸。"奇怪啊,他居然特意前来邀请,这究竟是怎么回事……"

浅井田宫丸紧张道:"这真是天意,实在妙极了!一旦让他起了疑心可就不妙了,故,在下以为,咱们最好现在就去。重孝、义冬,你们没有异议吧?"

"那就照浅井的意思行事。"

"好,赶紧去吧,先听听那厮说些什么。"

由于三人根本就没有抱着生还的打算,此时都有些落寞。义冬道:"先等一下……如有万一,则立刻设法撤离……"

"明白,早就作好准备了。"

箭已在弦,不得不发,三人正了正衣襟,直奔秀吉下处而去。路上,谁也没有说话。为了报答信长的恩义,三位老臣不得不冒险前去刺杀秀吉。每个人都思来想去,总有一种难言的不安。这大概是因为看出了信雄和信长的差距。

"筑前说他明天就要回去。"

"噢。他要是真能回去,那时我们必已不在人世了。"

"不过,今年的冬天很温暖啊。"

绕到正殿后面,三人相互使了个眼色,径直走进秀吉的下处。

秀吉早就等得有些不耐烦了。准备了斋饭,三把西洋样式的酒壶并排放在案上。侍立左右的是十二个侍卫,另有四名寺里的小和尚侍候。

"哦,你们来了。"秀吉的脸上依然是那种连坚冰都会融化的笑容,一看见他们，就道，"快，快请近前来。在你们三人的精心调教下，信雄总算是有些大人样子了，但是，还要再接再厉，不可掉以轻心啊。"

津川义冬吃了一惊，连忙反问道："不可掉以轻心……大人能否说得详细些？"

"你看看他的眼睛就知道，眨巴眨巴的，半是清醒半是糊涂。当然，你们也都尽心尽力了，不能怪你们。"

三人听了，不禁面面相觑。秀吉说话的口吻，俨然已把他们看成了背叛信雄、已归顺了他的自家人。

"你们为何面面相觑？哈哈……是信雄又刁难你们了，还是让你们三人前来刺杀我？"秀吉那毫无顾忌的大笑，震得古旧的房梁都微微作响，三家老则吓得连头都抬不起来了，魂飞魄散。事情决不可能泄露。拿推测来震慑他人，这是秀吉的惯用伎俩。三人深知这点，所以没有立即回答。

"请恕在下斗胆问一句，大人刚才的话……"调整了一下心绪，浅井田宫丸道，"我们实是不明，请再……"

"既然不明，那就莫要再问了。"秀吉轻轻地打断了浅井的话，"我知道你们三人与我齐心协力，帮着我监督信雄，故我甚是放心。可是，在这个世上，再也没有比不能识人者更令人头疼的了。"

"恕我冒昧地问一句……"这次开口的是津川义冬，看来他再也不想对秀吉的话保持沉默了。

"与我齐心协力，帮着我监督信雄"云云，万一传到信雄的耳中，必会令他们名声扫地，武士之道也就荡然无存了。

"我们监视主公？我对筑前大人这样的话深感意外。"

"哦？"秀吉故作惊讶地斜探出身子，"那么，你们是说，你们和秀吉的想法不一样喽？"

"见谅，我们是中将大人的家臣。"

"别犯傻了，义冬。正是这样，我才说你们和我想法一样。不是吗？已故右府把信雄托付给你们，也一定是想让你们好好地辅佐他，不要耽误了他。虽然秀吉没有亲自服侍信雄，但是也收了右府的一个儿子做养子，也可说与织田亲同一家。为了不让信雄出什么意外，我也操碎了心，然而，好心却没有好报，信雄居然不解我对他的情，说不定还会派你们三人来暗杀我呢。所以，我们应该坐下来好好地谈一谈，得把信雄看护好。"秀吉又咧开大嘴率直地笑了起来，"若无这样的担心，我也不会来这里啊。不管怎样，你们能把信雄带到这里来，就已立了大功，这些，秀吉决不会忘记。来，干杯！"

这样一说，三人的处境越来越微妙了。

这样的话若让人听了去，只能理解为他们已经私通秀吉，正在竭力取悦他。在这种场合下，三个人一时也想不出合适的言辞应对。正如秀吉所言，自从信长公故去，三家老就一直辅佐信雄，秀吉也一直为织田氏支撑门面。问题的关键就在于，信雄是否对秀吉抱有敌意。若信雄承认秀吉的实力，规规矩矩地治好三个属国，或许就能平平安安地度过一生了。

"难道你们还是不明？"秀吉一边让人倒酒，一边笑道。

"我们当然无异议。只是……"浅井田宫丸又小心翼翼道，"我们监视主公，这话听来会让人怀疑。"

"那好，我不那样说了。"秀吉轻轻点点头，向小和尚使了个眼色，让他把酒端给田宫丸，又显出甚是愉快的样子，"说起信雄的事情，秀吉恐怕比三位更清楚，正所谓'不识庐山真面目，只缘身在此山中'啊。"

此时，四面渐渐黑了下来，呼啸的北风掠过湖面，拼命地敲打着寺院的窗户，夹杂着和尚诵经的声音，越发使三位家老焦躁起来。三个人决非被秀吉的气势压倒，但秀吉带着其引以为荣的贴身侍卫，真心诚意地频频向他们敬酒，实让他们无机可乘。虽然双方的距离顶多只有八九尺远，可是，在他们起身扑向秀吉之前，秀吉右后方的福岛市松和左后方的加藤虎之助会立刻拔刀相向，故，现在动手还为时过早。义冬、田宫丸、重孝相互使了个眼色。秀吉不是那种酒后松懈的人，如要寻找机会，只能等侍卫们麻痹大意了。

时间在一点一滴地流逝，烛火在夜色中逐渐暗淡下来。这时，秀吉把话题转到了他引以为豪的贱岳大捷。"世上之人都懂得兵法，却不会谋略。勇者易遇，智者难求啊。前田父子就是这样。如此说来，信孝公子更是可悲。"

说到这里，秀吉像是突然想起什么。"对了，有一事我差点忘记了。信孝正是看不到重臣的器量，有意把他们从身边赶走，才招致了悲惨的下场。恐怕同样的悲剧也会发生在信雄身上。"

听到秀吉再次提到主公，三家老不禁紧张起来。

"义冬、田宫丸、重孝，看来你们好像不服气，是吧？信雄的确有你们所不了解的一面。我看，今天干脆与信雄交涉一下，把你们作为人质带回大坂，你们意下如何？"

"什……什么，要把我们作为人质？！"

"怎样，你们敢赌一把吗？"秀吉开玩笑似的伸出细长的脖子，"我这么做，也是为了三位好啊。"

"大人……为了我们好？"

"当然。你们听我说，首先，信雄也和信孝一样，是个疑心重重之人。说你们私通我的事，他又不是不相信。"秀吉突然压低了声音，兀自呵呵笑了。

"主公怀疑我们与您私通，您就要带我们去做人质吗……"津川义冬急了。

"人无远虑，必有近忧啊！"秀吉依然压低声音说话，仿佛害怕被外面的人听到，"我是说，如你们有这种忧虑，我就以人质的名义把你们带到大坂去，这样才可救得你们一命。"

"筑前大人，万万没想到您会说出这样的话来！"

"这有什么。只有你们三个人都活着，才能保证信雄的安全。因此，我才要帮助你们三人……你们还不明白吗？"

"恕我难以从命。"

"哦，你是毫不担心了，义冬？重孝，你呢？"

"我当然也和津川一样……我们主公绝不会像筑前大人所言。"

"若真如此，那才值得庆贺呢。田宫丸，你呢，也和他们二人一样？"

"那还用说！我们三家老和主公同心同德。不知筑前大人究竟出于何种居心，居然讲出这样的话来，田宫丸实在不明。"

"那好，我就说给你听听。"秀吉目光灼灼，"信雄要和家康联手对付我秀吉，家康那边早就有人向我报告了。"

"什么？！会有这样的事……"冈田重孝不禁张口结舌。

如家康那里真有秀吉的卧底，所有的事情，秀吉都可能已了如指掌。转念一想，这恐又是秀吉惯用的伎俩，企图引诱他们露出破绽。重孝慌忙调整心态，努力镇定下来。

"现在你们该明白了吧？信雄就是这样的人，因此我才想把你们作为人质带到大坂去。如果你们不在信雄身边，家康也会觉得信雄不可信赖。自然平安无事。反之,家康或许就会产生非分之想,这样,好不容易趋于太平的世道,恐又会卷入狂风暴雨之中……这是一。第二,如我方才所言,万一信雄怀疑你们,企图加害……话都说到这种地步了,你们还不明?"

浅井田宫丸只觉得眼前一阵昏花。看来,秀吉已经把所有的事都看透了,他说的句句是实情,绝非信口开河。但事到如今,也只好豁出去了。即使冲不到秀吉面前,起码也方便其他二人行动。

"是,明白了。"田宫丸伏在地上,手指摸向了刀柄。

"报!"

突然,身后传来一个老男子粗哑的声音。

"哦,是平右卫门啊,何事?"秀吉高声问了一句。对于即将冲上去的田宫丸来说,现在无疑是一个绝佳的机会。可不知何故,一阵恐惧顿时袭遍了他全身,他不禁回头看了看。

说话之人是他们十分熟悉的使者富田平右卫门。富田为何来了?种种疑虑和好奇心,使得田宫丸没有站起来。

"大家仔细听听外面,果如主公所虑。"

"仔细听……好,大家都静下来。啊,听到了,听到了,外面有人喊马嘶的声音。"秀吉一边向大家摆手,一边把手拢在耳朵后面,呵呵笑了。

果然,一阵阵人喊马嘶之声从不远处传来,不时打破夜的沉寂。三家老不禁面面相觑——所有的事情都被秀吉预料到了!秀吉把信雄等人召到这里来,似毫无异心,可到了夜里,却偷偷地把寺院团团围住。看来,他们已无计可施。

"果然如我所料。"秀吉眯缝着眼睛,看着三家老逐渐苍白的脸,轻轻站起来走到屋檐下。"哦,看见了,灯笼火把正在急匆匆向东移动。快看,平右卫门!"

"是。"

"你是特意来向我报告这些的?"

"是,主公。"

"大概泷川三郎兵卫也在窥探这里。义冬、重孝,你们也过来看看。"

"我们……"

"对。你们看,那边,正在急匆匆地向东撤退呢。"

"是……是谁在撤退?"津川义冬站在最前面。

"那还用问，除了你们的主公，还能有谁，当然是信雄了！"

"什么?!"田宫丸和重孝立刻弹了起来，飞跑到屋檐下。

此时秀吉的身边并无护卫，如要刺杀，正是最佳时机。可是，得知织田信雄背着他们擅自撤退，三家老已乱了方寸，哪里还会想到刺杀。

"啊，的确是主公……"

"为何没跟我们说一声……"

听到义冬和田宫丸窃窃私语，秀吉大笑起来。"怎样，这下你们该明白我的话了？信雄担心睡觉时被你们砍掉脑袋，便仓皇逃出寺院去了。"

"怎会这样?!"

"他也是迫不得已，天可怜见。谁让他疑神疑鬼呢？他早就认定你们已投降我秀吉了。"

信雄的三家老一声不吭地返回了原座。他们万万没有想到，在如此关键的时刻，信雄竟然撇下他们，惶惶逃离了三井寺。三人都茫然若失，如在梦中。

秀吉也返回座位，捧腹大笑。"平右卫门。"

"在。"

"我真是天眼通啊。现在大约是什么时辰？"

"戌时四刻左右。"

"就连我掐算的时刻都丝毫不差啊。"

"主公神机妙算。"

"好了好了。那些胆小如鼠、风声鹤唳的人，随他们去吧。可是，还有一个问题急需解决。"

"哦?"

"当然了。义冬、重孝、田宫丸。"

三个人谁也没有吱声，不约而同地看着秀吉。

"你们知道吗，不仅信雄生性多疑，还有深知这一弱点，并企图利用之的佞臣呢。"

秀吉一时得意忘形，竟然忘记了自己才是充分利用对方疑心的人。

"至于此人……我不说你们也知。此人就是故意设计，让你们三人失去信雄的信任，企图独自控制信雄的奸人。正是这种小人在背后大肆制造谣言，说你们三人全都归顺了我。因此，我才要告诉你们，你们一旦回到长岛，就会陷入龙潭虎穴。现在，你们该明白了吧？"

三人又一次面面相觑，说不出一句话来，从未体味过如此无法言表的懊恼。他们与其说感叹于秀吉的预言，不如说感到无奈，只觉得像是陷入了魔爪，毫无反抗之力，只能任由魔鬼随心所欲地摆布。

"怎样，我从一开始就知道信雄会这么做。来，接着喝。咱们边喝边议今后之事。从一开始，我就只把你们三人看成我真正的对手，谁让你们都是已故右府大人的心腹呢？"和尚们再次拿来酒。此时三人已经失魂落魄，稀里糊涂地端起酒杯就喝。

"来，一口气干了，我也干了。"秀吉一面愉快地抿着嘴唇，一面笑，又叫过使者，"平右卫门。你辛苦了，可是，还要劳你再去寺里巡视一圈。虽已无大碍，可是，万一寺院里面还潜藏着刺客，出来刺杀三位大人的话，那可不得了。"

仅仅在一瞬间，形势就发生了逆转。原本前来刺杀秀吉的三个人，如今竟然成了在秀吉庇护下逃难的人……

一九　斩杀三家老

阳光暖融融的，已是天正十二年春了。滨松城内家康府邸，老梅树上绽满了洁白的花簇，在阳光的映照下白得耀眼，如云似絮。

家康不时从客室里探出头来，望一望满树的梅花。他已和本多作左卫门和石川数正密谈了两个多时辰。这极其罕见。如是夜里的闲聊倒也罢了，可是，让近臣们都退下去，进行如此之久的密谈，德川家从来没有过。因此，在两间开外的护卫房里，大久保平助、井伊万千代、鸟居松丸、永井传八郎等侍卫都十分奇怪。

"看来，这是一次艰苦的谈话。"

"那还用说！特意把石川伯耆守从冈崎叫来密谈，能不重要吗？说不定要发起决战了。"

"跟谁？"

"你还不知？当然是羽柴筑前守了。"

"哦？你越说越有意思了。"

"也不尽是。如此重要的事情，不可能只是三个人密谈。吉田的酒井左卫门尉和本多忠胜肯定少不了。"

"几个有名的倔脾气碰到一起，意见肯定会分歧。你听听，作左老是在大声地清嗓子，老爷子只有在愤怒时才会这样。"

几个人正在议论，里面又传来一阵不同寻常的咳嗽声。大家都闭了嘴，相视一笑。

"有谁在？过来一个人！"家康的声音紧随着咳嗽声传了过来。鸟居松丸慌忙起身过去："主公有什么吩咐？"

家康表情严肃，脸从来没有那么红过。"我们今晚要长谈，你去吩咐厨下，要他们准备些饭。什么时候要，我自然会再次叫你们。退下吧。"家康瞥了松丸一眼，又将视线转向了作左卫门。"那么，老爷子的意思，是最好让信雄斩杀三家老，对吗？"

255

"没有办法。"作左回道,"谁让三家老命运不济呢?筑前守早就算计好了,他那么一来,信雄定会斩杀三家老,筑前守是胸有成竹啊。"

"哦?数正你呢?"

石川伯耆守数正侧着脑袋思考了好大工夫,才道:"我也是这么看,除此之外……"

"你也说没救了?"

"我也很心痛啊。"

家康叹了口气。实际上,进入二月以后,信雄又派来一个密使。按照密使的说法,由于信雄的老臣冈田长门守重孝、津川玄蕃允义冬、浅井田宫丸长时三人已暗中投靠了秀吉,信雄有意斩杀三老臣,希望家康心里有数,及早作好开战准备云云。

虽然所有的要求都是信雄提出的,变故也都在家康等人的预料之中,可是,家康和信雄频繁来往,目的并不在此。他很想知道秀吉到底如何看待德川氏的实力,究竟把德川氏摆在怎样的位置。因为外间早有传言,说秀吉把家康看成和信雄一样。难道他明明知道家康在背后为信雄撑腰,还敢悍然向信雄发起挑战?家康心里也没有底。

一开始,作左和数正也非常担心。"断然不能如此大意。"

虽然大家都在这么想,但毕竟一厢情愿。秀吉可不是那么平凡的人,他轻而易举就让信雄的三家老上了钩,然后气势汹汹地逼信雄要么绝对服从,要么开战,连其背后的家康都不放在眼里。家康当然不能坐视不管。唇亡齿寒。秀吉先处理信雄,接下来自然就是对付家康了。

"是绝对服从还是开战?"

今天,这个问题已经摆在了信雄面前,而到了明天,则成了家康要被迫回答了。如绝对服从秀吉,可平安无事。一旦答案是否,现在就必作出决断。与其等信雄被除掉再单独起事,不如现在就与信雄合作,齐心协力以抗秀吉。

若家康站在信雄一边,他就拥有了大义的名分。家康既不是信长的家臣,也不是信长的部将,而是信长尊贵的亲戚,是盟者,故,若凭借与信长的友谊,站在信雄一方讨伐逆贼羽柴秀吉,完全可以大义凛然。"你这个逆贼,居然连先主的遗孤也不肯放过!"

主意已经打定,开战的时机却不易确定。正在家康犹豫不决之时,信雄派来了密使，说要斩杀与秀吉内应的三老臣，并想以此为机开战。

如果三家老真投靠了秀吉，斩杀他们也没有什么，立向使者表示同意即可。可若除去三家老，分明是眼睁睁看着秀吉的诡计得逞。世人都深知这一点，家康便把大家叫到一起来商量对策。一旦真的杀掉三家老，信雄自身的力量就削减了一大半，能否有更好的办法，让信雄相信那只是一场误解？

"这不可能！"作左首先摇了摇头，"但凡多疑的人，只会按照自己的性子作出判断，若横加劝阻，他反而会更加怀疑。如若我们向他提出反对意见，不久之后，他恐会回过头来怀疑您和秀吉是一丘之貉。"因此，作左主张，家康最好装着不知三家老之事，把信雄作为"防风之林"，与秀吉开战。

由于甲、信方面的事情已处理得差不多了，目前并无后顾之忧，故，家康对作左立即开战的主张并不特别反对。只是，如有可能，尽量把三家老救出来，共抗秀吉，这无论在感情还是谋略上，都是上策。家康和数正都深感惋惜。

"听说在三井寺，三人断然拒绝了秀吉让他们去大坂的邀请，直接返回了长岛，是这样吗？"

"不假。可是，听说信雄却因此更加怀疑他们……"

"莫非他认为，秀吉故意把三人打发回去，使乱自内生？"

"根据我得到的消息，泷川三郎兵卫对津川义冬的松岛城垂涎不已，不断向信雄进谗言，说三家老存异心。"

"那可麻烦了。怎会这样？一旦真乱起来……"

家康和数正二人的话题刚转移到三家老的身上，就被作左打断了。"主公，休要像女人一样啰唆！三家老已救不了了。现在要商量的，是如何给猴子当头一棒，打他个措手不及。主公都考虑周全了吗？"

"应该比较周全了，数正。"

数正闭上眼睛，额头上刻满了一道道皱纹。"我看，我们仍然必须全力支援纪州的根来、杂贺众的暴动。"

"这个我也想到了。"

"如暴动成功，两万多人如潮水般从堺港涌向大坂，必定会给刚刚筑起新城的秀吉带来相当大的麻烦。"

家康使劲点点头。

"策谋暴动的是保田的花王院和寒川右太夫行兼。如再给他们一封书函，必会事半功倍。"

"主公！"数正瞪大双眼，"还要再加上一人！"

"谁？"

"我们决不能忽视前纪州之守护畠山氏的力量。现在，畠山氏的当家人乃是左卫门佐贞政。如能让此人帮着联络暴动者，那再好不过。"

"好！"

"这样一来，纪州暴动，再加上淡路的菅平右卫门率两百余艘战船发动的奇袭，在初战时就足以让秀吉焦头烂额了，而且，他带到尾张的兵力顿会削减大半。"

"数正！"作左不耐烦地插了一句，"你老是一口一句兵力，在大家面前可不能这么说。"

"我知。可是，筑前这个人最擅长的就是'位攻'战术，而最影响他士气的就是兵力不足。因此，应尽最大的努力，到处策动反对秀吉的势力才是。主公，不仅是淡路的两百艘船，三河、远江、骏河的船只也要集中起来，从海上打击秀吉……这些也非常重要，万万不可马虎！"

家康点了点头。既然和秀吉一战在所难免，那就断不可犹豫。若犹豫一日，诡计多端的秀吉就会想出许多花招。

首先扳倒信雄，再如法炮制，以同样的手段除掉家康，这就是秀吉的如意算盘。而家康却不等秀吉逼上前来，就主动和信雄合兵一处……可是，这样的想法是出于德川氏的利益，万一失败，信雄就会从这个世上消失，而家康却要存留下来。实际上，信雄就是家康的挡箭牌。

秀吉当然会意识到这一点。如他想消灭信雄，就会大肆宣扬：是家康在背后操纵了信雄。但是，一旦信雄真的杀了或囚禁了三家老，家康就无法和信雄结盟了。因此，现在正是开战的最佳时机……当然，秀吉必定会比家康想得更深，走得更远。

"船只要集中，但是，光有船还不够。"家康插了一句。看来，比起作左的心高气盛，他更认同数正的稳重老练。"到底杀不杀三家老，这完全看信雄之意，究竟派谁出使为好？"

"派谁去都行。这是去拆散人家，又不是去成全好事。"

"不，决非如此，作左。"家康皱眉道，"筑前擅长谋略，必又会在对手的家臣中寻求内应。一旦此事暴露，人们就会说，家康乃一个不讲诚信的小人。不用说秀吉，甚至甲、骏、信的将士们，都会怀疑起我来。"

"主公的意思是……"

"我们应想尽办法营救三家老。"

"若是信雄听不进去，又当如何？"

"作左，你这个人真是啰唆！非得让我把话都说出来？我们的任务只是去阻止信雄杀掉三家老，如他实在要杀，我们也爱莫能助。信雄就是那样的人。你难道还不明？"

"哈哈，我怎的这么糊涂啊！"作左大笑，"主公，您可真是。让数正和酒井重忠前去如何？"

"重忠倒是可以。"酒井河内守重忠是雅乐助正家的嫡子，也是一名气宇轩昂的重臣。家康随意地点点头。"既然你们都说行，我也没什么异议，我现在要出去一下。你们再商议如何劝阻信雄。之后，我下命令就是。"

"哎，我服了！"作左啧啧称赞，"多么狡猾的主公啊！"

家康离席未久，酒井重忠就被叫进了书院。他既有其父的豪气，又不乏稳重，一举一动比起性情粗放的作左来，显得落落大方，甚至会使与他对面而坐的人备感压力。

"酒井，主公要派你去出使，这是一次十分重要的任务。"

"到何处出使？"重忠皱着眉，说道，"我这个人不适合出使，此事太突然，恕我难以接受。"

"不，不是……因为实在找不到更合适的人选，主公点名要你去。"

"哼，一定又是本多大人出的馊主意。"

作左一听，哈哈笑了。"正是因为你天性敏锐，能洞察人心，才推举你出使清洲。"

"清洲……"

"对，现在信雄不在长岛，在清洲。你只需去说一句'我们接受了'，就可回来。"

"接受了什么？"

"信雄要和羽柴筑前守一战。主公念及信长公的恩义，想帮助孤立无援的信雄，狠狠地惩治与主家为仇的秀吉。你只管拍着胸脯，说那是正义之战，我们已经接受了，就足够。"

"大人，您不是在故意拿我说笑吧？"

"你在说些什么！即使说笑，也不敢拿此等大事来说笑。主公心意已决，就连一向谨慎的数正都同意了，大家都听到了。"

"哦？"重忠把视线移到数正的身上，"是真的，石川大人？"

数正点了点头。他对着没有把三家老之事说出来的作左微笑了一下——根本用不着特意告诉使者此事，还有更重要的事要告诉对方，即德川氏已经同意作战，以后双方更要密切保持联系。

"主公有胜算吗？"

"哈哈哈……重忠，你又胡言乱语了。你想想，若无胜算，主公能开战吗？"

"说得也是。"

"既然明白了，出使一事，你是否应承下来？等主公回来，你可不能当着主公的面抱怨担子重。"

"既然是主公的命令，我只好服从。可是，二位大人为何偏偏推举我去？"

作左看了数正一眼，嘻嘻地笑了。

"这个嘛，"数正直起身子，半闭着眼道，"这是考虑到你去可以使对方安心。既然要开战，就必须让信雄心里有底。一旦让他觉得我们根本就靠不住，他的信心便会大大削弱。除此之外，必须申明，打仗时，凡是战事约定，双方切切要严格遵守。"

"这两事当然重要，可是，肯定不止这些。否则根本不用我去，还有很多人选。"酒井重忠痛快地点点头，轻轻地反将了一军。

"就这些！"本多作左卫门顿时急了，大声叫起来，"你少啰唆，只管去就是。主公指名让你去，我和数正也赞成。你休要再推三阻四。"

"一定还有什么事。否则恕我难以前去。"

"哈哈。"作左卫门笑了起来，数正则深沉地盯着重忠。

"有何好笑，老爷子？"

"你可真是难缠啊。"

"怎会？一开始我就知你们定有事瞒着我，我才不去。我可不是乳臭未干的毛头小子。是不是信雄为难了你们，你们才特意跑到滨松来询问对策？快不要再卖关子。"

"你这人怎的这样！"作左回头看了一眼数正，放声大笑，"那我就说了，重忠。若你故意诱我说出来，而后你又不接受，那我可跟你没完！"

"我明白，您说吧。"

"你万不要以为这是主公的计谋。近来主公慈悲为怀，其实有些心慈手软。"作左瞪大眼睛，环顾四周，猛地探出上半身，压低了声音，"因此，我就和数正商量，我们断断不可输给羽柴筑前那厮……"

"难道主公不希望取胜吗？"

"是。总之，为了胜利，我们就要把桀骜不驯的信雄当作德川氏的盾牌，先探一探筑前的虚实才打发你去。这才是主公的真正用心。"

"原来如此……"

"可是，此事只有我和数正知道。我们总觉得还需要一个人知道其事，便想到了你。如把事情挑明，你还会拒绝吗？"

酒井重忠耸了耸肩膀，看着二人，无奈道："那么，必胜的手段是……"

"所谓必胜，就是绝不可失败。"

"那要怎样？"

"先以信雄为防风之林，如果敌人太强，数正就会直接赶赴筑前那里，阻止战争发生。"

"如对方并不那么强大呢？"

"那作左就去给筑前守一点颜色瞧瞧。"

重忠道："我去清洲的目的是什么？"

"和秀吉展开决战……这虽不是主公的意思，可是，主公并不十分反对。故，让信雄放心地杀掉三家老。这样一来，仗就打起来了。"作左一口气说完，笑了。

"明白了，全明白了。"酒井重忠连连道，也怪异地笑了，"二老真是费尽了心机啊。"

"如不费心机，能在这个世上混下去吗？"

"也就是说，您二位是不顾毁誉褒贬，来为主公出谋划策了？"

"别说得如此难听。累及一人或是一家就不用说了，弄不好甚至会累及整个德川氏呢。我倒要拭目以待，看看筑前守到底有多大能耐。"

"既然不是为了主公，那是为何？是为了大志吗？"

"要看对待这个问题的人的心情，这可不是我所能知的了。"作左言罢。数正喘了一口气，斩钉截铁地说道："我可绝非为了什么大志！只是按照我心中佛祖的旨意去行事。"

261

"知道了。"此际,重忠似终有些感动了,他砰砰地拍着厚实的胸脯,"若非如此,筑前必定势如破竹,难以阻挡。讨伐完信雄,秀吉就会把矛头对准主公。为了吓唬秀吉,我也豁出去了。"

"一定要爱惜性命。先吓唬一下秀吉,再看看他有什么动静。为了大局,你就先做一回恶人,去煽动一下信雄。"

"怎会是煽动呢!不管怎样,只要能够取胜,就决非坏事。信雄现已成了秀吉的眼中钉,无处藏身了。"

"那么,把主公请来吧,作左。"数正道。

"好。"说着,作左站起身来,"你要记着,重忠,万不可对主公说什么,你只说'遵命'就是。至于不能阻止三家老被杀之事,你把它闷在心里便是了。"

重忠并未回答,单是又拍了拍胸脯。作左似早就等不及了,他极其夸张地皱着眉,一瘸一拐地出去了,不大工夫就把家康请了进来。

"你们谈完了?"家康悠闲地把胳膊支在扶几上,不看重忠,单是直接询问起数正来。

数正恭敬地两手伏地,道:"详细事宜,我们已经和重忠商量好了。"

"哦,重忠答应去了?"

"是,听说主公特意点名让我去,在下荣幸之至。"

"你去之后,只和信雄面谈就行了。"

"在下已心领神会。"

"既然要派你去,恐就要与信雄长谈。我写封书函你带着,稍待。"说着,家康从窗边的案上取过砚盒和纸张,刷刷地写了起来。

天正十二年二月二十一,酒井河内守重忠向清洲出发。

在这样的季节里出使具有非比寻常的意义。如真的爆发战争,对于德川一方来说,最好的季节无疑是三月。

贱岳会战时冰天雪地的景象已不复存在,北陆的冰雪已经融化,山间的通路也畅通起来。此时,上杉氏的存在令各方不容忽视。家康也不例外,可是,比他更忧心的,是正在从越前向加贺、能登、越中进击的秀吉。他此时正是忙得不可开交。北条氏的情况也一样。因此,如果决定开战,最佳季节就是三月。二月之内就必须把所有的事情做好。

二十五日，身负重任的重忠进入清洲城。

信雄似已等不及了，立刻把他请到房里。"德川大人的病痊愈了？"

"是的，已经痊愈。"重忠一本正经地板着脸，"又娶了两房女人，不久之后恐又会有孩子了。"

"哦。"信雄瞪大了眼睛，"真是羡慕。近来，我已不近女色了。"

"为何？"

"我越想越觉得……"说着，信雄警惕地看看四周，把侍卫和侍女们都打发了下去，方道，"我刚才说到什么了，河内守？"

"说到不近女色。"重忠依然一本正经，不苟言笑，就像一座屹立在风中的高山，极其庄重，甚至有些滑稽可笑。

"对了对了，我越想越觉得生气，筑前这猴子，竟然狂妄自大，目中无人！"

"这不是长久之计。"

"什么？"

"春天是万物孕育的时节，大人年纪轻轻，不要因为筑前守那种人大动肝火。一切应该顺其自然，精心准备，毫不懈怠……这样，家业自然会兴盛。"

"有理。"信雄脸上终于绽出笑容，"你平时也是这样吗？"

"是，在战事即将开始之时，如若外出，就要充分作好准备，这是我家的家训。祖父这么说，父亲也一直是这样做。"

"哈哈哈，有意思！那么，说到开战，你……"

"啊！"重忠刚才郑重的表情一扫而光，慌忙把手伸进怀里。"只顾和大人谈论经营家业之道，竟然忘记了主公的书函。请过目！"说着，重忠打开紫纱包袱，取出信盒，郑重地膝行到信雄面前，恭恭敬敬地呈上。

当信雄默默地阅读书信的时候，重忠则茫然地望着外面的院子。在这座曾经孕育了信长公宏图大略的城里，有许多松树，树丛中开满了红梅，也可能是桃花吧。重忠兴致勃勃地欣赏起窗外的风景来。良久，他突然说道："院中的小鸟多么可爱啊，是大人养的吗？"

"小鸟……那是白颊鸟。"

"是大人养的？"

"不必专门养，在三河大概也能看见白颊鸟吧！你们三河人难道不知白

263

颊鸟？"

"哦……这些我倒是没有在意过。我们只顾着考虑如何取胜，哪还有时间去管什么鸟儿。"

"河内守。"

"在。"

"这信上只写着为防万一，所有的事情都已委托给河内守，要我和河内守开诚布公地谈一谈云云……就这些吗？"

"难道还不够吗？德川氏从来没有使者暗中归顺对方之事。因此，使者携带的都是同样的书函，重要内容都在肚子里装着，这是我们的规矩。"

信雄一听，略微有些不快，旋又微笑起来。"真羡慕你们。应当如此，应当如此。这么说，你的意思就是德川大人本人的意思，是吗？"

"这些，中将大人根本用不着怀疑。我敢以骏、远、三和甲信五国担保。"

信雄又叹息起来。"真令人羡慕。那么，我提出由我方主动发起决战的建议，德川大人是什么意见？"

"没有异议。我家主公会站在恩义的立场坚决支持您……我方现已作好充分准备，主公都作好了随时出征的准备。"

"我还有一个问题……一旦开战，如何布阵？"

"这要根据您的安排，主公将亲来尾张，和您商量对策。"

"德川大人究竟要率领多少兵力出战，也决定了吧？"

"那还用说，当然是全部兵力了。"

"数量？"

"为防各个军事要塞发生叛乱，人数大约有三万。"

"策动根来、杂贺的民众暴动之事呢？"

"当然。这次战事，必须和暴动结合起来。为此，我家主公已给保田的花王院和寒川右太夫发去了誓书。大人这里，为慎重起见，不久之后还要派使者前来。到时候，让暴动者从堺港偷袭大坂，狠狠地挫挫秀吉的锐气。秀吉从未受过挫，所以，战事一开始就大致已决出胜负了。"

不知从何时起，信雄的眼睛开始闪闪发光，眉宇间充满了昂扬的斗志，与其父的风貌甚是相似。

本能寺之变以前，信长在安土城大宴家康及其众将士之时，当重忠从信长手中接过酒杯的那一刻，他发现，眼前的信长真是一个美男子。今天的信雄也是威风凛凛、仪表堂堂，决不亚于昔日的信长公，却仅是长相相似……重忠并不认为信雄威严，他认为那只是匹夫之勇。

"那么，一开战先挫挫秀吉的锐气，让暴动者从堺港杀向大坂，我们则为其后援。当然，人数越多越好。因此，希望大人给纪州的畠山左卫门佐贞政发一封密函……"

不知从何时起，重忠变成了命令的口气。信雄却没有显出一丝不快，相反，他乐得手舞足蹈，差点就说出"正合我意"了。

"那是当然，这事丝毫不能马虎。我们可以许诺，事成之后愿奉上纪伊、河内二地。好，我立刻就去安排。"

"最后，我还有一个要求。"

"要求？"

"现在，已不再是靠单打独斗就能取胜的时代了，全军同心协力才是关键。因此，我家主公和您商定的决策，无论在多么危急的时候，也不可擅自更改，否则会埋下祸根。请大人一定铭记在心！"

"这个我自然明白。织田信雄定会信守承诺。你回去后告诉德川大人及其诸将，请他们放心好了。"

"既然这样，我也就放心了。"重忠使劲点了点头，"我的使命已完成了。随便聊聊武家掌故吧。"

"重忠……对于我提出的斩杀三家老，以此契机发起决战的提议，德川大人有什么意见？"

"斩杀……三家老？鄙人对此一无所知。只是，大人一定要牢记一点，无论何时，也不能让任何事情妨碍开战，大人不是一直坚持这样认为吗？"重忠微微皱了皱眉，道，"原本，三家老……就似碍手碍脚。"

"唉，既然话已说完，就不管其他了。这些事情，或许当由我自己处理。"

"正是。我家主公从不会忘记重要的事情，既然什么也没说，那就是一切都请大人自便。"

"哦？既然这样，我自己处理就是……如此一来，我也放心了，今夜可以好好睡上一觉了。那么，聊聊别的事吧，比如武家掌故之类。来人，把备好的酒食端上来。"信雄满脸喜悦地拍了拍手，重忠也松了口气。三家老的事情，就这样巧妙地一带而过……

酒井河内守重忠在清洲住了一宿，次日就返回了滨松。

通过这次和信雄的谈话，他似终于发现了三家老问题的复杂。为何家康、本多作左卫门、石川数正等人都对这个问题深感棘手？此前他一直简单地认为，大家都担心一旦杀掉三家老，会削弱信雄的实力，通过和信雄的对话，他才知还有未料及之意。

不知是家康还是数正的考虑，总之，一旦开战的结果不如人意，家康自然就会对信雄斩杀三家老之事"一无所知"。"你怎会做出如此糊涂之事！"这样，就可以迅速撤兵了。虽然或许会被人理解为狡猾、诡诈，但如没有这样的准备，家康在秀吉面前则缺少回旋的余地。这种残酷的事实，信雄到底想过没有？

总之，信雄满怀喜悦地把重忠送走，立刻向三家老派出了使者。"由于此次和德川家康的使者酒井河内守的密谈成功，有一些重要事宜，需要当面通知诸位，因此，请诸位三月初三到长岛城议事。"之后，他急匆匆地赶回了长岛城。

三家老之一、尾州的星崎城主冈田长门守重孝接到使者的口令，不禁犯起难来。如是和德川密谈，意义自然非常重大。信雄已决意要和秀吉一战，秀吉也难以容下信雄，这些大家都心知肚明。然而在双方之间，对阻止战争起关键作用的，就是冈田重孝、津川义冬和浅井田宫丸三家老。他们始终坚信，只要他们三人不同意，信雄就不能开战，家康也决不会轻易站到信雄一边。

因此，此次会面，一定是商量家康提出的开战条件。要么是家康认为三家老都同意开战，让他们向他送交人质；要么是他也认为三家老是秀吉的内应，听到一些奇怪的言论，要求明辨真伪。他们除了毫不犹豫地赶赴长岛之外，别无选择。若是不去，则会加深信雄对他们的怀疑，横生枝节。

三月初三，重孝按时赶到了长岛城。义冬和田宫丸也到了。大书院里，人们正在忙着供奉桃花节的菊花酒。

重孝总算舒了口气。自从在三井寺尴尬一别，这还是三家老第一次凑到一起和信雄会晤。先到的义冬和田宫丸正和信雄谈笑风生。冈田重孝郑重其事地向信雄表达了节日的祝贺，然后和满座的重臣们打过招呼。除了浅井、津川二位老臣之外，还有泷川三郎兵卫雄利、土方勘兵卫雄久、饭田半兵卫正家、森久三郎晴光等人，个个红光满面。

在这样的场合下，家康派来密使之事自然不好说出口来。因此，重孝接过酒杯后，一边让侍卫倒酒，一边轻笑道："在三井寺的时候，可真是遗憾啊。"

"当时筑前的身边戒备森严，不但没有丝毫下手的机会，反而险些成了俘虏……"

听到这里，信雄淡淡地摆了摆手。"我早就料到这些了，便故意装作快速撤退。这样一来，筑前猴子定会以为我们早有准备，心中生疑，你们也便有机可乘了。"

"真是遗憾啊。虽说筑前是咱们的敌人，他却是个出色的大将，智勇双全，谋略过人。"

"因此，我们必须反复谋划，方能行动。长门守，在你来这里之前，大家已经商量得差不多了。家康那边也派来了酒井重忠。"

"在这种场合下，谈论这种事情，恐怕……"

"无妨，我已与大家讲了。家康的使者说，这是一次决定天下大势的重要战事。因此，火速把你们三家老招来，商议一下，拿出决议，立刻通知家康。这样，家康才会率领全军参加决战。"

"我们也要参与决议……"

"当然，首先征求一下大家的意见，然后全力以赴抗击秀吉。"

冈田重孝悄悄地和津川义冬、浅井田宫丸交换了一下眼色。家康果如他们想象的那样，如果信雄这边下不了决心，不能与他统一步伐，是绝不会起兵支援的。虽然三家老在偷偷地相互点头示意，信雄却是一副满不在乎的样子，目光咄咄逼人。

"我提议，品完菊花酒之后，召诸将议事。"重孝道。

"长门守！"

"在。"

"我已经下了决心。难道你们对开战还有异议？"

"是……可是，在这种场合……"决不能轻易让信雄开战，这是三家老的共识。尤其是三井寺会晤以来，重孝越发看到了秀吉实力的强大。

"好，好。"信雄淡淡地点了点头，"今天就这样，大家只管尽兴。从明日开始议论军情。这次我已下了决心，无论如何也要取胜。因此，大家要集思广益，研究一下筑前的弱点究竟在哪里，是否有隙可乘。先把这些细节研透，再作决定。一旦开战，估计就不能再设酒宴了。今天请大家不拘虚礼，开怀畅饮。"

提议竟被信雄如此轻描淡写地岔了过去，重孝突然感到一阵不安。这里面该不是有什么阴谋？但对于信雄提出的"不拘虚礼，开怀畅饮"的提议，他当然无法反对，义冬和田宫丸也一样。

信雄得到家康的援助，决意要跟秀吉一战，这似已成了一个铁定的事实，如他们非要反对开战，无疑会破坏信雄的心绪。三家老终于没能开口。

重孝没有喝醉，津川义冬也没有喝多，只有浅井田宫丸酩酊大醉，不时地说醉话："如果这样下去，我看无异于自投罗网。"

可是，周围的人似都喝醉了，信雄似也未听到，总之，三日这一天平安无事地过去了。

三家老以为翌日定会召开重大军情会议，于是商量好了发言的顺序，可令他们大感意外的是，这一日毫无动静。

正午时分，未露面的信雄派人来知会："会议改在五日召开，请大家再考虑一日。"

"怎么，这次主公似乎变得慎重了。"再次碰面的时候，津川义冬有些不解。然冈田重孝完全不这么认为："照这样看来，即使提出一丁点反对意见，主公也断听不进去。"

"不，不会。虽然大家在口头上都不敢反对，可是谁都惧怕秀吉如日中天的强大势力。只要我们三人晓之以理，主公的反应且不说，旁人定会纷纷进谏。"

"如能这样，当然再好不过。可以我看来，恐怕……"除了这个，重孝这一天再也没有说话。

让大家这样考虑一天，看来信雄的决心已难以撼动了。

五日，从清晨起，天就下起雨来，气温却非常高。院子里的樱花已经开了大半，尽情地吮吸着淅沥的细雨，吐露着春天的气息。

"请到大厅里。"

巳时左右，信雄身边的宠臣泷川三郎兵卫前来通知。于是，三家老凑到一起，早早地赶到大厅等待。

"今日，我们要把意见一句不漏地说出来，知无不言，言无不尽。津川大人、浅井大人，你们二位也要作好准备。"重孝道。那二人坚定地点了点头。

首先发言的自是冈田重孝，接下来表示赞成的是津川义冬。接着，主公信雄定会明白无误地陈述他的主张。之后，浅井田宫丸再发表意见。

信雄于巳时准时到来，表情与前三日没有什么不同。"会议现在开始。"

不知为何，信雄今天的心情出奇地好。"家康已经许诺，愿意率领全部兵力为我助战。那么，我们就要和秀吉决一死战，我想大家都不会反对吧？"

听了信雄这话，冈田重孝犹豫了一下，道："启禀主公。"

"哦，是长门守啊。你是星崎城主，这次就和家康的旗本大将一起，作为进攻美浓的先锋吧。"

"恕在下冒昧，对于此事，我有话要说。"

"何事？难道你不想和家康的旗本大将共同作战？"

"实是抱歉……重孝反对这次对筑前开战。"

"什么？好，那你说说理由。这么重要的战事，我怎么能不听听大家的意见？"信雄并不那么吃惊，单是淡淡地询问起来，这令三人深感意外。

"主公刚才说，家康会率领全军助我方作战，我认为这完全不可信。"

"哦，那说说你的理由。"

"最近，德川氏重臣石川伯耆守数正暗降筑前的传言漫天……"

"说的是，石川伯耆……"

"可是，我认为这完全不可信。这必定是筑前一手炮制的谣言。德川凭什么会率领全军助我们作战？在开战之前，这些事情必须弄清楚。"

"你的意思是说，家康帮助我们，不全是出于对先父的情义？"

"恐是家康看到战火不久就要烧到自己身上，所以明哲保身。恐他只是想利用主公去和秀吉交手，坐享渔翁之利，我想他绝不会是真心参战……"

"你的意思是说，家康参战并非本意？"

"主公英明……"重孝深施一礼，正要继续陈述，不料一旁的津川义冬插了一句："主公，义冬也完全赞成冈田。"

"哦，你也反对？"

"对于决堤涌来的浊流，即使有再大的力量，恐也难以阻止。因此，目前我们除了忍耐，别无选择，只能寄希望于主公与筑前的年龄差距。主公现在精力旺盛，年轻有为，春秋不到三十，而筑前已接近五旬。等到筑前的生命走到尽头的那一天，主公就成功了。所以，为今之计是隐忍……"

义冬说得严肃认真，浅井田宫丸也连忙探出身子道："主公要想压制筑前,唯有一个办法,那就是把我们三人送到大坂去做人质。只要我们在大坂,料筑前也不敢胡来。"

"哦。"信雄冷冷道,"果然跟我料的不差。来人!"

话音刚落,席上众将一齐拔出刀来。

"啊,你,你们,你们要干什么?"冈田重孝刚要起身,邻席的饭田半兵卫正家已经劈向津川义冬,砍在了他肩上。义冬惨叫一声,跟跟跄跄向走廊逃去。

"休得无礼,这是在主公面前。"

"请见谅,主命难违。"

"主命?"义冬慌忙往上座一看,信雄早已不见踪影。不仅如此,左右两边的出口也已被刀枪挡住。"这究竟是为何?"

"你给我好好听着!"话音未落,土方勘兵卫雄久的三尺长刀已砍向了重孝,"可恨的叛贼,把你千刀万剐也不解恨!"

"你说我背叛,到底有何凭据?"

"休要再问!这是主公的命令,是天意!"泷川三郎兵卫雄利拔出腰刀,冲着躲在柱子后面的义冬又是一刀。

"三郎,你这个卑鄙小人……"

"杀,快杀!"

义冬疼痛难忍,断断续续道:"我们遭人算计了……浅井,冈田,我先走一步了……"话未说完,他扑通一声跌倒在血泊里。

重孝顿觉全身血液倒流。"好,既然这样,我跟你们拼了。有种的过来!"

"这是主公的意思,叛贼。"

"主公才是真正的叛者。如觉得我们做家臣的形迹可疑,为何不在诘问之后,让我们切腹?他眼睁睁掉进筑前设下的圈套里,还做出诱杀忠臣的勾当……"

"杀了他!别听他胡言乱语,快杀!"

"唉!既然要杀,那就过来试试!"

土方勘兵卫一跃而起,一刀朝重孝的左肩斜砍下去,重孝将长刀挡到一边,"啪"的一声,火星四溅,吓得众人倒退了几步。

不知何时,浅井田宫丸夺下了对方的枪,挽起胳膊,与森久三郎对峙起来。

"不就是区区两人吗，时间拖长了不免挨骂。大家一起上！"泷川三郎兵卫手里提着刀，只知下令，却不敢动手。

外面依然是暖意融融的春雨，身负重伤的义冬拼命地在榻榻米上爬着，身后留下一条血的溪流。重孝的脚踩到了血流，一下子摔倒在地。就在这时——

"啊！"他身后响起了一声悲鸣。浅井田宫丸已经被森久三郎斩杀。

同时，一块烙铁似的火热物体刺入了重孝的右肩，顿时，一种撕心裂肺般的疼痛传遍了全身。土方勘兵卫的豪刀砍在重孝的胸上，骨肉皆断。

"可……可……可惜……"一口鲜血从嘴里喷了出来，重孝的尸体跌倒在义冬身上。

二〇　德川出阵

天正十二年三月初七，通过刈谷城主水野忠重的密报，德川家康得知织田信雄已斩杀三家老。

信雄斩杀了三家老之后，立刻把津川义冬的松岛城交给泷川三郎兵卫把守，把冈田重孝的星崎城交给了水野忠重，把浅井田宫丸的苅安贺城交由森久三郎把守。

当然，对于这些变故，羽柴秀吉不可能不知。

还没等开战，信雄便自断臂膀，秀吉定在背地里高兴得合不拢嘴。而且，家康刚刚得知这个消息，秀吉就已经向堀尾茂助吉晴下令："立刻作好出兵北伊势的准备。"

初八，秀吉对津田弥太郎发出了同样的命令。

初十，秀吉自己则从大坂进入京城，十一日，火速赶到近江的坂本城。其行动之神速，便是对此战期盼已久的明证。

对于信雄斩杀三家老之事，家康没有发表任何看法，而是立刻在滨松城召开了军事会议。本来，家康当与信雄共同赶赴尾张，可是，事情竟然出现了变故。

"现在让我们好好看看，筑前守到底有多大能耐。"大家都赶到大厅之后，家康神情沉着，笑道，"以前，我军的呐喊声是'上啊！'现在得改改了。"

家康突然说出这样莫名其妙的话来，弄得大家丈二和尚摸不着头脑。

"主公的意思是，光喊一句'上啊！'不行吗？"

"对，这次的对手可是羽柴秀吉。因此，传我的命令，呐喊声改为'上啊，上！'尾音要坚定有力。这样喊才是胜利之兆。"

大家不禁面面相觑，哑然失笑。至于具体战略，根本就用不着再商量了。

家康从滨松出发之后，他此前与诸方的交结，立刻产生了强大效应。北陆的佐佐成政答应进攻秀吉的领国加贺。四国的长曾我部元亲立刻出兵淡路。纪伊的寒川右太夫高举义旗杀向和泉、河内。在贱岳之战中败北后闲居纪伊的保田安政，则成功地游说根来法师袭击河内。此外，家康还煽动被秀吉占领了大本营大坂的本愿寺门徒，以及根来、杂贺的一向宗门徒，向他们秘密地许诺，一旦大功告成，就将现已归前田利家所有的加贺和大坂两地归还。

"我们定要让坂本城的秀吉大吃一惊、措手不及！"

大家都到齐之后，家康让人拿来出阵前的膳食，自己淡淡地饮了些冷酒，恋恋不舍地抚摸了一下孩子们的脑袋，在城门口飞身跨上了他心爱的战马。

三月初七未时左右，即信雄斩杀三家老的消息传来之后不到一个半时辰，家康就作好了战争的所有准备。

为了能进入清洲作战，家康立即把大本营迁到了冈崎。他显得十分平静，无论神情还是举止，都没有任何异常，甚至还不如出去狩猎兴奋。其实，家康并不像表面那么平静。这可是与旷世鬼才羽柴筑前守秀吉的决战，一旦指挥稍有失误，可能给德川氏带来灭顶之灾。

家康最初动员的兵力是三万五千人。其中，八千人直接参加战斗，其余的人则留下来负责镇守甲、骏、三各地的城池——滨松城由大久保七郎右卫门忠世把守，冈崎城由本多作左卫门重次把守，二俣城由酒井河内守重忠把守，久野城由久野三郎左卫门把守，挂川城由石川日向守家成把守，甲府城由平岩七之助亲吉把守，郡内城由鸟居彦右卫门元忠把守，骏河田中城由高力与总左卫门清长把守，深泽城由三宅宗右卫门康贞把守，长久保城由牧野右马亮康成把守，沼津城由松平周防守康重把守，兴国寺由松平主殿头家清把守，信浓的伊奈城由菅沼大膳把守，佐久郡由柴田七九郎重政把守，小诸城由芦田下野守信守把守；吉田城的酒井左卫门尉忠次跟随家康出阵，此处不再派驻别的守将，西尾城则由滨松的大久保忠世兼守。

先头部队是以神勇著称的井伊万千代直政的赤备军，旗本大将则有奥平信昌、松平又七郎、神原小平太康政、本多平八郎忠胜、大久保忠邻、本多庆孝、松平家忠、菅沼定盈……

八日，进入冈崎城，家康让全军暂时驻扎在矢矧桥附近，自己则在这里等候伊贺、大和的勇士前来。九日，家康前进至阿野。十日，家康命令酒井忠次和松平家忠等人向鸣海进伐。十二日，家康至热田附近的山崎。大约从此时起，阴雨连绵，伊贺、大和的勇士们踏着缤纷落英，不断聚集到家康身边。

在家康调兵遣将的同时，秀吉也没有丝毫松懈。他不断地向大垣城的池田胜入派去使者，要求胜入做先锋。"如果大人和秀吉合作，取得胜利之后，愿意把美浓、尾张、三河三国给大人作为回报。请速速出阵！"

不仅如此，秀吉还邀请森武藏守长可加盟，同时，频频诱惑刈谷的水野总兵卫忠重和丹羽勘助氏次。二人却没有前来。氏次把秀吉的使者一顿臭骂，驱之；水野忠重则把秀吉的书函立刻送交家康手里。书函的内容大致是：事成之后，秀吉愿把三河、远江二国赠予忠重作为礼物。面对如此丰厚的诱饵，二人却不为所动。恐他们也已经看出，秀吉要想在与家康的对决中取得胜利，远没有那么容易。

就这样，东西两路大军，源源不断地从美浓和尾张的山野赶赴北伊势。

三月十三，当家康进入清洲城与信雄会面时，战火已波及北伊势，而在近江一带，池田胜入与森武藏守长可已向犬山城进军。然而，这只是决战之前的前哨战。虽然秀吉和家康二人绞尽了脑汁，可都弄不清对方作战的真实意图。秀吉恐是想通过北伊势的战事吸引家康的注意力，然后，趁其不备，从犬山城一举杀向尾张，如是这样，秀吉似已成功了一半。

十三日午时，家康率领酒井忠次、石川数正、松平家忠、本多忠胜等重臣，在清洲城的大厅里和信雄商议军情。

此时，笼罩着北伊势的战争乌云已不能容人旁观，因为在四天之前，即三月初九，信雄的部将神户正武已出了神户城，向龟山城发起了进攻。可是，守将关安艺守盛信入道万铁与其子一政顽强抵抗，击退了神户正武的进攻，后得到蒲生氏乡的支援，战势变得越发胶着。

信雄一方也立刻派了佐久间正胜、山口重政二将进入铃鹿郡的峰城，支援神户正武，可是，此时秀吉的援军已经源源不断地进入了北伊势。秀吉一方表面看目标似是峰城，而实际上，除了蒲生氏乡以外，长谷川秀一、堀秀政、日根野弘就、浅野长吉、加藤光泰诸将与当地的泷川一益、关万铁等人齐心合力，目的是想把信雄在南北伊势的势力拦腰切断。

听信雄如此一说，就连家康都严肃地沉思起来。家康自是没有料到，秀吉会直接从坂本杀向美浓、尾张。为了迅速把秀吉赶回大坂，家康早在严密地监视其动向。可是,一向擅以兵多将广取胜的秀吉,必定会在大坂派驻强大的留守部队,不久之后亲自赶来。若真如此,秀吉的进攻路线必有两条:一是从近江杀向美浓、尾张,二是从北伊势杀过来。

"数正,你认为秀吉会从伊势杀来吗?"

石川数正不禁回头看了一眼酒井忠次,并不正面回答:"这可万万不能麻痹大意啊。"

"秀吉的策略往往出人意料。"

"哎!"信雄突然插上一句,"不管怎么说,尾张乃是我家代代相传的领地,因此,秀吉定想先从相对薄弱的伊势下手。"

"中将。"酒井忠次突然转向信雄,瞪大眼睛,加重语气道,"您是不是向我们隐瞒了什么?"

"啊,隐瞒……"信雄虽然嘴上这么说,脸色却明显变了。

"我刚才出去方便的时候,意外地听到了一件令人担心之事。"说到这里,忠次猛然转向了家康,"方才我听见一个杂兵说,峰城已于昨夜陷落。筑前已撤回大坂。"

"峰城陷落?!"听到这个消息,家康似乎打了个哆嗦,"此事如此重大。即使是杂兵私下议论,也应该调查清楚啊,中将。"

"知……知道了。"信雄努力做出沉着之态,两颊却禁不住痉挛起来。

"中将,您是否想把我家主公引向伊势?伊势方面,既有正在赶来的羽柴秀长、羽柴秀胜的人马,又有田丸具康、九鬼嘉隆等人的海上势力。一旦峰城陷落,敌人就会立刻向松岛城发起进攻。"忠次带着一种嘲笑的口吻说着。石川数正又嘟嘟囔囔:"此事可不能马虎。这样一来,南伊势方面就只有从海路取得联络了。"

家康只是定定地看着二人,沉默无语。其实,他心里十分清楚信雄的算盘。尾张既环绕木曾川,原本又是织田氏自家的地盘,因此,信雄觉得敌人难以攻破,让家康在伊势一带阻击敌人的想法,也就不足为奇了。

不过,此时家康倒不便纠缠这个问题。不管怎么说,能在秀吉的出口阻击敌人的,除了家康之外就再无他人了。因此,如果秀吉攻入伊势,或者杀向美浓,就必须与其对决。尽管如此,对于信雄隐瞒实际战况,并想引诱他出兵伊势路的举动,家康仍深感意外。如果信雄一味要些小聪明,他非但不可依赖,简直是身边一患!

"主公，依在下看来，我们不可轻易离开尾张。"忠次道。

家康并不回答，单是把目光转向门口。原来，此时一个杂兵进来了，他脸色十分苍白。

"中将，莫非是空穴来风？"

"这……"信雄似乎格外激动，"并非完全是空穴来风。下郎，把你所见所闻从实道来。"

那杂兵体格健壮，看来却如一头母牛，毫无阳刚之气。"是，峰城确已陷落。"

"在昨晚？"数正紧问道，"守城的佐久间正胜、山口重政、中川勘左卫门等诸位大人呢？"

"佐久间正胜、山口重政二位大人说要撤到尾张去，便弃城而走。至于中川大人，小人听村民们说，似在撤退途中遇难了。"

"中川遇难了？"信雄一听，顿时红着眼睛大叫了起来。看来，他也是第一次听到。中川勘左卫门贞成乃犬山城的城主，信雄将他派到北伊势，主要是作为援军，以保持尾张对岐阜的压力。

听此恶讯，家康也不禁探出了身子："如中川真的遇难，那可就有些麻烦。但，我们当核实此讯。"

"你不用顾忌，有话就说！把你的所见所闻详细报给德川大人！"信雄气得浑身直哆嗦，冲着杂兵大吼。

杂兵有些吓懵了。"小人是在慌慌张张逃跑时从百姓那里听来的……究竟是真是假，小人也弄不清楚。"

"你既不明真假，为何到处乱讲？"

"小人根本没想到这话会传到主公的耳内，只是把道听途说的事……"杂兵的身子蜷缩起来，不住地打着哆嗦。家康微微地点了点头："好了，既然你只知道这些，那就退下去吧。中将……"

"还不退下去！"信雄又大吼一声，回头对家康道，"中川遇难一旦传扬出去，形势将会对我们极为不利。应立刻派人出去打探。"

家康没有做声。即使这是在作战之中处罚战将，让犬山城城主前去支援伊势，亦足以让他意外。若岐阜真有敌人在觊觎尾张，犬山城立会成为交战的第一线……

"我现在就派人前去打探情况，您看怎样，德川大人？"

家康没有回答，而是闭眼沉思起来。信雄又问一句："怎样？"

"这……请中将暂且回避一下，我有事要和属下们商量……"

信雄急匆匆地走了出去。酒井忠次则夸张地叹了口气。

"若是如此，我看，我们的伙伴可真靠不住啊。"

"忠次，我们可能被筑前守给耍了。"

"这可不是一句吉言。"

"你立刻去准备一下，马上动身前往桑名。"

"去桑名？"

"去和我们在伊势的盟友取得联系。如派别人去，我不放心，你辛苦走一趟吧。"

"这么说，您已经看出来了，筑前果真直奔岐阜而来，然后入尾张……"

"我们现在这么做，可能有些迟了。你难道不觉得筑前从坂本向大坂撤退太容易了吗？"

"那又能说明什么？"

"这是池田胜入和森武藏加入筑前的最有力证据。如果我的判断不虚，或许胜入已在进兵犬山城的途中了。"

"主公英明！真可谓风云突变啊！"

"还有，你去对服部半藏说，让他马上赶到南伊势去。"

"主公的意思，是要把他派往松岛城？"

"对，半藏一定会配合。"

"那么，主公您……去哪里？"

忠次一问，家康再次闭上了眼睛。"我正在想这个问题……估计还是要去小牧山吧。"

此时，信雄又神色大变地返回了大厅，他的脸仿佛苍白的陶器，只有眼睛在闪闪地发着蓝光。"大……大事不好。"此时的信雄，与其说是亢奋，不如说是狼狈而愤怒，连舌头都似不听使唤了。

"怎的了？"看到信雄这个样子，就连平时沉稳老练的石川数正都感到后背直冒凉气。他直觉定是发生了极其糟糕的恶事。信雄只是站在那里，浑身打着哆嗦。

"快说啊，究竟出了何等大事？"

"没想到，没有一个人靠得住。"信雄又一次咬牙切齿，道，"敌人的先锋已经进了犬山城。"

"敌人……进了犬山城？"

"是。"

"这么说，犬山城已经陷落了？"

"是……"

"中将，不可信口开河。"忠次见缝插针，追了一句。

"等一下！"家康连忙阻止了忠次，"此事我不是没有想过。进城的人是不是池田胜入？"

"是胜入和武藏。"

"胜入的身边有个叫日置才藏的人，曾经是犬山城的町奉行。此人与商家多有往来，定是他让人把城内的详情都打探清楚了。"

"不料竟是如此！"

"因此，中将把中川贞成派往伊势，他们早就心中有数。定是趁城主不在，来个突然袭击……胜入会这么想，换了我也会如此。犬山城的守备由谁主事？"

"中川勘左卫门的伯父僧人清藏主。中川临走前还一再叮嘱，千万不可大意……"

"事到如今，说这些还有何用！攻城拔寨是他们的拿手好戏。他们的人数定远远多于我们。"

不知不觉，夜幕降临了。人们的表情都模糊起来。

"真是越来越有意思了，是吧，忠胜？"家康这时才把身子转向了本多平八郎忠胜，"我们的战术，就是在初战时给敌人一记闷棍，打得敌人晕头转向。这样，一开始我们就占尽优势。以前一直是这样，对吧？"

"那还有假，一开始就吓得敌人魂飞魄散。"

"敌人的先锋如果是绰号'鬼武藏'的森长可，那倒也罢了。我倒要看看，究竟是筑前的鬼家臣厉害，还是我德川家康的鬼家臣有种。哈哈……真是越来越有意思了啊，忠胜。"

"主公英明。我们定要把敌人拖入野战，杀他个落花流水。"

"哈哈哈……"家康再次放声大笑，然后转身对脸色依然苍白的信雄道，"这样局势就明了了。我们绝不能后退一步。看谁胆敢踏上尾张的土地！故，我不再去伊势了，要先把这股敌人打得落荒而逃……"初战的结果自是不能令他满意。但是通过种种迹象，他大致弄清了秀吉的意图。占据了犬山城的池田胜入采取的一系列行动，已不知不觉暴露了秀吉的想法。在此战中，池田胜入在秀吉面前求功心切，但背后，一定隐藏着秀吉之令。

秀吉必是想，先在北伊势开战，做出一副大举进攻的样子，然后乘虚而入，一举占领犬山城，进一步进攻信雄的大本营清洲。攻城略地是秀吉最拿手的把戏。把清洲城包围起来之后，秀吉再亲自赴岐阜城，坐镇指挥。

清楚了这些，家康就有了对策。其实他也暗暗担心秀吉亲自杀到伊势来。信雄在伊势的影响，远比他在尾张的影响大，而这会增加一个巨大的风险——秀吉会增强水军的力量。此外，还有一件令家康担心之事，一旦初战顺利，信雄必有更多的发言权，极有可能妨碍家康对全局的指挥和控制。表面上这虽然是信雄对秀吉之战事，实际上，却是一场决定秀吉和家康孰存孰亡的决战。故，信雄初战受挫反而让家康窃喜。

"中将，不要太激动，先坐到这边来。"家康微笑着指了指座位道。得知犬山城意外失守的消息，信雄一直激动不已，尚未平静下来。家康若无其事地接着道："小平太，打开地图。"

神原康政在家康面前展开军事地图。家康又平静地吩咐道："拿灯来。"

不大工夫，厅内亮了起来。家康把手里的军扇拄在膝盖上，认真地端详着地图，沉默无语。

本多平八郎忠胜刚才嘲笑，是因还在滨松时，大家就把这些可能发生的情况商议过了，譬如，如果敌人从犬山城发起进攻，应如何应对云云。主公家康却是变得城府愈深了。

"小平太。"家康叫了一声，仿佛忘记了信雄的存在，"筑前最讨厌什么？"

"败仗。"

"哈哈……小平太，你又是胡说。吃败仗，谁不讨厌？我家康甚至比筑前还讨厌。我说的是其他方面。"

"这……"康政低头沉思起来，"应该是讨伐逆贼的口号吧。讨伐光秀的时候，他打的就是这个旗号。"

"逆贼？有道理，好！不仅霸占了先主的家业，还想把先主的遗孤一个个赶尽杀绝，这种大逆不道的恶行，无论是在海道，还是在大明，都属罕见。"

听了家康的这番慷慨陈词，其他人都面带笑容，唯信雄直盯着家康，茫然无语。

"这实在是人神共愤的恶行。如对这种惨无人道的恶行坐视不理,天理何在?"

"说得好!"小平太赞道,"那么,接下来我们当怎么办?"

"那还用说,当然是讨伐逆贼!德川家康毅然决然举起义旗,誓为信长公遗孤织田信雄大人讨回公道。如果天下还有正义之士,当立刻前来加入我正义之战,诛讨逆贼羽柴筑前……"

"主公的意思,是要发布文告吗?"

"正是。"家康轻轻地点点头,声音又恢复了柔和,"文告的词句要字斟句酌,细细推敲,定要让人看后便热血沸腾。至于张贴的地点,首先是犬山城。快,速速赶往小牧山北。"

"哦……"

"快去张贴,越多越好!在这一带张贴完毕,要毫不犹豫,直接过河赶到美浓,继续大肆张贴。"

"遵命!"

"忠次。"

"在。"

"你也要走一趟,立刻赶到桑名去,让服部半藏马上向南伊势急驰。否则,南伊势便将易主。"

"您怎么办?"

"今晚就打点行装,准备移阵小牧山。若我们迟上一步,清洲城就危在旦夕,要快!"

本多平八郎又歪着嘴发出了一声暗笑,主公是越来越果决智慧了……一连串的命令,让人应接不暇,连信雄都没有插嘴的机会。

"德川大人要亲自赶往小牧山?"

"别无选择。如能有其他地方可以阻止胜入进军,我也不会前去。"家康只是简单地回答一声,又转过身子,对忠胜大声道,"你也要赶紧行动起来,坚决阻止胜入和森武藏。"

"主公放心,此事只管交给我……"忠胜拍拍胸脯应道。家康转向信雄:"这些文告可是迅速把逆贼诱入美浓的法宝啊。"

"哦,实在是妙极……"

"还有，我们张贴文告，还可安抚那些迷惘百姓。"

"大人认为领内的百姓会迷惘吗？"

"这个……不管怎么说，犬山城已经被敌人占领，不久之后，北伊势的战势也将为天下共知。只要是我们能做到的，就一定全力以赴。此非儿戏，乃战争。"

"主公，我现在就去。"忠次一本正经道。

"哦，那就快去。"

此时，信雄的情绪也已高涨，双眼发红，蓄满了感激的眼泪。

军事会议最终以德川氏众家臣们相继离去而告结束。信雄退回了内室，家康则和石川数正一起回到了信雄早就让人备好的大书院。在穿过走廊的时候，他回头看了数正一眼，道："茶屋来了没有？"不等回答，他又微笑道："果然不出我所料啊。"

"主公所言极是。天下众人的思虑，差异似不大。"

"如能迅速引诱筑前与我进行野战，那就好了。"

"我看主公还是先听听茶屋的报告吧。"

"好吧。可是，从今日起，最近一段时间不要叫他茶屋了吧。松本四郎次郎清延是家康的谋士。"

数正微微地点点头。"主公说的松本四郎次郎已经到了，他对大坂一带的情况了解得较详细。"

此时城内外到处人喊马嘶，从窗户往外望去，只见从城内到城外，一堆堆篝火映得夜空通红。

"主公，池田胜入会不会到小牧山附近来放火？"

"那又能怎样？"

数正让侍卫打开了书院的门。家康一言未发，径直走进去。此时，数正终于明白了家康让神原康政张贴文告的真实用意。其一，当然是为了激怒秀吉，这谁都明白。其二，恐是为了让胜入也方寸大乱。

胜入知道秀吉最厌骂他是逆贼，如让人在周边地区四处张贴这种文告，即使文告上面攻击的人不是胜入，而是秀吉，估计胜入也会激切不已。人一旦激切，就会暴露出很多弱点。如胜入真的发起疯来，一时头脑发热，鲁莽突进，在尾张各地烧杀横行，那就正中家康之计。

战争的第一要务，是要取得当地百姓的大力支持。无论是获取消息还是筹集粮草，都离不开当地百姓。秀吉深谙此道。因此，就得引诱胜入烧杀抢掠，引起百姓的反感，再由家康前去安抚。这样一来，事半功倍。

家康微笑着坐了下来。

"四郎次郎不到正午就来了，一直静候大人。"茶屋连忙起身行礼。今日他顶盔挂甲，威风凛凛，一副武士的英雄气概。家康满意地点点头，向侍卫们使了个眼色。四个侍卫心有灵犀，立刻站起身来，退到外间警卫。

"堺港和大坂的气氛怎样？"

茶屋四郎次郎恭敬地低下头，"虽然商人们各执一端，不能一概而论，可是，有很多人对大人的评价却不是很高。"

"他们是不是担心，世道从此再度陷入混乱？"

"既有人对此忧心忡忡，也有人觉得是杞人忧天。"

"他们觉得筑前的势力更强一些？"

"正是。可也有人持反对意见。他们认为大人向来不是一个轻率之人，既然起兵，那定是成竹在胸。"

"这话是谁说的？"

"是纳屋蕉庵等人。"

"别的呢？"

"还有人认为，筑前和大人从一开始就有协议，这里面一定有鬼。"

"此是何意？"

"这……请恕在下直言，说筑前和您是合起伙来骗人。"

"莫非是说，我和筑前合起伙来共除信雄？"

"正是。他们说，等着瞧吧，不久之后筑前和德川就会握手言和，到时候信雄只会无立锥之地，自取灭亡。"

听到这些，家康脸色阴沉，慌忙看了看左右。散布这种传言的人，非秀吉莫属。

"筑前可真是令人不敢轻视啊。"

"大人英明，我们断不可麻痹大意。"

"此招实在高明。如人们真认为我在背地里和筑前达成了肮脏的协议，无论是四国盟友，还是暴动的百姓，都会离我而去。筑前可真了不起，虽然他与我为敌……"家康突然压低了声音，"你要小心，万不可让这些谣言传到信雄耳内。"

"是，我已经考虑到了。"茶屋心领神会，家康长舒了一口气："对世上的评论要小心对待才是。像你刚才所说，用谣言惑众，这样的人才最可怕。"

"是啊，再也没有更令人操心之事……"

"不，不操心不行。我再问你，你知道是谁在散布这些谣言吗？"

"是一个刀剑师，叫曾吕利新左卫门的。这人有些不开窍，无论什么事，都要花上半天工夫给他解释，否则他死也弄不清楚。"

"此人是否经常在筑前身边出入？依你看，筑前会留谁镇守堺港和大坂呢？"

恢复了武士本色的四郎次郎，其最重要的任务就是打探大坂附近秀吉的军事配备情况。通过他的眼睛，知道秀吉将在何时、何地动员其主力，家康就可以作出较为准确的判断了。时时处处提倡位攻战术的秀吉，设若老窝都不能稳固，是绝不会跑到美浓来的。

"这……"四郎次郎显得紧张起来，"根据秀吉把中村一氏派到岸和田城的举动来看，在下觉得，大坂的守备极有可能交给蜂须贺彦右卫门正胜。"

"岸和田城的守备是中村一氏？"家康突然紧皱眉头，"若真如此，守卫大坂的便只能是蜂须贺了。"

"看来，他们已经敏锐地察觉到纪州起事的动静了。这也难怪，根来、杂贺的一向宗门徒时常到堺港的大街上购买火枪，恐也瞒不过去。"

"估计是这样。谁都讨厌战争。当战争快要爆发时，人们就会从空气中敏锐地嗅到战争的气味。哦，留守大坂的是蜂须贺……"家康又嘟囔了一句，对一直静在一旁的数正道，"你看还来得及吗？"

"主公说的是……"数正道。

"我早就求过你的那事。"

"求我……"数正念叨着，突然，他脸色大变。虽然家康并没有点明，可是，数正却觉得心如刀绞一般。家康之意不是别的，而是要数正装出一副中了秀吉之计的样子，给秀吉送密信。秀吉为了削弱家康的力量，故意散布谣言，说秀吉与家康之间已经达成了某种交易，要合伙除掉信雄。既然这样，家康就干脆做出中计的样子。

"家康的确没有开战的欲望，他正在努力寻找机会与您握手言和。"如果家康的近臣给秀吉送去这样的密函，定会使他动摇。

"数正，小牧山的高处有多高？"

283

"大约是二百八十尺。"

"哦。西北方,应该在三井、重吉和小折三处构筑工事,用以防御犬山之敌。四郎次郎,依你之见呢?"

"甚好。"

"犬山城已被池田胜入占领。因此,从明晨起,就要改变守备了。好了,你也够累的了,快去歇息歇息。我也要打个盹儿。"说着,家康叮嘱数正道,"切切莫要失手。明日我要带中将登小牧山。"

二一　犬山策谋

　　池田胜入登上犬山城的瞭望台，远眺绵延至南侧的城墙及北面木曾川的胜景，身旁是儿子元助和女婿森武藏守长可。风神俊朗的森长可也正眯缝着眼欣赏美景。侍卫们站在稍远的地方待命，三人的说话声断不会传到他们耳内。

　　"如进入尾张……"胜入一只手搭在额头上，一面眺望着远处的鹈沼渡口，一面道，"那可是我从幼年时起就一直生活的故乡啊，断不能让家康占去！"

　　森武藏守并不理会胜入，单是道："我觉得家康定会来小牧山。"

　　"何惧之有？不过，他不至于亲来，定会待在清洲城坐镇全局。"

　　"可是，三河人擅野战，或许……"

　　"如他真的出来，那便大好。一旦他亲自出马，三河方面的防守自然空虚，我们即可趁虚而入，搅乱他的后方，灭他嚣张气焰！"不等人反应，胜入继续道，"然，我并非要你放弃对敌监视。现在我们已经踏上了尾张土地，可以大有作为了。"

　　"那么，我得赶紧行动。"说着，森长可站起身来。

　　"我也是。"元助也站了起来。

　　森武藏守长可乃三左卫门的长子、森兰丸的兄长。在这次战争中，他甚至比岳父胜入还要急于立功。在他的眼里，秀吉就是一个睥睨天下的豪雄，他甚至想以战功超过岳父，好让秀吉见识见识他的能耐。

　　可是，占领犬山城，无论从哪一方面来说，都是胜入的功劳大。他趁着城主中川勘左卫门不在，先派前犬山城的町奉行日置才藏潜入城内，让他从商家中物色内应。因此，当胜入的家老伊木忠次和儿子元助的先锋趁着浓浓夜色，悄然摸到鹈沼渡口时，河面上早就停满了胜入收买的船只。攻城也特别顺利，甚至当船上的士兵高呼着向犬山城发起进攻时，城里对此竟一无所知。

森长可心道：我决不能落在岳父的后边，既然犬山城是岳父占领的，接下来攻打清洲城，我定也要立头功。

出了城，森长可立刻率领三十多铁骑，和元助一起南下。他们经过羽黑和乐田，不久便到达了小牧，这里距离清洲仅有二三十里远了。森长可正在寻找适合安营扎寨的地点之时，突然勒住了马。"哎，奇怪？"前方三百多尺高的山头便是小牧山，可那里隐隐约约却有人影晃动。"那不是家康的旗帜吗？"

"报告大人！"一个骑兵折了回来，"前面山头上是德川和信雄，正在查看地形。"

"哦？"武藏守低声惊道，慌忙拨马到元助身边，"快看！"

池田元助也正在朝山顶瞭望。此已是正午，阳春季节的太阳下，山脚的浓绿亮得耀眼。

"看来，敌人的想法也和我们一样。断不可麻痹大意。"

元助没有回答，单是不住地皱眉。

"他们也定想在此处扎营。我早就跟岳父说过了……"

"森长可大人，有没有带火枪？"

"没带，只是打算来看一看……"

"家康可真是福大命大啊……"

"眼下或许如此，可不久之后，恐怕就不见得了。"

"话虽这样说，可是当今天下，武运最盛的还是要数筑前守大人和家康。战争或许就是运气定胜负。"

"说起武运，岳父也算幸运。就说犬山城吧，那么容易就到手了……你有无良方？"

"不能就这样轻易放弃此地。这里作为犬山的前线，当设立据点，否则必处处被动。"不等森长可回答，元助接着道，"我看没有必要和父亲商议了。"

"哦？"

"没有时间了。如果我们延迟一刻，敌人的力量就会大大加强。今日夜里，我们就把附近的村落烧光。"

"将村落烧光？"武藏守一愣，"若是在秋收之前，防止对方得到粮食，放火还有必要，可是现在……"

"不会有问题。小民看到咱们大军已到,定会惊慌失措,绝不敢归顺敌人。"

"话虽如此,可一旦激起民愤,岂不有悖筑前守大人的初衷。筑前守大人一直以笼络民心为第一,听说已下令给各大寺院,要他们安抚领民呢。"

元助依然沉默不语,只不断地四处张望。正在这时,眼前的绿树丛中出现了一个骑兵。

"这不是在后方巡逻的尾村与兵卫吗?他拿的什么?好像是文告……"

"文告?"森武藏守甚是惊讶,连忙打马过去。

"报!"马上的士兵似没有注意到山上的人影,大声喊着催马赶过来,"小人在巡逻时,发现前面的村落里有很多村民聚集到一起,吵吵嚷嚷的,我赶过去一看,发现路上立着这样一个牌子。"

"拿过来我看看,上面写些什么?"武藏守伸手接过牌子,顿时咆哮起来,恨恨地将牌子交给了池田元助。元助也不禁大怒。

只见文告上面的第一句就是:"羽柴秀吉本粗鄙低贱之人。"几个大字很是醒目。

森武藏守单看这几字,不用再往下看,就知后面是些什么内容了。森长可和元助掉顺马头,一起读起来。

　　羽柴秀吉本粗鄙低贱之人,原不过一介马前走卒,不意竟得信长公恩宠,擢为将帅。功成名就之后,此人竟将信长公似海恩情抛诸脑后。公归天之后,此贼不仅企图篡夺主位,还残杀亡君之子信孝公与其老母幼女,而今又对信雄公刀兵相向。如此惨绝人寰、大逆不道之举,试问苍天之下,孰能熟视无睹?我家主公源家康,思与信长公之旧交,重大义之名分,毅然起兵扶助信雄公之微弱。若有疾秀吉人神共愤之倒行逆施、重大义、愿光宗耀祖、投义军、讨伐逆贼者,则快海内人心……
　　　　　　　　　　　　　　　　　　　神原小平太康政
　　　　　　　　　　　　　　　　　　　天正十二年

两个人一气读完文告,一时呆若木鸡。说秀吉是一介马前走卒,这倒还能让人接受,可竟然把他说成"人神共愤的逆贼",秀吉若看到这个,不知当何等愤怒?二人愣在当场,谁也不敢开口。

良久，武藏守欲催马离开，池田元助则卷起文告，掉转了马头。

"池田大人要去哪里？"

"这实让人忍无可忍。我要拿回去给父亲过目。"

"你觉得这样妥当吗？"

"怎么不妥？若这些话传到筑前大人的耳内，父亲攻占犬山城的功劳就会被一笔勾销。不行，一定得让父亲看看。然后立刻发兵，一举拿下小牧山！"

"元助……"森长可喊了一句，还没等他把话说完，元助已经快马加鞭，飞驰而去。

既然连这样的文告都已齐备，敌人必已作了充分的准备。既如此，一刻也耽误不得。森长可大喊一声，追了上去。这可是个建功立业的大好机会！一旦池田父子双双议定，自己必落个又鞍前马后听令之命，这样下去，何时才能建功立业？求功心切的森长可快马加鞭，急忙回城。

山顶上的人还在转来转去，丝毫看不出要下山的样子，这里仿佛是他们早就选中的战场。一看武藏守已经飞奔而去，随从也一齐掉转马头跟去了。北面的路上顿时尘土滚滚。这样一来，不想被人发现也不可能了。

"砰砰砰"，一阵枪声在身后响起。但此时的元助和武藏守早已驰到射程之外。

一行人返回犬山城的时候，早有写着同样文字的文告被送到了，胜入正阴沉着脸在看。

"父亲，您是在哪里发现的？"说罢，元助把带回来的文告狠狠地摔在地上。

"就立在城外的河边，有个渔翁发现了，就送到了这里。你是在哪里发现的？"

"小牧山附近的一个村子里……居然跑到犬山城下来撒野！"

"不可着急！"胜入连忙阻止了儿子，"他们散发这些东西，无非是要激怒我们。我早就听说神原康政乃是一个有头脑之人。一旦我们愤而出击，说不定他们正在某地埋伏等守株待兔呢，这岂不正中敌人下怀？这都是些哄骗小孩的把戏。"尽管口头上制止了儿子，胜入额头上还是暴出一道道青筋。他心道，可不能让秀吉看见了。

这时，站在一边的家老伊木忠次道："他们短时内张贴这么多文告，也不是件容易的事。既然他们已经准备到这一步了，我们必须小心应对才是。"

"打仗时谁会不用心，谁敢拿性命儿戏？但，绝不能让这些事乱了方寸。武藏，你去下一道命令，今后若再发现这样的文告，立刻焚毁！"

森武藏一边不停地擦着汗水，一边道："那是当然。"说罢，他又吩咐侍卫："拿地图来。岳父，我看有必要把刚才看见的这些加到地图上。现在看来，敌人极有可能把大本营驻扎在小牧山，以此为据向犬山发动进攻。"

"看来是在小牧。"

"对。因此，我们也应立即赶到犬山与小牧山之间。"说着，武藏守急忙打开侍卫拿来的地图。

"如果我们不能在这个方位占领小牧山，势必后患无穷。"元助一面用军扇指着地图上的小牧山，一面用坚定的语气说道。

然而，胜入并没有回话，单是沉思起来。"你们都太年轻了。"虽然他嘴上没这么说，可表情分明便是如此。

"越是拖延，敌人的阵营就会越巩固，因此，最好今夜就发起突袭。"

"突袭？"胜入若有所思，随手把文告牌扔到了一边，"木曾川可不是那么好渡过的，尤其是在夜里。"

"孩儿自然明白。可是，我觉得，应更进一步接近清洲，然后等待筑前守大人到达……"

"我已反复研究过家康的战术了。无论是姊川大战还是长筱之战，一旦进入野战，三河武士就如同滔滔洪水，势不可挡，甚至连小小杂兵都会变成下山猛虎。"

"难道我们就这样坐以待毙不成？筑前守大人一时又赶不过来。"元助这么一说，胜入的脸色一下子阴沉了下来，提高了他那略微有些沙哑的嗓门："我并不是要坐以待毙，而是要提防掉入对方设下的陷阱。战争，有时必须要忍耐，并不是一路呐喊前进才叫好。若是……若是我们加固了犬山城的防守，家康自不敢贸然率军前来。耗时长久的攻坚战非其之长。因此，只有耐心等筑前大人到来，之后，我们便可集中大军发动强有力的攻势。这样一来，要想有实力和我们对抗，家康也必须调集足够的部队。正如以前我跟你们多次提及的，整个三河就空虚了……斯时，我们就避实击虚，突袭三河。家康届时除却撤军别无选择。他人马一撤，筑前大人的大军就会直指尾张。这样，孰胜孰负已不言自明。"

胜人一口气把话说完，才把目光从地图上移开。"看来你们似都很不服气？那么，到底当怎么办？武藏，先说说。"

武藏守探出身子，用军扇指着位于犬山与小牧山之间的羽黑。"依小婿之见，我们应该先在这里安营扎寨，做出一副佯攻清洲的态势，万一小牧山出现破绽，我们即乘虚而入，打敌人个措手不及。"

"有理。佯攻清洲，实击小牧……完全可以看成犬山的前卫战了。你说呢，忠次？"胜人问家老伊木忠次，"羽黑距离这里有多远？"

"距离犬山约有八里，距小牧山约有十六里。"

"哦？在对方赶来之前，一旦事态紧急，我们完全有时间退回犬山城。好，这个想法可行！"比起儿子元助，胜人更欣赏女婿武藏守，女婿的眼光似乎更长远一些。

"既然岳父已经允许了，那我现在就去准备。"

"元助，你呢？还是夜袭吗？"

"正是！"元助昂首挺胸地回道，"为了不让人觉得我们在冷眼旁观，也为了不使敌人察觉父亲的意图，我们应出兵作战，不，必须出兵作战。"

"哦，为了不让敌人摸清我们的底细？"

"这样一来，敌人丝毫不敢马虎，时间久了，就会陷入疲累，于我们以后更加有利。还有，如我们拿下犬山城后始终按兵不动，筑前也会轻视我们。所以，只有不断地骚扰敌人，方是武士之道。"

"是吗？"胜人闭上眼睛思考起来，他担心的还是三河武士擅野战的长处。"元助。"

"父亲。"

"这样吧，你向我保证。"

"保证什么？"

"无论出现什么情况，也不要对敌人穷追不舍。另，要尽力避免大的冲突。吓唬敌人一下，立即退回城里。"

"我答应。那么，父亲便允许了？"元助两眼放光，急切道，"父亲，如孩儿答应可随时撤回，您便允许孩儿出兵？"

其实，胜人也不想就这样一直无所作为，他也想寻找一个好机会，狠狠地打击一下敌人，使其狼狈不堪。事到如今，如果他还一味阻止元助和武藏出兵，必会影响士气。不管怎么说，家康甚至已把文告都散布到了眼皮底下，如果自己再不有所反应，未免示弱了。"好，我答应你。既要出兵，我也要赶紧准备一下。"

元助和武藏守听了，顿时激动不已，一跃而起。

"但是，你们要多加小心才是，决不可轻举妄动。回去之后好好琢磨一下我方才对你们讲的要领。"胜入终于下了决心，命森武藏守向羽黑方面进驻，允许元助出兵同家康进行游击战。

当日晚上，秀吉的使者一柳末安带着密令匆匆赶来。

"筑前大人听说大人夺取犬山城的战报，简直欣喜若狂，连连叫好。"

"区区微功，筑前大人过奖了。"

"筑前大人还说，池田大人立下如此赫赫战功，一旦发生什么意外，怎么对得起天下？为了尽快控制近畿，筑前大人希望大人率领大军赶在二十日之前到达。只要您大兵一出，七日之内，筑前大人定会取胜。"

胜入听了，频频点头。他在这里向秀吉展示池田家的雄厚实力，无疑对子孙意义重大。看来，秀吉的天下之位已经无人能撼动了。若真如此，信雄灭亡之后，他正好可以趁机把势力发展到美浓、尾张一带。如运气再好些，甚至可能进一步扩张到伊势乃至三河地区。真是千载难逢的大好机会！兴奋之中，胜入把当夜就该赶回的末安勉强留了下来，然后安排船只，打算次日拂晓时分把他送回岐阜，又亲自巡视了城内外的守备。一切安排妥当，他方才走进卧房。

按理说，现在他可以放心地睡个好觉了。女婿武藏守就在羽黑前线，即使敌人发动夜袭，也不用太担心。可是，由于兴奋至极，躺下之后，胜入怎么也睡不着，往事一幕幕掠过心头，令这久经沙场的老将感慨万千。

他从幼年就跟随信长在尾张纵横驰骋。记得信长取得田乐洼大捷之时，他也像现在一样兴奋。当他得知信长在本能寺遇害时，又是多么狼狈。天下究竟会走向何方？当时他悲观至极，甚至觉得自己会死在为信长复仇的决战之中。可是，没想到他和秀吉并肩作战，竟然大获全胜。而今，胜入又编织起尾张的战旅之梦。一旦这次获胜，他极有可能升至尾张之守……

正当胜入辗转反侧，难以入眠时，耳边突然传来守城士兵的嘈杂声。肯定是出了什么事！胜入暗叫一声不好，一脚踢开被子，跑到檐下。只见南面的天空一片火红。顿时，一种不祥之感袭上心头。

"来人！那边的火光是怎么回事？"胜入大声向院子里乱作一团的人影喊道。

一个侍卫应声跑了过来。胜入来不及理会，一口气爬上了瞭望塔。

不知为何，胜入的心突然怦怦乱跳起来。虽然他知，战场上放火乃是稀松平常之事，可还是隐隐约约有种预感：此次放火的可能不是敌人，而是自己人。

尾张人向来喜自在，有主张，尤其是信长之治以来，乡民一直对他怀有深厚的感情。信长亲自取缔了各地的关隘，鼓励人们自由交通。百姓安居乐业，盗贼也销声匿迹。信长曾经不止一次地向胜入夸耀，这至今在胜入心里留有深刻的印象。一旦在此地失去民心，后果将不堪设想。若是乡民放火，定是觉得统驭者无能，大失所望了。若真如此，恐就不是放一次火就能解恨的了，估计此后还有不尽的大火。

爬上瞭望台，胜入手搭凉篷，默默地望着南面起火的地方。起火的地点不止一处，而是零星分布在好几处。多处火光冲天，把南面的天空映得一片通红。在战场上纵横驰骋的人，恐都有这么一种感觉：无情的纵火者和从大火中仓皇出逃的百姓，心理截然相反。一方是疯狂的恶魔，另一方则是被活活烧死的火中飞蛾。因此，一生中一旦遭遇过一次战火，就会投下挥之不去的阴影。

不过，眼前的火势异常猛烈，不像是普通百姓放的。难道是敌人放的火？那样则更好，哪怕敌人放这些火，我也会胜券在握！

"怎么还无人来报告！到底是谁放的火？是敌人还是自己人？探明之后，立刻向我报告。"

"是！"一个侍卫答应一声，慌忙跑下瞭望台，许久也不见回来。夜里观火，仿佛近在眼前。眼前的火势亦是如此。似乎，着火的地方是武藏守正在进击的羽黑前方……

"报！"

当探事的侍卫返回之时，胜入隐约看到黑暗中似有队骑兵在向城池驰来。四面没有一盏灯，映入眼帘的只有云中的月亮和冲天的火焰，还有那缕延伸到城下的黑线。

"报，事已探明：是我方人马向敌人发动的夜袭，我方现已平安返回城里。"

"我已经看见了。到底是什么人放的火，是敌人还是我方？你到底查清没有？"

"当然是我方放的火。"年轻的侍卫兴奋道，"我方悄悄地在敌人正在构筑工事的小牧周边放了几把火，把那里烧了个精光。这样一来，那些庶民们肯定吓破了胆，定不敢再帮助德川了。"

胜入一听，不禁浑身发抖，怒号起来："混账！"这无异于当头一棒，把他一半的美梦都打碎了。他的愤怒之中，还夹杂着一股难言的悔恨：都怪自己欠考虑！

信长在此地取得成功，是因为他能和百姓们打成一片。还叫吉法师的时候，信长就经常走村串户，嘘寒问暖，时常赤裸着身子和村民一起玩相扑，或与大家一起跳具有当地风情的舞蹈。他能在此地立稳脚跟，全在于他背后有万千百姓。而胜入当时一直与信长形影不离。正因如此，村民们一看见胜入回来了，都感觉特别亲切。尤其是那些老年人，都把希望寄托在了胜入身上。"哦，胜三郎又回到老家了。"

可是，今日夜里意外的一把火，却把乡民对他的深厚感情烧了个精光，让他在众人眼中成了一个无恶不作的残暴之徒。

"去，快去，把元助给我叫来！"说着，胜入下了瞭望台。一路上，他绊了好几次跤。走进院子里，只见士兵们个个英姿勃发，就连那些小卒都显得异常亢奋。

"快点火。点起一堆堆篝火，好迎接少主人凯旋。听说这次少主人偷袭敌人大获成功，把敌人的胆都给吓破了。"

"这下我们可挺起腰杆来了。"

"快看，天空还是火红的，真过瘾。"

在一片嘈杂声中，胜入横眉竖眼，一气穿过大院，径直走进大帐。"把元助给我叫来！快……也不知这个混账是怎么想的，净给我添乱！"

坐下之后，胜入依然满腔怒火。可是，他突然心里一震：我究竟怎么了？居然在这么多士兵面前大骂儿子，士兵们会怎么想？

"把忠次喊来！叫忠次来见我！"胜入怕自己一气之下将元助叫来，会酿成大错，便慌忙改了口。可元助已经大步流星地走进了大帐，站在胜入的面前，直视着他。"父亲，去放火之前，孩儿早就作好挨骂的准备了。父亲怎么责罚都行。"

"你说什么?这是你的主意?家臣之中定有不服从你命令的人。哼!即使不是你干的,你也罪莫大焉。大战前夕,居然有人胆敢假传命令,触犯军纪,坏我大计。你知道吗,这次战争的成败,完全在此一举。此人到底是谁,给我交出来!"

胜入出离愤怒,猛地拔出刀来。元助却面不改色,直瞪着父亲的白刃,跪倒在面前。"父亲,元助矫令。您斩了儿子吧!"明亮的火焰映出一张英武的脸庞,沉着冷静、毫不畏惧。

胜入狼狈不堪,他最担心的事最终还是发生了。看来,元助早就作好了准备,要一人承担放火的罪过。

"如果元助不下命令,还有谁敢下此命令?请父亲斩杀孩儿以谢罪。"

"混账!你以为我是个瞎子吗?"

"父亲说的是哪里话?我知道,即使我与您商量,父亲也绝不会答应……筑前大人坚决反对之事,再怎么和父亲商量也是没用的。我的头脑很清醒。请父亲速速决断,杀儿子以正军纪。孩儿也知此次战争非比寻常。"

"你,你……你说什么?"胜入手举武刀跳了起来,大喊伊木忠次,"忠次,把这个疯子给我带下去!这个混账东西满嘴胡说八道,完全疯了,快给我拉下去!让他好好反省反省。去把纵火之人给我抓来……"

话音未落,大帐外传来了忠次的声音。他似是带来了什么人。

元助一愣,抬头向外望去。此时两个人走进了大帐,其中一个自然是伊木忠次,另一个则是一名五花大绑的武士,看去二十三四岁,元助却不认识。

"站起来,你这个不服管教的东西!"伊木又骂一声,才转过身子,面对胜入,"大人,公然违背军令,擅自在小牧一带放火的浑蛋已经抓到了。看来我们万万不可麻痹大意。此人故意嫁祸给元助公子,是敌人的奸细。"

"敌人的奸细?"

"是。在下已经对他严加审讯,他都招了。果然是敌人的奸细,叫为井助五郎,乃是神原康政部下。"伊木忠次厉声喝道,"请大人速将此人就地正法!否则,还不知会有多少细作会继续潜入我军。刚有人散布文告,现在又有人放火……"

"好……不杀不足以平民愤!"

忠次连忙解开那武士的绳子,武士却是一脸茫然。接着,胜入把他拉到脚下,一下子举起长刀。

"啊！"每个人都紧张得喘不过气来。

胜入的刀法太快了，大家还没有反应过来，那武士的人头已经滚落在地。接着，伊木忠次拼命地把元助拉出帐外。侍卫们赶紧上前把胜入的长刀擦净，忠次的家臣们收拾了被斩武士的遗骸和首级。

杀人之后，胜入一语不发。他松了口气，心里却留下了几个不愿深究的疑问，单默默地坐在那里。"大家先退下去吧，我要在这里歇息片刻。"说着，胜入紧抱胳膊，叉开双腿，闭上了眼睛。

他一动也不动，默默地数着自己的呼吸。脉搏和气息丝毫没有紊乱，可是，心里到底有多少个疑问，连他自己都弄不清楚了。为什么元助会公然违抗命令，在秀吉严令禁止纵火的尾张一带放火？突然被伊木忠次拉来的那名武士到底是何人，莫非真是德川部将神原康政的家臣？或许，元助放了火，德川方面为了嫁祸元助，也派人在别处放了火……如元助真对此事全无所知，断不会要自己杀了他。照此推理，元助必也放了火。看来必须把忠次叫来问个明白。

当侍卫把忠次叫来时，天色已明了。胜入装出小睡了一觉、刚刚睁开眼的样子。看来伊木忠次也早就作好了随时被召见的准备，身上穿的还是昨夜那套甲胄。

"我有一些话要和忠次单独谈谈，你们退下吧。"胜入望了望四周，"忠次，刚才被我手刃的那人到底是谁？"

"是我的家臣。"

"你的家臣？！你不是说，他乃是神原康政的家臣……"刚说到一半，胜入把后面的半截咽了回去。很明显，伊木忠次的家臣根本不可能是家康的奸细。

"忠次，你说说，元助究竟为何放火？他到底是怎么想的？你帮我想想看……"

"大人若先问一问少主，方才那可怜武士就不会送命了。大人在拔刀之前，也该考虑一下才是啊。"

"都怪我不好。"胜入直率地道了歉，"那个武士是你特意找来的替死鬼……都是我的错！我能做的，只是厚待他的遗族了。"

尽管如此，忠次似乎仍然怒气未息："少主曾对我说，大人的想法有些轻率……"

"我轻率……"

"少主说，您太天真了，大人已经把筑前大人看成了好友，而在筑前大人的眼里，您充其量只是他的一介家臣而已。因此，无论您立下什么样的战功，筑前也绝对不会把美浓、尾张、伊势、三河全给您。岂止如此，一不小心，筑前反而极有可能使您败给德川，全军覆灭。所以，少主决心打碎您这种不切实际的梦想。也可以说，这次放火是少主在向您敲响警钟。"

胜入的脸腾地涨红了，他一时竟说不出话来，勉强压住怒火。胜入与秀吉之间的友情，元助自是不会懂的。那么，他自然就要为父亲的安危考虑，为池田氏的前途着想。因此，他完全没有理由责备元助。

饶是如此，放火的意图究竟是什么呢？胜入依然没有弄明白。

"忠次，总之，先把元助叫来。我不会再发火了，只是想问一下他的想法。我对筑前，或许真的有些一厢情愿。可我心中仍有几个未解之谜。这次我肯定不会再发火了，你把他叫来吧。"

伊木忠次想了一会儿，方道："那好，我这就去。"

伊木出去未久，把元助带了来。元助的表情似乎比刚才还要冷峻，他径直走到胜入的面前，道："听说父亲叫我。"

"别站着了，坐下说话吧。"

可是，元助并没有坐在位上，而是席地而坐。

"放火的人是你？"

"父亲明明知道是我，竟还斩杀无辜？"

"看来你还是不服啊。"

"不敢说不服。元助前思后想，才这么做的。"

"那你说说。放火究竟对我们有何好处？"

"父亲，您是否认为这次敌人也跟光秀、柴田修理亮一般？"

"虽然不能认为家康比光秀、胜家之流弱，但夸大敌人乃是战争之忌。若真如此，岂可为武将？"

"父亲差矣，儿子以为，了解敌人的强大不仅不是示弱，而是为战争作好准备的必要前提。此前的战争都是以筑前的位攻战术而取胜，但这一次却行不通了。另，筑前这次太轻敌了。"

"你既说筑前轻敌，那你为何不去向他提出意见？为何要放火，失掉民心？"这次胜入没有发火，而是想沉下心来与元助认真谈谈。没想到元助竟然摇摇头，好像在说：根本谈不拢！

"父亲，您认为我亲自去陈述意见，筑前就能听进去？您认为筑前是那样的人吗？不，他不仅不会答应，还会下令，要我们长驱直入。若是那样，池田氏不就成了敌人的饵食了？"

"那么，你就可放火？我还是不明。"

"您是永远也不会明白的，父亲。"

"元助！"

"我这么做，就是为了让父亲痛下背水一战的决心。现在，池田氏面临的局势也要求我们这么做。身后是从不知败仗为何的筑前大人，前面则是比筑前大人还要沉着冷静的德川家康。我们夹在二雄之间，难道还真要去依靠那些庶民不成？现在，四面都是我们的敌人！为了促使您痛下决心，孩儿便主动去放了一把火。我这样做是不是太过分，父亲？"

胜人目瞪口呆地盯着元助，半天没有喘过气来。虽然依然沉浸在愤怒之中，但他努力地控制着自己，竭力不让元助看出来。如冷静下来仔细想一想，元助的话倒也不无道理。诚然，筑前不知道失败之味，对待他人也确有异常残酷的一面。家康也是能征善战的一代枭雄。此次担当先锋，不是轻易就能取胜的。胜人心里一清二楚。可就像元助方才所言，故意去放一把火搅乱局势，到底是何道理？过了一会儿，胜人从牙缝里挤出几个字。"我还是不解。放火的好处只有一个，就是可以让自己人团结一心，是不是，元助？"

"父亲不会这么糊涂吧。我是想增强敌人的力量……"

"元助，是不是敌人太强大了，把你给吓傻了？"

"正是因为敌人强大，我才要再给他们加些力，让他们更加强大。"元助针锋相对。"待敌人强大到以我们的微薄之力根本无法应对时，只有把这个烂摊子交给筑前大人亲自处理。筑前就不得不低下他傲慢的头颅，反省错误了。"

"傲慢的头……"

"是。这样他就会明白，要想成为一个真正的'天下人'，要走的路还很长。他应该且必须亲自体味此战的残酷。这样，取得胜利之后，他才会真正感受到我们的存在，才会诚心诚意地对父亲您说：'你干得不错。'若非如此，即使他口头上对父亲盛赞不已，那也只是一种虚滑之辞。"

"噢？"胜人不禁叫了起来。年龄的差距真是何等令人恐惧！如此说来，自己那一辈的人都太善良了。被人煽动之后，明知对方之意，还是愿意乖乖上当，竟都如些懵懂顽童一般。

可是，元助却不一样，他能把人往坏里想，亦能一下子就抓住要害。先是有意识地使敌人更加强大，给筑前造成空前的麻烦，通过这些让筑前理解人之辛苦，这是多么令人叫绝的盘算啊！

"你的意思，是在筑前的援军到来之前，我们就没有丝毫胜算了？"

"那还用说！"元助旁若无人道，"如没有援军到来，我们是万万不能取胜。孩儿的良苦用心不仅止于此，也是为了让父亲不要把取胜想得如此简单，更是为了让您为池田氏作更长远的打算。元助即使丢掉脑袋也值！因此，孩儿就毅然去放了把火……难道父亲还不明？"

胜入又沉默了。他的愤怒比刚才又减少了许多。元助的真正用意竟在这里啊！这么说来，自己确太天真了。"万一筑前大人责备我们擅自放火，那又如何应对？"

"到时就把这个写着逆贼的文告给他看。就说，因担心庶民们读了这个，会对我们生起严重的敌意，只好放火烧了。反正牌子又不是咱们捏造的。事实就是事实。"元助铿锵有力地答道。

胜入身子一震，低声道："哦，我已经明白了，你先退下歇息吧。"他的语尾带着一丝颤抖，内心亦在颤抖：信口雌黄的东西！

元助之弟辉政才二十一岁，却没有如此激切。按照胜入的说法，这次的事情，是因为父子的想法差距太大了。元助平素看上去沉默寡言，一旦认真起来，却是斩钉截铁，毫不犹豫。虽说文告上写的并非全属捏造，可是元助这么一说，别说是秀吉，就是胜入心中都如针扎般难受。如这些话传到秀吉的耳内，不知他会作何感想。

胜入本是信长乳母所生，从小和信长一起玩耍。自从父亲纪伊守恒利侍奉织田以来，到元助这一代，他们家祖孙三代都侍奉过织田氏了。胜入还叫胜三郎的时候，曾亲手杀死信长之弟武藏守信行，那时他心里就异常难受，而这次的痛苦更甚。

山崎会战之时，胜入一举击溃明智部将松田太郎左卫门和斋藤内藏介，当时他真是畅快无比，可是现在，一想到敌人竟是信长的儿子信雄，他再也高兴不起来了。

而今天，儿子元助竟然一语击中要害。但既然胜入没有号令天下诸侯的实力，就只好找一个能平定天下的人来做靠山，除了做一个大名，他别无选择。想到这里，胜入又生起气来。设若没有儿女，难道他还会和秀吉一伙吗？

胜入有四个儿子，胜九郎元助、三左卫门辉政、藤三郎长吉、橘左卫门长政，此外还有四个女儿。即使他不愿为儿女们的将来考虑，作为一个父亲，他也硬不下心肠。

胜入晃了晃脑袋，想赶走那些杂念。如果没有儿女，说不定他已经站到了信雄和家康一边，四处散布文告的人或许就是他呢。他不禁一阵阵难过。

元助离去，天色也已经大亮，只有家老伊木忠次一个人留在这里，一动不动地盯着他。

"忠次。元助可真是口无遮拦。"

"可是，我觉得只要大人不发火，比什么都好。"

"在听他说话时，我突然产生了一些奇怪的想法。"

"奇怪的想法？"

"原本信雄并不令人憎恨，家康也不招人厌恶。"

忠次没有回答，单是默默地给将燃尽的篝火添着木柴。

"或许，我应该在这里战死才对。"

"大人胡说些什么呀！"

"只是说笑罢了。"说着，胜入从床几上站了起来。可是究竟站起来干什么，就连他都弄不清楚了。他抬起头来，四面已经是一片小鸟的啁啾声了。

二二 龙争虎斗

天正十二年三月十七晨，德川家康把已派往桑名的酒井左卫门尉忠次召回，与其并辔登上小牧山的阵地，随后立刻把幕僚们召集起来议事。

参加会议的有严守小牧山南麓阵地的本多平八郎忠胜、小牧山上的石川伯耆守数正、悄悄地潜入北面探察敌情的神原小平太康政，还有驻扎在东北方根小屋的奥平信昌、井伊万千代直政，此外还有信雄的部将天野景利等人，大家一边擦着满头的大汗，一边商议军情。

家康先巡视了一圈阵地工事构筑，未置可否就钻进了大帐，然后展开地图，入神地看着，突然冒出一句来："看来非战不可了。多亏池田胜入放了把火，把乡民们都烧向我们一边了。小折那边有信雄，也有我们的亲戚，西南的三井、重吉，当然包括小折，所有的工事都已经筑就了。"家康所谓小折的亲戚，指信康之妻德姬及信雄舅父生驹八右卫门。

"所有的准备已就绪，无论筑前何时前来，都要把他引入我们擅长的野战之中。便可和秀吉一决雌雄了。"

"主公英明。"酒井忠次道，"大家现都憋足了劲，誓要夺回犬山城。"

可谁也没有答话，大家都在紧张等待着家康的决断。

"打仗就该选在士气最旺盛之时。如不在这一带狠狠地打击敌人，百姓就会对我们失去信心，敌人也会有机可乘。因此，必须先把窜到羽黑一带的森武藏守打回去。谁上？"

酒井忠次笑嘻嘻地环顾大家一圈，却无人应声。大家心里都明白，家康嘴上说这些的时候，心里早就决断了。果然，过了片刻——

"平八。"家康回头看了看本多忠胜。

"主公果然还是想派忠胜去。"大家都如是想。

"啊，不，不，你去还为时尚早。现在森武藏守求功心切，正是士气高涨之时。说不定胜入还会派出援军呢。你先好好驻守山麓一带，以防胜入之援。"

忠胜的脸涨红了。"全凭主公安排！"他似乎对家康的命令不甚满意，故没有爽快道声"遵命"。

"小平太。"

"在。"神原康政赶紧探身出列。

"前些天你去散布的文告起了作用。我看,这次诱蛇出洞的任务,就交给你。"

"诱蛇出洞……"

"只要把敌人引出来就是。敌人一出来,你立刻就撤。"

"撤?"

"进攻与撤退,皆是战术的需要。"家康轻描淡写地说了一句,然后转向以性情刚直著称的奥平信昌。"信昌,你是我的女婿,此次的进攻任务就交与你了,你去和胜入的女婿比拼比拼。"

话轻盈风趣,忠次和数正不禁相视一笑。虽说战争已成了武士的家常便饭,可一旦决战开始,就是性命攸关,自是半丝风趣没有。正因如此,每次军事会议快要结束,家康总是巧妙地寻找机会煽动一下大家,吉兆啦、神灵保佑啦、胜券在握啦等等,总之,每次都要借助些吉祥之言激励大家,鼓舞士气。换句话说,作战要先运用理性,运筹帷幄,周密布置,再抛开理性,运用狂热的情绪去鼓动大家,激起其取胜欲望。

接着,家康若无其事对满脸兴奋的奥平信昌吩咐道:"等小平太把敌人引诱出来,你立刻率领人马,将其一举击溃。现在你手下有多少人马?"

"一千余人。"

"哦。森长可的人马至多不过三千,故,给你一千人就足够了。这和筑前的位攻战术不同。"

"遵命。"

"武藏守一旦获知你的大名,定会吓得浑身直哆嗦。"

"明白。"

"对方知你乃是家康女婿,定也想与你一较高低。你要拿出百倍的信心和勇气,让双方看看胜入和家康的女婿究竟孰优孰劣。"

信昌紧咬着嘴唇,坚定地点点头,嘴角露出了一丝微笑。

"初战的胜败关系到全军的士气,只许胜,不许败。"

"信昌明白,请岳父大人放心。"

"其实,小平太和忠胜都很羡慕你啊,只是对方乃胜入的女婿,才把这个任务交给你。希望你不负众望，用事实让大家看一看胜人与家康的差距、武藏守与你的差距。若我军士气大振，敌人的士气就会一泻千里……"言罢，家康像是若有所思，呵呵笑了起来。"和长筱之战相比，此次的战斗轻松多了，信昌。"

信昌瞪了家康一眼，无言。岳父话中之话是：如不能取胜，就别活着回来，是在让信昌痛下决心。其实，不用家康提醒，信昌也深知此战只许胜，不许败。在此前的初战中，在伊势和犬山，信雄都吃了败仗。如被大家一致看好的三河援军也吃败仗，人们自然就要怀疑家康的能力了。

"忠次。"家康的视线从信昌转移到酒井左卫门尉的身上，"你率领一支机动部队为信昌担任后援。不过，估计用不着……"

"是！"

"就这样吧。先一鼓作气把武藏守打回犬山，再恭候筑前大驾光临，哈哈……对了，天野景利，你去带一下路。"

"遵命。那么，何时行动？"

家康厉声命令："即刻动身，日落之前就把敌人统统打回去！"他的意思是，敌人若要行动，定会趁着天还未亮，在晨霭的掩护下发动偷袭。可是，从目前的情势看，敌人似乎还没有向他们发起攻击之意，因此，索性率先动手。

"先填饱肚子，等到杀出去，正值敌人在烧火做饭。在敌人毫无戒备的情况下突袭，定会取得意想不到的战果。"

大家听命，各回阵营备战。

山上的主营乃石川数正，山南麓的本多忠胜则暗中把人马从东面转移到二重堀附近，一旦有风吹草动，便可迅速投入战斗，而酒井忠次则会在本多之前采取行动。由于最前线的神原康政几乎直接与羽黑的森武藏守的人马对峙，故，神原的人马要前进至乐田、八幡一带，与行进至左侧的奥平信昌的队伍遥相呼应。

大家都行动起来，家康把剩余事务全权交给石川数正，自己则下了山，迅速撤回清洲城去了。

樱花和桃花已经凋尽，山野里泼满了柔柔的嫩绿色。

"今日的黄莺怎的叫得这么欢。"担负着诱敌任务的神原康政抬头望望天空，天上既没有高照的艳阳，也没有浓重的云彩。"女婿与女婿比拼……"康政一面遥望着在羽黑丘陵之上飒飒飘扬的旗帜，一面自言自语，"此次无论如何也得让信昌立一个大功。可怎样才能把敌人引出来呢?"

首先作出一副要从正面袭击羽黑之势，再后退一步寻找战机，然后，他就只能在一旁观看奥平与森武藏守的较量了。

当奥平的前锋与神原的部队并肩前进之时，前面的敌人突然大叫起来。他们切切不曾想到，对方竟敢在光天化日之下，堂而皇之地发起挑衅。尽管如此，敌人的反应仍是十分迅速，片刻即组成一路，纵队扑向康政。

这样，就用不着特意引诱敌人了。康政立刻叫来一名传令官。"传令火枪队，瞄准最前面的那名大将开火。以此为号，发起冲锋!"

传令官迅速传达给了埋伏在第二战线的火枪队。

此时，林间的黄莺依然婉转地叫个不停，阳光虽已不那么强烈了，可一丝风也没有，天气依然燥热，盔甲里面湿乎乎的全是汗。

"砰砰砰"，一阵枪声从山丘上射向林间，汹汹而上的人马立刻止住了前进的步伐。一马当先的森武藏守的前锋锅田内藏允中了一弹，从马背上栽了下来。就在这时，一阵呐喊声响起，神原康政的人马直奔羽黑，杀了过来，枪弹不断地射向森武藏守的部队，发出一阵阵震天的响声。森林中的鸟群受到惊吓，一群群仓皇逃向高空。一阵接着一阵的呐喊声震得大地都颤抖起来。刹那间，这一带完全变成了血与火的战场，到处弥漫着惨烈的气氛。

得知前锋锅田内藏允中枪身亡，森武藏守长可暴跳如雷。此时，他正坐镇八幡林的大营，计划兵分三路，一鼓作气把敌人赶回小牧。既然内藏允已经战死，他只好改变作战方案。

"好，神原康政，我跟你拼了!"森长可眼睛里喷着怒火，对着尚未落尽的八重樱狂笑不已。

此时，森长可已经得到另一个消息：秀吉的两员大将堀尾茂助、山内猪右卫门奉秀吉之命，即将进驻羽黑。年轻的武藏守对此甚是不满。他与兰丸兄弟二人由于过早失去了父亲，都很是争强好胜。他一定要赶在堀尾和山内进驻羽黑之前，牢牢地把握胜利的先机。

"把助左卫门叫来! 康政这厮竟敢侮辱我鬼武藏!"森长可命人把负责指挥右翼的野吕助左卫门叫来。"锅田内藏允遇难，要为他报仇。传我的命令，三路人马汇合起来，一举歼灭神原部。"

野吕助左卫门听了，不禁一愣。但他立刻出了大营，按森武藏守的命令汇合人马。

号角声打破了春日的宁静，道路的两侧飘满了五颜六色的旗帜。

神原康政一看森长可的大队人马赶过田地、森林和山丘，黑压压逼过来，立刻命令先头部队掉向右侧，迅速撤离。在敌人的眼里，神原康政一定是被"鬼武藏"的鼎鼎大名给吓得夹着尾巴逃走了。

"机会来了。"

"给我冲！"

森长可正要调整队形直扑康政时，左边的森林里突然响起了震天的呐喊："上啊，上！上啊，上！"

在家康令下，决心和胜入女婿决一雌雄的奥平信昌的人马，第一次喊出了家康亲自制定的战斗口号。

"上啊！"一句口号已足以使人心惊肉跳，居然又以"上！"来结尾，真是令人心惊胆寒。

然而，震天的呐喊并没有吓倒森的部队。"哼，奥平，停止追击神原部！"

最前面的野吕助左卫门父子立刻作好了迎战奥平的准备，当然，前进的步伐并没有减慢。

就在森武藏的大军如潮水般汹涌而来时，突然，一骑快马像离弦之箭一般突入了森的队伍中。"无名小卒们都给我闪开，池田胜入女婿森武藏守在何处，奥平九八郎信昌取你命来了！"此人就是比森武藏守还要心高气傲的奥平信昌。

只见森长可的人马让开了一条路，又合拢了。奥平九八郎对此睬都不睬，一路向前杀去。他身穿黑色盔铠，手中挥舞着一条丈八长枪，上下翻飞，左挡右杀。胯下的战马也像插上了翅膀一般，随着一声长鸣，在人丛中腾空而起，吓得敌人慌忙躲到了一边。当他们回过神来，重新拿起刀枪，信昌早已杀到了他们身后。

"保护大将，别让他伤害了大将！"

"弟兄们，跟着大人往里闯啊！"

信昌身后的家臣距离他顶多只有二十来丈，看到主将义无反顾地冲进了敌军之中，他们断不会抛下不管，也如狂风暴雨般，紧跟着冲进了森武藏守的队伍之中。

"森武藏守在哪里？奥平信昌要会一会他！"

此时的森武藏守，正在从大本营一直延伸到八幡林的竹林里坐镇指挥，远远地就听见有人在大声呐喊。

"是谁在乱喊乱叫？你们听……我们的队伍似是停止前进了。"

虽然感到纳闷，谁也没有想到敌将竟已冲进了他们的阵营。

"到底是怎么回事？"森武藏守手执马缰，还在纳闷。只见一骑战马如同疾风暴雨般驰向竹林边，朝大本营方向奔去。

"刚才那人是谁？不像自己人啊。"武藏守连忙从马鞍上探出身子。这时，一个清楚的声音传进了他的耳中："森武藏守在哪里？！德川家康的女婿奥平九八郎信昌要和你一较高下！"由于是顺风，信昌的声音清清楚楚地从背后传来。

森武藏守大吃一惊，慌忙掉过马头，见他的人马大叫着让开了一条路。奥平的一队人马冲了过去。

"敌人绕到我们背后去了！"

"大人小心！"

"把他们包围起来，全部剿灭！"森武藏守只好再次掉转马头。这一刹那，他突然发现人马似已被敌人的部队分割成了几段。"助左卫门！助左卫门到哪里去了？都给我退到左边，休要乱，保持阵形！"

这时，羽黑和犬山之间的山丘上又响起雷鸣般的呐喊声："上啊，上！""上啊，上！"这是久经沙场的酒井左卫门尉，在得知奥平信昌径直突入敌军阵中之后，发出的助威之声。

"大人！"野吕助左卫门飞身下马，连滚带爬地奔到森武藏守面前，"我们已经被围。前面是敌人，后面也是……请您速速撤回犬山城！"

"被包围了？不，我决不撤，决不！"

这时，竹林的对面又传来了信昌疯狂的叫喊："池田胜入的女婿武藏守哪里去了？有种的给我出来，德川家康的女婿奥平九八郎今天非要和你一决雌雄不可！森武藏守在哪里……"

当奥平信昌眼都不眨地杀入森长可的部队之后，羽黑遇袭的消息立刻传到了犬山城的池田胜入耳里。得知此意外，胜入不禁吓得一哆嗦，但接着便笑道："不必担心，我们早就商量好应对之方了。"胜入先打发掉报信的，让人即刻把两个儿子胜九郎元助和三左卫门辉政叫来。

不大工夫，辉政先元助一步来到大厅。

"刚才报信的来说，羽黑遭到了敌袭。你赶紧前去支援，让武藏守平安撤回犬山城。"

"遵命！孩儿立刻前去羽黑，给敌人一顿痛击，让武藏守安全撤回。"说着，辉政满怀信心就要走出大帐。

"且等一下！"元助拦住了辉政，沉着脸对父亲道，"武藏守定会撤回城里，我们目前不能出击。"

"不能出击？"

"当然不能！我已经让伊木清兵卫前去探查，出来的这些人马仅仅是酒井忠次和奥平信昌，后面的井伊直政和本多忠胜的精锐部队，早已厉兵秣马，正候着我们出阵呢。"

"因此，我才说最好前去支援。一旦武藏守战死，士气就会一落千丈。"

"不行！"元助还是坚决反对，"我军主力出了犬山城，万一被本多的人马掐断后路怎么办？那时我们已经过了河，前无落脚之地，后有追兵相逼，即刻会陷入绝境。"

元助这么一说，胜入也紧张起来。众所周知，德川帐下有两员大将尤是可怕，一是足智多谋的酒井忠次，二是勇猛无比的本多忠胜。酒井的人马虽已出去，还有一个本多虎视眈眈……果如元助分析的那样，本多一定正在等待着他们出马。

"哦？你是说，即使我们不派援军，武藏守也会撤回来？"

"这是我们的约定。我想他还不至于愚蠢到破坏约定，自取灭亡的地步。"

"那好，我们就坚守城池，大开城门，等武藏撤回来。"

因早就向森武藏下达了命令，令其一旦情况异常，立刻撤回城内，故，胜入最终放弃了派兵支援的念头，原因有二：一是奥平的部队已实现了对森武藏守部队的中央突破，另一是酒井的人马意外地绕到了奥平背后。

听到信昌的一阵阵叫喊，武藏守气得咬牙切齿，恨不能立刻冲上前去拼命。他的马缰绳却被野吕助左卫门死死地拽住了。

"大人，快撤回城里！快！否则只会徒增伤亡……唉，大人怎么这么固执啊！"说完，助左卫门用枪狠狠地抽一下武藏守坐骑的屁股。战马吃疼，一声长嘶，朝着犬山的方向狂奔而去。于是，军心大乱的森长可的部下争先恐后地撤退……

其实，池田胜九郎元助并非害怕本多和井伊的骁勇善战，拒发援兵，而是觉得，在秀吉赶来前同敌人发生大规模冲突，实无意义。如能抓住敌人的破绽，搅得其天翻地覆，那当然不错，但须避免大规模的冲突，以保存实力。这样便可让秀吉见识见识德川的强大力量。否则，即使秀吉表面上承认池田的功劳，内心里却会把胜利归结于德川实力不够。

一旦和敌人真的冲突起来，森武藏的情绪就完全改变了。刚开始他还能仔细筹划，灵活出击，可一看到自家人马如同潮水般溃败，他不禁火冒三丈。撤退了不到八里的路程，武藏守再次把马兜了回来，发疯似的大喊："停！都给我停下，掉头反击！援军已经出城，我们一鼓作气，把敌人赶回去！"

听到武藏守的大喊，有的士卒停了下来，有的则悄悄地溜走了……

不知何时，太阳早已落山，十七的月亮从东面山脉上露出了笑脸。山脚下，四处跳跃着篝火的火焰。

"不许退！有谁胆敢再退……"

正在这时，一名年轻的武士手里拖着一把血刀急匆匆赶来，单腿跪倒在森武藏面前。

"野吕助左卫门父子与松平又七郎进行了一场恶战，双双战死。临终前留下遗言，说须把大人平安送回犬山城。请大人速速撤回……"

"野吕父子战死？"

"是，父子二人说，有幸做大人的替身，即使战死也荣耀无比。希望大人速速撤回城里，哪怕多撤回一兵一卒也好。"

听到爱将的噩耗，鬼武藏森长可痛心疾首。他呆呆地望着天空，一声悲鸣，接着，像孩子似的号啕大哭。"你说我能回去吗，我还有脸回去吗？"

"怎么没脸回去？请大人赶紧撤回，否则，奥平信昌马上就追来了。请赶紧掉转马头！"

老天似乎总喜欢跟人开玩笑，武士的话立刻应验——此时，一队骑兵出现在拐角处的竹林旁边。月光逐渐明亮起来，穷追不舍的敌军武士，头盔和前胸的盔甲熠熠地闪耀着银光，一步步逼向森武藏守。

"唉，今天这个跟头栽得太惨了！"武藏守一面咬牙切齿，一面无奈地把马头掉向北面，他再也无心向后看了。初战就落得如此惨败，"败军之将"的阴影，以后还有机会除去吗？

他眼前城门大开，三左卫门辉政的部属早已在城门口用刀枪筑起一面铜墙铁壁，等待他归来，森武藏守一面暗暗咒骂自己，一面疾风暴雨似的冲进了城里。

"砰砰砰"，一阵猛烈的枪火从城里射向尾随而来的追兵。

森武藏守五百多败退下来的人马涌进了城里，随后追来奥平及酒井的人马。辉政不想关城门也不行了。没有来得及入城的杂兵，有的在大声地乞求开门，有的则愤而转向敌人。当然，转向敌人的士兵们当中，有一大半都投降了。

追击的一方一看到城防严密，便迅速整理一下队伍，从容地撤回。

这次作战完全达到了家康和酒井等人的目的。只有奥平信昌一人因为没能斩杀森武藏守而深感遗憾。可是，既然敌人已经逃回城里，他也不敢贸然攻城。

"敌人全部撤走了。"当望风的士兵从瞭望台上下来，慌忙赶到池田元助的大帐报告时，元助和武藏守二人都坐在床几上，一副气急败坏的样子。

四处的篝火渐渐地淡下去，月亮升高了，银色的月光洒满了大地。

"元助，是你向岳父进谏，说救援无用？"

森武藏守一诘问，元助不禁惊怒。"我们不是从一开始就约好了吗？一有情况……"

"你这话我可不明。我们是有约在先，可约定的是不许擅自出击。今日不是我主动向敌人发动进攻，而是敌人光天化日下前来向我挑衅。"

"即使是敌人挑衅，也应立刻撤退……这话也说过吧？不管怎么说，你平安地撤回来了，难道还不满？"

"你可能会满意，我却失去了众多家臣。"武藏守把牙齿咬得咯咯直响，"居然会发生这等事情，真令长可心寒！"

"你是不是以为今天败了？"

"都什么时候了，你还有心思说笑！我军将士损失大半，不是失败，难道是胜不成？"

"对！虽然称不上胜利，但决非失败。你想，是我们首先侵入尾张，拿下此城，敌人怎会甘心？他们必然豁出命也要夺回去。结果，你的人马成功地阻击了敌人，敌人无奈之下，只好弃城而去。无论从哪方面来讲，都是敌人之败。因此，此战掀起如此大的波澜，也全在情理之中。"

"可是，咱们却眼睁睁地看着敌人从眼皮底下逃走……"

"你冷静地想一下。万一在我们的人马大举杀出，与酒井、奥平的部队混战之时，本多、井伊的大部人马趁虚而入，猛攻城池，我们当如何是好？故，虽然今天的战事称不上胜利，但也决非败仗。我们必须让筑前大人知道，和德川的较量，绝非轻易就能获胜。"

武藏守一句话也说不上来，单是两眼狠狠地瞪着元助，浑身打着哆嗦。元助的话也并非全无道理，可武藏守却绝不认为自己立了什么功。在这场战役中，德川家康胜了，池田父子也胜了，失败的只有一人，那就是自己！武藏守满腔郁闷，有口难言……

二三 筑前旋风

新建的大坂城里,处处飘溢着木材的清香。此时秀吉正在城里四处奔波。

为了向天下显示"天下人"的威严,秀吉修筑了这座大坂城。可是,等到他奔波于城内各处指挥作战时,才感觉这座城似有些大了。

记得天下各地的大名来向他道贺时,他曾亲自带路,向他们夸耀。"看,这条百间长廊怎样?"原本是为了向人们炫耀城池的宽广,才特意建了这条长廊,可是,来回穿梭几趟之后,秀吉心中生奇:这条走廊怎么这么长……

秀吉返回内宅,刚要给信长的妹妹阿市托付给自己的三个女儿——浅井长政的三个遗孤讲一些战争的趣闻,忽然来了使者。是中村一氏派来的密使。前些时候,秀吉曾下令要中村一氏尽早击溃根来、杂贺暴动的一向宗门徒。

"一氏派来的使者?是不是岸和田的事情解决了?看来,我得和姑娘们暂时分别了。"

三个姑娘当中,秀吉最喜欢达姬,无论是模样还是气量,都跟她的母亲阿市甚是相似。但达姬还是个孩子,所以秀吉有事一般还是和两个姐姐说。

"像家康那样的乡下佬懂什么?此事本不需我去,可也不能完全听之任之。好吧,让我去痛打他一顿,让他清醒清醒。"

秀吉话音刚落,茶茶就接过了话茬:"去把人家痛打一顿?不定是谁痛打谁呢。我看您得小心一点,别让人家把您给揍扁了。"茶茶毫不留情地挖苦他。这也难怪,从小就生活在战争的波澜之中,养成了她刻薄、喜欢挖苦别人的性子,还有些自暴自弃的倾向。

秀吉想要发火,旋又用笑容掩盖了。"言之有理。麻痹大意才是最大的敌人,看来我也得多加小心啊。"说着,秀吉从姑娘们房里走了出来,穿过长长的走廊。他回想起茶茶的话,不禁心头火起。

秀吉自以为整个本州之内，已不会有人敢向他挑战了，可万万没有想到，全天下最精于算计的德川家康，竟跟全天下最糊涂的织田信雄一道向他挑衅。家康与浅井的这个小丫头是一路货！

当前秀吉还没有和家康争斗的想法。本以为家康无非只有两三个属国的大名，找个合适的机会，毫不费力就可把他控制在股掌之间。可他万万没有想到，家康竟敢捋虎须，主动前来挑衅！看来，他再也不能坐视不理了。一直以为他乃是个温和之人，这次居然故意前来挑衅，究竟是为何……突然，秀吉明白了。家康故意惹怒他，就是要他露出破绽。

秀吉一口气穿过长廊，来到一个八十叠大的客室。这也是他为了有意向天下大名示威而建造的，就连房屋的结构都完全沿袭了信长的做法。朱红的柱子，到处是金碧辉煌的器具，无处不显示着主人的权威。秀吉在一扇巨大的隔扇前停住，从左右两边上来四名侍卫，吱吱呀呀地打开隔扇。

"咳。"秀吉咳嗽了一声，早就在下座等待多时的使者立刻倒身下拜。一切无不显示出秀吉的威严，可是，他接下来的表演却让人深感意外。

"哦哦，是下村主膳啊。竟然劳你亲自跑一趟，辛苦了，辛苦了！既是你来，我也不用坐在上座装模作样了。我就在你旁边说话吧。"于是，上座的坐垫和扶几便闲置起来，秀吉刻意移到使者身边，在伸手就能拍到对方肩膀的位置上坐了下来，随即泪如泉涌。

可是，这位使者虽然恭敬地跪伏在地，表情却没什么变化。或许，他觉察出秀吉是为了取悦他而故意在演戏？

"主人让在下代他向筑前大人问安。"

"好，说。那些乱事的暴徒是否被击退了？我现在担心的就是尾张，正打算明天动身呢。"

"禀告筑前守，暴徒还没有击退。"

"连这都那么费力？"

"根来、杂贺的那帮暴徒靠近岸和田，在保田、寒川二人的指挥之下，采取了游击战术，时进时撤，分明已经撤了，转眼之间又掉过头来，是块相当难啃的硬骨头。"

"你今天是特意来请援兵的了，主膳？"

"筑前大人想到哪里去了！"使者使劲地摇着头，两眼放光，"现在是什么时候？正是筑前大人缺人的关键时刻。因此，中村大人派我来，只是想向筑前大人报告,请您莫要担心……"

"嗯?"秀吉一副莫名其妙的表情,"你今日来,就是为了向我说这些?"

"那倒不是!"使者仍然是同样的调子,使劲地摇头。

"我想也不会。在这么关键的战事当中,如无紧急之事,估计中村也不会派你为使。你是否有些什么消息?"

"倒不是——"

"你怎么就会这一句!到底是何事?"

"是噩耗。"

"噩耗……"

"正是。从桑名去堺港的船家从起事的暴徒那里听到一个坏消息,说森武藏守长可在尾张遭受了难以启齿的大败,已传得沸沸扬扬了。因此,主人命我立即向筑前大人汇报……"

"你说什么?!"秀吉一愣,连忙伸长了脖子,"森武藏守吃了大败仗?!"秀吉显然大惊失色,使者的表情也僵硬起来:"正是。听说森长可大人的部队计划从犬山城向清洲进攻,在一个叫羽黑的地方安营扎寨,不料遭到了德川人马的突袭。"

"那么,武藏守怎样了?"

"听说好歹保住了一条性命,狼狈逃回了犬山城。"

"这是谣言吗?"秀吉紧张的表情这时才放松下来,"哈哈哈……家康这人,就是擅长散布谣言,蛊惑人心。不必担心。我这边也时常有家康身边的重臣报告内情。"

"啊?!"使者一愣,连忙反问了一句,"德川的重臣透露内情?"

"那还有假!是我的内应。其实,现在也用不着内应了,让那些乐于传播谣言的人去说好了。不瞒你说,内应就是石川伯耆守数正。"

"数正?"

"哈哈哈!我自然也不会袖手旁观。一氏的口信就只有这些吗?"

"是。中村大人说,如把这条消息通报筑前大人,您定有锦囊妙计。"

"好了,你辛苦了,赶紧回去吧。告诉中村,让他不要担心。你就说,我这边正满怀信心,只要一出兵,立能马到成功。让他尽快驱散那帮乱事的暴徒。"

"遵命!"

"差点忘记了。通过这次的战事,秀吉的地位将会大大得到巩固。秀吉本不想做一个'天下人',可是信雄和家康二人非要掺和进来,把我往'天下人'的位子上推。你告诉你家大人,让他拿出百倍的信心。"说着,秀吉解下一把随身携带的短刀,硬塞到使者的手里作为礼物,高声笑着站起身来。

同来时一样,秀吉悠闲自得地出了会客室,再次穿过他引以为荣的长廊。他回头看了一眼跟在身后的石田三成,"佐吉,你去把秀正叫到我的房间。"说话间,他的眉宇间堆起了深深的皱纹。方才中村一氏使者的一番话,在他的心里产生了巨大的冲击。

"遵命!"

"你就说,我有要事和他密谈。快去!"

佐吉心领神会,立从走廊折向了外城。

秀吉所说的秀正,是他最小的妹妹朝日姬的丈夫佐治日向守。此人是当今世上难得的刚正不阿的猛将,现正负责管理这座庞大新城的粮备。当初,秀吉为了把妹妹嫁给佐治日向守,曾强令她与前夫福田与左卫门吉成各自散去。这里面当然有各种各样的理由,总之,当秀吉称呼秀正的时候,总是爱说笑地嘲他是"不焚沉香,不放响屁的男子",并把自己的名讳"秀"字和正直者的"正"字结合起来,给佐治日向守取了个新名字,对他甚是信任。

秀吉阴沉着脸走到百间长廊尽头,快步朝面对着宽阔庭院的房间走去。

石田佐吉把秀正领来,秀吉打发走佐吉和幽古,空荡荡的书院里只剩了他们两人。秀吉依然谈笑风生。"怎样,夫人的心情还好吗?"

秀吉一面呷着幽古端上来的茶水,一面说笑:"听说你们夫妇至今还没有儿女,是因……夫妻太和睦了?"

秀正一本正经地端坐着,答道:"您总爱说笑,您说的要事是……"

"可是,我自己也没有儿女啊。我是太忙了,连遛马的空闲都没有。你可千万别学我,赶紧生一个。"

"是,这……"

"怎么也不能如愿?儿女可是好东西啊,还不赶紧生一个……你看你内侄秀次,现都已长成一员虎将了。"秀吉似是记起什么,笑了,"还有已故右府大人,真是当世无双的英豪啊,万千人景仰。将门出虎子,信孝和信雄不也是名震一方的英雄豪杰吗?"

"大人叫我来定有要事,请明示。"

"其实也没什么大事,明天我就要从大坂出发了。"

"二十一……"

"对。事情紧急,我须即刻动身。还有一些事让我不大放心。"

"何事?"

"胜入把守的犬山城,稻叶一铁也应赶到了。可令人不解的是,有了一铁之后,胜入却让森武藏守吃了败仗,实在蹊跷。故,如我不亲自去一趟,恐会人心涣散。怎么说,这次的对手也是织田。"

佐治秀正认真听着,频频点头。"那么,我的任务是……"

秀吉苦笑了一下。这个刚正不阿的家伙,从不会从大局着眼,只惦念自己负责的那点事情。也难怪,秀吉把妹妹嫁给秀正,也是为她作一些补偿。朝日姬第一任丈夫叫副田甚兵卫,乃一名铁骨铮铮的尾张武士。那时秀吉还在长滨,一年的供奉不过四万石,甚兵卫也是一贫如洗,因此,秀吉就让朝日姬和甚兵卫分了,改嫁福田与左卫门。可是,朝日姬却对前夫念念不忘,总觉得第二个丈夫无论器量还是才能俱不如甚兵卫。夫妻关系很不和睦。

"看来我弄错了,女人喜欢的和男人喜欢的男人就是不一样。"于是,秀吉又把妹妹嫁给了佐治日向守。这次秀吉终于以妹妹的个人幸福为主了。老天不负有心人,这次妹妹终于满足了。想来,日向守顺从夫人的样子,和他等待秀吉命令时的样子差不多。一想到这些,就让秀吉忍俊不禁。

"这个……你的任务十分重大。这次恐得把你夫人请出来做人质了。"秀吉止住笑,一本正经道。

"大人说什么?"佐治日向守顿时脸色大变,追问道,"您刚才是说,要我把夫人送来给您做人质吗?"

"正是,做人质,就在这座城里。"秀吉强忍住笑,完全是一副揶揄之态,"要想让你乖乖地服从命令,最好的办法就是把你夫人交出来给我做人质。"

"这么说,大人的意思是让我一同出征了?"

"不是,不用你亲自出征,是比出征还重要得多。"

"那到底是什么样的任务?"

秀正着急的样子,让人不由得想起狂言戏中憨厚老实的大名。虽说如此,在这种场合下,秀吉如果真的笑起来,很容易伤到他。无论如何,他也是让老母亲一直牵肠挂肚的妹妹的夫婿啊。

朝日姬是家中的小女儿，是老太太的掌上明珠。无论是母亲还是朝日姬，都和秀吉不一样，都生活在平凡的世界里，她们的最大愿望就是离国家大事远一些，过安稳的日子。老太太曾不止一次乞求秀吉，朝日姬好不容易有了一个中意的夫婿，一定要让她夫妻和睦地生活下去。因此，在秀吉的内心，一直觉得佐治日向守是特意为妹妹购买的一个温顺的"玩偶"。

秀正俸禄不高，只有四千七百石，宅邸在外城，虽然一直恪尽职守，但几乎从未获得过什么奖赏。这一次，秀吉却想起了佐治秀正的用途。当然，这也是出于疼爱妹妹的缘故。

"秀正，这次的战事可不比平常。大坂才刚刚建造起来，周边地区还有不少敌人的残余，而我又得亲自到尾张去一趟。"

"我能理解您的苦衷。"

"守护城池的任务我交给蜂须贺正胜了。不过，你的任务比守护城池还重要。"

"是，是。"

"你的任务不是别的，是监视人质。你明白吗？把你的夫人也带到城内。生驹亲正、山内一丰等人就不用说了，堀、长谷川秀一、日根野、泷川、筒井、稻叶、蒲生、细川等老臣们交出的人质，也一起带到内城去看着。你告诉他们，不管是谁，一旦主人在战场上贪生怕死，将对其交出的人质格杀勿论。"

"把我方大将、老臣的人质也……"

"哦，我已经下达了命令，让他们分别交出人质。估计今明两日，他们的妻子儿女就会陆续赶到。你也要把夫人交出来。如果这些人对我有二心，人质格杀勿论！"

"那么，如我有了二心……"

"连你的夫人也杀！"秀吉强忍笑意，绷着脸道。其实，他的真正用意是想让脑子转不过弯的佐治日向守明白他的决心，让这些人质来鼓励其主人的斗志。

这里面是有缘由的。这是秀吉和柴田胜家作战时感受最深之处。打仗时，如果只让出征的大将们交出人质，并无太大的意义。一旦家老重臣内心发生动摇，成为对方的内应，己方的力量立会土崩瓦解。而且，这一次的敌人乃是织田信雄。万一诸位大名的重臣向其主公灌输织田氏的恩义，军心势必受到极大影响。因此，除了出征的大名，家老重臣也要交出人质，并让妹婿佐治日向守亲自监管。

佐治秀正的忠厚耿直远近闻名，如果告诉他们，就连佐治的女人、秀吉的亲妹妹都被作为人质送交到了内城，一旦有二心，同样格杀勿论，人质们定会既畏惧战栗，又心服口服，众臣就会对秀吉死心塌地。

在这一点上，秀吉有意避开了苛刻暴烈的做法。没有异心的人，甚至会感到有几分好笑，这种手法正是秀吉处事的特点。

"怎么样，你明白秀吉的决心了吗？"

"明……明白了！"秀正满头大汗，一本正经回道。

"这里有一本人质名册。你要把这些人仔细地看管好。万一人质中出现了敌人的内应，你就不用说了，你的夫人也难以幸免。"

"筑前的吩咐，秀正谨……谨记在心。"

"还有，如有人拖拖拉拉，迟迟不愿交出人质，你要不断地催。这个任务责任重大，决不亚于守护城池。"看到秀正那副古板的样子，秀吉扑哧一声笑了，"这可是个肥差，秀正。难得有这么个好机会，你要趁机好好地寻访一下，看一看谁家的女子有气质，哪里的姑娘长得标致。如以后发现有好小伙子，你们夫妇可以为他们做月下老人，成人之美啊。如果真能做成大媒，人家定会对你们夫妇感恩戴德，这次看管人质之事岂不变成了一件美事？"

"遵命。"

"好了，我要嘱咐你的就这些。你立刻回去准备吧。"

就这样，大坂城顿时有了一种全新之气。

在这座刚刚落成的新城里，八层的天守阁直指苍穹，大街上熙熙攘攘，全副武装的进城者之中，混杂着大量女人乘坐的轿子。当然，这都是陆续赶来的人质，其中也不乏带着孩子徒步进城的。大坂城里亭台楼阁雄伟壮丽，看得这些人目瞪口呆，惊叹不已。

秀吉把这些人全都叫到城里来，绝不仅仅是让他们做人质。这岂不是趁机宣扬威势的大好机会？总是力图一箭双雕一举多得，便是秀吉的可怕之处。

天正十二年三月二十一，人质纷纷涌进大坂城，秀吉则在千成瓢箪马印之下，率领大队人马，浩浩荡荡出了大坂。秀吉深知，家康谋略过人，文武双全，乃不可轻视的大敌。甚至可说，在当今天下武将之中，再也没有能超越家康的人了。因此，秀吉坚信家康本人也深知自己的实力，绝不像柴田胜家那样争强好胜，贸然出击。得出这样的判断，便是受到石川数正密函的影响。

家康做事向来严谨异常，无懈可击，就连已故右府都挑不出一丝破绽来。因此，明眼人一眼就能看出，家康跟信雄的结盟，实是貌合神离，相互利用。

分明知道这是一场根本无法打赢的战争，却仍然要做信雄的后盾，看来，家康也有鼠目寸光、看不清天下大势之时。在秀吉看来，虽然家康心里藏着各种各样的阴谋诡计，却始终无法摆脱与信雄之间的情义羁绊，最后沦落到不得不为情义而战的地步。因此，只要狠狠地给信雄和家康的联军一次打击，战争的形势定会明朗。看到引以为豪的军队受到重创，家康定心疼得不得了，为了保存实力，他必立刻撤回三河，然后乖乖地派人来议和。

这一次才能真正发挥位攻战术威力。不难预料，如果这一仗干净利落地取得胜利，上杉氏、北条氏自不必说，就连中国的毛利和四国的长曾我部也都会乖乖臣服。

由于秀吉深知家康的底细，从一开始就知，单凭池田胜入和森长可的部队，是无法撼动家康铁军的，因此，战争还没有开始，秀吉就动员了空前的兵力。

第一路兵马作为先锋，有木村重兹、加藤光泰、神子田正治、日根野弘就、日根野常陆、山田坚家、池田景家、多贺常则等大将，计六千余人。第二路，长谷川秀一、细川忠兴、高山右近等，兵力五千三百。第三路，中川秀政、长滨部、木下利久、德永寿昌、小川佑忠，兵力六千二百。第四路，高畠孙次郎、蜂屋赖隆、金森长近等，兵力四千五百。第五路，丹羽长秀，三千人。六路乃是秀吉的主力，又分成六队。最前面的是蒲生氏乡的两千人马，外加甲贺一千将士，主要用来防守右路。左路是前野长康、生驹亲正、黑田孝高、蜂须贺、明石、赤松诸部，合起来有四千余人，另加堀秀政和越中兵马，以及稻叶贞通，总共五千五百人。第三队为筒井定次的七千人。第四队为羽柴秀长的七千人。第五队则是秀吉引以为豪的侍卫军和火枪队，共计四千八百五十人，最后则是秀吉麾下的四千亲兵。第七路为后备军，由浅野长政和福岛正则率领，共有一千八百人。

秀吉的各路人马加起来共计六万二千一百五十人，号称八万，以排山倒海之势从近江向美浓杀去！

从大坂城出发之后的第四日，即二十四日，秀吉的主力部队到达岐阜城，当日，第一路渡过木曾川，行进至犬山城和城南四里处的五郎苑，意欲以巨大的声势压倒东面的织田信雄和德川家康的联军。

一到达岐阜城，秀吉立刻召见了从池田胜入处特意赶来汇报战况的伊木忠次，听取森武藏守长可于羽黑败战的具体情形。

"森武藏守可是池田胜入的女婿啊，听说胜入没有派兵增援？"一进城，秀吉就脱下盔铠战袍歇息。在伊木忠次眼中，他满脸不悦。

"是。关于此事，我家主公要我特意对筑前大人讲……"

"哦，说来听听。"

"原本是要派出援军的，可是敌方的本多忠胜戒备森严，对我方虎视眈眈，万一杀出城去，被对方来个偷袭，后果将不堪设想，于是忍痛割爱，没有眷及私情。"

"本多忠胜？"秀吉一听，瞪大了眼。

"是……是的。"伊木忠次顿时吓得缩作一团，伏在地上。他预感到似有暴风雨降临。

"哦。好，做得好！"

"这……筑前大人的意思……"

"我在夸奖胜入幸亏没有出城，做得好！"

"这……"

"今后这样的事还多着呢，你们大家都要多些心眼。胜入虽是当世无双的一代忠良，却时常莽撞，犯贸然出击的错误。其实，战争不可能总是获胜，当陷入不利时，就需忍耐，寻找最佳战机。你回去之后，告诉胜入，就说他这次做得很好。这次的敌人可是我们以前从未遇见过的大敌。好，速速返回犬山吧。"

一番话说得伊木忠次稀里糊涂。秀吉究竟是何意？是夸奖还是批评？若说是批评，又不乏夸赞之辞，若说是夸赞，又让人觉得似有训斥之意。

"哈哈，胜入的家老，你是不是听糊涂了，丈二和尚摸不着头脑了？佐吉！"

"在。"

"按照我刚才吩咐,立刻安排一下,向这一带的寺院传达禁令和安民告示。"刚刚向石田三成下达了命令,秀吉又立刻转向了幽古:"现在不用急着泡茶,先拿纸笔来!"

佑笔大村幽古应一声,慌忙从窗边的桌子上取来纸笔,坐在秀吉旁边。

"你马上写一封信。"

"是。"

"收信人为长陆太田的城主佐竹次郎义重。"

"佐竹大人?"

"对,接下来我怎么说,你就怎么写——因家康耍弄阴谋,从中作梗,欺晚辈信雄不识大体,使得信雄竟悍然将其老臣三人斩杀于长岛。秀吉愤而出兵于伊贺、伊势,现已攻陷峰、神户、楠等城池,几近一国。尾州方面,池田纪伊守、森武藏守已于十三日攻取犬山城及数处工事。另,二十二日……也就是昨天了……根来、杂贺有三万暴徒乱事,已被我斩首五千……"

"哎,不对啊?"笔下正龙飞凤舞的幽古突然冒出一句,"大人,杂贺、根来起义的徒众被斩杀了五千,就解决问题了吗?"

"鬼才知道!"秀吉似很败兴,不禁训斥起来,"幽古,你怎么净问些无聊之事?我现在又不是在令你写史书,只不过是让你给抄一封书函。"

秀吉一训斥,幽古竟然微微地笑了。"在下多嘴了。"

"你因何发笑?"

"请大人饶恕在下不长记性,我怎的忘了这是您一贯的战略呢。"

"这不是战略,这是必然趋势。你想,二十一我们从大坂出发,那帮乌合之众一听我出了城,一定喜出望外,觉得机会来了,于是立刻向岸和田城逼近。中村一氏、生驹亲正,以及蜂须贺的儿子家政,就在二十二将其一举击溃了。"

幽古一听,掩嘴笑了。"这么说,斩下敌人五千首级……那就理所当然。"

"那还用说!那帮人是由僧兵和地方武士凑成的乌合之众,杀掉五千人,他们能不退?一退,那就又损五千,这是兵家常理。你要好好地记着。"

"是……在下谨记于心。"

"接着写。砍掉乱事暴徒首级五千……今家康正在清洲坐镇指挥,明日我雄师即渡河攻打清洲。对于家康之流，要狠狠地予以打击，绝不能心慈手软，一旦出现贪生怕死、作战不利之辈，不管其有何种理由，一律严惩不贷。当今乃共抗东国之际，希望贵方通力协作。木曾义昌、上杉景胜皆为秀吉不二盟友，希与之联手，同谋大计。并急通报近期战况。三月二十五，秀吉于岐阜。"

幽古挥毫记下秀吉的每一句话，还时常忙里偷闲，抬眼偷偷地看上秀吉几眼。只见秀吉一副陶醉的表情，口若悬河地陈述着书函内容。幽古觉得，近来秀吉口述的时候，似乎形成了一种独特的风格，气势恢弘，辞句华美，有时甚至不可更改一字。

"都记下了。"

"好。你再为我写一封劝降书，给位于木曾川和长良川之间竹鼻城的不破源六广纲。"

"不破广纲大人？"

"对。写给他的书信，字要大一些。此人身踞木曾川的西岸，却跟我秀吉作对，真是胆大妄为！你就写——此次秀吉亲率八万大军，在岐阜扎营，然后强渡大河，横扫尾州……"刚说到这里，只见石田三成手里拎着一个木牌子回来了，秀吉停止了口述："佐吉，你手里拿的什么？"

三成左右张望了一下，道："神原康政那厮，居然把这个大逆不道的文告牌立在了河西岸。"

"神原康政？"

"是，就是家康家臣神原小平太，竟对主公如此不敬……"

"混账！你别老是一个人生气，念给我听听！"

"恐不合适，写了些对大人大不敬的污言秽语。"

秀吉放声大笑。"你生什么气啊，可笑，念！"

"那么，恕我不敬了。"

在秀吉的再三催促下，石田佐吉三成拿起文告牌，有意地让秀吉看见牌子正面，期期艾艾地读了起来："羽柴秀吉本粗鄙低贱之人，原不过一介马前走卒……"

"你刚才说什么，佐吉？"果如所料，秀吉的脸刷地就白了。这第一句就是秀吉平生最恨之言。"这个牌子究竟立在何处？谁取来的？"

"就立在岐阜与竹鼻之间的笠松村外。是一柳末安看了，一气之下从地里拔出带回来的。"

"把末安叫来！"

"遵命。来人，去把一柳叫来……"三成刚一开口，秀吉就不高兴了，大声训斥道："别再指使别人，你自己去叫！"

"遵命。"三成把牌子放在地下就出去了。

"幽古，别在那里装傻了，这牌子……"

"大人要我读吗？"

"谁让你读了，我是让你给我拿过来！"

"遵命。"

眨眼之间，室内气氛大变，大村幽古恭恭敬敬地拿起牌子，故意不看字面，递给秀吉。

"你为什么故意不看牌子？你给我念！"

"像这样的东西，不念也罢……"

"你是说，如果读了，只会增加我的愤怒，或是上面不言而喻？"

"是……是。大人英明。"幽古一时窘在那里，慌乱地搓着双手，"在下觉得，这是敌人有意让大人生气，完全是无中生有，极尽诋毁之能事……若大人看了勃然大怒，就掉进了对方故意设下的圈套，在下以为，主公还是一笑了之，扔掉为好……"

"住口！你也在胡说八道！你以为我是傻子吗？不知这是在故意激我发怒？"

"恕在下多嘴。"

"我让你念给我听，是想试试自己到底能在多大程度上忍受敌人的污言秽语。快念，少啰唆！"

幽古满脸困窘，拿起文告牌来，无法念下去。"大人您看看，这都说了些什么……他们说无法容忍大人的大逆不道，还说什么，我家主公源家康，毅然起兵……"

"他们当然要那么写。"秀吉完全不屑一顾，"只有这么多？肯定还会写一些让我一听就火冒三丈的东西。"

"主公明明知道上面写的是什么，居然能压住怒火来听，在下实在钦佩不已。像这样的污蔑，幽古看了也会愤愤不已，或许比石田大人还要生气呢。"

"到底是哪些地方让人生气？你专门给我挑出来读。"

"唉，都写了些什么呀！什么马前走卒得信长公恩宠，一旦飞黄腾达，就忘记了旧恩，企图篡夺主位……"

"我早就料到他们会这样写。信孝的事情写了没有？"

"哦，写了……此贼不仅企图篡夺主位，还残杀亡君之子信孝公与其老母幼女。而今又对信雄公刀兵相向。如此惨绝人寰、大逆不道之举，试问苍天，孰能熟视无睹……"

"哈哈哈……"

"如此诋毁主公……"

"哈哈哈……果然不出我所料。"

"主公说什么？"

"我是说，该写的他们都写了。若他们少写了一条，这个文告便没有什么意思了。看来，神原康政还真有几把刷子。"

听到这些，幽古终于松了一口气。"主公果然大人大量，听了您一番话，在下也终于放心了。"

"好，估计一柳末安就要来了。你把牌子给我。"

"您要做什么？"

"把它放在刀架上，让每一个来人都看见。秀吉岂是被区区几言就气得火冒三丈之人。这也算是对阵中将士的激励。"

正在这时，石田三成和尚未卸下戒装的一柳末安一起来了。三成的脸还是涨得通红，一柳末安更是满脸愤慨。"听说主公叫我，在下匆忙赶来。"说着，末安倒身下拜，贴在榻榻米上的右手腕上赫然有一大片血迹。

"末安，你把观看文告的人给杀了？"

"这……这……那人在大庭广众之下，竟敢高声诵读，我就……"

"那个人是武士还是僧侣？"

"僧侣。"

"混账！"

"这……在下不明错在何处。"

"为什么你当时不一笑了之？你应该对围观的百姓说：德川方看到单凭枪矛和刀剑难以战胜我们，就故意用些歪门邪道的伎俩来污蔑，想以此激起百姓的愤慨。德川可真是个可悲之徒……你应该一边说，一边悠然地把文告牌拔起来扔掉才是。"

"是。"

"杀人之后，你还特意把那个破牌子拿回来了……是否想让我看看啊？"秀吉似完全平息的怒火，看来要冲着一柳末安爆发了。大村幽古悄悄地看了石田三成一眼，轻轻摇了摇头。

"为何不说话？你也是名震一方的大将，既然把这个牌子拿回来，就说明你有想法。说，到底是怎么想的？"

突然被秀吉一顿训斥，一柳末安不禁大惊失色，抬头望了望三成。原以为秀吉会对他赞赏有加，万万没有料到，愤怒竟朝他倾泻而下。末安一时手足无措。

看到末安沉默不语，秀吉又把愤怒的炮火射向了三成。

"是你愤愤不平地把这个牌子带到这里来的？"

"是。"

"那你为何要把这个东西拿给我看？我让你在身边伺候，是觉得你还有些头脑……"

"承蒙大人抬爱。"

"先别谢，还不到时候呢。家康的家臣神原康政立一个这样的牌子，是有他的险恶用心，而末安这个混账东西，竟然在大庭广众下斩杀僧人。这样一来，岂不完全中了德川的诡计？！"

三成脸上的怒色逐渐消退。

"家康的家臣能立一块这样的牌子，你们作为羽柴秀吉的家臣，有什么对策？说！"

"这……"

"若你们束手无策，就是连康政都远远不及的无能之臣。"

"这……"三成直盯着秀吉，"我们心里有对策，方才故意拿给主公看。"

"别以为被骂了，就可胡说八道。"

"区区一个木牌子竟令主公大发雷霆，这让我等深感意外。"

"好，那讲讲你的策略。如果有什么差池，看我怎么拾掇你！"

"大人，请立刻下令，悬赏十万石取神原康政项上人头。"

"哼！我已经说过，我会对此一笑了之。"

"那可不成。大人已被激怒了，这是事实。如此大发雷霆，却是我等从未见过。"

"嗯？"

"康政本来就是为了让您发怒，您真的发怒了。康政可真了不起。因此，大人如果悬赏十万要他的人头，就等于向对方明白无误地发出了一个信号：大人生气了。这就是我们的对策。"

"这么说……我不该掩饰愤怒了？"

"没想到大人竟会如此小肚鸡肠，这让我们万分意外。如大人想发怒，就应该以雷霆万钧之势发出来。可是，大人竟然对带回文告的末安大加斥责，这实令我等甚是失望。"此话令一旁的大村幽古目瞪口呆。

"你说我训斥了末安？"秀吉的眼神像利箭一样射向三成，"我怎会斥责末安？我只是问他，他拿这个木牌子意欲何为。你休要多嘴。"

三成又往前凑了凑身子。"因此，我才向大人提出悬赏十万，要神原康政的人头。"

"这是末安的见解？"

"这既是一柳的意见，也是我的主意。大人今天发火了。刚才在厅里的时候，我们二人已经商议过了，若大人发火，就把这个建议提出来。"

一柳末安显得有些慌乱。"是……是。"

秀吉见状，不禁冷笑，狂妄的佐吉居然有恃无恐，庇护起末安来。

然而，令人不可思议的是，这竟然令秀吉不再那么愤怒。一个人既无地位，又无背景，若连才能也没有，这人还有何价值？虽说如此，三成似乎太狂傲了，甚至会让人憎恶。他居然能在转瞬之间平息秀吉的情绪，甚至开始劝诫，有些太过了。

二人怒目对峙了一会儿，秀吉突然张开大嘴哈哈笑了。"佐吉。"

"在。"

"你以后可要小心啊，若总是自负如此，迟早要误了你。"

"是……在下一定谨记在心。"

"刚才的事情你应心里有数。你是对的，人当随机应变，就随机应变。虽然你一再声称考虑已久，可是，你能瞒得过我的眼睛？"

"……"

"今天我就不训斥你了。饶是你随机应变，可看在你主意不错的份上，今天我就饶了你。不管怎么说，我秀吉是被激怒了！"

"多谢大人。"

"我既已震怒，自然就当发出雷霆万钧之怒。幽古！"

"在。"冷不丁被秀吉大声一喊，大村幽古不由得一哆嗦。

"纸！笔！"

"是……是。大人又要记什么？"

"神原小平太康政。"

"是，神原小平太康政……"

"无知小子，不辨事理，大放厥词，辱骂筑前，实乃大不敬之奸贼。今若有取其项上人头者，无论敌我，皆赏十万石。羽柴筑前守秀吉。"

"好，全记下了。我看不用修改就是一篇利文。"

秀吉并未作答，单是朝着不知所措的一柳末安一声大吼："末安！"

"在。"末安大声应道。

秀吉直盯着对方，咄咄逼人。"我发怒了，怒气如熊熊烈火。"

"是。"

"你马上把幽古所写记下，立刻四处张贴，河西自不用说，河东德川的鼻子底下也要张贴。"

"难道大人真的要悬赏十万石取康政的脑袋？"

"混账！"

"是，在下该死。"

"你以为秀吉是说笑？你不是说，这是你最好的主意吗？还是你和佐吉商量的结果，还特意把牌子拿来给我看……"

"遵命。"

"池田胜入的眼前要张贴，森武藏守阵营旁边也休要漏掉。这个跟我装糊涂的家伙，居然在我到达之前，故意输给对方。快！明天我就要渡河巡视阵地。到时如不见公告，定然将你等严惩不贷！就不仅仅是三五十个霹雳砸到你们头上了。"

"遵命。告辞。"一柳末安满脸严肃地走出大帐。秀吉立刻转过身来，对三成道："你是不是还没有消气啊，佐吉？"

"是……"

"我的雷霆怒火可还没有燃尽啊。你要小心些，还剩下两三百个霹雳呢。"

"在下冒犯了大人,请恕罪。既然大人的怒火还没有发完,那就请大人索性全部发完。狂风暴雨过后,自然就是晴空万里……"

"混账!你以为霹雳是说来就来的?"

"虽然大人嘴上这么说,但可以看得出,大人的眼里已是雨过天晴了。"说着,三成恭恭敬敬地施了一礼。秀吉终于忍耐不住,扑哧一声笑了起来。

"你不要以为我的火气全消了。记着,下次暴雨还会接踵而至。"

"那么,木曾川就要发大水了。"

"明天一早渡过木曾川。先在犬山城发泄一阵,再到前线巡视。一旦发现有何纰漏,骂他们个狗血喷头。"

"遵命。在下立刻前去准备。"

"且等!"

"是,大人还有何吩咐?"

"哎,我看见你刚站起来时,笑了?"

"请大人恕罪。悬了好久的一颗心终于放回了肚子,大概是有些忘乎所以,便笑了。"

"想笑时,不应躲在人的背后窃笑,而应该像我这样,哈哈哈哈……"

"悉听大人教诲。下次想笑时,在下一定会如此大笑。"

"好,你去吧。"

"在下告辞。"

"且等!"

"莫非大人还有什么烦心事?"

"你这厮,是不是觉得自己太有才了,鼻子嘴巴都冒着才气?好,把秀次叫来。"说罢,秀吉再次转向了幽古。"笔!"

幽古再次执笔,秀吉的外甥秀次被三成叫了进来。秀吉似正在专心思量着什么,单是朝秀次瞥了一眼,对大村道:"幽古,再为我写一封重要的书函。"

"大人请讲,在下已准备好了。"

"这次书函,实际上是揶揄,但面上却要写成一封像模像样的密函。"

"收信人是……"

"且先别管这些,把书函写完再说。这次就不用完全照我说的写了,没意思。我只说一下大意,记完后你再润色。"

"遵命。请大人先口述大意，我再整理成文稿。"

"好。我料他家康也不是一个不明事理的糊涂虫……"

"大人英明。"

"收信人的名字过一会儿再告诉你。你不用考虑收信人是谁，只管记好大意——若你已知秀吉抵达岐阜，就当作出一些反应才是，至今竟连密使都未派来，究竟所为何事？若照此下去，便休怪秀吉不顾情面，给家康以重重一击了。总之，明日一早，秀吉必渡过河川，与家康较量，看看他到底有多大能耐。若他仍然毫无悔意，无论有何说辞，秀吉也决不会对他客气。在家康的众多老臣之中，深知家康的失策，却不加任何劝阻，以致陷他于天下之大不义者绝非少数。故，望汝深思熟虑，及时劝阻，不可让他在泥潭里愈陷愈深……"

幽古悬腕挥毫，一一记下。"收信人是……"

"石川伯耆守数正。但，你只写'石数'便可。"

"是。"

"不用刻意那么工整，潦潦草草即可。"

"是，是。"幽古小心翼翼地把砚台往面前挪了挪。而此时秀吉早已转向外甥秀次。

"你今年多大？"

"十九了。"

"既已十九了，有些话也可对你说了。你大概也知我没有亲生儿子？"

"知道。"

"一旦舅父掌握了天下，就要从血脉中选出一人来继承家业。你也是我的人选之一。"

"我？"

"怎么，眼珠转个不停，难道你还没有明白？你是我姐姐的孩子，理所当然亦是继承者之一。至于你到底有无继承家业的实力，那全看你此次战事中的表现了。表现得好，你完全可以成为一个掌管天下的大将，如表现不及，就只配做一个两三万石的末等大名，也可能会成为一个身价五六十万石的辅佐'天下人'的重臣。"

"我……"

"哈哈哈……这个我说了不算，要据你自己的能力来定。我方才说了，如表现好，自然就会有好的职位。大展宏图的机会来了，你可要好好表现。"

"遵命。"

"你下去吧，舅父现要考虑天下事了。人生可真是忙碌啊！"秀吉再次转向了幽古，突然怪叫一声，以双手伸向天空，"让我再想想……"

二四　合战长久手

天正十二年三月二十七，当池田胜入和森武藏守长可把从金山到犬山一带所有船只全部集中起来，停在河面上焦急等待之时，秀吉率领大队人马浩浩荡荡赶来了。

这一日，天空万里无云。由于十九日以来的连日阴雨，木曾川的水流依然非常浑浊。假如没有这场雨，胜入和武藏守恐都要出迎到池尻，并在那里召开军事会议了。但由于木曾川涨水，前去迎接已来不及了，二人只好奉秀吉之命在原地迎候。

因此，当秀吉的象征——千成瓢箪马印，从黑压压填满河面的船只上移至河岸之时，胜入和武藏守早已按捺不住满怀激切，慌忙上去迎接。恐这二人都怀着同样的想法——秀吉进了犬山城之后，立刻召开军事会议。

秀吉并没有穿戴盔甲，单是着一身平时他最爱穿的阵羽织，头戴唐冠。见二人迎了上来，道："先去察看一下家康的阵地吧。"他脸色阴沉，表情也从未如此严肃过。"我军阵地应不会有什么疏漏，但，若不看一下家康的阵地，以后的战争恐难以安排。"

"大人的意思，是现在先不进犬山城，直接去前线？"不等胜入开口，心急的纪伊守元助抢先问道。

秀吉听了，只是不经意地向后扫了一眼，道："我现在就想观望一下家康的阵地。想必所有的准备都已作好了？"

"这些小事怎能烦劳大人挂念，早就准备好了。现在就带大人去二宫山。"

"哦。"秀吉不禁挠了挠头，"先到犬山用些饭，再去察看阵地不迟。那就先回城吧。"

幸亏胜入已经作好了所有准备，否则的话，就要挨秀吉一顿痛斥了。胜入悄悄地朝女婿武藏守使了个眼色，跟在秀吉的身后。

"胜入。"

"在。"

"为了把尾张一带的地盘送给你池田一族,秀吉也是伤了不少脑筋啊。"

"这……无意中搅扰了筑前大人,在下实诚惶诚恐。"胜入慌忙答道。如此看来,这次决战的主角就是胜入父子了,秀吉只是前来援助一下。

不知为何,进城以后,秀吉依然阴沉着脸,不见一丝笑容。歇息了半个时辰,他就提出要去二宫山,立刻出了城。

"看来筑前有些不快啊。"

不知为何,秀吉竟让胜入留在城内,令他大惑不解,他正要悄悄跟儿子说两句,谁知儿子纪伊守元助却不屑一顾地把头扭向了一旁,嘴里嘟嘟囔囔,仿佛在道:"好不容易有这样一个晴朗天气,竟被人给糟蹋了。"

直到秀吉一口气登上二宫山,查看南面的小牧阵地之时,才爽朗地笑了。"哈哈哈……这里的风景可真不错。家康这个人,自己筑起坚固的阵地,企图引诱我进行野战。我早就看出来了。你说呢,纪伊守?"接下来,却是一句让胜入父子深感痛心的话:"若是你们提前拿下那座小山,那就根本用不着野战,只管进攻清洲城就能结束战事了。"

从二宫山到小牧山,秀吉一一巡视了周边的地形、道路、村落,然后立刻赶往前线阵地。"距离小牧山敌营最近的是哪里?"

"二重堀。"

"好,那就前面带路。"

话音刚落,石田佐吉连忙道:"主公连盔甲都没有穿戴,恐怕……"

"哼!"秀吉故意不屑一顾。那神情与其说是提醒三成,不如说是有意提醒纪伊守元助和武藏守长可。"你们以为我的身体是敌人的枪弹能穿透的吗?你们难道没看见,家康根本就没出来。你们说,什么人胆敢向我发起挑战?没有!即使他们看见我,也断然不敢。"言罢,秀吉傲然一笑,飞身上马。

秀吉的推测丝毫未错。当一行人来到小牧山东北侧二重堀时,山顶上果然没有家康的马印,只有神原小平太康政的旗帜在迎风招展。

"在那里留守的是什么人?"

"神原小平太康政。"森武藏守连忙回答。秀吉笑了,俨然一副先知的样子。"哈哈……那就是小平太啊,就是那个骂我是右府马前走卒的人?"

一听这话,元助顿时倒吸了一口冷气。森武藏守则还是一副慷慨激昂之态，"大人已得知那个文告之事？"

"岂止知道，我连回文都已经让人发出去了。"秀吉轻描淡写地说了几句，催马向敌人的辕门而去。

"大人，危险，不能靠得那么近……"慌忙劝阻的人乃元助。

"你是担心敌人的枪弹打到这里？"

"敌人已经发现了您。"

"发现我了？"秀吉越发逞起强来，趾高气扬，简直令人憎恨，"我就是要让蜚声天下的葫芦立在这里，我就是故意让他们看见。"

"一旦出现意外……"

"纪伊守，万一我有个三长两短，这天下就交给你们父子了。哈哈……如上天注定我羽柴秀吉是那种吃小平太的枪弹而死之人，那我宁愿现在就死。"说着，秀吉就如一个喜欢恶作剧的顽童，偏偏向敌人的辕门靠去，故意贴着辕门往里窥探。

看到这种情形，大家都捏了一把汗。尤其是和秀吉一起来的日根野备中守父子和堀秀政等人，他们比元助和武藏守还紧张。

"危险！"日根野备中守父子慌忙催马上前阻拦。正在这时，"砰砰砰"，一阵枪声从山顶上传来。人们奋不顾身地挡在秀吉身前。唯有池田纪伊守元助，流露出不怀好意的神情，偷偷地瞥了秀吉一眼。身为大将，竟然以身犯险！但这狡猾的老狐狸，吹牛的本事实令人叹为观止。

当然，偷窥秀吉的人决不止纪伊守元助。虽然仅仅是一瞬间，可是周围的人无不脸色大变。

没想到更离谱的事还在后面，只见秀吉放声大笑，还在马上打开军扇，疯狂地吼道："羽柴秀吉就在此地，你们打啊，打！"这绝不是装出来的，他的脸色一丝也未变。

池田纪伊守元助顿觉后背直冒凉气。父亲胜入对秀吉无比崇拜，可说已近乎信仰，而元助却一直抱有极大的反感。人的实力难道真有这么大的差距？秀吉只不过运气比一般人好一些，头脑比一般人狡猾一些……一直以来，元助都是带此偏见来看秀吉，今日却真正被折服了。在他的眼里，秀吉已完全变成了一个异人。在敌人的炮火面前，竟然丝毫没有恐怖之色，而是像喜欢恶作剧的孩子一样，若无其事地打开扇子故意向敌人挥舞，真是令人自叹弗如……

这里虽并不在火枪射程之内，可是在大家无不被吓得脸色苍白时，秀吉却能临危不惧……

"备中，备中。"秀吉一面喊着日根野备中守弘就，一面继续向敌人的辕门处靠近。这时，第二阵枪声又响彻了山谷。这一次，子弹呼啸着从身边飞过，周围的空气似都在爆炸。

"主公有何吩咐？"

"这一块阵地由你们父子严加把守，不得有误！"

"遵命。"

"你们都给我记着，既然敌人作好了阵地战的打算，我们也不能着急。从这一带向东，修一条东西长五十五间、南北宽四十间的高土墙。"

"是……从这里往东……东西五十五间……"

"对，南北宽四十间。我要让他们看看，我们也待在这里不走了。"

"遵命。"

"你最好立刻把阵营转移到这里。接下来是什么地方，纪伊守？"

元助的额头上都吓出了汗珠：在敌人的阵阵枪声之中，他居然还能有条不紊地考虑构筑阵地的工事……这绝非虚张声势，也非故意做作。看来，筑前果真不是凡人。想到这里，元助也不禁热血沸腾，他大喊一声，声音似有些颤抖。"接下来是田中的工事。"

"走，过去看看。"

"是。"

"纪伊守，怎么样，小平太的枪弹见了我，都乖乖地躲开了吧？"

"这……是在下刚才多虑了。"

"秀政！"

"在。"一听到叫自己，堀秀政连忙催马过来。

"二重堀和紧邻的田中阵地是关键据点，你们切要好好把守。说不准，那里还会成为决战的主战场。"

听到"主战场"几字，森武藏守不禁伸长了脖子，竖起了耳朵。他多么希望自己此时被叫到啊！

二重堀距离田中的阵地顶多不过二里路。现在，森武藏守正率领一队人马负责探查敌人动静。因此，武藏守当然认为秀吉会派他驻扎那里，于是，在还没有被秀吉叫到之时，他就用力扯紧了马缰绳，竖起耳朵全神贯注地听着每一个字。可是，在秀吉和堀秀政的谈话之中，始终没有出现他的名字。

"秀政，你率领一支人马守卫在最东，全力支援备中守父子。"

"遵命。我的右手位置……"

"那里得交给细川忠兴来驻守了。他有勇有谋，是无可挑剔的最佳人选。你说呢？"

"若是细川大人，我军将士必会士气大振。"

"好，右边是长谷川秀一比较合适，再往右边呢？"

"加藤作内光泰如何？"

"不行，作内不能胜任。哦，忠三郎是上佳人选，就让他去。"这里所说的忠三郎，指的是蒲生氏乡。"把忠三郎安置在那里，其右手是高山右近，然后是作内。"

森武藏守小心翼翼地骑着马，离秀吉更近了。这里已经是主战场的正面位置了，然而他的名字还没有被叫到。池田纪伊守元助似乎也有同样的想法，只见他不时地看看二人。

"这么说，作内光泰就负责阵地的右翼了？"

"作内不是右翼，木村隼人才适合右翼。田中的堡垒需要派驻一万兵力，与日野根父子的人马合在一处，约一万五千人。"

说着说着，不觉已到了田中的堡垒前面。此时秀吉似已入神了。他想，在正面构筑一道东西宽约十六间、南北长三十间的辕门，以此为中心，堀、细川、长谷川、蒲生、高山、加藤、木村等人呈鱼鳞状一字排开，竞立功业。这样一来，这里自然就成了位于后方的秀吉大营的前卫。

秀吉没有在犬山城召开军事会议，就在现场一一部署完毕，这在他的一生中是史无前例的。由此看来，他来犬山城之前早已作好了部署。

在田中的堡垒外面，从外久保山、内久保山到岩崎山，秀吉一一察看了防御工事，分别安排了守将，甚至连土墙、辕门的长度都具体作了指示。

外久保山由丹羽五郎左卫门率领三千士兵驻守，内久保山由森长近和蜂屋赖隆率三千五百人守卫。岩崎山则驻扎稻叶一铁及其子右京亮贞通的三千八百人马。

当秀吉在岩崎山下达完指示，赶到王塚（青塚）的工事时，森武藏守似已垂头丧气了。看来，秀吉恼怒于森武藏守的羽黑败战，决心不再把他安置在重要位置了。

抵达王塚时，太阳已经西斜。秀吉兴致勃勃地散起步来，甚至不时询问道路、树木的名字，还数次把手搭在额前极目远眺。不经意间——或许是装出来的——秀吉回头看了看身后的森武藏守。

"怎么了，哪里不适吗？"他那语气简直像在挖苦，"那么防守阵地的重任就不交给你了。"

"不，我的身体很好，没有丝毫不适……"

"哦？那太好了。那你就负责防守阵地的最右翼吧。我已经派驻筒井伊贺守定次和伊东扫部助佑时的七千人马，你负责增援，清楚了？"

"我的任务是负责守卫王塚？"

"是，王塚的防守就交给你了，可不要出错啊。"

"遵命。多谢主公赏识。"

虽然武藏守嗓门洪亮，可是这一点点兴奋在还未返回犬山城时，就已荡然无存了。看来，秀吉还是在计较武藏守羽黑战败之事，不再看重他了。最右翼有筒井和伊东的大军，其左边有稻叶一铁父子的人马，森武藏守被夹在中间，成了可有可无的鸡肋。

这种不安与不满，在胜入父子身上同样存在。他们原本以为自己会被派往最前线，与家康的主力对峙。可等回到犬山城，又看了一遍已经作好的兵力部署图，胜入父子这才明白，他们还是被留在了犬山城。

以前，犬山是此次战事的最前线，也是胜入父子好不容易拿下来的。可没想到，昔日的有功之臣竟沦为秀吉后备军的后备。尤其是一直对秀吉的狡诈心存疑虑，总是强调敌人强大的纪伊守元助，看了这个兵力配备图，心里更是一阵发凉：难道，秀吉已看穿了自己的心思？

新锐部队已经赶来，与疲惫不堪的胜入父子进行防务交接，自是理所当然。只是，若把他们安排在大部队的最后，立功的机会自然就没了。

当日夜里，当秀吉与胜入父子共同进餐，却仍对二人赞不绝口："这次是你们父子把犬山城拿下的，你们的汗马功劳，秀吉自会永远铭记在心。"然而，聪明人一听就明白，这只不过是秀吉从牙缝里勉强挤出的褒奖之辞。

"家康的谋略现已明了。今后，我将把大本营迁至乐田，悠然等待家康的出击。前些日子你们已经很辛苦了，这次就待在大营好好地歇歇吧。"

一听这话，一向为人厚道的胜入顿时红了眼圈，秀吉的友情深深地感动了他。可到了第二日，这种感动变成了和他的女婿与儿子一样的不安。

"看来，胜入父子还是不行。这次既然我亲自来了，胜入之流就……"

这种不安，最终促使父子二人果断地下了决心：必须拿出行动，让秀吉看看。在第二日，即二十八日夜，胜入父子召集所有重臣议事。

二十八日，对阵的两军已经异常活跃。

事情的进展正如秀吉所料，他刚刚在前线巡视完毕，天上就飘起小雨来。到后来，雨越下越大，最后竟成了瓢泼大雨。秀吉一方不断地调兵遣将，德川方面自然也不敢怠慢，家康亲自出了清洲城，紧急赶往小牧换防。信雄也没有闲着。一听说秀吉已经抵达犬山，他急忙从长岛出发，移阵至小牧。

每处阵地都刀光剑影，人喊马嘶，乱作一团。

在这样的紧张之中，神原康政原先立的那个文告牌，已被更换成了用庄重的汉字写成的文告，文字已分发到了秀吉所有部将手里。

"来吧，老子随时恭候！"

双方不断地向对方发起挑战，战机越来越成熟。

池田胜入把本城的大书院让给秀吉使用，退居到了二道城的书院。他把合族的重臣都召集起来。"我必须采取行动，以报筑前大人情义。"这确是胜入的心里话，"筑前大人认为我太疲劳了，让我在家歇息，还说，为了把尾张送给我，他也费了不少神。既然大人对我肝胆相照，大敌当前，池田胜入怎可袖手旁观？因此，我们要秘密采取行动，帮助大人，让他在此次战事中名震天下。否则，大人的情谊实无以为报。"

虽然这种说辞听起来有些奇怪，可这次元助并无异议。他终于明白，为人厚道的父亲如此崇拜秀吉，是因为其的确有超常的实力与魅力，难以抗拒。可是弟弟三左卫门辉政却坚决反对："果真如父亲所说吗？我看未必。有几点，孩儿不敢苟同。"

"莫非你还有什么意见？筑前大人决非有意排挤我们。我和他多年交情，心里自然有数。你到底怀疑什么？"

"孩儿不能信服。父亲刚才也说了，筑前大人决非有意排挤我们。这本身就说明，父亲已经感觉到了筑前大人的疏远。"

"别拐弯抹角！身为武将，说话就当光明磊落。我说过筑前大人并非有意排挤我们，你就能反过来断定我有此意？你如有怀疑，不必那么遮遮掩掩，痛痛快快说出来！"

"好，那就恕孩儿直言。如我们在此寸功未立，父亲和武藏守作为武士，还抬得起头吗？"

"你说什么？"

"父亲这么做，无非想取悦筑前大人。"

看见弟弟的言辞越来越激烈，元助连忙加以阻止。"不可口不择言！"他微笑着扯了扯辉政的袖子，"你等等，等等，休要信口胡说。父亲这么做并不是为了取悦筑前大人，只是想一心侍奉筑前大人。"

"侍奉？"

"对，这和效忠不一样。父亲在筑前面前就像一名痴情的女子，他是带着那样一种心情去侍奉的。"

"住口，你这个逆子！"胜入忍无可忍，怒吼一声，"你们竟是以此龌龊之心来看待这场大战？这决非儿戏！什么痴情的女子……居然说出如此混账的话来。若用一句话来说，为父便是'士为知己者死'！"

"父亲。"元助笑了，"近年来的士可不都只为知己者而死了。我看，每个人都在背地里打着小算盘。你说呢，武藏守？"

悄悄离营而来的武藏守，心头不禁一阵火起。"今夜到底还说不说正事？我看还是先听听岳父大人的意见。"

"对，这才是今晚的正题。我胜入倒有一个必胜的妙计。"

"父亲……"三左卫门还想阻止，却被元助拦住了："弟弟，你怎的还不依不饶？筑前大人乃是父亲崇敬之人，我们也应该崇敬才是。那是人上之人。"

"对啊。元助、辉政，你们都还年轻，父亲一辈子信任的人，难道还能有错？"

"请您说说这次会议的要点。我来记录。"家老伊木忠次巧妙地抓住话题，执笔催促胜入。

"以前我也大致向大家提起过，根据昨日和今日的情况来看，我的判断没有错，家康依然在源源不断地从三河派兵。"

"的确如此，大人英明。"

"眼下当务之急，是要尽量防止被家康拖入持久战，近七万人的大军一旦被拖入持久战，仅粮草的消耗便是庞大的数目。因此，我想向筑前大人提出，趁虚突入冈崎。"

"主公突入冈崎？"

"正是。不久之后，三河就会完全空虚。我们瞅准机会来个突袭，即使家康不愿，也只得乖乖撤兵了。"

其实，这条所谓的妙计，元助早已听说数次了，故他只是微微地点点头。武藏守则把脖子伸得老长，显得颇有兴致。恐他也迫切地想加入胜人的作战，以此改变羽黑败战予人的印象。"岳父大人之计，筑前大人能答应吗？"

"只要我亲自向他提出要求，当无问题。筑前大人的心思我十分清楚，他也知道，一旦我方被拖入持久战，将出大麻烦。一旦知我有破敌之策，他定会欣喜不已，立刻答应于我。怎样？对冈崎发动突袭，家康闻讯慌忙撤兵……这样，就只剩信雄独木难支，被筑前大人一击即溃。如此一来，局势就明了……"

元助说道："父亲的主意，本是无可挑剔……"

"本是？"胜人的话还没有说完，就被截断，不禁火起，"如不先讲策略，具体的安排从何谈起？给我住嘴，好好待在一边听着！"

"岳父大人实是英明。具体的部署是……"森武藏守两眼放光，支持胜人。

"此事还需进一步合计。家康一旦撤兵，我方势必与其在三河展开决战。当然，我们完全没有必要将其一举击溃，只作好平安撤回的准备即可。问题的关键是，这究竟需要多少兵力。"

"岳父的六千，再加上我的三千，总计九千人，难道还不够？"

"武藏，这并非够不够之事。"元助阻拦道，"一旦家康率领主力撤回，到底会有多少人，你计算过没有？"

"这……"

"若想在敌人的地盘上与其决战，怎说也要比家康的兵马多一倍。照此合计，即使家康只有一万五千人，我军起码也得三万人。因此，我方必须三思而后行。筑前大人能否腾得出这么多人，还未可知。即使筑前大人能够分出三万大军，这么多人怎样才能瞒天过海。"

三左卫门显出一副不屑之态。"三万？！根本用不着那么多人！"

"说说你的理由，辉政？"

"既然是奇袭，根本不必动用大军，顶多和敌人撤回的数量相同。也就是说，家康撤回一万五千人，我们有一万五千人就是。"

"万一我们途中被敌人察觉，在急赴冈崎之前就遭遇袭击，怎办？"

"当然有办法！"三左卫门寸步不让。"一旦遭遇突袭，敌人也会十分狼狈。狼狈不堪撤退的一万五千人，怎能和士气高涨的一万五千人相提并论？二者在数量上虽是相同，后者的战斗力却相当于前者的两倍。"

"言之有理。"胜人不禁为辉政的说法拍手叫好，"若是奇袭，一万五千人就和三万人一样。"

"但如真的拥有三万人马，敌人马上就会丧失斗志，我以为，此是上策……"元助突然意识到自己的话前后矛盾——他方才还说秀吉完全不可能分出三万大军，分得出来也无法秘密行动。

"到底需要多少兵力，让谁加入这次作战，我想听听大人的意见。"家臣日置才藏插言。

"我想请求筑前大人，让三好孙七郎秀次担任此次奇袭的总大将。"

"让别人来担任总大将？"森武藏守极其失望地插了一句。胜人却并不理会，眯缝着眼睛，得意地陈述："秀次大人乃筑前大人的外甥、心腹。只有让秀次立大功，才对得起筑前大人的情义。"

一听提到秀次，森武藏守与年轻的三左卫门都现出极其不快的神色。

"秀次不过才十九岁啊，让他来担任总大将，这仗还能打吗？"三左卫门气愤地插上一句。然而，此时胜人已顾不上儿子的感情了。或许，这正是胜人的妙计吧。

"糊涂！"胜人立刻制止道，"指挥当然还是由我来承担，秀次只不过是名义上的总大将而已。若让秀次立了大功，不就等于我还了欠筑前大人的情义吗？"

"都什么时候了，还谈义理……"

"混账！身为武将，若连义理二字都忘记了，那还是武将吗？武将的天职是什么？是生为义理，死为义理！你们难道还看不出？此次筑前大人也有意让秀次立下大功，甚至还要把他收为养子。我早已心知肚明，才特意提出要让秀次出任总大将。"

"这也是策略？"伊木忠次连忙恭维道。

此时的胜人似乎已忘记了刚才所说的"义"字。"若提出让秀次担任总大将,筑前大人必然会答应我的请求,分出足够的兵力给我们……对了,池田和长可的兵力远远不够,还要加上秀次的八千,另,还要请堀秀政带领三千人做监军,这样,总兵力就达到了两万,部署就无可挑剔了。还有何异议吗?"

"只是,筑前大人能答应这样的请求吗?"

"我有自信,只管交给我好了。"

"小婿还是想问一下。既然总大将由三好孙七郎担任,监军由堀秀政担任,我们呢?"

"你想到哪里去了。这次决战,名义上是让给了他人,其实不是我们父子主导吗?这次,我和纪伊守出任先锋,第二路人马自然是你森长可了。三路军则是堀秀政,四路军为秀次。既然是总大将,自然要待在最后。这才是我用兵的绝妙之处。"胜入对即将到来的胜利有些心驰神往,"先锋部队和二路军,以排山倒海之势,并肩进入冈崎!"

森武藏守似终于同意了。"那……无论如何请岳父大人成全!"他低头不再说话。三左卫门辉政却依然不依不饶,看来他仍对让秀次担任总大将耿耿于怀——居然用发动一场奇袭的方式,偿还所谓的义理,还让不知战事的毛头小子担任总大将,这到底算什么?

元助看出,父亲决心已定,若不实行,恐森武藏守会颓废下去,父亲也将心灰意冷,遂道:"父亲,这个计划最好先不要向筑前大人透露。现在家康的军队还在源源不断从三河涌来。等到三河完全陷入空虚……再向筑前提出不迟。"

事情就这样定了下来。

经过数次商讨之后,四月初四,池田胜入终于向秀吉提出了偷袭三河的计划。此时胜入已经完全说服了元助、三左卫门、森武藏守等,因此,他要孤注一掷,奋力一搏。偷袭的线路也已在地图上讨论了不下十遍,还派出密探,进行了详细勘察。

虽然此前双方已发生过多次小规模冲突,秀吉也故意一副沉下心来,与家康打持久战之态,他命令士兵一夜间就在岩崎到二重堀之间修筑起一座高二间半、长十五间、宽八尺的大土障,内心却怎么也静不下来。

其实,与家康相比,秀吉实不占什么优势。由于家康的前线距三河近,又确保了前线与三河之间的道路畅通,可以短距离自由往来;而从大坂方面远道而来的秀吉想保证补给,就不易了。比如,修筑二重堀的大土障,就遇到了铁锹不足的问题,只好从近江的长滨调集了两百把。

因此,秀吉一直也在着急:有无不用打持久战,就能致胜的方法呢?

胜入深知秀吉的心事,见机到犬山城的本城拜访。此时医士正在给秀吉腰部施针。胜入从怀里掏出一张地图,笑着坐下。

"你已经坐不住了,胜入?你若急了,家康可就乐了。"

"大人说到哪里去了?您丝毫也不着急?"

"我怎么会着急?我正在这里悠闲静养呢。尾张是我的故乡,故乡的风吹在身上很是舒服啊。"

"大人还是老样子,还是死要面子啊,那胜入实是多心了。"

"我哪里是死要面子?过两天我就悄悄去一趟中村,那里有一个叫千鹤的可爱女子,是我幼时一个朋友的女儿,我真想去看一看啊。"

"别怪我说话不好听。大人说的那个可爱女子,恐怕已是个三十多岁的老女人了。"

"哎,你手里拿那个地图做什么,想突袭三河?"

"连筑前大人也有这样的想法?不错,此次的作战,除了用突袭三河的方式逼迫家康撤兵之外,我看别无选择!"

"哦?这就是你的方略?先南下柏井,然后渡河,在小幡、印场一带掐断去往三河的通路,直取长久手东侧的岩崎城。"

"大人英明!但,岩崎城只是一块跳板,我们在那里作短暂停留,之后立刻向冈崎发动袭击。"

"这么说,这次偷袭还是一次规模不小的行动。"

"您答应了?如我方向冈崎发动偷袭,家康自不会在尾张决战了。这样,我们最迟会在半月之内,如顺利,十天之内便可结束战事。"

"若真如此,那倒不是件坏事。"

"您同意了?"

"不,我还是不赞成,我实在不想害你。我想让你一直作为一个可以说话的老友,相交多年……"秀吉若无其事地笑了。

"听您这么一说,胜入更不能默不作声了。"胜入对秀吉说出肺腑之言,"胜入知道您是体恤我的辛劳,才让我歇息。对于您的深情厚谊,池田一族感恩涕零,为了报偿大人,便想出了这个方略。希望大人收回成命,让我们杀敌立功。"

"哦?"秀吉瞪大了眼睛。既然胜入如此信任他,他也不好再笑出声来。

"胜入为了报答您的情义,想在最后关头再为大人尽微薄之力。恳求大人,请一定成全池田父子!"

"说句实话,你令我深感意外。在两军紧张的对垒中向对方发动偷袭,这绝非小打小闹,而是险中有险。"

"我已反复思量过了。如不冒这个险,就会眼睁睁地掉进家康设下的陷阱。家康的意图很明显,就是等到我们被拖得十分疲倦,不得不撤军之时,突然发动袭击。打野战,追逃兵,这可是家康的拿手好戏,想必主公也十分清楚。"

"我当然十分清楚,只是……"秀吉慌忙把后面的话咽到了肚子里。他差点说漏了嘴:只是对你不放心……

胜入太认真了,就连秀吉这样向来无所顾忌的人,都不好信口开河了。

"我真希望听到您说:胜入,说得好!这就是我最大的希望。大人对我的关心反而让我难受。总之,请您收回成命,成全胜入。"

"看来,你已深思熟虑过了?"

"是。所谓士为知己者死……主公,请一听我的策略。"

"好吧……"

"您越体恤我们的辛劳,我们就越不能往后退缩。"胜入一直坚信秀吉是在真心真意地体恤他的年迈,才不答应。"这次偷袭的总大将,我想推荐三好孙七郎秀次公子。"

"让秀次出任总大将?!"

"对!至于先锋,就由胜入和犬子纪伊守来担任。第二路人马则由我女婿森武藏守长可统领,再把次子三左卫门辉政也加进去。如果只有我们池田一族上阵,恐有不能竞相立功之虞,因此,我建议堀秀政大人统领第三路在此后监军。"

"原来你早就想好了,胜入……"

"若没有必胜的把握,再怎么筹划也毫无意义。在下的想法是,堀秀政大人担任第三路大将的同时,负责监督全军,绝不能让我儿子、女婿肆意妄为。第四路军由三好秀次公子统率。总共两万人的大军,家康再怎么刚愎自用,也不敢等闲视之。您想,家康已出兵到了小牧山,一旦我截断他与后方的联络，骏、远、甲三国立陷入混乱。若您答应胜入的请求，哪怕让我们只偷袭冈崎，然后立刻撤退也好。三河那边我们已经安插了内应。"

"内应？"

"是！三河那边已有我们的帮手。"胜入眉宇之间充满了自信，又向秀吉身边凑了凑。然而，秀吉依然没有说出那个"好"字。

其实，胜入的判断丝毫没错。秀吉此时也是束手无策，虽然他看似悠然自得，其实比谁都焦急。如果家康不主动向他发起进攻，而是长期对峙下去，双方的损失不可同日而语，后果实难逆料。因此，秀吉也跟胜入一样，这些日子一直在反复思考相同的战法，只是迄今为止，没有发现合适的人选。

在两军的紧张对峙中，不是向对方直接发动攻势，而是悄悄地绕到敌人背后，对其老巢实施偷袭，这当然是妙计。然而，这需要绝对保密。一旦被人发现，后果不堪设想。因此需要一位头脑灵活、对局势应对自如的大将。一旦指挥失误，便陷入孤立无援。若真如此，秀吉当然不能见死不救，只好第二次分兵救援，这样，正面对峙的均衡局势便立刻被打破，埋下大败的种子……

秀吉正在犹豫不定，胜入竟然亲自登门，向他提出这个方案。索性狠狠心让他去？突然，秀吉想道，万一偷袭不成，自己的人马完全陷入敌人包围，干脆就见死不救。若有这种最坏的打算，让胜入冒一冒险也未尝不可……但秀吉不禁斥责起自己来：真的见死不救，这个世上最忠厚之人就太可怜了。胜入带着一脸的自信，正在屏息凝神地等待着答复，他是那么忠厚，是那么诚挚……

"胜入，我看你还是放弃吧。即使要采取行动，那也得再等等看。"

"不，我决不放弃！"胜入斩钉截铁道，"若放弃了这个计划，我方势必完全陷入被动。"

"战争，有时比拼的是耐性。如我在这里待上若干年不动弹，家康有再大的耐性，也会着急。我正在考虑两个方案。一是想方设法调动信州的上杉景胜，一是我自己平心静气地赶赴大坂或京城，随心所欲地指挥这场战争。总之，不能让他把我钉死在这里。这样一来，敌我双方的心理就会发生逆转。我完全有这个定性，家康却没有。一旦上杉景胜被调动，家康的心自然就不在这边了。"

"您是觉得我的主意不好？"

"你说呢？"

"我是怀着必胜的信念向您提出这个请求的，因此推荐三好秀次公子担任总大将。没想到您老是担心出现意外。那好，我现在就取消建议。"

"哼，你以为我是担心秀次？"

"都怪在下一厢情愿，我只想着要取得一场大胜，帮助秀次公子立一次大功，不料事情居然如此复杂。都怪我考虑不周。"

"胜入！"这次秀吉的脸真的红了，一向处事慎重的他，最终也为单纯的胜入所感，"你难道真以为我是疼爱秀次，才不允许你去偷袭吗？真令我失望。我方才已经告诉你了，我并不想失去你这个多年的老友。一旦出现意外，不仅是你，纪伊守、辉政，还有你的女婿武藏守，都有性命之忧。我才让你再等等看，你却还不明白！"

秀吉这么一说，胜入的眼泪不禁簌簌地滚落下来。"那我更得请您答应了。一旦我发生意外，绝不请求增援，也绝不会发牢骚。在下求您，无论如何也要成全我，让我报答您的恩义……"

秀吉惊呆了，他不禁重新打量了一下胜入。他从未见过如此信赖别人的善良之人。

"您答应我了，大人？"

"你现在可不是一般的人，你对我尤是重要！"

"您既然这样说，我更不能打退堂鼓了。请接受我这颗赤胆忠心。"

胜入的真心太感人了，秀吉都被感动得欲泪下。一个计划在他心中悄悄地成形：既然胜入下了如此大的决心，如让他白白忙活一场，未免有些不近人情……

"好！"秀吉气沉丹田，终于说出了胜入一直期盼的话。"你先把内应带来，让我见见他，再对作战计划作一些补充，才能答应你。"

"您已经答应了？您终于答应了！"

"那个内应是……"

"就是此前企图在大草村起事，正隐居西尾荣邸的森川权右卫门。此人现拥有火枪八百支，附近的人都很是拥戴他。我已经和他商议过了，他答应帮助我们，并愿意为我们引路。只要大人一声令下，此人甘愿为大人冲锋陷阵，搅乱三河，帮助您战胜德川。"

"好，赶快将此人带来。至于总大将，就按照你说的，让秀次来担任。海上的水军也要动员起来。出发之前，我将大本营移至乐田，做出一副要从正面发动攻势之态，来掩护你们。但有一事你要牢牢记住：事前绝不可走漏半点风声。"

"这是自然！"胜入使劲地摇摇头，用力地拍打着胸口，"此事关乎我们父子身家性命。此前我们一直在秘密策划，您也是到了今日才知。"

"那好。但你还是要多加小心。"

"请您放心！"

"那么，全军由秀政督导，因此，你定要和秀政保持密切联络。"

就这样，秀吉最终被胜入的真诚感化，采纳了偷袭三河之计。一旦采纳此计，便不能再举棋不定，而是要殚精竭虑，作好所有的准备。

胜入如愿以偿，脸上现出了灿烂的微笑。

二五　池田入套

　　天阴沉沉的，雨时下时停，雾霭也像是跟人捉迷藏，才刚刚散去，眨眼又笼罩过来。

　　天一放晴，德川家康就从营帐里出来，仔细观察敌阵的变化。每次观察，都发现敌阵像蚁巢似的，忙忙碌碌，似在为长期战争作准备。家康嘴角浮现出一丝冷笑。按照羽柴秀吉的性子，他越是做出这副样子，越是说明他非常想行动。

　　此前，秀吉曾经多次抛出诱饵，妄图引诱家康。四月初二，为了引诱家康出击，敌人甚至出现在姥怀。可是，家康只是让人象征性地追击了一下，并未穷追不舍。二重堀的日根野备中守父子甚至明目张胆地窜到阵旁挑衅，酒井忠次和家康心领神会，还是捺住性子没有反击。

　　"敌人是想诱我们深入，是陷阱，万不可上当。如能坚持下去，胜利指日可待。"

　　忠次微笑着附和家康："没想到一个小小的山头竟然能起这么大的作用……筑前守一定恨得咬牙切齿。"

　　"不错。他定在狠狠地责骂胜入：你这个混账，为何不早早给我拿下这个小山头！"

　　忠次道："尽管如此，老是这么僵持下去，也非良策。我看，必得有进攻之方。"

　　"你急什么！这次比拼的是耐性。不信你等着瞧，不用多久，秀吉就会忍耐不住，灰溜溜地从岐阜撤回大坂。你想想，要是连天下闻名的筑前守都灰溜溜撤兵，这将是多么有趣的事啊。"

　　忠次又问："何时才能分出胜负来？"

　　"不知。这最好问问筑前守。"

　　"真是妙极。不过这样一来，什么时候才是尽头啊。"

　　"不战而胜的战争，最需要的就是耐心，不要急着发起进攻，你且等着瞧。不久之后，敌人定会露出利于我们进攻的破绽。"

"话虽这么说，可是敌人也在昼夜不停地加固营防。看来他们已有了与我们长期对峙的打算。"

"哈哈哈，不久阵地就会全部布置好了。之后他们就闲着无事了。那就有意思了。闲下来，才最是难受。"

其实，这样的对话并不只发生在家康与忠次之间。除了神原康政总笑眯眯地不慌不忙，其余如井伊直政、本多忠胜、奥平信昌等，都来询问战事，家康都用相同的方式晓之以理，大家也都心悦诚服地回去了。

四月初七晨，敌人的阵营里出现了动静。从正北面的内久保、岩崎、外久保一带出来一支步兵，向神原康政的队伍发起挑衅。

敌人怎的又动起来了？背后到底有何诡计？家康走出帐篷，手搭凉篷向北面的敌营望去。

太阳普照，嫩叶的绿色遮住了道路，目之所及，一切都沉浸在静谧之中。正在这时，奉命指挥火枪队作战的茶屋四郎次郎，领着一个农夫慌慌张张地赶来，他脸色苍白，上气不接下气。"报。据侦探来的消息，敌人已于昨夜从小松寺之北经二宫村、本庄村北，由池内向三河方向秘密行军。"

"敌人正在南下？"一瞬间，家康的脸上掠过一丝狼狈，"你不是在胡说吧，清延？秀吉怎么会做出如此愚蠢之事？"这样说着，家康心中却登时有些乱了。"快进帐内说话。"

家康快步在前面引路，茶屋四郎次郎——现在的近侍松本四郎次郎清延则在后面瞪着眼睛催促农夫。清延亦深感意外。他已经分析透了秀吉的性格，在他看来，秀吉是绝不会和家康决战的。

秀吉先筑起坚固的工事，作出打持久战的准备，再运用某些政治手段向家康提出议和的条件。到底会提出什么条件，那就要根据双方此后的斗智斗勇来定了。

不仅清延有这样的想法，负责守备小牧山的石川伯耆守数正也持有相同意见。

"在这种情形下，谁都知道，一旦率先向对方发起进攻，必将付出莫大的牺牲。秀吉不会连这一点都想不到。"

可是，秀吉已经在前一天夜里悄悄地派兵南下了。这是事实。报信农夫的底细大家甚是清楚。他是柏井村的，叫长左卫门，是从前信长为了防备暴乱及其他意外事件，悄悄地拨出津贴，在领民中蓄养的三十六人之一。

家康急匆匆地钻过两道辕门，快步来到大帐前面的院子，但他没有进帐，单是回过头看着清延和那个农夫，恐是由于心急，连片刻工夫都等不及了。"清延，带来敌情的就是此人吗？"

"正是。"清延回头示意那个农夫，"这是我家主公。把你所见所闻原原本本禀来。"

"是。可是……"不知为何，农夫支支吾吾起来，"我想……我想拜见清洲的主人。"

"你不用担心，这是前来帮助清洲中将大人的德川大人。"

"我是一直领受已故右府食禄的农民之子啊。"

"我们当然知道！才让你先把大致意思告诉我家主公，再由我们转达给清洲的中将。"

"那……似乎有些不妥……"

家康一直没有开口，只是仔细地倾听。他产生一种直觉：此人可信。

"那好，快把信雄请来。"家康慢吞吞地在大帐前面坐了下来，"这么说，敌人已经绕到了我的背后，威胁到我的后方了？"

"是……是。"

"你的忠心看似可靠，实则不忠。一旦报告迟了，你的消息或许就会变得毫无价值。"

农夫大吃一惊，惊恐地抬头看着家康，大声喊道："报！小人突然领悟到兵贵神速的道理。现在就要向德川大人报告。"

家康重重地点了点头。"但讲无妨。敌人的军队你都看见了吗？"

"是，是小人亲眼所见。旗帜是池田家的，紧跟着的好像是森武藏守。"

"你就立刻赶来报告了？"

"不，我怕这是敌人佯攻，便又四处探察了一番。"

"四处探察？"

"是的。大草村的森川权右卫门、村濑作右卫门等人企图造反，一直在打三河的主意，因此，小人就向他们的心腹打探情况。"

"森川权右卫门、村濑作右卫门……"

"对。结果，一个和森川要好的叫北野彦四郎的人，就把经过告诉了小人。"

"这些人都是浪人?"

"大人实在英明。"三十二三岁的农民脸膛黝黑,一看就知是个忠厚正直之人。他那慷慨激昂之态不禁令人发笑。"北野彦四郎告诉小人:'这次森川义士要推举所有的朋友加入羽柴一方,讨伐三河,这些早已决定了。羽柴筑前守闻听大喜,当即写了一封书信,许诺要在三河赏给森川义士五万石。我亲眼看见了,你回去最好跟村民们讲一讲。我也要四处去游说……'"

"哦,悬赏五万石偷袭我三河?"

"是……是。不只这些。北野还让我把这条消息在村民中广为宣扬。他还说:若有村民不愿入伙,格杀勿论!如果不便动手,就立刻向他北野彦四郎报告。他去把那些人的脑袋给揪下来……他们就这样到处威胁附近村落的村民。"

此时的家康似乎已经忘我,目不转睛地盯着农夫。若真如此,敌人已是忍耐不住,前来挑战了,所采取的手段也是家康曾料的偷袭。如果敌人企图采取大型的偷袭,自己只需采取小规模偷袭就是。

这时,信雄在清延的引领下匆匆赶来了。

"报告敌人南下消息的那人,就是你?"信雄甚是狼狈。当然,他担心的跟家康完全不一样。他深知,若没有家康的大力协助,自己根本不堪一击,他最怕的就是家康撤回三河,于是对农夫道:"你可不能乱说,如敢欺骗,小心你的脑袋!"

家康已把清延叫到了跟前,作出了安排。"你去把丹羽氏次和水野忠重叫来。然后,把此山上所有的人夫全部遣散到山下。"长久手的岩崎城主丹羽氏次和刈谷城主水野忠重对这一带的地理人情很是熟悉。把山上的人夫全部遣散,当然是为了保密。

就在清延去叫诸将之时,一个三十岁左右、武士模样的人与下山而去的人夫们擦肩而过,急匆匆地赶到了家康帅帐。"我是伊贺人,叫服部平六。我有紧急之事,需要立刻面见德川大人。"

辕门处石川数正的手下报于数正。数正一听,立刻亲自把此人带到了家康面前。"这位是以前打入森武藏守内部的服部平六。有十万火急之事要禀报,便连夜赶来面见主公。"

还没等数正说完,早就作好了会议准备的家康兴奋地喊起来:"我等了你好久了,快进来!胜入的战法已经大致明晰了,现在当已行动了。"

"大人明鉴。胜人昨日才得到筑前守的批准,入夜之后已秘密南下了,看来是想截断三河的通路。"

"胜人的第一目标是什么?"

"他们这次行动很是保密,故详情不得而知。依在下愚见,他们正瞄准最前面的岩崎城,估计攻取岩崎城之后,要从长久手突入三河。"

"总大将是胜人还是堀秀政?"

"听说是三好孙七郎秀次。"

"三好秀次?就是秀吉非常钟爱的那个外甥?"

"是。孙七郎作为总帅,居于队伍之末。"

"嗯?"家康看一眼侍立一旁的石川数正,嘴角不觉浮现出一丝微笑,"听你这么一说,那就毫无疑问了。你的报告很好,下去歇息吧。"

然而,服部平六并没有立即起身。"领民们心里都向着我们,然而,那些贪图筑前奖赏倒向敌人的浪人们,却用武力逼迫领民支持筑前,领民们都义愤填膺。"

"知道了。"家康点了点头,"那个森川权右卫门的同伙北野彦四郎也是个浪人?"

"哦,原来大人全知道了。"

"我若是连这些都不知,今后还怎么作战?回去之后继续努力,仔细打探。"

待服部平六惊讶地离去,家康又向数正使了个眼色,呵呵笑了。"这好像不是一般的佯攻啊,数正?"

"主公英明。若总大将真是秀次,无论战况如何,秀吉肯定会亲自出马。"

"如此一来,家康与筑前守终于要见面了。"

"希望主公谨慎为妙,万不可轻举妄动。"

"哼!在战场上,家康怎么能听从你的命令呢?"

"话虽如此,请您多加小心,三思而后行。"

这时,水野忠重走在最前面,丹羽氏次、酒井忠次、井伊直政、大须贺康高、本多平八郎等人尾随赶来。虽然家康若无其事地向谨慎的石川数正微笑着,他内心对这场战事也忧急交加。他甚至觉得,这次战事在排兵布阵上,远比从前的三方原会战更伤脑筋,胜败关系重大。

家康已过不惑之年,时时处处得稳健,做出一副博采众议之态,而实际上，在召开这次会议之前，他早有了决断。家康镇定自若地扫了一圈并排而坐、神色激昂的部将们。"看来，他们终于采取行动了。我们当如何应对才是？敌人的先锋定是瞅准丹羽氏次不在，妄图偷袭岩崎城。我们应否立刻前去救援岩崎城，氏次？"

不等丹羽氏次开口，一旁的水野忠重立刻道："如此便会延误战机。虽然对丹羽大人来说确有些残酷，但我认为舍弃岩崎城，转而追击敌人的尾巴，打击三好秀次才是上策。"

家康并没有理会水野忠重的提议，继续问丹羽氏次："城里现在还剩多少人马？"

"大概只有三百了……池田的先锋起码有六千人。三百对六千……主公！"

"我绝不会见死不救，否则何以面对天下？"

"主公，就凭您这一句话，在下已经满足了。"丹羽氏次十分激动，"区区一座小城算什么，如想夺回，无论何时都能成功。正如水野大人方才所言，当前的燃眉之急，是立刻追击目前还不谙战事的三好秀次，痛击三好所部，阻止敌人前进。"

"说得好。若从背后攻击秀次所部，胜入和武藏自然无法继续前进，定会回过头来增援三好。"

"正是。我们再阻断胜入和武藏的增援，一举将其击溃。才是上策。"

"哦。言之有理。康政，你说呢？"

"头阵，我要打头阵！"

"什么头阵？你是不是操之过急？"

"就是追击秀次，请允许小平太攻打头阵！"康政已经看透了家康的心思，想尽快把话题从岩崎城转移开。大须贺康高也向前探出了身子："主公，这头阵交给在下好了。"

"这怎么能行？是我小平太首先请命的！"

"好了好了，你们二位休要争了。我看，这打头阵的任务，就交给我水野忠重了，我最熟悉当地地形。"

家康故意闭起了眼睛："大家都不要这么心急，弄得我毫无头绪了。"

一旁的本多忠胜插嘴道："若我们追击秀次，筑前定又会来追击。这些必须要考虑清楚才是，请主公裁断。"

家康点了点头。这些家臣都十分清楚他的心思，真让人没办法。"那好，大家的意见，我都清楚了。"沉思了一会儿，家康终于开口了。没有一个人逆他的意志而行，他也算是世上颇幸运的大将了。

"既然大家都无异议，那就立刻行动。形势就在眼前，敌人有将近两万，我军却不到其一半。因此，救援岩崎城的事，先往后拖一拖，当务之急，是立刻追击秀次！"

满座鸦雀无声，甚至连呼吸声都能听见。

"这次的追击绝不能拖延。否则，筑前一旦获知我们出击秀次，自会立刻发起攻势，从后方压迫我军。"

"……"

"因此，这次追击战切要随机应变，把三河武士最擅长的野战打法发挥到淋漓尽致。那么……"家康顿了一顿，又环视了一遍，"大须贺康高，先锋的右备军就交给你了。"

"打头阵的先锋交给我了?！多谢主公。"

"嘿，右备军已经是你的了。左备军的先锋为神原小平太康政。"

"是！"

"水野忠重则与令郎藤十郎胜成，担任先锋之前的支队总大将。支队由丹羽氏次领路。你要谨慎行事，安抚好领民。"

水野忠重对这种不可思议的安排大惑不解，不禁"啊呀"一声。"我比先锋还要先一步出发……是这样吗？"

"不错！你们父子与丹羽氏次率领四千五百人先出发，后面便是康政与康高。"

"主公！"本多忠胜似乎有点儿急了，"这次追击战的总大将是谁？"

"那还用问？当然是我德川家康与织田信雄了！"

"啊？主公，您这次要亲自出马？"

其实，家康并不是有意任总大将之职。他原本也想把此位交与酒井忠次或本多忠胜，只是突然改变了主意。如秀吉知道家康还在小牧山上，定也不敢离开乐田。因此，他想把秀吉一并诱入野战，与素有行动快捷之誉的秀吉比一比调兵遣将的能耐。

"我身边的随从有松平家忠、本多康重、冈部长盛，再加上甲州的穴山部。"

"小牧山的大本营怎么办？"

351

"忠胜,你要和忠次、数正、定盈等人在此密切监视秀吉的一举一动。这也是考验你们随机应变的本领。筑前守一旦动了起来,谁也不要下令追击。都记住了?"

满座再次陷入了沉寂,大家都呆住了:家康要亲自率军前去追击!

家康笑了。"这次的战事不是鱼死就是网破。好久没有这种感觉了。筑前守一旦得知我出去,他怎么能待得住?他那么喜欢排场。"

数正舒了口气。满座当中,似只有他一人明白家康的心思。看到家康发笑,大家才如梦初醒一般窃窃私语。连日来的对峙,大家都已经腻了,提高士气乃是当前的上策。

"大家赶紧回去准备。戌时出发,悄悄下山,黎明之前一定要渡过庄内川,进入小幡城。"言毕,家康把忠胜叫来,让他把此安排通知信雄。

家康没有让信雄列席会议,一是体恤他,二是对他有防范之心。他觉得,即使让信雄与自己同行,也不会有多大帮助。但是,他却并未把信雄留在小牧山,以免信雄产生担心与疑虑,一旦出现大的意外,有妄动之虞。

等其他人都斗志昂扬地离开大帐,家康再次向忠次、忠胜、数正三人下达了用心监视秀吉动向的密令:"这次战事虽始于胜入的偷袭,但是之后就是羽柴秀吉与德川家康实力与运气的较量了。这里就交给你们三位,辛苦了!"

从傍晚时分起,飘起雾一样的细雨来,视野一片模糊。为了掩盖胜入南下的行踪,白天一直佯装前来挑战的秀吉军队也停止了骚扰。夜幕降临,雾霭中,一切都显得朦朦胧胧,就连双方燃起的篝火都那么飘忽。

出发完全是秘密的。山上的人夫早就被遣散下山,到底是何方的军队,向哪里行军,除了部将以外,就连士兵都不知道。

但是,这支部队却是家康能在这里调动的最多人马。小牧山及其周边地区剩余的部队只有六千五百人,其余的一万三千多人全被调去参加追击战。此战一旦让秀吉得手,家康这半生苦心经营的成果就会损失大半。

敌人还在继续南下。

先出发的水野忠重与丹羽氏次取道春日井原,直指小幡城。途中若遇到百姓,不让其随意走掉,而是让他们以带路的名义与军队同行,以免走漏风声。他们一行经过南外山和胜川,渡过庄内川,从川村进入小幡城,在那里等待家康的到来。

家康与信雄率领九千人马，命井伊直政为先锋，穿越市之久田、青山、丰场、如意等地，在龙源寺稍事休息后继续前进，从胜川经由牛牧，也进入了小幡城。

另一方面，秘密向筱木、柏井出击的池田胜入的西路军，则于八日晚亥时左右再次发起行动，前锋直逼三河。在庄内川前，他们兵分三路，从上、中、下三个位置分别渡河。其中，池田父子与森武藏守越过大留村的渡口，进入南方印场和荒井，直奔三河路；堀秀政则越过野田渡口奔向长久手；三好秀次渡过松户继续南进，在猪子石的白山林驻扎。

当然，对于家康几乎在同一时间进入小幡城，他们全然不知。

尽管时日已是四月初九，可对于星夜兼程的池田部队来说，依然是八日的延续。在濛濛雾雨中催马前进的池田胜入，接连打了几个喷嚏。

"父亲，您是不是受了风寒？"并辔前进的次子辉政忙问。胜入笑了："你胡说些什么呀，夜里行军打喷嚏，说明天就要亮了。"

"我早就听说黎明时分人最容易受凉，父亲可要保重身体。"

"好了，莫要啰唆了。人和人不一样。这一带是我从小就和已故右府大人在夜里跑来跑去玩耍的村子。呵呵呵。"

"父亲，怎的笑得这么奇怪？"

"哦……我想起一些事来了。从前，我经常和右府大人，以及筑前大人，在这里走村串户，参加百姓的民间舞蹈呢。"胜入又打了一个喷嚏。

"现在已经有人到处传言了。"

"谁……什么传言？"辉政问道。

"当然是村民了。真有意思……"胜入的心情十分不错，"我定要做一个史无前例的好领主。"

"哎，父亲，您刚才说什么？"

"我刚才说，我要像往常一样，战争结束之后，和村民们一起跳舞。领主和领民亲如一家，尽情欢乐，那该是多么愉快啊！这个梦马上就要实现了。"

"这是胜利之后的事，现在尚且为时过早吧！"

"哈哈哈，既然我们已经来到了此处，那就离目标不远了。你瞧，我的骏马不正在朝着三河飞奔吗？"胜入像是突然回忆起了什么，"幸亏筑前大人听从了我的建议。家康恐还蒙在鼓里呢。在我们进攻冈崎之前,他哪会察觉?"

辉政并未回话。确如父亲所言,现在既已踏上三河的土地,而且父亲难得这么高兴,他不想扫兴。父子二人沉默着,在夜色中前行。诚然,黎明就要到来了。头顶上冰冷的天空已泛出鱼肚白。

"雨停了……"胜入间或伸出手去,察看雨是否停了。突然,一匹战马逆着队伍前进的方向,朝胜入迎面驰来。

"报!"

"何事?"

"天已经亮了。丹羽氏次的岩崎城近在咫尺。当如何?"

虽然看不大清楚面目,可一听声音,就知是家老片桐半右卫门。

"到底发生了何事,半右卫门?"

"在黎明时分血洗岩崎城,再乘胜前进,我认为必有好处。"

"哼……我们要进攻的不是岩崎,而是冈崎。休管岩崎。小小一座城池,你也放在眼中?"胜入一笑,并未停下马来。

"报!"看到胜入继续前行,伊木忠次又喊了一声。

"清兵卫,难道你也想血洗岩崎城?"

"我并非此意。但片桐刚才所言,难道您没听清楚?"

"什么话,我的耳朵还没聋!"说罢,胜入停下马,"雨停了,兆头不错。"

伊木忠次似是在为片桐右卫门补充。"主公,虽然我方不把他们当一回事,可是万一他们主动扑来,恐就有些麻烦。在下以为片桐所言不无道理。"

"主动扑来?"

"是。听当地百姓说,丹羽氏次正在小牧,在此城留守的是其弟氏重。听说那氏重可是个心高气傲之人。"

"他到底有多少人马?"

"大约三百……"

"哈哈哈,区区三百人,他再怎么心高气盛,也不敢站到我的面前。别理他!"

"您既然这样命令,我当然无话可说。可如果想让咱们的大部队继续安全地前进,分出少数兵力,一定会有些帮助。"

听伊木忠次这么一说,刚才闭口不言的片桐半右卫门再次凑了过来。

"对，我从抓来的百姓嘴里得到一个消息，说丹羽氏重已经察觉了我们的动静，您想，像他那么心高气盛之人，怎会不拼个鱼死网破就让我们过去？"

"哦？此人这么嚣张？可是……"胜入在马上沉思起来。

这次作战最为重要的就是行军速度。胜入应该拼尽全力，尽量赶在家康未察觉之前接近冈崎，迅速切断城内的本多作左卫门和家康之间的联系。在出发之前，秀吉也再三嘱托，万不要在路上耽搁。

"你是说，城里的军队肯定不会放我们轻而易举通过了，半右卫门？"

"是，我们当提前作些准备，以防万一。你说呢，片桐？"

"是，正如伊木所说，如果我们想按照既定的计划前进，就应该作好充分的准备，即使敌人率先发起进攻，也不会影响。在下认为，必须分出一支人马来应付他们……"

"哦？如果我们仅将其驱散，而不是全歼，氏重会不会立刻向小牧报告？"

时间过得真快，头顶的天空已经白得发亮了，刚才还隐藏在浓雾中的景物现在变成了一幅淡淡的水墨画。胜入蓦地发现，就在前面约八间远的地方有两三棵树，树下是一块较宽敞的空地。

"嗯，如果对方率先攻击……"胜入不禁烦躁起来，他催马向那块空地驰去。

即使是再弱小的敌人，若他们恶狠狠地扑来，也不可小视。索性先踏平这座小城再继续前进，还是分出一小部分人马对付他们？这令他甚是烦躁。

"看见了，看见城池了。"

"哦，越来越近了。"有士卒道。

"哼，那也能算是城？连富裕农民的宅院都赶不上！好了，先把战马带到那块空地去，再决定哪些人留下。"胜入又陷入了苦恼：到底分出多少兵力好呢？

胜入知道，留守冈崎的本多作左卫门骁勇善战，因此，他并不愿在这里留下一兵一卒。若对方有三百人，他必须留下两倍或三倍于对方的兵力，才较有把握。

胜入正在为这些琐事心烦意乱，却忘记了一件重要之事：在敌人的城池进入了他方视野的同时，他们也进入了敌人的视野。

"好，现在商量留下多少兵力。半右卫门、清兵卫，你们过来一下。"

正在此时，为胜入牵马的侍卫脚下突然一滑，战马的前腿猛然跪倒在地。

大事不好！

"砰砰砰"，一阵清脆的枪声打破了黎明。

"啊，战马中弹了！"

"敌人开火了！"

"保护大人……"

顿时，胜入四周形成了一堵厚厚的人墙。"砰砰砰"，七八支枪喷出一条条火舌，震耳欲聋。

"他妈的！"胜入不禁火冒三丈。他从马背上下来，使劲地踢着倒在地上的坐骑。"居然来暗算我。这匹马已经被枪弹射穿了胸膛，活不成了。"只见中弹的战马倒在地上，悲伤地望着主人，犹是还想站起来。

"半右卫门！清兵卫！我们绝不能就此罢休，否则会带来噩运，严重影响士气。现在我命令：踏平岩崎城！血洗岩崎城！"

"现在就应战吗？"

"不是应战，是血洗岩崎！一个活口也休要留下，给我杀！"

"父亲……"三左卫门辉政动着嘴，不知说了些什么。愤怒至极的胜入已经听不进任何话了。不大工夫，胜入的火枪队一齐瞄准了向他射击的炮楼，猛烈地开火还击。

砰砰砰……砰砰砰……

夜色彻底退去，四周明亮起来。一群群受惊的小鸟从树林里飞起，拼命地逃向远方的天空。换骑的战马还没有牵过来，胜入气急败坏地站在那里，死死地盯着越来越清晰的岩崎城。

身旁的片桐半右卫门和伊木忠次早已不见踪影，辉政也奉父亲之命冲向了敌人的城池。

全军一齐上阵，踏平岩崎城，再继续前进，这远比留下一部分人马对付敌人容易得多。从一开始，两位家老就是这个意见。辉政也立刻服从了父亲的命令。

可是，等到换骑的战马被牵来时，胜入又后悔了。筑前大人早就多次嘱咐过，千万不要在路上耽搁，现在……唉！也别无选择了。

晨曦中，胜入的大军如同决堤的洪水冲向岩崎城。鼓声震天，旌旗飘扬。

"若能迅速取胜就好。"胜入安慰一下自己，正要飞身上马，突觉右脚踝一阵疼痛。此时战马竟已奔了起来。牵马的远藤藤太把胜入的长枪交给石坂半九郎，也飞奔起来。

"我军的先锋已经抵达城门。藤太，赶紧把马赶到前面小河附近的树林里。"

敌人只有区区三百，城守丹羽勘助氏次还不在。因此，不费一枪一刀，敌人就会立刻吓得开城投降，这多风光！其实，持这种想法的不止胜入一人，一直怂恿胜入攻城的两位家老也是如此。催马来到前线一看，胜入却出乎意料地发现对方竟大开城门，杀了出来。

"氏重这小子真是不知天高地厚，敢前来送死！"胜入咬牙切齿道，"半九郎，拿枪来！"他从侍从手里一把夺过枪，在马上挥舞了几下，这时，他又感觉脚后跟一阵钻心的痛。脚一用力踩马镫，脚踝就像刀割般刺痛。

侍从正要继续前进，却被胜入拦住了。"等一下！我们用不着特意赶过去了。且先等等。"

确用不着胜入赶过去。丹羽氏重年轻气盛、缺少经验，率全军杀出城来，无异以卵击石。结果在池田部的猛烈还击之下，不得不往城里撤。可是，此时连关闭城门的时间都没有了，池田的人马趁势一拥而入。

雾霭渐渐散去，经过一场恶战，土地被双方的军队践踏成了泥浆。初升的太阳把和煦的阳光洒向大地，洒到那些英勇战死的士兵尸体上——城内已经没有一个活人的影子了。

战斗是从卯时开始的，不到辰时就已结束，池田的人马取得了辉煌的胜利，士气空前高涨。如同战前希望的那样，还没到早饭时间就踏平了岩崎城。

"这样就没有后顾之忧了。"

"这次胜利，想必大人也很是满意吧，完全没有影响行军的速度。"

"那好，在这里简单地吃点早饭，立刻出发。"

片桐半右卫门和伊木忠次在城内仔细地巡视了一遍，确认的确没有残敌，方急忙返回胜入身边。胜入看来甚是高兴。

"好兆头！你们二位辛苦了！"胜入并没有下马，单是在马上向二位家老表示了慰问，突然令人意外地盼咐道："氏重的首级找到没有？他虽与我们为敌，可也是一个顶天立地的武士。我们当对其尽到礼数才是。"

二人有些纳闷。"对氏重尽礼数……"

"检验首级。这附近正好有合适的地方，你们二人赶紧去准备。"

"您要检验氏重的首级?"二人深感意外,面面相觑,胜入却移开视线:"城北的那座山叫什么?"

"报告大人,那是六坊山。"

"好,就在六坊山上检验。他虽是我们的死敌,也是个勇敢的武士。故,你们要仔细些,还有……"胜入感觉有些眩晕,"在检验首级时,士兵们尽量在城里歇息,要严加警戒,不得有丝毫懈怠。"

"大人!"

"何事?"

"我认为应该迅速赶路。检验首级之类的事,不做也无不妥……"片桐半右卫门上前道。

"怎么,你难道想违抗命令?"胜入打断了他,"我们星夜兼程,一夜没有合眼,刚才又打了一仗,士兵都疲劳到了极点,应该歇息一下。对氏重的礼遇,也是我们身为武士的应尽之道。在此间歇息对我们来说,可谓一举两得。我在六坊山上等着你们。牵马!"

"父亲!"这时,再也忍耐不住的辉政终于开口了。胜入却头也不回地走了。此事对所有的人来说,恐都很意外。一直惜时如金、刻不容缓的胜入,此时竟然要在这里花费时间,检验并不甚出名的氏重的首级……

有人以为,胜入是以检为名,故意让士卒歇息一下。有人则误认为是胜入拿下岩崎城之后就松懈了。其实,有其他的原因。

在天刚刚破晓,战马被敌人射中,胜入跳下马时,不慎摔伤了脚踝。当时虽似无大碍,现在却渐渐疼痛起来。刚刚初战告捷,士气空前高涨,胜入不忍把这不吉之事告诉属下。于是,他想了一个主意——借为氏重进行检验,给自己治疗。

"父亲!"说话的是胜入的长子纪伊守元助,他的声音有些沙哑。胜入回头瞥了元助一眼,没有开口,单是继续策马前进。

"父亲!"元助深感惊讶,催马追了上去。这时,他才发现父亲的嘴角在抽搐,脸上隐约有一丝痛苦的神色。

"父亲,您脸色不好,是不是受伤了?"

"嘘——"胜入连忙使了个眼色,让他休要出声。

"先把这个消息报告给筑前大人。至于我,你休要担心,只是扭了一下脚。"胜入压低了声音,拍了拍右脚。也不知元助是否明白,他点了点头,扭转马头向后面奔去。

清晨的阳光洒遍了六坊山，树叶上的露珠像一颗颗明珠，熠熠闪光。胜入让人搭好营帐，开始了他所谓的检验。现在可不该在这里浪费时间……胜入不住地担心随他赶来的森武藏守和堀秀政的部队。

此时的堀秀政却正在岩崎城北山脚下的金萩原歇息，等待池田攻城结束。秀次则已经渡过松户渡口，安营于猪子石的白山林。这些人竟也学了自己，停止了前进……一想到这些，胜入就气不打一处来。

一下马，胜入忍着疼痛走了三四步，想看一看自己伤得是否严重。结果，每次右脚跟着地，一阵刺痛就袭遍全身，连头发稍都似疼痛不已。看来，这次不是扭伤，脚后跟的骨头恐是折断了。

"今天运气不错，好兆头。看一看，敌人的首级有多少？……我的脚怎么有些热乎乎的，有没有烧酒？"胜入还是装作没事的样子，让人从行李囊中取来烧酒，若无其事地脱下鞋子，擦了几下。烧酒凉凉的，迅速渗入脚踝，但伤处已经开始发热，肿得有些发紫了。

弄点醋和芋头，和成糊敷在上面，疼痛就会减半……胜入这样想，为了不让大家知道他负伤，又立刻穿戴整齐。

"大人，您怎么了？"途中，伊木忠次感觉有些不大对劲，问了一句。胜入仍然做出一副若无其事的样子，道："没什么。看来我们这次的胜利很是利索，真是老天相助，你说呢，清兵卫？"他轻描淡写地就把伊木忠次瞒过去了。"这次战斗，最重要的是鼓舞士气，要仔细清点。"

未几，胜入就有些傻眼。供他检验的敌人的首级远远超过了三百。片桐半右卫门甚至来报告说，大家竞相来献人头，请胜入亲自检验。

这样一来，要验到何时？一股无名怒火涌起，胜入首先把目光转向了丹羽氏重的头颅。

二十二岁的氏重的首级已经被仔细地整理过了，头发梳得很整齐，血污也已洗净，看上去微睁双目，似在嘲笑胜入……

"嗯，真是……好兆头。"胜入忍着疼痛，强笑道。

二六　名将覆殁

四月初八，夜，身在小幡城的德川家康不断派出探子侦察敌情。

此时，细雨忽停忽下。在雨水的冲洗下，道路看上去闪闪发亮。家康还没有歇息，身上依然穿着盔甲。嫩叶的气息夹杂着汗津津的气味，从窗外飘进。

本多丰后守广孝奉家康之命派出探子，他把二十多个手下——其中还夹杂着七八名村民——分成四组，让他们仔细探察矢田川两岸。当广孝把消息集中，再向家康禀报时，已是夜里丑时了。

家康得知池田胜入和森武藏守的部队正星夜兼程赶往三河，道："看来，他们不会对岩崎城怎样。"他松了一口气，又自言自语道："堀秀政的队伍是否跟在池田后面？"

"不，没有跟那么紧。或许，秀政已经察觉到我们出兵了？"

"三好秀次呢？"

"三好秀次已经渡河，现正在猪子石白山林里宿营。"

"哦？好！"家康看了一眼紧张地站在身旁的旗本大将，"我们出击！"他脸上露出了笑容。只要弄清楚了最后面的秀次的所在，就可以行动了。

最前面的大将乃是大须贺康高，之后为神原康政、冈部长盛、水野忠重父子。当然，在前面引路的依然是丹羽氏次。家康的目标猪子石就在小幡南面约二十七八町处。部队悄然在黑暗中前进，等天亮之后，便向秀次发起袭击。

秀次的八千大军会如何应对呢？堀秀政和池田胜入得知秀次遭袭，会作出怎样的反应？都还不得而知，因此，袭击定要随机应变，发挥德川氏的野战之长，各个击破。

家康的计划是，出城之后，与信雄一起，越过大森、印场，渡过矢田川，与直指猪子石白山林的先头部队分开，登上其南的权道寺山，在那里安营扎寨，待天明发动偷袭。

家康爬上权道寺山时，天已开始泛白。此时他只有一件心事：池田胜入是进攻岩崎城，还是弃岩崎而去？

"天亮之后，定要先确认堀秀政的位置，这里就由我负责，各处都要发起攻击。内藤四郎左、高木主水，你们作好准备。"正当家康下令时，突然杀声四起。"怎么回事？是哪里在喊，是白山林，还是官道方向？"

若是官道那边，胜入必是在攻打岩崎城。家康竖起耳朵，眼睛一眨不眨，判断声音来自何方。

胜入决心攻打岩崎城时，十九岁的三好孙七郎秀次正在白山林的大帐里睡得迷迷糊糊的。虽说他还没有真上过战场，却常从舅父和父亲那里学一些做武将的道理。因此，秀次也想和池田兄弟、森长可等人比一比。但是，他却总能得到周围人的特别关照。虽说他身为总大将，在队伍的最后压轴，可还是有些不满足。他恐是以为敌人总在最前线。

"完全用不着紧张，好好歇息，明日吃过早饭后再动身不迟。"为了充分应对可能出现的意外，秀次和属下木下利直、木下利匡商量之后，决定驻扎在白山林。

利直、利匡兄弟及侍童头领田中吉政等人体恤秀次，代他巡视了一番营地，然后命人造饭。"我们此次是急行军，乃是星夜兼程。不一会儿大人就会下达继续前进的命令，大家赶紧备饭。"士兵们听罢，都到树林中准备去了。

秀次并不是真的想睡，他只不过是想让士兵们歇息一下，为次日作些准备，好让自己一夜之间成为名将。正当他迷迷糊糊地游于梦乡，一阵呐喊声突然传到耳内。

"吉政，这声音是……"秀次一跃而起，抄起枪冲出帐外。天还没有大亮，可是，已能看清四处燃烧的篝火和慌乱的人影。"怎么回事，又在争吵什么？谁敢违犯军纪，严惩不贷！"

这时，一个人影连滚带爬地到了秀次面前，正是木下利匡。

"大人，敌人来了！"

"什……什……什么？！"

"德川的人马拂晓时分向我们发起了进攻，这一下可有施展本领的机会了。请大人一定要沉住气。"

然而，秀次发现，利匡显然甚是狼狈。"慌什么！说过多少遍了，要把敌人全歼，以免玷污了舅父大人的一世英名。"

夸口为易，践行为难。秀次一把抄起长枪，便要盲目地冲出去。他白盔白甲，一袭白色战袍，徒步便要往外冲。那怎么能行？利匡急忙跑过去，一把把他抱住。"您不能出去，大人。别忘了，您可身为总大将。"

"正因为我是总大将，才当身先士卒。"

"不行，您这副打扮，一出去就会引来敌人的弹矢……"刚说到这里，就有二三十支火枪在左首响起。

"啊！"从来也不知恐怖与打仗为何物的年轻人，一听到枪声，吓得立时趴倒在地。他全身一阵阵发冷，本能地感觉到了危险。

只听一阵阵呐喊声在耳边响起，却不知从何而来，也不知向何处去了——秀次已完全吓懵了。他瘫软在地，哪能再盛气凌人地下令？舅父的侍卫加藤虎之助清正的声音蓦地在耳边回响：战争中，一开始时总是既看不见敌人的面孔，也不知道敌人的数量，这时什么也莫管，只管拼命和敌人厮杀就是。可是，他现在连要与之厮杀的敌人在哪里都不知。

"大人，我去探察一下。"话音未落，一个人从保护秀次的人墙中跳出去，如同脱兔般奔向前方。

敌人必已逼近了！秀次本能地觉察出，噌地拔出刀来。

"请……请大人收起刀。请上马……"一个人用手拍了拍秀次的护腕，拦住他，是部下田中吉政，"大人与小卒可不一样，请大人赶紧收起刀，快快上马！"

直到此时，秀次才终于看清四周。天分明已亮，可方才他的眼睛却如盲了一般，真是奇怪。他听见前方十二三间远的树丛中，有人正在高声通报姓名："我乃三好孙七郎属下白井备后，来者何人？"

一个骑马的敌人突然映入了秀次的眼帘。只见那敌人朝旗本大将白井冲了过来。

就在一闪念间，敌人把长枪高高举过头顶。"我乃水野总兵卫家臣米泽梅干之助。"话音未落，他已如怒吼的猛兽一般和备后交起手来。

只听得一声惨叫，一个人影从马上摔落下来，战马如离弦之箭奔向右前方。备后似已被对方所杀。看来，一场恶战已是难免。

"大人，请赶紧上马！"在侍童头领田中吉政的再次催促下，秀次一把抓过缰绳，急急爬上马背。

不可思议的是，骑上马，秀次心头的恐慌一下子没了。"吉政！"

"在。"

"敌人到底是谁？"

"德川的旗本大将。"

"看来今日不免一场苦战。快，赶紧向堀秀政和池田胜人求援。"

"遵命。请大人暂时……"田中吉政要说的，大概是请大人暂时躲避一下，还没等他说出来，又有一声怒吼传进了秀次的耳朵："保护好大人。撤，快撤！"

秀次刚辨出是木下直利的声音，一个人已一把抓住他的马辔飞奔起来。

"不许逃，停下！让我回去！你这个怕死鬼！"秀次使劲地摇着马鞍大喊，然而他到底在说什么，到底要干什么，他自己都不知道了。

"砰砰砰"，又一阵枪声在秀次耳边响起。战争就是这样，一旦开打，哪是敌方，哪是己方，在哪里交火，根本分不清。

在一片树林里，正在向白山林进攻的水野总兵卫忠重一面红着眼睛冲刺，一面狠狠地斥责儿子藤十郎胜成。

"藤十郎，你到底是怎回事！这里已经是三好部的心脏了。看你这个样子，成何体统！"天亮了，忠重发现儿子居然把他那顶颇有些来历的狗头盔背在背上，以为年轻的儿子狼狈至极，竟然连头盔都忘记戴了。

"父亲到底要儿子怎的……"

"头盔！你的头盔！你把头盔带出来是干什么用的？打仗不戴什么时候戴？混账东西，不戴在头上，这狗头盔还不如个粪桶！"

打仗的时候，语言往往毫无遮掩，无论爱憎恨怒，都用满嘴脏话倾泻而出。

"粪桶……"

"不是粪桶是什么？上了战场竟连头盔都忘戴的糊涂东西，能有什么用？"

藤十郎把牙齿咬得咯咯直响，回头愤愤地望了忠重一眼。"父亲！"

"有屁快放！"

"父亲难道没看见？藤十郎昨夜就患了眼病，才未戴头盔。若父亲连这都没有发现，眼睛是长到头顶去了！"

"等等！没有我的命令，不许擅自往前冲！站住！"

"偏不！我为何还要继续跟在眼睛长到头顶的父亲后面！我不甘落后。藤十郎偏要拿回最多的人头来，让父亲看看，我究竟是不是把头盔当粪桶的人！哼！"说罢，藤十郎狠狠地抽了坐骑一鞭，如离弦之箭冲向敌营。

正在岩崎北面金萩原歇息的堀秀政，得到池田胜入进攻岩崎城的消息，后又接连听见白山林方向响起枪声，顿觉大事不妙。"来人，快去打探一下！"

秀政不愧久经沙场，一发现情况不妙，立刻决定移师桧根，同时果断地向全军下达了命令："定是家康的部队追来了，现在已向白山林方向的我部发动了袭击。传令，全军立刻移师香流川前，在那里静候敌人到来。全军将士只许进，不许退！每击落一骑敌兵，赏百！"

这次出兵，堀秀政的任务就是随时增援不熟悉战争的秀次，弥补喜欢擅自行动的池田胜入之短。因此，他必深思熟虑。

不久，部队顺利地转移到了香流川前面。这时，最初派出去的探马回来了，还领回一个人来。正是秀次的侍童头领田中吉政，吉政把白山林作战不利的情形告诉了秀政。

"我方极为不利？立刻把这消息通知森大人。"

告急的消息立刻被报到森长可那里，并紧急通知池田胜入。

太阳缓缓地升了起来，在拂晓的晨晖中，静谧的长久手一带眨眼间变成了惨烈的人间地狱。

大须贺与神原的部队采取的是迂回战术，他们先把秀次所部打乱，再把残局交给水野收拾，接着就向堀秀政的人马发动了攻击。

大须贺康高与神原康政也如池田胜入与森武藏守，是翁婿关系，两家的关系异常亲密。因此，两支部队的士卒相熟的不少，在战斗中，两支队伍的士兵也一样勇猛。这次也一样，翁婿二人早就合计好了：康高先上，等他把敌人的注意力吸引到左翼，康政就向敌人的右翼发动猛攻，打乱敌人阵形。

然而，人算不如天算。一旦接近敌人，两员大将的计划竟然被士兵们全抛到了脑后。"战场上的疯狂"让彼此十分熟悉的两家士兵，竞相攀比起战功来："我们决不能输给大须贺的部下。""对。如输给亲戚的士兵，我们还有什么脸面去见大人！""只要胜利就行。要让他们看看神原大人的飞毛腿。"

原定稍后再加入战斗的神原和大须贺的人马一靠近香流川，就争先恐后扑了上去，两支部队眨眼间难分彼此。

久经沙场的堀秀政怎会放过这个大好机会？他站在队伍最前面，严厉地制止了急着杀出去的部下，等待最佳机会。"还不能出击。我们要尽最大可能把敌人引诱到近处。敌人上来之后，先瞄准骑兵，狠狠地射击。取一个骑兵的首级，赏一百石！切切记住了！"

还在争先恐后的大须贺与神原的部队，高声呐喊着进入了堀秀政火枪的射程之内。

"砰砰砰……"排排火舌从堀秀政的第二队人马中喷射出来。此时，双方的前锋仅仅相距十四五间了，一个个都怒目圆睁，咬牙切齿，正是决战前的最后一刻。

"啊！"

"啊！"

突然遭到敌人枪弹的猛烈攻击，冲在最前面的骑马武士一个个栽倒，踩在冲上来的步兵身上。

砰砰砰……砰砰砰……

一阵接着一阵的猛烈射击，顿时瓦解了急于立功的进攻者的信心，但仍有不少满腔热血的勇士继续前进。每当一个武士落马，其家臣和随从便立刻涌上前去。雪崩般的攻势眨眼之间就被对方控制住。早已按捺不住的堀秀政人马趁势一拥而上，冲向敌人。

到处都展开了惨烈的格斗。怒号声，通名报姓声，逃跑，追击，杀人，被杀，简直是人间地狱。眨眼之间，形势就完全发生了逆转，倒下的人越来越多。

"不要追。撤！"当秀政下令撤退，发起桧根之战的家康先锋竟已完全溃败了。

刚刚在白山林取得了胜利，就在桧根吃了败仗，战争的形势一时迷乱起来。然而，此时正在六坊山验尸的池田胜入和刚刚登上权道寺山的家康，对此都还一无所知……

朝阳升了起来，刚刚登上权道寺山的家康匆匆移师色根山。

色根山位于白山林东南，家康驻阵于此，主要是想截断堀秀政与池田胜入的联系。一旦让这两支人马合兵一处，家康部队野战之长恐难以有效发挥，因此要把两队分开来，各个击破。

"报，我军于白山林方面已完全击溃三好所部。"本多佐渡守正信前来报告。正信以谋略见长，其谋略远胜于武勇，现正担任帅营的庶务主管。

家康并没有浮现出笑容，单是默默地仰望万里晴空。过了一会儿，他冷冷道："这是理所当然之事。"家康平时就言语冷淡，到了打仗时就更是明显。其实，他太熟悉战场上将士的心理了，实不想让部下养成夸功的坏习性。"其他的消息呢？堀秀政难道还没有被击退？"

"消息应该已经来了。我再去看看。"正信急匆匆出了大帐。过了一会儿，他回来了。

"主公，凶报！"

"凶报……胜败乃兵家常事，当然会有凶报。说，是谁战死了？"

"奉命前去打探敌情的内藤四郎左卫门正成和高木主水清秀慌慌张张地跑了回来，脸色大变。"

"快让他们进来！"

话音未落，内藤正成、高木清秀，还有奉命监督此战的足轻大将渡边半藏守纲三人急匆匆走了进来。

"主公，我军先锋部队在桧根败给了堀秀政，正在撤回。"

"败在桧根？"

"是。敌人士气大涨，有半数以上的士兵在对我军穷追不舍。因此，在下认为现在是绝好的反击之机，趁着敌人都杀了出来，让我军的全部旗本武士向防守薄弱的敌人大本营发动总攻，必大获全胜。"渡边半藏一口气说完。

"等一下，半藏。"内藤四郎左卫门连忙阻拦道，"如此轻率之举，万万使不得！即使你成了三河之守，也容不得你如此鲁莽，怎能向主公提出如此草率的建议！主公，既然我们先锋已败，我军就当立刻撤回冈崎。"

话音刚落，高木清秀道："在下不敢苟同内藤的意见。如今正是立刻向敌人发起进攻的大好时机。"

区区三人，建议却大相径庭，家康只是笑而不答。此时他当然难以抑制激动，只是努力不让部下看到他的内心。

"禀告主公。"本多正信也变了脸色，介入了论战当中，"我同意内藤的意见。渡边、高木二位的提议真是莫名其妙。战争中，失败了就应该撤退，这是常理，一味蛮干，只能徒增伤亡。"

"失败了就要撤退，这是哪门子战法？"渡边半藏一听就火了，他顾不上是在家康面前，瞪着眼珠子对本多正信发起火来，"我想请教你，你到底是从哪里学来的这套兵法？你都参加过哪些战役，有些什么经验？"

"问得好！"高木清秀接过话茬，"佐渡守，我只看见你在桌案上拨弄算盘珠子，从未见过你在战场上拼命。你知不知道，战争可不是靠耍嘴皮子就能取胜的，而是要拿血肉之躯去赢。你以为打仗跟你在榻榻米上打算盘、外出打猎一样稀松？我劝外行人休要插嘴！"

"你怎能如此说话？"

"我根本就没和你说话！"

家康嘴角依然挂着微笑，沉默不语。

"请主公莫要犹豫，立即向敌人发起进攻！否则，敌人就会在半途撤回，加强防守，到时恐就难以破敌了。"高木清秀两眼喷火，一个劲地催促家康。

"哦。"家康沉思良久，终于使劲点了点头。他表面上苦苦思索，其实早就作出了决断。

"牵马！"

"是。"

事情就这样决定了。久右卫门手牵马缰，身材肥胖的家康慢慢地跨上马背，高声喊道："万千代！"

"在！"身披大红战袍，威风凛凛的十九岁年轻武士井伊兵部少辅直政洪亮地答应一声，倒身跪拜在家康马前。

"恐怕你们早就等不及了吧。现在我命令：全力进攻！"

"遵命！"高木主水和渡边半藏不屑一顾地瞥了一眼身后的内藤四郎左卫门和本多正信，大摇大摆地走到前面去了。

家康率军下了色根山，进入岩作，渡过香流川，向长久手的富士根山挺进。

六坊山上，池田胜入也快要将首级检验完毕了。

由于战争远远没有结束，根本用不着那么认真地检验，只大致地记录一下即可。可是，胜入却严格按照传统的检验方法，甚至还一一敬酒。在人们眼中，得胜的胜入真可谓春风满面。

然而，胜入一边检查着敌人的首级，一边频频地用右脚踩一踩地，看自己的伤势究竟恢复得如何。他没让人准备轿子，尽量不想让人知自己受伤。他甚至还梦想过一马当先，一展雄姿，却真是祸不单行：战马被打死，脚踝也受伤……但毕竟战斗已取胜。若还说运气不济，实在有些对不住鹿岛大神。

"报！"突然，一名近侍连滚带爬地来到了大帐入口。

胜入吃了一惊，连忙探过上身。"何事如此惊慌！先等一下，检验马上就结束了。"

不料那名近侍竟然置若罔闻，大声道："白山林扎营的三好大人遭到敌人袭击，已经完全溃败。"

"什么?！"胜入吓了一跳，旁边的伊木清兵卫忠次和片桐半右卫门也惊呆了。

"总大将孙七郎秀次的侍童头领田中吉政身负重伤，前来报信，让不让他进来？"

"快请！"胜入紧咬着嘴唇，厉声吩咐道。这一次已经不再是脚痛了，他整个身子都像是抽了筋似的。一旦秀次不测，我怎么对得起筑前大人？

这时，面如死灰的田中吉政在近侍的搀扶下，摇摇晃晃来到了胜入面前。

"你的伤并不重！不争气的家伙，挺起身来！"

"是。"

"三好大人怎样了？生死如何？"

吉政只是呆呆地把视线转向了空中。"快，快去增援……"

"是生是死？"

"不知……若晚了，恐就……"

"袭击者到底是谁？是家康本人还是……"胜入忽然打住了。他已看出，吉政已经疲惫到了极点，不禁对自己一再追问感到些许愧疚，"赶紧为吉政包扎一下，然后……"胜入慌忙移开视线，盯住次子三左卫门辉政："去把纪伊守叫来。"

"叫兄长？"

"这下麻烦大了。我怎对得起筑前大人啊？我又欠下筑前大人的情了。连武士的面子都丢尽了。"

"父亲！"

"万一孙七郎……不，有木下利直和利匡两位保护，绝不会出意外。可是，万一真的出了意外，你们也休想活着回去！你去跟他们讲。"

三左卫门辉政忽然觉得父亲甚是可怜，他立刻回过神来，飞快地出了大帐。

所有的人都紧急行动起来。

"牵马！向白山林进军！"

"是。"

"别磨磨蹭蹭的，快！"

头顶的太阳时时被云层遮住。若此时战事顺利，该是多么惬意的时节啊。树枝上嫩叶摇曳，清风在耳边窃窃私语，让人深深沉醉。

胜入似已完全忘记了脚踝的疼痛。我对不起筑前大人！一种不详之感一直萦绕在心头，他心急火燎地奔下六坊山。

"砰砰砰……"一阵猛烈的枪声在长久手山野间回荡。

胜入下了六坊山，匆匆忙忙地赶到长久手时，双方已经完全陷入混战，已分不清哪是自己人，哪是敌人，乱成了一锅粥。

越往前走，胜入身经百战所练就的、一直引以为豪的意志就越发动摇。一路上，遇到好几拨败兵，其所属部队均各不相同。最先遇到的是一个步兵，胜入问道："你是何人属下？"

步兵回一句"三好属下"，撒腿就跑。不等胜入反应过来，那个人已溜进了丛林。

接下来碰到一个看上去更年轻的杂兵，胜入怒道："为何弃阵而逃？你给我站住，窝囊废！"

胜入刚呵斥了一句，立刻招来了对方一阵猛烈的还击："我乃堀秀政属下，我不是逃走，我在追击！瞎眼的东西！"对方将胜入一顿臭骂，匆匆忙忙地往三河方向去了。毋庸置疑，这是预感将要落败、企图逃离战场时近乎疯狂的怒骂。

第三次遇到的是一名壮年杂兵，只见他浑身是伤，手里拖着枪。胜入问："你是谁的部下？"

杂兵二话不说，抓起枪就向胜入刺了过来。

"你到底是谁？是敌还是……"

对方仍然没有答话。

"大久保七郎右卫门的家臣，矶部……"还没说完名字，那人突然倒在了地上。此人所说的大久保七郎右卫门，定指家康部下忠世。既然连忠世的家臣都来了，女婿森武藏守的处境就有些不妙了！胜入不由忧急：我对不起筑前大人！

假如胜入不被一座小小的岩崎城绊住，而是径直向三河挺进，或许，他这支人马自不会出现在这里。

此地地形最适合野战，如连堀秀政的部队里都出现了逃兵，别说秀次，恐连秀政和武藏守都已陷入苦战。

一阵阵枪声不断在胜入周围响起，他已进入了战场的腹地。突然，一颗子弹擦过耳边，打在了他左边的松树干上。

天空晴朗，周围接连不断地传来阵阵喊杀之声。胜入也十分清楚，那多是他的错觉，可这足以说明他是何等狼狈。他不禁咒骂自己的懦弱。

此时，战争形势已完全改变了。

借着大破秀次的余威，士气高涨的神原和大须贺的两支人马又趁机向堀秀政发动了攻击，不料在桧根失手，眼看就要陷入混乱。井伊直政奉家康之命前来增援。井伊率领了三千精兵，配有六百支火枪，向一路追击而来的秀政发起了猛烈攻击。

秀政的人马立足未稳，一时被打了个措手不及。而败走的神原和大须贺为了挽回面子，捍卫三河武士的名誉，又掉过头来，像恶鬼一样扑来。

其实，最狼狈的要数三好秀次了。他不仅不熟悉战争，而且是深受秀吉喜爱的外甥，时时处处需要照顾，更给大家增添了不尽的麻烦。

若说秀吉失算，恐就在于此了。胜入从一开始就被此事所限，堀秀政也由于过分关注白山林而施展不开。假如他果断地放弃秀次，携森长可与池田部会师，或许还能和德川的兵马抗衡。然而，当秀政要和森长可会合的时候，他的部队却已禁不住敌人的猛攻，眨眼间便溃不成军。

堀的溃败自然给森长可带来难以承受的压力，这种勉强的会合，反而使森长可的部队战斗力顿减。

这样一来，一切纳入家康的谋划了。井伊直政一马当先，一面对堀秀政穷追猛打，一面向武藏守发动攻击。神原康政和大须贺康高则紧随其后，对敌人进行第二轮攻击。已经杀红了眼的森武藏守自然不肯后退，拼死进行顽强反击。

此时，家康也已率领旗下众将，如猛虎般冲下富士根山，像一把尖刀插入了从六坊山上赶来救援的池田部和森武藏部之间，利落地阻止了两军的会师。其实，胜入先前隐约听到的枪声和呐喊，并不是错觉，而是家康雄师下山时掀起的惊涛骇浪。

胜入在路上遇到的第四批败兵仅有四人，当他们筋疲力尽地倒在马前之时，胜入身边的纪伊守元助和次子三左卫门辉政早已不知去向。看来，让每个人都处于癫狂状态的肉搏战，已把他们也拖了进去。

"你们是哪支部队的？休要慌，要顶住！"这听来像是说给胜入自己的。

四人看样子是主仆。主人模样的人约有二十二三岁，身份似不是很高，他中了枪伤，痛苦地以手捂腹。"我们是森大人部下……"年轻人呆呆地望着虚空。

"长可也败了？！你的伤并无大碍，切切要坚持。"

可是，那个年轻人的脑袋却一下子耷拉下来，旁边一个年近五旬的侍从连忙把他扶住，回过头来对胜入道："武藏守大人已经战死了。"

"武藏守战死了？"

"是。武藏守正在马上指挥众人阻击敌人，头部突然被冷枪击穿，他当场落马，没留下一句话……"

"就死了？"

"是。大人的首级，被大久保七郎右卫门的家臣本多八藏当场取走了。"

胜入眼前顿时一黑。他明白败局已定，一瞬间，脚踝突然又钻心地痛起来。此时，不远处的一座山丘上喊声骤起。森长可全军崩溃，家康大军又铺天盖地而来，压力齐齐向胜入肩头压来。

该来的终于来了！久经沙场的池田胜入一时间似乎看破了一切。随从们忙着把刚死去的侍卫尸体抬进草丛，胜入则凝神注视奋不顾身杀向敌人的士兵。

只见大家都猫着腰，踮着脚，似马上就要倒下，怎么看都是极端狼狈、异常焦躁之状。若照此下去，恐不到半个时辰，体力就会耗尽。其实也难怪，取胜之后又稍作休整的官兵，最易陷入焦虑不安。

以这种状态进击的士兵，若碰上对手出奇软弱，一触即溃，还可能重鼓勇气，否则，不是拼尽全力、累倒在地，就是陷入焦躁、走向灭亡。

此时，元助宁死不肯认输、一马当先冲在这群极端狂躁的士兵最前，他大概已发了疯,正在舞动着长枪拼命厮杀。年轻些的弟弟辉政想必比兄长还要拼命。胜入刚想到这里,右前方突然又响起一阵呐喊——又是一场遭遇战!

"砰砰砰……"这次的枪声,听来仿佛就在眼前。

"危险!"牵马的侍从一看不好,立刻把胜入的战马拉入草丛。原来,敌人先锋的身影已在山丘下现出。

"混账!"胜入一面大声呵斥,一面用力往回拽马缰。此时他已无法把马头掉向正面的敌人了,索性驰向了森林。看到主人离开了大路,三十多名侍卫立刻奔了过去。

"保护大人。大人就拜托给你们了!"

喊话的人,似是先前建议胜入攻打岩崎的片桐半右卫门。话音未落,他就冲向了面前的敌人。

森林中,白亮亮的阳光和树叶的影子斑驳陆离,令人头晕目眩。不知胜入究竟在想什么,他突然停住战马,皱了皱眉头,下了马。随从们连忙奔去送坐垫,还没等他们到达面前,胜入已盘腿坐在地上。"我对不住您啊,筑前大人,是我把孙七郎害了……"

随从们围成一圈,关注着周围的动静。在大家看来,主公如此,恐是听到女婿森武藏守战死之讯,悲痛之极。

"既然孙七郎已经去了,儿子、女婿也都去了,我还有什么理由活在世上?让我也跟着去吧……请宽恕我。"

此时的胜入,想去战场拼命,恐也不能了,他脚踝疼得厉害,连马都不能骑,徒步更是无法想象的。看来,胜入不得不为最后的归宿作准备了。

"啊,敌人上来了……"

"有种的就过来!"

胜入身旁突然响起一个声音,话音未落,一名武士已迅速突破了侍卫的警戒圈,一下子窜到面前。"我认得你,你就是池田信辉入道胜入吧?恕在下冒犯!"

胜入抬起头来,紧盯着武士,慨然道:"你是何人,报上名来!"他大声呵斥,一副凛然不惧之态。

"德川家康的旗本大将,永井传八郎直胜!"

"哦,有出息,年轻人,只管来!"

听上去胜入似利剑般咄咄逼人，但他既没有站起身来，也没有拔出短刀。

　　在传八郎眼中，胜入尚有几分气概。他手握长枪，警觉地绕到一旁，挥一把额头的汗珠。

　　"休要加害我家主公！"话音未落，一名胜入家臣从后面猛地向这名武士扑来。但见传八郎敏捷地闪开，顺势将长枪向刚想扑来的另一名侍卫的咽喉刺去。一声惨叫响起，那名侍卫手抓长枪，向后退去，而先扑上来的侍卫则再次向传八郎砍来。

　　传八郎闪电一般再次躲开，同时刀已出鞘。只听一声暗响，二人的武器似并未相碰，传八郎左手上却已鲜血淋漓。

　　"呀！"传八郎大叫一声，向侍卫斜砍一刀。"呜——"侍卫惨叫一声，随之仆地。传八郎手提白刃，向胜入扑来。

　　如此疾风暴雨般的一番打斗之后，传八郎大气不喘，大颗大颗的汗珠虽不断地往下滴，可他异常镇定，没有丝毫慌乱。

　　胜入终于拔出了武刀。这是他平常最引以为荣的爱刀，名筱雪。"你叫永井传八郎直胜？"

　　"正是！"

　　"今日胜入算得以一饱眼福。不过，我若这样自尽而死，未免有些悖于情理。看在你是一个铁血男儿的份上，我才拔出了宝刀。"

　　"多谢。那恕我冒犯了。"

　　"且等一下！"

　　"难道大人后悔不成？"

　　"哼！我方才见你乃一个爱刀如命的汉子，故，待胜入把首级交与你，还请你把此刀筱雪带走，作为佩刀。"

　　"多谢大人，在下实在诚惶诚恐……"

　　"还有，若你觉得欠我人情，我有一事相求——请告诉筑前守，说池田胜入临终前留下一言：'胜入对不起筑前守。'然后即战死。好，来吧！"

　　在斑驳的光影与如画的绿毯上，两把白刃于虚空中你来我往，刀光剑影，令人眼花缭乱……其实，胜入虽是坐地而斗，却也绝非随意应付。从幼年时代起就声名大震的一代武将，若没有拼尽全力而死，自会让世人耻笑，也是对对方的一种侮辱。

373

"不可手下留情!"

"好!"

二人再次在斑驳的树影中纠缠在一起。奇怪的是,周围没有一人介入格斗。战至此时,已完全陷入了混乱。无论前进者还是后退者,都成了无头的苍蝇,四处瞎撞,哪里还顾得上别人?

"呀!"传八郎终于抓住对方的一个破绽,挥刀砍去。

"好功夫!"胜入夸赞一句。

这却成了他在这世上的最后一句话。传八郎如雄鹰一样腾空而起,人和刀一起横飞过来,胜入顿时身首异处……

传八郎稳稳落下,瞬间却怅然若失地愣在了当地。血雨飞溅到被践踏得一片狼藉的草地上,在灿烂的阳光的映照下,显得格外鲜艳。他只觉得耳朵嗡了一声,全身一阵酸麻,大半个身子几失去知觉。

"胜了!"

胜利的不只是他一人,胜入也完全没有辱没一世英名。连敌人都夸奖,岂非难得的壮举?传八郎从胜入手里取过名刀筱雪,再从尸身上解下刀鞘,把刀插入鞘中。

突然,传八郎似看见地上的无头尸体在冲着他微笑,不,不是微笑,是哭泣……永井传八郎直胜使劲晃着脑袋,发疯似的把猎物举过头顶。"三河大滨武士永井传八郎直胜,已取下敌将池田入道胜入首级……"

然而,没有人前来祝贺,只有满地的尸体似在齐齐拍手欢笑。取得胜入首级的传八郎发疯似的撒开腿,向着家康的旗号飞奔而去。

四周安静了下来,不知从何处涌来一大群苍蝇,黑压压地一齐落在曝晒在阳光下的胜入的无头尸体上,贪婪地吮吸起来……

此时,纪伊守元助也已经战死。只有尚不知道父兄已逝的三左卫门辉政,还在拼命地厮杀,想挽回败局。

但,胜负已定。

嘹亮的号角响起,恐是德川的军队看到已完全取胜,开始清点人数了。只有那成群的苍蝇,在灿烂的阳光下越聚越多……

二七　家有猛将

当羽柴秀吉得知德川家康追击池田之时，已近四月初九辰时四刻。

此前，秀吉一直待在乐田，频频让军队在小牧周围骚扰德川的人马。当然，这只是故作姿态，其真实目的便是不想让家康洞察他偷袭三河。

"若家康到今日午时还未察觉，可有热闹看了。"清晨，秀吉刚起床就一反常态，说要出去活动一下，便让手下牵过马来，绕着大营转了两圈，才悠然而回。

在他看来，池田胜入偷袭三河定瞒不过今日。家康一旦得知，必然采取行动。而家康一旦行动起来，便是秀吉大显身手之时。秀吉扬扬得意：获知老巢危在旦夕，家康必大惊失色，匆匆撤兵，接下来就该由自己进行精彩的表演了。这是又一次贱岳大捷！

家康再擅长野战，一旦失去了老巢，也会如佐久间玄蕃一样，陷入困境，分崩离析。

决战当在今日！秀吉思量。回到帐中，他一边吃饭，一边不时回头望望一旁的石田三成，像在自言自语："今日中午，胜入应该已进入三河了吧？"

"当然。家康现在大概还蒙在鼓里。"

"那还用说！他若是知道，在这里还待得住？即使我秀吉，若听到大坂城遭袭，定也不会坐在这里慢条斯理用饭了。"秀吉一边笑，一边让人撤下膳食。随后他将幽古叫来，准备给人写信函。

正在此时，在二重堀扎营的日根野备中守派人送来消息：家康早已下了小牧山。

"家康不在小牧山？！"一听报告，秀吉差点把桌子都踢翻了。他连忙起身，让一旁记录的幽古停笔。"这信先不写了……"话音未落，秀吉就已从帐里出去。

今日秀吉已备好出阵。按照他的计划，应是口述完书函，就要赶赴龙泉寺，准备出发，他都已经安排好了所有事宜。大队人马依然留守小牧山，他自己则率领堀尾吉晴、一柳末安、木村隼人等得力旗本大将，要重温贱岳七杆枪的美梦。这一次，秀吉确是有些过于狂妄了。战场上，无论是谁，稍稍有一点狂妄，就有灭顶之灾，以至万劫不复。

秀吉走出营帐，大喊一声"出发"，便跨上了战马。在风幡、长枪与旗帜的森林中，秀吉之军如疾风暴雨般行动起来。信长的大军开赴田乐洼的时候，秀吉就是这样，今日亦是。他头戴唐盔，身着赤地锦阵羽织，直奔龙泉寺而去。此时此刻，秀吉已完全成了一个孩子，全然无所顾忌。

在赶到龙泉寺之前，秀吉对自己的人马在长久手大败依然一无所知。虽然觉得家康这次行动的确神速，极可能危及小牧之战，可秀吉万万没料到竟会如此惨败。在他的念头里，从来就没有"失败"二字。

此时，龙泉寺的堀尾等人正在焦急地等待秀吉的命令。秀吉一近他们的大营，就高声喊道："茂助！末安！今日这一战有可能要糟。快！"他一面像个恶作剧的孩子一样大喊，一面跳下战马。到此时，他才获知长久手战败。

"胜入是不是攻打岩崎城了？"

"是。不仅如此，还一一验了首级。"

"啊呀，这个胜入！"秀吉一声长叹。按照计划，今日出兵是要一举将家康击溃，现在形势竟然发生了逆转，自己不得不去救人。

"都怪那个老实人！"秀吉拍着大腿，叫苦不迭，"我叮嘱过他那么多遍，他竟还要去攻打岩崎城。"

只要胜入马不停蹄地进军，家康就会在后面穷追不舍，这样，两军就能展开大决战，可是现在……秀吉心头火起。然，转瞬之间，他又从愤怒的旋涡里解脱了出来。如果一味沉溺于愤怒，对自己有百害而无一益。

"让胜入去的不是别人。哼，现在只好一面救援胜入，一面打击家康。要彻底把家康击垮，方解我心头之恨！"

一瞬间，秀吉就回心转意，不再沉溺于愤慨和责备，把全部精力都集中到了进攻上，这就是秀吉。他调整情绪恰如剑客变幻招数，变化之快，直让人瞠目结舌。

秀吉命令堀尾、一柳、木村三人向长久手急进，前去营救池田胜入，自己则率军攻打家康。此次调动的总兵力达三万八千人，不扭转败局绝不罢休！

"无论如何，先把家康的旗本大将全部包围起来，一个不留，就地歼灭！

敌人正是人困马乏，我军则斗志昂扬。"

家康下山后，小牧大本营里，负责留守的石川数正、酒井忠次，以及猛将本多忠胜三人此时正唇枪舌剑，面红耳赤地争论不休。

"看来，你是不听我的意见了？"

"我并非不听，是说你考虑欠周。"

刚直威猛的本多平八郎忠胜拍案而起，而石川伯耆守数正则苦口婆心地劝说。酒井忠次不时发几句感慨，对二人的争论冷眼旁观。几个人都全副武装，只差戴上头盔了。每一句话出口，都震得桌案嗡嗡作响。

"我考虑欠周？到底是哪里不周？你说，数正！"

石川数正终究年长些，总是不慌不忙。"一切都在主公掌握之中。平八难道连主公的智谋都要怀疑吗？筑前一旦发现主公已去追击池田，他定会前去追击主公。若连这一点都考虑不到，还是我们英明的主公吗？我想他不至于这么愚蠢。如真听你的，贸然出击，进攻犬山城，局面将难以收拾。"

"真是气死我也！"忠胜恨得咬牙切齿。其实他的想法是，秀吉匆匆忙忙地出兵救援池田，犬山城必疏于防守，趁这绝好的机会，数正、忠次与他三人立刻向犬山城发动偷袭，一举拿下城池。这样一来，本想对三河实施偷袭的秀吉偷鸡不成反蚀把米，把犬山城都赔上了。机不可失，时不再来，因此，忠胜建议立刻发动进攻，然而遭到了数正的坚决反对。

数正的理由是：如贸然进攻，一旦陷入秀吉重围，再想向小牧山方向撤离来不及了，这样一来，恐将全军覆灭。"主公临走时曾明确吩咐过，要我们严加防守，可他并没有说明如敌人出现了破绽，就让我们发起进攻啊！"

万一家康大破池田胜利回师，却发现小牧山已经落入敌手，即使拿下了犬山城，也绝不会有多大的利益。相反，或会引起混乱，更严重些，恐有全军被逼回清洲之虞。如此一来，犬山、清洲就将陷入向来擅长攻城拔寨的秀吉的重重包围。

"我并不是说所有人马都前往犬山城，而是在那里留下一人驻守，其余二人率军返回……这样，犬山和小牧都到手了，岂非两全其美？你怎么偏偏理解为拿小牧换犬山，故意和我过不去？"

"我还是坚决反对！现在并非鱼和熊掌可以兼得之时。当在此地耐心等待主公的指示才是。"

"石川大人！"

"即使你今天磨破嘴皮，数正也是铁了心留守小牧，其他的想法，我一概不敢苟同！"

"大人，军中现正流传关于您的传言，您是否知之？"

"鄙人不知，也不想知！"

"您当然不想知道了。听说您不时向筑前派出密使，莫非已对秀吉动了什么心思？现在营中已经传遍，想必您不会一无所知。"

"你……你说我私通秀吉？！"

"对，所以您今日才拼命反对我进攻犬山城，难道不是……我还对您那么信任，替您遮掩此事。我真是瞎了眼！"

"你给我住口！住口，平八！"

二人针锋相对，一旁的酒井忠次实在看不下去了，只好劝解道："通敌之事休要乱说，要讲证据。"

"我对流言可不负责任。别人怎么说，谁管得着！"

忠胜还想继续争辩，却被忠次制止了。"数正，看来你是无论如何都反对进攻犬山了？"

"是。如贸然进攻，即使取胜也不会有多大好处，而一旦失利，后果不堪设想。"

忠次重重地点了点头。"那好，我不主张攻城。平八，你也放弃了罢。"说着站了起来。他这一举动实是在安慰忠胜的不平，他虽很是赞成忠胜的进攻计划，可是，既然石川数正如此坚决反对，也只好放弃。为了安慰愤怒的忠胜，他才故意一副气恼之态。

可是，正在气头上的忠胜却误解了忠次之意，以为他竟也被数正说服了。"哼，那好，我明白了！"忠胜愤然伸出岩石般粗粝的胳膊，一把抓过赫赫有名的三叉鹿角大头盔，抬脚踢翻了坐席，"反正我不待在这里了！"

"站住，忠胜！"

"不。不打就不打，有什么了不起的，反正老子是铁了心。"

"你站住！"

"呸！"

数正慌忙阻止，竟挨了忠胜一骂。忠胜头也不回地返回北侧大营，不过，他没有直奔犬山城，而是率军朝着相反的方向追击秀吉。数正忧道：

"若不加阻拦，他定会去和秀吉拼命，恐白白丢了性命。"

忠胜恐是觉出了家康有难，便疯了。他只带了五百多人，跟在从龙泉寺出发的秀吉后面一路追去，未久就追上了秀吉的千成瓢箪马印。在并行的另一条路上，忠胜突然向秀吉开枪。

正在向长久手急进的秀吉不禁惊讶万分，无需细察，只要看一眼最前头的鹿角大头盔，就知来者除本多平八郎忠胜，再无别人。

"呀——你这只猴子，给老子站住！"两军只有一河之隔时，忠胜哇哇大叫，"猴子怕老子作甚？是不是被老子的头盔吓破胆了？哈哈哈！破葫芦一见我三河鹿，立马瘪了。"

听到如此恶毒谩骂，加上对方频频发枪，秀吉手下实在忍不住了。"主公！"血气方刚的侍卫们忍无可忍，"那只臭苍蝇竟敢对主公如此无礼，不将其一脚踩死？"

秀吉并不理部下。这不过是对方的诡计，故意妨碍他们前进。

"哎，对面究竟是木偶还是玩物？武士都死绝了？"忠胜确比苍蝇还要烦人，他每喊一次，秀吉的部下就起一阵小小的骚动，大家都想停下来狠狠还击。

"主公，干脆一脚将其踩死。那厮如此放肆……"

"休要理他！花费精力对付那只苍蝇，不如用在走路上。长久手早就告急！他不能对我们怎样，何必惹他？你们以为他是故意来送死的？这是他们的诡计……"

骂了半天，见对方始终没有一丝反应，忠胜索性绕到秀吉斜前方骚扰起来。"今日三河之鹿非要尝尝羽柴筑前守的葫芦是何滋味。哦，吓跑了！吓跑了！"

再能忍耐的人也有限度，秀吉当然也不例外。忍无可忍的秀吉人马终于向忠胜开火了。这是失去理智的行为，在战场上并不少见。遭遇战的时候，大多数人都极易发怒，而发怒即导致两种结果：要么大胜，要么大败。

理智可助于发现对方的破绽，也会加重自己的恐惧之感。故，适度地调整士兵的情绪与心态，乃是用兵之大道。秀吉并没有坚决阻止手下和本多交火，但也没让他们停止前进。

"平八郎可真是有趣。"秀吉一面催马疾驰，一面不停地笑。"家康可真是家有猛将啊，豁出命来都要阻止我。我看这小子不久就会成为我的家臣了，一定要活的，要活的。"在最关键的时刻，秀吉把手下就要迸发出来的怒火压了下去。

渐渐，长久手在望。

已过了午时，纪伊守元助已被安藤彦兵卫直次斩首，残部则护卫着苟延残喘的辉政向士段味、水野、筱木、柏井方向溃退。

本多平八郎忠胜逐渐恢复了理智。他突然悟到秀吉置之不理，一味急进的用意了：秀吉原来只是想跟主公决战！这样一想，忠胜再也不敢在路上耽搁。他想尽快和主公的主力会合，共迎秀吉大军。

"弟兄们，咱们绕到前面去等着。反正今日的葫芦老子是吃定了。走，到前面恭候他们！"随着一声吆喝，在灿烂的阳光下，忠胜率领骑兵绝尘而去。由于只是一支五百来人的骑兵队伍，无论进退，都灵活自如。

秀吉依然对其不理不睬，继续率领大部队急进。他们渡过矢田川，越过草挂，终于看不见本多的人马了。

枪声逐渐少了，四周全是层层叠叠的绿色，明媚的阳光静静地倾泻在大地上。午时四刻左右，秀吉不禁皱起眉头，奇怪啊，应到了长久手一带，却连个敌人的影子也不见。该不是被那只鹿给涮了？难道本多忠胜故意用些挑衅之言，把我诱入长久手一带？秀吉不禁疑惑。若真如此，家康一定趁此机会追杀完池田的人马，向相反的小牧山方向去了，他玩的必是声东击西！

家康若趁我不在，偷袭我大营可怎生是好？秀吉惊出一身冷汗。看来，总是工于谋略并非好事。向来以谋略见长的秀吉，一旦疑虑，便被自己的想象束缚住了。他高声急喊稻叶一铁，急不可待地让其前去打探敌情。在秀吉的戎马生涯中，像这样的失算恐还是头一次。

一路上，秀吉不管本多忠胜对自己百般辱骂，直是风尘仆仆急行，此处却找不到一个敌人的影子！他再次命令彦右卫门的儿子蜂须贺家政和日根野弘就前去侦察。"来不及叫一铁了。你们立刻派人四处打探：家康那边到底是怎么回事，怎四处如此安静？"一路风尘，长驱直入，却找不到对方的人马，这当然会令人心里发毛。

那么，让秀吉陷入重重疑惑的本多忠胜又藏到哪里了呢？原来，忠胜快马加鞭，早已赶到家康前一夜驻营的小幡城去了。忠胜也万万没有想到，一时气愤而恶童般对秀吉进行的百般骚扰，竟对家康的进退产生了不可估量的作用。

此时忠胜不禁又生起闷气来:现在都到什么时候了,主公还要向小幡城撤退,怎这么糊涂啊,竟满足于如此之小的胜利!现在正是率领士气高涨的人马,一举击溃秀吉的绝好机会,而且小牧方面有酒井忠次和石川数正严阵以待,敌人根本无法迅速赶去救援。

忠胜依然坚信,现在为时不晚。如立刻建议家康从秀吉背后袭击,秀吉在长久手就会成为任人宰割的困兽。到时候,德川方面施展最拿手的野战,纵横捭阖,分割驰骋,估计在日落之前就能结束战斗。

眼看着天下就要握在自己手里了,主公却对此无动于衷,居然还有空到小幡歇息,真是愚蠢透顶、鼠目寸光、妇人之见!因此,一到小幡城,忠胜就大叫大嚷:"主公呢?主公在哪里!"他如疾风般穿过盔铠上血迹未干、依然在严阵以待的士众,直奔家康大营,"你们这些旗本大将都傻了?怎么没人向主公提议,这么好的机会,你们也看不出来?"

忠胜翻身下马,如赤鬼般愤然闯进家康帅帐,大声质问:"主公,这究竟怎么回事?"

家康刚摘下头盔,正忙着擦拭额头上的汗水。"哦,这不是平八吗?"

"正是!主公,现在秀吉正迫不及待向长久手赶去,像一只无头苍蝇。扭转乾坤的机会来了!主公快戴上头盔,速速上马……"

"不急。"

"主公,快!现在可不能犯糊涂啊!"

"谁犯糊涂了?你先别急,说说秀吉到底怎么了?"说着,家康命人解开盔甲的绳扣。

"别解了!"忠胜大喊一声,呵斥着随从。"主公,你没听清我的话?"

"听见了,你先静一下。"家康让随从继续为他卸下盔甲,对似乎要吃人的忠胜笑了起来,吩咐随从道:"好,就挂在那里吧。"

"主公……主公的意思,是觉得我军没有胜算?"

"不,当然有。我却不想去。"

"主公说什么?稳操胜券的仗也不打?"

"正是。"家康使劲点点头,沉下脸来,"即使去,恐怕也来不及了。"

"不,还来得及!秀吉正在长久手那边心急火燎地寻找我们呢。"

家康轻轻摇了摇头。"他现已发觉不妙,正在慌慌张张撤退。"

"依主公看,他们会往哪个方向撤退?"

"乐田。若不撤往乐田，不就被你这样的暴徒抄了后路吗？若连这点常识都没有，他还是筑前守？休要再说，锅之助！"

每当家康叫起忠胜的幼名，就是已作了最后决定。忠胜也会不知不觉地回忆起少年时代，忘记了愤怒。

"我还是不明白您在说什么，主公。这么好的机会……会后悔一生！"说着，忠胜在随从们搬来的杌子上坐下，擦起额头的汗水来。

"打仗不能太过分了，得饶人处且饶人。"

"什……什么？"

"故意放走秀吉，才是真正的战争。"

"可是，就要取得秀吉的首级了，却眼睁睁地把他放跑了，这岂不是放虎归山？也称得上是胜利？"

家康摇头，缓道："今日把秀吉杀死，整个天下又会大乱。"他望着天空，自言自语："我并无秀吉那样的实力。若一时感情用事，把他杀了，便会和袭击信长公的明智光秀落得同样下场。"

"主公越说越离谱了……"

"毫不离谱，锅之助！我们当前要做的，就是仔细反思神佛的愿望。神佛已经厌弃战争……如除掉秀吉，使天下再陷混乱，神佛恐也不会答应。纵然让秀吉代我取得天下，只要有我一条活路就是。你明白其中的利害吗？设若我在此处除掉了秀吉，接下来，我们必须同天下所有的大名征战。而若放秀吉一马，秀吉就会成为盾牌。若我把秀吉好不容易控制住的局面打破，那么，我对世人发出的誓言也就成了谎言。我是体察神佛的心愿，想早一日结束这乱世，让天下苍生早一日安居乐业啊。这才是我的夙愿。"

忠胜对此却不屑一顾："骗人，这……完全是在骗人！取得天下，治理天下，才当是主公的心愿……我看您是胆怯了。"

家康不再理会忠胜，单是叮嘱起本多正信来。看来，他已经决意让正信去察看秀吉撤退的情况，自己则防备秀吉意外反扑，尽早撤回小牧山。今日的胜利只是暂时的，回去之后，还要重新回到战前的对峙状态。

忠胜很不服气地走出帐去，他的怒气依然未消。好不容易得来的胜机，就这样白白放弃了！他不禁恨起家康来：主公越来越不可理喻了！神佛也没说你家康未信守誓言啊，而且，若信雄、家康和北条父子联合起来，完全可以纵横天下，然而，眼前的主公却被秀吉吓破了胆。看来，其器量也不过如此，原本就没有敢取天下的气魄。除了骏、远、三之外，他把甲州和信州的一部也弄到了手，对此，主公已是十分满足。到底是谁让主公变成这样？

艳阳高照，城周围全是就地歇息的人马。由于昨夜没有睡，很多士兵往草地上一躺，就沉沉睡去。

当忠胜气呼呼地践踏着草地，回到逗留在大营外的三浦九兵卫和牧野总次郎处时，有一个双眼血红的人正等着他，那便是率先杀入秀次阵中、为此次大胜奠基的水野忠重。

"忠重，你有何事？"

"主公不许咱们进攻秀吉，你和我一起去吧。"

"去哪里？"

"到主公那里……我看出来了，秀吉今夜定要撤到龙泉寺驻营，天明之后大攻小幡城。如我们坐视不管，定出大事。故，我们必须夜袭秀吉，取他首级。"

"不行！"忠胜爱理不理地摇摇头，"现在主公连追击都不允，还能答应夜袭？想得美！"

"纵然主公不允，也绝不能坐视不管。明日一早……"

"我明白！明日一早主公就知道了。可是，若让秀吉的精锐部队给吓住了，确实不像话，依我之见……"

"依您之见……"

"依我之见，今日让主公患得患失的，定是自以为是的正信、数正之流。对，定是数正，那厮连进攻防守空虚的犬山城都不敢。"说着，忠胜愤愤地径直走进牧野总次郎的大帐。

此时秀吉已经从长久手返回龙泉寺，且正如水野忠重所料，在急召众将士，商议进攻小幡城。

二八　英雄识英雄

德川家康把侍卫们都支到了一边，只留下茶屋四郎次郎，二人隔着篝火聊了起来。

夜已深，各种战报只让他们弄清了一个问题，即敌我双方的位置。秀吉把细川忠兴和堀尾吉晴留在龙泉寺，自己则和稻叶一铁、蒲生氏乡等人撤回上条驻营。

"我听说主公没有答应本多、水野二将夜袭秀吉之请？"清延压低了声音，家康直率地点了点头，伸出脖子问道："数正是怎么说的？"

"在告诉主公之前，在下想先听听主公为何没有答应夜袭。"

"为何？难道问不出我的心思，你就不告诉我数正的意见？"

"在下并非此意。若先听听主公的看法，石川大人的意见就容易陈述了。"

"石川的心思真有这么复杂？"

"正是。"

"那好，既然你非问不可，我就说来听听。我是想采取和信长公、筑前守等人不同的方式获取天下。"

"天下……"清延喃喃而叹。

"对。信长公和筑前守都……不，还有武田和明智诸人，无一例外只赖武力，太急功近利了。你明白吗？"

"似懂非懂。"

"人只要急功近利，便会露出破绽。信长公、信玄如此，光秀亦如此，他们无一不因这些破绽倒下了。筑前守与他们也有惊人的相似之处。"

"哦。"

"我却不急不躁。若今夜我对秀吉发动夜袭，纵然获胜，亦是小胜，并不能得到多大益处。而万一进攻受挫，失掉了忠胜、忠重两员大将，我的损失可就大了。我冒着这么大的风险，得到的却是小小的益处。这怎么划算？"

"话虽如此，可是，若能取得秀吉的首级……"

"天下所有的难题就全压到我一人身上了。因此，还是不划算。"家康压低了声音，笑了，"清延，初升的太阳是压制不住的。秀吉有今日，全在于神佛佑护，别指望神佛会突然改变态度。就算胜了，也得不到益处，而一旦失败，则有灭顶之灾，这样的夜袭我怎能答应？"

"主公，在下还有一问：您方才所说的那个初升的太阳秀吉，若是明日早晨就率领四万大军杀向这里，怎么办？"

"清延，你不用担心，仗是打不起来的。"

"主公的意思是……"

"还不到明日早晨，我已不在此处了。今夜子时，待月亮出来，我们立刻撤军。无论筑前守多么强大，没有对手，焉能打起仗来？凡此种种，斗转星移，神佛的心自会逐渐从急功近利的筑前守身上，转移到年轻有为、沉稳老练的人身上。即使你不刻意去取他性命，神佛也会主动取他性命。为顺应天意，我既不当杀掉筑前，也不当杀掉筑前的部下。这便是我夺取天下的法宝。"

松本清延长叹一声，向前凑了凑。"恕在下误会主公了。"

看着深受感动的清延，家康也会心地笑了。"数正是不是也说，最好避免战争，尽早撤离这里。"

"丝毫不差！"清延控制住兴奋。

"诸将之中，觉得这乃是一场稳操胜券之战的人，一定不少，所以必然会有很多人反对撤军。可是，我们今日无论如何也不能向秀吉发动夜袭。回去之后，你好好地把我的意思说说，让他们切切理解……"说到这里，家康竟抑制不住，背过脸拭起泪来。

"能够听到主公的肺腑之言，清延实是三生有幸。其实，清延从心底赞同石川大人……"

"哦，听你这么一说，我更有自信了……"

"主公真是英明。一个真正想获取天下的人，不当只以眼前的敌人为对手，而当以天下为对手。"

"数正也这么说？"

"是。筑前凌驾于百姓之上，主公则超越筑前，等待神佛的青睐。神佛是黎民百姓之神佛。只要筑前能够为百姓造福，主公就当以一颗平常心赞他帮他。看来，石川大人和主公真是不谋而合啊。"

家康板着脸，望着清延，再次使劲地点了点头。"数正说要我赞赏筑前，帮助筑前？"

"是。他说，只有这样，主公的器量才会超越筑前。今日的让步，便是日后的胜利。"

"哦。但我并不认为对他让了步。这次我们不是运筹帷幄，打了个酣畅淋漓吗？"说到这里，家康的脸色才终于放松下来。"清延，你马上去一趟平八那里，告诉他，说今日能取得辉煌的胜利，他的功劳无人可比。"

"遵命。"

"正是因为他的阻挠，秀吉的前进至少被延迟了半个时辰。这样，我大军才能迅速撤回，让筑前无迹可寻。不过，只一次还不够，还要再让筑前吓上一吓。你让忠胜好生准备。"

"再吓筑前一吓？"

"是。若今夜发动偷袭，当然能再吓他一跳，但对方会有预感，因此，这还称不上是上策。上上之策乃是，待黎明时分敌人发动总攻时，却发现城里空空如也。哈哈，这样，才会让他们大惊失色。故，今夜子时，我们撤回小牧。你去跟固执的忠胜说，估计他定会明白。你就说，用流血的手段已取得胜利，接下来，要用智慧和谋略给筑前些颜色瞧瞧了。"

"遵命！这才叫神出鬼没，可以说，三河武士野战的绝妙之处，被主公发挥到了极致。"

"对，就这样说。去吧。"

清延离座而去之后，家康急令正信准备撤退。

此夜，无论秀吉的阵营还是家康小幡城的阵营，直到黎明之前，都是一片篝火之海。因此，附近村民都觉得今晚必有夜袭，吓得连眼都不敢合。可是，百姓担心的夜袭始终没有发生，直到天空现出了鱼肚白。

羽柴的人马似乎先动了起来。

晨，天还未大亮，秀吉就起来了，他响亮地击了击掌，穿上自己喜爱的凤尾阵羽织，雄赳赳地跨上战马，身后跟着的是时刻不离左右的石田三成。他默默地巡视了一圈旗本诸队，暗暗为他们鼓劲。徒有武功的小将只知道争立头功，从来不着眼大局，唯三成向来以智谋著称，其目光敏锐，有时甚至可以看到秀吉遗漏之处。

天尚未完全放亮，秀吉穿过在黑暗中为出击作准备的杂兵，登上一个小山丘，停下马，远远地眺望着堀尾、一柳、木村等人驻营的龙泉寺。由于进攻小幡城的命令已经传达，龙泉寺一带的人马似已开始行动。

"佐吉，若你是家康，今日之战，你当如何？"

三成琢磨不透秀吉的意思，小心翼翼道："主公说的是……"

"昨天他们大胜。家康这个人啊……但，他却不得不为此与我展开一场血战，既不是在他处心积虑构筑起阵地的小牧，也不是在他筑起了铜墙铁壁的清洲……这难道不是自取灭亡？"

"的确，如在小幡城与我们交战，他只能是自取其辱。"

"我才问你，你若是家康，会怎么办？"

三成飞快地扫了秀吉一眼。"战争的事情我不明。若是换了主公您，您会怎办？"

"你不懂得打仗？"

"是。"

"哼！若不懂得战争，你还能成为大名？原来你只想汲取我的智慧啊。"

"是的。只是……"

"只是什么？"

"主公想不想在小幡城摘取家康的首级？"

"哦，我当然不会饶过他！这次灭了家康，既是给毛利看，也是让上杉瞧瞧。我早就许下承诺，若拿不来家康的脑袋，岂非胡夸海口？"

"家康恐也知道这些？"

"嗯，他当然知道。"

"那么，若主公是家康，您会怎么做？"

"哈哈哈，若我是家康，早在昨夜就抛弃小幡城，逃之夭夭了。"秀吉旁若无人地大声道。

"哦。"佐吉三成那白皙的额头上竖起了几道皱纹，一副感慨万千的模样，"但，大军当前，他就真能平安撤离？"

"当然能！"秀吉又一次旁若无人地大笑，"人世中有两种欲望，一是大欲，一是小欲。怀大欲者，无论身陷何等困境，亦能临危不乱。"

"是啊。"

"家康有十分出色的家臣。比如，他可以让本多平八郎等人向我发动夜袭，转移我的视线，趁机迅速撤离。这样一来，损失的就只有本多那一小部人马，而对整个大局了无影响。而一旦再次出现小牧对峙的情形，麻烦的就不再是家康，而是我羽柴秀吉了。"

"主公！"

"怎么，听人的意见后再想出来的主意，可不是主意了啊，佐吉。"

"属下知道，属下的智慧往往都慢人一步。但，有一事令属下甚是担忧。"

"何事？"

"家康连这些都预料不到？"

"哦？"秀吉的表情顿时僵住。说实话，他昨夜就没把此事放在心上，池田父子的战死，把他的心都疼碎了：对我无比信任，一心尽忠的老实人胜入，竟身死战场！

秀吉明明十分了解胜入的实力和缺点，可还是让秀次担任总大将，让他跟着胜入上了战场。若秀次不是最先遇袭，胜入父子顶多也就是战败，不至于败亡。正因为胜入没有一处让人憎恨的地方，所以，他的音容笑貌老是浮现在秀吉眼前，而且，身穿朱红盔甲、头戴虎头盔、腰插赤熊刀、手执令旗的纪伊守元助那凛然的面容，也老是在秀吉心中挥之不去，因此对家康竟少了些深入思量。

"属下总觉得，家康似已预料到了这一点，恐他早已从小幡城金蝉脱壳了……不，这实是听了主公的一番话后，才猛省得的。"

"佐吉！依你之见，家康是个追求大欲之人，还是……"

"属下看，他是有大欲之人，但当然不会超过主公。"

"哦，说得好，说得好啊，佐吉。"

"可是，属下还是没有弄明白，主公到底打算怎么办？"

"帮助家康。"秀吉瞪大眼睛，慨然道，"我乃拥有大欲之人，平定天下之后，羽柴秀吉还要征服大明国。斯时家康将是大有用处的栋梁之才。对啊，我怎的连这都给疏忽了？哈哈哈。"秀吉咧嘴大笑。然而，他自己甚是明白，现在的笑定乃连连苦笑。

秀吉从心底感觉到了自己的失策，为了掩饰尴尬，他才强作笑容，未免狼狈。

怎的连这些小事都令人如此狼狈不堪？秀吉对自己的失策感到异常羞愧，如不能迅速解开心结，他便永远寝食难安！

"佐吉，近前来。"秀吉急忙掉转马头，道，"还是在讨伐中国地区之时，右府大人就曾对我讲，若我能平安完成征西大业，就把中国地区、四国全部赠与我。当时我斩钉截铁地回答：不要！而今日，我不但要得到朝鲜，还要拿下大明国，小小的日本岂在话下？"

佐吉不禁大吃一惊。其实他并非不明秀吉之意，他知道，在这种场合下，自己若是不作出大惊失色之态，秀吉的尴尬就难以缓和。

"哎，难道你没听明白？"

"是……是。主公的大志是要征服朝鲜与大明国？"

"正是！"秀吉得意地拍拍胸脯，又笑。此次的笑容比上一次略微自然了些。"哈哈哈，此乃我羽柴秀吉的凌云之志。如此一来，我就绝不会有多余的人手。若家康之辈，必得让他们好好地发挥作用，为我所用。我怎的突然连这些也忘了？好，今日我就大发慈悲，拉家康一把，好让他日后为我效力。现在，我们立刻撤回乐田！若有人对此迷惑不解，问起原因，你便说秀吉因胜入父子之死伤心过度，对攻打小幡城了无心思，便命令撤军了。速把这个决定转告稻叶和蒲生。"

佐吉三成强忍着笑，一本正经地点头，转身离去。此时，他才满腹狐疑。秀吉明明预感到自己被家康耍了，却不好意思说出，更有甚者，居然说出征伐朝鲜、大明国之类莫名其妙的话来。

三成对秀吉再了解不过：秀吉思虑异常缜密，有时可谓天衣无缝。若这是常人的想法，人们定会觉得是痴心妄想。可是，一旦秀吉有此想法，他却往往能想方设法，执著追求，将其变为现实。

天大亮。此时，堀尾、一柳、木村诸部的先锋估计已摸到了家康扔弃的小幡城下，正忙作一团。而家康却对此毫不理会，早已迅速北上了。

在返回乐田途中，秀吉表面上谈笑风生，实际上却依然在掩人耳目。通过此次与家康的交锋，秀吉终于意识到，家康用兵之妙，实非等闲。

看来，家康远比先前所料的要难对付得多啊！虽然以前秀吉也一直视家康为智勇超群的武将，可是，那时只认为他比毛利、上杉、北条诸人略胜一筹。就是这样一个家康，其力竟与秀吉不相上下，甚至有过之而无不及。无论秀吉多么自信，在和家康的交手中，他终是处于下风。

如我羽柴秀吉者,竟然连对方早已撤出尚且不知,还气势汹汹地前去进攻?想到这些,秀吉就不禁冒出阵阵冷汗——家康毫不犹豫地撤走,必是想狠狠地嘲讽他一下。若家康更狠毒一些,提前一步返回小牧,趁秀吉未归而偷袭乐田和犬山,后果不堪设想。

看来,秀吉还是太介意胜人的死了。因此,他返回乐田,得知自己的大本营安然无恙,方大大地松了一口气。可若照此战法,日后的局势就更难预料了。返回乐田之后,除了失去了胜入父子和森长可,情况并无多大变化。如己方不主动进攻,家康定是不会挪动,己方亦无法动弹。一旦钉在了这里,受大损失的就不是家康,而是秀吉了。

秀吉回到乐田之后,等待他的是九死一生从白山林逃回的外甥三好秀次。当三成向秀吉报告,说秀次正与木下直利在帐内等候处置,秀吉便狠狠地斥责起三成来。"以后再说,我现在很忙……"若立刻见秀次,秀吉真怕自己一时冲动,会作出让其自裁的决断。

局势令秀吉一筹莫展。若找不到突破口,必寸步难移。朝鲜呀,大明国呀,纵有万般青云之志,也解不了燃眉之急。连我秀吉都陷此困境,难道家康就优哉游哉了?想是这么想,秀吉仍是毫无脱困之法。

走进中军帐,秀吉让幽古泡上一壶茶,慢慢地呷着,沉思起来——家康,家康,我定要战胜你!想着想着,秀吉突然大叫起来:"我饿了,拿饭来!"

此时,天已经完全黑了。不大工夫,膳食送来了。

"探事的人回来,立刻带来见我。"秀吉满脸不乐地吩咐,拿起筷子,却没有了往日的食欲。窥其形貌,大耳朵,深邃的小眼,高颧骨,瘦脸颊……竟无不透出威严,蕴藏着腾腾杀气。

出入的侍卫都蹑手蹑脚,近侍也大气都不敢喘。若不是其身后有一缕祭奠胜入父子的香烟袅袅升起,谁会看出秀吉内心之一二?表面上,秀吉是在凭吊刚刚战死的胜入父子,而实际上,他是在苦苦思索如何打破这堵他年近五旬才遇上的厚墙:眼下,家康就伫立在面前,俨然一座望而生畏的大山!而且,从大坂到纪州,没有一事让秀吉省心,上杉、长曾我部亦令他心烦意乱。万一被拖入持久战,秀吉大败的消息在世上传播开来,他费尽心血建立起来的功业,将立时天塌地陷。

正用饭之时,两个探事的人报告说,小牧山的敌人依然静悄悄的,毫无行动之迹。

用完饭，秀吉让人把食案撤下，才和小心翼翼地伺候在一旁的大村幽古说起话来。"幽古。看来，这次我们极有可能失败啊。"

"这……"

"若是军师还在，定会给秀吉指点迷津。"

"主公说竹中军师？"

"是啊，就是半兵卫重治啊。"

"哦，"幽古垂下眼皮道，"重治不是曾经说过，遇事最好还是和黑田官兵卫商议一下。"他极其谨慎地说出这话，方又道："我听说，竹中在中国地区阵亡之前，曾经留下话……"

"留下话？他说他去世之后，让我遇事与黑田商量？"

"不，他曾经声泪俱下道，他竹中对已故右府和大人您伤透了脑筋。"

"他说过这等话？"

"是。他说，他最终一定会为右府和大人您耗尽心力而死。可遗憾的是，您和右府都是人上之人，这也没有办法。他还叹道，为何他生来不傻一些呢？若是那样，便用不着做军师，只做一个大名就是了。唉……说罢，他老泪纵横。"

"半兵卫为秀吉耗尽了心力？"幽古意外的一番话让秀吉瞠目结舌，他不由探出身子。信长公究竟是怎么对待半兵卫的，秀吉不得而知，可是他一直把半兵卫看成难得的军师，且自以为始终待其不薄。万万没想到，如此军师居然在临死之时，感叹自己太过聪明。

"是。据传他在病榻上呻吟道，若是他生来就不擅谋略，右府和大人您一定会给他五六千士兵，这样他就可以建功立业了。可是，正是由于有些聪明，生来就善于谋略，便被冠以军师之名，连一兵一卒都不能统率，真是伴君如伴虎啊。故，比他愚蠢的人都接二连三地成了大名，而他却永远跟在主人身后，如同一只看家狗……一生不过如此，如今，此处便是死身之地了吧。"

"唉！"秀吉不禁在心底长叹一声。若照此说来，他也还记得，半兵卫活着的时候，每当提出一些出人意料的奇计妙策之时，自己确实会浮出一缕恐慌：若此人是敌非友，岂非心腹大患……"唉，半兵卫竟是在这样的心境下故去的？"

"是。人的地位差异真是可怕。这次的事情不也一样？家康意外地取得了胜利，令世人为之震惊。"

"半兵卫说过这样的话？"此时秀吉已经听不见幽古的话了。他的心思转移到家康身上，思虑起来。就连半兵卫那样的人，思虑都如此之深！

"幽古，你讲得好。原来半兵卫一直认为他是我的一条狗啊。"

"这就是人生来地位的差异啊。"

"唉！秀吉终是明白了。家康也一样，看来不能再把他当成敌人了，当将他视为朋友。"

"啊？"

"我已经决定了。哈哈哈！人，常是作茧自缚。然而一旦破茧而出，则是万里晴空！明白了！哈哈哈！佐吉！佐吉！"秀吉大声把待在外间待命的三成叫了进来。"我要向小牧山的石川伯耆派出密使，你马上去准备！"吩咐完毕，秀吉的脸上露出了轻松的笑容，他回头看了一眼幽古，"准备笔墨！"

"遵命！"

"家康的目标至多是日本，而我羽柴秀吉的抱负则是从大明国至天竺，即使同样心怀大志，也有器量大小之别。准备好了吗？"

言罢，秀吉挪了挪烛台，仰头凝神沉思……

二九　太平之供

　　松本四郎次郎清延又恢复了先前的茶屋四郎次郎的身份，带着两个下人走在从滨松返回京城的路上。

　　此时已是天正十二年十一月下旬，寒风呼啸，通往冈崎的路上落满了山毛榉的叶子。四郎次郎不时停下来系系松动的草鞋带子。不知不觉，他的眼角湿润了。

　　从春天到此月的月初，持续了将近一年的战事终于将结束，目下，家康和秀吉正忙着讲和，而且，讲和成功自是毋庸置疑。故，在家康的授意下，他又成了商人茶屋四郎次郎。

　　"先前啊，"茶屋对停下脚步等待自己的下人道，"先前，我一直想做一个真正的商人，可却又难以割舍武士情结，这一次当是彻底断了这个念头了。"

　　然而，下人并不明白主人到底是何意，对视了一眼，糊里糊涂地点了点头。

　　"身为武士，总有深重的罪孽感啊。"

　　"是因为武士要打仗吗？"

　　"是啊，仗必须要打……"四郎次郎似乎并非刻意要让两名仆人领悟，他伸伸懒腰，抬头望了望湛蓝的天空，叹了一口气，"更有甚者，身为武士，还要被义理这条看不见的绳索束缚，丝毫动弹不得。唉，人都太单纯了。"

　　"武士竟然也是这样？"

　　"是啊。你们永远不会明白我为何这样说。"

　　"是。"

　　"哈哈，你们当然不可能明白了。其实我也说不明白。实际上，我还在犹豫，到冈崎到底见不见他……"

　　"冈崎的……哪一位？"

"跟你们说了也没用。"随即,四郎次郎又似自言自语,"就是城代石川数正。"

两个仆人相互使了个眼色,依然默默地走着。对他们而言,城代就是了不起的大将,除此之外就没有什么感想了。茶屋似也注意到了,他独自笑了,脸上分明布满了孤寂。"你们知道吗?在这次的战争中,石川大人不知挽救了多少人的性命,是很多人的大恩人呢。"

"救了好多人的性命?"

"是啊。在小牧,他不知让多少家臣得以免除性命之忧。可是现在,他却成了众矢之的。"

"他是……大恩人?"

"当然。"说着,茶屋缩了缩脖子,"哦,好冷,看来要下雨了。"

"是啊。"

"我看还是去一趟吧。从恢复商人身份以来,还没有见过他呢。"

雨开始落下来,茶屋四郎次郎把斗笠往下拉了拉,加快了脚步。现在,即使去拜访石川数正,也无话可说。双方的条件已经谈妥,茶屋已没有机会发表意见了。然而,他还是不甘如此穿城而过。真正理解数正之苦的,除了家康,就只有茶屋一人了。或许还有人,像本多作左卫门……想到这些,茶屋总觉得得去见见数正了。如见了面,数正在自己面前发些牢骚,茶屋也只能与他携手痛哭。

这场战事从一开始就不可理喻。不许自己取胜,又不能失败,一旦失败,自会灭亡。因此,长久手一战之后,家康的家臣就泾渭分明地成了两派。其实,除了家康与数正,其余的全是主战派。在主战者看来,秀吉并不足惧。他们原本就是一群剽悍而单纯的武士,趁着秀吉喘息未定,乘胜一击,发起决战,一举将其击溃……实是顺理成章。

家康越是说现在不是讨伐秀吉的时候,家臣就越是群情激昂。其实他们并无他意,而是认为主公心疼家臣,关键之时就犹豫不定,这都是他们对不住主公。

故,除了家康,能够站在这些强硬的主战者面前的,就只有数正一人。而本多正信等人即使发出反对之声,众家臣也不以为然。"让主公唯唯诺诺的不是别人,就是数正!""对,秀吉的手都已经伸到数正那里去了!""不错。他还不断地向秀吉派密使,回来后蛊惑人心!"

在这种情形下，家康还是力排众议，避免了同秀吉决战。

秀吉从长久手退回乐田之后，便将大本营驻在小松寺山，一副立刻发起进攻的样子。两军又陷入了此前的僵持局面。

据传闻说，小松山寺里的秀吉每日都在下棋消遣。

"敌人有动静。"

每当前线送来报告的时候，秀吉连理都不理。"若对方送上门来，若送上门来啊……"秀吉差不多每次都这样回话。他十分清楚，家康是绝不会主动送上门来的。

这样的对峙不知救了多少性命。当然，在此期间，数正奉家康之命，一直在和秀吉联络……

茶屋四郎次郎进了冈崎城，不禁又叹起气来。数正苍白而紧张的面容又浮现在他眼前。一招棋错，满盘皆输。处境尴尬的数正实是太疲惫了，太需要人理解了。他的对手可不是一般人，而是那天下皆知智勇双全的羽柴秀吉，与其进行谋略的角逐，谈何容易！一旦猜不透秀吉的心思，被揪住了什么破绽，他的人马立刻会惊涛骇浪般席卷小牧山。

不主动进攻，却要防止对方突然发起攻击。数正密告秀吉的，还真是家康之意，同时也真正在为秀吉盘算。而要巧妙地找到那个"意思"，数正必须通过缜密的算计，才能得到唯一的答案。

此时，一旦数正露出破绽，异常敏感的秀吉就极可能看破数正乃是在家康的授意之下，后果实难逆料。一方面力图扭转战争的不利形势，另一方面，又要牢牢掌握秀吉军队的动向，并相应安排德川军队的行动，因此，数正真可谓战功卓著，无人能及。

天正十二年整个四月，秀吉一直待在小松寺山上，当他确信数正的密告可以信赖之时，才开始让人在木曾川上架设浮桥，然后渡过木曾川，经各务原进入美浓的大浦。秀吉故意一副为打开僵局而进攻美浓诸城的样子，先后进攻加贺野井城、竹鼻城，并于六月二十八撤回了大坂。

同时，秀吉军队在伊势也异常活跃，从松岛、峰诸城到神户、国府、千草、滨田、楠，不断攻城拔寨，当然，这些已完全不是以降伏家康为目的。若想和家康讲和，必须先和信雄讲和，这才是秀吉的真正想法。当然，怂恿他去这么做的，正是数正。

395

家康乃是出于道义才出兵援助信雄，因此，只要信雄和秀吉讲和，一切就结束了，家康也可顺理成章地打道回府。虽然此后时常要发生一些局部冲突，但由于彼此心知肚明，秀吉和家康并没伤和气，只是为了促使信雄和秀吉讲和而佯动罢了。

在此背景下，八月二十八，虽然家康与再次从大坂出兵的秀吉进行了试探之战，最后还是浅浅休战。九月二十七，家康进入清洲，十月十七退回三河。然后，谈判开始。

此前，一切同秀吉的交涉都经由数正之手。现在，摆在数正面前的最大的问题，就是秀吉向家康提出索要人质。

秀吉的条件，是要把家康的一个儿子，以及石川数正和本多作左卫门两家老的儿子送到大坂为质。家康的家臣听了，个个怒发冲冠："数正到底是站在哪一方？""胜利的一方反而要交出人质？这样可笑的事闻所未闻，为何不让他滚？"

当茶屋四郎次郎走进正处于尴尬境地的冈崎城，已经下起了雨。通报的侍从兴冲冲地跑进去，半天竟不见回来。

茶屋深感纳闷：自己特意前来拜访，数正应亲自出来迎接……怎么说，他也是身陷困境啊。

不久，通报的侍从回来了。"大人说，如只需一会儿工夫，可以接见。"

这简直就是逐客令！

"那就……我也知你家大人公事繁忙，可是进京之后不知何时才能相见，便顺路来拜访一下。"茶屋把两个仆人留下，自己洗刷一番，向府门走去。

"伯耆守大人心情可好？"在通往书院的走廊里，茶屋问道。

"是……好。"年轻的侍卫含含糊糊地应着。

"是辛劳过度……"茶屋刚说了几个字，便见侍从眼神闪烁。难道他们刚才被数正呵斥了一顿？

走进书院，茶屋却见数正早就让人搬来烛台，恭候多时了。

茶屋第一眼看到数正，就发现他明显地消瘦了许多，棱角分明的颧骨上似堆满了乌云，肩膀亦瘦削不堪。"请恕在下在大人百忙之中前来打扰。"说着，茶屋恭敬地施礼。

"你来这里到底有何事？你现在很是逍遥啊。你既非我的家人，也非亲朋好友，竟特意来探望我，真是太客气了。"一见面，数正就用拒人于千里之外的调子道。

"你们都退下去。"数正分明是在斥责两名侍从。

侍从深感意外,茶屋亦大为吃惊。前些日子,两人还共同在家康身边伺候。而且,茶屋为何只想做一个商人,数正不可能不知。

侍从们退下去了,好些时候,数正也没拿正眼看看茶屋。

"石川大人,您的辛劳,在下甚是明白。"

"先生无需客气。"

"这……"

"石川数正还不至于堕落到让身为商家的你来施怜。"

茶屋心里一沉,怔怔地望着数正。今日说出这等话来,说明数正的心寒,已超出了茶屋的想象。

"为你好,我不妨实话实说。现在,凡到数正这里来的人,无一不遭到众臣的白眼。"

"哦?"

"如因太重情义而招来憎恨,甚至丢掉性命,那就不值了。尤其是你,还要赴京城……京城可是秀吉的地盘啊。"

茶屋这才恍然大悟:原来数正是在为自己的安全担心啊,其冷漠并非本意!他突然一阵哽咽。德川氏第一忠臣竟然遭到如此大的误解,甚至连造访之宾都受到了威胁……

"石川大人,茶屋此次遁出武士家,已经彻底和武士断绝缘分了。但在下还有一事想问大人,便不请自来,贸然拜访了。"

数正并不正视茶屋,道:"那你说吧。如我能答,看在你我交情的分上,我自会告诉你。"

"大人如此直率,在下诚惶诚恐。"茶屋深受感动,又恭敬地施了一礼,"秀吉提出的关于人质的条件,主公知道了吗?"

"这件事情……"数正深深地叹了口气,方正视起茶屋来,眼神中充满了悲哀,"关于此事,数正最近要到秀吉那里去一趟。"

"是去转达接受之意?"

"拒绝。"

"啊?那么,主公的意思是……"

"茶屋,你也知道,家中的事情其实并非由主公一人说了算。"

"可是，这……"

"反对最坚决的，便是本多作左卫门。他一听说秀吉指名要仙千代为质，顿时火冒三丈……只要作左还有一口气，他是绝不会把儿子交给秀吉为质的。他甚至在众人面前叫嚣，说他宁愿把阿仙送走，让其做浪人。"

茶屋轻轻叹息。既然连作左卫门都这样说了，那就不是小事了。他原来一直认为，作左卫门和数正当和主公心相通……

"茶屋，你在堺港人当中有知己吗？"

"有几个，如纳屋蕉庵、津田宗及、万代屋宗安、住吉屋宗无等人，都是我要好的朋友。"

"宗易这个人怎样？你们见过面没有？"

"见过。据说他现在深受秀吉赏识和器重。"

数正点了点头，把话题岔开了。"此次关于人质的要求，秀吉确有些强人所难。"

"是啊……"

"信雄和秀吉的议和，主公连一句异议都没有，就是因为此次出兵是为了道义。多么豁达的心胸啊！毅然出兵，扶助微弱，仗打胜了，却无丝毫之求而撤兵，史上有过这样讲信义的武将吗？"

"当然没有。"

"居然向如此讲信义的主公索要人质！秀吉真是荒谬！如是对信雄，无论提何等要求，也与我们无关，可是，竟然向德川氏提出此等要求，真是欺人太甚！但，既然他提出了，数正也只好认真应对。"

茶屋四郎次郎眼睛一眨不眨地盯着数正。数正也望着茶屋，双眼湿润。

数正真是太苦了，此时会不会有人把此苦衷告诉秀吉呢？据茶屋所知，无论家康、作左卫门，还是数正，对于人质之事看法无异：如迫不得已，也只好接受。主战诸人却无论如何也不肯答应。

其实，他们也有道理。家康自始至终都认为，这场战争是为信雄出兵。既然如此，信雄请求他发兵就发兵，信雄请他收兵就当收兵，不应有任何异议。可是，一旦交出人质，就让人觉得是输给了秀吉。

如家康只是出于信义而出兵，那与和谈毫不相干，他只管迅速撤兵就是，与秀吉之间并无胜负可言。如是两军谋求太平，秀吉也当向家康交出人质，双方才处于平等的地位。可是，数正知道，这只是些表面形式。

数正深知个中曲直，所以关于人质的事，他始终三缄其口。

"你觉得家康和秀吉的实力，可以同日而语？"

对于秀吉的诘问，数正无力反驳。当然，家康自己也非常清楚这些。因而，若家中没有主战众人，家康极有可能接受这屈辱的条件。

"石川大人，主公是不是也认为，若不交出人质，就……"

"从理上讲，即使不是主公，普通之人也不能不服。因此，我虽想去拒绝，可是……"

此时的茶屋四郎次郎已经听得入了神，他不由得咽了口唾沫，向前凑了凑。"那么……那么，石川大人，你看在下能不能帮得上忙？万一拒绝了秀吉，双方再次大动干戈……秀吉也输不起。"

"正是。作为商家，想必你比谁都清楚利害得失。真希望能有人把这些利害关系给秀吉讲明啊。"

"那么，石川大人最后的决定，是不是有些过了？"

数正没有正眼看他，单是移开视线，一动不动地盯着烛台的灯芯。突然，"啪"的一声，灯焰发出轻微的爆裂声，四周顿时亮了许多，火桶里的灰烬白得格外耀眼。"茶屋，我真想放弃一切。不只是我，还有作左……"

"恕在下方才多言了。我甚是理解大人的心情。"

"其实，对于秀吉，我倒有一个办法……"

"什么办法？"

"秀吉并没有亲生儿子，对吗？"

"对啊。"

"因此，我想让秀吉收于义丸为养子。若作为人质，人断不可去。然而，再让秀吉'尊贵的养子'把我的儿子和作左大人的儿子一起带去，同当初织田氏与德川氏一样，德川与筑前两家不就结成亲戚了？"数正顿了顿，继续道，"若秀吉不答应，我便对他说：我无力说服家中的主战之人。若筑前相逼，我只有切腹一途了。顶多用我数正的肠子在大坂的屏风绕几圈，绘绘三河的地图而已。"言罢，苦笑不已。

茶屋四郎次郎的表情僵住了，他呆呆地望着石川数正，此时，他已完全明白了数正的深意。其实，数正也对秀吉甚是不满，可是，若变通一下，把家康的公子以秀吉养子的身份送去，双方也都有了台阶。让阿万夫人所生的次子于义丸作为秀吉养子，再将数正之子和作左之子作为侍从而非人质送去。

"若这样筑前还不能接受,那我就再无说服主公之力了。"

看来,数正是想向秀吉摊牌,看他到底是取名还是谋利。但秀吉是否会乖乖地接受这样的提议呢?数正也没有自信。

茶屋的想法也和数正一样,因为此次战争,秀吉最重视的似乎就是名声。

然而,世人似都认为此次是家康占了上风。"筑前大人一直都是百战百胜,可这一次却输给了家康。"这样的风言风语已经悄悄在大坂城流传。如此一来,秀吉怎会轻易答应将家康之子迎为养子?

"我还有一事要请教大人。"

"有话你就问吧,只要我能回答。"

"若秀吉轻易接受了大人提出的条件,但同时,又向大人提出了其他要求,您当怎办?"

"别的条件?"

"是。在下总有预感。在这种情形下,双方哪怕是以亲戚的名义议和,对秀吉也甚为有利,故,只要施加压力,秀吉完全可能接受。"

"他答应之后,会提出什么要求来?"

"依在下看……"四郎次郎欲言又止,直盯着数正,"在下总觉,秀吉会提出让主公亲自带于义丸赶赴大坂……"

"主公亲自?"数正的脸一下子布满了阴云,顿觉完全可能。秀吉重的是面子,表面上很是豁达地把家康的儿子收为养子,实则是把家康叫到大坂,在众多大名面前如对待家臣一样对待他。只要能彰显身份和地位,秀吉的面子就保住了,怒气自然也就消了。数正道:"有理,看来这事有些盼头……"

"在下倒是觉得,这个主意可行,只是却不知秀吉会怎样,您说呢,石川大人?"

石川数正轻轻地摇摇头,叹了口气。"即使主公答应,家臣们恐怕不会答应。他们定会更加怀疑:'有这么多家臣,为何不让他们去,而偏偏让主公去?万一秀吉耍什么诡计,做出不利主公的勾当来,那当如何是好?'如此一来,德川氏就乱了套。"

听数正这么一分析,茶屋也不禁微微点头——这个提议实施起来确有些困难。"既然您有这样的打算,茶屋也想竭尽所能一试。"茶屋不忍再看数正,便起身欲去。

"我早就料到茶屋先生会这么说了。"数正又呆呆地思考起来,"你就这样回去?"

"是。还有一些别的事,就不久留了。今日只想过来问候一下,至于住宿,到城下找家店就是。"

"茶屋先生。"

"大人还有何吩咐?"

"出城的时候,定要多加小心。大家的愤怒远远超乎你的想象啊。"

"唉,不能体察人心,这正是三河武士最大的弱点。"

"不,我并不这么认为。我觉得,这种单纯和刚毅,正是难得的优点。当他们对数正恨之入骨,大骂我是软骨头,主公不就更安全了?"

"大人能这么想,真令茶屋感怀,真可谓德川氏的顶梁柱啊。大人也要多多保重,德川氏就全靠您了。"

"不敢当,不敢当。你也要当心啊!"说着,数正击了击掌,把方才的两名侍从叫了来。"客人要回去了,你们送到府门。"

"遵命。"

此时茶屋已经不便说话,他恭敬地向数正施了一礼,朝走廊走去。

茶屋突然心生无限感慨。像秀吉这样城府极深之人,算计人的程度远远超过了其家臣。因此,秀吉所有言行,在朴实的三河武士看来,似都是些令人恐惧的阴谋诡计。作为一名大将,秀吉是不是有些装腔作势、俗不可耐,且太过于狂妄了呢?但是,数正作为使者去秀吉那里回复,回来竟遭自己人怀疑,连出入他府邸都遭受白眼,三河武士的器宇亦太褊狭了。

茶屋一面想着心事,一面从城门向传马口方向走去。当他回过头,想跟身后的两名随从说话的时候,突然听见有人大喝一声:"站住!"

只见从护城河边的林荫下跳出两个蒙面武士,拦住了茶屋的去路。此时已经入夜,四周一片黑暗,面目都分辨不出来了。果然有人在盯梢,看来事态有些严重。

"哎,你们要干什么?"茶屋一愣,停住了脚步。

"你叫什么名字?"对方问道。

"茶屋,你们是……"

"是叫松本清延的那个茶屋?"

"是。此前作为武士时叫松本清延,现已不再是武士,单是从事绸缎生意的商家。"说话间，茶屋猛然听到对方的刀鞘里隐隐作响，不禁愕然。

"少啰唆！管你是茶屋还是松本氏，我们不想知道这些。"蒙面人也甚是警惕，与茶屋保持距离，"你到城里拜访谁去了？"

这些人竟如此幼稚！茶屋不禁心头火起。"我若是不说，你能把我怎样？"

"杀！"对方干脆利落。

"哼，那我倒要看一看。"茶屋身上流的也是三河武士的血。他努力控制着自己，脸上带着笑，"若只因进城便要被杀，一旦传扬出去，岂不被人笑话！我茶屋行事堂堂正正，绝无非分之为！"

"哼！你现在要进京城？"

"正是，我乃与德川氏做布匹生意的京城商家，当然要……"

"听说你与筑前身边的人关系非同寻常。甚至还有人说，你就是筑前打入小牧阵中的奸细。此前我还一直不信。"

"哦。"茶屋似恍然大悟，不禁叹了口气，"竟还有这样的传言！我劝你最好还是有些脑子。我茶屋若是奸细，德川大人恐早就把我斩首了。嘿，你方才不是问我去哪里了？"

"讲！一个字也休要隐瞒！"

"哈哈，不用我说，你们也能猜得出来。我是去城代石川大人府上问安了。"茶屋毫不畏惧，坦然道来，两个蒙面人面面相觑。刚开始二人还显得非常焦虑，现在逐渐冷静了下来。"说，城代都跟你讲了些什么？"

"什么好说的，无非是些闲言……"

"那也得说！"

"我要不说，你还想杀了我不成？"

"当然！"

"既然如此，看来我是非讲不可了。不过，若我在此处丢了性命，倒不用还债了。"茶屋再次压住燃烧的怒火，笑了，"筑前让主公派出人质，城代大人很是恼火。"

"恼火？"

"正是。城代大人听到秀吉的无理要求，不禁怒发冲冠。大人说，宁可在大坂切腹，用自己的肠子在屏风上绘一幅三河地图……"

"你敢唬人？"

"骗人？我可不愿听这话。茶屋先前也是堂堂三河武士，岂是一个一看见刀子就吓得谎话连篇的怕死鬼？我便劝城代大人说，用不着那么计较，独自生闷气，于事无益……"

"哼！"二人又对视一下，点了点头。

两个下人早已吓得藏到了树荫中，浑身哆嗦地偷听。

"少跟我卖关子，快讲！"不知何时，两个蒙面人的手已离开了刀柄，老老实实地听起茶屋的话来，真不可思议。

果真如同石川所言，三河武士身上确有单纯率真之气。茶屋的愤怒也很快舒缓。"既然二位要问，那我就给你们讲一讲。首先当好好思量的是，秀吉为何要向我们索要人质？那不过是给自己脸上贴金。他也够可怜的。你们想，如果他连个人质都没有索要，就乖乖地缔结了和约，一旦传扬出去，岂不被人笑话？他不就像个死要面子的孩子吗？故，我们根本犯不着生气，只干脆拒绝就是。石川大人既然已成了使者，就必须向主公汇报。汇报之后再去拒绝，又有何妨？"

对方不禁低吟了一声，"城代大人都讲了些什么？"

"城代也是恍然大悟，说自己太孩子气了，居然跟一个不懂事的孩子较起真来。"

"太孩子气……"

"是啊，石川大人后来笑了，还道，为这么点小事，完全犯不着把肠子挂在大坂城。我们只需干脆利落地拒绝就是，这样，对方就得寻求些别的办法了。他们提出新的要求时，再向主公汇报也不为迟。反正到时候丢面子的不是我们，而是筑前。"

"有理。"

"我就告诉石川大人，我要进京，到时也许可以尽微薄之力。"

"你打算如何尽力？"

"为了让筑前明白三河武士刚正的性子，我打算向进出京城的商家宣扬，就说人质的事既然行不通，就休要再提。当然，石川大人没有求我做这些事，每次交涉的时候，世间的传言总能动摇人心。"

说到这里，茶屋差点笑出声来。刚才还对他刀兵相向、差点就要将他一刀砍为两段的两个蒙面人，此时竟羞得低着头去了。

"哎，别走，我还没讲完呢。"

"行了,不用讲了。"

"可是,今夜我还要到大道上寻找旅店,我要是再碰到你们这样的人,那可不妙。"

"你是想要我们送你一程?"

"不仅一送,今晚二位能否派几个人为我守望,好让我睡个安稳觉,这样才够意思。"

"那是当然。"一个人使劲点了点头。另一个人也毫不犹豫,道:"你跟我们来。"

茶屋暗笑,连忙催促两个吓得浑身哆嗦的随从出来。一群孩子般的三河武士,既单纯又倔犟,真是豪爽至极。但只要他们总是这么单纯,就绝不会答应秀吉所求。家康已经痛失长子信康,如今怎忍心再失次子?那么秀吉究竟会如何应对?数正将要通报的消息,很难说不会戳到秀吉的痛处。

两个武士顺着大道大步流星地走,跟在身后的茶屋又唠叨起来:"多谢二位,就目前情况来看,三河人也当拿出一个决断,对吧?"

"是。"

"我们到底能在多大程度上接受秀吉的条件,哪些可以接受,哪些必须拒绝,也当心中有数。"

"我们早就心中有数了。"其中一人粗鲁道,"我们胜了,却什么条件都不提就撤了兵。这已是最大的忍让了。"

"说得好。但是,秀吉却不认为他输了,这才是最让人头疼的。他一定觉得,要再打一仗,取胜的定会是他……这些情况也不能不考虑。"

"没有必要考虑!"

"那么,仗再打起来……"

"就让他再尝尝三河武士的厉害!"

听了这些,茶屋立刻闭上嘴。这些单纯的三河武士从来不觉得自己会失败。而这正是他们强烈反对送人质的根源所在,看来家康和数正若想说服他们,还不知要费多少苦心呢。

若是茶屋非要灭己方的威风,长对方的志气,无异于磨瑕毁瑜,三河武士那昂扬的士气就会动摇。

当夜,茶屋主仆三人在两名武士的引领下,投宿于一家叫"越前屋"的旅舍。旅舍主人似对两名武士甚是熟悉。而茶屋却无意询问他们的姓名,他们各自喝了碗浊酒就歇息了。半夜起来如厕，茶屋却不禁大为吃惊：真是重情重义的三河武士！

都半夜了，两武士还在旅舍周围悄悄地守卫。墙角下站一个，屋檐下站一个，仔细数来，起码又增加了四五条人影。看到这些人影，茶屋四郎次郎反而没有睡好。他们每个人都坚持道义，当然不能称之为愚直，如此正直刚毅之风，难道还能在别处见到？

此种正直刚毅，却令人心生恐惧，这心绪看似矛盾，实则不然。数正是不是也已想到呢？——为了太平，他就要变成供品。

次日清晨，天还没有大亮，茶屋就起程赶赴京城了。他暗暗下了决心，为了天下太平，哪怕自己亦变成供品，也要奋争到底……

三〇　茶道三略

此处为羽柴秀吉建在大坂城的山里茶亭。今晨，此处将举办一个盛大的茶会。

天气晴好，院子里落了一地的白霜，在东面红彤彤的天空的映衬下，院子显得庄严肃穆。前来参加茶会的人嘴里吐出阵阵白气，脸上洋溢着微笑。

山里茶亭大厅有三叠大小，千宗易一直出到柑子门，恭敬地把茶客们引领进茶厅。今日的秀吉与平时在阵中简直判若两人，他与津田宗及、纳屋蕉庵、万代屋宗安、住吉屋宗无等茶人坐在厅里，态度异常谦恭。

若此时有人以为秀吉只是一味沉迷于茶道，可就大错特错了。他正在排演着一场好戏，要在这间茶室里让天下大名大吃一惊。

秀吉首先要让人看看这天下无双的九层城郭，向人充分显示威仪，而后再把他们带到这间雅致无比的茶亭。秀吉一本正经地敬完茶，大多数武将估计已堕入五里雾中了。还有一事不能忘记，那便是在另外一间黄金茶室里，向人们炫耀一下金制的茶釜。其实，这种内心的炫耀和表面的谦恭本质上毫无二致，无非是些想镇住众人的手段。

当然，参加茶会的堺港人深知秀吉的用意，甚至可以说，他们完全摸透了秀吉的习性，或许也暗地里把他看成堺港的领袖了。

茶会器具都是超凡脱俗的珍品。曾吕利的花瓶、绍鸥的茶釜、白茶碗、数台、荷足茶壶、合子水器……说句实话，即使这些全是赝品，秀吉也辨认不出。却也不可因此推断，秀吉乃是一个缺乏品位的低俗之人。他一生驰骋疆场，哪有时间来消受这些？但在他看来，眼前的堺港人和茶人则都是不可多得的卧底，是敛财的机器。

心态截然不同的两种人亲密地聚集在一起，先是吟诗作赋，然后欣赏千宗易的茶艺，品尝香茗。此间，秀吉就像一个被请到陌生之处的、心怀鬼胎的农夫，他东张西望，手足无措。在这庄重肃穆之处，他总给人不协之感，看上去孤独落寞、呆头呆脑、百无聊赖——他在等待着住吉屋宗无喝完最后一碗茶。

"茶道的精髓，我大致已弄明白了，"秀吉道，"茶道中曾有一条规矩，说茶人不许在茶室议论天下大事。然对于秀吉来说，另当别论，这可是一个我与各位倾心相谈的好地方啊。"

"哈哈哈。"蕉庵第一个笑了。

"宗易先生并未说不可谈论天下大事哪。其实，我们正有话想说呢。"

蕉庵毫无顾忌地笑了起来。而千宗易无动于衷，似与茶会了无干系，单是心平气和地擦拭着茶碗。可是，当秀吉喊出"宗易"二字之时，他亦是不由自主地应了一声"在"。

"我想问问家康的事，后来你有他的什么消息？"

"一个姓阿部的人来购买过火枪，是吧，宗无？"

"我也听说了，据说是为甲州购买的，要两百多支枪。"

"哦？那定是故意做给我看的，一副要与我决战的姿态。哼！堺港人有没有受家康影响？"

"当然。"

"那么，对于我方提出的递交人质的要求，他究竟什么反应？"

"筑前大人。"蕉庵笑道，"既然筑前大人自己都坏了茶室规矩，在下便也不在乎了。在下以为，这只是些小事，还有比这重要的大事。"

"更重要的?!"

"对。现在的大势已定。故，我们希望筑前大人的目光更长远一些，着眼大局。"

"大局……天下大局？"

"正是。"蕉庵不停地在膝盖上搓着手，"这个天下，可不只是指日本国这弹丸之地。从朝鲜到大明国、天竺，从南方诸岛到西洋，都是天下。"

"是啊，这才叫天下。"

"那种认为同在一个太阳底下，也就是仅仅指日本六十州的想法，早已过时了。现在，那么多西洋船只都涌到堺港来，不就是最有力的证据吗？"

"说得好！"秀吉道，"我也并非没有这样的想法。当初信长公许诺要把四国和中国送给秀吉，你们猜我是如何回答的？"

"哦？筑前大人是如何回答的？"

"四国、中国我不要，我要的是——大明国四百州。"说到这里，秀吉似想起了什么,大声笑了,声震屋宇。

"唉,筑前大人,您有些失态啊。"宗易苦笑。

"见笑,见笑。"经宗易一提醒,秀吉尴尬地挠挠头,又缩了缩脖子,"天下是不是发生什么事了?"

"当然。趁着大明国以海防纷乱为由,拒绝与日本贸易,除了班国(西班牙)、葡国(葡萄牙),什么英吉利、尼德兰等新兴国家纷纷从天竺奔大明国而去。若我们坐视不管,无论是四百余州还是朝鲜,恐怕就要被他们瓜分殆尽了。故,筑前大人不应只以德川之流为敌,在巴掌大的地盘上争来斗去。"

蕉庵这么一说,秀吉皱起眉头,又挠了挠头。"蕉庵,你如此挑唆我,是不是为家康说话?"他不怀好意地问道。蕉庵却一副若无其事的样子,"正是。"

"嗯?"

"在下以为,这绝非仅仅为了家康一人,更是为了堺港人,为了天下子民,也是为了大人您……"

"对啊,是这么回事。"

"现在当是区分出大人与已故右府之差异的时候了。在右府大人之时,统一日本是头等大事。可时代已变,若大人还满足于只统一日本,不知后人会如何嘲讽您呢。他们会说:'秀吉无非只是模仿信长公而已。'"

"蕉庵,我看你不仅是个智者,还是个敢作敢当之人啊。"

"不敢当。在下只是觉得大人还不至于为这样的话发怒,就有些……无所顾忌了。"

"蕉庵,你休要再煽动我了。"秀吉故意绷着脸责备道。可是,不大工夫,他又眯缝起眼睛,似有些扬扬自得,或许,他的心中并非完全没有此念。"蕉庵说得有理。若我真的只盯住海道六十州,后人定会认为我只是个继承右府遗志、模仿右府举手投足之人。若我只研究些茶道,倒真的有些像右府了……越来越像,是吧,宗易?"

宗易并不回答,依然仔细地擦拭着茶釜,声音悦耳。

"大人,已不能再只盯着日本这狭窄的土地上的稻米,让百姓受苦了。"蕉庵又道。

"是啊,我也一直在考虑这些。"

"说起财富来,头脑里只有稻米的那些武将,那些为了一寸土地就不要命的武将，现在几已全被大人征服了。"

"你还要煽动我？"

"煽动与大志完全是两码事。并非只有从土地里长出来的稻米才是财富，大家都当弄清这个问题。关于此，堺港人和诸豪商的想法就要高明得多。"

"哦？"

"九州唐津的神屋从山中挖掘出无穷财富，运到天川，还让儿子学习采矿冶金之法。另，丰田中津的大贺某购进大量的西洋铁，打造刀剑，销售海外，赢得了丰厚的利润。故，为今之计，应严厉打击乱事海盗，放眼海外，方能前途无量。"蕉庵充满热情地说道。秀吉则不以为然地摇了摇头："哦，哦。那怎么处理家康才是，蕉庵？"

一下被秀吉抓到要害，蕉庵却毫不畏惧。"大人您太心急了。"他微微一笑，"好不容易说到关键处，家康的事情，放在后面再说不迟。"

"话虽如此，我可老觉得是有人托你来讲这些。"

"大人猜得不假……"

"那好，你只把托你的人告诉我就是。那样，我便可以和你们高谈阔论，放眼天下了。"

"当然。既然筑前大人如此关心，那我就说了——是一个叫茶屋四郎次郎的人。"

"茶屋？"

"是。此人很有些见地，日后恐也是一个放眼看天下之人，蕉庵、宗及、宗易都甚是看重此人。"

"哦？他是怎么说的？让我不可欺家康太甚？"

"他说，莫要把石川数正折腾得太过了。"

"哦，石川伯耆……"

"大人！"

"又有何事？"

"请大人明确海外大计。"

"你怎又说起大话来了！"

"此非大话。若再拖一年，天下的土地恐会被西洋人掠夺殆尽。从天竺、暹罗到安南、吕宋、大明，他们不断扩充地盘，处处打击外出赚钱的日本人。即使只是为我海外子民撑撑腰，也比右府志向高远啊。"

"好,好,这样一来,得最大好处的还是堺港人。你们是不是想让我做你等头领?那好,若是可行,我当好好琢磨琢磨。"

"大人英明。如此一来,国内的军费就不在话下了。大人要放眼天下,举右府所不能之大业……如此,眼光也自会发生变化。"

"眼光也会变化?"

"是。如只为了狭窄的土地争斗,那些跟大人作对的人只能除掉。而一旦放眼天下,那就大可不必将这些人除去,而是为我所用。对于已故右府大人的所短,世人也有不少非议,说右府大人杀人太多了……"

"唉!"秀吉低叹了一声,眼中却一亮,"蕉庵,你们,是让我要放眼海外,为了实现大志,先不必去判断哪些人可用,哪些人不可用?"

"正是,大人英明。"

"哦,这样一来,家康就是我难得的帮手了,是这个意思?"说到这里,秀吉肆无忌惮地大笑起来,同时却心生愠怒:这帮堺港商家,把我的心思全看透了!

说起来,最近总有一抹阴影在秀吉心底挥之不去,他总是欲向世人证明自己乃是完全超越了信长的领袖,否则,人们就会说他只是个继承右府遗志、为信长公报仇、完成其未竟功业的平庸之辈,甚至是个欺世盗名之徒……无论是人才的录用、敏捷的战法,还是对于堺港的关注、大坂城的修筑,他无一不是在模仿信长公。连日来他一直苦苦思索的问题,却被这些敏感的堺港商家道破了天机。今日蕉庵的这番话,似全都是为家康着想。

"哈哈。"秀吉又若无其事地笑了,"言之有理。家康的确善于玩弄手腕,把你们这些人全部笼络起来,共对秀吉啊。"

与其说秀吉是在挖苦众人,不如说是秀吉洞察了他们的心思,这是他惯用的先发制人之策。一听这话,纳屋蕉庵的脸一下子绷了起来。"大人!"

"怎么,让我说中了?心虚了?"

"何虚之有!难道大人真的认为,我等乃是受了家康之托来跟大人作对的小人?"

"那还能怎么解释?"

"我等从来都没有想过让大人和家康对立。我们想的是日本国的未来,唯此而已。"

"哦,又说大话了,蕉庵……"

"正是。若总拘于小事，人无远虑，必有近忧。若不信，大人可在平定日本之后，立刻清查国内财富，答案将不言自明。设若……"说到这里，不知是否意识到了言辞有些过激，蕉庵飞快地扫了宗易和宗及一眼。两个人只是眨巴着眼睛，平静地坐在那里，但那种眼神似是有所暗示——最好更激烈一些。

"设若……大人把海道六十余州全部平定，那么，大人以为只有六十个家臣希望每人分封一地？恐怕不止，我看起码不下三四百人。这样一来，大人如何论功行赏？南北朝时的建武中兴失败，便是相同的原因。故，大人当把眼光投向海外，从天下集中财富，而非一味谋取土地……大人当是做此种大事之人！唯如此，才最可能平稳地解决国内诸乱。家康只是此中的小小一环……若大人不想用他，而是花上若干年去打垮他……大人是不是依然有此想法？"

秀吉又笑，慌忙擦了擦鼻尖，阻拦道："别说了，秀吉明白。"蕉庵也有些不好意思地笑了。"没想到好好的一个茶会竟成这样，实在抱歉。"

"不必道歉。你若一道歉，不知还会讲出什么来呢。秀吉已经怕了你，是吧，宗易？"

宗易并不回答。坐在一旁的宗无似乎察觉到了满座的异常气氛，深有感触地插嘴道："在下对蕉庵方才所言甚是吃惊。"

"为何？"

"在大人面前慷慨陈词，出尽风头，说什么心中只有日本国，好像有这种巨大志向的，只有蕉庵先生一人。"

"哈哈。那么，这些全是为了堺港人。这么说你当满意了，宗无？但，若没有日本国的发展，就没有堺市的繁荣，也没有我秀吉的发达啊。南洋诸国，从国王到僧侣、船夫，无一不是齐心协力到海外谋求利益，只有日本还是一盘散沙，人心不齐。若国内不能统一，即使到了海外，也是些无家可归的流民。人都成为流民，谈何繁荣？"

"大人高见。"宗无强忍笑意，一本正经地点头，"现在，从日本驶向大明国、安南、吕宋等国，谋求向海外发展的日本船只，已经超过百艘。这些船，我等以为，必须都悬挂上统一的日本旗帜……请大人允许。"

此时的秀吉已经不再看众人，似要起身离座。"哦，我竟把重要的事情忘记了。今日就谈到这里吧。"

"是。"众人道。

秀吉站了起来，大家也跟着站了起来。

外面，朝阳已经普照大地，地上的霜更加光彩夺目。走在阳光下的秀吉已经完全变了。他表情沉重地走了一会儿，驻足回望着引以为傲的天守阁。

连地下部分计算在内一共九层的天守阁，巍峨高耸于苍穹之下，俯视着欣欣向荣的难波大道。在自己的威仪之下，此晨也同往日一样，河道中成百上千的进港和出港的船只描绘着此地的繁华。难道世人都预料到这里将会繁华？商家和平民不断从京城和堺港搬迁过来，这里的人口已经超过了京城……秀吉一眨不眨地注视着天守阁，良久，道："日本国的繁荣啊……"

蓦地冒出这么一句，秀吉似乎忘记了身后的人群，快步向本城的府邸走去。

"佐吉，速把富田左近和津田隼人叫来。"急匆匆地穿过长廊，吩咐完石田三成，秀吉早已把茶道和堺港人的事抛到了脑后。"看来必须得处理家康之事了。"

半个时辰过后，津田隼人和富田左近都来了。不待二人坐定，秀吉就探出身子，焦急道："你们立刻到滨松走一趟。"

闻听此话，二人不禁愕然。"那么，石川伯耆那边不答应我方要求，是去回复？"富田左近问道。

二人曾经到冈崎拜望过一次家康。那还是他们二人作为秀吉使者，向家康通报议和结果之时，正巧在路上邂逅了信雄的家老泷川三郎兵卫雄利和土方勘兵卫雄久，他们同是去冈崎通报秀吉与信雄已议和的消息。石川数正上次来大坂，表面上是回礼，实则是前来交涉——最终，秀吉提出了人质的要求，数正只好悻悻而返。

"对，正是此事。趁数正还没有回复，你们俩赶紧去一趟。"

"是去催要人质？"

秀吉呵呵笑了。"你们也这么想？"

"这……"

"我向石川提出索要人质，你们也是这么想的？"

二人面面相觑，不明其意。无论秀吉有没有向石川提出索要人质，反正，责令数正必须派送人质的，不是别人，正是秀吉自己。

"哦。"秀吉又一次煞有介事地点头道，"既然连你们都这么想，数正定是误会我了。因此，在数正赶来之前，你们二人必须去一趟。"

"这么说，大人的意思，是根本没有索要人质？"

"是啊，我什么时候提出过？"说着，秀吉把早已写好的书函递到二人面前，"或许是我没有说清楚，故，我的意思都让人在信中写好了，你们切切为我澄清。"

"是。"

"我当时是这样说的：要是在平常，我定要索取人质。除了家康的长子，还要添上两名家老的儿子。可是，现在是为了天下黎民，不得不抛弃个人恩怨，尽快统一的时候。如是无名的小藩，不明这个道理倒还情有可原，可是像家康这样的聪明人，就不会不明事理了。因此，我想把家康的儿子收为养子，与家康同心协力统一天下。另，为了给我的养子寻几个知心伙伴，想把两家老的儿子也一并带来……或许是数正一时慌乱，把我的意思理解成索要人质了。其实，并不是要人质，而是很想把家康的儿子收为养子。你们二人再去重申一下，以免产生误解。"

二人感到莫名其妙，面面相觑。秀吉越说越像那么回事。"怎么，你们俩还没有弄明白？唉，连你们都误解了，石川数正怎能不误会？"

"在下有一事不明。"富田左近实在忍耐不住，道，"大人与石川所说的派送人质云云，便不算了？"

"不算？！"

"当时在下也在场，大人确是那样说的……在下至今记忆犹新。"

"左近！你的耳朵长到屁股上了？"

富田左近也憋了一肚子火，顶了一句："想必大人也看到了，我的耳朵就长在脑袋边上，比一般人的还要大些。"

"若那不只是为了好看，你就给我听仔细了！我当时说：'我本想要你们派送人质，可是如此心胸狭窄之事，我怎做得出来？'我是这样说的，不是索要人质，而是要收养子……你听漏了我后面的话，石川数正或许也听漏了。好了，休要啰唆！总之，你就说，我想收家康的儿子为养子就是。"

左近似乎才明白了，朝津田隼人点了点头。"在下还有一事想问大人。"

"莫要吞吞吐吐，有话只管讲。"

"在下担心德川氏坚信大人向他们提出了索要人质的要求，无论如何，石川的耳朵比我的要小一些啊。"

"哼!"

"若他们断定就是那样,正在气头上,即使现在我们寻求妥协,他们也不接受,怎生是好?若真如此,我们二人是不是一推三不知,把书函放下便回?"

"左近,若真是那样,你就坐直了身子。"

"坐直身子?"

"让石川数正来切你的腹,以证清白!哼!为了谨慎起见,我已在书函里说到,他们极有可能听错了。你当时在场,听得真真切切的。若只有数正一人听错,无端在我和家康之间挑拨离间,你认为家康能答应吗?"

"哦……"

"你记着,你的主君羽柴秀吉绝非心胸狭窄之人。若人认为这是我的妥协,你休要回来,告诉他们,要先取下石川的人头再走。"

"在下还有一事……"

"还有什么?!"

富田左近老实地点点头,又向津田隼人使了个眼色。"万一我这样一说,对方真的把石川杀了,我们真拎着石川的脑袋回来?"

"蠢货!"

"大人,其实此事远没有那么简单。他们到底会说出什么样的话来,在下不敢臆断,可无论是人质,还是养子,实质都一样。所以,他们一旦拒绝,我们当怎么办,这些也得考虑清楚才是。"富田左近这么一说,津田隼人也点头赞成,因为二人甚是了解石川数正所处的困境。

秀吉突然大声斥责道:"混账!"

"这……"

"你们把我想成什么人了?尽管在你们看来,羽柴秀吉平易近人,可是在家康眼中,我乃此世上最可惧之人。你们就照我吩咐说便是。家康不敢不应。"

"这……这些我们自然心里有数。可是,作为使者,一旦遇到意外,若没有准备,可能有辱使命……我们担心这些。"

"担心个屁!"秀吉又大声斥责,"万一被拒绝,你们就放声大笑,说秀吉一直把家康看作是可以倾谈之人,没想到大错特错。早知家康是那样一个傻瓜,还谈判什么?收养子结亲戚之类的打算,即使主公同意,你们还不答应呢！这样说完，你们就踢翻酒席，抬脚走人。明白了吧？"

富田左近微微一笑，回头看了看津田隼人。"你明白了吧，隼人，就这么办。"

"明白了。可是，隼人也有一个疑问，请大人……"

"嗯？好，你说吧。"

"我要问，若人满口答应，那当如何？若家康当场答应，要我们把他儿子带走，当如何计较？"

听津田隼人这么一说，秀吉脸一沉，扭向一边。"你拒绝好了。"

"拒绝？"

"你就说，秀吉是要把家康的儿子迎到天下第一城大坂收为养子，而世上又有流言，故要充分准备一下，才能向世人公布。你们只问一下什么日子送人，然后推说要作些准备，就可打道回府。"

"那么，还有一事……"

"啰嗦！又是何事？"

"到时候，我们可否说，让家康亲自送到大坂来？"

秀吉听了，心头一沉：津田隼人这问题太阴，一下子就说到了他心坎上。这次他让一步，把索要人质变为迎接养子，用意就是把家康叫到大坂城来。

只要家康亲自来大坂，即使以"送养子"为名，天下大名也会认为实质还是"交人质"，秀吉的权威丝毫不会受损。若尽管秀吉作了让步，人质成了养子，而家康依然不来大坂，这就和拒绝送人质毫无二致，颜面尽失的就不是家康，而是秀吉了。

现在，若自己回答"正是"，隼人就会接着问："对方若是说不送呢？"

"隼人……"秀吉一面应付，一面飞快地思量，"依你之见，家康会不会老老实实地亲自送来？"他似乎并不自信。

"恐怕……"

"你不明白，你根本不可能明白。其实，家康一定觉得这乃难得的转机，说不定还对我心存感激呢。不过其家臣定会觉得其中有诈，反对说：'万一主公到了大坂，被秀吉扣住了怎么办？'因此，当人拒绝时，你就说：'家康公是否身体患病，不能前去。既然如此，也不可强求。若是病重，待痊愈之后再作计较。总之，我们希望迎送养子的仪式不可太草率。'"

"属下明白。"

"那好，赶快准备动身。"说着，秀吉又像是记起什么。"等一下，拿酒来。"他回头盯着旁边的石田三成："怎样？此次之事，我够宽容吧。"

秀吉看着两个人，开心地笑了起来——又到了施展他最擅长的外交攻势的时候了。二人到滨松传达完口谕后，对方一定会设宴招待。因此，秀吉突然心血来潮，想把酒宴上闲谈的材料也准备一下。"你们可以对家康的家臣们说，家康生来就非凡夫俗子。这是我的真心话。小牧之战中，家康没有出一丝纰漏，也没有表现出任何慌乱的迹象，这非常人生来就具备的。他眼光长远，战后没有只顾眼前利益，而是放眼天下。若是光秀或胜家诸辈，必会被四国的长曾我部或是相模的北条氏煽动起来，继续进行无益的征战。而家康心如磐石，未被小人所蛊，而是着眼天下。我把公子于义丸迎为养子，原因就在于此。于义丸继承了家康的血脉，再加上我的精心调教，定会成为一代名将。这样，两家都不亦悦乎？"说到这里，秀吉眯起眼睛，发自内心地笑了起来。在三成的吩咐下，侍从们拿来了酒壶。

"我啊……"秀吉一面为二人倒酒，一面继续说起来，"在大坂城培养一个器量超群的孩子，是我最大的目的。明白吗，二位？"

"这……培养孩子？"

"正是。你们不明白，如今天下已不再是先前的天下了。"

"大人的意思是……"

"此前天下只需要太平安定。"

"哦。"

"可是，经过我与右府的努力，统一大业再过一两年就可完成。日后的日本应将目光投向更广阔的天下。"

津田隼人和富田左近点了点头。

"这样一来，便不可再用老办法处理问题了。无论是人、物、想法，还是武士之道，都一样。你们明白吗？只有六十余州的日本已经算不了什么。人并非一朝一夕就能培养出来的。从今日起，我必须培养一个能放眼天下的大器。"

"大人英明……"隼人又看一眼左近，"因此，大人才十分诚恳地想把于义丸公子收为养子？"

"哈哈哈……你好生与家康的家臣们讲。不久之后，我就要和秀胜、于义丸一起，建造起小山一样的大船，驶向大海。现在正在作准备。可是，我出去之时，需要很多人留守。因此，只要是贤德之士，都会重用，不管他以前是不是我的敌人。你们告诉家康，为了日本，请不断为我推举贤能。"

"遵命。"

"好，就喝到这里，为了早日让数正安心，你们速速动身吧。"

二人放下酒杯退了出去。由于已经出使过多次，他们二人对秀吉的心思有了更深的了解。秀吉则呆呆地出起神来。

"大人，您怎么了？"三成一面让侍从收拾杯盘，一面担心地问道。

"佐吉，我痛恨家康！"秀吉突然道。

"这可不像大人之言啊……"

"即使我把他的亲生儿子作为养子召来，他也可能不来大坂向我问安。"

"他若是不来，怎么办？"

"他若是不来……"秀吉顿时两眼充满杀气，片刻之后，却又恢复了笑容，"哈哈哈……不让他来一趟我誓不罢休！一定要让他来！可憎！"

贱岳合战参考图

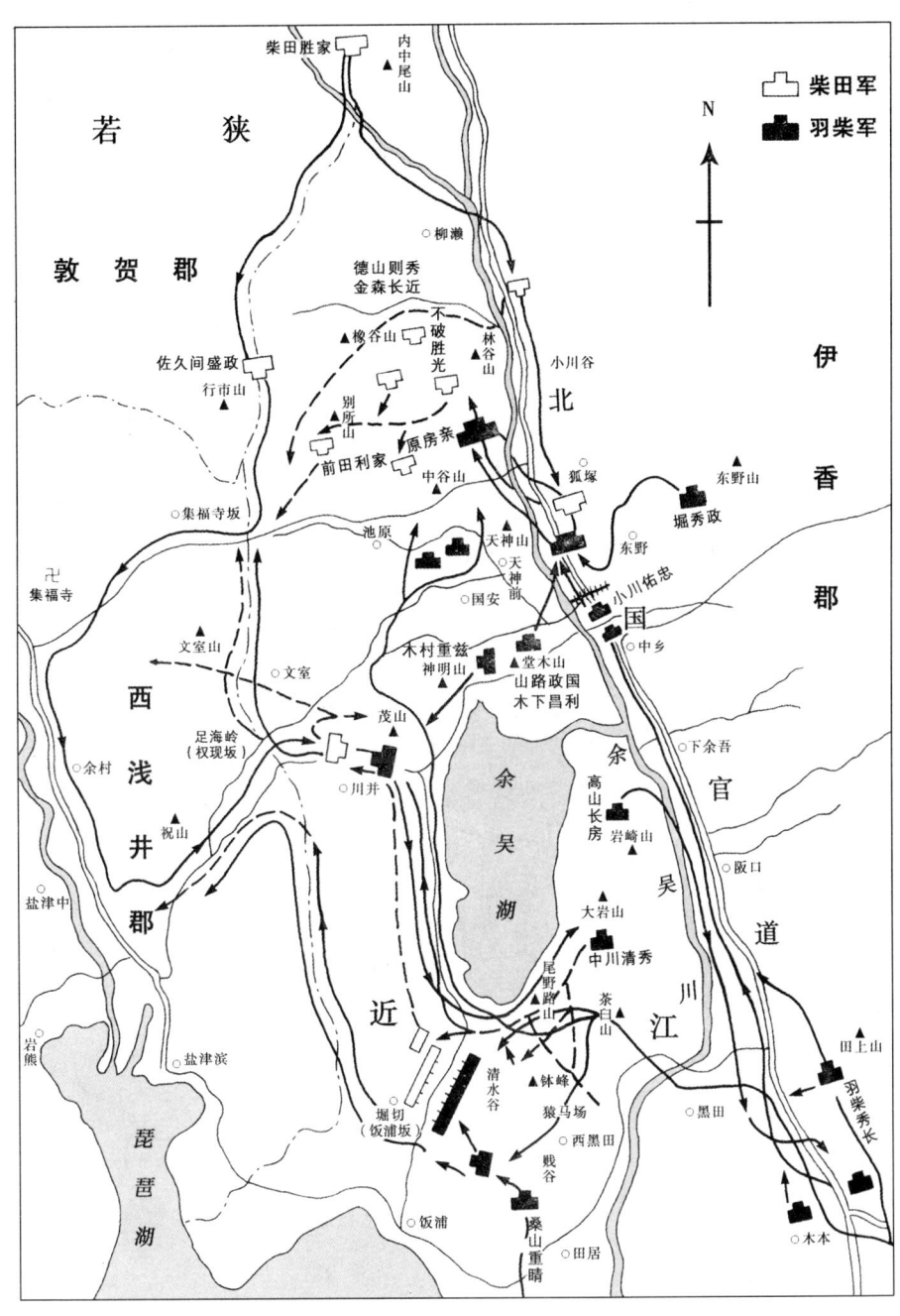

小牧·长久手地方要图

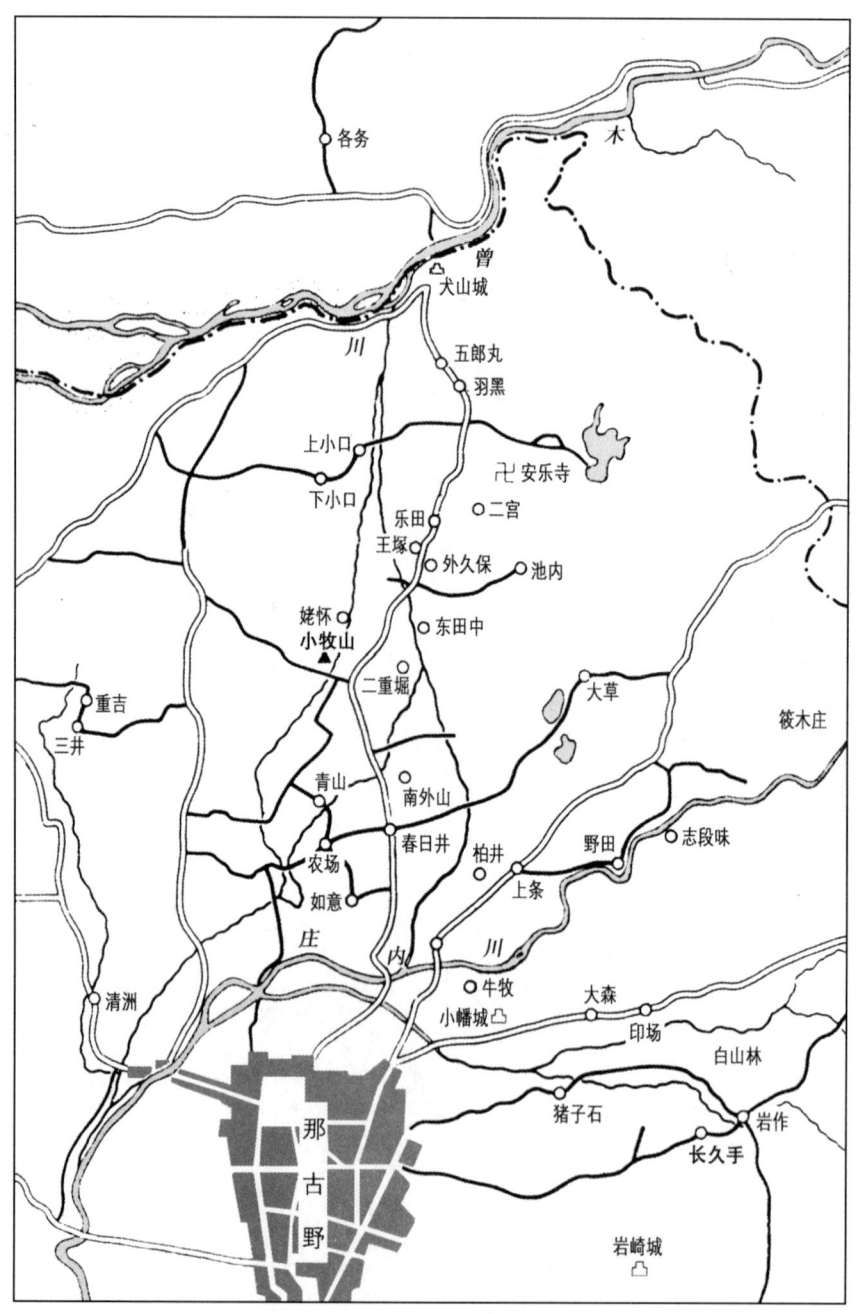

图书在版编目（CIP）数据

德川家康.5, 龙争虎斗 /〔日〕山冈庄八著；王维幸译. — 2版. — 海口：南海出版公司，2011.10
ISBN 978-7-5442-5095-5

Ⅰ. ①德… Ⅱ. ①山… ②王… Ⅲ. ①历史小说－日本－现代 Ⅳ. ① I313.45

中国版本图书馆CIP数据核字（2010）第241261号

著作权合同登记号　图字：30-2011-105

《Tokugawa Ieyasu》
© Yamaoka Wakako 1987
Original Japanese edition published by KODANSHA LTD.
Publication rights for Simplified Chinese character edition arranged with KODANSHA LTD.
through KODANSHA BEIJING CULTURE LTD. Beijing, China.
All rights reserved.

德川家康．龙争虎斗
〔日〕山冈庄八　著
王维幸　译

出　版	南海出版公司　（0898）66568511
	海口市海秀中路51号星华大厦五楼　邮编 570206
发　行	新经典文化有限公司
	电话(010)68423599　邮箱 editor@readinglife.com
经　销	新华书店
责任编辑	余　晋　翟明明　张　锐
特邀编辑	赵玉皎
装帧设计	金　山　韩　笑
内文制作	王春雪
印　刷	三河市三佳印刷装订有限公司
开　本	700毫米×990毫米　1/16
印　张	26.75
字　数	450千
版　次	2008年2月第1版　2011年10月第2版
印　次	2014年4月第9次印刷
书　号	ISBN 978-7-5442-5095-5
定　价	32.00元

版权所有，未经书面许可，不得转载、复制、翻印，违者必究。